Hans-Joachim Wiesner

ROSA UND GRAU

Roman

Verlag Neue Literatur

Die autobiographische Anlage dieses Romans stellt die Frage nach der Authentizität der handelnden Personen, die grundsätzlich verneint werden muß. Die Personen haben jedoch reale Vorbilder. Insofern sind sie nicht frei erfunden. Aber in ihrer literarischen Verdichtung sind sie – einschließlich der Romanheld – mit der lebenden Vorlage trotz beabsichtigter Ähnlichkeiten nicht identisch. Die Namen sind bis auf Ortsnamen und die der historischen Persönlichkeiten frei erfunden. Die Einschübe in den Ablauf der Handlung spiegeln die Sicht von Interpretationen historischer Ereignisse in der offiziellen Geschichtsliteratur der DDR wider. Hans-Joachim Wiesner

1. Auflage

Verlag Neue Literatur
Jena · Plauen · Quedlinburg
Printed in Germany 2001
Umschlaggestaltung und Layout: Dr. Hans-Joachim Wiesner
Satz, Druck und Bindung: SATZART Plauen

ISBN: 3-934141-29-3

INHALT

PROLOG

UNTER'M BLÜTENBAUM

1946

1. Stark und schwach 7
2. Junga werd's brenga, aber Janek darf bleiben 21

ERSTES BUCH

WER WIRD DENN NUR IMMER WEINEN

1946 - 1959

3. Das Gesicht der Frau Schierock 33
4. Eingemacht und ein Gedicht 37
5. Ich bin doch keine Petze 43
6. Ein Fenster wird zugezogen 49
7. Der letzte Sommer 52
8. Das Internat 60
9. Ein Freundesdienst und ein Rezept 73
10. Wenn etwas vorbei ist, ist es auch schön 85
11. Lehrläufe 92
12. Lesewut, Schienbeintreten, Leichenzüge und ein Brief 99

ZWEITES BUCH

IM ZWANGE DER HEIMSTÄTTEN

1959 - 1973

13. Wie man Arbeiterkind wird 123
14. Die Kunst ist manchmal schön 134
15. Unbehagen 149
16. Jürgen mischt sich ein 156
17. Ja, davon können wir leben 179
18. Du, du Kommunist, du! 188
19. Zweitwunschprüfungen 206
20. Jürgens Vater 218
21. Vielleicht doch mal ein Zuhause 223
22. Timburg mischt sich ein 239
23. Beinahe wieder im Aus 261
24. Die Wissenschaft ist manchmal schön 283

DRITTES BUCH

HÜRDENLÄUFE DER TRÄUME

1973 - 1975

25. Sackgassen 303
26. Trullesands Erinnerungen 323
27. Grenzenlos geliebt 334
28. Scheibenwischer 364
29. Ich will, wie sie, meine Ikone 372
30. »Glückliche Umstände« 383
31. Grenzgeschehen 398
32. Der grüne Stein 414
33. Ein Punkt von strahlendem Weiß 425
34. Im Berufsverbot 433
35. Die Stunde der toten Seelen 461
36. Ein Mercedes und eine Straßenbahn 466

EPILOG

PARSIFAL AUF DEM WEG ZUM GRAL

1976

37. Die lachenden Masken 479
38. Timburgs Holzscheite 490
39. Riccardas Freunde, Steppenwolf und die Brüder Karamasow 504

Anmerkungen und Übersetzungen 528

Die Mutter sprach: »Die Glocke tönt,
und so ist dir's befohlen,
und hast du dich nicht hingewöhnt,
sie kommt und wird dich holen.«

JOHANN WOLFGANG von GOETHE
Die wandelnde Glocke

PROLOG

1946

UNTER'M BLÜTENBAUM

1

STARK UND SCHWACH

I

Der November 1946 zeigte sich erbarmungslos. Feuchte Kälte kroch von den Ausläufern des Riesengebirges hinunter ins Tal und dort in die Häuser der niederschlesischen Kleinstadt, die noch den Namen Landeshut trug, später Kamienna Gora heißen wird. Seit Tagen lagerte kalter Nebel in dichten Schwaden über der Stadt. Er nistete in den Bäumen, umhüllte die Häuser, ertränkte die Straßen. Alles verschmolz zu einem konturlosen Grau, und in dieser Verbindung schienen sich Himmel und Erde gegenseitig zu benässen.

Doch nicht der Novembernebel lähmte den Lebensnerv der Stadt: Sie starb, wenn es Abend wurde. Sobald die Glocken vom Rathausturm die achte Stunde einläuteten, flüchteten die wenigen letzten Stadtgänger von den Straßen, denn ab jetzt wurde es für jeden lebensgefährlich, außerhalb seiner registrierten Wohnung angetroffen zu werden. Laut Milizanordnung war es allen deutschen Bewohnern der Stadt untersagt, in der Zeit von acht Uhr abends bis sechs Uhr morgens ihre Unterkünfte zu verlassen. Die polnische Miliz hatte Anweisung, ohne Anruf scharf zu schießen.

Im Schloßgarten, einem herrschaftlich anmutenden, von mannshohen Eisengittern umzäumten Areal, schon fast außerhalb der Stadt gelegen, herrschte jedoch reges Treiben. Für die, die hier kamen und gingen, galt diese Sperre nicht. Das Haus - oder besser die Villa in diesem Garten - gehörte einer Frau von Schild. Da aber eine sowjetische Abteilung ausgerechnet in den hinter dem Garten gelegenen Wohnbaracken Quartier bezog, gab Frau von Schild vor einem Jahr das Haus im Schloßgarten auf und zog zunächst in eine ruhigere Wohnung, näher zum Stadtzentrum. Die Russen machten ihr angst, und sie waren ihr auch zu schmutzig. Außerdem hatte sie schon Kontakt mit ihrem Bruder in Hannover aufgenommen, und eine Übersiedlung dorthin stand unmittelbar bevor. So fügte es sich gut, daß Frau Sander, die sie zu ihren intimsten Freundinnen zählte, einen Räumungsbefehl für ihre Wohnung bekam – gerade zu dem Zeitpunkt, als Frau von Schild das Haus im Schloßgarten aufgab. So tat sie Gutes: sie stellte Frau Sander mit ihren beiden Kindern und notgedrungen dem dazugehörenden, damals jedoch noch kriegführenden Mann – »Ein Nichts, dieser Mensch«, wie Frau von Schild zu sagen pflegte – das Haus im Schloßgarten zur Verfügung und hatte obendrein noch das angenehme Gefühl, Haus und Garten nicht Fremden überlassen zu müssen.

II

Hildegard Sander, eine resolute kleine Frau, die selten um eine passende Antwort verlegen war, fürchtete sich nicht vor den im Schloßgarten stationierten Russen. Sie war – wie Scarlett in ihrem tausendseitigen Lieblingsroman – »nicht eigentlich schön zu nennen«. Auch in ihrem Gesicht stritten aus Mutters Genealogie Züge edler Aristokratie mit väterlichen Linien derber, bäuerlicher Bodenständigkeit um die Vorherrschaft. Ihre immer hellwachen Augen von je nach Stimmung wechselndem Grün und Blau unter einer edel geformten schmalhohen Stirn, hinter der man nicht zu Unrecht Kühnheit und Strenge vermutete, wollten so gar nicht zu der eher derb zu nennenden Stupsnase passen, die wie zum Trotz ihrem kleinen Gesicht einen Anflug von Schalk beimischte. Aus ihrem schwer zu bändigenden, am Hinterkopf mit einem Kamm zusammengehaltenen, blonden Haar fielen ihr stets widerspenstige Locken in die Stirn, die sie von Zeit zu Zeit – jedoch völlig ergebnislos – wegzupusten versuchte. Dabei stellte sie die Unterlippe nach vorn, was ihrem etwas zu breiten Mund eine begehrlichere Fülle verlieh. Ihre Bewegungen wirkten schnell, aber kontrolliert, so daß ihre Erscheinung trotz ansteckender Quirligkeit immer auch Würde ausstrahlte. Aufregend widersprüchlich wie ihr Gesicht war auch ihre Figur. Obwohl von zierlicher Statur, sie maß wenige Zentimeter über Eins-Fünfzig, wirkte sie fraulich, bot sie dem Betrachter zwischen Busen und Hüftschwung das erregende Spiel ihrer biegsamen Taille, der sie geschickt durch entsprechend gegurtete Kleider jene Wirkung verschaffte, die Männer schwach werden ließ. Das zierliche Äußere schien nur die dünne

Hülle für eine innere Kraft und Energie, deren Entladung im Ärger man lieber nicht erleben wollte.

Leichtlebig, wie sie dennoch wirkte, sah man sie in jeder Gesellschaft gern, da allein schon ihre Anwesenheit eine aufkommende Trübsal ausschloß. Man sah es auch lieber, wenn sie allein kam, ohne ihren Gatten, der mit sich und den anderen nichts anzufangen wußte. Er wirkte auf alle wie ein Lexikon, das zu befragen man jedoch keinerlei Neigung verspürte. Und da ihm das bewußt war, versuchte er gesellschaftlichen Umgang mit anderen so gut es ging zu meiden. Er wollte immer nur allein mit seiner Frau sein. Am liebsten jedoch saß er bei seinen Kreuzworträtseln, die er ohne große Anstrengung fast jedes Mal bis aufs letzte Kästchen ausfüllte. Hier bekam er genau vorgeschrieben, ein Wort mit soundsoviel Buchstaben waagerecht oder senkrecht in vorgezeichnete Richtungen einzusetzen. Das war gut so, denn es forderte keine eigene Entscheidung.

Hildegard war die erste und einzige Frau, die er kennengelernt hatte. Es verlangte ihn auch nie nach einer anderen Frau, da er die seine für das beste und schönste Wesen auf der Welt hielt. Er war ein Mann, der seine Frau auf Händen trug, und das hätte er am liebsten nicht nur symbolisch getan; doch dazu fehlte ihm die körperliche Kraft. Er war nur wenige Zentimeter größer als seine Frau. Obwohl seiner asthenischen Statur eine gewisse sportliche Drahtigkeit nicht abzusprechen war, und obwohl er sich – passend zu seinem die tiefschwarzen Haare immer korrekt teilenden Scheitel – straff und sehr gerade hielt, wirkten seine Bewegungen eher weich, unentschlossen und kraftlos. Dabei saß auf dem schmächtigen Körper ein recht imponierender Kopf. Hohe Stirn, buschige Augenbrauen über kleinen, in tiefen Augenhöhlen liegenden grünen Augen, eine kräftige, dennoch schmalrückige Nase, darunter zu blutlosen Lippen ein erstaunlich markantes Kinn, das er sich unter Umständen zweimal am Tag rasierte, weil er sich mit nur einer Rasur unkorrekt angezogen fühlte. Korrekt war sein Lieblingswort, so kleidete er sich, und so verhielt er sich. Und beinahe hätte seine Korrektheit verhindert, daß ihm das Beste, was ihm in seinem Leben widerfuhr, nicht begegnet wäre, wenn nicht doch das eine Mal im Mai 1934 die gesunde Neugier über seine Korrektheit gesiegt hätte. Denn dann wäre er an ihr vorbeigegangen, obwohl sie – damals noch Hildegard Henne – an jenem

Maientag auf dem Friedhof in Kleinhennersdorf etwas sehr freizügig Knie gezeigt hatte.

Daß er, der Städter aus Landeshut, sich überhaupt in einem solchen Nest wie Kleinhennersdorf aufhielt, hatte für ihn nichts Freiwilliges. Er nahm an einem Betriebsausflug teil, den seine Firma für die Büroangestellten organisiert hatte. Diese die Volksgemeinschaft und Kameradschaft beschwörenden, nahezu burschenschaftlichen Wanderungen, die neuerdings in Mode gekommen waren und ausnahmslos in einem Dorfkrug mit einem Besäufnis endeten, haßte er wie die Pest. Nicht, daß er nicht auch gern einen getrunken hätte, aber in so lauter Gesellschaft, das war nicht seine Sache. Da trank er doch viel lieber für sich allein. Jedoch - sich diesen gesellschaftlichen Höhepunkten in seiner Firma zu entziehen, das wagte er nicht. So machte er gute Miene zum bösen Spiel und schritt wandernd über die Dörfer kameradschaftlich mit. Aber wenn dann zur letzten Instanz geblasen wurde, verstand er es geschickt, sich seitwärts zu verdrücken. Was auch niemand bemerkte, weil er an den Wandergesprächen nur selten teilnahm und ohnehin meistens allein und mit Abstand hinter der Gruppe ging.

So hatte er sich auch heute, kurz bevor man in den Dorfkrug einkehrte, zurückfallen lassen und war, nachdem er das Dorf der Länge nach durchquert hatte, in den Weg zum Friedhof eingebogen. Hier vermutete er ein ruhiges, schattiges Fleckchen, an dem er sich - und dabei dachte er an seinen Flachmann in der Westentasche - genüßlich ausstrecken wollte. Aber wie er so dieses zierliche Wesen mit den entblößten Knien vor diesem Grab hocken sah, überkam ihn ein völlig anderes, ungeahntes Bedürfnis, und er tat etwas, worin er sich ausgesprochen mutig vorkam. Er wechselte den Weg, so daß er nicht, wie er es zunächst vorhatte, in einem weiten Bogen um sie herumgehen, sondern auf geradem Weg unmittelbar an ihr vorbeigehen mußte. Doch damit war sein Mut schon aufgebraucht.

Immerhin brachte er es fertig, im Vorbeigehen einen Gruß zu entrichten, wobei er sehr artig seinen Hut lüpfte und sich leicht verbeugte. Da sie jedoch seinen Gruß mit direktem Blickkontakt und einem geradezu ermutigenden Lächeln erwiderte, wurde er so verlegen, daß er strauchelte und zu allem Überfluß auch wirklich hinfiel. Noch bevor er aufstehen konnte, war sie bei ihm.

»Entschuldigen Sie bitte«, murmelte er, seinen Hut, der bis ans Grab gerollt war, wieder aufnehmend. »Das war sehr ungeschickt von mir.«

»O je, jetzt haben Sie einen Grasfleck an der Hose«, sagte sie und versuchte durch Klopfen den Fleck zu entfernen.

»Es ist ja nichts. Bitte bemühen Sie sich nicht.«

»Was heißt, ist ja nichts!«

»Entschuldigen Sie, das ist zu dumm.«

»Wieso entschuldigen Sie sich denn dauernd? Das ist eine sehr schöne Hose, die Sie anhaben. Und es ist schade, daß da nun Flecken drin sind. Deshalb müssen wir jetzt etwas tun. Ich bin ja schließlich nicht ganz schuldlos daran, daß Sie gestrauchelt sind, oder? Sie kommen jetzt mit zu mir nach Hause, und da werden wir den Fleck schon rauskriegen.« Und da Sander einen immer noch sehr unschlüssigen Eindruck machte, ergänzte sie: »Na?«

»Das ist mir peinlich.«

»Papperlapapp!« Sie reichte Sander die kleine Gießkanne, die neben dem Grab stand. »Jetzt gießen Sie mir mal etwas Wasser über die Hände. Und dann gehen wir.«

»Wessen Grab pflegen Sie denn da?«

»Das war mein Verlobter.«

Sander las die Grabschrift: »De la Sare? Französischer Adel?« Und dann entfuhr ihm ein »O!«

»Ja, er war knapp dreißig Jahre älter als ich. Er war nach dem Krieg der Schulmeister hier im Ort. Na und? Aber wir haben uns geliebt! Gehen wir?« Sie hakte sich bei ihm unter. Auf dem Weg zum größten Bauerngehöft am Ort, das ihr Zuhause war, erzählte sie von ihrem Leben in Kleinhennersdorf. Von ihrem strengen Vater, der hier der Bürgermeister war – ehrenamtlich. Von ihrer gütigen Mutter, die zwanzig Kinder geboren hatte, sie – übrigens Hildegard heiße sie – sei das zwanzigste. Und auch davon, daß die Mutter trotz der vielen Kinder Gedichte schrieb und wunderbar singen konnte. Von den sieben toten Geschwistern erzählte sie und von den elf älteren Brüdern, die alle im Krieg waren und alle elf, einige zwar mit schweren Verwundungen, wiedergekommen wären. Über den elterlichen Bauernhof sprach sie, der diese große Familie ernährte, und von ihrer Sehnsucht nach der Stadt …

Ein Jahr später lebten sie in der Stadt. Sie heirateten, und in ihr lebte das Bild fort, das sie tief in sich aufgenommen hatte, als Sander auf den Friedhof kam, braungebrannt in Knickerbocker und Blazer, mit Fliege und Hut, ein feiner Herr aus der großen Welt und doch so linkisch, so schüchtern, so liebevoll, zärtlich, sie verehrend. Und er war aus der Stadt, in die sie um jeden Preis wollte, seit ihr väterlicher Verlobter, der Schulmeister Raupach de la Sare, verstorben war. Der hatte sich im Suff – man munkelte, nicht ganz unfreiwillig – bei der Präparation eines Insektes verletzt. Es war ein schnell wirkendes Gift gewesen.

Sander war der beste Ehemann, den sie sich vorstellen konnte. Es gab keinen Wunsch, den er ihr nicht von den Augen abgelesen hätte. Seine Schweigsamkeit und Ungeselligkeit glich sie mehr als zehnmal aus, nur daß er sie zu selten wie ein Mann nahm, das war schwerer auszugleichen. Immerhin gebar sie ihm zwei Kinder, wobei das zweite für sie schon kein Wunschkind mehr war. Zum einen – sie bemerkte Anfang 1940, daß sie wieder schwanger war – waren die Zeiten nicht gerade danach, und zum anderen entpuppten sich bei dem liebenden, sie umsorgenden Ehemann Wesenszüge, die eine gemeinsame Verantwortung für eine Familie so stark belasteten, daß es schlechterdings nicht angeraten schien, noch ein Kind in die Welt zu setzen. Aber nun war es zu spät, das Kind kam und der Krieg auch.

Sander war Buchhalter nicht nur von Beruf, sondern auch in seinem Wesen. Er liebte Ordnung, Disziplin, Pünktlichkeit, Zuverlässigkeit. Wegen dieser Eigenschaften wurde er auch bei Ausbruch des Krieges von seinem Betrieb als unabkömmlich reklamiert. So hätte er mit etwas Glück bei seinen Lieben zu Hause das Kriegsende abwarten können, wäre da nicht diese verflixte Überlegenheit über die Zahlen gewesen; denn da er – natürlich heimlich, so daß es niemand merkte und bei seiner Akkuratesse noch viel weniger vermutete – Schnaps brauchte, unterschlug er (buchhalterisch sehr geschickt) in seiner Bilanz einen Kohlewaggon. Es wurde aber entdeckt. Man erließ ihm zwar – es war ja auch keine bedeutende Summe – die Rückzahlung, aber die Frontbefreiung war damit aufgehoben. Zunächst schickte man ihn als Infanteristen an die Ostfront, sogar ganz nach vorn. Aber er hatte Glück. Bevor er überhaupt einen ersten Schuß in Richtung Gegner abfeuern mußte, bekam er eine leichte Verwundung im linken Unterarm und wurde weit hinter der Front in die

Nähe von Warschau als Schreiber in ein Verpflegungsdepot versetzt. Und das machte er wieder so gut, daß er für jeden Kompaniechef, denn die wechselten öfter, unabkömmlich wurde. Das war wieder eine Arbeit, die Spaß machte. Eigene Schreibstube, militärisch-exakte Buchhaltung, Ordnung, Disziplin, Akkuratesse - und Schnaps! Seinetwegen konnte der Krieg so ewig dauern.

Als die Rote Armee auf Warschau vorrückte, warf er das unsinnige Gewehr weg und kam trotz tagelangen Marsches frisch und wohlgenährt zu Hause an. Das war etwa vor einem Jahr, kurz nachdem Frau Sander mit ihren beiden Kindern in das Haus im Schloßgarten umgezogen war.

Bedingungslose Kapitulation des Hitlerregimes

8. Mai 1945. In Berlin-Karlshorst unterzeichnen Generalfeldmarschall Keitel, Generaloberst Hans-Jürgen Stumpf und Admiral Hans Georg Friedrich von Friedeburg die Kapitulationsurkunde. Es wird festgelegt, die Kampfhandlungen um 23.01 Uhr (MEZ) einzustellen. Bis zum 1. Juli verläuft die Trennungslinie zwischen dem englisch-amerikanischen und dem sowjetischen Besatzungsgebiet von Wismar, längs der Elbe über Magdeburg, Torgau bis Leipzig und Zwickau. In den vom Hitlerfaschismus befreiten deutschen Gebieten ergreifen bewährte Antifaschisten, vor allem Kommunisten und Sozialdemokraten, die Initiative bei der Entwicklung eines neuen politischen Lebens zur Überwindung der nationalen Katastrophe. (Deutsche Geschichte in Daten, Berlin 1967, S. 821)

III

Wie an fast jedem Abend saßen auch heute wieder einige der im Schloßgarten stationierten russischen Soldaten im Salon der jetzt von den Sanders bewohnten Villa und tranken ihren mitgebrachten Schnaps. Frau Sander war der Mittelpunkt dieser Feste, die nicht selten in Saufgelage ausarteten. Sie war - oder besser, gab sich - immer lustig und vergnügt, hatte für jeden ein freundliches Wort. Und sie war eine Frau. Vor Zudringlichkeiten einzelner Soldaten wußte sie sich zu schützen, indem sie geschickt die einflußreichsten unter ihnen, die zugleich die verständigsten waren, durch ihre besondere Gunst und Zuneigung auszeichnete. Einer wetteiferte mit dem anderen, ihr einen Gefallen zu tun, und sie freuten sich wie Kinder, wenn sich eine Gelegenheit ergab, ihr zu beweisen, wie sehr sie ihr ergeben waren. So beschützt, brauchte sie keine Furcht mehr zu haben.
Heute abend wurde wieder besonders viel getrunken. Der blaue

sechzigprozentige Spiritus ging reihum, floß, als sei es Wasser, durch die rauhen Kehlen, und nach jeder Runde wurde die Stimmung gehobener.

»Deutsche Frauen sein schöne Frauen«, brüllte ein älterer Sergeant mit einem nach oben gezwirbelten Schnurrbart und prostete dabei Frau Sander zu, die gerade dabei war, das von den Soldaten mitgebrachte und von ihr in Scheiben geschnittene Brot auf die Teller zu verteilen. Durch diese Saufgelage, die ihr manchmal so viel Ekel einflößten, daß sie ins Freie gehen mußte, um sich nicht zu erbrechen, konnte sie die Familie gut ernähren, denn die Russen brachten ihr jedes Mal Brot, Fleischkonserven, Butter und manchmal sogar für ihren Sohn etwas Milch mit. Das war das einzige, was zählte. Das war die Existenzgrundlage. Das entschied über Verhungern oder Überleben.

»Und die schönste von deutschen Frauen seien du«, sagte ein anderer mit drei Streifen auf den Schulterklappen. Frau Sander lächelte. Sie hatte den kleinen, romantisch verträumten Ukrainer sehr gern. *Eigentlich ist er noch ein Kind*, dachte sie.

»Und du seien der größte Dummkopf«, äffte sie ihn nach und lachte ihm zu.

»Oh, für dich, ich da seien gern ein Dummkopf.«

Wolodja, ein ruhiger Kleinrusse, spielte auf der Gitarre. Er griff geschickt die Mollakkorde, die das getragene Volkslied, von seiner tiefen Stimme sehr eindrucksvoll vorgetragen, wunderbar untermalten.

Das war der Augenblick, auf den sich Frau Sanders sechsjähriger Sohn Wolfgang schon den ganzen Tag gefreut hatte. Wolfgang hatte ganz allein und in sich versunken am Kachelofen gesessen, der in seiner ausladenden Dimension den machorkaverrauchten Salon wie ein Feldherrnhügel beherrschte. Er hatte die wollbestrumpften, dünnen Beinchen gegen die reich mit Ornamenten verzierten, wärmenden Kacheln gestemmt und sich weit forttragen lassen in die geheimnisvolle Welt des Buches auf seinen Knien, in dem er, die gefährlich knickwilligen Seiten behutsam glättend, vorsichtig blätterte. Die altersgerechten Kinderbücher mit den kartonfesten Seiten, die in besserer Zeit für die vier Jahre ältere Schwester gekauft worden waren, interessierten ihn nicht. »DER BLÜTENBAUM. Deutsche Balladen, Gedichte und Geschichten der Klassik und der Romantik«, so hieß das Buch der Bücher, das er ständig mit sich herumschleppte und jeden nervte, ihm doch bitte, bitte etwas aus diesem Buch vorzulesen. Und da er nur daraus vorgelesen bekommen wollte – immer wieder die gleichen Balladen, die gleichen Gedichte, die gleichen Geschichten, wußte er Blatt für Blatt auswendig (oft sogar in Mutters unheilgeschwängerter Betonung), welche erregenden Schicksale sich hinter dem Buchstabengewirr auf den Seiten verbargen, die in seiner Phantasie, verdüstert durch die zahlreich eingefügten Illustrationen noch gruseliger wurden als sie ohnehin schon waren. Da waren die allegorischen Darstellungen der großen alten Meister von Dürer und Cranach bis zu Alfred Rethel, die romantischen von Ludwig Richter bis zu den mythologisch-religiösen Darstellungen von Böcklin, Feuerbach, Leibl oder Thoma. So konnte er stundenlang in einer einsamen Ecke sitzen, nichts um sich herum wahrnehmen und sich wegträumen in die Welt der blutrünstigen Balladen von Schiller, Bürger und Goethe oder der sehnsuchtsvollen Gedichte von Eichendorff, Freiligrath, Storm, Uhland oder Claudius. Wenn er durch die zerlesenen Seiten des Buches blätterte, orientierte er sich an den Illustrationen, denen er dann, Mutters Tonfall nachahmend, bruchstückhaft rezitierend die Texte vor sich hinsprach, die an dieser Stelle niedergeschrieben sein mußten: Die Geschichte vom Taucher, den niemand mehr wiedersah, von Großmütterchen Holzsammlerin, deren Kinder daheim verhungern, weil sie in klirrendem Frost den Weg nach Hause nicht mehr findet und im Wald erfriert: Der Korb auf dem Rücken drückt schwer, so schwer. Und die Kinder zu Hause, sie hungern so sehr. Eil dich, Alt-Mütterchen, eile!, von der wandelnden Glocke, die die Kinder zum Kirchgang mahnt, von den Burschen, die über den Rhein zogen und die wunderschöne Wirtstochter tot aufgebahrt wiederfinden oder vom Glockenguß zu Breslau, wo der Jüngling so unschuldig sterben muß. Die Mutter hatte ihm oft gesagt, wenn er – ihr den BLÜTENBAUM hinhaltend – bettelte, ihm etwas vorzulesen: »Ach Junge. Das verstehst du doch noch nicht. Komm, ich les' dir lieber etwas anderes vor.« Aber Wolfgang reagierte darauf so verstockt bis zum Einsatz von fürchterlichen Weinkrämpfen, daß die Mutter dann meistens doch nachgab und manchmal sogar das Größte zuließ. Sie hob den spindeldürren Jungen hoch, so daß er wie ein Äffchen Arme und Beine um Hals und Taille klammern, sein Köpfchen an ihre Wange pressen und so sein Ohr dicht an ihren Mund bringen konnte.

Und wenn sie dann noch wiegenden Schritts, aus dem BLÜTENBAUM deklamierend, den Jungen durch das Zimmer trug, war das für Wolfgang wie ein warmer Sommerregen auf seiner Haut.

Natürlich mußte ihm unverständlich bleiben, was ihm da vorgelesen wurde. Aber gerade das Unbegreifbare nährte seine Phantasie und das Gefühl, daß etwas Großes, Erhabenes dahinterstehen mußte, wenn es ihn so tief beeindruckte oder wenn er eine Sehnsucht spürte, die er sich nicht erklären konnte. Und sich in diese Gefühle hineinzuversenken, das war etwas, womit man allein sein konnte – so, wie er sich oft fühlte, besonders dann, wenn die Mutter sein ständiges Drängen nach ihrer Nähe zu unterbinden suchte, indem sie öfter entnervt äußerte: »Junge, mußt du denn immer an meinem Rockzipfel kleben!«

Nachdem er heute lange Zeit in den drei Illustrationen zu Schillers Bürgschaft gelebt, in das zornerfüllte, böse Gesicht des Tyrannen geschaut, gemeinsam mit dem zurückeilenden Freund gegen die mit geschwungener Keule aus dem Wald tretende raubende Rotte der Räuber gekämpft und schließlich in der tränenden Auges vollzogenen Umarmung der Freunde selber Freude empfunden hatte, fesselte ihn, wie schon so oft, die Dürersche Radierung der apokalyptischen Reiter, bei der ihn besonders die Darstellung des Todes auf dem kleinsten Pferd der reitenden Gruppe faszinierte. Aber als er Wolodja den ersten Akkord auf der Gitarre spielen hörte, schlug er sofort das geliebte Buch zu und stürzte mit einer solchen Geschwindigkeit auf seinen dürren Beinchen zum Gitarristen hinüber, daß man glaubte, er müsse jeden Moment hinfallen.

Dort kroch er unter den linken Arm des Gitarrespielers, so daß er sich eng an Wolodja anschmiegen konnte. Der beugte sich zu ihm herab, und der Junge legte sein Ohr ganz dicht an den Mund des Sängers. Und dann sang Wolodja diese wunderbare, getragene Weise von einem Mädchen, das ihren Liebsten verloren hatte und nun klagend durch die weite Steppe zog. Das war einfach schön, und das ging so tief in Wolfgang hinein, daß es die ganze Seele des Jungen ausfüllte, daß – wann immer er Glück und Geborgenheit fühlte – sich ihm diese Stimme, das Kribbeln des Schnurrbartes an seinem Ohr und diese erhaben-tragische Melodie zu einem Bild von Wärme, ja Liebe fügte. Und da es so wunderschön war, sich diesem Glücksgefühl hinzugeben, sich dieses wohlige Durchrieseln des Körpers auch jedesmal einstellte, mußte Wolodja ihm immer und immer wieder dieses Lied vorsingen.

Dreimal hatte Wolodja heute dieses Liebe, Leid und Schmerz bis zum bitteren Ende gesungen. Jetzt aber wollten seine Kameraden endlich etwas Lustiges von ihm hören. In das rhythmische Klatschen der Soldaten, das Wolodja zum Spiel eines flotteren Liedes auffordern sollte, mischte sich das Geräusch einer zuschlagenden Haustür. Da Wolfgang ahnte, daß Wolodja nun Lieder spielen würde, die ihm nicht so gefielen, lief der Junge hinaus, um nachzusehen, wer gekommen war.

Es war sein Vater, dem der Wind beim Versuch, die Haustür besonders lautlos zu schließen, die Klinke aus der Hand gerissen hatte. Sander war den ganzen Tag völlig durchnäßt herumgelaufen, um etwas für den Lebensunterhalt der Familie zu besorgen. Er war auf den umliegenden Dörfern gewesen. Aber ohne Erfolg. Die Bauern wollten für Geld nichts mehr geben. Textilien und Wertgegenstände waren gefragt. Dafür bekam man Kartoffeln, Milch und Butter. Aber mit Geld war nichts mehr zu machen. So kam er - gerade noch vor der Freiwildzeit, wie Frau von Schild die Milizanordnung bezeichnete - müde, durchfroren und niedergeschlagen nach Hause mit dem Vorsatz, morgen seine Uhr zu versetzen, wenn es daheim an Lebensmitteln sehr mangeln sollte.

Er sah es nicht gern, wenn die Russen bei seiner Frau im Salon tranken. Nicht, daß er etwa eifersüchtig gewesen wäre. Aber ihn beherrschte die Angst, daß sie tätlich wurden. Und das nicht unbegründet, denn schließlich hatte er als Soldat in der Deutschen Wehrmacht gedient, auch wenn er jetzt keine Uniform mehr trug.

Sander stand noch immer an der Haustür und hielt die Klinke umklammert, als wollte er verhindern, daß die Tür noch einmal so geräuschvoll zuschlug.

»Sind sie wieder drin?« fragte er seinen Sohn.

»Ja, und Wolodja hat mir eben vorgesungen.«

Da Sander wußte, daß er bei solchen Festen nicht gern gesehen war, wollte er schnell und ungesehen ins Obergeschoß gelangen. Außerdem befürchtete er eine Erkältung, wenn er nicht sofort trockene Sachen auf den Leib bekäme. In diesem Moment kamen drei angetrunkene Soldaten, die nicht zu den intimeren Freunden von Frau Sander zählten, aus dem Salon. Als sie Sander bemerkten, unterbrachen sie ihre schon fast abgeschlossene Vorbereitung auf das, was sie von der offenen Haustür aus tun wollten. Sie umringten ihn, so daß an Sanders beabsichtigte Flucht ins obere Schlafzimmer nicht mehr zu denken war.

»Nun, woher du kommen?« sagte ein Riese von Mensch, indem er den verängstigten Sander gegen die Haustür preßte. »Oh, du dich fürchten vor uns? Das sein gutt. Wir uns haben nie gefürchtet vor Deutsche! Das du dir merken!«

Sander hob unwillkürlich die Hand, um sein Gesicht zu schützen. Dabei kam die echte Schweizer Uhr an seinem Arm zum Vorschein, die er weit vor seiner Unterschlagung vom Prinzipal der Firma für aufopfernde Leistungen in Form von unbezahlten Überstunden bekommen hatte.

»Du haben eine scheene Urr«, sagte wieder der Riese. Es war unverkennbar ein Drohen in seiner Stimme.

»Nein, nein!« stieß Sander hervor, als der Riese Anstalten machte, ihm die Uhr abzunehmen. Wolfgang dachte, warum läßt sich Vater das gefallen? Blind empört sprang er den Riesen an, weil er das Gefühl hatte, daß etwas getan werden müsse.

»Du sehen, dein Sohn haben mehr Mutt als du«, sagte der Riese und versetzte dem Kleinen einen Patsch auf den Hintern, so daß dieser im Flur lang hinfiel. Sander versuchte in diesem Augenblick aus den Klauen des Riesen zu entkommen.

»Oh, du bleiben hier«, lachte der Riese und war schon dabei, dem zitternden Sander die Armbanduhr abzunehmen. »Deutsche uns haben viel mehr genommen, du verstehen.«

Wolfgang war schnell wieder auf die Beine gesprungen. Mit aller Entrüstung, derer er fähig war, schrie er dem Riesen die unflätigsten Schimpfworte, die ihm die Soldaten beigebracht hatten, ins Gesicht: »Jupka twoju Match! Durak! Pista! Hui!«, und dann lief er zur einzigen Stelle, die hier Abhilfe schaffen konnte. Er lief zur Mutter in den Salon, um ihr zu erzählen, was hier draußen vorging.

Ohne Hast, aber größer als sie in Wirklichkeit war, ging Frau Sander, gefolgt von dem kleinen Ukrainer, Wolodja und zwei weiteren Soldaten, die ihr ebenfalls sehr ergeben waren, in den Flur.

Angesichts dieser zahlenmäßigen Übermacht zog es der Riese vor, von Sander abzulassen und selbst das Weite zu suchen. Hildegard Sander, die ihm nicht einmal bis an die Schulter reichte, krallte sich in seiner Uniformbluse fest und versuchte ihn zurückzuhalten. »Die Uhr! Sofort gibst du die Uhr wieder heraus!«, schrie sie. Doch der Riese griente sie nur an und schüttelte sie ab wie eine lästige Hündin. Nun aber warfen sich die vier Soldaten, die hinter Frau Sander standen, gemeinsam auf den Riesen. Er wurde fürchterlich verprügelt und in die Kaserne abgeführt. In dem Handgemenge war Sander nach oben in die Schlafstube geflüchtet. Ursula ging ihm nach. Wolfgang blieb. Er schaute stolz auf seine tapfere Mutter und hatte dabei ein angenehmes Gefühl.

IV

Am frühen Vormittag des nächsten Tages begehrten Wolodja und der kleine Ukrainer in gespielter Drohgebärde Einlaß in Frau Sanders Küche. Kaum drinnen, verwandelten sie sich in herumalbernde Jungs, deren Verlegenheit nur noch von ihrer Verliebtheit übertroffen wurde.

»Ras, dwa, tri, tschetyre … pjat«, Wolodja zauberte tanzend fünf Eier aus seiner weiten Bluse, und aus der des kleinen Ukrainers kullerten Kartoffeln über den Fußboden.

»Zapp-za-rapp?« Frau Sander drohte lächelnd mit dem Zeigefinger. Wolodja legte seine sehnige Hand auf Frau Sanders Schulter und sagte mit ernstem Gesicht: »Für dich und deine Kinder.« Dann gingen beide, Dank abwehrend, aus der Küche.

Ihrer Familie kündigte Frau Sander ein Festmahl an: Gekochte Eier mit Kartoffeln in Senfsoße.

V

Bei einem solchen Essen brauchte Frau Sander weder Wolfgang noch Ursula zu Tisch zu rufen. Die Geschwister saßen in freudiger Erwartung schon vorzeitig auf ihren Plätzen.

Wolfgang hatte sich der besseren Übersicht halber zu seinem BLÜTENBAUM ein zweites Buch als Sitzerhöhung unter den Hintern gelegt. Sogar die üblichen Ellenbogenkämpfe der Kinder fielen aus, denn der sonst so verbissen umkämpfte Zentimeter Ellenbogenfreiheit mehr schien unwichtig angesichts der notwendigen genauesten Beobachtung, ob jeder wirklich ein gleich großes Ei bekam. Sander bekam zwei Eier auf seinen Teller, von denen er eins mit akkuratem Längsschnitt zerteilte und je eines der absolut gleichen Teile Wolfgang und Ursula auf die Teller legte. Das geschah schweigend, und die Kinder bedankten sich leise.

Plötzlich rief Wolfgang sehr aufgeregt: »Mutti, oben hat der Deckel vom Nachttopf geklappert!«

Schwester Ursula, die, wenn man die Geschwister in ihrer körperlichen Entwicklung miteinander verglich, eher sechs als tatsächlich vier Jahre älter schien als er, zeigte ihm einen Vogel: »Der Gernegroß spinnt wieder mal.«

»Nein, du spinnst! Da war was.«, empörte sich Wolfgang.

»Was du immer so hörst«, antwortete die Mutter.

»Nein Mutti, da ist jemand. Ich habe es wirklich ganz genau gehört«, widersetzte sich der kleine Wolfgang.

Frau Sander wußte, wenn ihr Junge etwas so unerbittlich verteidigte und sie mit seinen großen Augen so ernst ansah, dann mußte er wirklich ein ungewöhnliches Geräusch gehört haben. Sie stand auf und ging nach oben. Wolfgang lief ihr hinterher. Als sie ins Schlafzimmer kamen, sahen sie, wie ein russischer Soldat gerade dabei war, eine Schmuckdose gewaltsam zu öffnen. Von Frau Sander bei seiner frevelhaften Beschäftigung entdeckt, ließ er vor Schreck die Dose fallen. Nichtachtend der Situation, die daraus entstehen könnte, lief sie auf den fassungslosen Soldaten zu und schlug ihm wie eine Furie rechts und links in das erstarrte Gesicht. Wäre sich der Soldat in diesem Augenblick seiner eigenen Kraft und Position als Soldat und Besatzer bewußt geworden, hätte sie sicherlich nicht mehr zum nächsten Schlag ausholen können. Aber der Soldat starrte sie nur an und war nicht fähig, sich von der Stelle zu rühren. Wolfgang war zur offenen Balkontür gelaufen. Unter dem Balkon sah er einen großen Haufen Wäsche liegen. »Mutti, Mutti, die ganze Wäsche liegt unten!« rief Wolfgang ins Schlafzimmer.

Plötzlich – wie aus einer Trance erwacht – flüchtete der Soldat zum Balkon, sprang hinunter, griff sich so viel der Wäsche, wie er unter einem Arm tragen konnte, und lief damit in Richtung der Russenbaracken am Rande des Schloßgartens.

Sander hatte der ganzen Szene unbeteiligt beigewohnt. »Woher du nur immer die Kraft und den Mut nimmst«, sagte er.

»Es reicht ja auch, wenn einer von uns beiden Mut und Kraft hat«, sagte Frau Sander. »Aber ob ich das noch lange kann, weiß ich nicht.« Sie ließ Sander stehen und ging hinunter, um die unter dem Balkon verstreut liegende Wäsche wieder einzusammeln.

Wolfgang stand unschlüssig vor seinem Vater. Ursula, die die Scherben einer heruntergefallenen Vase eingesammelt hatte, ging auf den Vater zu. Sie hatte wohl das Gefühl, daß er Trost und Nähe brauchte. Der Vater drückte sie an sich, und es tat ihm gut, daß er ihr übers Haar streichen konnte. Seit er aus dem Krieg nach Hause gekommen war, fühlte er sich nutzlos. Niemand brauchte ihn, keinem konnte er helfen. Hildegard, seine Frau, regelte alles, und das war richtig so, weil sie es ja auch viel besser verstand als er. Ohne sie war er verloren. Er sah auf das dünne Häufchen voller Fragen, das vor ihm stand. *Er hat die Augen von Hildegard*, dachte er. Er schämte sich vor seinem Sohn. Er wußte, er mußte auf diese stummen Fragen antworten. Aber, was sollte er sagen? Er konnte ihm doch nicht eingestehen, daß er Angst, einfach nackte Angst hatte. Er nahm seiner Tochter die Scherben der Vase ab und dann ordnete er an: »Wolfgang, hilf bitte deiner Mutter beim Wäscheaufsammeln!«

2

JUNGA WERD'S BRENGA, ABER JANEK DARF BLEIBEN

I

Die Maisonne lachte vom Himmel. Die Natur hatte durch den langanhaltenden und strengen Winter den Frühling verschlafen. Jetzt aber brach er so heftig aus, daß man glaubte, das Wachsen der Gräser, Blumen, Sträucher und Blätter sehen zu können. Über allem lag ein schwindelerregender Duft.

Die Sanders, die noch immer die Villa im Schloßgarten bewohnten, bekamen Besuch von der Familie Kotten, die sich für immer verabschieden wollte. Bei dem schönen Wetter wurde natürlich im Freien gefeiert.

Alexander Kotten führte - bis er als Soldat an die Westfront eingezogen wurde - ein mittelständisches Unternehmen. Er unterhielt ein Textil- und Hutgeschäft mit einer dazugehörenden kleinen Manufaktur, besser einer größeren Werkstatt, in der anfangs ausschließlich Hüte, später allerdings nur noch Mützen hergestellt wurden. Die Kottens hatten damit ihr gutes Auskommen gehabt, und wenn das Geschäft besonders erfolgreich lief, half Frau Sander mal im Laden bei Frau Kotten mit aus, mal in der Werkstatt, in der Alexander Kotten mit weiteren drei Angestellten arbeitete, zumal - sehr praktisch - Geschäft und Werkstatt genau gegenüber dem Haus lagen, in dem die Sanders bis zum Umzug in den Schloßgarten gewohnt hatten.

Alexander Kotten war vor anderthalb Wochen aus englischer Kriegsgefangenschaft heimgekehrt mit der unerschütterlichen Überzeugung, daß seines Bleibens hier in Niederschlesien nicht länger sei; und man durfte nach seiner Einschätzung keine Zeit mehr verlieren, wenn eine Übersiedlung in die Westsektoren - das einzige, was für ihn als Geschäftsmann in Frage kam - noch möglich werden sollte. Selbstverständlich war er nicht unvorbereitet. Mit einem Kriegskameraden, der aus gemeinsamer Gefangenschaft nach Hamburg entlassen wurde, hatte er alle notwendigen Schritte für eine Unternehmensgründung in dieser Stadt schon durchgesprochen. Schließlich kam er - neben seiner Erfahrung - mit möglicherweise nicht ganz leeren Händen, denn einer, der mit Besitzstand aus der Heimat vertrieben wurde, hat vielleicht später, wenn sich die Dinge konsolidiert haben, einen Anspruch auf Entschädigung, auch wenn heute darüber noch nicht zu sprechen war. Jedenfalls, die Kottens sahen sich vorbereitet, alle Formalitäten waren erledigt, man saß auf gepackten Koffern und Kisten, stündlich konnte die Ausreise genehmigt werden, und dann wiederum - das wußte man - waren nur noch Stunden Zeit, um die Chance wahrzunehmen, denn wie schnell konnte in diesen Zeiten etwas Gestattetes auch wieder zurückgenommen werden.

Für die Sanders hatte dieser Tag etwas von Weihnachten. Die Kottens waren mit einem Handwagen gekommen, vollbeladen mit Utensilien, die sie nicht mit auf die bevorstehende Reise nehmen, die aber für Zurückbleibende das Leben erträglicher machen konnten. Außerdem, so hatte es sich Alexander Kotten vorgenommen, mußte man auch einmal über die Zukunft der Sanders sprechen, die offensichtlich keine Anstalten machten, das schon Verlorene, nämlich ihrer aller Heimat, nun auch wirklich aufgeben zu wollen.

»Nun sag mal«, fragte Kotten Frau Sander, »was hält euch denn noch hier? Seht ihr denn nicht, daß ihr bald Ausländer im eigenen Land, Fremde in unserer Heimat sein werdet?«

»Es sind doch noch so viele da«, erwiderte nachdenklich Frau Sander, und dann wieder etwas unbeschwerter: »Vielleicht kommt es gar nicht so schlimm, wie du es siehst, Alex.« Und indem sie in Kottens Lockenkopf herumwuschelte, fügte sie hinzu: »Außerdem müssen ja ein paar von uns da sein, wenn ihr Überschlauen wieder zurückkommt.«

»Hilde, wach endlich auf!« Kotten ergriff Frau Sanders Hände. »Das wird nicht passieren. Schlesien ist für uns Deutsche verloren. Für immer verloren! Schlesien wird polnisch! Und ich garantiere dir eins, wenn ihr zu lange wartet, dann gibt es keine freiwillige Übersiedlung mehr. Dann wird nur noch zwangsevakuiert. Und wohin Zwangsevakuierungen gehen, das kann ich dir jetzt schon sagen: Zu den Russen! In die russisch besetzte Zone!«

»Ich weiß gar nicht, was ihr immer so gegen die Russen habt. Ich kann nur sagen, mir haben sie nichts getan. Im Gegenteil, bis jetzt haben Russen für unser Überleben hier mehr getan als sonst jemand. Die Polen sind schlimm, das stimmt. Die Polen sind schlimm ...«

»Mensch Fritz!« Alexander Kotten wandte sich hilfesuchend an Sander. »Sag du doch auch mal was! Ich glaube, deine Hilde begreift den Ernst der Lage nicht.«

»Laß mal«, sagte Sander, ohne sich so recht in das Gespräch mit hineinziehen lassen zu wollen. »Die Hilde hat bisher immer gewußt, was für uns gut ist.«

»Macht was ihr wollt. Ich verstehe euch nicht.« Alexander Kotten machte eine verzweifelte Geste zum Himmel.

»Alexander Kotten«, Hildegard Sander nannte ihn immer dann bei vollem Namen, wenn sie Kotten, der zuweilen zu Unbedachtsamkeiten und Dumme-Jungen-Streichen neigte, etwas Ernsthaftes erklären wollte: »Ich weiß, du kannst das nicht verstehen. Sieh mal, du weißt jetzt schon, wohin ihr gehen werdet. Du weißt sogar schon, wie ihr euch eine neue Existenz in Hamburg aufbauen werdet. Euch ist es immer gut gegangen, und deshalb kannst du nicht verstehen, was es für uns bedeutet, in dieser Villa zu wohnen. Verstehst du! Frau von Schild hat uns dieses Haus mit diesem wunderbaren Garten überlassen. Wir haben noch nie so gut gewohnt, und es gehört quasi uns! Uns, verstehst du! Wir haben ein Eigentum. Das erste Mal in unserem Leben. Und vielleicht können wir es behalten. Wo auf der ganzen Welt werden wir so etwas wieder finden. Und Arbeit? Arbeit wird es immer geben. Alex, Lieber, laß uns die Hoffnung, solange wir sie noch haben können. Was kommen muß, wird kommen, wir werden sehen ...«

II

Wolfgang war an diesem Tag überglücklich. Er hatte von den Kottens einen Puppenwagen mit einer Puppe geschenkt bekommen, die nicht nur die Augen schließen, sondern auch reden konnte, wenn man sie umlegte. Den Puppenwagen hatte er sofort in Besitz genommen und war damit weit in den Park hineingefahren. Mit Puppen hatte er immer viel lieber gespielt als mit allem anderen Spielzeug, sogar lieber als seine Schwester, die doch ein Mädchen war. So lag das andere Geschenk, ein großer bunter Holzreifen, achtlos in der Ecke.

Kotten hatte zwei Töchter, eine war im Alter von Ursula, die andere vier Jahre älter. Die Mädels saßen während der Unterhaltung der Erwachsenen mit am Tisch, hatten sich aber über ganz andere Dinge unterhalten und meistens, ganz unpassend zum ernsthaften Gespräch der Erwachsenen, dumm herumgekichert.

Sander, der den Diskussionen um Perspektiven, die zudem noch so schwere Entscheidungen beinhalteten, ohnehin am liebsten aus dem Wege gegangen wäre, kam, wie er so auf den achtlos liegengelassenen Holzreifen sah, auf einen Einfall, wie er sich aus der Diskussionsrunde herausstehlen könnte. Er wandte sich unternehmerisch an die drei kichernden Mädchen: »Kommt, ich zeige euch mal was mit dem Reifen dort.« Nicht gerade enthusiastisch folgten die drei Mädels Fritz Sander, der den Holzreifen aufnahm, ihn mit einem Gegendreh so von sich warf, daß er wieder zu ihm zurückrollte. »Na, wer machts nach?«

Der Vierzehnjährigen war das wohl zu albern; sie warf den Ring lustlos von sich. Aber auch die beiden Zehnjährigen schafften es nicht, obwohl sie sich sichtlich anstrengten.

Wolfgang hatte aus einiger Entfernung mit seinem Puppenwagen den mißlingenden Versuchen zugeschaut. Er hätte es zu gern auch versucht, aber der Vater hatte nicht ihn, sondern die größeren Mädels aufgefordert, und er traute sich nicht, den Vater zu bitten, es ihn einmal probieren zu lassen, so klein wie er war und so dünn. Die Mädels hätten ihn sicherlich ausgelacht und herumgelästert. *Nein, der Reifen ist zu groß für mich!* Er sah aber immer noch den Versuchen zu und glaubte auch zu erkennen, welche Fehler die Mädels machten. Als ihn Sander so unschlüssig stehen sah, rief er ihn an: »Komm Wolfgang, probier es auch mal!« Und dann sagte er in schlesischem Dialekt etwas, was in Wolfgang ein unbeschreiblich wohliges Gefühl von Angenommensein auslöste: »JUNGA WERD'S BRENGA!«

Der Vater hielt ihm den Reifen hin. Wolfgang ließ seinen Puppenwagen stehen und ging zum Vater. Als er neben dem Reifen stand, dessen Höhe über seine Schultern ragte, schien es allein schon technisch unmöglich, daß der Junge das schaffen sollte, worum die viel größeren Mädchen sich vergeblich gemüht hatten. Aber dieses Vertrauen, das der Vater unbewußt mit seiner Aussage, der Junge wird es bringen, in ihn setzte, durfte Wolfgang nicht enttäuschen.

Er trat auf den Vater zu und bat ihn: »Zeig es noch einmal.« Er sagte es so ernst, daß die Mädchen wieder zu kichern anfingen, weil es doch zu offensichtlich war, daß der Dreikäsehoch es nie schaffen würde. Der Vater zeigte ihm noch einmal diesen Trick. Wolfgang nahm den Reifen, sah sich eine Weile um, entdeckte die Lösung für sich in einem der Feldsteine, die verstreut als Wegeinfassungen dienten, stieg auf einen dieser Steine, so daß er seine zu kleine Körperhöhe ausglich, und so, wie er es beim Vater gesehen hatte, warf er den Reifen mit jenem Dreh, daß er wirklich wieder zurück kam.

»DER JUNGA WERD'S BRENGA!« Der Vater drückte seinen Sohn anerkennend an sich. Wolfgang fühlte sich so groß, als läge unter ihm nicht mehr der Stein, auf dem er stand.

III

Nur ein paar Wochen später – die Kottens waren schon längst in Hamburg – wurden die Sanders aus der Villa im Schloßgarten ausgewiesen. Damit war der Traum der Hildegard Sander schneller ausgeträumt, als sogar Alexander Kotten es vorausgesagt hatte. Die russische Einheit in den Baracken hinter dem Schloßgarten hatte einen neuen Kommandanten bekommen, der diese Villa als eine standesgemäße Unterkunft für sich betrachtete. Den Sanders wurde eine kleine Wohnung im dritten Stock einer Mietskaserne, ein paar Steinwürfe vom Schloßgarten entfernt, zugewiesen.

Es war ein Haus, das man heute als multikulturell bezeichnen würde: Im Parterre hauste eine russische Familie - mit sieben Kindern, das älteste neun Jahre, das jüngste vielleicht vier Monate. Wenn die Geschwister an dem naheliegenden Bach spielen gingen, faßten sie sich der Größe nach wie Orgelpfeifen an den Händen und zogen johlend über die Wiese. Die tschechische Familie im ersten Stock hingegen bemerkte man kaum. Das Ehepaar ging tagsüber arbeiten; Kinder schien es nicht zu haben. Im zweiten Stock wohnten Polen, zwei junge Männer, für die jeder Tag ein nur ihnen geschenkter Tag zu sein schien. Bei dröhnender Musik aus einem Radio feierten sie mit Mädchen, die sie in einer Woche mindestens zweimal wechselten, bis spät in die Nacht wilde Feste. Wer wußte denn, wie lange man noch lebte? Einer geregelten Arbeit schienen sie nicht nachzugehen; denn es kam öfter vor, daß sie nach durchzechter und durchhurter Nacht erst am späten Nachmittag aufstanden. Im dritten Stock wohnte die Familie Sander, und über ihr im vierten Stock die Woiteks, eine polnische Familie mit zwei kleinen Kindern - das Dritte war im Kommen.

Frau Woitek war ein liebliches, zierliches Frauchen, das gern und viel schwatzte. Ihr Mann, drei Köpfe größer, verstand von allem etwas, aber von nichts etwas Genaues. Er reparierte - meistens Radios, die allerdings nach seinen Reparaturversuchen nicht immer funktionierten. Die Woiteks verstanden etwas deutsch, und so kam es, daß sich die Familie Sander mit ihnen anfreundete.

Wolfgang, inzwischen fast siebenjährig, machte das babylonische Sprachgewirr und dieses Kommen und Gehen in dem Mietshaus angst. Er fühlte sich geradezu an die Wand gedrückt, wenn es sich einmal nicht vermeiden ließ, auf die gröhlende Horde der Russenkinder im Treppenhaus zu stoßen. Weitaus schlimmer jedoch waren die Begegnungen mit jenen Damen, die im zweiten Stock ein- und ausgingen. Wieso mußten sie ihm immer - begleitet von diesen schrecklich hohen, girrenden Lauten - den Kopf tätscheln, also so nahe an ihn herankommen, daß er sich hinterher fast übergeben mußte, weil seine Nase den aufdringlich süßen Parfümgeruch nicht vertrug, der noch Stunden nach ihrem Verschwinden schwer im Treppenhaus lag? Warum nur mußte alles so schrecklich laut, so groß, so massig sein?

Nur bei Woiteks war alles ganz anders. Hier fühlte er sich nicht bedrängt. Die zierliche Frau Woitek war fast so dünn wie er selbst, und sie sprach so wunderbar leise. Von Frau Woitek bekam er manchmal Süßigkeiten zugesteckt, wobei es ihnen ein gemeinsames Vergnügen bereitete, daraus ein Geheimnis zu machen. Und Herrn Woitek bei seinen Reparaturversuchen zuzuschauen, begriff er geradezu als eine Auszeichnung. Aber das Allerschönste für Wolfgang war, daß bei Woiteks eine so wunderbare Unordnung herrschte. Da lagen kaputte Radioapparate herum, halbe Fahrräder, Teile der Anlage einer elektrischen Eisenbahn, ganze Armeen von Zinnsoldaten und überhaupt – allerhand Unrat, der ein Kinderherz erfreuen konnte. Er schnüffelte gern in all den Sachen herum, entdeckte jeden Tag Neues, baute zusammen, schlug entzwei, und das Schönste war, hier schimpfte niemand, wenn er etwas angestellt hatte.

IV

Und es gab noch einen Grund, weshalb Wolfgang die Woiteks so mochte: Janek! Janek war der Sohn der Schwester von Frau Woitek, was man eigentlich gar nicht verstehen konnte, weil Janek so völlig anders als die zierliche Frau Woitek aussah. Janek, drei Jahre älter als Wolfgang, war fett, ein richtig dicker Junge, der sich genauso langsam bewegte, wie er aussah, aber – und das bewunderte Wolfgang an ihm – schier unwahrscheinliche Kraft und immer Hunger hatte. Janek sprach deutsch so gut wie polnisch. Und mit Janek zusammen ging Wolfgang nicht mehr ängstlich durch das Treppenhaus, mit ihm wich er auch den Russenkindern nicht mehr aus, und die parfümierten Damen kamen erst gar nicht mehr an ihn heran, weil Janek sie polnisch mit Worten belegte, die sie zu einem schnelleren Verlassen des Hauses bewegten. *Ja, der Janek, das ist schon ein Kerl!*

Mit seinem Freund Janek machte Wolfgang eine völlig neue Erfahrung, eine Erfahrung, die ihn betraf, seinen kleinen, dünnen Körper, den er sich schon so manches Mal ein bißchen kräftiger gewünscht hätte. Janek zeigte ihm, daß es manchmal von großem Vorteil ist, wenn man so klein, so dünn und dazu so gewandt ist, und wie gut man sich ergänzen kann, wenn man dick und stark mit dünn und gewandt für ein gemeinsames Ziel einsetzt. Denn sobald beide das Mietshaus verlassen hatten, verwandelten sie sich in adleräugige Räuber, die nur eines im Sinn hatten, etwas Eßbares aufzutreiben, denn Janeks unbändiger Hunger verlangte nach ständiger Befriedigung. Maschendraht- oder Lattenzäune zu überwinden, stellten Janek vor nur kleine Probleme. In die riß er mit seiner Kraft so große Löcher, daß auch er in die dahinterliegenden Gärten eindringen konnte. Aber die kleinen Lauben- und Kellerfenster oder die Öffnungen der Hühnerställe, hinter denen die weit lohnendere Beute lauerte, durch die kam er mit seiner Körperfülle nicht hindurch, aber für Wolfgang stellte selbst das kleinste Loch kein ernsthaftes Hindernis dar. Überall, wo sein kleiner Kopf durchpaßte, hatte auch sein geschmeidiger Körper keine Schwierigkeiten, sich hindurchzuschlängeln. In solchen Momenten stand Janek Schmiere, und kam jemand vorbei, dann griente Janek in seinem behäbigen Fett den Vorbeigehenden so unschuldig freundlich an, daß – solange sie es taten – niemand Argwohn geschöpft hatte. Und wenn Wolfgang mit reicher Beute – meistens mit Hühnereiern, manchmal mit Würsten, einmal sogar mit einem Schinken – wie eine Schlange zurückgekrochen kam und Janek mit Blick auf das Erbeutete anerkennend mit der Zunge schnalzte, dann war Wolfgang unbändig stolz auf sich, vor allem, weil nur er selbst wußte, mit welcher Angst er jedesmal durch die von Janek vorbereiteten Löcher geschlüpft war.

Doch seine größte Angst war nicht das Erwischtwerden, da vertraute er fest auf seinen Freund Janek, der ihn mit seiner Kraft da schon herausholen würde. Nein, die größte Furcht hatte er davor, daß seine Mutter etwas von diesen Raubzügen erfahren könnte. Sie hatte ihm, und daran glaubte er, in einem sehr ernsten Gespräch drohend eingebläut, daß sie ihm die Hand abhacke, wenn sie ihn einmal beim Stehlen erwischen würde. Stehlen mochte für sie, die ihre einschlägigen Erfahrungen mit Sander hatte, das Schlimmste sein, was sich Menschen antun, und ein solch ungeheuerlicher Satz schien ihr wohl deshalb angemessen, weil sie mit allen Mitteln verhindern wollte, daß in diesen aus den Angeln gehobenen Zeiten ihre Kinder nicht auch zu »Vagabunden« wurden. Wenn man ihnen schon alles nahm, wollte wenigstens sie mit den Ihren sauber bleiben. Was hatte man denn ihnen noch gelassen, außer ihrem Anstand und ihrer Würde?

Wolfgang hatte – ganz im Gegensatz zu Janek – nach ihren Raubzügen wenig Appetit auf das Gestohlene, ihm genügte Janeks Anerkennung. Welche Erklärung sollte er der Mutter geben, wenn sein ohnehin mäkliger Magen nichts mehr aufnehmen kann und sie angesichts seiner Unterernährtheit darauf drängt, daß er etwas esse. *Janek, der kann immer essen! Aber ich doch nicht.* Außerdem glaubte er, wenn er von dem Diebesgut nichts anrühre, könne er vor der Mutter seine Unschuld bewahren.

Janek war Wolfgangs Eßverweigerung nur recht. Bei ihm verkam nichts. Und beim genüßlichen Kauen sagte er einmal: »Weißt du was, es ist gut, daß du nichts ißt. Stell dir vor, du würdest so fett werden wie ich, dann müßten wir beide hungern.«

V

Einen Monat später traten die Sanders eine große Reise mit unbekanntem Ziel an. Es ging in Richtung Westen: EVAKUIERUNG. Plötzlich mußte alles sehr schnell gehen, so schnell, daß sich Wolfgang inmitten gepackter Koffer, Taschen und Rucksäcke sitzen sah, ehe er erahnte, daß er Janek niemals mehr wiedersehen würde: Janek, seinen ersten Freund, mit dem er so furchtlos durch das beängstigende Treppenhaus gegangen, so mutig in Gärten und Ställe eingedrungen und so frei von Angst über die Felder gestreift war. Er begriff nicht, warum er von hier, wo er sich mit Janek und den Woiteks so wohl gefühlt hatte, weggehen, für immer weggehen sollte. Und als er – von der Mutter beauftragt, die zwei, drei Spielsachen auszuwählen, die in den kleinen Rucksack passen, den er auf dem bevorstehenden Transport tragen sollte – die Unumstößlichkeit ihres Fortgehens fühlte und gleichzeitig seine Unfähigkeit, auf all das zu verzichten, was nicht in das Säckchen hineinpaßte, brach es aus ihm heraus, und sein schmächtiger Körper wurde von einem nicht endenwollenden Schluchzen geschüttelt. *Für Janek ist das alles nicht so schlimm,* dachte er trotzig, und über sein blasses Gesicht, das nur noch aus großen traurigen Augen zu bestehen schien, rannen dicke Tränen; *Janek ist stark, bestimmt sogar kräftiger als Vater, obwohl Janek wie ich noch ein Kind ist. Aber Janek darf hierbleiben, und ich muß fort.* Er fühlte wieder die Angst jener Tage, als sie hier eingezogen waren.

Als die Mutter – selbst überfordert von der für den Transport erzwungenen Auswahl des Notwendigsten – dieses Bündel Trostlosigkeit sitzen sah, konnte sie nur hilflos ausrufen: »Junge, mach' es mir doch nicht noch schwerer, als es sowieso schon ist.« Aber Wolfgang, der zwar sah, daß die Mutter vollauf beschäftigt war und wirklich keine Zeit für ihn hatte, konnte sein unbändiges Verlangen nach ihrer Nähe nicht mehr unterdrücken. Er sprang sie geradezu an, und sie mußte ihn in seiner sie umschlingenden Äffchenhaltung so lange zwischen dem abgestellten Gepäck herumtragen, bis er, scheinbar aufgetankt mit ihrer Stärke, die eingetrockneten Tränen aus seinem Gesicht wischte und sich widerstandslos wieder absetzen ließ. Daraufhin lief er zu seinem schon prall gefüllten kleinen Rucksack, entnahm ihm einen Teddy, den er noch einmal fest an sich preßte und liebevoll streichelte, holte den in einem anderen Gepäckstück schon verstauten BLÜTENBAUM, den er anstelle des Teddys in seinem Rucksack unterbrachte. Jetzt war er gerüstet. Janek konnte ihm nicht mehr helfen, die Mutter war jetzt wieder alles, was er hatte.

Gründung der Sozialistischen Einheitspartei Deutschlands

21.- 22. April 1946. Vereinigungsparteitag von KPD und SPD in Berlin. Teilnehmer: 1055 Delegierte, davon 230 aus den Westzonen. Referenten: Pieck und Grotewohl. Der erste Parteitag beschließt einstimmig die Vereinigung der KPD und SPD zur SED und die Grundsätze und Ziele der SED ... Die Vereinigung erfolgt auf einem festen marxistischen Fundament, sie stärkt die Hegemonie der Arbeiterklasse in der antifaschistisch-demokratischen Umwälzung und schafft das nationale Zentrum für die Einigung aller patriotischen Kräfte des deutschen Volkes. (Deutsche Geschichte in Daten, Berlin 1967, S. 831)

Mitnehmen durften die Sanders nur so viel, wie jeder tragen konnte. In Brustbeuteln eingenäht, war es vor allem die Sache der Kinder, das letzte Wertvolle der Familienhabe, das bißchen Schmuck, durch die unzähligen Kontrollen zu bringen, bei denen vor allem die Erwachsenen erniedrigenden Leibesvisitationen ausgesetzt waren. Nach wochenlangen Bahntransporten und Internierungen in Auffanglagern endete schließlich die Reise im Keller der Kneipe eines kleinen Dörfchens im Thüringischen, wo die Sanders ihr neues Quartier in der neuen Welt bezogen - durch Zufall in der sowjetisch besetzten Zone.

Kinder herrschen durch Tränen,
und wenn man sie nicht beachtet,
tun sie sich absichtlich weh.

STENDHAL

Verstreute Gedanken

ERSTES BUCH

1946 - 1959

WER WIRD DENN NUR IMMER WEINEN

3

DAS GESICHT DER FRAU SCHIEROCK

I

Kleinfurra, so hieß die Bahnstation, an der die Familie Sander von dem völlig überforderten Begleitbeamten des vor zwei Tagen von Erfurt aus gestarteten und dort neu zusammengestellten Umsiedlertransports aufgefordert wurde, auszusteigen mit der sicherlich gut gemeinten Bemerkung: »Das ist jetzt eure neue Heimat. Viel Glück!« Dann ging er noch einmal seine Liste durch, machte noch einen Haken hinter einen Namen und sagte: »Frau Schierock, Sie steigen auch hier aus.« Als sich der aus Güterwagen zusammengestellte Zug wieder in Bewegung setzte, winkten einige derer, die weiter ins Ungewisse fuhren, den fünf Zurückbleibenden, deren Schreckensreise nun ein Ende zu haben schien, müde nach.

Wolfgang fröstelte. Er war, kurz bevor sie aussteigen mußten, gerade eingeschlafen. Ihm träumte von einer riesigen Marmeladenschnitte, die er genüßlich gekaut und heruntergeschlungen hatte, und nun stand er – fast ohne Übergang – in der naßkalten Oktobernacht des Jahres 1947 auf diesem spärlich beleuchteten Bahnhof. Er drängte sich unter die Mantelschöße seiner Mutter, suchte dort die Wärme und Geborgenheit ihres Schoßes, war hundemüde, hungrig, fühlte sich schlapp und elend und fror, daß ihm die Zähne klapperten. Dann würgte es ihm in der Kehle. Es mußte sich Luft machen. Er fing an zu wimmern, erst ganz leise, dann aber immer lauter bis zu einem krampfenden Heulen. Frau Sander fühlte seine Stirn und sagte erschrocken: »Junge, hoffentlich kriegst du kein Fieber!«

Das war der erste Satz, der nach der Abfahrt des Zuges zwischen den wie versteinert auf dem Bahnsteig stehenden Häuflein Menschen gesprochen wurde. Sie hatten dem Zug nachgeschaut, als wäre er das letzte Glied der Bindung an das Gewohnte, das letzte Stückchen Heimat gewesen, das da für immer davonfuhr.

»Hör auf zu jammern!« sagte die Mutter, nun schon etwas ungehaltener, und stieß den Jungen unter dem Mantel mit ihrem Knie, so daß Wolfgang sich verstoßen und in seinem erbarmungswürdigen Zustand allein gelassen fühlte. Er konnte nun nicht mehr an sich halten und weinte lauthals all die Ungerechtigkeit aus sich heraus.

»Hör endlich auf!« Frau Sander drohte nachdrücklicher, weil sie wußte, wenn sie hier das Kommando für alle nicht sogleich übernahm und bestimmte, was jetzt zu tun sei, dann würde gar nichts passieren. Aber Wolfgang schrie nur noch mehr. Frau Sander, selbst mit den Nerven am Ende, verlor die bis jetzt mühsam aufrecht gehaltene Beherrschung. »Sei endlich still!«, schrie sie, aber da war ihr schon die Hand ausgerutscht. Der bibbernde Junge bekam eine schallende Ohrfeige. Der kreischte fürchterlich auf und flüchtete von der Mutter zu Frau Schierock, die ihn, in ihrer leisen Art zu beruhigen versuchte.

»WER WIRD DENN NUR IMMER WEINEN ...« Und indem sie ihm sanft über den Kopf strich, wiederholte sie: »WER WIRD DENN NUR IMMER WEINEN.«

II

Wolfgang hatte sich sehr darüber gefreut, daß Frau Schierock mit ihnen ausgestiegen war. Zu Beginn des Transportes in Schlesien gab es auch noch Herrn Schierock. Der hatte Wolfgang an den langen Abenden in den Eisenbahnwaggons bei Karbidlampenlicht oder auf den Doppelstockbetten in den Auffanglagern Kartenzaubertricks beigebracht, und wenn die Erwachsenen manchmal abends beisammensaßen und die Lieder aus der Heimat sangen, hatte sich Wolfgang immer neben Herrn Schierock gesetzt, weil der fast genauso schön singen konnte wie Wolodja: »Blaue Berge, grüne Täler; mittendrin ein Häuschen klein. Oh, wie herrlich ist die Erde, und ich bin ja dort daheim ...« Dieses Rübezahllied, wie Wolfgang es nannte, hatte er am liebsten.

Aber dann ging alles so schrecklich schnell: Herr Schierock bekam eine Bartflechte und danach die Ruhr, an der er – wie so viele auf dem Transport – starb. Frau Schierock hatte dies, ohne zu klagen, hingenommen. Sie war nur noch ruhiger geworden, und diese stille, innige Ruhe zog Wolfgang an. Er lag oft stundenlang neben ihr, bettete seinen Kopf in ihren weichen Schoß, und sie strich dann sanft über sein widerborstiges Haar.

Sie hatte unendlich viel Zeit für ihn, und sie liebte seinen BLÜTENBAUM. Und wenn sie dann in ihrem leisen, monotonen, schleppenden Tonfall die Balladen und Geschichten aus diesem Buch vorlas, dann war alles weniger blutrünstig, weniger erschreckend und grausam. Der Tyrann in der Bürgschaft war nicht mehr nur der grausame, furchterregende, bärtige Unhold, wie er ihn aus Mutters Vortrag und beim Betrachten der Illustration immer gesehen hatte. In ihrem Vorlesen schwang ein versöhnender Ausgleich mit, alles wurde gemildert, und es drang in ihn ein wie ein Schwingen in Harmonien. Alles, was Frau Schierock anfaßte, ansprach oder nur ansah wurde weich und versöhnlich; verlor, wie es schien, alle Bösartigkeit, alles Gewalttätige, Hinterhältige, Angsteinflößende. Unvorstellbar, daß jemand gegen Frau Schierock in böser Absicht auch nur die Hand hätte heben können. Wolfgang war überzeugt, sich nicht zu täuschen, wenn er manchmal so etwas wie einen Heiligenschein über ihrem Haupt zu sehen glaubte. *Wenn Frau Schierock bei mir ist, kann mir nichts passieren.*

III

Nachdem sie im Auffanglager Meiningen über vier Wochen in Quarantäne gelegen hatten, schickte man, als die Quarantäne aufgehoben wurde, alle Insassen des Lagers zur Entlausung durch einen Duschraum. Die kleineren Jungen durften bei der Mutter, also beim Frauendurchgang, bleiben. Zunächst mußten alle ihre Kleidung zur Desinfektion abgeben, und so standen Hunderte von Frauen splitternackt in einem Raum, der früher wohl mal eine Turnhalle gewesen war, und warteten – größtenteils die Arme über der Brust verschränkt – frierend auf die schubweise Abfertigung. Frau Sander, die die Sachen verschnürt und mit Namen versehen hatte, schärfte, bevor sie die Bündel zur Desinfektion brachte, Wolfgang und seiner Schwester nachdrücklich ein, sich nicht von dieser Stelle hier zu rühren.

Die Mutter war kaum gegangen, da kam Bewegung in die nackte Masse. Eine Durchgangstür zum Duschraum wurde geöffnet, und die Frauen, die in der kalten Turnhalle froren, stürmten in grundloser Panik auf den viel zu schmalen Durchgang zu. Der Stau wurde um so gefährlicher, als die hinteren, die nicht sehen konnten, was vorn geschah, nachdrängten.

Bei diesem Ansturm wurde Wolfgang mit einer solchen Wucht aus den Händen seiner Schwester gerissen, daß er einen tiefen Schmerz im Schultergelenk verspürte. Aber er konnte den Arm sowieso nicht mehr bewegen, weil er fest eingeklemmt zwischen Schenkeln und Hinterteilen stolperte. Noch bekam er Luft, und es ging langsam vorwärts, aber er konnte nicht sehen, wo er sich befand. Sein kleiner Kopf erreichte etwa die Höhe der Hinterteile, die immer bedrohlichere Ausmaße annahmen. Er versuchte sich dagegen zu stemmen, aber das ging nur, solange sich alle vorwärts bewegten. Als der Rückstoß vom Stau auf die Nachdrängenden prallte, war er mittendrin und rutschte mit seinem Köpfchen in das hünenhafte, fette Hinterteil der vor ihm aufprellenden Frau. Ihm war gar nicht bewußt geworden, daß er die ganze Zeit geschrien hatte; erst jetzt, als er nicht mehr schreien konnte, weil er keine Luft mehr bekam, wuchs der erste Schreck zur panischen Angst. Er zappelte in ohnmächtigem Befreiungsdrang und geriet so nur noch tiefer zwischen die wuchtigen Fettpolster, die nun auch seine Ohren begruben. Mit letzter Kraft stemmte er seine dünnen Ärmchen gegen diese Bedrohlichkeit über ihm, doch ohne Erfolg. Die Kraft brach aus seinen Armen. Die Fleischmassen des fülligen Hinterteils schlugen über seinem Kopf zusammen. Der Schrei auf seinen Lippen erstarb, und der Gestank von Kot, Urin und Schweiß würgte ihn, und er hätte brechen müssen, wenn dafür noch etwas in seinem Magen gewesen wäre. Ihn befiel Todesangst, mit letzter Kraftanstrengung drehte er seinen Kopf, riß seinen Mund auf und biß so fest er konnte in das Fleisch um ihn herum. Die fette Frau über ihm schrie auf. Zum Glück für Wolfgang stand auch sie so fest eingeklemmt, daß sie unfähig war, mit ihren Armen zum Schlag nach Wolfgang auszuholen. Aber durch die heftige Schmerzbewegung der Fetten war etwas Platz gewonnen, so daß Wolfgangs Kopf aus der Umschlingung der Fleischmassen befreit wurde. Er schrie immer noch in Todesangst, versuchte aber instinktiv, sich in gebückter Haltung, so daß er unter die gefährlichen Hinterteile kam, seitlich nach außen zu quetschen. Endlich wurde das Labyrinth der gegeneinander drückenden Schenkel lichter. Immer noch schreiend, drängte er zum Licht, und dann sah er etwas, was ihm wie eine märchenhaft schöne Erscheinung vorkam: ER SAH DAS GESICHT DER FRAU SCHIEROCK.

Frau Schierock hatte sich an dem Gerangel nicht beteiligt. Etwas abseits stehend, bemerkte sie den Kampf des Jungen beim Durchbruch durch die letzten von hinten drängenden Frauen. Daß sie dabei in die Hocke ging, um ihr Gesicht in die Augenhöhe des Jungen zu bringen, muß ihr der LIEBE GOTT eingegeben haben. Wolfgang sprang sie geradezu an, klammerte sich so fest um ihren Hals, daß sie glaubte, ersticken zu müssen. Aus dieser Umarmung hätte ihn niemand mehr lösen können. Sie murmelte nur immer: »Es ist ja alles wieder gut. Es ist ja alles wieder gut ...«, und in dieser Ruhe und Geborgenheit verebbte langsam die Höllenangst. Das anfangs noch kreischende Weinen ging in Schluchzen über, und bald krampfte nur noch der kleine Körper des Jungen – wie auch jetzt, am naßkalten Oktoberabend auf dem Bahnsteig in Kleinfurra.

IV

»Wir sollten in den Bahnhof gehen«, hörte er die Mutter sagen. Alle nahmen gehorsam ihr Gepäck auf und setzten sich schweigend in Richtung Bahnhofsgebäude in Bewegung.

»Hoffentlich seid ihr die Letzten, die man uns schickt.« Der sie empfangende Gemeindediener, nicht einmal unfreundlich zu nennen, ließ keine Gelegenheit aus, um den Ankommenden verstehen zu geben, wie wenig willkommen Umsiedler im allgemeinen und sie, die nun auch noch so spät kamen, im besonderen für die eingesessenen Dorfbewohner sind. Mit ihm gingen die Sanders und Frau Schierock über eine zerstörte Brücke ins Dorf. Dort bekamen sie noch in dieser Nacht ihre neuen Unterkünfte zugewiesen.

4

EINGEMACHT UND EIN GEDICHT

I

»Da drau-hau-ßen auf der Hei-hei-den scheint die Son-ne so-ho heiß; daha lebt so man-ches Kind-lein, das vom Hei-hei-land ni-hichts wei-heiheiß. Da-ha lebt so man-ches Kind-lein, das vom Hei-hei-land nichts weiß ...« Wolfgang konnte den letzten »Heiland« stimmlich nicht mehr herausbringen, weil etwas anderes vom Magen her sich unaufhaltsam Bahn brach, was er aber mit vorgehaltener Hand bemüht war, im Mund zu behalten, bis er den Ort erreicht hatte, in dem er dann dem Erbrechen freien Lauf lassen konnte. Es war nicht das Lied, das ihm den Magen aushob, sondern die ungewohnte Verpflegung in dem Heim, in das man ihn gesteckt hatte, bevor er eingeschult wurde.

II

Frau Sander hatte, nachdem die Sanders in einer Kellerwohnung unter der Dorfkneipe ihre erste Behausung bezogen – »Keine drei Tage bleibe ich hier«, so hatte sie nach erstem Augenschein ausgerufen –, vorrangig drei Dinge zu tun: Erstens mußte so schnell wie möglich eine neue Wohnung gefunden werden. Zweitens mußten die Kinder in die Schule. Ursula war in der vierten Klasse unterzubringen, und Wolfgang mußte überhaupt erst eingeschult werden. Drittens mußte man sich um Arbeit für Sander kümmern.

Die neue Wohnung war über einen glücklichen Umstand schnell gefunden: Schon am nächsten Morgen zog sich Frau Sander ihr schönstes Kleid über, das taillenbetont ihre verführerische Figur sehr ansehnlich zur Geltung brachte. »Armut wird nicht demonstriert!« So gerüstet machte sie sich auf den Weg ins Dorf, um zunächst Frau Schierock aufzusuchen. Wolfgang, der, seinen BLÜTENBAUM auf den Knien und in Decken eingehüllt, auf einem der als Bett dienenden Strohsäcke saß, heulte jämmerlich, weil er nicht mitgehen durfte.

Frau Schierock, die es in der Ankunftsnacht besser als die Sanders getroffen hatte, war bei einer kinderlosen Familie in einem zweistöckigen Einfamilienhaus untergekommen. Ein Zimmer mit Kochnische, Klo natürlich auf dem Hof. Als Frau Sander dort ankam, öffnete ihr der Hausherr, ein rotbäckiger Zweizentnermann in Eisenbahneruniform, die Tür. Aber nicht der ungewöhnliche Leibesumfang war das Bemerkenswerte an diesem Mann, sondern die warmherzigen großen Augen, aus denen Güte und Gemütlichkeit sprachen.

»Aha, Sie sind Frau Sander«, strahlte er sie an. »Ich bin Theodor«, er zwinkerte genüßlich, »aber nennen Sie mich Theo.«

»Und ich bin Hildegard, aber nennen Sie mich Hilde«, erwiderte sie, indem sie lächelnd zurückzwinkerte.

»Sie sind eine verdammt schöne Frau«, brach es aus ihm heraus, als er ihr aus dem Mantel geholfen hatte. Das war wohl weniger als ein Kompliment gemeint; es war vielmehr die erstaunt freudige Feststellung eines Mannes, der von sich glaubte, selten etwas Schöneres gesehen zu haben. Auch als Frau Schierock herunter kam, sie sich in Theodor Sommermeiers Wohnzimmer setzten und Frau Sander von der Unzumutbarkeit ihrer neuen Unterkunft erzählte, konnte er seine Augen nicht von ihr lassen. Er schien gar nicht richtig zuzuhören, aber in Wirklichkeit jagten seine ansonsten eher träge dahinfließenden Gedanken fieberhaft nach einer Idee, wie er sich dieser Frau in dieser Angelegenheit gefällig zeigen konnte. Plötzlich - so abrupt, wie man es ihm bei seiner Fülle nicht zugetraut hätte - sprang er auf. »Frau Hilde!«, unterbrach er Frau Sanders Redefluß, »Sie warten hier. Ich bin in einer halben Stunde zurück.«

Durchs Fenster sahen die beiden Frauen Theodor Sommermeier in seiner Eisenbahneruniform ins Dorf radeln. Er kam tatsächlich nach einer reichlichen halben Stunde wieder zurück, holte wortlos drei Schnapsgläser aus der Wandvitrine und aus der Speisekammer eine Flasche Schnaps, füllte die Gläser, gab jeder Frau eins in die Hand, hob sein Glas - und seine Augen strahlten, als er sagte: »Frau Hilde, auf Ihre neue Wohnung! Noch heute ziehen Sie aus dem Kellerloch. Und ich helfe Ihnen dabei ...«

So hatte Frau Sander am ersten Tag nicht nur eine neue Wohnung, sondern dazu noch einen - und das hielt bis ans Lebensende von Theodor Sommermeier - treuen Freund gewonnen.

Sander verdingte sich zunächst als Knecht bei dem Bauern, auf dessen Hof sie in ein Nebengebäude gezogen waren. Sicherlich hatte er unter der für ihn ungewohnten körperlich schweren Arbeit leiden müssen. Aber das war es nicht. Und sich beklagen, kam für ihn ohnehin nicht in Frage. Es war vielmehr der unverhohlene Fremdenhaß, der den Bauern als Herrn des Hofes veranlaßte, sich für den armen Sander immer neue Bosheiten auszudenken. Und da Sander weder murrte, klagte noch aufbegehrte, trieb das den Bauern zu immer neuen schikanösen Einfällen. Zusätzliches Pech für Sander: Obwohl er es beileibe nicht war, er sah aus wie ein Intellektueller. Umsiedler und Intellektueller - schlimmer konnte es in diesem Dorf keiner treffen.

Wochen später bekam Sander eine Anstellung als Buchhalter auf der VdgB. Das war die neu gegründete Vereinigung der gegenseitigen Bauernhilfe im Dorf, die sich glücklich schätzen konnte, einen so akkuraten, ordentlichen, bilanzsicheren Meister über die Zahlen für ihre Buchhaltung zu bekommen. Da war die Welt wieder in Ordnung, und er durfte nicht nur so aussehen wie er aussah, sondern dafür durfte er sogar ein Umsiedler sein.

Die Übernahme der Tochter Ursula in die vierte Klasse verlief problemlos. Sie lebte sich schnell ein und wurde schon nach zwei Monaten zur Klassensprecherin und später, als die Pionierorganisation gegründet wurde, zur ersten Freundschaftsratsvorsitzenden in Kleinfurra gewählt. Nur der Junge machte Probleme.

Wolfgang, dem ganz im Gegensatz zu seiner älteren Schwester schon die Vorstellung, etwas essen zu müssen, den Magen aushob, war während des wochenlangen Evakuierungstransportes zum Skelett abgemagert. Er war so spindeldürr, daß sich Daumen und Zeigefinger berührten, wenn man sie um eines seiner Beinchen legte, und man konnte auf seinen Rippen, wie es die Mutter manchmal scherzhaft tat, Klavier spielen: »Ein jun-ger Kla-vier-spie-ler, E-du-ard Bier-mül-ler, blond mit ge-schei-tel-tem Haar ...«

Als Frau Sander mit dem Jungen zum Schuldirektor kam, um mit ihm über die Einschulung zu sprechen, schüttelte der, indem er den Jungen von oben bis unten taxierte, nur mit dem Kopf. »Frau Sander«, bestimmte er, »es ist sicherlich besser, wir päppeln Ihren Sohn, bevor er in die Schule kommt, erst einmal auf, damit er was auf die Rippen bekommt. Es gibt für solche Probleme in Nordhausen ein Heim, das die evangelische Kirche betreibt. Es kostet Sie nichts, und wir tun dem Jungen sicherlich etwas Gutes. Ich setze mich gleich mal mit dem Direktor des Heims in Verbindung. Sehen Sie, Ihr Glück, daß wir vorgestern endlich ein Telefon gelegt bekommen haben.«

Alles, was Wolfgang aus diesem Gespräch mitbekommen hatte, war, daß man ihn von seiner Mutter fortschicken wollte. Er fing an zu zittern, drückte sich fest an die Mutter, umklammerte ihre Beine und wimmerte in der Hoffnung, die Mutter könne daran noch etwas regeln: »Mutti, ich will nicht fort. Bitte, schick mich nicht fort. Ich will nicht, ich will nicht ...«

Das Telefongespräch des Schulleiters war insofern erfolgreich, als Wolfgang schon am nächsten Tag in das kirchliche Unterernährtenheim nach Nordhausen gebracht werden konnte. Für Frau Sander aber wurde dieser Nachmittag, der Abend, die Nacht und der darauffolgende Morgen zu einer nervlichen Belastungsprobe, denn der Junge bettelte, flehte, wimmerte, weinte, heulte, trotzte, klammerte, bat: »Bitte, bitte, schick mich nicht dorthin, bitte, Mutti, bitte!« So ging es den ganzen Nachmittag, und in der Nacht mußte sie ihm gestatten, neben ihr im Bett zu schlafen.

Der Morgen war grausam, und noch schlimmer die Tortur, als Wolfgang abgeliefert werden mußte. Ohne die Hilfe einer vierschrötigen Schwester in grauer Nonnentracht, die den ohnmächtig um sich schlagenden Jungen in den rechten Arm nahm, ihn auf ihre breite Hüfte legte und das schreiende dünne Etwas durch einige Gänge mit Flügeltüren trug und dann in einem großen Schlafsaal auf einem Bett ablegte, hätte die Übergabe nicht stattfinden können. Frau Sander hätte es vielleicht doch nicht übers Herz gebracht, den klammernden Jungen von sich zu reißen.

III

Wolfgang stand über ein Klo gebeugt und würgte. Aber nach dem ersten Stoß Gebrochenem kam nur noch säuerlich schmeckende Spucke. Er war auch nicht der einzige an diesem traurigen Ort. Neben ihm standen noch zwei etwa gleichaltrige Jungen mit der gleichen Qual. »Hier wird mehr gekotzt als geschissen!« Mit diesem lakonischen Satz hatte einer der größeren Jungen die Situation für die Heimbewohner wohl am treffendsten umschrieben.

Nach der Singestunde mit Heiligenliedern wurde den Insassen des Heims etwas Freizeit gewährt, die die Größeren mit Kartenspielen zubrachten. Mit Wolfgang, der seit seiner Einlieferung fast ununterbrochen weinte, spielte niemand, obwohl er ihnen sogar einige Kartenspielertricks hätte zeigen können, die ihm Herr Schierock auf dem Transport beigebracht hatte. Er saß meistens auf seinem Bett und sann darüber nach, wie er von hier fliehen könnte. Aber er hätte ja nicht einmal gewußt, wohin. *Die Mutter hat mich doch hierher gebracht!* So schloß sich der unsinnige Ring von Flucht in seinen Gedanken. *Janek müßte jetzt hier sein. Der wüßte bestimmt Rat, und der würde jeden verprügeln, der sich uns in den Weg stellt.* Aber Janek war weit weg, und er war allein. Was konnte er schon ausrichten – so dünn, wie er war, und so schwach.

Neben der Freizeit gab es aber zwei noch grausamere Zeiten im Heimalltag. Die eine war, essen gehen zu müssen. Ein Essen, das nur wenige in sich behielten, weil die Mägen der meisten Jungen einer normalen Nahrungsaufnahme zu lange entwöhnt waren. So brachen fast alle, in der Regel noch während der Mahlzeit, das eben Gegessene sofort wieder aus. Und da es einige oft nicht mal mehr bis aufs Klo schafften, glich die Strecke zwischen Speisesaal und Klo mehr dem glitschigen Rinnsal einer Kloake, auf der nicht selten ein Junge, der es zwangsläufig eilig hatte, jämmerlich ausrutschte und rücklings den Gang lang schlitterte, was wiederum zur Folge hatte, daß er seins nicht mehr zu halten vermochte.

Die andere war, beten zu müssen. Vor der befohlenen Nachtruhe hatten sich die Jungen – der Reihe nach – in lautem Gebet beim LIEBEN GOTT für etwas zu bedanken: LIEBER GOTT, ich danke dir, daß ich ein Dach über dem Kopf habe; LIEBER GOTT, ich danke dir, daß ich etwas zu essen bekommen habe … Das Gnadenlose in dieser Anordnung lag jedoch darin, daß sich jeder der Jungen beim LIEBEN GOTT für etwas anderes zu bedanken hatte. Wolfgangs Pech war, daß er als letzter der sechzehn drankam. Unbeschreiblich der Schrecken, wenn sich der zweite, dritte oder vierte vor ihm genau dafür beim LIEBEN GOTT bedankte, was er sich als Danksagung ausgedacht hatte; denn wem nichts Eigenes einfiel, der wurde schmerzhaft erzogen. Er mußte die rechte Hand mit dem Handteller nach oben aus dem Bett strecken und bekam darauf mit einer extra dafür angefertigten Rute einen gezielten Schlag, mit dem die diensthabende Schwester mangelhafte Glaubensbekenntnisse nachhaltig spürbar zu bestrafen wußte.

So wurde für Wolfgang jede Stunde des Heimlebens zur Qual. Fürchterlich aber war die Nacht vor dem ersten Wochenende, an dem er die Mutter wiedersehen durfte. Ihm träumte, er säße zu Hause auf dem Plumsklo und drückte. Er erwachte, und da war es passiert: Er hatte ins Bett gemacht.

Während ihres Besuches saßen die Mutter, Schwester Ursula und er gemeinsam auf seinem Bett. Es war noch nicht frisch bezogen worden. Wolfgang hatte gehofft, daß man es der Mutter nicht erzählen würde, aber dieses noch immer nicht bezogene Bett war Verrat genug. Und als er hörte, wie der Junge von nebenan seinen Eltern – zwar leise, aber doch so laut, daß Wolfgang es verstehen konnte –

zuflüsterte: »Der dort drüben hat diese Nacht ins Bett gemacht. Groß!«, stieg soviel Scham und Empörung in ihm hoch, daß er scheinbar grundlos zu weinen anfing und unter Schluchzen immer wieder bat: »Bitte Mutti, nimm mich von hier fort. Bitte, ich will nach Hause, nimm mich wieder mit ...«

Aber auch diese zwei Wochen gingen vorüber. Immerhin hatte er zwei Pfund zugenommen, und er war jetzt ein Schulkind. Bald schon ging er gern in die Schule, zum einen, weil ihm das Lernen leicht fiel, zum anderen aber, weil er neben dem hübschesten Mädchen der Klasse sitzen durfte, die wunderschönes, langes, blondgelocktes Haar hatte und die Tochter des Bäckermeisters im Dorf war. Wolfgang hatte ihr einmal erzählt, daß er ein Gedicht mit dreißig Strophen auswendig konnte, und sie hatte dieses Unglaubliche öffentlich gemacht. Er wurde vom Klassenlehrer aufgefordert, dieses Gedicht aufzusagen: DER GLOCKENGUSS ZU BRESLAU aus seinem geliebten BLÜTENBAUM – alle dreißig Strophen trug er ohne Stocken vor, und dafür bekam er von der ganzen Klasse Beifall, vom Lehrer eine Eins und – und das war das Wundervollste – von Rita, seiner schönen Banknachbarin, EINE STREUSELSCHNECKE.

5

ICH BIN DOCH KEINE PETZE

I

Wolfgang probierte seine ersten hohen Lederschuhe aus, die seine Mutter nach monatelangem Warten auf Bezugsschein bekommen hatte. Jetzt brauchte er diese harten Holzschuhe nicht mehr anzuziehen. Um seine Igelitschuhe allerdings, die er – Mutter war dagegen – leider nur selten tragen durfte, war es schon ein bißchen schade. Mit ihnen konnte man im Winter auf Eis und Schnee so wunderbar schusseln. Aber was war das schon gegen seine neuen Lederschuhe!

Seit seiner Einschulung waren drei Jahre vergangen, und nichts an ihm erinnerte mehr an das schüchterne, meist wimmernde Etwas mit dem spindeldürren, schmächtigen Körper. Dabei war er nicht einmal so sehr gewachsen. Er war nach wie vor kleiner als Gleichaltrige, und ausgesprochen dünn war er immer noch. Doch in seinem mageren Körper lag eine neue Spannkraft, die selbst größeren Jungs zunehmend Respekt abforderte. Darin glich er der Mutter immer mehr, wie er auch unbewußt einige ihrer Unarten kopierte. Er hatte die gleiche Angewohnheit, die (bei ihm allerdings struppig) in die Stirn fallenden, sommers immer semmelblond ausbleichenden Haare über die vorgestellte Unterlippe wegzupusten. Trotz seiner Schmächtigkeit wirkte er ebenso quirlig wie sie, und wenn man genau hinsah, konnte man in der Schnelligkeit seiner Bewegungen die gleiche Kontrolle erkennen, die ihre Gestik auszeichnete. Er liebte wie sie den Sommer ungleich mehr als alle anderen Jahreszeiten. Und deshalb war heute - nicht nur wegen der neuen Schuhe - ein ganz besonderer Tag.

Eine schon fast wärmende Aprilsonne wagte sich zaghaft hinter den Wolken hervor, und die Mutter hatte ihm, zum ersten Mal in diesem bisher zu kalten Frühjahr, erlaubt, Kniestrümpfe anzuziehen. Welch eine Befreiung von Leib und Seele! Auch wenn die Sonne alles andere als durchwärmte und der Westwind in die blauweiß gefrorenen Knie zwickte - das war nichts gegen das viel wärmendere Gefühl von Mannhaftigkeit, endlich nicht mehr dieses lächerliche Leibchen mit dem Gezerre an den Strumpfbändern anziehen zu müssen. Allein dafür wäre er barbeinig durch jeden Schneesturm gegangen. Wie sehr beneidete Wolfgang die Jungen, die ihre langen Strümpfe nicht wie er mit diesen Strumpfhaltern an den beengenden und zwickenden Leibchen befestigen mußten, sondern einfach einen Einweckgummi um die Oberschenkel anlegen durften, durch den sie dann den Strumpf zogen; außerdem konnte man auf diese Weise viel schneller Kniestrümpfe aus den langen Braunen machen, die, so ausgebeult sie schon nach dem ersten Tragen waren, ohne einen solchen Gummi sofort ausgeleiert bis auf die Knöchel herunterrutschten. Aber Einweckgummiringe trugen - und davon war Frau Sander nicht abzubringen - nur die Arme-Leute-Kinder, und es galt als ein Zeichen von Asozialität, so daß Frau Sander auf keinen Fall gestatten konnte, ihren Sohn so herumlaufen zu lassen. Doch heute war das alles vergessen. Er hatte Kniestrümpfe an und neue Schuhe. LEDERSCHUHE!

Natürlich mußten die neuen Schuhe auf dem Fußballplatz ausprobiert werden. Endlich nicht mehr barfuß an den Ball treten zu müssen, versetzte ihn in die freudige Vorstellung, jetzt bestimmt besser zu sein als der Bernd Kralis mit seinen Stollenschuhen, der ihn boshafterweise damit immer getreten hatte, wenn sie gegeneinander spielten. *Jetzt kann ich's ihm heimzahlen!* Er sauste die Straße hoch zu dem etwas abseits vom Dorf liegenden Fußballplatz.

Als er mit fliegender Lunge in die Nähe des Sportplatzes kam, mußte er jedoch feststellen: es war niemand da. Mißgestimmt lief er ins Dorf zurück. An der oberen Straßenkreuzung traf er Bernd Kralis, der wie Wolfgang in die fünfte Klasse ging und es sehr eilig hatte.

»He, Kralle, warte!« rief ihn Wolfgang an. »Wo will'sten hin.«

»Haste denn vergessen, daß wir Religionsunterricht haben?«

Daran hatte Wolfgang vor Freude über seine neuen Schuhe nicht mehr gedacht. Obwohl er mit verständlichem Widerwillen in diese Stunden ging (zu frisch waren seine Erinnerungen an das kirchliche Heim mit den strafenden Ruten), zog er es dennoch vor, nicht all zu oft beim Kantor Barz zu fehlen, weil der eine Anwesenheitsliste führte. So trabte er mißmutig hinter Bernd Kralis her, der es offensichtlich eiliger als Wolfgang hatte. *Der hat nicht mal bemerkt, daß ich jetzt auch Lederschuhe habe.* Die geschlossene Tür zum Klassenzimmer zeigte ihnen an, daß sie zu spät waren.

»Das beste ist«, sagte Wolfgang, »wir hauen gleich wieder ab. Sonst läßt uns der Bockbarz wieder nachsitzen.«

»Nein, nein. Ich habe noch nie gefehlt. Du kannst ja abhauen, aber ich gehe«, eiferte Bernd Kralis und klopfte an die Tür.

»Memme!« sagte Wolfgang. Zum Weglaufen war es zu spät.

»Aha, der Herr Sander geruht uns auch wieder einmal zu besuchen«, tönte es vom Katheter. Wie immer mißlang Kantor Barz die beabsichtigte Ironie, weil er, ähnlich einem Ziegenbock, nur sehr kehlköpfige Laute herausbrachte. Dies und wohl auch sein stelzig wirkender Gang hatten ihm den Spitznamen Bockbarz eingebracht, der ihn ausgesprochen wurmte, was allen im Dorf bekannt war.

»Herr Kantor Barz, der Sander hat mich aufgehalten, sonst wäre ich bestimmt nicht zu spät gekommen. Der wollte nämlich erst gar nicht kommen«, petzte Bernd Kralis.

»Stimmt das, Sander?« Bockbarz kam hinter dem Katheter hervor und baute sich drohend vor Wolfgang auf.

»Ja!« antwortete Wolfgang und dachte: *Du alte Sau!*

»Ab! Dorthin!« fauchte der Kantor, auf die Ecke neben dem Katheter im Klassenzimmer weisend. Wolfgang spazierte so lässig er konnte in die angezeigte Ecke und griente in die Klasse. »Mit dem Gesicht zur Wand!« kommandierte der Kantor. »Wir wollen dein Gesicht gar nicht sehen.«

Bockbarz nahm seinen durch den Zwischenfall verlorenen Faden wieder auf: »Also, Holler, noch einmal. Wer hat dir nur einen solchen Unsinn erzählt. Es gibt eine solch kleine Maschine zum Rechnen nicht. Wie ... Rechenschieber? Nein, von einem Rechenschieber habe ich noch nie etwas gehört ...«

»Klar gibt's einen Rechenschieber«, empörte sich Wolfgang aus der Ecke, den Kantor Barz unterbrechend.

»Wirst du wohl still sein, du ungezogener Lümmel!« giftete der Kantor.

»Es gibt aber einen Rechenschieber«, beharrte Wolfgang auf seinem Standpunkt, »mein Vater hat doch einen.«

Aber schon hatte der Bockbarz ausgeholt und Wolfgang einen so heftigen Schlag ins Gesicht versetzt, daß dieser längs ins Klassenzimmer fiel. Wolfgang, kreideweiß vor Wut und Erniedrigung, sprang, fast so schnell wie er hingeschlagen war, wieder auf und schrie, mit dem Fuß auf den Boden stampfend: »Und es gibt doch einen Rechenschieber!« Dann rannte er aus dem Klassenzimmer. Draußen rieb er sich die anschwellende Wange, die zu schmerzen anfing. Ihn beherrschte nur ein Gedanke: *Ich muß Vaters Rechenschieber finden!*

Mutter war zum Glück nicht zu Hause, so brauchte er keine Erklärungen wegen seiner geschwollenen Backe abzugeben. Nachdem er den Rechenschieber gefunden hatte, rannte er so schnell er konnte wieder zurück.

Es war höchste Zeit. In der Gasse, an deren Ende das Haus mit dem Religionsklassenzimmer lag, kam ihm Bockbarz auf seinem Fahrrad, steif aufgerichtet den ohnehin schon hochgezogenen Gesundheitslenker mit ausgestreckten Armen haltend, entgegen. Wolfgang stellte sich vor das Fahrrad, daß der Kantor wohl oder übel anhalten mußte, wenn er ihn nicht überfahren wollte. Noch ehe der etwas sagen konnte, streckte ihm Wolfgang Vaters Rechenschieber hin: »Ätsch, es gibt doch einen!« Er hielt das Gerät wie ein Schwert in der Hand. In seiner Wut wagte er etwas, was er sich sonst nur aus angemessener Entfernung und unerkannt getraut hätte: Er rief: »BOCKBARZ!« Und dann lief er, was seine Beine hergaben, davon.

II

Zu Hause angekommen, nährte er seinen Trotz: *Nie wieder gehe ich in den Religionsunterricht!* (Er hat auch tatsächlich keine dieser Stunden mehr besucht, was er natürlich weniger seiner Konsequenz, sondern vor allem der Einsicht seiner ungläubigen Mutter zu danken hatte, die ihm trotz Drängens der Kirchenvertreter im Dorf erlaubte, diesen Unterricht nicht mehr besuchen zu müssen. Wenn einer ihren Jungen schlagen durfte, dann war es sie. Darin bestand ihr Glaube an Recht und Gerechtigkeit, und diesen Glauben konnte Wolfgang teilen, auch wenn er sich so manches Mal wünschte, ihr würde weniger oft die Hand ausrutschen.)

So schnell, wie die leicht schmerzende Wange abschwoll, verflüchtigten sich auch seine Rachegelüste. *Mir wird schon was einfallen. Bockbarz!* Er legte den Rechenschieber wieder dorthin, woher er ihn genommen hatte. Dann ging er in den Hof des Bauern, bei dem die Sanders jetzt wohnten. In der Scheune traf er die Magd, die Futter für das Vieh häckselte.

»Na, wo stromerst du denn wieder 'rum«, fragte sie, und ohne eine Antwort abzuwarten, fügte sie hinzu: »Du könntest mir helfen. Da werde ich zeitiger fertig, und nachher spielen wir im Stroh Tappen.«

Die sechzehnjährige, zwar etwas einfältige, aber zu ihm stets freundliche Magd mochte er gut leiden, und so half er ihr gern. Als sie mit dem Füttern fertig waren, erklärte sie das Spiel, das sie spielen wollten: »Du läufst in die Scheune und versteckst dich. Wenn ich bis zehn gezählt habe, komme ich dich suchen.«

Wolfgang lief in die Scheune und buddelte sich tief ins Stroh ein. Die junge Magd hatte ihn aber bald gefunden, und sie rutschten die Strohballen bis zu ebener Erde gemeinsam wieder hinunter.

»Jetzt verstecke ich mich, und du mußt mich suchen«, rief sie. Wolfgang hatte am Rascheln des Strohs gehört, daß sie bis hoch unter den Giebel der Scheune gestiegen war. Er zählte bis zehn und kletterte zielstrebig dorthin, wo er sie vermutete. Oben angekommen, sah er, daß sie sich gar nicht versteckt hatte.

»Ooch, du mußt dich aber auch verstecken«, schmollte er. »So macht es doch gar keinen Spaß.«

»Ach komm!« rief sie aus dem Stroh. »Wir ruhen uns hier ein bißchen aus.«

»Ich bin aber gar nicht müde«, sagte Wolfgang.

»Gut«, erwiderte sie, »dann kampeln wir uns.«

»Ach nee, ich habe keine Lust.«

Die Magd lachte ihn aus. »Du hast wohl Angst«, gluckste sie. »So ein großer Junge, und fürchtet sich vor mir.«

Fürchten? *Das wäre ja noch schöner!* Und dazu noch vor einem Mädchen! Er war schließlich schon neun Jahre alt und hatte so manches ausgefressen! Sie rangen miteinander, aber die Magd war stärker. Sie preßte ihn fest an sich und schlang ihre Beine um seinen Körper. Wolfgang kämpfte wie ein Berserker, aber aus ihrer Umschlingung konnte er sich nicht lösen. Als sie ihn endlich frei gab, versuchte Wolfgang nach hinten zu entwischen. Die Magd hielt ihn aber fest, so daß er auf sie herniederschauen mußte. Beim Herumbalgen war ihr Rock bis zur Gürtellinie hinaufgerutscht. Sie war darunter vollkommen nackt. Wolfgang starrte auf sie hernieder.

»Hast du so was schon mal gesehen«, fragte sie.

»Nein«, sagte er wahrheitsgemäß.

»Du darfst es streicheln, darüber freut es sich.«

Wolfgang sah sie verblüfft an, aber sie führte schon seine rechte Hand zu der Stelle, auf die Wolfgang die ganze Zeit gestarrt hatte. Es fühlte sich warm an. Sie führte seine Hand und stöhnte: »Oh, du bist ein lieber Junge, lieber Junge, lieber Junge ...« Das war für Wolfgang aber nun wirklich zu viel. Er riß sich von ihr los und rutschte, so schnell er konnte, die Strohhaufen hinunter.

»Lauf doch nicht weg. Du brauchst doch keine Angst zu haben«, rief sie ihm nach und rollte ihm schnell hinterher. Unten hatte sie ihn eingeholt. »Du erzählst aber keinem Menschen von dem da oben. Versprichst du mir das?«

»ICH BIN DOCH KEINE PETZE!« Wolfgang beschloß, ihr in Zukunft aus dem Wege zu gehen. *Die ist bestimmt im Oberstübchen nicht ganz in Ordnung.*

Gründung der Deutschen Demokratischen Republik

4. Oktober 1949. Die 22. Tagung des Parteivorstandes der SED beschließt das Dokument »Die Nationale Front des demokratischen Deutschland und die SED«. Es analysiert die neue Lage, die durch die Bildung des westdeutschen Separatstaates eingetreten ist, und enthält ein umfassendes Programm für den Zusammenschluß aller patriotischen Kräfte des deutschen Volkes unter Führung der Arbeiterklasse ... 5. Oktober 1949. Das Präsidium

des Deutschen Volksrates und der Demokratische Block berufen in einer gemeinsamen Sitzung den Deutschen Volksrat zu einer Tagung am **7. Oktober** ein und fordern ihn auf, sich zur Abwehr der reaktionären Politik der nationalen Spaltung und Unterdrückung zur Provisorischen Volkskammer umzubilden und eine Regierung der Deutschen Demokratischen Republik zu schaffen. (Deutsche Geschichte in Daten, Berlin 1967, S. 850)

6

EIN FENSTER WIRD ZUGEZOGEN

I

Die Obstbäume auf dem Fuchsberg hatten längst ihre weiße Blütenpracht abgeworfen. Dafür leuchtete zwischen den grünen Blättern der Kirschbäume eine neue Farbe: Rot! Das war jene Zeit, in der der lahme Jule mit seinem nicht minder lahmen Hund alle Beine lang zu tun hatte. Jule, von allen nur Humpeljule genannt, und sein im Dienst ergrauter, zahnloser, alter, treuer Hund waren die Wächter über das saftige Rot, das Wolfgang und seinen Freund Heinz auf den Fuchsberg zog. Heinz, mit dem der nunmehr zehnjährige Wolfgang in die vierte Klasse ging, war schon elf Jahre alt. Er war in der dritten Klasse sitzengeblieben. Und wenn man beide nebeneinander stehen sah, hielt man den stämmigen Heinz eher für einen Schüler, der zwei, drei Schuljahre weiter war. Sie saßen seit der dritten Klasse nebeneinander in einer Bank, und dafür, daß Wolfgang ihn bei allen Arbeiten abschreiben ließ, genoß er seinen besonderen Schutz, denn Heinz war der Stärkste in der Klasse.

Für Wolfgang war Heinz so etwas wie Janek. Er bewunderte seine Stärke, die sich bei Heinz zudem mit einer ausgesprochenen Beweglichkeit paarte, denn er war in ihrer Fußballmannschaft, in der Wolfgang als Rechtsaußen stürmte, ein geradezu unüberwindlicher Mittelverteidiger. Wenn auch seine schulischen Leistungen dürftig waren, im praktischen Leben außerhalb der Schule konnte ihm kaum jemand die Butter vom Brot nehmen. Er war ein Einzelgänger wie Wolfgang. Selten sah man beide in einer Gruppe. »Der Stärkste ist am mächtigsten zu zweit«, hatte ihm Wolfgang einmal, Schiller abwandelnd, vorgesagt, und das wurde dann auch der Spruch, den Heinz muskelspielend jedem entgegenschleuderte, der ihm oder Wolfgang vorhielt, sich nur mangelhaft in ein Kollektiv einordnen zu können, was ab und an ihre Lehrer und die Pionierleiter meinten, anmahnen zu müssen.

II

Ihr Weg zu den lockenden Kirschen führte sie an der Mühle vorbei, die am Eingang des Dorfes unmittelbar neben dem letzten Ausläufer des langgestreckten Fuchsberges lag. Dort trafen sie auf Angela, die ihnen heftig zuwinkte. Angela war schon dreizehn Jahre alt – eine frühreife aber etwas winzig geratene Göre, die dennoch in die gleiche Klasse wie Wolfgang und Heinz ging. Sie war einmal öfter als Heinz sitzengeblieben.

»Wo geht ihr denn hin?« fragte sie die Vorbeieilenden.

»Humpeljule ärgern!« Heinz und Wolfgang liefen weiter.

»Wartet doch mal!« Angela lief mit wichtigtuerischem Gesicht neben ihnen her. »Soll ich euch mal was zeigen?« fragte sie, wobei sie, soweit das ihr Gesicht zuließ, eine schlaue Miene aufsetzte.

»Na los, zeig schon«, sagte Wolfgang ungehalten.

»Bleibt doch mal stehen!«

Wolfgang und Heinz bauten sich vor Angela auf: »Also, was ist.«

»Wollt ihr mal sehen, wie es Mann und Frau machen, wenn sie alleine sind?«

»Ach, du gibst ja wieder an«, sagte Heinz, aber schon etwas interessierter. »Wie willst'e uns denn das zeigen?«

»Erst sagen, was ich kriege, wenn ich es euch zeige.«

»Was willst du denn haben?« fragte Wolfgang

»Wenn mir Heinz seinen Ring gibt ...« Heinz trug einen billigen Metallring an seinem Finger, den er vor ein paar Tagen in der Müllgrube an den Bahngleisen gefunden hatte. »Den kannst du haben«, sagte er und gab ihn ihr sofort, was er sonst nie tat, bevor er eine Gegenleistung für sein Tauschobjekt bekommen hatte. Angela nahm den Ring. Er paßte ihr genau über den Mittelfinger. Dann sagte sie, auf ein Fenster des Wohnhauses neben der Mühle zeigend: »Dort ist jetzt meine Mutter mit einem Mann drin. Jedesmal, wenn der kommt, schickt sie mich weg. Da habe ich von oben aus der Mühle zugeguckt, was sie dort machen. Von dort kann man nämlich alles sehen.«

Auf dem Boden des Mühlhauses führte sie Wolfgang und Heinz an eine kleine Dachluke und zeigte auf ein Fenster, durch das sie wirklich die fette Müllerin im Unterrock und einen sehr hageren Mann in Hosenträgern sahen.

»Hast du uns nicht mehr zu zeigen«, fragte Heinz, der sich ärgerte, daß er Angela seinen Ring so schnell gegeben hatte.

»Warte nur«, sagte Angela. »Entweder sie sind schon fertig, oder sie haben noch nicht angefangen.«

»Und was machen sie dann?« fragte Wolfgang.

»Mensch, bist du dumm.« Angela tat sich wichtig, weil sie mal etwas wußte, wovon die anderen keine Ahnung hatten. »Sie legen sich übereinander und wackeln dann.« Sie machte dazu so heftig die entsprechenden Körperbewegungen nach, daß ihr schmuddeliges Kleidchen gewaltig wippte.

Jetzt sahen sie, wie das dürre Männchen um den Fettberg von Müllerin herumsprang und ihr die Träger des Unterrocks über die wie Würste herabhängenden Arme striff.

»Mensch«, staunte Wolfgang, »ist deine Mutter aber fett!«

»Was denkst du, was die auch frißt«, sagte Angela.

»Wo ist denn dein Vater«, fragte Heinz.

»Der Mann dort kommt immer, wenn Vater nach Nordhausen fährt.«

»Hast du das deinem Vater schon mal erzählt. Ich meine, daß der Mann dort immer zu deiner Mutter kommt?«

»Bist du verrückt«, entsetzte sich Angela. »Da verkloppt mich meine Mutter windelweich.«

Der Hagere hatte es jetzt endlich geschafft, der Müllerin aus der letzten Hülle zu helfen. Er wühlte in den Fleischbergen ihres Körpers. Sie drückte ihn aber ins Bett, watschelte, wobei ihre übermäßigen Fettpolster bedenklich wogten, zum Fenster und schloß die Vorhänge.

Angela stampfte wütend mit dem Fuß auf den Boden. »Das macht sie sonst nie. Das Beste können wir nun nicht sehen!« sagte sie, dem Weinen nahe. »Jetzt willst du bestimmt den Ring wiederhaben.«

»Den kannst du behalten«, sagte Heinz. »Wir haben ja eine ganze Menge gesehen. Das war's schon wert.«

»Ich hätte trotzdem ganz gerne gewußt, was sie jetzt dort machen.«

»Ich auch«, sagte Heinz. »Was soll's! Auf zu Humpeljule!« Da Angela Anstalten machte, sich anzuschließen, wehrte er ab: »Nix da! Du bleibst hier!«

7

DER LETZTE SOMMER

I

Den Sanders ging es richtig gut. Sie hatten sich die kleine, zweietagige Wohnung in dem Nebenhaus auf dem großen Bauernhof gemütlich eingerichtet. Sander hatte einen gesicherten Arbeitsplatz mit – wenn man es nur richtig einteilte und sich beschränkte – ausreichendem Einkommen. Um Hildegard Sander bewegte sich wieder ein Freundeskreis, natürlich meistens Männer, die sich überschlugen, ihr gefällig zu sein. Natürlich gab es Gerede, aber da in Wirklichkeit nichts dahintersteckte, verstummte es auch wieder. Und natürlich gab es Neid, besonders bei den Bäuerinnen, die Frau Sander immer nur schick wie eine feine Dame aus der Stadt durch das Dorf gehen sahen und ihre Männer in die Rippen boxen mußten, weil die ihr immer mit unzweideutigen Blicken nachsahen. Dabei hätte sich jede der sie so beneidenden Bäuerinnen im Dorf wie eine Königin kleiden können, doch als neidische Neureiche strebten sie wohl mehr nach Anhäufung und weniger nach Leben. Manche der Kuh- oder Schweineställe waren buchstäblich mit Teppichen ausgelegt, weil solche Dinge schon für ein paar Liter Milch zu haben waren; Kleidung, Schmuck, Antiquitäten, Fotoapparate oder was sonst noch entbehrlicher als Essen war, stapelte sich in den Gewölben, Waschhäusern, Scheunen und Ställen der Bauern. Jetzt waren sie es, denen alles gehörte. Sie waren die Macht im Dorf, sie hatten das Sagen, sie sollten beachtet werden und nicht eine dahergelaufene Umsiedlerin wie die Sander, die nichts hatte, nichts konnte und dazu noch herumlief, als sei sie etwas Besseres. Das Bessere, das waren jetzt sie, und das sollte schließlich auch so bleiben, denn – so ihre Erfahrung der letzten Jahre – Hunger wird es immer geben und Hungrige, denen man das Letzte abverlangen konnte. Was aber konnten die auf diese Weise reich gewordenen Bäuerinnen für das Aussehen tun, um das sie Frau Sander so beneideten, wenn ihre Freßsucht mit Griffigkeit (der Mann will schließlich etwas in der Hand haben) bemäntelt und ihr Geschmacks- oder Stilbewußtsein sich aus dem röhrenden Hirsch im goldumrahmten Tannengrün über dem Kanapee ihrer guten Stube bildete? Deshalb schielten ihre Augen um so giftiger auf die Sander; denn die konnte anziehen, was sie wollte, selbst das verschlissenste Fähnchen sah an ihr besser aus als die prächtigste Abendgarderobe an den schachernden Bäuerinnen.

Der einzige Ort, wo aller Klatsch und Tratsch weit vor der Tür blieben, war das Haus der Sommermeiers. Eisenbahner Sommermeier verehrte Frau Sander auf eine so liebenswerte, unschuldig tapsige Art, daß man ihm einfach gut sein mußte, und seine Frau Helga (wenn es je einen Menschen auf der Welt gab, der ohne Argwohn gütig war, dann war es Helga Sommermeier), freute sich über die tapsige Zuneigung ihres Mannes zu Frau Sander, weil sie von dem ansonsten überaus phlegmatischen Theo auch etwas Lebendigkeit abbekam. Sie war eine geschickte Schneiderin, und es bereitete ihr das größte Vergnügen, über Frau Sanders niedliches Figürchen etwas von ihr Geschneidertes zu ziehen. Manchmal, wenn sie ihr Werk betrachtete, sagte sie bescheiden: »So schön kann ich gar nicht schneidern, wie es an dir aussieht.«

Helga Sommermeier war kinderlos geblieben, aber sie liebte Kinder über alles. So wurde für Wolfgang das Haus der Sommermeiers ein zweites Zuhause. Er verbrachte ganze Tage dort, und er konnte sich nicht entsinnen, daß Sommermeiers ihn jemals ungerecht behandelt hätten – ganz im Gegensatz zu seiner Mutter, der öfter mal die Hand ausrutschte, bevor sie geklärt hatte, ob das in diesem Moment das Richtige war. Aber da war auch noch die ruhige, liebe, gute, weise Frau Schierock, mit der man so wunderbar erwachsen plaudern konnte.

Sogar Fritz Sander schien ein neuer Mensch geworden zu sein. Die Knechtzeit war lange vergessen, und selbst sein ehemaliger Herrenbauer hatte Respekt vor der Arbeit, die Sander auf der VdgB leistete. Überhaupt trug ihm seine ausstrahlende Akkuratesse und Zuverlässigkeit im ansonsten nach wie vor umsiedlerfeindlichen Dorf mehr Wohlwollen ein, als es seiner Frau zuteil wurde, und weil er zudem immer sehr höflich und hilfsbereit war, hielten ihn besonders die Bäuerinnen für einen feinen, korrekten, guten Mann, der bedauernswerterweise eine so leichtlebige Frau besaß.

Die Kinder Ursula und Wolfgang lernten in der Schule gut, sie zählten zu den Besten in ihren Klassen. Ursula, als Freundschaftsratsvorsitzende der Pionierorganisation, war sogar eine im ganzen Dorf geachtete Persönlichkeit. Und daß Wolfgang mit seinem Freund Heinz einer der Dorfbanden angehörte, die mit gefundenen Militärwaffen Banden anderer Dörfer bekriegten (was ein nicht ungefährliches Spiel war), vermittelte sich als selbstverständlicher Dorfalltag. Die Jungen waren alle irgendwie in Bandenkriege verwickelt. Das gehörte einfach zum Erwachsenwerden dazu.

Für Wolfgang waren das Zuhause und das Draußen zwei völlig verschiedene Welten. Das Draußen begriff er instinktiv als eine feindliche Welt, der man nur mit stetig angespannter Wachheit begegnen konnte. Und in dieser Welt gab es nur einen verläßlichen Freund: Heinz, mit dem man diese Welt für sich erobern konnte. Aber Blößen und Schwäche durfte man auch hier nicht zeigen. Die einzige Stelle, wo er schwach, dünn und wieder ein so kleines Kind sein konnte, wie er sich oft fühlte, war zu Hause und nur bei der Mutter. Wie blamabel, wenn jemand von da draußen erfahren würde, daß er sich, der nun schon fast so groß wie seine kleine Mutter war, immer noch wie früher in klammernder Äffchenhaltung von ihr tragen ließ, und es immer noch für ihn das größte war, wenn sie ihm dabei aus dem geliebten BLÜTENBAUM vorlas. Und selbst ihr klagendes: »Junge, du wirst mir zu schwer!« konnte sein bettelndes: »Bitte, trag mich!« nicht aus der Welt schaffen.

II

Man lebte friedlich in Kleinfurra. Alles hatte seine Ordnung, solange keiner den größeren Bauern Vorschriften machte, wie sie zu leben hätten; und das machte niemand. Von einer Integration der Umsiedler in die Dorfgemeinschaft zwar noch weit entfernt, schwelten der anfängliche Haß aufeinander und die gegenseitigen Voreingenommenheiten nur noch auf so kleiner Flamme, daß sie im täglichen Umgang miteinander kaum mehr zu spüren waren. Die Kinder hatten sich an dieser Fortführung des Krieges ohnehin nicht beteiligt. Ihre kleinen Bandenkriege, bei denen es um Zerstörung von Buden oder vorzeitiges Abbrennen von Osterfeuern ging, hatten gemischte Bataillone. Wie überhaupt alles so war, wie es sein mußte.

Die Winter waren richtige Winter, brachten ordentlich Schnee, und die Umgebung von Kleinfurra hatte genügend Hügel, auf denen man den anhaltenden Wintern mit Rodelschlitten oder Ski einen Heidenspaß abgewinnen konnte. Und wenn dann, was die Regel war, über eine längere Periode steifer Frost herrschte, bekamen die Schuster viel zu tun; denn die Verlockung war riesengroß, die vereisten Hügel auf Schlittschuhkufen hinunterzujagen, die man an die Schuhsohlen anleiern mußte, die aber, falls sie daran hielten, unweigerlich den Absatz abrissen. Vor unliebsamen Überraschungen sicher blieb nur der, der seine Schlittschuhe von vornherein mit vielen Riemen und Schnüren an die Schuhe befestigte. Auch die Sommer waren noch richtige Sommer mit Sonne und anhaltendem Badewetter bis in den Herbst hinein. An der Wipper, die durch Kleinfurra floß, gab es unzählige Badestellen. Am Wehr aber trafen sich alle. Das im Krieg zerstörte Wehr, auf dem man nicht nur Hasche spielen oder sich sonnen konnte, war ein Ort für Mutproben besonderer Art. Als hoch aus dem Wasser ragender Fels stellte das Wehr für alle, die sich trauten, auf seine bizarre Spitze zu klettern und von dort in die Tiefe zu springen, eine Bühne dar, um den zuschauenden Mädels zu imponieren.

III

Aber es gab auch versteckte Badestellen, von denen nur wenige wußten. Eine davon hatten Wolfgang und Heinz bei ihren Streifzügen entdeckt. Sie lag weit außerhalb des Dorfes an einer Biegung des Flusses in der Nähe eines einsamen Gehöfts, das ein großer, schweigsamer, immer mürrisch wirkender Mann mit seiner Frau bewohnte. Man wußte nicht so genau, ob dieses Haus noch zu Kleinfurra zählte oder schon zu Großfurra. Der Mann, der als Streckenmeister für die Eisenbahn die Gleise zwischen Wolkramshausen und Glückauf ablief und abends die Signalbeleuchtung anzuzünden hatte, ließ sich ohnehin selten im Ort sehen, er galt als ungesellig und scheu wie auch seine Frau, die man im Dorf wegen ihrer tiefschwarzen Haare für eine Zigeunerin hielt. Wohl auch deshalb, weil sie sich – sommers immer barfuß – in farbenprächtige, weite Röcke kleidete, die ihre ausladenden Hüften so verführerisch umspielten, wie das eben nur bei Zigeunerinnen zu sehen war. Sie kam nur einmal in der Woche für Besorgungen ins Dorf, und man munkelte, daß sie da draußen, wenn ihr Mann die Eisenbahnstrecke abging, fremde Männer empfing, wofür allerdings jeder Beweis fehlte und sich auch im Dorf keiner der Männer rühmen konnte, sie jemals besessen zu haben. Trotzdem war etwas Geheimnisvolles um diese Frau, das vor allem die Phantasie der Halbwüchsigen nährte.

Als sich Wolfgang und Heinz an einem der heißen Tage in der Nähe des Streckenwärterhauses aufhielten, sahen sie, wie die Frau des Streckenwärters in roter Bluse zu rot-grün-schwarzem Rock aus dem Haus kam und in ihrem aufreizend wogenden Schritt barfüßig den Weg nahm, der vom Dorf wegführte. Ihr heimlich zu folgen, dazu bedurfte es keiner Abstimmung.

»Die trifft sich bestimmt mit einem Mann«, sagte Heinz, der im Gegensatz zu Wolfgang erste Ansätze von Stimmbruch hatte. »Das sehen wir uns an. Die hat aber auch einen Arsch ...«

Die Frau des Streckenwärters bog plötzlich vom Weg ab, ging quer durch ein Kornfeld in Richtung Fluß. Da das Feld über einen buckeligen Anstieg zum Fluß hin abfiel, verloren die Jungen die Frau aus den Augen.

»Scheiße!« sagte Heinz. »Nun ist sie uns entwischt.«

»Quatsch!« erwiderte Wolfgang. »Wir brauchen doch nur der Spur der geknickten Halme nachzugehen.«

Vom Hügel aus sahen sie die rot leuchtende Bluse hinter der von Sträuchern bewachsenen Flußböschung verschwinden. In vollem Lauf stürmten Heinz und Wolfgang zu der Stelle, wo sie verschwunden war. Den Rand der Böschung als Deckung nutzend, spähten sie durch das schier undurchdringliche Dickicht. Heinz entdeckte sie zuerst. »Da!« flüsterte er und zeigte auf eine Stelle, an der das kräftige Rot ihrer Bluse durchblitzte.

»Sieht aus, als wenn sie alleine wäre«, flüsterte Wolfgang.

»Abwarten«, sagte Heinz.

Wolfgang sah nach rückwärts zum Kornfeld. »Wir müssen uns besser verstecken. Vielleicht kommt noch jemand.«

Sie hörten das Aufklatschen eines Körpers im Fluß und kurz danach das freudige Aufjauchzen der badenden Frau. »Jetzt, los!« Heinz tauchte unter das Blätterdach und schlängelte sich durch die üppig wuchernden Sträucher bis zu der Stelle, an der er die Wäsche der Frau liegen sah. Wolfgang kroch ihm hinterher. Das mit Gestrüpp dichtbewachsene Ufer gab nur ein kleines Rasenstück frei, gerade so groß, daß man eine Decke zum Sonnen ausbreiten konnte. Man sah, daß diese Stelle nicht das erste Mal dafür genutzt wurde. Von hier aus konnten sie die badende Frau im Wasser nicht sehen. Wolfgang und Heinz dichteten das Gestrüpp unmittelbar vor der Liegestelle mit Zweigen engmaschig ab, so daß sie nahe genug an der Stelle waren, an der sich die Frau nach dem Bad hinlegen mußte. Zusätzlich zogen sie sich ihre Nickis aus, weil sie hofften, daß die Bräune ihrer Körper sie besser tarnen würde.

»Die badet aber lange!« Wolfgang war ganz aufgeregt. Er befürchtete, daß ihn sein schweres Atmen verraten wird.

»Ich habe jetzt schon eine Latte«, sagte Heinz mit einem Stimmbruchquietscher und griff sich ans Geschlecht.

»Ich erst! Verflucht!« Wolfgang tat es ihm nach.

»Pst, sie kommt!« Die Jungen duckten sich tief auf den Boden und wagten nicht, der Frau hinter ihrer Deckung entgegenzusehen. Sie spürten sie ganz nah vor sich stehen, hörten das klatschende Geräusch ihrer Hände, die das Wasser von ihrem Körper abstreiften. Vorsichtig den Kopf hebend, sahen sie auf, und es war ihnen, als durchfuhr sie ein Blitzschlag, als sie den nackten Körper dieser üppigen Frau wie zum Greifen nah vor sich stehen sahen. Diese sich direkt vor ihren Augen geradezu aufbäumende, schwarzbehaarte, durch das ausladende Becken riesig wirkende Scham, die Wolfgang durch diese unmittelbare Nähe schier einatmen konnte, nahm ihm den Atem, und er mußte schlucken, so heftig, daß er fürchtete, sie könne seine auf das Verbotene gerichteten Augen jeden Moment entdecken. Die Frau trocknete sich ihre gebräunten, schweren Brüste mit den fast schwarz hervortretenden großen Brustwarzenhöfen bedächtig ab. Danach stellte sie erst das eine, dann das andere Bein so nahe am Versteck der atemlos stierenden Jungen nach vorn, daß sie beim Abtrocknen mit ihrem Gesicht fast über das Gestrüpp kam, das die Jungen verbarg. Ihr schwerer Busen wogte dabei so bedrohlich dicht über der Stelle, wo sich Wolfgangs Kopf befand, daß aus seinem Blickwinkel nur noch eine der bei jeder Bewegung aneinanderschlagenden Brüste zu sehen war. In ihr Gesicht über ihm wagte er nicht zu schauen, weil er ohnehin jeden Augenblick damit rechnete, von ihr entdeckt zu werden. Aber die Frau war so intensiv mit dem Handtuch befaßt, daß sie zum Glück für die spannenden Jungen nicht in das Gebüsch vor ihr, sondern nur auf ihre Beine schaute, die sie genüßlich abtrocknete. Das feuchte Handtuch legte sie direkt über der Deckung ab, hinter der die Jungen atemlos zuschauten. Dann breitete sie ein Badetuch aus, das sie, rückwärts auf das Gebüsch zugehend, auf dem Boden glättete. Dabei drückte sie mit ihrem ausladenden Hinterteil die als abdichtende Deckung vor Wolfgangs Gesicht zusammengefügten Zweige so weit auseinander, daß er mit seinem Kopf zurückzucken mußte, denn sonst wäre es unweigerlich zu einer Berührung gekommen. Heinz, der ungünstiger seitlich lag, kam mit seinem Kopf zu Wolfgang herüber, und sie schauten beide atemlos in die sich für einen kurzen Moment öffnenden Schamlippen der Frau.

Nachdem sich die Frau auf dem Badetuch zum Sonnenbad ausgestreckt hatte, wagten die Jungen wieder zu atmen. Nur schnell weg hier, war ihr gemeinsamer Gedanke, denn das Loch in ihrer Deckung, das das Unsagbare vor wenigen Sekunden hinterlassen hatte, war, ohne Geräusche zu verursachen, nicht zu reparieren. Es mußte also erschreckend offen bleiben, solange diese Frau, von der sie ihre Blicke nicht losreißen konnten, hier lag. Denn wenn sie einmal aufstand, nur um das über ihnen liegende Handtuch zu nehmen, dann waren sie entdeckt. Heinz machte eine entsprechende Kopfbewegung, und dann krochen sie, ihre Nickis im Mund haltend, zurück bis hoch an die Flußböschung, wo sie sich erstmals trauten, wieder laut zu atmen. Heinz fand einige hundert Meter weiter eine dichtbewachsene Kule, in die sie sich ermattet, als hätten sie einen Baum gefällt, hineinwarfen.

»Mann, das war was!« Heinz boxte Wolfgang in die Rippen.

»Hast du das gesehen? Diese Fotze, diese riesige Fotze?« Wolfgang warf sich auf Heinz. Sie kampelten wie junge Hunde. Dann legten sie sich auf den Rücken. Automatisch fuhr sich jeder in die Hose, und dann onanierten sie, bis ihre Gesichter rot anliefen.

Fortan saßen sie in diesem Sommer tagelang auf der Lauer in der Hoffnung, wieder einen Badetag der Frau vom Streckenmeister zu erwischen. Dreimal noch hatten sie Glück, sie so zu sehen, wie sie seit diesem Tag ihre Phantasien beherrschte und derentwegen sie sich unzählige Male in die Hose gefaßt hatten. Sie hatten sich geschworen, niemanden in ihr Geheimnis einzuweihen. Ihr Versteck an der geheimen Badestelle der Frau bauten sie kaum mehr einsehbar aus. Bei entsprechender Vorsicht fühlten sie sich jetzt darin so sicher, daß sie sich mit der Hand Befriedigung verschaffen konnten, indem sie sie betrachteten. Aber es war nie wieder so aufregend wie beim ersten Mal, zumal ihr sicherer ausgebautes Versteck diese atemberaubende Nähe des ersten Tages nicht mehr zuließ. Dann ging leider auch der Sommer zu Ende und mit ihm das letzte Jahr unbeschwerter Freiheit für den Zwölfjährigen in Kleinfurra - mit der Wipper im Sommer und den verschneiten Hügeln im Winter.

IV

Der erste Schlag, der Wolfgang sehr tief traf, war der plötzliche Tod Frau Schierocks. Sie hatte gerade ihren sechsundfünfzigsten Geburtstag gefeiert - alle sagten, sie hätte in den letzten Wochen so schrecklich abgenommen. Weil sie ein Mensch war, der nie an sich, sondern immer nur an die anderen dachte, nie klagte, erfuhr niemand, mit welchen Schmerzen sie in den letzten Wochen herumgelaufen sein mußte. Jede medizinische Hilfe kam zu spät. Sie starb an Brustkrebs. Man sagte, ihr Körper sei schon voller Metastasen gewesen.

Frau Schierock war kaum unter der Erde, da kam Polizei in die Wohnung der Sanders. Die Räume wurden durchsucht. Man fand zwar nichts, aber Sander wurde abgeführt.

Sander hatte wieder heimlich getrunken und das dafür notwendige Geld unterschlagen. Da man ihn als Wiederholungstäter ansehen mußte, kam er nach Aburteilung ins Zuchthaus Unterwellenborn. Als Ehefrau mußte Frau Sander für die Rückzahlung der unterschlagenen (dieses Mal nicht unerheblichen) Summe aufkommen. Ein Freund besorgte ihr eine Arbeitsstelle als Verkäuferin in einem HO-Kiosk in Nordhausen. Das war trotz der nunmehr täglichen Bahnfahrten ein Glücksumstand, weil sie keinen Beruf erlernt hatte. Ein zweiter Freund, der Vorsitzender des Gewerkschaftsbundes des Kreises Nordhausen war, kümmerte sich um einen Internatsplatz für ihren Sohn Wolfgang, damit der - sich nunmehr den ganzen Tag selbst überlassen und schon in Bandenkriege verstrickt - nicht auch noch auf die schiefe Bahn geriet, wie Frau Sander nicht ganz unberechtigt befürchten mußte. Ursula wechselte zu der Zeit in die neunte Klasse und damit auf die Oberschule in der Kreisstadt.

8

DAS INTERNAT

I

So kam Wolfgang mit zwölf Jahren weit weg von zu Hause in das Landesgrundschulinternat Gumperda bei Kahla. Es muß wohl nicht gesagt werden - wider seinen Willen. Und es muß sicherlich nicht erzählt werden, wieviele Tränen da geflossen sind, bis er sich ins Unvermeidliche gefügt hatte. Das Unvermeidliche beinhaltete zunächst eine zusätzliche Härte für Wolfgang; denn er mußte zwei Tage früher ins Internat als ursprünglich vorgesehen. Frau Sander hatte für ihren inhaftierten Mann kurzfristig eine Besuchserlaubnis bekommen, die jedoch zwei Tage vor dem Termin lag, an dem Wolfgang im Internat abgeliefert werden mußte. An zwei Bahnfahrten innerhalb von drei Tagen war nicht zu denken. So fuhren sie zu dritt mit dem Frühzug über Erfurt zunächst nach Saalfeld, um in Unterwellenborn den Vater zu besuchen.

Das Wetter war scheußlich. Tagelanger Landregen hatte die unbefestigte Straße, die zum Zuchthauseingang führte, so aufgeweicht, daß man sie eigentlich nur mit Gummistiefeln betreten konnte. Nachdem die drei Sanders völlig durchnäßt die Wachstube am Eingang des Gefängnisses erreicht und die Besuchserlaubnis vorgelegt hatten, bekamen sie den Bescheid, daß man Wolfgang wegen Minderjährigkeit den Zugang zum Zuchthaus nicht gestatten könne. Als alle vernünftigen Argumente und Appelle an die Menschlichkeit - sie hätten doch sicherlich auch Kinder - nichts halfen, bekam Frau Sander einen Tobsuchtsanfall. Sie beschimpfte die uniformierten Wachmänner derart, daß die völlig auf stur schalteten, was Folgen hatte.

Für Wolfgang mußte nun ein Platz zum Unterstellen gesucht werden, denn es regnete immer noch in Strömen. Frau Sander fand ihn in einer etwa fünfhundert Meter entfernten zugigen Überdachung, die wohl vor dem Krieg eine Bushaltestelle markierte, jetzt aber ausgeplündert, ihrer schützenden Holzwände längst beraubt (die vergangenen Winter waren schließlich bitter kalt) und ihrer Funktion enthoben eher unnütz in dieser traurigen Landschaft stand. Um ein halbwegs trockenes Plätzchen baute sie alles Gepäck wie einen schützenden Wall, hinter dem sie Wolfgang plazierte. Sie schärfte dem vor Nässe und Kälte bibbernden Jungen ein, sich nicht von der Stelle zu rühren, bis sie und Ursula zurückkämen – es würde auch schnell gehen, das verspreche sie. Dann lief sie, selbst bis auf die Haut durchnäßt, die Pfützen überspringend, zurück, um den Besuch im Zuchthaus so schnell wie möglich hinter sich zu bringen.

Daß er den Vater nicht sehen konnte, war Wolfgang egal, aber wie er hier saß, notdürftig gegen den Regen geschützt, fühlte er sich verstoßen und von allen verlassen. Er fror, und das, was seine Seele ausfüllte, war die unüberwindliche Angst vor dem immer näher rückenden Zeitpunkt, wenn man ihn allein in diesem Internat zurückläßt, das er sich ähnlich schrecklich wie das kirchliche Unterernährtenheim vorstellte und deshalb jetzt schon an Flucht dachte, wenn es so wie damals kommen sollte. *Warum immer ich! Warum nicht Ursula, warum nicht wir beide zusammen?* Er hatte der Mutter große Versprechen abgegeben, damit sie ihn nicht fortschickte. Er wollte alles essen, was auf den Tisch kommt, und das war ein sehr großes Versprechen, weil er sich doch vor so vielem ekelte und oft brechen mußte, wenn er sich zum Essen zwang. Er hatte versprochen, sich nicht mehr an den Bandenkriegen zu beteiligen. Er hatte sogar versprochen, mit den Jungen nicht mehr zu spielen, über die die Mutter vorurteilsvoll äußerte: Das sind Vagabunden! Er wollte ihr im Haushalt helfen, immer für Kaninchenfutter sorgen, die Kaninchenställe sauberhalten, überhaupt ein lieber Junge sein, nicht mehr so viel weinen … Nichts hatte geholfen. Die Mutter schickte ihn weg! Die Mutter, die er liebte und die er brauchte, weil er sich ohne sie so ungeschützt und ausgeliefert vorkam, gerade sie entzog ihm ihre Liebe. Ihm wurde plötzlich klar, daß dagegen nichts mehr zu tun war, und als er die Mutter mit der Schwester durch den Regen zurückkommen sah, konnte er es nicht mehr zurückhalten: Er weinte all die Hilflosigkeit aus sich heraus.

Als Wolfgang im Internat zurückgelassen wurde, hatte er keine Tränen mehr. Er schaute seiner Mutter und seiner Schwester mit großen Augen und offenem Mund nach, bis sie um die erste Biegung am Dorfausgang verschwunden waren. Er erwiderte ihr Winken nicht mehr, suchte vielmehr nach der Hand der neben ihm stehenden Frau Roland, die sich als die Heimmutter vorgestellt hatte und in deren – wie Frau Sander schien – warmherziger Obhut sie ihren Jungen etwas beruhigter lassen konnte.

»ER HAT NAHE AM WASSER GEBAUT«, war noch ein letzter Hinweis von Frau Sander gewesen, ehe sie gegangen war, was Wolfgang wiederum als einen ihn bloßstellenden Vertrauensbruch empfand, weil er sich dafür schämte und sich damit hier von vornherein abgestempelt und von der Mutter verraten fühlte.

»Es wird ihm bei uns sicher sehr gut gefallen, und er wird sich schnell einleben, wenn erst mal die anderen Kinder wieder da sind«, beruhigte Frau Roland die zurückreisende Mutter.

II

Nach den zwei langen, schlaflos verweinten Nächten in dem kleinen Zimmer gleich neben Frau Roland wechselte Wolfgang in einen mit dreizehn Jungen belegten großen Schlafsaal. Nach ihm trafen vier weitere Neue ein, denen es, wie er sehr bald merkte, ebenso ging wie ihm. Sie fühlten sich wie er verlassen, ein bißchen herausgeworfen aus dem Gewohnten, ohne daß sie darüber sprechen oder es jemandem zeigen wollten. Mit noch scheuem, lernendem Blick auf die »Alten« demonstrierten sie Stärke, auch wenn ihnen oft zum Heulen zumute war. Die anderen acht Jungen in dem Schlafsaal waren schon länger im Internat, drei gingen in die achte Klasse, die übrigen fünf in die siebente.

Frau Roland hatte für Wolfgang während der ersten zwei Tage viel Zeit aufgewendet, um dem traurig blickenden Jungen das Internatsleben, das ihn erwartete, in den schönsten Farben zu schildern. Sie hatte ihm den Schlafsaal gezeigt, in dem er nach diesen beiden Tagen unterkommen würde. Er durfte aus den fünf freien Betten wählen, in welchem er schlafen wollte. Er wählte für sich das äußerste Bett unter der angeschrägten Giebelwand aus. Es stand so schön allein mit einem Gang dazwischen, nicht wie die meisten anderen, die zu einer Zweiergruppe zusammengestellt waren.

»Meinst du, Wölfi, daß du damit eine gute Wahl getroffen hast? So weit weg von den anderen?«

»Ja«, erwiderte er trotzig. Und ganz leise flüsterte er gekränkt in sich hinein: *Ich heiße nicht Wölfi! Wolfgang heiße ich. Wolfgang!*

Merk dir das, du blöde Kuh! Einerseits war er Frau Roland dankbar, daß er sein Bett, bevor die anderen Neuen kamen, schon belegen durfte. Auf diese Weise empfand er sich gleich nicht mehr so neu wie die Neuen, was ihm wichtig war. Andererseits haßte er sie, weil sie ihn mit dem kindischen »Wölfi« anredete. Und da sie ihn weiter mit Wölfi anredete, auch als die anderen kamen, und er nichts mehr dagegen tun konnte, daß er von allen mit diesem verniedlichenden Namen gerufen wurde, war sie für ihn als Bezugsperson gestorben. Sie hatte seine Ehre beleidigt und seinen Stolz: *Wenn ich größer und stärker wäre, dann hätte sie mich bestimmt nicht Wölfi genannt.* Für sich beschloß er: *Wer mich Wölfi nennt, wird nie mein Freund.* Und da er ohnehin nur sehr zögerlich auf andere zugehen konnte und da es so einen Freund wie Heinz sowieso nie wieder geben würde, begann er sein Internatsleben in kontaktarmer, zurückgezogener Eigenbrötlerei.

Die internen Regeln des neuen Lebens waren nicht schwer zu begreifen. Die Großen hatten das Sagen, und die Erzieher mischten sich nur selten in das nach Makarenko'schem Prinzip organisierte Zusammenleben ein. Das erste Mal erfuhr er die ungleiche Behandlung, die den Neulingen gegenüber den alten Hasen zuteil wurde, als sie wie üblich vor dem Speisesaal antreten und die obligatorische Kontrolle (Vorzeigen von Fingernägeln, Besteck, Taschentuch oder Kamm usw.) über sich ergehen lassen mußten. Er stand zufällig neben einem alten Hasen, der - heute wurden Kämme kontrolliert - einen so mistigen Kamm vorzeigte, daß Wolfgang sich geekelt hätte, ihn überhaupt anzufassen. *Oh weh, der wird jetzt aber ein Donnerwetter abbekommen.* Aber nichts passierte, der Kamm wurde geflissentlich übersehen, aber sein Kamm, den Wolfgang nun wirklich für sauber hielt, kam nicht durch, und er mußte noch einmal zurück, um den Kamm auszubürsten, bevor ihn der Einlaßdienst in den Speisesaal ließ. Damit stellte sich für Wolfgang ein erstes Ziel ganz von selbst: *Dorthin muß ich kommen! Erst wenn ich mit einem dreckigen Kamm oder mit schwarzen Fingernägeln in den Speisesaal gelassen werde, erst dann habe ich es hier geschafft!* Um dorthin zu gelangen, gab es für ihn, der weder über besondere körperliche Kraft noch über ein Portemonnaie verfügte, das die eigene Position kraft elterlicher Potenz stärkte, nur einen sicheren Weg: Er mußte der OBEREN ZEHN des Internats angehören.

III

Kein Mensch wußte, woher dieser Name kam, wer ihn das erste Mal ausgesprochen hatte und warum das, was er bezeichnen sollte, OBERE ZEHN genannt wurde. Aber einmal in die Welt gesetzt, verwirklichte sich im Internatsleben eine Vorstellung, daß jene, die sich Ansehen erworben auch Anspruch auf Vorrechte haben. Das heißt: Die OBERE ZEHN existierte eigentlich nicht, zumindest war das, was sich dahinter verbarg, so nebulös, daß es kaum zu beschreiben war. Es war weder - wie man vermuten könnte - ein Gremium von zehn Internatsschülern, die politbürohaft das Internatsleben beherrschten, noch trat es anderweitig institutionell in Erscheinung. Es war mehr das zu einem Begriff geronnene Selbstverständnis von einer auf merkwürdige Weise herrscherlos funktionierenden, dennoch patriarchalischen Rangordnung, in die man sich einzufinden hatte, wenn man nicht außerhalb der Internatsgemeinschaft im Zusammenleben der Elf- bis Fünfzehnjährigen stehen wollte. Oberflächlich betrachtet läge der Vergleich zum sozialen Gefüge einer Pavianhorde oder dem eines Rudels von Wölfen nahe, wenn das Hineinwachsen in die OBERE ZEHN mit Machtkämpfen verbunden gewesen wäre. Doch das hätte keinen Sinn gemacht, denn die OBERE ZEHN war keine Machtposition, man konnte damit über andere nicht wirklich herrschen. Es gab weder Ernennungen, noch funktionierten Selbsternennungen. Man wurde in diesem Internat OBERE ZEHN durch ein allgemeines Verständnis, daß man es sei. Diese Ordnung hatte nichts Zwanghaftes. Anerkennung, Ansehen und jene Vorrechte ergaben sich von selbst, stellten sich immer wieder aus einem allgemeinen Selbstverständnis her, das das Besondere als etwas Besonderes anerkannte. Es ergab sich aus dem, was einer tat und wie er es tat.

Im Internatsalltag galten andere Regeln als in der Welt da draußen. Die sich selbst organisierende Ordnung, das aufeinander Angewiesensein, die geschlossene Abfolge von Aufstehen, Schule, Arbeitsstunde, Freizeit, Schlafengehen, Bettruhe ließen keinen Platz für Eitelkeiten und jene Vorrechte, die sich in der Gesellschaft aus Haben, Gunst und gesellschaftlicher Position ergaben. Hier bekam der Anerkennung, der sie sich durch eine Leistung verdient hatte. Doch damit waren in erster Linie nicht schulische Leistungen gemeint. Man mußte etwas können, wovon andere auch etwas hatten.

Falk Girot zum Beispiel, ein Schüler der achten Klasse, der schon Stimmbruch hatte und vorgab, wie sein Vater später einmal Opernsänger zu werden, dieser angehende Opernbariton also, konnte wunderbar erzählen. Er hatte Vaters Karl-May-Gesamtausgabe gelesen und besaß die köstliche Gabe, nahezu jedes der gelesenen Bücher fast im Wortlaut nachzuerzählen und das so spannend, wie man das beim eigenen Lesen nie hätte erleben können, wenn man Karl May denn hätte lesen dürfen. Mit dieser Erzählkunst war Falk Girot selbstverständlich einer der OBEREN ZEHN; wie auch Paul Antosch, über den man munkelte, daß er eventuell sitzenbleiben könnte, ein stämmiger Bursche aus der siebenten Klasse, oder Hans Brettschneider, der fast einen Kopf kleiner als Antosch war. Beide galten als die besten Fußballer im Internat. Damit waren sie zwangsläufig in der OBEREN ZEHN. Genauso wie der schmächtige, hochaufgeschossene Peter Steiner, der wie ein Zigeuner auf der Geige spielen konnte, und der schon deshalb in der OBEREN ZEHN sein mußte, weil sich fast alle Mädels im Internat in ihn vergafft hatten.

IV

Für Wolfgang war die OBERE ZEHN etwas, das er mit seinen aus dem BLÜTENBAUM nachwirkenden Lebensvorstellungen romantisch verklärte. Und weil er in seiner Kontaktscheue mehr mit sich als mit seinen Klassen- und Zimmerkameraden das Gespräch suchte, legte er so hehre Begriffe wie Reinheit, Treue, Ehre, Selbsthelfertum, Erhabenheit und Größe in diese ihm genauso unverständliche wie anziehende Vorstellung hinein, ungeachtet der von ihm erlebten profanen Wirkungen, daß man als einer der OBEREN ZEHN mit dreckigen Fingernägeln, mistigem Kamm oder sogar ohne Taschentuch durch die Kontrollen in den Speisesaal kam. Aber dorthin wollte er. Um jeden Preis. Doch er wußte, daß er noch weit davon entfernt war, für sich einen Weg zu erkennen, der ihn in diese erwünschte Position gebracht hätte.

Es war ja nicht nur der verletzte Stolz, gegen den er ankämpfen mußte, weil man ihn hier – Frau Roland sei verflucht! – nicht Wolfgang, sondern Wölfi rief. In Kleinfurra noch war er der Fünftkleinste in der Klasse gewesen, hier war er der Zweitkleinste und der Viertdünnste. Das hatte er genau registriert. Unter dieser eingebildeten

Mickrigkeit litt er unsagbar. Er kam sich minderwertig vor. Mit diesen Unzulänglichkeiten so sehr befaßt, merkte er nicht einmal, daß er auf andere ganz anders wirkte.

Obwohl Wolfgang noch immer kleiner als Gleichaltrige war, noch immer dünner als andere, zeigte er eine Körpersprache, die selbst weitaus größere und stärkere Jungen zur Vorsicht mahnte, sich mit ihm anzulegen. Wie bei seiner Mutter wirkte die Quirligkeit seiner flinken Bewegungen spannungsgeladener und kraftvoller als man es seiner Konstitution zugetraut hätte. Aber was nutzte es. Er selbst empfand sich als zu klein, zu blaß und zu dünn, und das drückte schmerzhaft auf das Selbstbewußtsein.

Fast noch mehr litt er unter der Einbildung, daß er zu den Ärmeren im Internat zählte, wie etwa die drei oder vier Waisen, die man im Internat aufgenommen hatte. Dabei wäre das geringere Taschengeld noch zu verkraften gewesen. Aber wenn andere von ihren Eltern erzählten, von Diplomaten, Schauspielern, Direktoren, Ärzten, Opernsängern, Politikern, Zirkusartisten, Piloten und was sie noch alles waren, und er gefragt wurde, was macht denn dein Vater, dann schämte er sich für die kleine Lüge, die mitschwang, indem er ausweichend und unbestimmt antwortete: »Der ist nicht mehr da.«

Daß Wolfgang in diesem Internat sein durfte, war tatsächlich ein untypischer Fall. In der Regel kamen nur Kinder von Eltern in gesellschaftlich oder künstlerisch bedeutenden Positionen mit entsprechendem Einfluß bei den entsprechenden Behörden hier unter. Für Wolfgang hatte jener Nordhäuser Kreisvorsitzende des Freien Deutschen Gewerkschaftsbundes seinen Einfluß geltend gemacht.

Da die Eltern vieler Kinder im Ausland als Diplomaten arbeiteten oder als Künstler auch am Wochenende beschäftigt waren, fiel es nicht weiter auf, daß auch Wolfgang nur jeden zweiten der angesetzten monatlichen Heimfahrttage nach Hause fuhr: Anfangs nur deshalb, weil er von den zehn Mark Taschengeld, das für einen Monat reichen mußte, nicht zwei Mark fünfundfünfzig für die Bahnfahrt ausgeben wollte; später aber – da ging er schon in die siebente Klasse –, weil er wirklich gern hier blieb, besonders, wenn er mit seinem abgöttisch geliebten Geschichtslehrer und Fußballtrainer, Herrn Reimers, zusammen sein konnte.

Reimers war ein Eigenbrötler und Junggeselle aus Passion. Er bewohnte als einziger der Lehrer ein Zimmer im Schulhaus, dessen Tür direkt in den Speisesaal ging. Es war ein winziger Raum, der, abgesehen von Notwendigkeiten, wie Schreibtisch, Stuhl und Liege, nur aus Regalen und Kisten, prall gefüllt mit Büchern, zu bestehen schien. Zum besonderen Leidwesen von Frau Roland lebte Reimers nur seinen Büchern. Wolfgang hatte ihm einmal beim Auspacken der fast wöchentlich eintreffenden Bücherkisten helfen dürfen, und daraus hatte sich eine Gewohnheit entwickelt, aus der beide ihren Nutzen zogen. Reimers konnte die immer bedrohlicher werdenden Eingriffe der Frau Roland in sein Junggesellenleben begründeter abwenden, und Wolfgang durfte in der Nähe seines Lieblingslehrers sein, den er für den klügsten und verständnisvollsten Menschen auf der ganzen Welt hielt. Noch niemals hatte ihn ein Erwachsener – außer vielleicht Frau Schierock, aber das war etwas anderes – so ernst genommen, und Reimers war der einzige Lehrer, der ihn nicht Wölfi nannte. Mit Reimers erlebte er die Lichtstunden in seinem Internatsleben, die die Blessuren der Kränkungen und des verletzten Stolzes wieder vernarben ließen.

V

In Wolfgangs erstem Internatsjahr an einem heißen Frühsommertag unternahm die Schulklasse einen Ausflug. Der lange Marsch hatte alle durstig gemacht und man kehrte gemeinsam in eine Dorfgaststätte zu einer Waldmeisterfaßbrause für zwanzig Pfennige ein. Wolfgang blieb draußen, weil ihm dafür das Geld fehlte. Er habe keinen Durst, erklärte er seinem Klassenlehrer Nordheim, als der ihn aufforderte, den anderen in die Gaststätte zu folgen.

»Na komm, Junge«, der Klassenlehrer hatte ihn natürlich durchschaut, »hier hast du zwanzig Pfennige, und ab an die Limonade!« Er nötigte ihm das Geld in einer Weise auf, so daß Wolfgang keine Chance mehr sah, es abzulehnen, was er – obwohl er wirklich großen Durst hatte – viel lieber getan hätte.

Am Abend borgte er sich von einem Zimmerkameraden die zwanzig Pfennige, die er am nächsten Morgen vor dem Unterricht auf den Lehrertisch legte. Der Klassenlehrer Nordheim lächelte nachsichtig und bedeutete Wolfgang, daß er die zwei Groschen wieder einstecken solle. Er jedenfalls wolle das Geld nicht wieder zurück haben.

»Bitte, Herr Nordheim, nehmen sie ihr Geld!« Wolfgang schob die zwanzig Pfennige weiter in die Mitte des Lehrertischs. Nordheim sprang jedoch auf, nahm das Geld und steckte es Wolfgang in die Hosentasche. Daß der Lehrer von ihm kein Geld annehmen wollte, kränkte Wolfgang tief. Er fühlte sich erniedrigt, weil er sich damit in seiner Armut, die er zwar nicht zu verschweigen aber doch auch nicht zu demonstrieren oder vordemonstriert zu bekommen hatte, vor allen bloßgestellt sah. Er setzte sich auf seinen Platz, und das, was jetzt passierte, war ihm noch peinlicher. Er konnte nicht mehr an sich halten, Schmerz und gekränkter Stolz brachen sich unaufhaltsam in Tränen Bahn. Und alle konnten diese Tränen sehen. Aber, das war das letzte Mal, daß jemand im Internat Wolfgang weinen sah.

VI

Die Lehre, die er aus diesem Vorfall zog, war etwas scheinbar Unsinniges. Von seinen nächsten zehn Mark für die kommenden Monate kaufte er sich in der Kreisstadt Kahla für sieben Mark fünfundvierzig (Geld für die Heimfahrt mußte übrigbleiben) Briefmarken mit ausgesprochen exotischer Prägung. Da im Internat fast alle Briefmarken sammelten, pries er sie als ganz bedeutende Exemplare und verkaufte sie – besonders an die, von denen er wußte, daß sie reiche Eltern hatten – weit überteuert weiter. Und da es so wunderbar funktionierte und es auch so etwas Robin-Hood-Haftes hatte, machte er weiter. Einer jedoch bemerkte es. Jürgen Bergmann aus der Parallelklasse, ebenfalls ein Einzelgänger wie Wolfgang. Sie sprachen sich aus, und dieser Tag wurde der Beginn einer Freundschaft, die ein Leben halten sollte.

Aber noch war es nicht so weit, noch sah sich Wolfgang auf sich allein gestellt. »Der Starke ist am mächtigsten allein.« Auf seinen BLÜTENBAUM, in dem dieses Schillersche Zitat ohne das: »Verbunden sind auch die Schwachen mächtig!« stand, war schließlich Verlaß. Jawohl, allein, ganz allein, denn für das »zu Zweit« war so ein Freund und Kerl wie Heinz hier weit und breit nicht in Sicht, und Jürgen, mit dem er begann, sich anzufreunden, schien selber schutzbedürftig zu sein. Außerhalb des Bannkreises seiner Mutter gab es keinen Schutz, da war man nur auf sich selbst gestellt, wie er auch begriff, daß diese Bande nicht nur durch die Entfernung von zu Hause, sondern bei ihm mit jenem Satz gerissen waren, den die Mutter gesagt hatte, als sie ihn hier allein zurückließ: ER HAT NAHE AM WASSER GEBAUT. Dieser Verrat war unentschuldbar. Aber je mehr sich Wolfgang von seiner Mutter abnabelte, desto ähnlicher wurde er ihr. So wie sie sich damals nach ihrer Ankunft in Kleinfurra mit »Armut wird nicht demonstriert!«, gegen eine feindliche Umwelt gestellt hatte, so versuchte Wolfgang mit dem An- und Verkauf von Briefmarken auszugleichen, daß er weniger Geld zur Verfügung hatte als die anderen. Es war dieses Sein-Geschick-in-die-Hand-Nehmen, das Wolfgangs Leben im Internat entscheidend wendete.

Aber es gab Dämpfer, die an seinem kränkelnden Selbstbewußtsein nagten, denn die kleinen Makel der Armut kehrten immer dann zurück, wenn man sie am wenigsten erwartete. Wie an jenem Tag, als er sich mit Karin zu seinem ersten Rendezvous treffen wollte – zu einer Zeit, als er schon alle Anfangsschwierigkeiten überwunden zu haben glaubte und kurz davor stand, einer der OBEREN ZEHN zu werden. Um männlicher zu erscheinen, zog er für dieses Stelldichein eine lange Hose an, obwohl es erst Frühherbst war und noch warm genug für eine kurze Hose. Da er aber nur diese eine lange Hose besaß, war sie durch das Tragen im letzten Winter schon sehr dünn geworden, so daß die Kniescheiben durchschienen. Außerdem mußte er unten die Bündchen öffnen, weil er beträchtlich aus der Hose herausgewachsen war, wie er erschreckend und freudig zugleich feststellte. Er hatte Karin in den Wald bestellt, der an das Internatsgelände grenzte. Am Fuße des großen Felsens sollte sie auf ihn warten, und er wollte, an einer langen Luftwurzel hangelnd, mutig zu ihr herniedersteigen. Beim Herunterklettern, gerade als er ihr lässig mit einer Hand zuwinkte, bemerkte er, wie bedenklich weiß seine Kniescheiben durch die verschlissene Hose schimmerten. Auch wenn sie es möglicherweise nicht bemerkt hatte, er schämte sich dafür so sehr, daß er während des Treffens immer nur an die dünnen Stellen in der Hose denken mußte und dadurch wohl mehr verlegen war, als er sich ohnehin schon fühlte.

Nach solchen Ereignissen verspürte er ein geradezu zwanghaftes Bedürfnis, mit sich allein zu sein. Manchmal hätte er gern vor ohnmächtiger Wut über seine Empfindlichkeiten geweint, aber das gestattete er sich nicht mehr. In dieser – von ihm so empfundenen – Bedürftigkeit fiel es ihm immer schwerer, Rat oder Hilfe anzunehmen, besonders dann, wenn ihm damit gezeigt wurde, wie hilfsbedürftig er war. Als Abwehr entwickelte er einen trotzigen Stolz, der jedem signalisieren sollte, daß er niemanden brauche, daß er es nicht nötig habe, jemanden um etwas zu bitten, daß er mit allem recht gut allein fertig werde. Das Lernen in der Schule fiel ihm leicht, aber er war darauf bedacht, alles zu vermeiden, was ihn zu einem Streber stempeln könnte. Das war nicht immer leicht, denn bei dem qualifizierten Unterricht, der in diesem Internat geboten wurde, machte das Lernen geradezu Spaß.

Aber es gab Wichtigeres für ihn: Sport. Sportliche Leistungen wurden im Internat anerkannt, Erfolge sogar bewundert. Und die höchste Stufe der Anerkennung und Bewunderung wurde denen zuteil, die in der ersten Fußballmannschaft spielten. Unter der fachkundigen Leitung des Geschichtslehrers Reimers, der als Schiedsrichter sogar die Lizenz besaß, Oberligamannschaften zu pfeifen, wurde für die damaligen Verhältnisse professioneller als in manchen Erwachsenenmannschaften trainiert. Dreimal in der Woche hartes Training zahlte sich aus. Die Internatsmannschaft zählte im Kreis Jena (allerdings nach der vom Sportclub Motor Jena, die in Entscheidungskämpfen schließlich doch die bessere war) zur absoluten Spitze.

Schon Ende der sechsten Klasse durfte Wolfgang, der mit großem Eifer und Freude am Training teilnahm, das erste Mal in der Mannschaft der Großen mitspielen. In der siebenten Klasse bekam er einen Stammplatz in der Mannschaft, und Herr Reimers bestimmte ihn zum Mannschaftskapitän, weil er ehrgeiziger als andere trainierte und weil er die meisten Tore schoß. Damit war er automatisch in der OBEREN ZEHN des Internats, und keiner hätte ihm wegen eines dreckigen Kammes oder schmutziger Fingernägel den Einlaß in den Speisesaal mehr verwehren können.

VII

Sein erstes Spiel in dieser Fußballmannschaft – er war beim Stand von 0:1 eingewechselt worden – wird Wolfgang lange im Gedächtnis bleiben. Er hatte eines der nötigen Tore zum Sieg seiner Mannschaft geschossen und war gefeiert worden, was die Aussicht, bald Stammspieler zu werden, in unmittelbare Nähe rückte. Und dann Karin! Er hatte schon lange ein Auge auf sie geworfen, sich aber nie getraut, sie anzusprechen. Sie war nach dem Spiel zu ihm gekommen. »Ab heute wasche ich dir die Schnürsenkel deiner Fußballschuhe«, hatte sie gesagt, was – ein allen bekanntes Ritual in diesem Internat – als ein untrüglicher Beweis für Zuneigung galt. In Wolfgang jubilierte alles. Er war in der Mannschaft, hatte eine Freundin und stand unmittelbar vor seinem Ziel, zu denen zu gehören, die nicht mehr herumgeschubst werden können.

Und doch war es fast unanständig, ein solches Glücksgefühl in sich zu haben, wenn ringsherum die Welt, die man für unveränderlich und gut hielt, Risse zeigte, die man nicht verstehen konnte. Auch an dem immer besonnenen, souveränen Herrn Reimers hatte er eine Unruhe bemerkt, die ihm angst machte. Er hatte sogar zweimal hintereinander das Training ausfallen lassen, was bisher noch nie vorgekommen war. Unter den Lehrern und Erziehern im Internat herrschte eine merkwürdige Unsicherheit im Umgang miteinander. Es schienen sich neue Rangordnungen durchzusetzen. Einige der Lehrer und Erzieher, die sich noch vor Wochen in untergeordneten Positionen gefielen, schienen plötzlich mehr zu sagen zu haben. Sie zeigten das auch, wenn sie mit erhobenem Haupt durch das Internatsgelände gingen und die Schüler damit erschreckten, daß nun auch sie, denen sonst immer alles egal war, Anweisungen zu geben hatten. Zudem war das Essen schon monatelang so schlecht, daß es unter den Schülern, besonders unter den älteren, zu meutereiähnlichen Auseinandersetzungen mit den Erziehern kam.

Am Morgen nach Wolfgangs denkwürdigem ersten Fußballspiel rief die Schulleitung alle Schüler zu einem Appell auf den Hof. Eigentlich nichts Ungewöhnliches, aber heute mit der zunächst befremdenden Anordnung, daß die Schüler weder das für solche Appelle obligatorische Pionierhalstuch umzubinden noch – die Größeren – das FDJ-Hemd anzuziehen brauchten; ja, es wurde ihnen sogar untersagt. Im Speisesaal, während des Frühstücks, fiel es manchen Schülern schon auf, daß über Nacht die Bilder der Staatsmänner Ulbricht, Grotewohl und Pieck ausgewechselt worden waren. An der Stelle, wo Ulbricht gehangen hatte, hing nun das Porträt von einem Herrn Schaffner, für das Internat insofern eine historische Persönlichkeit, als man ihm – bisher allerdings verschwiegen, weil er sich auch als bürgerlicher Deutsch-Nationaler hervorgetan hat – die Gründung dieser Einrichtung zuschreibt. Kurioserweise sah Schaffner ein bißchen wie Stalin aus. Rosa Luxemburg, die in einer hinteren Ecke des Speisesaals bisher ein eher stiefmütterliches Dasein gefristet hatte, hing nun sehr repräsentativ an der Stelle, die früher Wilhelm Pieck vorbehalten war. Nur für Otto Grotewohl hatte man keinen personellen Ersatz gefunden. An seiner Stelle prangte nun ein goldgerahmter Ölschinken mit einer kitschigen Landschaft - wahrscheinlich die Alpen. Die Vorgänger schienen sich insofern ob ihrer Abhängung zu rächen, als keines der neuen Bilder in die aufgehellten Formate passen wollte, die jene von Ulbricht, Grotewohl und Pieck unübersehbar als Hell-Dunkel-Spiele an der Wand hinterlassen hatten.

»Konterrevolution«

9. Juni 1953. Das Politbüro des ZK der SED empfiehlt der Regierung die Durchführung einer Reihe von Maßnahmen zur Überwindung entstandener ökonomischer Schwierigkeiten.
16. Juni 1953. Der Beschluß des Ministerrates vom 28. Mai über die Erhöhung der Arbeitsnormen in der volkseigenen Industrie wird aufgehoben.
17. Juni 1953. Konterrevolutionärer Putschversuch in der DDR.
25. Juni 1953. Der Ministerrat beschließt Maßnahmen zur Verbesserung der Lebenslage der Bevölkerung: Erhöhung des Lohnes der Arbeiter in der volkseigenen Wirtschaft in den Lohngruppen I-IV, der Gehälter im staatlichen Einzelhandel (HO) und im genossenschaftlichen Handel (Konsum), Steuererleichterungen für Handwerker und Privatunternehmer, Preissenkungen, Erhöhung der Renten, Erleichterung der Pflichtablieferungen in der Landwirtschaft. (Deutsche Geschichte in Daten, Berlin 1967, S. 866-867)

Nur zwei Tage später hingen die Bilder wieder so, daß die hellen Flecken paßgenau bedeckt waren. Man hatte vorsorglich die Repräsentanten nur weggestellt. Rosa Luxemburg wanderte wieder in die hintere Ecke des Speisesaals. Um den Alpenschinken war es nicht schade, aber der Herr Schaffner hatte mit einem so gütigen Vaterblick aus einer zudem wundervollen Kaltnadelradierung in den Speisesaal geschaut, daß man dem, der jetzt an seiner Stelle über die Tische in die Ferne blickte, dieses Wohlwollen - allein schon ästhetisch - nicht mehr so recht entgegenbringen konnte.

9

EIN FREUNDESDIENST UND EIN REZEPT

I

Im Grundschulinternat Gumperda hatten sich nachmittags alle Schüler in ihren Klassenzimmern einzufinden, um dort die Hausaufgaben zu erledigen. Heute fiel es allen besonders schwer, der Klingel, die zur Arbeit mahnte, zu folgen, denn die Spätfrühlingssonne am heiteren Himmel lockte viel mehr zum Spiel im Freien als zum eintönigen Büffeln über Schulheften in muffigen Klassenräumen. Wenn auch die Sonne die Kraft zum Erwärmen der Erde und zum Beleben der Natur hatte, eine Schulordnung konnte sie nicht ins Wanken bringen.

In seinem Klassenzimmer beobachtete Wolfgang schon eine geraume Zeit, wie sich ein Sonnenstrahl, den die Nachmittagssonne durch einen Fensterspalt genau auf seine Bank warf, von Minute zu Minute fast unmerklich seinem Heft näherte, dessen unbeschriebene Seiten davon zeugten, daß er noch nicht an die Lösung seiner Hausaufgaben gedacht hatte. Auf dem Einband des Heftes stand in steiler Schrift »Mathematik, Wolfgang Sander, Klasse 8b«. In der Mitte des Umschlags konnte man eine römische Drei lesen, hinter der ein dickes Ausrufezeichen provokant den gesamten Einband optisch beherrschte. Es war das dritte und letzte Jahr für Wolfgang in diesem Internat. Der kriechende Sonnenstrahl auf der Bank hatte mittlerweile das Heft erreicht, der Zeitpunkt, den sich Wolfgang gesetzt hatte, um mit seinen Hausaufgaben zu beginnen. Er entschied sich aber für neue Fristsetzungen, indem er das Heft stückchenweise aus dem Sonnenstrahl schummelte.

Er wurde von hinten grob angestoßen. Christa, ein kleines pummeliges Mädchen aus der Nachbarklasse, die von allen im Internat nur Briefkasten genannt wurde, hielt ihm einen zusammengefalteten Zettel unter die Nase. Christa war der ideale Postillion d'amour. Von der Natur mit wenig äußeren Vorzügen ausgestattet, schweigsam und gewissenhaft, fiel sie keinem besonders auf, war aber überall zu finden, wo sich etwas ereignete. Sie wußte von jeder Liebschaft im Internat und wurde aufgrund ihrer Verschwiegenheit in alle glücklichen und unglücklichen Liebeleien mit hineingezogen.

»Von Bärbel«, sagte sie.

»Ach du bist's, Briefkasten.« Wolfgang nahm ihr den Zettel ab. »Ist gut, du kannst gehen.«

»Ich soll die Antwort gleich mitbringen«, sagte sie.

Wolfgang faltete den Zettel auseinander und las: *Lieber Wolfgang! Ich möchte Dich fragen, ob wir nicht Freundschaft schließen wollen. Ich konnte für Jürgen noch nie das richtige Interesse aufbringen. Antworte bitte nur mit »Ja« oder »Nein«. Sage bitte keinem Menschen etwas von diesem Brief, vor allem Jürgen nicht.*

Barbara Körtel

Wolfgang las den Brief noch einmal durch. Die Bärbel galt als das hübscheste Mädchen im ganzen Internat. Aber sie war Jürgens Freundin ... *Und Jürgen ist mein bester Freund.* Sie gefiel ihm schon. Wer Bärbel zur Freundin hatte, konnte stolz darauf sein und wurde von allen anderen als der Junge mit dem schönsten Mädchen geachtet. Und seit er sich mit Karin gestritten hatte, war er ohne Mädchen, und das war ausgesprochen unangenehm. *Die Bärbel, das wäre was! Aber Jürgen? Nein, das geht nicht!* Was sollte er machen? Er mußte sich jetzt und sofort entscheiden. Der Briefkasten wartete. *Ich muß das mit Jürgen absprechen,* schloß er sein ratloses Grübeln ab.

Er stand auf und flüsterte der Briefüberbringerin ins Ohr: »Hör zu! Du richtest Bärbel einen schönen Gruß aus und sagst ihr, ich würde heute nach dem Abendessen hinter der Turnhalle auf sie warten.«

»In Ordnung«, sagte sie und watschelte auf ihren kurzen, strammen Beinchen aus dem Klassenzimmer.

II

»Diese Schlange!« Jürgen überflog den Brief aus Wolfgangs Hand noch einmal und nach einer Pause sagte er: »Aber nimm sie nur.«

»Du liebst sie noch?« fragte Wolfgang.

»Glaubst du, so ein Mädel könnte man so schnell vergessen? Jetzt weiß ich auch, warum sie mir in letzter Zeit immer ausgewichen ist. Und du hast nicht gemerkt, daß sie etwas von dir wollte? Sie muß es doch irgendwie schon zeitiger gezeigt haben«, sagte Jürgen, wobei er Wolfgang bei den letzten Worten prüfend in die Augen sah.

»Jürgen, wir sind doch Freunde!«

»Daran ändert sich doch nichts. Du hast eben mehr Glück. Da kann man nichts machen.«

Wolfgang empfand plötzlich eine unerklärbare Solidarität mit seinem Freund. Nur so erklärte er sich später diesen unsinnigen Einfall, auf den er kam, indem er zu Jürgen sagte: »Paß auf, gleich nach dem Abendessen versteckst du dich hinter der Turnhalle.«

»Ja, und was soll ich dort?«

»Ich habe Bärbel dorthin bestellt.«

»Und welche Antwort wirst du ihr geben?«

»Du wirst es hören«, sagte Wolfgang, der das Aussprechen seines Einfalls schon jetzt bereute. Er nahm den Brief, den Jürgen immer noch in den Händen hielt, wieder an sich.

III

Jürgen war gar nicht erst zum Abendessen, sondern gleich hinter die Turnhalle gegangen, wo er sich ein geeignetes Versteck aussuchte. Es mußte gut gewählt sein, da es noch nicht ganz dunkel war. Auch Wolfgang hatte sich mit dem Abendessen sehr beeilt, um noch vor Bärbel am vereinbarten Treffpunkt zu sein. Jürgen versteckte sich in einem Busch hinter der mittleren Bank, die malerisch von einem kleinen Steinwall umgeben war. Wolfgang war das ganz angenehm, denn so konnte er die Unterhaltung im Sitzen vornehmen.

Ich muß mich unbedingt mit Karin wieder versöhnen. Wolfgang versuchte, Klarheit in seine Gedanken zu bekommen. *Denn eine Freundin muß ich ja schließlich haben. Ein Mann in der OBEREN ZEHN - ohne Freundin, das geht nicht!*

»Wolfgang«, flüsterte Jürgen aus dem Gebüsch.

»Psst! Sie kommt«, zischte Wolfgang zurück. Er hatte Schritte auf dem Kies gehört. Bärbel kam direkt auf ihn zu, als hätte sie geahnt, daß er auf dieser Bank sitzen würde. Es war inzwischen schon so dunkel geworden, daß man die Umgebung nur noch in Umrissen wahrnehmen konnte.

»Freut mich, daß du so bald gekommen bist«, sagte Wolfgang und bot ihr Platz auf der Bank an.

Nach langen Minuten, die sie schweigend nebeneinander gesessen hatten, sagte Bärbel: »Du wolltest mit mir sprechen?« Und da Wolfgang immer noch schwieg, fragte sie weiter: »Warum hast du mir denn nicht gleich auf meinen Brief geantwortet?«

»Eben deshalb wollte ich mit dir sprechen«, erwiderte Wolfgang, und nach einer erneuten Pause fragte er: »Wieso bist du denn plötzlich auf mich verfallen? Ich denke, du gehst mit Jürgen.«

»Ich habe dir doch geschrieben, daß es mit Jürgen aus ist. Ich kann ihn einfach nicht mehr ausstehen. Und du, du hast mir schon lange gefallen. Und da dachte ich, weil du doch mit Karin Schluß gemacht hast, ich würde dir vielleicht auch ein bißchen gefallen.« Sie sah trotz der Dunkelheit verschämt zu Boden.

Während sie die Sätze stockend vorgetragen hatte, hätte er sie am liebsten in seine Arme genommen. *Wie schön sie ist*, dachte er. Aber er war mit seinem Latein am Ende. Was sollte er ihr sagen? Daß sie ihm gefiel? Bärbel stand auf, ging langsam zu der Buche, die etwas abseits vor der Bank stand, und dann sagte sie fast tonlos: »Also du willst mich nicht.«

Wolfgang sprang auf, ergriff sie an den Armen und schüttelte sie: »Aber versteh' mich doch! Ich kann nicht! Jürgen ist doch mein Freund!« Er hatte Jürgens Anwesenheit vollkommen vergessen.

»Ach so ist das!« Sie riß sich von ihm los. »Du hast Angst vor Jürgen. Also alles, aber das ... das hätte ich nicht von dir gedacht. Jetzt sehe ich erst, was für ein jämmerlicher Waschlappen du bist.«

»Aber es verhält sich doch ganz anders. Versteh' mich doch! Ich weiß nicht, ob du mal eine Freundin gehabt hast, mit der du durch dick und dünn gehen konntest. Hättest du ihr dann ihren Freund weggenommen? Und, und Jürgen liebt dich ...«

»Ach laß mich in Ruhe!« Sie ließ Wolfgang einfach stehen.

Der setzte sich auf die Bank zurück. Er schämte sich für alles, was er gesagt hatte. Erst nach Minuten kam Jürgen aus dem Gebüsch wieder zum Vorschein. Wolfgang murmelte: »Dich hatte ich ja ganz vergessen.«

»So eine Schande!« Jürgen schlug sich gegen die Stirn. »Ich hätte mich doch nicht verstecken sollen. Ich hab nicht gewußt, daß du sie auch liebst.«

»Quatsch nicht so dusseliges Zeug!« Wolfgang packte Jürgen an der Schulter. »Was zu rauchen wäre jetzt gut.«

Jürgen fingerte aus der Hosentasche eine kleine Blechschachtel, in der zwei noch recht lange Kippen lagen. »Bloß gut, daß der Pfeifer in seiner Dunkelkammer die Zigaretten immer nur anraucht.« Sie rauchten in der hohlen Hand, damit niemand etwas sehen konnte.

»Hör mal«, fing Jürgen wieder an, »war das nicht dumm von dir, ihr Angebot auszuschlagen. Ich meine, ich glaube – das war doch ganz deutlich – sie liebt dich. Vielleicht könntest du ...«

»Wenn du jetzt nicht aufhörst ...« unterbrach ihn Wolfgang ziemlich ungehalten. »Ich will kein Wort mehr von der Geschichte hören; auch in Zukunft nicht! Hast du verstanden?«

Schweigend rauchten sie ihre Kippen zu Ende.

IV

Es war an einem Sonntag, einige Wochen nach dem Vorfall hinter der Turnhalle. Fast alle Schüler waren an diesem Wochenende nach Hause gefahren. Dummerweise auch Jürgen, mit dem Wolfgang an einem so heißen Tag ins nahe Naturbad gegangen wäre. Aber er war nicht da, und allein baden zu gehen, hatte er keine Lust. Die Sonne brannte erbarmungslos auf die Dächer des kleinen Dorfes. Die Luft flimmerte. Kein erfrischender Windhauch regte sich. Die Bäume ließen ermattet ihre staubigen Blätter hängen. Die Hunde gähnten verschlafen und träge aus schattigen Ecken. Den verläßlichsten Schutz vor der sengenden Sonne bot der nahe am Internat gelegene Wald.

Wolfgang war schon eine halbe Stunde allein durch den Wald geschlendert. Er lehnte sich erschöpft an den kühlen Stamm einer riesigen Buche, um seinem durchgeschwitzten Körper Linderung zu verschaffen. Dann zog er Hemd und Hose aus und warf sich auf das erfrischende weiche Moos.

Der Junge, der da so wohlig ausgestreckt die Kühle des feuchten Waldbodens genoß, war kein Kind mehr. Dort lag ein junger Mann, zwar immer noch dünn und nicht sehr groß, aber eben auch nicht mehr klein – und schmächtig, wie er sich früher dünkte, schon gar nicht. Auf seiner Oberlippe sproß ein erster Flaum, den er öfter als notwendig rasierte, um den Bartwuchs anzuregen. Er war im vergangenen Jahr geradezu in die Höhe geschossen, war – wie er nach wie vor genau registrierte – nicht mehr der Zweitkleinste, sondern der Fünftgrößte der achtzehn Schüler in seiner Klasse, und dünn zu sein, dafür schämte er sich nicht mehr, obwohl er oft einen Pullover unter dem Hemd trug, damit er breitschultriger wirkte. Sein asthenischer, gebräunter Körper wirkte nervig und besonders in der Schulterpartie bildeten sich Ansätze athletischer Geschmeidigkeit heraus. In den von der Sonne weißblond ausgefärbten Haaren nisteten so unglaubliche Wirbel, daß an eine Frisur, wie man sie zu tragen hatte, nicht zu denken war. Er hatte sich die Haupthaare (auch um die dreißig Pfennige Friseur zu sparen) selbst so kurz geschnitten, daß sie ihm nicht mehr in die Augen fallen konnten, dafür ließ er sie am Hinterkopf in die Länge wachsen, überlang, so daß mancher Lehrer daran schon Anstoß genommen hatte. Aber was konnten ihm die Lehrer überhaupt sagen in diesen letzten Monaten, die hier noch abzureißen waren.

Endlich hatte der langersehnte Stimmbruch eingesetzt. Obwohl es mit den tiefen Tönen zwar noch immer nicht so richtig klappen wollte, war er gottseidank vom Vorsingen im Musikunterricht befreit. Noch Anfang der achten Klasse, wo andere schon beneidenswerte männlich brüchige Töne hervorbrachten, klang Wolfgangs Stimme immer noch in glockenreinem, klarem Alt. Und weil er damit geradezu thomanergleich singen konnte, mußte er im Musikunterricht bei seinem Klassen- und Musiklehrer Nordheim die neu einzustudierenden Lieder vorsingen. Wenn sich Wolfgang in der sechsten und sogar noch in der siebenten Klasse damit ausgezeichnet fühlte, wurde dieses Vorsingen mit Beginn der achten Klasse für ihn zu einer scham- und schmachvollen Tortur. Und noch peinlicher wurde es, wenn Wolfgang versuchte, in seinen Gesang falsche Stimmbruchquietscher hineinzupressen, und Nordheim ihn mit: »Laß das, Wölfi! Ich weiß, du kannst es besser«, unterbrach. Außerdem »Wölfi!«, schon dafür hätte er ihm an die Gurgel springen können. Aber jetzt war glücklicherweise alles vorbei, er brachte, wenn auch mit angestrengt niedergedrücktem Gurgelknoten, schon ordentlich stimmbrüchige Laute heraus.

Sport wurde sein ein und alles; sommers trainierte er Leichtathletik, im Winter wurde Eishockey mit selbstgebauten Schlägern gespielt und Ski gelaufen. Fußball aber blieb das wichtigste. Er hatte sogar seinen Freund Jürgen, der Wolfgangs sportliches Engagement für leicht übertrieben hielt, davon überzeugen können, daß er Torwart in der Fußballmannschaft wurde, wofür Jürgen Bergmann, wie sich herausstellte, ein ausgesprochenes Talent besaß.

Jürgen und Wolfgang waren unzertrennliche Freunde geworden. Wie früher mit Heinz galt für Wolfgang wieder: Der Starke ist am mächtigsten zu zweit. Sie taten fast alles gemeinsam. Sie schliefen in einem Raum, denn Jürgen hatte sich in Wolfgangs Schlafsaal verlegen lassen, sie gingen zusammen essen, zum Fußballtraining, und sie teilten ihre Beute, wenn sie Kirschen, Äpfel oder Birnen stahlen oder in abseits stehende Schuppen oder Scheunen einbrachen. Ihr aller wertvollster Fund aber war der GRÜNE STEIN, den sie unter einem Felsbrocken, geheimnisvoll in Papier eingehüllt, gefunden hatten. Sie zerteilten ihn mit einem dem Hausmeister entwendeten Meißel, so daß jeder in der Bewahrung seines Teils des GRÜNEN STEINS, den Schwur ihrer immerwährenden Freundschaft zu erfüllen hatte. Und wenn ihnen so war, onanierten sie gemeinsam, wobei sie sich abwechselnd ihre Biologielehrerin mit den unfaßbar riesigen Brüsten nackt vorstellten, oder Wolfgang mußte in allen Einzelheiten das mit der Frau des Streckenmeisters schildern, die Wolfgang und Heinz in ihrem Versteck damals an der Wipper in Kleinfurra beobachtet hatten.

Alle Jungen im Internat onanierten, und nicht nur in Wolfgangs Schlafsaal taten sie es ungeniert offen. Und da dies den Lehrern und Erziehern nicht unverborgen geblieben war, meinten sie sich Rat bei den Psychologen der Universität Jena holen zu müssen, wie sie dieser massenhaften Verbreitung begegnen könnten.

»Die Szene ward zum Tribunal!« zitierte der angehende Opernsänger Falk Girot in schaurigem Bariton, als er an jenem denkwürdigen Abend wieder zurück in den Schlafsaal kam, an dem die Internatsleitung mit psychologischer Unterstützung aus Jena diesem verwerflichen Problem Herr zu werden hoffte. »Hört mal alle her«, flüsterte er leise, weil er befürchtete, belauscht zu werden. »Unten im Speisesaal sitzt eine Kommission, die von uns wissen will, ob und wie oft wir hier jeden Abend wichsen. Ich schlage vor, daß jeder, der dort runter muß, abstreitet, daß wir es tun. Am besten sagt ihr: Ich weiß von nichts. Oder: Ich hab nichts bemerkt. Ich finde nämlich, daß die das nichts …« Falk Girot sprang flink in sein Bett, denn in diesem Moment wurde die Tür geöffnet und das Licht angeknipst. Der Lehrer Nordheim, der mit einem der Erzieher in der Tür stand, sah sich im Schlafsaal um.

»Du!« Er wies auf das Bett von Antosch, der, wie hier jeder wußte, am ausdauerndsten wichsen konnte. »Paul, du kommst bitte mal mit. Nein, du brauchst dich nicht erst anzuziehen. Das Nachthemd reicht. Aber Schuhe zieh' dir über!« Paul Antosch ging mit Nordheim und dem Erzieher, der das Licht wieder löschte, aus dem Schlafsaal.

»... daß die das nichts angeht« vollendete Falk Girot den unterbrochenen Satz. »Hört ihr! Wer auch immer dort runtergehen muß: Ihr streitet ab. Alles abstreiten! Verstanden?«

»Verstanden«, kam es vereinzelt aus den Betten.

Wolfgang zog sich die Bettdecke über den Kopf: *Hoffentlich holen sie mich nicht. Wenn wieder das Licht angeht, tue ich so, als ob ich schlafe. Vielleicht wählt man mich nicht aus, wenn ich nicht gesehen werde.* Aber es half nichts, nach Antosch kam Brettschneider dran, und danach wurde er aus dem Bett gerufen.

Als er in Nachthemd und Hausschuhen in den Speisesaal geführt wurde, sah er zunächst nur einen Stuhl, der in einem freien Raum und, angestrahlt von zwei Schreibtischlampen, in gleißendem Licht stand. Die beiden Schreibtischlampen waren die einzige Lichtquelle in diesem Saal. Man bat Wolfgang, auf diesem Stuhl Platz zu nehmen. Er hob, geblendet von den Strahlern, die Hand vor die Augen und sagte, ein Weinen unterdrückend: »Ich kann nichts sehen!«

Aus dem Dunkel hinter den Schreibtischlampen erwiderte eine ihm unbekannte Stimme: »Du brauchst nichts zu sehen. Aber hab keine Furcht, wir wollen uns nur mit dir unterhalten. Wir wollen dir ein paar Fragen stellen, und wir möchten, daß du uns diese Fragen so beantwortest, als hättest du sie dir selber gestellt. Deshalb siehst du hier niemanden. Hast du uns verstanden?«

Wolfgang antwortete nicht.

»Ich habe dich gefragt, ob du mich verstanden hast«, hakte wieder die unbekannte Stimme nach.

»Ja«, sagte Wolfgang kleinlaut, dessen Augen sich langsam an das Licht gewöhnt hatten. Er konnte nun Umrisse hinter den Lampen erkennen. *Dort sitzen ja mindestens zehn Leute*, erschrak er, und er nahm sich fest vor, so standhaft wie möglich, Falks Anweisungen zu folgen. *Von mir erfahrt ihr nichts!!!* Er erwartete, daß man ihn nach dem Wichsen fragen wird.

»Nun erzähl mal. Du bist jetzt schon fast ein Jahr hier im Internat. Wie gefällt es dir denn hier?«

»Gut«, sagte Wolfgang. Er spürte, daß er am ganzen Leibe vor Aufregung zitterte.

»Hast du Freunde?«

»Ich weiß nicht.«

»Aber man muß doch wissen, ob man Freunde hat.«

»Na ja.«

»Also, hast du nun einen Freund oder nicht?«

»Dann nicht.«

»Aber deine Mitschüler«, mischte sich jetzt eine andere Stimme ein, »sind das nicht alles Kameraden von dir?«

»Das schon.« Wolfgang blieb einsilbig, und er wußte auch nicht so richtig, was die da mit diesen Fragen von ihm wollten.

»Siehst du, und deshalb sind das alles doch auch irgendwie Freunde von dir. Nicht wahr?«

»Ja.«

»Und von Freunden möchte man doch nicht, daß ihnen etwas Böses widerfährt, daß sie etwas Schlechtes tun. Oder?«

»Nein.«

»Wir haben gehört, daß viele von euch abends im Bett an ihren Geschlechtsteilen herumspielen. Du machst so etwas natürlich nicht. Oder?«

»Nein.« Wolfgang fror und schwitzte zugleich.

»Ihr nennt das, wenn ihr unter euch seid, 'wichsen'.«

Wolfgang schwieg.

»Stimmt das, daß ihr das 'wichsen' nennt?«

»Ich weiß nicht ... Ja ...«

»Wölfi, so nennt man dich doch hier. Wölfi, wir möchten, daß du uns die Wahrheit sagst. Du hast so etwas wirklich noch nie probiert?«

»Na ja, schon ...«

»Du gibst es also zu.«

»Nein ... Na ja, ab und zu ...« Wolfgang dachte an Falks Anweisung. Er schämte sich, daß er es nicht fertiggebracht hatte, alles abzustreiten.

»Und die anderen, sagst du, machen das nicht?«

»Ich weiß von nichts.«

»Wölfi, wir glauben, daß du uns jetzt belügst.«

»Ich lüge nicht.«

»Du hast nicht ein einziges Mal abends von deinen Bettnachbarn solche Geräusche gehört?« Der Psychologe machte unterm Tisch mit der Hand die entsprechenden rhythmischen Geräusche nach.

»Mir ist kalt. Ich friere.« Wolfgang fühlte sich in die Enge getrieben. *Hoffentlich hören die bald auf!*

»Du kannst gleich gehen, auch wenn du uns bestimmt nicht die Wahrheit gesagt hast. Aber wir werden dich jetzt nichts mehr fragen. Wir wollen dir nur noch etwas sagen, über das du nachdenken sollst. Wir wissen, daß Jungen wie du ab und zu einmal an ihren Geschlechtsteilen herumspielen. Das ist auch gar nicht weiter schlimm. Wirklich schlimm wird das erst, wenn das zu oft gemacht wird. Jeden Tag, und manche Jungen machen das sogar mehrmals am Tag. Dann wird das sehr, sehr schlimm! Weil, wenn man das zu oft macht, öfter als etwa SECHSTAUSEND mal, dann ist der Vorrat, den ein Mann hat, aufgebraucht. Und wenn er dann zum Mann herangereift ist und eine Familie gründen will, Kinder zeugen – du weißt aus dem Biologieunterricht, daß dazu Sperma vom Mann notwendig ist – und er hat als Junge alles verbraucht, dann ist das für alle sehr, sehr traurig. Merkst du nun, weshalb wir heute über das alles sprechen mußten? Weil sich deine Lehrer und Erzieher Sorgen um euch machen, daß ihr später vielleicht nicht vollwertige Bürger unserer Gesellschaft werden könnt. Hast du das alles verstanden?«

»Ja«, sagte Wolfgang, den diese Rede nicht unbeeindruckt gelassen hatte. Er durfte das Tribunal verlassen.

Sie hatten noch Wochen danach im Schlafsaal über das alles diskutiert und heiß gestritten, und sie waren sich einig geworden, daß das mit den SECHSTAUSEND Schuß irgendwie nicht stimmen konnte und daß man das nicht unbedingt glauben müßte. Aber heimlich hat jeder von ihnen nachgerechnet und überschlagen, ab wann es so weit sein könnte, daß nichts mehr geht. Und selbst heute, fast zwei Jahre nach dieser gespenstischen Nacht, war sich Wolfgang immer noch nicht absolut sicher, daß nicht vielleicht doch an dieser Zahl von SECHSTAUSEND etwas dran sein könnte.

V

Wolfgang war auf dem feucht kühlenden Moos eingeschlafen. Ihm träumte von der Frau des Streckenwärters. Er hörte das Geräusch der auseinandergehenden Zweige, die sie beim Glätten des Badetuchs verursachte, wovon er erwachte, ohne im Traum noch das gesehen zu haben, was diesem Geräusch folgte. Er hielt die Augen weiter geschlossen in der Hoffnung, daß der Traum eine Fortsetzung fände. So döste er vor sich hin, bis er von einem erneuten raschelnden Geräusch völlig erwachte. Als er sich aufrichtete, sah er Karin auf sich zukommen. Er legte sich schnell auf den Bauch, damit sie ihm nicht das ansah, wovon er geträumt hatte.

»Du hier?« fragte er, noch etwas benommen vom Halbschlaf.

»Ich mußte einfach mal raus. Es war so schrecklich heiß im Internat.« Karin blieb neben Wolfgang stehen.

»Ja, mächtig heiß heute«, sagte er, nur um etwas zu sagen.

»Sehr heiß!«. Wie zur Bestätigung nestelte sie an Rock und Bluse.

»Setz dich doch«, forderte er sie auf. Karin setzte sich neben ihn. »Weißt du, ich wollte eigentlich schon lange mal mit dir sprechen.« Er rückte etwas näher an Karin heran, nahm ihre Hand in die seine und spielte mit ihren Fingern. »Ich hab mir das mal durch den Kopf gehen lassen, warum wir uns gezankt haben. Es war alles meine Schuld ...«

»Nein, Wolfgang!« unterbrach sie ihn. »Es war meine Schuld. Ich hätte nicht weglaufen sollen. Du hattest ja damals recht.«

»Nein, nimm nicht die Schuld auf dich, Karin. Es war einzig und allein meine Schuld ... und heute, jetzt ... möchte ich dich fragen, ob wir wieder Freundschaft schließen wollen.«

Jetzt war sie es, die näher an Wolfgang heranrückte. »Ich hatte die letzten zwei Wochen gehofft, daß du wieder zu mir kommst und alles so wird wie früher. Aber du kamst nicht. Dann wollte ich dich selbst ansprechen, aber ich fand nicht den Mut dazu. Ach, du glaubst ja nicht, wie glücklich ich jetzt bin.« Sie nahm Wolfgangs Kopf kindlich ungeschickt in ihre Hände und legte ihre Wange an die seine. »Ihr Jungens habt es gut«, sagte sie nach einer Weile, »wenn es warm wird, könnt ihr euch einfach ausziehen. Aber wir Mädchen müssen immer bis obenhin angezogen gehen. Und mir ist jetzt so warm.«

»Du kannst doch die Bluse ausziehen«, sagte Wolfgang in mißglücktem männlichen Tonfall. »Hier sieht's doch niemand.«

»Und du?«

»Wir sind doch Mann und Frau. Oder nicht?«

»Du darfst aber nicht herübersehen.«
»Ehrenwort!« sagte er. Sie öffnete unbeholfen ihre Bluse.
»Du sollst doch nicht hersehen«, sagte sie schmollend, hatte aber ihre Bluse schon abgestreift. Sie war darunter vollkommen nackt. Wolfgang konnte an der Farbe ihrer Haut feststellen, bis wohin ihr Badeanzug sonst immer gereicht hat. Er starrte auf die weißen, schon fraulich vollen Brüste der Fünfzehnjährigen, über die sie schnell ihre Arme kreuzte. »Ach Wolfgang«, sagte sie, »ich schäme mich so.«
Wolfgang mußte an die Frau des Streckenwärters denken und an die Magd im Bauernhof. *Nein, das hier war etwas anderes! Oder? Hatte sie sich nur wegen der Hitze ausgezogen? Wenn nicht, war es dann nicht das Gleiche wie damals in der Scheune?* Und bei ihm? War es nicht dieselbe Neugier, alles zu sehen, die Brüste und auch dieses andere Geschlecht? Aber jetzt war er allein, und ihn schützte nicht mehr die Sicherheit, aus dem Vorborgenen zu schauen. Was sich hier tat, war offen, und tat sich für ihn. Wie in aller Welt sollte er sich verhalten?
»Woran denkst du?« fragte Karin.
»Ich dachte«, log er, »daß du ohne was an viel schöner aussiehst, als wenn du was anhast.«
»Vielleicht«, sagte Karin, »ziehe ich mir den Rock auch noch aus. Der ist nämlich sehr warm.« Karin streifte den Rock im Sitzen ab. Dann legte sie sich auf den Rücken und schloß die Augen. Wolfgang betrachtete sie, sah ihre Brüste und die leicht vibrierenden Brustwarzen, und er sah ihre bebenden Lippen, und er spürte, daß er ein Mann war. Und auch sie spürte, daß sie eine Frau war.
»Wollen wir's einmal probieren?« fragte sie.
»Was?«
»Du weißt schon.«
Wolfgang begann zu schwitzen. Er hatte doch keine Ahnung, wie man das im einzelnen macht. Natürlich hatten sie im Schlafsaal über Weiber gesprochen, aber das hier, das war doch etwas ganz anderes. Das war Realität, wo man nicht nur darüber reden oder sich etwas vorzustellen brauchte, hier mußte man handeln. Aber wie? Blamieren durfte er sich nicht, deshalb brummte er ein unbestimmtes: »Hm.«
Karin streifte ihr Höschen ab. Sie lachte über seine Verlegenheit. »Ich möchte wetten, du weißt nicht mal, wie man das macht.«

»Klar weiß ich es«, sagte er so fest wie möglich, aber er spürte, daß er rot wurde. Er traute sich auch nicht mehr, zu ihr hinüberzusehen.

»Deshalb brauchst du dich doch nicht zu schämen. Ich hab es ja bis vorgestern auch noch nicht gewußt. Aber Else aus unserer Klasse hat so ein Buch mitgebracht, da steht alles drin, wie es gemacht wird. Und es soll das Schönste überhaupt im ganzen Leben sein. Paß auf, ich werde es dir erklären ...«

10

WENN ETWAS VORBEI IST, IST ES AUCH SCHÖN

I

Der drückenden Schwüle war ein reinigendes, belebendes Gewitter gefolgt. Die verstaubten, schon ledern herabhängenden Blätter der Bäume und Sträucher zeigten wieder ein sattes kräftiges Grün. Als hätte ein Zauberer die tote Natur zum Leben erweckt, so rauschte, krabbelte und zwitscherte es im Wald, auf den Feldern, den Wiesen und in der Allee, die zum Internat führte. Die Menschen erfaßte eine umtriebige Geschäftigkeit. Die Fenster der Wohnungen wurden weit aufgerissen, um frische Luft in die verstaubten sommerschwülen Zimmer zu lassen. Barfüßige Kinder hüpften kreischend in Pfützen, ließen sich lustvoll vom warmen Sommeregen durchnässen, und selbst einige Erwachsene liefen auf die Straße, um es ihnen gleichzutun.

Wolfgang jedoch schaute eher teilnahmslos aus einem der weit geöffneten Klassenfenster auf das muntere Treiben. Mit Karin hatte er seit jenem Erlebnis im Wald nicht mehr gesprochen. Sie waren sich aus dem Weg gegangen ... Aber, warum? Der Vierzehnjährige, dem die Schule bisher kaum Probleme gestellt hatte, mit denen er nicht fertiggeworden wäre, wußte sich in dieser Angelegenheit keinen Rat. Mit wem sollte er darüber sprechen? Mit Jürgen, seinem Freund? Nein, das ging nicht! Der hätte ihn nicht verstanden. Mit Herrn Reimers? Schon eher. Er hatte ihn sehr gern und erzählte ihm mehr, als er irgend jemandem sonst erzählen würde. Aber das, was ihn jetzt bewegte, konnte er auch Herrn Reimers nicht offenbaren. Damit mußte er ganz allein fertig werden. Vor allem mußte er sich darüber klarwerden, was Karin ihm jetzt bedeutete. *Sind wir nicht wie Mann und Frau*, grübelte er. Was war es aber, das ihn hinderte, zu ihr zu gehen? Andere Jungen und Mädchen gingen doch auch abends hinter der Turnhalle oder in der Allee gemeinsam spazieren. Warum hatte er jetzt Scheu, sich mit Karin unter sie zu mischen? *Wenn sie doch nur ein Zeichen geben würde, daß ich zu ihr kommen soll. Aber vielleicht will sie mich gar nicht mehr? Sie hat bestimmt längst einen anderen. Ja, das wird es sein. Sie hätte sich sonst nicht so, so – gleichgültig gegen mich benommen. Ich gehe nicht zu ihr, da kann sie lange warten. Aber wenn ich sie mit einem anderen erwische, dann soll sie merken, wer ich bin! Ach, du Angeber! Wer bin ich denn schon! Wenn sie aber ein Kind von mir bekommt?* Dieser Gedanke schoß ihm siedendheiß durch den Kopf. *Ich muß mit ihr sprechen!* Draußen regnete es noch immer in Strömen. Sein Blick streifte die Fassade des Mädchenwohnheims. *Aber kann ich denn einfach hinübergehen? Was soll ich sagen, wenn ich zu ihr ins Zimmer komme und die anderen mich dumm anglotzen?*

Er gab sich einen Ruck und lief durch den Regen ins Mädchenwohnheim hinüber. *Nur nicht nervös werden*, sagte er sich, als er die Stufen zur zweiten Etage hinaufstieg. An der Tür, über der mit geschwungener Schrift »Zimmer 27« stand, klopfte er an. Als Wolfgang auch auf sein zweites Klopfen keine Antwort bekam, öffnete er leise die Tür. Die Gardinen an den beiden Fenstern waren zugezogen, so daß der Raum in ein dämmriges Halbdunkel getaucht war.

»Ist hier jemand?« fragte er an der Tür.

Keine Antwort. Wolfgang trat zögernd in das Zimmer und schloß hinter sich die Tür. Er war jetzt fest entschlossen. *Ich warte, bis sie wiederkommt, denn zurückkommen muß sie irgendwann einmal.* Was sollte er ihr aber sagen, wenn sie plötzlich vor ihm stand? Jetzt erst merkte er, daß er sich darüber noch keine Gedanken gemacht hatte. Er arbeitete fieberhaft an einer Erklärung, aber ihm fiel nichts ein. Und hatte er einen Einfall, verwarf er ihn gleich wieder. Er setzte sich verzweifelt auf ein Bett, hatte aber plötzlich das Gefühl, nicht allein zu sein. Er schaute sich im Zimmer um.

»Karin?!« Er starrte auf das gegenüberliegende Bett, aus dem ihn Karin schon die ganze Zeit beobachtet hatte.

Karin war gleich nach dem Mittagessen auf ihr Zimmer gegangen, und da sie und ihre Zimmerkameradinnen in den dritten Stock zu einer Geburtstagsfeier eingeladen waren, gab sie vor, sie habe Kopfschmerzen und wolle sich hinlegen. Um ihre Kopfschmerzen vor den Freundinnen glaubhaft zu machen, zog sie die Vorhänge an den Fenstern zu und legte sich zu Bett. Sie muß wohl auch tatsächlich eingeschlafen sein, denn sie wurde erst von Wolfgangs zweitem Klopfen geweckt. Da sie aber keinen Besuch erwartete, hatte sie nicht geantwortet, und als sie Wolfgang eintreten sah, beschloß sie, unbemerkt zu bleiben, denn auch sie wußte nicht, wie sie sich verhalten sollte. Wolfgang ging langsam auf ihr Bett zu und setzte sich auf die Bettkante.

»Ich freue mich ja so, daß du gekommen bist«, sagte sie und nahm seine Hand. »Weißt du, ich habe mich die ganze Zeit über geschämt, weil ich glaubte, du verachtest mich wegen ... wegen dem da im Wald. Ich weiß auch nicht, wie es damals über mich gekommen ist, aber ... ich habe dich doch so lieb, und jetzt, da du mir immer ausgewichen bist und mich nicht mehr angesehen hast, dachte ich, du wolltest nichts mehr von mir wissen.«

»Nein, nein«, schrie Wolfgang fast, »das war doch ganz anders. Ich habe mich doch auch so geschämt. Ich hatte auch gedacht, du würdest nichts mehr von mir wissen wollen. Und heute ... da mußte ich einfach mit dir sprechen. Ich mußte wissen, woran ich bei dir bin.«

»Noch einmal halte ich das nicht aus.« Karin streckte ihren Arm nach Wolfgangs Kopf aus und zog ihn zu sich hernieder.

»Ich liebe dich, ich hab dich lieb«, flüsterte Wolfgang immer wieder und preßte seinen Kopf fest gegen ihre Brüste.

»Ach, ich bin ja so glücklich«, sagte Karin und drückte ihn noch fester an sich.

II

Was ist eine kurze Woche für zwei junge Menschen, die eben ihre Liebe zueinander entdeckt haben? Was mußte alles unausgesprochen bleiben bei dem vielen, was man sich zu sagen hatte. Unwichtiges schien auf einmal ungeheuer wichtig zu werden – doch das Wichtigste und Schönste war, schweigend und eng aneinandergeschmiegt an einem einsamen Ort zu sitzen und zu träumen. So rasend wie die letzte Woche im Internat verflogen die zwei Wochen im Ferienlager, in das Wolfgang und Karin mit allen Schulabgängern des Internates gefahren waren. Jeder Tag brachte ein neues Erlebnis, in jeder Umarmung lag ein Ereignis, selbst ein Spaziergang im nahe gelegenen Wäldchen entzückte sie immer wieder von neuem. Aber es kam auch der Tag des Abschieds.

Wolfgang wartete nach dem Frühstück an einem Baumstumpf im kleinen Wäldchen, an dem er sich mit Karin verabredet hatte. Es war noch kühl, und Wolfgang fröstelte. Er zog den Reißverschluß seines Trainingspullovers bis an den Hals zu und warf die Schultern hin und her, um sich zu erwärmen.

»Hast du lange auf mich gewartet?« Karin hatte sich von hinten leise herangeschlichen.

»Nein, überhaupt nicht«, log er. »Was hältst du von einem Lauf zu unserem kleinen Teich?«

»Na, worauf warten wir denn noch!« Karin streckte ihm ihre Hand hin und so aneinandergekettet jagten sie über das unwegsame Gelände, immer darauf bedacht, dem anderen den besten Weg zu überlassen.

»Halt, nicht so schnell, nicht so schnell!« Karin zog Wolfgang zurück. Sie küßten sich mit vom Lauf klopfenden Herzen und fliegenden Lungen.

»Wolfgang, liebst du mich?«

»Aber das weißt du doch.«

»Würdest du mir jeden Wunsch erfüllen?«

»Natürlich!«

»Dann pflücke mir diese Seerose dort.«

»Aber da müßte ich ins Wasser springen.«

»Wenn du mich liebst, dann machst du es.«

»Nein, ich springe nicht!«

»Dann weiß ich, daß du mich nicht liebst.«

Wolfgang war wütend. Er fror auch wieder. *Warum verlangt sie das von mir?* Er sah auf die von Algen und Moos schmutziggrüne Oberfläche des verschlammten Teiches und fröstelte noch mehr.

»Du bist wohl feige«, stichelte Karin.

»Ich bin nicht feige!«

Wolfgang warf seine Sachen vom Leib. Er unterdrückte gewaltsam seinen Ekel vor dem schlammigen, modernden Wasser. Karins Trotzkopf noch einmal verwünschend, sprang er vom Ufer ab. Das Wasser ging ihm etwa bis zum Bauchnabel, aber seine Beine steckten bis über die Knie im kalten Schlamm. Wolfgang versuchte, ein Bein aus der eisigen Umklammerung herauszuziehen. Aber je mehr er sich bemühte, das eine Bein anzuheben, um so tiefer versank das andere im Schlamm. Bald kühlte der Moder seine Oberschenkel, und das Gewirr von Gewächsen an der Oberfläche des Teiches stieß an seine Brust. Die Kälte, die seine Beine umspannte und ihn unaufhaltsam in die Tiefe zu ziehen schien, schlich sich hinauf bis zum Herzen, und Wolfgang schrie. Nichts mehr um sich spürte er, nicht das kalte Wasser, den saugenden Schlamm, die schlingenden Gewächse – nur noch Angst beherrschte ihn, unbezwingbare, lähmende Todesangst.

Karin hörte ihn schreien und sah ihn einsinken, aber sie begriff nicht, was geschehen war. Sie lief zum Rand des Teiches und rief: »Wolfgang! Wolfgang!« Sie rang die Hände, zerzauste sich die Haare und rannte unnütz am Ufer hin und her.

Erst als Wolfgang, der schon fast bis an den Hals untergetaucht war, nach Hilfe schrie, wußte sie, was sie zu tun hatte. Sie lief so schnell sie konnte in das Ferienlager zurück. »Hilfe, Hilfe, der Wolfgang ertrinkt!« rief sie mit überschlagender Stimme. Der Pionierleiter und der Sportlehrer waren die ersten, auf die Karin stieß.

Wolfgang sah Karin weglaufen. Aller Vernunft nach hätte er sich ruhig verhalten müssen. Aber wo bleibt die Vernunft, wenn man dem Tode so nahe ist. Der Schlamm stand ihm schon bis an den Unterleib, das Wasser bis zum Kinn. Da spürte er plötzlich festen Boden unter dem linken Fuß. Es dauerte eine Weile, bis er begriff, daß das seine Rettung war. Er begann zu überlegen. *Ruhig! Ganz ruhig! Nicht bewegen!* Und um das zu bekräftigen, sprach er es leise vor sich hin. »Ich darf mich nicht bewegen ...« Unversehens war aus dem leisen Sprechen ein Schreien geworden: »Ich darf mich nicht bewegen! Ich darf mich nicht bewegen!! Ich darf mich nicht bewegen!!!«

So fanden ihn der Pionierleiter und der Sportlehrer vor. Als Wolfgang die hineingereichte Stange erfaßte und angezogen wurde, sank sein Kopf unter Wasser, und erleichtert spürte er, wie sich seine Beine allmählich aus dem eiskalten Schlamm lösten.

III

Am nächsten Tag rüstete das Ferienlager zur Heimreise. Wolfgang saß im Zugabteil neben Jürgen. Seit dem Ereignis am Waldteich hatte er mit niemandem gesprochen. Auf die quälenden Fragen, die vor allem von den Lehrern und Erziehern an ihn gestellt wurden, hatte er mit starrköpfigem Schweigen geantwortet. Den ganzen Tag über war er bemüht, einem Zusammentreffen mit Karin, das er mehr fürchtete als die dummen Fragen der Lehrer, aus dem Wege zu gehen. Er versuchte sich klar zu werden, was eigentlich geschehen war. Er lebte! Er hätte weiterleben können wie bisher. Aber ging denn das? Was wäre gewesen, wenn er ertrunken wäre? Wie er auch die Ereignisse des Morgens durchdachte, immer stieß er auf eine Schranke. *Es ist doch alles sinnlos, wenn das Leben so schnell, so zufällig ein Ende finden kann. Was habe ich denn bisher vom Leben gehabt, was erlebt? Knapp fünfzehn Jahre – und Schluß! Aus?*

Wolfgang sah aus dem Abteilfenster des abfahrenden Zuges. Er sah den kleinen Bahnhof verschwinden, und mit dem Bahnhof versank auch ein Stück seines Lebens.

»Mensch, nun sag doch endlich mal, was los gewesen ist!« Jürgen legte seine Hand auf Wolfgangs Schulter.

»Ach, laß mich doch in Ruhe«, erwiderte Wolfgang unwirsch. Er drehte die Schulter weg.

»Sind wir nun Freunde oder nicht?«

»Das hat doch damit nichts zu tun.« Wolfgang stand auf und ging aus dem Abteil. Er wollte allein sein. Der Gang war leer. Aus den Abteilen drangen Gesprächsfetzen, Lachen, Kreischen und Getrampel an sein Ohr. Er fühlte sich ausgestoßen von all dem Treiben. Alles kam ihm dumm und lächerlich vor. Das Fenster, das er öffnen wollte, klemmte. Er stieß es mit Wucht nach unten. Er lehnte sich hinaus. Er spürte, daß jemand hinter ihm stand. Karin?! Obwohl er sie nicht sah, wußte er, daß nur sie es sein konnte.

»Na, Prinzeßchen Tausendschön«, sagte Wolfgang gepreßt und wandte sich langsam zu ihr um. Er erschrak selbst über die Kälte in seiner Stimme. So hatte er noch nie mit ihr gesprochen. Er ließ die Augen kalt über ihr aufgeschrecktes Gesicht schweifen, das in diesem Augenblick für ihn einen Anflug von Dümmlichkeit hatte, sah an ihren Körper hinunter, saugte sich für einen Moment an ihren Brüsten fest, um ihr dann wieder mit einem eisigen, ironischen Lächeln in die Augen zu sehen. Wolfgang war über sich selbst verwundert, daß ihr Anblick ihn plötzlich so kalt ließ. Doch dann begann er an seiner eigenen Kälte so etwas wie Genuß zu finden, was ihm wie eine Entschädigung vorkam. »Soll ich heute vor Liebe aus dem fahrenden Zug springen?«

»Bitte, Wolfgang!« flehte sie.

»Was?«

»Bitte, entschuldige, ich habe das nicht gewollt.«

»Stell dir vor, ich habe nicht einmal angenommen, daß du gewollt hast, daß ich ersaufe.« Karin blickte ihn ungläubig an. Sollte das der Wolfgang sein, der ihr noch gestern morgen gesagt hatte, daß er sie liebt? Und als hätte Wolfgang ihre Gedanken erraten, sagte er: »Ja, ich bin ein anderer geworden. Und dafür habe ich dir zu danken, denn du bist es gewesen, die mich anders hat werden lassen«. *Ein bißchen zu theatralisch.* Er hörte in sich hinein, und es machte ihm Freude, so wunderbar neben sich treten zu können, daß man diese Dinge einfach so sagen konnte.

»Soll denn alles aus sein?« fragte Karin.

»Aus ist vielleicht nicht das richtige Wort«, sagte Wolfgang, und er genoß sich in der Pose eines Schmierenkomödianten. »Vorbei! Es ist vorbei. So wie der Baum dort draußen an uns vorbeifliegt. Vorbei! Du kannst ihn nicht wieder holen, es sei denn, du springst aus dem Zug. Doch dabei brichst du dir das Genick …«

Er spürte den verfehlten Sarkasmus und kam sich ekelhaft vor. »Karin«, er veränderte seinen Tonfall, und darin erkannte sie ihn wieder, »ich bin dir nicht böse. Es war schön mit dir. Nur seit gestern kann ich nicht mehr. Ich kann dir nicht mal sagen, was mit mir passiert ist, als ich in dem Schlamm versank und fühlte, daß das der Tod sein könnte. Aber irgend etwas ist passiert.«

»Es kann doch alles wieder so werden, wie es war.«

»Nein, daran glaube ich nicht mehr.« Wolfgang steckte beide Hände tief in die Hosentaschen. Karin stand neben Wolfgang und schaute zu Boden. Ihre Hände spielten nervös am Gürtel ihres Kleides. Sie sprachen nicht mehr. Was sollten sie auch sagen. Es gab nichts mehr zu erklären, und Wolfgang fühlte sich erleichtert.

11

LEHRLÄUFE

I

Als Wolfgang in Kleinfurra aus dem Personenzug stieg, sah er neben dem Kontrollhäuschen am Ausgang des Bahnhofs seine Mutter stehen. Sie schwatzte mit dem alten Seyboldt, der, obwohl schon weit im Rentenalter, als Aushilfe die Fahrkarten kontrollierte. Sie redete gestikulierend auf den Alten ein, schüttelte einem Mann, der gerade die Sperre passierte, die Hand und winkte gleichzeitig Wolfgang zu, der es angesichts dieser Geschäftigkeit mit dem Ankommen nicht mehr so eilig hatte. *Das glaube ich nicht! Meine Mutter holt mich vom Bahnhof ab!* Bevor er aber seiner Verwunderung weiteren Ausdruck verleihen konnte, kam sie ihm auf ihren hochhackigen Pumps entgegengelaufen – was auf dem ungepflasterten Bahnsteig einer gewissen Komik nicht entbehrte. »He, ich habe eine Überraschung für dich«, rief sie schon von weitem. Wolfgang setzte die Koffer ab und wartete, bis die Mutter bei ihm war. »Willst du denn nicht wissen, was?«

»Du wirst es mir schon gleich sagen.« Wolfgang drückte der Mutter einen dicken Kuß auf die Wange. »Tag, Mutter!«

»Ich habe doch noch eine Lehrstelle für dich bekommen«, platzte es aus ihr heraus.

»So? Na, was darf ich denn lernen«, fragte Wolfgang etwas zu offensichtlich uninteressiert.

Aber Hildegard Sander wollte sich um keinen Preis ihre gute Laune und ihren Stolz, es wieder einmal trotz schlechter Vorzeichen geschafft zu haben, nehmen lassen und überhörte den sarkastischen Tonfall ihres Sohnes. »Na hör mal, ich renne mir für dich die Füße wund, bin zu tausend Leuten freundlich, krieche so manchem aufgeblasenen Kerl in den Hintern … Und dich interessiert nicht einmal, was ich erreicht habe?«

»Nun sag schon!«

»Du wirst Eisenbahner«, sagte sie schlicht, aber stolz. Und da Wolfgang nicht sogleich reagierte, ergänzte sie: »Wie Theo Sommermeier!«

Ach du Scheiße! Wolfgang schluckte. *Eisenbahner! Die Bahn und die Post säuft da, wo's nichts kost'*, fiel ihm als erstes ein. Aber er wollte nicht ungerecht sein und der Mutter nicht gleich in der ersten Stunde ihres Wiedersehens die Laune verderben. »Na fein, werde ich Eisenbahner«, erwiderte er zwar etwas freundlicher, aber immer noch eine Spur zu ironisch. Und feixend fügte er an: »Vielleicht kriegst du dann auch ein paar Freifahrtscheine ab.«

Sie lachten und gingen eingehängt, ohne dem alten Seyboldt die Fahrkarte vorzuzeigen, durch die Sperre. Frau Sander war mit ihrem giftgrün gestrichenen Fahrrad zum Bahnhof gekommen. Darauf verstauten sie Wolfgangs Gepäck.

»Ich muß dir noch was sagen.« Frau Sander druckste herum, wie es gar nicht ihre Art war, und Wolfgang, der mit ihr – vierhändig am Lenker – das Fahrrad schob, bemerkte, daß die Mutter, je näher sie ihrer Wohnung kamen, immer langsamer ging, so daß sie das gemeinsam geschobene Gefährt mehr bremste als vorwärts trieb.

»Sag endlich, was los ist.« Wolfgang begann das für ihn völlig ungewöhnliche Verhalten der Mutter zu belustigen. »Du tust ja so, als wäre unsere Wohnung abgebrannt.«

»Vater ist wieder da«, sagte sie nach einer Pause. Jetzt blieben beide stehen. Frau Sander sah zu ihrem nunmehr einen Kopf größeren Sohn auf. *Gut sieht er aus,* dachte sie nicht uneitel, *so groß und kräftig, wie er geworden ist. Gottseidank ist er unübersehbar mehr ein Henne als ein Sander. Aber fremd ist er mir geworden, wie er so ernst und erwachsen vor mir steht. Nur die Augen – daran, mein Sohn, werde ich dich immer wiedererkennen … Ob sie miteinander auskommen werden? Er kennt doch seinen Vater weniger als die Lehrer des Internats, aus dem er kommt.*

Wolfgang sah über sie hinweg auf das wenige Meter vor ihnen liegende Bauerngehöft, auf dem die Sanders seit acht Jahren wohnten. *Dort sitzt er also.* Er spürte, ihm wurde nicht gerade wohl bei dem Gedanken. Daß er irgendwann wieder aufkreuzen mußte, damit hatte man rechnen müssen. Trotzdem, er war aus seinem Leben verschwunden. Es gab ihn einfach nicht mehr. Deshalb kam die Mitteilung über seine Rückkehr für ihn so überraschend, als wenn jemand verkündet hätte, daß es plötzlich hinter dem Harz keine Grenze mehr gäbe. *Was hat das mit mir zu tun? Gar nichts!* Er wollte sich mit Trotz wappnen. *Er ist wieder raus, und das ist Mutters Sache.*

Mir kann das doch egal sein, solange er sich in mein Leben nicht einmischt … »Na ist ja prima!« sagte er leicht grinsend, indem er den Kopf zur Mutter neigte. »Da sind wir wieder eine richtige Familie.«

II

Sander war vor mehr als drei Wochen entlassen worden. Es kam für alle ziemlich überraschend, obwohl er keinen Tag früher als zum festgesetzten Termin entlassen worden war. Das Leben lief seinen Gang, und da es, so wie es war, ganz gut war, konnte jede Veränderung nur eine Störung bedeuten.

Auch für Hildegard Sander hatte sich in den letzten Jahren ohne ihren Mann alles bestens gefügt. Wolfgang war in dem Internat prächtig aufgehoben. Ursula ging auf die Oberschule in Nordhausen und war ehrgeizig genug, die Anforderungen dort mit besonderem Fleiß zu erfüllen, so daß nie Gefahr bestand, daß das bevorstehende Abitur schlechter als gut absolviert werden könnte. Hildegard Sander machte ihr Leben als Verkäuferin so viel Spaß, daß sie sich gar nicht mehr vorstellen konnte, etwa wie früher als Hausfrau ausschließlich für Mann und Kinder da zu sein. Dieser Beruf kam ihrem Wesen so sehr entgegen, daß sie nur sie selbst sein brauchte, um diesen Job besser als die anderen zu machen. Das brachte ihr zudem die zwar nicht beabsichtigte, aber doch auch nicht zu verschmähende Anerkennung durch die HO-Leitung ein, die Frau Sander mehrfach als beste Verkäuferin ausgezeichnet hatte. Die paar Mark Prämie, die dazu draufgelegt wurden, konnte sie auf alle Fälle gut gebrauchen. Und selbst ihre täglichen Fahrten morgens nach Nordhausen und abends zurück nach Kleinfurra gestaltete sie zu Erlebnissen. Es hatte sich wieder ein Freundeskreis von Mitfahrern gebildet, die immer dann ganz schnell ein trauriger Haufen wurden, sobald sie einmal nicht mitfuhr. Sie konnte sich nicht erinnern, daß sie im täglich überfüllten Arbeiterzug jemals gestanden hätte. Für sie war immer ein Plätzchen reserviert.

Und Sander? Selbst für Fritz Sander war seine Entlassung überraschend gekommen. Nicht, daß er das Datum vergessen hätte. Dazu war er in allem zu genau. Aber er hatte den Termin verdrängt; denn je näher seine Entlassung aus dem Zuchthaus heranrückte, desto weniger versuchte er sich zu vergegenwärtigen, in welcher Zeit er lebte.

Obwohl er sich hin und wieder nach seiner Frau sehnte, verlangte in ihm nichts nach dem Leben da draußen, in das er – wie in einen zu großen Anzug – nicht hineinpaßte, während das Gefängnisleben wie ein Maßanzug an ihm saß. Schon nach einigen Wochen der Inhaftierung fühlte er sich hier wohl, bemerkte er an sich ein so starkes Gefühl der Befriedigung, wie er es nur noch aus seiner Zeit als Schreiber im Warschauer Verpflegungsdepot während des Krieges kannte. Die Gefängnisleitung hatte sehr schnell erkannt, welch unschätzbaren Wert Sander für das sich selbst verwaltende Zuchthausleben darstellte. Sander konnte sich bis zur Selbstverleugnung unterordnen, er führte Befehle und Anordnungen bis zur Stupidität gewissenhaft und ohne Anzeichen von Aufbegehren aus, äußerte selbst nie Ansprüche, die bestehende Machtstrukturen in Frage hätten stellen können, und er hatte einen Beruf, der hier dringend gebraucht wurde, den er wie kein anderer beherrschte: Er war Buchhalter.

Welch ein Segen für die Gefängnisleitung über einen so loyalen Partner als Gefangenen zu verfügen, der ihr einen akribischen Überblick über alle zu verwaltenden Einzelheiten verschaffte. Die Bücher konnten endlich wieder jeglicher Revision standhalten, und kam eine Revision, dann erhielt die Gefängnisleitung ein dickes Lob ob dieser akkuraten Buchführung. Wie die Mächtigen von »außen« machten sich auch die Mächtigen von »innen« in der internen Zuchthausrangordnung Sanders uneigennützige Buchhalterdienste zu eigen. Er führte aus, stellte zusammen, was diese auch wollten. Man lieh sich ihn sogar gegenseitig aus, und so genoß Sander den Schutz aller im Zuchthaus. Er war ein so vorbildlicher Gefangener, daß er normalerweise wegen guter Führung vorzeitig hätte entlassen werden müssen. Aber dafür war er wieder zu gut, wieder einmal unabkömmlich. Und da weder Interesse noch Begehren vorlag, mußte Sander die volle Strafzeit absitzen, aber – und das wiederum bedauerten alle: Sie hatte Anfang Juli 1955 ihr unwiderrufliches Ende.

III

Auch wenn Hildegard Sander den Anschub gegeben hatte und lange Zeit ergebnislos rotiert war, um für Wolfgang eine Lehrstelle zu besorgen – es war letztlich nicht ihr, sondern Theodor Sommermeier zu danken, daß Wolfgang doch noch mit einer Lehrstelle ins sogenannte Leben der Erwachsenen treten konnte. Bevor Wolfgang ins Ferienlager gefahren war, hatten sie unzählige Bewerbungen losgeschickt und Vorstellungsgespräche hinter sich gebracht. Ergebnislos. Und ab einem bestimmten Zeitpunkt ging es schon gar nicht mehr darum, inwieweit das eine oder das andere zu akzeptieren wäre, sondern nur noch darum, ob ihn überhaupt jemand nahm.

Obwohl Wolfgang ein sehr gutes Abschlußzeugnis besaß, schien sich für ihn kein Weg in einen Lehrberuf öffnen zu wollen. Die privaten Handwerker wie Klempner, Tischler, Schreiner, Optiker hatten so viel aus der eigenen Verwandt- und Geschäftspartnerschaft unterzubringen, daß für einen Fremden, dessen Vater zudem noch ein Zuchthäusler war, keine Chance bestand. Und die größeren Betriebe in Nordhausen, wie IFA oder RFT, bei denen sich Wolfgang beworben hatte, ließen in ihrer Absage durchblicken, daß sie auf Grund der beauflagten Frauenförderung für diese traditionellen Männerberufe angehalten sind, in erster Linie Mädchen als Feinmechaniker, Autoschlosser oder Betriebselektriker einzustellen.

Wolfgang hatte weder eine Vorstellung von dem Beruf, den er einmal ergreifen sollte, noch plagte ihn ein unerfüllbarer Berufswunsch. Wenn er gefragt wurde, äußerte er – für Gleichaltrige völlig unverständlich –, daß er am liebsten weiter zur Oberschule gegangen wäre. Das Lernen war ihm leicht gefallen, warum sollte er es mit einem Beruf versuchen, wenn er keinen wußte, für den er sich hätte interessieren können, und wenn ihn niemand wollte?

Die Lehrer im Internat Gumperda hätten es gern gesehen, wenn Frau Sander Wolfgang auf ein Oberschulinternat gegeben hätte. Aber das war leider nicht unentgeltlich zu haben. Und woher sollte Frau Sander das Geld dafür nehmen bei der immensen Summe, die sie für Sander noch abzuzahlen hatte. Außerdem ging Ursula schon auf eine Oberschule. Das mußte Wolfgang einsehen, denn beide Kinder auf eine höhere Schule gehen zu lassen, das überstieg bei weitem die wirtschaftlichen Möglichkeiten der Familie Sander. Also mußte wenigstens eine Lehrstelle her, wenn er nicht ungelernt eine Hilfsarbeit anfangen sollte. Das durfte auf keinen Fall eintreten. Dagegen wollte sich Hildegard Sander mit allen Mitteln wehren, die ihr zur Verfügung standen. Und eines der letzten möglichen Mittel war Theodor Sommermeier.

IV

Eisenbahner Theodor Sommermeier war kein gelernter Eisenbahner. Er hatte vor dem Krieg als Streckenarbeiter das Gleisbett um den Bahnhof Kleinfurra bearbeitet, hatte in der Rotte auf diesem Streckenabschnitt Schwellen gestopft und sich auch auf andere Art und Weise als Hilfsarbeiter bei der Reichsbahn nützlich gemacht. Er hatte in der Schule zwar Lesen und Schreiben gelernt, es darin aber nie zu der Fertigkeit gebracht, ein ganzes Buch durchlesen zu können. Auch das Zeitunglesen fiel ihm nicht leicht. Da er jedoch politisch nicht uninteressiert war, hörte er im Radio die Nachrichten, aus denen er sich seinen eigenen Reim machte. Theodor Sommermeier war ein Mensch, der Herzensbildung besaß, und er hatte dabei ein so ausgeprägtes Gefühl für Gerechtigkeit, Menschenwürde und Güte, daß alle Versuche der Nazis im Dorf, ihn für ihre Ortsorganisation zu werben, erfolglos geblieben waren. In seiner einfachen Art war er immer so etwas wie ein Sozi gewesen, und da man ihn wegen seiner geringen Schulbildung für ein bißchen beschränkt hielt, war er wiederum schlau genug, mehr Beschränktheit zu zeigen als ihm wirklich eigen war. So ließ man ihm vieles durchgehen, und er hatte seine Ruhe.

Eines Tages, Anfang der vierziger Jahre, kam Theodor Sommermeier mit seiner Stopfhacke vom Streckendienst auf den Bahnhof und mußte mit ansehen, wie der stellvertretende Ortsgruppenleiter Otto Kralis, mit dem er – zwar ungern – manchmal ein Bier trank, den als Kommunisten verdächtigten alten Nöther auf den Knien rutschend mit einem Scheuerlappen den Außenbahnsteig reinigen ließ. Als er näher trat, sah er, daß die Hände des Alten unter ihm derart aufgescheuert waren, so daß der Scheuerlappen mehr mit Blut als mit Wasser getränkt war. Theodor Sommermeier würgten Zorn und Ekel. *Das kann man doch mit Menschen nicht machen!*

»Was soll denn das?« Er wies auf den schrubbenden Nöther.

»Misch dich hier nicht ein. Das geht dich nichts an, Theo!« Otto Kralis schlug mit dem Stöckchen in seiner behandschuhten Rechten gegen die Schäfte seiner blankgeputzten Reitstiefel.

Doch so konnte Otto Kralis ihm nicht kommen: »Sag mal, schämst du dich nicht! So was mitzumachen?« und etwas schärfer, »Hör zu, Otto. Du brichst das hier sofort ab, oder ...«

»Theo, mach dir keinen Ärger«, unterbrach ihn Kralis und fast flüsternd beschwor er Sommermeier. »Das geht dich nichts an! Geh weiter, Theo, und wir vergessen das alles.«

Aber in Theodor Sommermeier hatte das Gefühl für Gerechtigkeit schon gesiegt. Er baute sich mit seinen zwei Zentnern und der Spitzhacke in seiner Hand sehr bedrohlich vor dem kleiner werdenden Kralis auf. »Du hörst jetzt sofort mit diesem Spuk auf, oder ich schmeiße dich hier auf die Gleise, daß nur noch ein nasser Fleck von dir übrig bleibt.« Theo Sommermeier wartete erst gar nicht die Reaktion von Otto Kralis ab. Er packte den alten Nöther am Kragen, so daß dieser aufstehen mußte. »Du kommst jetzt mit mir«, sagte Sommermeier bestimmt und immer noch sehr ruhig. Als sich der vor Angst schlotternde Nöther aus der Erfahrung, daß mit Sommermeiers Auftritt sich für ihn gar nichts gelöst hatte, fast hilfesuchend mit einer entschuldigenden Geste an seinen Peiniger Kralis wandte, gebrauchte Sommermeier seine physische Gewalt und trug den Alten mehr von diesem Ort als dieser mit ihm ging.

Da man den als Scharfmacher bekannten Otto Kralis in den nächsten Tagen zur Front abberief und da man allgemein wußte, daß Sommermeier in seiner gutmütigen Blödheit politische Zusammenhänge nicht so richtig einordnen konnte, hatte der ganze Vorfall für Theodor Sommermeier fast kein Nachspiel, bis auf eins, und das machte aus ihm, nachdem der faschistische Spuk auch in Kleinfurra vorbei war, eine bedeutende Persönlichkeit im Ort. Er galt zwar nicht als aktiver Antifaschist, aber doch als einer, der sich mutig mit den Faschisten angelegt hatte. Und da der alte Nöther der erste Bürgermeister in Kleinfurra wurde, bekam Sommermeiers Wort Gewicht im Ort.

Sommermeier war deshalb nicht nur mit beratender Stimme dabei, als die alten Nazis aus den leitenden Positionen der Bahnhofsstation vertrieben wurden. Mit seiner Stimme wurde ein neuer Bahnhofsvorsteher eingesetzt, ein Sozialdemokrat und Umsiedler aus dem Sudetendeutschen, der in dieser Funktion zum Ärger für die alteingesessenen Dorfbewohner mit seiner Familie in die geräumige Wohnung des Bahnhofsgebäudes einziehen durfte. Aber neben dem Bahnhofsvorsteher mußten auch zwei Stellen als Fahrdienstleiter neu besetzt werden. Theodor Sommermeier erklärte, daß eine davon er selbst übernehmen wolle, und keiner widersprach. So kam es, daß Theodor Sommermeier, ohne jemals eine Ausbildung als Betriebs-

und Verkehrseisenbahner absolviert zu haben, Fahrdienstleiter in Kleinfurra wurde. Und nicht nur das: Ob seiner antifaschistischen Vergangenheit konnte er seiner Stimme und Meinung bis hinein ins Reichsbahnamt Nordhausen nicht unwirksam Gewicht verleihen. Daß Theo Sommermeier von diesem Vorzug außer in beschriebenem Fall keinen weiteren Gebrauch machte, spricht für ihn. Und daß er ihn noch einmal einsetzte, als Frau Sander ihn für ihren Sohn brauchte, empfand er als ein Geschenk des Himmels.

12

LESEWUT, SCHIENBEINTRETEN, LEICHENZÜGE UND EIN BRIEF

I

Wie lernt man, wenn man für den Beruf, in dem man drei lange Jahre ausgebildet werden soll, überhaupt kein Interesse aufbringen kann? Wenn's im Kopf ausreicht, macht man so gut wie nichts; denn es gibt immer noch andere, die trotz Anstrengung schlechter sind. Wenn man sich im Durchschnitt hält, dann reicht es für einen selbst und für die Lehrausbilder allemal. So etwa stellte sich der Lehrling Wolfgang Sander vor, die Berufsschule hinter sich zu bringen.

Er befand sich ausgerechnet jetzt am Beginn der Lehre in einem gefährlich lethargischen Zustand. Wenn er Bilanz über sein bisheriges Leben zog – und seit seinem Erlebnis am Waldteich neigte er dazu –, dann war nichts da, worauf er hätte aufbauen können. Sein Spaß am Lernen, die Leichtigkeit und Freude, mit der er sich bisher Wissen angeeignet hatte, war nichts mehr wert, hatte keine Gerichtetheit mehr. Die Oberschule, an der er das, wozu er glaubte, fähig zu sein, gut hätte einsetzen können, war ihm verwehrt. Und dies dann für diesen Beruf einzusetzen, das war ihm einfach zu blöd. *Wer wirft schon Perlen vor die Säue.*

Wieviel Unsicherheit mußte in ihm sein, wie sehr mußte er sich alleingelassen fühlen, daß er als noch Halbwüchsiger glaubte, sich hinter dieser Fassade voller Anmaßung und Arroganz verschanzen zu müssen? Gerade jetzt hätte er jemanden gebraucht, der sowohl einen Reibungspunkt als auch Antworten geboten hätte. Reimers, sein Lehrer und Fußballtrainer aus dem Internat, wäre vielleicht ein Mensch gewesen, der einerseits Verständnis gezeigt, andererseits aber die Fähigkeit besessen hätte, den vorhandenen Energien eine Richtung, ein lohnendes Ziel zu zeigen. Doch da gab es niemanden, und Reimers war unwiederbringliche Vergangenheit. Er war zwar wieder zu Hause, aber er fühlte sich jetzt so einsam, wie er es nicht einmal in der Anfangszeit im Internat gewesen war. Alles war ihm fremd, keiner, so glaubte er, könne ihn verstehen: weder seine Mutter, die für ihn schon lange nicht mehr die Mutter der BLÜTENBAUM-Zeit war, noch seine Schwester, die gerade den Mann kennengelernt hatte, den sie heiraten wollte. Und der Vater kam sowieso nicht in Frage.

Nichts war mehr wie früher. Er empfand es erniedrigend, als Fünfzehnjähriger im gleichen Raum zu nächtigen, in dem seine Eltern schliefen. Früher, bevor sie ihn ins Internat schickten, hatte er im Zimmer der Schwester geschlafen. Nicht, daß das jetzt eine bessere Variante gewesen wäre, aber Ursula bekam ihr Recht, allein in einem Zimmer zu schlafen, nicht er. Auch wenn keine andere Möglichkeit denkbar war in diesen beengten Räumlichkeiten, er fühlte sich weggestoßen und weit mehr gegängelt als im Internat, wo er doch noch ein Kind war. Zum Erwachsenwerden gehörte einfach, daß man allein schlief. Er fraß diese Kränkungen in sich hinein, wurde immer wortkarger, und so wuchs der Keim seiner Entfremdung, der mit dem Wegschicken ins Internat gelegt worden war, zur Frucht der Sprachlosigkeit.

Aber lagen nicht in seinen sportlichen Ambitionen Möglichkeiten, sich lohnende Ziele zu setzen? Er war schließlich über das sehr professionell betriebene Training im Internat zu einem recht ordentlichen Fußballspieler herangereift. War aus seinen leichtathletischen Veranlagungen nichts zu machen?

Sicherlich hatte jenes merkwürdige Sportverbot, das ihm ärztlicherseits erteilt wurde, einen nicht unerheblichen Anteil an seiner Lethargie. Bei der Einstellungsuntersuchung für die Lehre diagnostizierte der Arzt eine Herzerweiterung, hinter der sich nichts anderes verbarg, als daß Wolfgang vom Training im Internat ein sogenanntes Sportlerherz bekommen hatte, das weniger mit Sportverbot zu belegen, vielmehr als Indiz zu bewerten war, daß Wolfgang in jener Zeit über einen durchtrainierten Körper zu verfügen schien. Auch wenn er über solche Zusammenhänge wenig wußte - das Sportverbot paßte genau in seine Grundstimmung. In bornierter, selbstzerstörerischer Konsequenz ließ er sich von diesem Arzt für den Sportunterricht an der Betriebsberufsschule befreien und hatte damit den einzigen Unterricht, der ihm an der Berufsschule vielleicht noch hätte Spaß machen können, beseitigt.

Auch in der Liebe war alles schiefgelaufen. Seit dem Erlebnis am Waldteich gefiel er sich in beobachtender Teilnahmslosigkeit. Die Erinnerung an seine Todesangst, die er im Sog des Schlammes ausgestanden hatte, die Erfahrung von Kälte und Gleichgültigkeit, die er Karin gegenüber genossen hatte, hinzu das Gefühl von Resignation und Frust, das ihn in bezug auf seine Lehre beherrschte, verleitete ihn dazu, sich für älter und reifer zu halten, als er in Wirklichkeit war. Gleichaltrigen gegenüber dünkte er sich einerseits überlegen, andererseits empfand er sich von ihnen ausgegrenzt.

So fühlte er sich nicht nur einsam, er war es auch. Sein innerer Drang nach extremer Intensität - so wie er es im Internat mit dem Sport übertrieben hatte - ließ ihn sein Sich-zurück-Ziehen bis zu Exzessen von Alleinsein und Einsamkeit treiben. Um so trostloser verfolgte ihn die Leere, die ihn umgab. Er spürte, daß er sich wieder für etwas interessieren mußte. Aber worauf sollte er sein Interesse lenken, wenn ihm alles gleichgültig war?

II

Vielleicht war es zunächst seine Erinnerung an jene Nachmittage im Internat, die er bei Herrn Reimers in dessen mit Büchern verstelltem Zimmer zugebracht hatte, die in ihm Sehnsüchte nach der Flucht aus dem Dasein weckte, in dem er sich jetzt so unwohl fühlte. Er hatte es immer als eine große Auszeichnung empfunden, wenn er die zahlreich eintreffenden Bücherkisten auspacken und in die wenigen noch verbliebenen freien Räume der bis unter die Zimmerdecke reichenden Regale stellen durfte. Es war faszinierend anzusehen, wie sehr Reimers Bücher liebte. Wolfgang konnte sich nicht entsinnen, Reimers jemals einen anderen Gegenstand so behutsam und liebevoll berühren gesehen zu haben wie ein Buch. Reimers hatte jedoch sehr darauf geachtet, daß Wolfgang, der sich ansonsten von ihm ausleihen durfte, was immer er wollte, nur die Bücher zu lesen bekam, die ihn nach seiner Meinung altersmäßig nicht überforderten. Allerdings waren das nicht immer die, die Wolfgang selbst gern gelesen hätte.

Reimers war Geschichtslehrer aus Passion. Deshalb wollte er auch in Wolfgang die Liebe zur Geschichte pflanzen. Unter diesem Gesichtspunkt wählte er die Bücher aus, die Wolfgang lesen durfte. Reimers Geschichtsauffassung und seine Ziele als Pädagoge standen jedoch im Gegensatz zur Auslegung von Geschichte, wie sie die neuen Geschichtsbücher vorschrieben. Für ihn, der seinen Schülern vor allem den Zusammenklang von Geschichtsbewußtsein, Literatur- und Kunstverständnis vermitteln wollte, waren zum Beispiel historische Persönlichkeiten wie Bismarck oder Talleyrand das Größte, was die Menschheit an politischer und diplomatischer Begabung bisher hervorgebracht hat. Und wenn er an diesen Nachmittagen so begeisternd von diesen Großen der Geschichte zu erzählen wußte, verloren die dicken Wälzer, die er für Wolfgang zum Nachlesen heraussuchte, alle Beklemmung, zumal er es mit einer Aufgabe verknüpfte, die Wolfgang mit einer geradezu verbissenen Begeisterung aufnahm und bei deren Lösung er ein selten gekanntes Gefühl tiefer Befriedigung empfunden hatte. Reimers hatte Wolfgang den Auftrag gegeben, vier Geschichtsstunden vor der Klasse zu halten, indem er ihm über Talleyrand das Buch von Tarlé und über Bismarck einen fast tausendseitigen Band aus den zwanziger Jahren mitgab, über die Wolfgang in diesen vier Stunden erzählen sollte. Wolfgang selbst hatte sich noch nie so glücklich gefühlt wie bei der Lösung der ihn eigentlich überfordernden Aufgabe. Von Reimers bekam er für jede der gehaltenen Stunden eine Eins eingetragen, aber noch mehr genoß Wolfgang die Bewunderung seiner Mitschüler.

III

Bei Herrn Reimers hatte Wolfgang einige Bücher gesehen, die er zu gern gelesen hätte – schon deshalb, weil Reimers ihm erklärt hatte, daß er dafür noch zu jung sei. Zwei der Titel waren ihm sehr gegenwärtig. Die lieh er sich jetzt in der Stadtbibliothek aus. ROT UND SCHWARZ von Stendhal und GLANZ UND ELEND DER KURTISANEN von Balzac.

Wolfgang verschlang diese Bücher. Er fraß sich in die erzählte Welt der Romane hinein, und die kribbelnde Erkenntnis: *DAS BIN JA ICH!* ließ ihn immer schwerer in die Realität zurückkehren, in der er leben mußte. Er las Nächte durch, ging in seiner Freizeit kaum mehr aus dem Haus, und fortan lag auch in jeder Unterrichtsstunde ein Buch auf seinen Knien. Er verwendete einen wunderbar funktionierenden Trick, damit er ungestört lesen konnte: Sobald die Stunde begann und die ersten Fragen von den Lehrern gestellt wurden, meldete er sich sehr eifrig, gab entsprechende Antworten und tauchte dann für den Rest der Stunde ab in die Welt, die ihn interessierte. Die Lehrer hielten ihn ob dieser anfänglichen Aktivität für einen Lehrling, der gut im Unterricht mitarbeitet. Da Wolfgang diese Aktivitäten auch zeitlich variierte und er sich eine Lesetechnik angeeignet hatte, die wie konzentriertes Nachdenken aussah, war er während der gesamten Lehrzeit nur etwa vier- oder fünfmal beim Lesern erwischt worden. In seiner Lesewut steckte eine Besessenheit, die er nicht mehr steuern konnte. Balzac und Stendhal folgten weitere Franzosen: Flaubert, Hugo, Maupassant, Zola, Aragon, Rolland ..., und wenn es überhaupt noch eine Steigerung des sich Abschließens von der Außenwelt gab, dann fiel das mit seiner Entdeckung der »alten Russen« zusammen.

Die Welt Dostojewskis empfand er als einen Urknall. Wochenlang lebte er mit Myschkin, und er liebte mindestens so leidenschaftlich wie Myschkin oder Rogoshin die faszinierende Nastassja Filippowna. Und nachdem er dreimal hintereinander im IDIOT gelebt hatte, durchlitt er zweimal Raskolnikows SCHULD UND SÜHNE, um sich dann wieder in Tolstois KRIEG UND FRIEDEN gemeinsam mit Bolkonski und Besuchow in Natascha zu verlieben. Das war eine Welt, die er verstand und die ihn verstand. Diese Seele, diese Schwere des Gemüts, diese erhabene Tragik, die Größe und Wucht der Leidenschaften – es war eine Welt zum Ersticken und zum Atmen zugleich. Und es war Leben, wirkliches Leben, nicht das Leben, das er lebte, in dem alles kleinlich, schäbig, häßlich, also eigentlich nicht wirklich war. Dieses unwirkliche, reale Leben wollte er nicht leben. Da war es viel lebenswerter, in die Welt hinabzusteigen, in der er diesen Gleichklang genoß. Die Ratschläge, die er sich hier holte, entsprachen dem Maß, das er an das Leben legte.

Alleingelassen mit diesen Büchern verstand er die Helden dieser Romane nicht aus der Zeitsituation, in der sie lebten, sondern übertrug sie in die Umwelt, in der er lebte. Anfangs spürte er nur instinktiv die Grenzen, an die er stieß, sobald er sich bei ihnen Rat zu holen suchte. Wenn er sich dann aber zu einem anderen Handeln entscheiden mußte, waren nicht seine gewählten Ratgeber daran schuld, sondern jene, die ein Handeln nach seinen Vorbildern nicht zuließen. Dadurch, daß sich die Realitäten im Leben immer anders erwiesen hatten, als sie in seiner erträumten Welt hätten sein müssen, verlor er zunehmend das Vertrauen zu seiner Umwelt und damit zu den Menschen, die ihn umgaben. Und mit dem schwindenden Vertrauen wuchs in ihm ein sehr kränkbares, empfindliches, dennoch sehr stolzes Selbstbewußtsein. Aber es führte ihn nicht zu Integrität, Einsichten oder Reife, sondern es baute in ihm viel mehr eine selbstzerstörerische Ignoranz auf, die auf andere überheblich wirkte.

Gepaart mit dem aus dem BLÜTENBAUM seiner Kindheit nachwirkenden Bewußtsein, sein Leben allein leben zu müssen in der Überzeugung, daß nur er selbst sich helfen könne, wuchs seine Unzugänglichkeit. Der Rat oder die Meinung anderer wurde immer erst einer Kritik unterzogen und alles abgelehnt, was dieser Überprüfung nicht standhielt. Es fiel ihm schwer, einen Willen über dem seinen zu akzeptieren, am wenigsten den eines Kollektivs. Er haßte alle, die etwas gemeinschaftlich machten und dabei glücklich mit sich und der Welt waren. Nach außen hin belächelte er sie mitleidig und bedachte sie mit beißendem Spott; denn dieses Wollen, alles ohne fremde Hilfe zu lösen und nur seinen eigenen Willen anzuerkennen, hatte ihm eine gehörige Portion Zynismus gegeben. Aber im Inneren beneidete er sie um diese soziale Fähigkeit ihres Gemeinsinns. So kam zu der selbstgewollten Einsamkeit die Unzufriedenheit hinzu, die zum Beherrschenden in seinem Wesen wurde.

Er war unzufrieden mit der Schule, unzufrieden mit der praktischen Ausbildung, unzufrieden mit seiner Situation zu Hause, und er verzweifelte an seiner unbefriedigten Sehnsucht, eine Weiblichkeit zu erfahren, die über das Betastbare an ihr hinaus zu einem gemeinsamen Schwingen auch im Seelischen und im Geistigen verschmolz. Warum, so fragte er sich, waren die Mädels, die er kennenlernte, nicht so, wie die Frauen in den Romanen, die er las?

IV

Nach Abschluß des ersten Lehrjahres fuhren die Lehrlinge ins obligatorische Ferienlager nach Trassenheide auf Usedom. Auf der langen Fahrt im Zug an die Ostsee fiel Wolfgang ein Mädchen aus der Nachbarklasse auf, das er noch nie gesehen hatte; was nicht verwunderlich war, denn die Parallelklasse wurde immer dann an der Schule unterrichtet, wenn seine Klasse Praxisausbildung auf den Bahnhöfen hatte. Petra Teschner hieß sie. Das hatte er in Erfahrung gebracht. Wolfgang glaubte, etwas Karinhaftes in ihr zu erkennen, nur viel zierlicher war sie, und in seiner Vorstellung hatte sie einen Liebreiz, der nataschagleich sein mußte. Nachdem er während der Fahrt schon fünfmal an ihrem Abteil vorbeigeschlichen war, kam ihm zugute, daß er beim sechsten zeitlupenhaften Vorbeigehen eine brennende Zigarette in der Hand hielt.

»He du! Kannst du uns mal Feuer geben«, rief jemand aus dem vollbesetzten Abteil. Einer der Jungen, ein schmächtiger Lockenkopf, sagte, indem er das Abteil verließ: »Wenn ihr qualmen müßt, dann verdrücke ich mich.«

Wolfgang ging ins Abteil. Durch den freigewordenen Platz kam er neben seiner heimlich Angebeteten zu sitzen. Er reichte seine Zigarette herum, an der sich die anderen ihre entzündeten.

Petra kam als letzte dran. Sie behielt Wolfgangs Zigarette und gab ihm statt dessen die, die sie angeraucht hatte.

»Einverstanden?« Sie lächelte. »Wie heißt du denn?«

»Wolfgang Sander. Und du heißt Petra Teschner.«

Wolfgang sagte sich: Eine solche Gelegenheit kommt nie wieder. Er spürte in sich die Erregung und den Todesmut Julien Sorels, als der das erste Mal die Hand der Frau de Renal ergriff. *Du mußt jetzt alles auf eine Karte setzen.* Mit rasendem Herzklopfen sprach er, ohne ihre Antwort abzuwarten, weiter, indem er ihr ins Ohr flüsterte: »Und du gefällst mir ... Sehr!«

Jetzt war's raus. Sollte sie damit anfangen, was sie wollte. Aber er konnte ihre Reaktion nicht mehr wahrnehmen, denn der schmächtige Lockenkopf, den Wolfgang schon jetzt dafür haßte, kam wieder ins Abteil zurück und moserte: »He, du sitzt auf meinem Platz. Die Abteile von eurer Klasse sind weiter vorn. Was machst du überhaupt hier bei uns?«

»Das geht dich einen feuchten Staub an«, grantelte Wolfgang. Aber ihm blieb nichts anderes übrig, als seinen Platz neben Petra zu räumen. Beim Verlassen des Abteils drückte er mit einer Geste sein Bedauern aus. Sie lächelte freundlich zurück. Dann hob sie die Zigarette, die er ihr überlassen hatte, an den Mund; aber sie zog nicht daran, sondern küßte sie.

Als Wolfgang in dieser Nacht noch einmal an Petras Abteil vorbeischlich, sah er alle schlafend. Er registrierte in aufkommender Eifersucht, daß der Kopf der schlafenden Petra auf der Schulter des Stinkers ruhte, der auf dem Platz seiner Begierde saß. In dieser Nacht konnte er kein Auge mehr schließen. Als der Morgen über dem vorbeifliegenden flachen Mecklenburger Land heraufdämmerte, war er soweit, sich zu sagen: *Sie ist eingeschlafen, und ihr Kopf ist eben auf diese Seite gefallen. Na und? Das hat nichts zu bedeuten! Aber wenn ich da sitzen würde ...* Noch einmal vorbeizugehen, traute er sich nicht. Er träumte von sonnigen Stränden an der See und malte sich eine Wirklichkeit aus, die kommen mußte. Er und Petra: am Tag, am Abend und - wer weiß - vielleicht auch in der Nacht.

Der Ferienlageralltag begann mit Reinigen der Unterkünfte. Die Mädels waren im festen Haus der Jugendherberge untergebracht worden. Die Jungens schliefen in Zwanzig-Mann-Zelten. Wolfgang hatte in der Voraussicht, daß er auf diese Weise eventuell auch nachts unbemerkt aus dem Zelt verschwinden könnte, den Strohsack neben der Giebelwand belegt.

Beim Reinigen fand er einen Papierschnipsel, den er aus der Fensteröffnung jener Rückwand warf. Als er sich nach dem Strohsack bückte, den er aufschütteln wollte, sah er, daß der Papierschnipsel wieder durch das Fenster zurückflog. Er warf ihn nochmals hinaus. Aber er kam wieder zurück. Er schmiß den Schnipsel wieder hinaus, steckte gleichzeitig seinen Kopf durch das Fenster, um nachzusehen, wer ihm diesen Streich spielte. In dem Moment wurde ihm der Schnipsel direkt in das Gesicht geklatscht. Er hörte noch: »Waldverschmutzer!« Eine Spitze des Schnipsels war ihm ins Auge gekommen. Es schmerzte und tränte. Aber die unbändige Wut, die siedendheiß in ihm aufstieg, ließ das schmerzende Auge vergessen, als er erkannte, daß es der Junge war, der im Abteil neben seiner Petra gesessen hatte. Mit: »Jetzt kannst du was erleben!« lief er, getrieben von einem nicht mehr beherrschbaren Jähzorn, aus dem Zelt dem flüchtenden Lockenkopf hinterher. Am Waldrand hatte er ihn ein- und mit einem Fußtritt von den Beinen geholt. Er fühlte alles Blut aus seinem Kopf weichen und hatte nur noch einen Wunsch, dieser Kreatur, die er an den Haaren wieder hochzog, wehzutun. Vor seinen Augen lief alles wie in einem Film ab. Er konnte sich nicht mehr steuern. Er mußte schlagen, schlagen, schlagen. Er konnte erst aufhören, als der Junge unter ihm keine Gegenwehr mehr zeigte. Der Schmerz in seiner rechten Hand, mit der er zugeschlagen hatte, holte ihn ins Bewußtsein zurück und in die Wahrnehmungsfähigkeit für das, was er getan hatte.

»Komm, wach auf!« Wolfgang tätschelte ihm die Wange. »Mach keinen Quatsch! So schlimm war das doch nicht.«

Ihn durchzuckte panische Angst, daß er ihn vielleicht totgeschlagen hatte, und er zitterte am ganzen Körper. Jetzt kamen auch die anderen angelaufen, die von der Ferne diesen kurzen Kampf gesehen hatten. Der Lockenkopf bewegte sich, was Wolfgang aufatmend wahrnahm, und er setzte sich, noch benommen, auf. Bis auf eine aufgeschlagene, jetzt anschwellende Lippe waren keine Verletzungen zu erkennen. Wolfgang mußte ihn wohl unglücklich an der Schläfe getroffen haben, so daß er in diese Ohnmacht gefallen war. Als die anderen sie umringten, stand der Lockenkopf schon wieder.

Auf die Frage, was vorgefallen sei, erzählte Wolfgang, dem der Schrecken langsam aus den Gliedern wich, von der vorausgegangenen Papierschnipselarie.

»Stimmt das?« wurde der Lockenkopf gefragt. Der nickte. »Dann sollte das unter euch bleiben. Ich meine«, sagte der Junge, der hier das Wort führte, »die Lehrausbilder brauchen davon nichts zu erfahren.«

Inzwischen waren auch einige der Mädels an die Gruppe herangetreten. Petra war unter ihnen. *Das auch noch*, dachte Wolfgang. Sie ging auf den geschlagenen Lockenkopf zu.

»Klaus, was ist denn passiert?« fragte sie ihn.

»Der da!« Er wies auf Wolfgang.

Petra warf Wolfgang einen strafenden Blick zu, der für ihn schlimmer war als die Furcht vor dem, was ihm diese unglückselige Schlägerei möglicherweise noch einbringen könnte.

»Komm, wir müssen dein Gesicht waschen«, sagte Petra und führte Wolfgangs Widersacher aus der Gruppe. In gehöriger Entfernung drehte der sich noch einmal um und rief: »Das hat ein Nachspiel!«

Und das hatte es auch. Nach der Anzeige des Lockenkopfs mit Vorzeigen seiner geschwollenen Lippe bei der Lagerleitung mußte Wolfgang ein ärgerliches Verhör über sich ergehen lassen, an dessen Ende der als Lagerleiter fungierende Lehrausbilder Permoser rigoros erklärte, daß Wolfgang noch mit dem heutigen Nachtzug nach Hause fahren müsse. Alle Bitten und Entschuldigungen halfen nichts, sie prallten an der unbeirrbaren Entscheidung des Lagerleiters ab.

Wolfgang fühlte sich ungerecht behandelt. Sein ohnehin empfindlicher Gerechtigkeitssinn war damit, daß man ihm keine Chance ließ, es wiedergutzumachen, so verletzt, daß er nur noch Rachegelüste gegenüber dem Lagerleiter aufbringen konnte. Wieso konnte der seine Entschuldigung nicht annehmen, wieso keine Einsicht zeigen, daß es ihm doch nur in einem Affekt passiert war, er doch, wie man wisse, alles andere als ein Schläger sei? Wieso wurde der andere, der doch genauso viel Schuld wie Wolfgang hatte, nicht auch bestraft? Wieso war der nur Opfer und er nur Täter?

Wolfgangs Zug fuhr erst nach zweiundzwanzig Uhr. Für den Nachmittag war ein Fußballspiel angesetzt. Die Lehrlinge sollten gegen die Lehrausbilder und Lehrer spielen. Von Wolfgang wußte man, daß er trotz seines »Sportattestes« ziemlich professionell Fußball spielen konnte. Nach einigem Bedenken, inwieweit ihm das bei seiner Befreiung vom Sportunterricht im nächsten Lehrjahr schaden könne, ließ er sich auf nachdrückliches Bitten hin aufstellen. Aus der tiefen Verletzung seines Gefühls für Gerechtigkeit und dem unstillbaren Drang, sich dafür zu rächen, reifte in ihm ein Plan. Wenn sein Traum, in dem er Petra und sich schon vereinigt gesehen hatte, nicht gewesen wäre, hätte er in dem Gespräch mit Permoser nicht so schmachvoll darum gebeten, vielleicht doch noch hierbleiben zu können. Er, der nie um etwas bitten konnte, hatte gebettelt, die in seinen Augen ungerechte Entscheidung zu widerrufen. Diese Erniedrigung, die sein verletzter Stolz nicht ertrug, verlangte nach einer befreienden Tat. *Wenn ihr mich schon für einen Rowdy haltet, dann sollt ihr ihn haben! Permoser, du wirst an mich denken müssen, solange du hier oben bist!* Wolfgang spürte, ihm wurde wohler bei dem Gedanken, sich für die ungerechte Behandlung vielleicht doch noch rächen zu können.

Bevor das Fußballspiel angepfiffen wurde, mußte dem Lagerleiter die Aufstellung der Lehrlingsmannschaft vorgelegt werden. Permoser bestimmte, Wolfgang von der Liste zu streichen. Mit seinem rüpelhaften Verhalten hätte Herr Sander das Recht verspielt, aufgestellt zu werden. Dieses Mal mußte er aber der Entrüstung und der Bitten der Mannschaftskameraden nachgeben, und so durfte Wolfgang spielen. Wolfgang als Mittelstürmer der Lehrlingsmannschaft und Permoser als Mittelverteidiger der Lehrermannschaft.

Für die Umsetzung seines Racheplans bot die erste Halbzeit keine günstige Gelegenheit, denn das, was Wolfgang vorhatte, durfte ihm nicht als Absicht unterstellt werden können. Zur zweiten Halbzeit führten die Lehrausbilder mit eins zu null. Und plötzlich war die Gelegenheit da. Wolfgang bekam den Ball zugespielt. Permoser war der letzte Mann vor dem gegnerischen Tor. Wolfgang dribbelte, den Ball eng am Fuß haltend, auf ihn zu. *Jetzt den Ball kurz führen!* Wolfgang überlegte eiskalt. Er beobachtete den auf ihn zukommenden Permoser. Ein kurzer Schlenzer. *Jetzt zum Schuß ansetzen! Voll die Spitze!* Permoser brach mit einem Schmerzschrei zusammen. Wolfgang hatte scheinbar zum Torschuß angesetzt, aber in voller Wucht des durchgezogenen Schusses nicht den Ball, sondern das Schienbein des unglücklichen Verteidigers getroffen. Permoser wurde von seinen Mannschaftskameraden vom Platz getragen. Der Schiedsrichter hatte nicht einmal ein Foul gesehen. Wolfgang dachte dankbar an Reimers, der ihn gelehrt hatte, so geschickt Fußball spielen zu können.

Die Lehrlinge gewannen schließlich das Spiel gegen die nunmehr geschwächte Mannschaft der Lehrausbilder mit zwei zu eins. Wolfgang hatte das Siegestor geschossen und war von den Lehrlingen entsprechend gefeiert worden. Für Permoser hatte man eine Krücke aufgetrieben, denn die klaffende Wunde und der anschwellende Bluterguß verlangten nach einer Stillegung des geschundenen Beins. Wolfgang empfand zwar Genugtuung, aber er fühlte sich dennoch nur teilweise entschädigt für seinen verletzten Stolz, denn beabsichtigt war ein durchgetretenes Schienbein. So unversöhnlich war im Augenblick sein bedenkenloser Haß auf den, der ihn kraft seiner Macht so ungerecht behandeln durfte.

Petra hatte er nicht mehr gesehen. Sie war auch nicht mit unter den erfreulich vielen gewesen, die ihn zum Bahnhof begleitet hatten, weil sie damit ausdrücken wollten, daß auch sie die Entscheidung Permosers für ungerechtfertigt hielten.

Zu Hause – nach einer nicht gerade leidenschaftslosen Standpauke seiner Mutter – verkroch er sich wieder hinter seinen Büchern. Bücher waren eben doch die verläßlichsten Kameraden. Mit ihnen und in ihnen konnte man leben, ohne sich der Ungerechtigkeit der Welt aussetzen zu müssen.

Über Petra hatte er erfahren, nachdem die Lehrlinge aus dem Ferienlager zurückgekehrt waren, daß sie mit einem Jungen aus der Nachbarklasse ein Verhältnis angefangen habe. Aber der lockenköpfige Petzer sei es nicht gewesen. *Wenigstens der nicht!*

V

So wie ein Garten von Unkraut überwuchert wird, wenn die ordnende Hand des Gärtners fehlt, verstrickte sich Wolfgang in dieser ungezügelten Besessenheit des unreflektierten Lesens in eine Traumwelt, die Grundmuster in seinen Charakter zu sägen begann. Sein Wissensdrang, die Lesewut, das Interesse an Großem, Erhabenem, Dramatischem fand keinen Kanal nach außen, spiegelte nur sich selbst, erprobte sich nicht an der Umwelt. Und es war niemand da, der ihm das Leben zeigte, die Welt, in der man mit diesen Interessen leben konnte, die ihn genauso gebraucht hätte wie er sie.

Vor diesem inneren Spiegel des gestörten Blicks für die Außenwelt vollzog sich seine Abkapselung von allen und allem immer tiefer. Er hatte keine Freunde, weder in der Berufsschule in Nordhausen, in der man ihn wegen seiner Lesebesessenheit für ein bißchen spleenig hielt, noch in Kleinfurra, wo er sich seit seiner Rückkehr aus dem Internat wie ein Fremder vorkam. Und Heinz? Den gab es nicht mehr. Sein ehemaliger Freund Heinz war schon ein Jahr, bevor Wolfgang wieder hier lebte, mit seinen Eltern aus Kleinfurra weggezogen.

Aber ein Dorf läßt niemanden allein, zumal wenn das Empfinden der eigenen Nutzlosigkeit so groß wird, daß man etwas tut, was alle jungen Männer in einem Dorf aus unterschiedlichen Gründen tun: Man trifft sich abends in der Kneipe. Die Jungens, mit denen er vor seiner Internatszeit in eine Klasse gegangen war, arbeiteten entweder auf dem elterlichen Bauerngehöft oder waren größtenteils im Kalischacht »Glückauf« Sondershausen untergekommen. Die Bahnhofsgaststätte war der beliebteste Treffpunkt der kneipentourenden Jungen; hier waren sie meistens unter sich, und zwischen endlosem Sich-Besaufen, Rauchen und sinnlosen Würfelspielen drehte sich alles um das Eine: um pubertäre Phantasien über Weiber. Das war eine wunderbare Sache. Obwohl Wolfgang aus einer ihm selbst nicht erklärbaren Empfindsamkeit eigene Beiträge schweinischer Geschichten nicht einbringen wollte, konnte er von sich nicht behaupten, daß er den anderen nicht gern zuhörte. Hier gab es keine Ausgrenzung, man war dabei, ohne wirklich dazuzugehören. Man versenkte allen Frust und war nicht einmal allein. Für Wolfgang bildete es ein genußvolles Kontrastprogramm zu der hehren Welt seiner geheimgehaltenen Zwiesprachen mit den Romanhelden, die aber trotz seiner leidenschaftlichen Liebe und Verehrung kein wirkliches Blut in den Adern hatten. Hier wurde er mit der Nase darauf gestoßen, daß es etwas ganz anderes war, ob er sich platonisch Befriedigung verschaffte in seiner Leidenschaft für das Fräulein de la Mole, für die Frau de Renal, für Nastassja Filippowna, für Natascha, für Sinaïda oder ob er mit einem wirklichen Mädchen beim Dorfball zur Hawaii-Kapelle tanzte, eine wirkliche Brust in der Hand hielt, sich ein wirklicher Schoß an ihm rieb. Und je ordinärer und primitiver es zuging, desto befreiender war die Wirkung. Im dritten Jahr der Lehre eskalierten diese Kneipengänge derart, daß er sich fast jeden Abend mit dem harten Kern der Fünfertruppe aus seiner früheren Klasse traf. Je intensiver und öfter sie zusammenkamen, um so gleichförmiger wurde das, was sie allabendlich taten. Schließlich wurde nur noch LEICHENZUG gespielt.

Das war ein Würfelspiel mit manchmal verheerender Wirkung. Jede Runde bestand aus einer inmitten des Tisches ausgelegten Folge von einer Zigarette, drei Zigaretten, fünf Zigaretten, einem Schnaps und einem Bier, was der Reihe nach von dem abgeräumt wurde, der die nächste Sechs würfelte. Die gewonnenen Zigaretten wurden in Zigarrenkisten gehortet, der Schnaps mußte sofort ex getrunken werden, und wer das Bier würfelte, mußte versuchen, es schneller auszutrinken als der Nächste in der Runde eine Sechs würfelte. Schaffte er es, mußte der Würfler den nächsten LEICHENZUG bezahlen, schaffte er es nicht, war er mit dem Zahlen der nächsten Runde dran. Tödlich wurde es für den, der – und deshalb hieß das Spiel LEICHENZUG – überproportional oft den Schnaps würfelte und dazu öfter das Bier trinken mußte, was merkwürdigerweise nicht selten vorkam. Eine Runde kostete eine Mark achtundfünfzig, und dafür konnten schon einige LEICHENZÜGE gespielt werden.

Aber das noch beliebtere neue Spiel für die Halbwüchsigen hieß ANGELA. Die jetzt Neunzehnjährige, die damals Heinz und Wolfgang zu jener Luke geführt hatte, wo sie hätten zusehen können, wie es ihre fette Mutter mit einem fremden Mann trieb, hatte die Grundschule als knapp Sechzehnjährige in der sechsten Klasse verlassen. Seitdem half sie bei ihrem Vater in der Mühle mit aus. Besonders die Müllerin war, seit Angela in Einfalt achtzehn wurde, sehr darum bemüht, sie so schnell wie möglich unter die Haube zu bekommen, was in Kleinfurra und Umgebung ausgesprochen schwierig war, weil Angela, wie man munkelte, der Fallsucht anheimfiel, sobald sich ihr ein Bursche nur nähere. Was immer auch dran sein mochte, ihren Ruf hatte sie weg. Und selbst die Kinder riefen ihr hinterher, wenn sie offenherzig lächelnd durchs Dorf ging: »Angelina heute nicht, keine Einfahrt, rotes Licht.« Oder: »Angelina, du mußt warten, denn ich hab noch keinen Harten.«

Was für ein Gaudi, wenn die Halbwüchsigen abends auf ihrer Kneipentour Angela trafen, die manchmal schon auf sie gewartet hatte. Übrigens in berechtigt festem Vertrauen auf die Verschwiegenheit der fünf Jungen, mit denen sie in die Kneipe ging. Zu deren Ehre sei gesagt, daß keiner der fünf je über das gequatscht hatte, was sie regelmäßig taten, nachdem sie ihr ein oder zwei Schnäpse spendierten. Sie gingen mit ihr zu fünft aufs Männerklo, abwechselnd stand einer Schmiere, und dort ließ sie sich von acht oder zehn Händen so lange betatschen, bis sie in geiler Gier aufstöhnte und irgendwann erklärte, daß es genug sei, weil die vielen Hände nicht gerade sensibel an ihr herumwalkten. Stinkefinger holen, nannten sie das. Mehr passierte nicht. Obwohl sich Wolfgang manchmal ekelte, bekam er es nicht fertig, sich freiwillig diesen Spielen mit Angela zu entziehen. Es hatte etwas Rauschhaftes, wie sie sich so freiwillig und wehrlos von ihnen abtasten ließ, und besonders erregend war es, wenn er sah, wie ihr Körper unter ihren

Berührungen in selbstvergessener geiler Lust vibrierte. Das zu erleben, verlangte nach Wiederholung. Das war wie eine Sucht.

Einmal hatten sie Angela auf dem Klo das Höschen so zerrissen, daß sie es nicht mehr anziehen konnte. Als sie dann zu fünft wieder an ihrem Ecktisch in der Kneipe saßen, verlangte Angela, daß man es ihr ersetze. Das sah jeder ein. Aber woher sollten sie ein Höschen nehmen? Man einigte sich auf bezahlen. Fünf Mark seien angemessen, fand man, und Angela war einverstanden. Eine Mark Einsatz wurde fünfmal ausgewürfelt. Wolfgang verlor dreimal.

»Ihr könnt mir ja das Geld unterm Tisch an meine Muschi legen«, sagte Angela und kicherte. »Wolfgang dreimal, Peter einmal und Helmut einmal.« Dieser Einfall wurde mit Gejohle begrüßt. Nur die beiden protestierten, die nicht verloren hatten.

»Nein, ihr dürft nicht!« Angela tat sehr bestimmt. »Erst der Peter. Los unter'n Tisch mit dir!«

Peter nahm das Markstück und kroch unter den Tisch. Wolfgang, der neben Angela saß, sah, wie sie ihren knielangen Rock schürzte und die Beine öffnete. In dieser Haltung verharrte sie einen Moment: »So, nun ist's genug. Schluß jetzt, Peter!« Sie nahm das Geldstück, das vor ihr auf der Bank lag, und glättete ihren Rock.

»Helmut, jetzt bis du dran«, sagte Peter, der sich beim Hochkommen den Kopf an der Tischkante geschlagen hatte. Helmut kroch unter den Tisch, aber Wolfgang sah, daß Angela etwas weniger bereitwillig die gleiche Prozedur vollzog, wie vorher bei Peter. Als Helmut wieder auftauchte, kam der Wirt an den Tisch.

»Was machst du denn da unterm Tisch? Ihr Säue wollt wohl der Angela untern Rock gucken? He? Angela, paß nur auf, sieh dich nur vor. Das sind alles Sauwänster.«

Angela lachte: »Ich paß schon auf, Herr Feininger.«

Nachdem der Wirt eine neue Lage Bier gebracht hatte, sagte Peter: »Wolfgang, jetzt bist du dran. Dreimal, du Glückspilz!« Wolfgang beobachtete Feiniger an der Theke. Dann sagte er zu der neben ihm sitzenden Angela: »Wir lassen das lieber. Hier hast du die drei Mark. Ich glaube, der Feininger hat schon was geschnallt.«

»Ich will aber, daß gerade du mir das Geld an meine Muschi legst. Wir machen es nicht unter'm Tisch. Komm rück mal näher.« Bevor Wolfgang etwas sagen konnte, hatte sie ihr linkes Bein direkt neben ihm auf die Bank gestellt. Dann zog sie ihren Rock bis an den Bauch zurück. »Du siehst, es geht nicht nur unter'm Tisch. Ihr bleibt sitzen!« unterbrach sie sich, weil die anderen aufstehen wollten, um den direkten Blickwinkel mit Wolfgang zu teilen. »So, jetzt leg die Markstücke ganz dicht ran. Ich will sie spüren ... Oder nein. Steck sie rein!« Als Wolfgang ihrer Aufforderung nachkam, war auch bei ihm etwas passiert. Er hatte in die Hose ejakuliert. Ab diesem Tag passierte es öfter, daß der Angela ihre Schlüpfer zerrissen und daß ihr dafür jedes Mal fünf Mark zurückerstattet wurden.

Einige Monate später zog die Familie Sander nach Nordhausen, und für Wolfgang war es nicht nur aus mit den Angelaspielen und den Leichenzügen, sondern in der Stadt, in der er niemanden kannte, verwandelte er sich wieder in den bücherlesenden Stubenhocker.

VI

In der Berufsschule rüstete man zum Abschlußball. Offensichtlich war es ein guter Jahrgang, denn durch die Facharbeiterprüfungen war keiner der Lehrlinge gefallen. Wolfgang fühlte sich zunehmend unleidlicher werden. Er hatte an sich festgestellt, daß sein Interesse an den geliebten Büchern allmählich nachließ, und er war sich darüber im Klaren, daß das nichts mit irgendwelchen Vorbereitungen auf die Abschlußprüfungen zu tun hatte. Er empfand sich, als sei er mit einem Makel behaftet, und je mehr er darüber nachdachte, glaubte er auch zu wissen – warum: Weil er keine feste Freundin hatte. Dabei gab es hin und wieder Frauen und Abende des schnellen Genusses, aber diese Bekanntschaften waren nur von kurzer Dauer. Vielleicht mal ein zweiter, dritter Abend – und zum Äußersten kam es sowieso höchst selten.

Ausgerechnet und erst zum Abschlußball ihrer gemeinsamen Ausbildung mußte er Karla Bach kennenlernen. Karla Bach galt unter den Lehrlingen als eine bourgeoise Zicke, die man kaum einmal außerhalb der Schule mit einem der Lehrlinge gesehen hatte. Ihre Eisenbahneruniform (auch Wolfgang haßte es, täglich diese unsägliche Uniform tragen zu müssen) war ein maßgeschneidertes Kostüm. Sie war ganz Dame. Als Sproß einer alteingesessenen bürgerlichen Familie aus Sondershausen wurde schon ihre anerzogene Sprache, Gestik und Körperhaltung von den anderen Lehrlingen als so fremd empfunden, daß man sie einfach für arrogant und eingebildet erklärte. Alle Jungens, die es bei ihr versucht hatten, waren abgeblitzt. Man munkelte, sie treibe es mit älteren Herren, denn es kam nicht selten vor, daß sie nach dem Unterricht in einen nahe des Schulhofes parkenden Opel Kadett stieg. Wer einen Westwagen fuhr, mußte Geld haben! Und gegen eine solche Konkurrenz konnte niemand anstinken.

Karla Bach und Wolfgang hatten ihre praktische Ausbildung auf dem gleichen Lehrbahnhof absolviert; nur war sie immer dann in Sondershausen, wenn Wolfgang in Nordhausen zur Schule gehen mußte. Und umgekehrt. So hatten sie sich selten gesehen und beiderseits ihre flüchtigen Eindrücke voneinander vorurteilhaft verinnerlicht. Sie sah in ihm einen ein bißchen verträumten Spinner und zu dünnen Jungen, der noch grün hinter den Ohren war, und er hielt sie für eine eingebildete, abgehobene Ziege, zu deren Reizen man sich lieber wie der Fuchs in der Äsopschen Fabel verhielt, der die zu hoch hängenden Trauben für zu sauer erklärte.

Der Abschlußball wurde in allen Räumen der Berufsschule gefeiert. Im riesigen Foyer spielte eine Eisenbahnerkapelle, und in zwei der leergeräumten Klassenzimmer hatte man zu Getränkebüfetts Plattenspieler mit Lautsprecherboxen installiert. Obwohl man alle Räume nutzen konnte, gluckten die ehemaligen Klassen aufeinander, und die zum hundertsten Male erzählten Streiche und Anekdoten wurden mit immer neuem Gejohle bejubelt und begossen.

Wolfgang begann sich unter seinen Klassenkameraden zu langweilen. Er hatte plötzlich das Verlangen nachzusehen, ob es Karla Bach genauso ging wie ihm. Schon zu Hause beim Ankleiden für diesen Abschlußball waren seine Gedanken merkwürdigerweise um sie gekreist. Die Mutter hatte aus dem Westen ein gebrauchtes Jackett – sieht wie neu aus! – in bestem englischen Tuch geschickt bekommen. Wolfgang war begeistert. Genau seine Farbe, gedecktes Grün! Aber es war leider zwei Nummern zu groß. Das müsse nur an Bauch und Taille enger gemacht werden, dann passe es, verteidigte Wolfgang seinen noch nicht sicheren Besitz. Dann wäre es genau das Jackett, das er sich schon immer gewünscht habe, so toll, wie er es in keinem Geschäft der Welt hätte kaufen können: Schultern schön breit und an der Hüfte eng. Die Schneiderin hatte es zunächst abgelehnt, die Jacke nach Wolfgangs Vorstellungen zu ändern. Das gehe nicht, die müsse dann oben auch schmaler gemacht werden, hatte sie fachmännisch ihre Arbeit verteidigt. Aber Wolfgang war in der Auffassung, wie sein Jackett auszusehen hatte, unerschütterlich. Da aber sein Mißtrauen geweckt war, blieb er neben der Schneiderin sitzen und überwachte sie Stich für Stich, bis sie das Kleidungsstück, so wie er es wollte, geändert hatte. Am späten Nachmittag kam er freudestrahlend mit seinem nunmehr Lieblingsjackett nach Hause. Er zog sich dazu Schuhe an, die einen leicht erhöhten Absatz hatten, und so kam er sich mit seinen jetzt Einmeterachtzig männlich reif, groß, breit und elegant vor. Reif und elegant genug jedenfalls, um auch eine Karla Bach beeindrucken zu können.

Im Klassenraum der 3b sah er sie unter ihren Klassenkameraden stehen. Er glaubte zu erkennen, daß sie sich dort ähnlich langweilte, wie er sich vor kurzem inmitten der Seinen. Mit Herzklopfen ging er auf die wieder einmal unnahbar elegant wirkende Karla Bach zu. *Bloß gut, daß ich meine höheren Schuhe angezogen habe*, dachte er, als er neben ihr stand, die, wie man wußte, Stöckelschuhe mit Absätzen nicht unter zehn Zentimeter trug.

»Gut siehst du wieder aus«, begann er.

»Danke!« Sie sah interessiert an Wolfgang herunter. »Du aber heute auch. Schade, daß man euch Jungs so selten ohne diese schreckliche Uniform sieht.«

»Was hältst du denn davon«, sagte er dicht an ihrem Ohr, wobei er seine Stimme zu einem weltmännischen Baß drückte, »wenn ich dich von hier weg zu einem Tanz entführe.«

»Wie grausam, mich von den Meinen zu reißen«, ging sie auf seinen Tonfall ein, und in sein Ohr flüsterte sie: »Aber ich halte mehr davon, als du dir denken kannst.«

Sie blieben den Abend über zusammen, und im Erzählen über sich, über ihre Ansichten und wie sie die Welt sahen, in der sie lebten, fühlten sie einen Gleichklang. Unglaublich, daß man jahrelang so aneinander vorbeigegangen war! Und sie wurden sich einig, daß sie noch vieles nachholen könnten.

Gegen Mitternacht brachte er sie zum Zug nach Sondershausen. Dort kostete er ihren ersten Kuß, und indem sie ihren Körper verheißungsvoll an seinen preßte, flüsterte sie ihm ins Ohr: »Komm nächsten Sonnabend nach Sondershausen. Ich hole dich vom Nachmittagszug ab. Ich freue mich darauf.« Dann war sie, ohne seine Antwort abzuwarten, mit den hochhackigen Schuhen an ihren schönen Beinen in den Zug gestiegen.

Wolfgang hielt immer wieder seine Hände an die Nase, in denen er noch ein Hauch von Karlas Parfüm zu riechen glaubte. Er verschmähte die Straßenbahn. Er brauchte jetzt Luft, Raum, den Himmel, Größe, ein Universum! Er konnte es immer noch nicht fassen: Karla Bach, diese elegante, schöne, begehrenswerte Dame, dieses überhaupt nicht eingebildete, ihm in seinen Gedanken so wunderbar gleiche Mädchen, hatte ihn, Wolfgang Sander, geküßt, und nicht nur das, sie hatte ihn eingeladen, zu sich eingeladen, und er hatte dabei ihren wunderbaren Körper gespürt. War das wahr? Konnte das wahr sein? Ihn überkam ein unbändiger Drang zu laufen, zu rennen, zu springen, und außer Atem rief er in den nachtklaren Himmel am Nordhäuser Ammerberg: »Karla, ich liebe dich! Hörst du mich? Ich liiiiiiiebe dich!«

Es wurde die längste Woche seines Lebens mit sintflutartigen Wechselbädern von weltumspannendem Glücksgefühl und panischen zermarternden Zweifeln. *Warum denn eine ganze Woche warten? Was macht sie in dieser Woche? Wir haben doch jetzt frei.* Am liebsten wäre er nach Sondershausen gefahren, um auszukundschaften, was sie tat. In seinen Träumen nahm sie Gestalt seiner Romanfiguren an. Sie war die blonde Ausführung der dostojewskischen Nastassja Filippowna, und er litt jetzt schon an ihr wie Myschkin und Rogoshin zusammen.

Als er am Sonnabend in Sondershausen aus dem Zug stieg und er sie in grünen Schuhen zu einem grünblauen Faltenrock mit einer schilfgrünen Bluse auf dem Bahnsteig stehen sah, war alle Pein vergessen. Es war nur noch endloses Glücksgefühl in ihm, als sie sich umarmten, so fest, daß er glaubte, zwischen ihnen gäbe es keinen Stoff mehr.

»Wir gehen zu mir«, sagte sie schlicht, bevor es zu einem nutzlosen Gruß kam. »Meine Eltern kommen erst morgen wieder.« Und unterwegs sagte sie: »Ich habe genügend Zigaretten und Wein zu Hause. Mehr brauchen wir nicht.«

Diese entwaffnende Eindeutigkeit beeindruckte Wolfgang so tief, daß er fürchtete, dieser aus dem Magen zum Hals aufsteigende rauschhafte Schwindel müsse ihm den Atem nehmen. Das hatte er noch nie erlebt.

»In diesem Palast wohnst du?« war das erste, was er herausbrachte, nachdem sie in ihrer Wohnung einen langen Korridor mit mehreren Flügeltüren durchquert und in dem Zimmer angekommen waren, das sie ihres nannte.

»Das ist alles wertlos«, sagte sie. Dabei schloß sie die Vorhänge, brannte bereitstehende Kerzen an und füllte aus einer schon geöffneten Flasche Rotwein in die zwei Gläser, die auf dem Nachttisch standen. »Sag nichts mehr.« Sie gab Wolfgang eines der Gläser. »Ich möchte jetzt mit dir schlafen.« Sie sagte das so direkt und schlicht, daß es alle Selbstverständlichkeit der Welt hatte.

Als Wolfgang am nächsten Tag im Zug nach Nordhausen saß, wußte er, daß er mit Karla das erste Mal eine Frau erlebt hatte. Alles davor war nichts gewesen, ein mechanischer Akt allenfalls. Mit Karla hatte er das Weib erfahren, und er ahnte, es wird nie wieder so sein wie in dieser Nacht. Sein Denken schien völlig ausgeschaltet. Er hatte diese Nacht in einem einzigartigen Rausch der Sinne erlebt, alles war geflossen und hatte sich von selbst getan. Jede Berührung war ekstatisch, zeugte gemeinsame Schwingungen. Er konnte sich nicht mehr daran erinnern, ob er jemals in dieser Nacht nicht in ihr gewesen wäre. Das, was bei ihm stark sein mußte, schien in ihrer Gegenwart überhaupt nicht mehr schwach werden zu können. Als der Morgen graute, hatte sie das zum Auswringen feuchte Laken gewechselt, und sie waren für ein paar Minuten eng umschlungen eingeschlafen. Aber das Berauschende ihrer Weiblichkeit hatte ihn nur für einen kurzen Augenblick ruhen lassen. Von dieser Regung erwacht, drängte es ihn erneut in sie – und immer wieder, immer wieder.

Beim Abschied hatte sie zwei Bitten, die Wolfgang leicht befremdlich erschienen. Sie bat ihn, nicht von sich aus den Kontakt mit ihr zu suchen. Er solle ihr deshalb seine Adresse dalassen. Er solle weiter, egal, was auch passiere, nie daran zweifeln, daß sie ihn sehr, sehr liebe. Sie denke, daß das, was sie diese Nacht miteinander erlebt hätten und wie sie es erlebt hatten, Beweis genug sei, daß sie sich lieben. Und dann bat sie ihn noch darum, er möge nackt und rückwärts aus dem Zimmer gehen und sich erst draußen im Flur anziehen. So würde er bei ihr bleiben, weil sie nicht wolle, daß er jemals von ihr gehe. »Und bitte, verabschiede dich nicht, wenn du gehst«, hatte sie noch gesagt. »Ich behalte dich in mir.«

VII

Nach zwei Wochen rasenden Wartens auf eine Nachricht (er hatte zwischendurch trotz ihres Verbots mehrmals vor ihrer Wohnung gestanden, jedoch immer vor verschlossener Tür) bekam er einen Brief mit einer Briefmarke der BUNDESPOST. Und dann las er das in seiner Unumkehrbarkeit Unfaßbare: Sie hatte mit ihm ihre letzte Nacht in der DDR verbracht. Sie lebte jetzt in einer anderen Welt.

… mag alles Gewesene unwiederbringlich
und unwiederholbar sein,
aus der Ferne flieht es doch
voll Trost und Mahnung herüber:
Trost, daß noch jedes Leid vorüberging,
Mahnung, daß auch Schmerzen und Hemmungen
des Heute gelebt, gelitten, gekostet sein wollen
und daß auch sie Frucht tragen werden.

HERMANN HESSE
zu Jean Pauls Siebenkäs

ZWEITES BUCH

1959 - 1973

IM ZWANGE DER HEIMSTÄTTEN

13

WIE MAN ARBEITERKIND WIRD

I

Schon während der Lehrzeit wuchs in Wolfgang die Überzeugung, daß der Beruf des Eisenbahners für ihn kein Lebensberuf sein wird. Er hatte von Studieneinrichtungen gehört, an denen man die Hochschulreife erwerben konnte. Man nannte diese Einrichtungen Arbeiter-und-Bauern-Fakultäten. Vielleicht war doch noch nachzuholen, wofür ihm vor drei Jahren die Wege verbaut waren. Er war fest entschlossen, jede Möglichkeit zu nutzen, die ihn von einem Eisenbahnerdasein wegführen konnte. So ging er schon während des letzten Lehrjahrs zu seiner Schulleitung und erklärte offenbar glaubwürdig, daß er gern eine höhere Laufbahn bei der Deutschen Reichsbahn einschlagen wolle. Man möge ihn deshalb an eine ABF delegieren, damit er das dafür notwendige Abitur zum Studium nachholen könne.

Von seiten der Schule tat man das auch. Aber die entsprechende Abteilung bei der Reichsbahndirektion sah das ganz anders. Er bekam eine Absage mit dem wohlgemeinten Rat, daß er sich erst in der Produktion bewähren solle mit der Begründung, daß in erster Linie Arbeiter- und Bauernkinder auf diese Weise gefördert werden und er dazu nicht gehöre. Außerdem entspräche seine gesellschaftspolitische Arbeit nicht den Anforderungen, die man an eine Delegierung für die ABF stellen müsse.

Nun gut, sagte sich Wolfgang, *der erste Anlauf ist schief gegangen.* Aber raus wollte er auf jeden Fall aus diesem Beruf, und die ABF schien ihm der beste und vernünftigste Weg dafür zu sein. Was er danach studieren wollte, darüber konnte man später nachdenken. *Nur erst einmal hier heraus! Das ist die Hauptsache!*

Über dieses Vorhaben hatte er auch an jenem Abend mit Karla gesprochen. Sie hatte ihn darin bekräftigt, unter keinen Umständen Eisenbahner bleiben zu wollen. Eisenbahner - das sei etwas für langweilige Spießer, aber doch nicht für ihn.

»Und du?« hatte er gefragt.

»Ich werde einen anderen Weg gehen«, hatte sie ausweichend geantwortet. Der war ja nun offenkundig, und leider war das kein gemeinsamer Weg mit ihm. *Würde ich es denn tun?* fragte er sich. *Ich glaube nicht. Ich will erst mal studieren, und das kann ich sowieso nur noch hier. Ich muß nur tun, was die von mir verlangen. Dann sehen wir weiter. Mit Karla wäre das alles aber viel schöner gewesen.*

Um zu zeigen, daß er gewillt war, gesellschaftliche Arbeit zu leisten, gestaltete er in den Dienststellen, in denen er nach der Lehre arbeitete, Wandzeitungen, die auch meist von den vorgesetzten Dienststellen wohlwollend wahrgenommen und manchmal sogar ausgezeichnet wurden. Er meldete sich freiwillig zu Arbeitseinsätzen an Jugendobjekten. Er war in Neudietendorf und schachtete dort das Fundament für ein Kesselhaus aus. Er fuhr nach Rostock zu Schachtarbeiten am Jugendobjekt »Rostocker Mole«. Zurückgekehrt gab es wieder Wandzeitungen von ihm, die wohl mehr aufgrund seines Maltalentes Wettbewerbe gewannen als durch die dargestellten Inhalte. Aber unterm Strich war es ausreichend gesellschaftliche Arbeit, und nur das zählte, um einer erneuten Delegierung zur Arbeiter-und-Bauern-Fakultät mit einigen Aussichten auf Erfolg entgegensehen zu können.

II

Es gab noch einen anderen Grund, weshalb Wolfgang so schnell wie möglich wieder von zu Hause wegkommen wollte. Schwester Ursula hatte noch während ihres Pädagogikstudiums in Potsdam geheiratet. Ihr Mann war auch Lehrer, und beide bekamen eine Anstellung an Schulen in Nordhausen, aber – wie das so war – keine Wohnung. Die Dachbehausung, in der die Sanders wohnten, maß knappe sechzig Quadratmeter: Zwei Zimmerchen mit etwa sechzehn Quadratmeter, eine Kammer mit knapp zehn, wenn man unterhalb der schrägen Wände maß. Immerhin IWC, Küche und ein winziger Flur. In diese maßlose Geräumigkeit mußten sich nun zwei Familien teilen, die Sanders und die Grüners, denn so hieß Wolfgangs Schwester Ursula jetzt mit Familiennamen. Welch ein Glück unter diesen Umständen, daß die Sanders wieder einmal nicht mehr vollzählig waren.

Fritz Sander, der akkurate Buchhalter Sander, hatte nach seiner Entlassung aus dem Zuchthaus Mitte der fünfziger Jahre zunächst eine

Anstellung als Hilfsarbeiter in einem Brunnen- und Pumpenbaubetrieb in Nordhausen bekommen. Die Bewährungszeit war noch nicht einmal abgelaufen, da gab es für Sander kaum noch die körperlich schweren Arbeiten beim Brunnenbohren; denn so wie er dort für den Betrieb nicht einmal eine halbe Portion wert war, schaffte er, sobald er in einem Büro saß, für mehr als drei. Bewährung hin, Bewährung her! Welcher Betrieb konnte es sich leisten, eine solche Kraft so falsch einzusetzen. Zunächst brachte er – noch unter Aufsicht seines Vorgängers - in nur einigen Wochen die Bücher in eine so mustergültige Ordnung, daß man ihm bald darauf die gesamte Buchhaltung des Betriebes übertrug. Er war wieder Herr über alle Zahlen.

Seiner Frau hatte er geschworen, nie wieder zu trinken. Es hatte den Anschein, daß er sich daran hielt, denn Hildegard Sander konnte sich nicht entsinnen, an ihm, wenn er von der Arbeit kam, jemals Alkohol gerochen zu haben, und zu Hause wurde prinzipiell nicht getrunken. Aber Fritz Sander konnte sein Versprechen nicht halten. Er trank heimlich – wie er es schon immer getan hatte – nur vormittags. Auf der Arbeitsstelle hinterlegte er Zahnpasta und Bürste und vergaß nie, bevor er nach Hause ging, sich die Zähne zu putzen. Das Geld, das er verdiente, gab er pünktlich und vollständig zu Hause ab und nahm sich nur ein so geringes Taschengeld, daß Frau Sander ihm jedesmal noch etwas drauflegte, damit er sich auch mal eine Zigarre leisten konnte. Erst waren es kleine Beträge, die er aus Sammelkassen, Gewerkschaftskassen oder Kassen der Deutsch-Sowjetischen Freundschaft nahm, und wenn er sie wieder füllen mußte, borgte er sich von diesem und jenem Geld, das er auch immer wieder bald zurückgab, weil er sich von wieder anderen neues Geld borgte oder wieder aus einer Kasse nahm. Aber bald kam es zur ersten kleineren Unterschlagung, die nächste wurde schon etwas größer, und da er wieder so unabkömmlich wurde, so akkurat, so solide auf alle wirkte, kam niemand auf den Gedanken, ihn in seiner Arbeit zu kontrollieren. Im Gegenteil, als die erste Revision kam, bekam er vom Betriebsleiter den wohlwollenden Tip: Daß mir ja alles in Ordnung ist, wenn übermorgen die Revision kommt! Die nächste Revision – da lebten die Sanders schon in Nordhausen – kam aber unangemeldet und erwischte Sander, der sich wieder einmal übernommen und ausgerechnet die Gewerkschaftskasse geplündert hatte, die er mit Geld von der nächsten Unterschlagung ausgleichen wollte, auf dem falschen Bein. Das Loch in der Gewerkschaftskasse hatte eine Tiefenprüfung zur Folge, und der konnten Sanders Bücher bei aller Zahlenakrobatik nicht mehr standhalten. Er staunte nach der Abschlußrechnung selbst darüber, welch gewaltige Summe da zusammengekommen war. Er kam wieder nach Unterwellenborn, wo er einige alte Bekannte begrüßen konnte.

Hildegard Sander bekam lebensbedrohliche Herzattacken und mußte ins Krankenhaus eingeliefert werden. Schwester Ursula unterbrach für zwei Wochen ihr Studium, auch Wolfgang blieb eine Woche zu Hause. Die Geschwister kamen darin überein, daß sie der Mutter nunmehr dringend zur Scheidung raten werden, was einige Wochen später, nachdem Frau Sander aus dem Krankenhaus entlassen wurde, ohne Komplikationen – seitens des Gerichts – auch geschah.

Dennoch, trotz der Dezimierung, war die Wohnung für zwei Familien zu klein; denn das, was als Übergang geplant war, erwies sich wie alle Provisorien als langlebiger. Frau Sander hatte ihr ehemaliges Schlafzimmer an die Grüners abgegeben. Sie selbst schlief und lebte im ehemaligen Wohnzimmer. Wolfgang durfte die Kammer bewohnen. Das wäre alles auch ohne Komplikationen gegangen, wenn Wolfgang nicht so empfindlich auf Gereiztheiten, Stimmungen, Gesten reagiert hätte, die nun einmal bei einem so engen Zusammenleben auftreten und die so, wie sie von ihm aufgenommen wurden, oft gar nicht gemeint waren. Wolfgang empfand sich durch den Lebensraum, den die neue Familie seiner Schwester in der Wohnung benötigte, als störend, als überflüssig, als ausgestoßen, als weggestoßen, so wie er sich auf dem Bahnsteig in Kleinfurra von seiner Mutter weggestoßen gefühlt und bei Frau Schierock Schutz gesucht hatte. *Ich bin eben der, der gehen muß. So war es schon immer.* Wenn er zu Hause saß bei seinen Büchern und es kamen entweder seine Mutter, seine Schwester oder ihr Mann Gunther zu ihm, mit der immer gleichen Aufforderung: Wieso gehst du denn nicht mal in die Stadt? Hast du denn keine Freunde? Geh doch mal aus! Wolfgang empfand das als eine unerträgliche Gängelung, zumal er sich für seine Kontaktarmut schämte und auch dafür, daß er kaum Freunde besaß. *Warum schlagen sie immer aufs Böse!* Er nährte den Verdacht, daß sie ihn los sein wollten. So bewarb er sich kurzerhand in die letzte Ecke das Reichsbahnamtsbezirks Nordhausen als Aufsichter auf dem Bahnhof Blankenhain.

III

Mit der ersten Wirtin in Blankenhain gab es laufend Streit, weil sie keine Damenbesuche duldete. Außerdem schien sie selbst nicht abgeneigt, das - im wahrsten Sinne des Wortes - auszufüllen, was sie ihm in bezug auf die unerwünschten Besuche untersagte. In der Verfassung, in der sich Wolfgang befand, hätte ihm etwas Anlehnung und Wärme bei einer reiferen Frau nicht nur gutgetan, sondern er sehnte sich auch danach. Aber bei aller Schwäche für solche Anerbieten, da gab es doch Grenzen. Da sie kaum ihre Wohnung verließ und überdies unter Fettsucht litt, glich sie nicht nur einem überfressenen Grottenmolch, sie roch auch so. Eines Abends bat sie ihn in ihr Wohnzimmer. Es stand eine Flasche Rotwein auf dem Tisch. Sie hatte den üblichen, rosa-geblümten, arg verschlissenen Morgenrock an, setzte ihre freundlichste Mine auf, zu der sie fähig war, und mit ihrer gurrenden Stimme lud sie Wolfgang ein, im Sessel Platz zu nehmen. Sie setzte sich ihm gegenüber und hob zu einer langen Erklärung an, daß sie das mit dem Besuchsverbot von Mädchen doch nur gut meine; ein so anständiger und gutaussehender junger Mann wie er solle sich doch nicht so verschleudern, er solle doch auch einmal an seine Zukunft denken, denn die Mädchen von heute hätten es doch nur auf eins abgesehen; er könne ruhig noch ein Glas trinken und wenn er rauchen möchte - bitte; und was ist, wenn dann ein Kind kommt, in so jungen Jahren, außerdem fühle sie sich auch sehr einsam, und es wäre doch sicherlich auch für ihn sehr schön, einen Abend wie den heutigen mit einem Glas Wein und angenehmer Unterhaltung und so zu verbringen ... Wolfgang hörte ihr belustigt zu, wie sie sich abmühte, ihn aufzuklären. Dabei schaute er immer häufiger auf den Schlitz des Morgenrockes, der, je länger sie redete, ein immer größeres Stück Fleisch ihres fetten Schenkels freilegte. Je öfter er darauf schaute, um so mehr ließ sie - wie unbeabsichtigt - die Schöße ihres schmuddeligen Morgenrockes zur Seite gleiten, und als er so weit auseinandergerutscht war, daß Wolfgang schon ihren Bauchansatz sah, der sich schwer über ihre Schenkel legte, hielt sie im Reden inne und fixierte ihn mit offenem Mund, aus dem an den Mundwinkeln

Sabber herauslief. Und dann tat sie etwas Unbeschreibliches. Sie spreizte, indem sie sich weit zurücklehnte, so extrem ihre Schenkel, daß sogar der herabhängende Bauch das freilegte, worauf sie ihn in geiler Gier schauen lassen wollte. Wolfgang, zwischen Ekel und Neugier schwankend, starrte wie unter einem Zwang auf diese unendliche Häßlichkeit, die sich ihm da bot.

»Ich muß jetzt gehen«, hörte sich Wolfgang sagen. Beim Aufstehen hätte er beinahe den Sessel umgeworfen. Sie setzte sich ruckartig wieder in Position, warf schnell die Schöße ihres Morgenmantels zusammen, so daß ihre Schenkel wieder völlig bedeckt waren, und sagte ziemlich beherrscht, als sei nichts geschehen: »Nun ja, ich denke wir haben uns genügend ausgesprochen und verstanden.«

Nach diesem Vorfall bemühte sich Wolfgang um eine neue Untermiete in Blankenhain. Er fand eine nette Rentnerfamilie, die ihm ein Zimmerchen vermietete, das immerhin groß genug war, daß auch einmal zwei darin übernachten konnten, was sich Wolfgang ausbedungen hatte, bevor er das Zimmer nahm. Außerdem war es offensichtlich immer besser, bei einer Untermiete Ehepaaren den Vorzug vor alleinstehenden Wirtinnen zu geben.

IV

Seine Bewerbung mit einer ordentlichen Delegierung des Reichsbahnamtes Nordhausen war vor Monaten zur ABF Jena geschickt worden. Für Rücksprachen hatte er aber die Adresse seiner ersten Wirtin angegeben und vergessen, diese nach seinem Wechsel zur Rentnerfamilie auch in Jena umzumelden. Er wartete den Juni, den Juli hindurch auf einen Bescheid aus Jena, aber nichts kam. Im nachhinein gestand er sich ein, daß er da wohl etwas sehr engagementlos Zeit hatte verstreichen lassen, denn er fuhr erst im August nach Jena. Dort teilte man ihm mit, daß die Aufnahmeprüfungen im Juni abgeschlossen seien. Man hätte ihm auch eine Einladung geschickt, aber er sei nicht erschienen, und da hätte man angenommen, er sei nicht mehr interessiert. Eine Möglichkeit, sagte man ihm, bestände noch, wenn er ein ARBEITERKIND wäre, aber da das Angestelltenkontingent in diesem Jahr wiederum weit überzogen sei, könne man ihn, obwohl noch Plätze frei wären, nicht aufnehmen. In diesem Zusammenhang machte man Wolfgang auch für das nächste Jahr wenig

Hoffnung und riet ihm ganz offen: Das Beste für ihn wäre, er melde sich freiwillig zur Nationalen Volksarmee. Da verlöre er zwar ein Jahr, aber wenn die Nationale Volksarmee eine Delegierung ausspräche, dann gelte er als ARBEITERKIND, und einer Aufnahme stünde nichts mehr im Wege.

Wolfgang bedankte sich für die offene und freimütige Auskunft. In Nordhausen ging er zum nächsten Wehrkreiskommando und bat um ein freiwilliges Ableisten seines Ehrendienstes in der Nationalen Volksarmee, um - das sagte er jedoch nicht - den Makel seiner Geburt zu tilgen, denn dann gehörte auch er im Arbeiter-und-Bauern-Staat zur privilegierten Klasse der Arbeiter und werktätigen Bauern.

Schaffung der Nationalen Volksarmee

18. Januar 1956. Die Volkskammer beschließt das »Gesetz über die Schaffung der Nationalen Volksarmee und des Ministeriums für Nationale Verteidigung«. Die Nationale Volksarmee besteht aus Land-, Luft- und Seestreitkräften. Ihre Stärke beträgt 120.000 Mann. Die Auffüllung erfolgt durch Werbung von Freiwilligen.

(Deutsche Geschichte in Daten, Berlin 1967, S. 922)

V

Die ersten Wochen bei der Armee waren grausam. Quarantäne nannte man das, was ausschließlich aus Frühsport, Exerzieren, Marschieren, Waffen- und Revierreinigen zu bestehen schien. Und dann das Wort GENOSSE. Genosse Sander! Wie sich das anhörte. Herr Sander - was hätte er dafür gegeben, wieder schlicht und einfach mit Herr Sander angesprochen zu werden. Doch jetzt war er unwiderruflich für knappe zwei Jahre Genosse Sander und damit hatte er sich, wie alle anderen auch, abzufinden.

Er wurde kein guter Soldat. Es fiel ihm bis zur Entlassung äußerst schwer, sich darauf einzustellen, daß das, was er meinte oder dachte, absolut keine Rolle spielt, daß er nur eine ganz einfache Aufgabe hatte, nämlich das auszuführen, was man ihm befahl. In den ersten Monaten erhielt er mehr als zehn Strafen wegen Befehlsverweigerungen, bis zu seiner Entlassung wuchs diese Zahl auf stattliche vierundzwanzig. Wie aber konnte man sich anders verhalten, als einfach liegenzubleiben, wenn beispielsweise nach dem Wecken »Raustreten zum Frühsport!« befohlen wurde, einer dieser Unteroffiziere mit Sechs-Klassen-Abschluß in den Schlafsaal stürmte und: »Komm'se hochch!« brüllte. Wenn dazu noch das: »Ich kann Sie sagen, ich kann Ihnen bestrafen!« folgte, konnte Wolfgang einfach nicht aufstehen, selbst dann nicht, wenn er wirklich Lust auf Frühsport gehabt hätte.

Aber Wolfgang registrierte, daß das alles auch ganz andere Wege gehen konnte: Der Schreiber Reuter, der Rechner Pallitzschek, der B-Stellen-Funker Beversdorff wurden in stillschweigendem Übereinkommen gar nicht erst aufgefordert, zum Frühsport herauszutreten. Oder wenn zum Appell die Kragenbinden kontrolliert wurden, dann erwischte es nur jene die gesichtslose Frontmasse füllenden Kanoniere, nie aber die Reuters, die Pallitzscheks oder die Beversdorffs, obwohl die, wie Wolfgang beobachtet hatte, sich keine mehr in den Kragen einknöpften. Daß er noch zu denen gehörte, die sich wegen »Weigerung des Heraustretens zum Frühsport« Bestrafungen einhandelten oder wegen einer nicht mehr blütenweißen Kragenbinde zurückgeschickt wurden, das, schwor er sich, mußte bald ein Ende haben.

Fortan gab es für ihn nichts Wichtigeres zu tun, als Wege zu erkunden, wie er, ohne sich verbiegen oder gar anbiedern zu müssen, aus diesen demütigenden Situationen herauskommen konnte. Seine erste Schlußfolgerung war, er mußte Arbeiten anbieten, die nichts mit dem Dienstplan zu tun hatten, ihn also von den Massen weg zu einer individuelleren Tätigkeit bringen. Zunächst hatte er herausgefunden, daß bei der Armee Schriftenmaler gebraucht werden. Massen von Schildern waren zu schreiben, Wandzeitungen zu gestalten, Losungen, Bestenstraßen und Kompasse riesigen Ausmaßes mit Verpflichtungen der Soldatenehre. Wolfgang konnte zwar leidlich malen, doch im Schriftenmalen hatte er sich immer etwas schwer getan. Aber gutes Malen war hier weniger gefragt, man verlangte Schrift, und das mußte professionell aussehen. Er kaufte sich für zwölf Mark ein Buch für typografisches Gestalten, in dem auf etwa zwanzig Tafeln Schrifttypen vorgegeben waren mit den entsprechenden Anleitungen für die Handhabung von Pinsel, Redis- oder Atofeder. Im nächsten Politunterricht regte er an, daß man über die brisanten politischen Themen eine Wandzeitung gestalten könne, die über den Politunterricht hinaus ihre positive Wirkung auf die Kampfmoral der Soldaten ausüben würde. Das nahm man – dieses politische Engagement des Genossen Sander sehr wohlwollend hervorhebend – gern an. Wolfgang wurde noch am gleichen Tag per Ausgangskarte in die Stadt zum Einkaufen der notwendigen Malutensilien geschickt.

Für die erste Wandzeitung gab er sich besonders große Mühe, mit dem für ihn entscheidenden Resultat, daß sein Spieß, der geradezu ein Schildchenfetischist zu sein schien, auf die Schriftfähigkeiten des Genossen Sander aufmerksam wurde und ihn sofort abkommandieren ließ, um für die gesamte Batterie an Betten und Spinden einheitliche Namensschilder kunstschreiben zu lassen. Die Wandzeitung zeitigte noch eine zweite Wirkung: Der Abteilungskommandeur erwirkte Wolfgangs Abkommandierung für die Gestaltung der Abteilungswandzeitung.

In der Regimentsleitung war ein Unteroffizier mit grafischer Ausbildung für die visuelle Agitation und Propaganda verantwortlich. Da er aber kurz vor seiner Entlassung stand, hatte er nicht mehr die richtige Lust, die vielen Bestenstraßen mit Hunderten von Verpflichtungen weiterhin selbst auszuführen. Sein Antrag, Wolfgang für die Druckzeiten zu ihm abkommandieren zu dürfen, war nur eine Frage der Zeit. Mit dem Unteroffizier verstand er sich sofort. Fortan minimierten sich seine Bestrafungen wegen Befehlsverweigerung, denn er galt auf unbestimmte Dauer als abkommandiert und damit außerhalb der Befehlsgewalt der »ich-kann-Ihnen-bestrafen« Unteroffiziere. Jetzt hatte er es geschafft. Hier gab es Arbeit genug, und das Schönste daran war, es konnte niemand kontrollieren, wieviel Zeit man für die gestellten Aufgaben wirklich benötigte. Der Unteroffizier hatte eine Schreibschrift entwickelt, die in keinem Grafiklehrbuch zu finden war, mit der man aber in hoher Geschwindigkeit riesige Flächen mit massenhaft Text in optisch einwandfreier Qualität bewältigen konnte. Diese Schrift brachte er Wolfgang bei, und da sie jetzt zu zweit waren, sprang für beide trotz zunehmender Aufträge viel freie Zeit heraus.

VI

Ihr Atelier lag direkt neben der Post in einer u-förmig gebauten Baracke. In der Postdienststelle arbeiteten zwei Frauen. Eine der beiden Frauen hieß Rosalinde. Sie war die Frau eines Nachrichtenoffiziers in der Führungsbatterie des Regiments. Wolfgang schaute ihr gern bei der Arbeit zu, half ihr, wo es sich anbot. Sie war ein ausgesprochen zierliches Wesen, zog, was Wolfgang liebte, Kleider an, die ihre Wespentaille – sie trug die damals modernen, breiten Gummigürtel – so vorteilhaft zur Geltung brachte, daß man zunächst dorthin schaute und erst auf den zweiten Blick bemerkte, daß sie überhaupt ein recht attraktives Persönchen war. Neben dieser atemberaubenden Taille hatte sie in ihrem kleinen Gesicht einen geradezu riesenhaften Mund mit sehr aufgeworfenen Lippen. Und wenn man diesen Lippen näher kam, wie das Wolfgang bei der oftmaligen Hilfeleistung nicht selten passierte, dann konnte man nicht anders, als die zu vermutende Wärme und Leidenschaftlichkeit dieser Lippen zu kosten – was dann auch sehr bald geschah.

Rosalinde war fünfundzwanzig und alles andere als die prüde Frau, als die sie sich zum Schutz vor Zudringlichkeiten in einer Welt voller geil stierender Soldaten hinter ihrem Postschalter vernünftigerweise geben mußte. Nachdem die Dinge klar und für sie offenbar waren, bedurfte es nur noch der Gelegenheiten, damit sie sich ungestört außerhalb der Einheit treffen konnten.

»Du mußt Postholer deiner Batterie werden«, sagte sie, nachdem sie spürten, daß die gelegentlichen Ausgänge, die Wolfgang offiziell bekam, nicht mehr ausreichen würden, um ihr Verlangen nach Vereinigung zu stillen. Außerdem mußte er Ausgang bekommen, wenn ihr Mann nicht zu Hause war. »Und wenn du Postholer bist, beantrage ich im Regiment für dich die Vertrauensstellung für die Aushilfe in meiner Dienststelle. Und da das mit Gängen zur Post in der Stadt verbunden ist, beantragen wir für dich eine Dauerausgangskarte. Und dann …« Sie vollendete den Satz nicht, aber ihr Gesichtsausdruck, vor allem ihre heißen Lippen verrieten, was sie meinte.

Zeitungsholer in der Batterie war ein »EK 1«, so wurden im Soldatenjargon all jene bezeichnet, die als nächste Entlassungskandidaten galten. Dieser »EK 1« hatte es auf seine alten Tage mit der Zeitungsbestellung nicht mehr so genau genommen. Bei seinem nächsten vierzehntägigen Urlaub übernahm – mit besonderer Billigung des Politoffiziers – Wolfgang das Geschäft, mit dem Resultat, daß für den nächsten Monat fünf Zeitungen mehr abonniert wurden. Nachdem er die neuen Bestellungen dem Politoffizier vorgelegt hatte, wurde er mit sofortiger Wirkung als Zeitungs- und Postholer eingesetzt. Der Antrag Rosalindes in bezug auf Vertrauensperson mit Dauerausgangskarte war nur noch eine Formsache.

Für Spieß Seker hatte er wöchentlich den Dienstplan in Schönschrift zu schreiben. Nach diesem Plan konnte er, bestens vorinformiert, eigene Aktivitäten für die nächste Woche planen. Da er ohnehin jeden Morgen früh in der Post sein mußte, so daß er nie zu Dienstbeginn in der Batterie war, konnte niemand überprüfen, ob die eingetragenen Kommandierungen stimmten. Dabei bot ihm der Schildchenfetischist Seker eine vorzügliche Rückendeckung. Es ist unglaublich, wieviel Stellen und Plätze ein ordnungsliebender Spieß in einer Batterie findet, die mit Schildern, Verbots- oder Gebotstafeln zu bestücken sind.

Wenn keine Kommandierung anlag und er sich auch nicht mit Rosalinde treffen konnte, schloß er sich vormittags in die Wäschekammer ein, nachdem er, gegen neun Uhr von der Post kommend, die Zeitungen und Briefe auf die Zimmer verteilt hatte. Das war das Reich, über das er mit seinem besten Freund, dem vom Spieß eingesetzten »Kammerbullen« Hubert Grosser, herrschte. Der Schlüsselbesitz zur Wäschekammer war eine herausgehobene Vertrauensstellung. Wenn auf der Regimentskleiderkammer Uniformen, Unterwäsche, Stiefel, Socken und dergleichen abzuholen waren, durften nur Hubert und Wolfgang ihn begleiten. Denn dann wußte der Spieß, daß in seiner Wäschekammer Überbestände gesichert waren. Nicht, daß der Spieß sie dazu beauftragt hätte (er zog aber immer den Leiter der Regimentskleiderkammer in ein Gespräch, bei dem der – zufällig – so zu stehen kam, daß er Wolfgang und Hubert den Rücken zukehren mußte), nein, dieses »Organisieren« konnte seine Zustimmung nicht finden. Und fragte der Spieß einmal bei einer Durchsicht der Kammer, woher die überzähligen Bestände kämen, antwortete ihm der behäbige Hubert Grosser: »Genosse Hauptwachmeister, Sie wollen doch einen ordentlichen Bestand haben. Und den haben wir. Wenn etwas fehlen sollte, dann können Sie schimpfen. Aber wie wir unseren schönen Bestand halten, das ist unsere Sache; denn Sie haben uns doch auch die Verantwortung dafür übertragen.«

»Ist in Ordnung«, sagte dann Spieß Seker. »Machen Sie weiter!«

Hubert holte nach solchen Gesprächen ein Fläschchen und zwei Gläser aus einem Versteck, und dann tranken sie darauf, daß ihnen Spieß Seker noch lange erhalten und gewogen bleiben möge.

14

DIE KUNST IST MANCHMAL SCHÖN

I

Bevor Wolfgang zur Armee eingezogen wurde, machte er mit sich eine Erfahrung, die ihm etwas von seinem Inneren preisgab. Er durchlebte eine Art Rausch des Kreativen, in dem etwas Zwanghaftes lag, das ihm einerseits Angst einflößte, andererseits jedoch eine tiefe Befriedigung schaffte: Er war zu Versuchen in der Malerei ermuntert worden.

Seine Mutter hatte ihm (wieder über ihren Bekannten bei der Gewerkschaft) einen der begehrten FDGB-Ferienplätze an der Ostsee verschafft. Sie wollte Wolfgang für die Beharrlichkeit belohnen, wie er alle Barrieren zum Studium – jetzt diese Armeehürde – unbeirrbar anging. Sie sei stolz auf ihn, hatte sie gesagt und ihm den FDGB-Ferienscheck für das Ostseebad Kühlungsborn in die Hand gedrückt. Er solle sich vor der Armee ruhig noch einmal richtig austoben, hatte sie ihm mit auf den Weg gegeben, und dann ganz Mutter wie alle Mütter: Sie würde sich sehr freuen, wenn er mal ein nettes, ordentliches Mädel kennenlernte.

II

Sie waren fast zur gleichen Zeit in die Bar getreten und hatten sich gemeinsam an den noch einzigen freien Tisch gesetzt. Wolfgang wünschte einen Guten Abend. Sie nickte leicht mit dem Kopf, wobei der schwere Schmuck an ihren Ohren gegen ihren – wie Wolfgang feststellte für eine Ostseeurlauberin zu weißen – Hals schlug. Sie war eine auffallend elegante Erscheinung. Wolfgang schätzte sie auf Mitte bis Ende dreißig. Ihr cremefarbenes Kleid, dessen Ausschnitt gewagt tief saß und die Rundungen praller Brüste nicht nur ahnen ließ, mußte ein Vermögen gekostet haben. Das Auffälligste an ihr war der pompöse Schmuck, mit dem sie sich verschwenderisch dekorierte. Ihre herabhängenden Mundwinkel und die im Bardämmerlicht tiefschwarzen, aber gelangweilt blickenden Augen ließen auf eine übersättigte Frau schließen, die, um sich nicht zu langweilen, offensichtlich nur mit Ungewöhnlichem zu begeistern war. Im Laufe des Abends erfuhr Wolfgang, daß sie Regine hieß. Sie gab sich als Kunstkennerin aus, aber ihr Wissen kam selbst Wolfgang nur oberflächlich vor. Es schien sich auf die französischen Maler Ende des vorigen Jahrhunderts zu beschränken – und da konnte Wolfgang schließlich mitreden. Nach der zweiten Flasche Sekt erzählte ihr Wolfgang, daß er ab und zu ganz gerne male, daß er sich neulich sogar einmal darin versucht habe, ein Selbstporträt nach seinem Spiegelbild zu zeichnen. Regine war hell begeistert. Sie klatschte in die Hände. In ihr gelangweiltes Gesicht verlor sich ein Hauch von Interesse. Und dann erklärte sie, daß sie morgen zu ihm kommen werde, um sich von ihm porträtieren zu lassen.

Wolfgang wehrte sich verzweifelt. Er male doch nur so für sich zum Hausgebrauch. Das sei doch nichts Besonderes. Und überhaupt. Das sei doch alles nur eine Schnapsidee von ihr. Aber sie war durch nichts von ihrer fixen Idee abzubringen. Wolfgang hoffte nur noch darauf, daß sie vielleicht schon betrunken sei und diesen Unfug morgen vergessen habe. Außerdem – er warf es als letzten Trumpf ein – wohne er in dem FDGB-Ferienheim schließlich nicht allein in seinem Zimmer. Das ginge sowieso nicht so, wie sie sich das vorstelle.

»Richtig«, sie wurde geschäftig, »ich habe vergessen, daß es diese schrecklichen FDGB-Heime gibt. Natürlich kommst du zu mir.« Sie ging jetzt mit professioneller Entschlossenheit vor. Die Anrede »Sie«, bei der sie bisher noch waren, schien bei dem Vorgriff, in dem sie jetzt dachte, nur noch zu stören. »Keine Widerrede! Du packst noch heute abend deine Siebensachen und ziehst mit in meine Hotelsuite. Ich zahle schließlich einen Batzen Geld für das Doppelzimmer.«

Wolfgang versuchte gar nicht erst ihren Redefluß zu unterbrechen, und ihre Entschiedenheit war so glaubhaft, daß jeder Widerstand zwecklos zu sein schien. Außerdem schmeichelte ihm ihre so offen demonstrierte Eindeutigkeit, die ihn genauso erregte wie dieser kleine Halbmond des fast umbrafarbenen Brustwarzenhofes ihrer linken Brust, der sich ab und zu aus ihrem tief sitzenden Ausschnitt stahl.

»Haben wir nicht noch was vergessen«, fragte Wolfgang. »Ich meine nur, du hast du gesagt?« Während sie sich küßten, fuhr Wolfgangs rechte Hand zu der Stelle, die ihn so erregt hatte, und indem er ihre Brustwarze streichelte, spürte er, wie ihr Körper vor Erregung und Verlangen vibrierte.

»Komm«, sagte sie, indem sie mit der einen Hand aus ihrer Handtasche einen Hundertmark-Schein fingerte, den sie achtlos auf den Tisch warf, und mit der anderen den vorwitzigen Busen in ihr Kleid schob, »wir feiern jetzt bei mir ein Fest.«

III

»Du solltest dich noch ein wenig ausruhen«, sagte Regine am nächsten Morgen, nachdem sie ausgiebig im Bett gefrühstückt hatten. »Ich bin in einer Stunde zurück, und dann wird es ernst.«

Sie hat's also nicht vergessen, dachte Wolfgang, aber er fühlte sich zu matt, als daß er lange darüber nachdenken wollte. Er ließ sich in die Kissen zurückfallen und war auf der Stelle eingeschlafen. Regine kam nach einer Stunde zurück, legte wortlos einen großen Block mit Zeichenkarton, weiche Bleistifte, Zeichenkohle und Sepiakreide auf den Tisch, sogar an einen Radiergummi hatte sie gedacht, warf sich in einen der Sessel und setzte sich in Positur.

»Ich möchte jetzt von dir gemalt werden.«

Als Wolfgang etwas widerwillig aufstand, um sich für diese ungewisse Arbeit anzuziehen, wehrte sie ab: »Nein, bleib so, wie du bist. Ich möchte dich dabei ganz betrachten.«

Wolfgang nahm Zeichenblock und Bleistift. Er malte einfach darauf los. Schon während des Malens spürte er Freude bei seiner Arbeit. Er vergaß, in welch lächerlicher Nacktheit er mit seinem Zeichenblock vor ihr saß. Die Striche und Linien gelangen ihm besser, als er gedacht hatte. Aus der Bleistiftzeichnung konnte man zwar das Charakteristische ihres Gesichts erkennen, aber für Wolfgang war das alles zu gezeichnet. So fügte er mit der Sepiakreide Konturen bei, verbesserte hier und da einen Strich, wischte Schatten ins gezeichnete Gesicht, so daß das fertige Produkt sehr gemalt wirkte und ihr sogar ausgesprochen ähnlich sah. Beim Betrachten des fertigen Bildes brach sie in einen wahren Jubelschrei aus. Sie nannte ihn »mein kleiner van Gogh«, und plötzlich – so, als sei ihr eben eingefallen, daß zu Hause das Bügeleisen noch eingeschaltet ist – lief sie mit: »Ich komme gleich wieder!« aus dem Hotelzimmer.

Aus dem »gleich« wurden drei Stunden. Wolfgang nutzte diese Zeit zu einer ausführlichen Toilette. Er hatte in seinem ganzen Leben noch nie in einem so herrschaftlich ausgestatteten Bad geduscht.

Dann ging er an die Hotelbar, trank dort ein Bier, ein zweites nahm er sich mit aufs Hotelzimmer. Dann warf er sich angezogen auf das französische Bett und war, indem er noch einmal die Bilder der vergangenen Nacht in sich wachrief, wohlig und mit sich sehr zufrieden eingeschlafen. Er erwachte von einer Anordnung, in der er Regines Stimme erkannte: »Stellen Sie alles in die Ecke dort!«

Wolfgang, sich verschlafen die Augen reibend, sah, wie ein Gepäckträger diverse Kartons und mehrere Pappen unterschiedlicher Größe im Zimmer abstellte. »Und jetzt holen Sie noch die Staffelei!« hörte er Regine sagen, die, eine Cognacflasche schwenkend, stolz lächelnd auf ihn zukam und auf das abgestellte Häuflein im Zimmer wies: »Na?«

Der Gepäckträger kam noch einmal zurück und stellte die Staffelei und einen Rest von Kartons im Zimmer ab. Regine drückte ihm einen Zehnmarkschein in die Hand, und nachdem der die Tür hinter sich geschlossen hatte, legte sich Regine neben Wolfgang aufs Bett. »Alles deins.« Sie wies auf die abgestellten Utensilien. Dann warf sie sich auf ihn, als wollte sie ihn vergewaltigen.

Wolfgang befreite sich gewaltsam. »Und was soll ich mit diesem Zeug hier machen? Kannst du mir das mal verraten?« fragte er keuchend. Er war wütend und begann sich zu verwünschen, daß er sich auf dieses Abenteuer mit Regine eingelassen hatte, aber irgendwie belustigte ihn das alles auch.

»Du wirst mich jetzt in Öl malen«, sagte sie einfach.

»Und wer hat dir gesagt, daß ich dich in Öl malen kann!«

»Ich«, erwiderte sie, »ich habe es gesagt. Wie soll ich mich hinsetzen, Liebling? Soll ich den Kopf nach oben nehmen oder nach unten neigen? Ich glaube nach oben, da sehe ich jünger aus. Meinst du nicht auch, Wölfi? Ach, steh doch nicht so herum. Komm, hilf mir beim Aufbauen der Staffelei. Hierher! Da ist das Licht am besten ...«

»Darf ich jetzt auch mal etwas sagen«, unterbrach Wolfgang ihren Redefluß. »Wie stellst du dir denn das vor? Ich habe noch nie mit Ölfarben gemalt. Ich habe doch keine Ahnung, wie man das macht!«

»Ach versuch es nur«, sagte sie, indem sie die vorteilhafteste Stellung ihres Kopfes und die Mimik ihres Gesichtes vor dem Spiegel ausprobierte. »Mach wie du denkst. Es kostet dich doch nichts.«

»Wie Madame wollen!« Wolfgangs Wut verrauchte. *Was verliere ich, wenn ich es probiere?* Er baute die Staffelei auf, befestigte eine

Malpappe und begann zunächst mit einem Bleistift die Konturen von »Regine, sinnend im Sessel« vorzuzeichnen. Dann nahm er die Palette, die er erst nach vielen Versuchen in die richtige Daumenlage brachte, drückte aus den Tuben die Farbenkleckse auf das Oval – so, wie er es in Filmen gesehen hatte. Ohne sie zu verdünnen, trug er die Farben, mit den steifen Pinseln wie mit Spateln hantierend, auf die Pappe. Es wurde eine wüste Landschaft mit unzähligen farbigen Hügeln. Daß es eine Frau in einem Sessel sein sollte, konnte man zwar erkennen, aber ein Bild war es noch nicht geworden. An den schwierigen Stellen, wie Nase, Mund und Augen, saß die Farbe zentimeterdick. Manche Farben hatte er tubenweise verbraucht. Aber Regine war begeistert. Sie habe so etwas Faszinierendes noch nie gesehen, und sie drückte Wolfgang an ihren üppigen Busen.

Bitterfelder Weg und sozialistische Nationalkultur

24. April 1959. Aktivisten der sozialistischen Produktion, Schriftsteller, Künstler und Kulturfunktionäre beraten im Elektrochemischen Kombinat Bitterfeld gemeinsam mit Ulbricht die grundlegenden kulturellen Aufgaben des weiteren sozialistischen Aufbaus. Forderungen: Inbesitznahme aller Schätze der Weltkultur durch den künstlerisch allseitig gebildeten Menschen; Herstellung enger Beziehungen zwischen den Künstlern und Arbeitern und Bauern, um aus der sozialistisch veränderten Haltung, Lebens- und Schaffensweise der Künstler zu neuen Werten der sozialistischen Nationalkultur zu gelangen; schöpferische Selbstbetätigung der Volksmassen im Prozeß der Aneignung und Weiterentwicklung der Kultur entsprechend der Losung der Konferenz: »Greif zur Feder, Kumpel, die sozialistische Nationalkultur braucht dich!«; Überwindung der Kluft zwischen sogenannter wahrer Kunst und Unterhaltung. Diese Konferenz leitet einen neuen Entwicklungsabschnitt der sozialistischen Nationalkultur ein, der als Bitterfelder Weg in die Geschichte eingeht. (Deutsche Geschichte in Daten, Berlin 1967, S. 937/938)

»Morgen malst du von mir ein Aktbild, hörst du!« Sie schloß genüßlich die Augen und nannte ihn immer wieder ihren großen Meister. »Weißt du was«, sagte sie unvermittelt, »ich kaufe dir alle Bilder ab, die du von mir malst.«

»Du bist ja verrückt«, lachte Wolfgang.

»Nein! Laß mir die Freude«, wehrte sie ab. »Wenn ich schon allein im Urlaub bin, will ich auch tun, was mir Spaß macht.«

Sie lachte, vollführte eine Art Bauchtanz oder Flamenco, schnipste mit ihren Fingern. Dann schwang sie sich zum Radio, schaltete es ein und suchte nach scharfer Musik. »Komm wir tanzen!« rief sie und streckte Wolfgang beide Arme entgegen. »Hochch, ich möchte heute mal so eine richtige Dummheit machen.« Sie sprühte vor Unternehmungsgeist. Wolfgang begann das zu belustigen. *Sieh mal an, wie das Hausmütterchen aufdreht. Wie eine ausgedörrte Blume, der man frisches Wasser gegeben hat, blüht sie auf. Wahrscheinlich muß sie bei ihrem Alten immer schön kuschen, und hier will sie die große Lebedame spielen.*

»Wo ist denn dein Gattrich?« fragte er. »Und was macht er? Der muß doch einen Haufen Geld verdienen, daß du hier damit so um dich schmeißen kannst.«

Sie war wieder ernst geworden, sogar das Radio stellte sie leiser. »Ach, reden wir lieber nicht davon«, erwiderte sie, entkorkte die mitgebrachte Cognacflasche und goß zwei Gläser bis zum Rand voll. »Prost!« Sie hob ihr Glas und kippte es mit einem Ruck vollständig durch ihre Kehle. »Er verdient genug«, nahm sie das Gespräch wieder auf. »Wenn bei ihm alles so gut wäre wie das Geldverdienen, dann wäre ich bestimmt nicht allein in den Urlaub gefahren ... Ist ja auch egal! Vollkommen egal! Du kannst mir also ohne Gewissensbisse deine Bilder verkaufen.« Sie goß sich noch ein Glas randvoll und kippte den Cognac wie das erste Mal mit einer Geschwindigkeit in sich hinein, die Wolfgang Respekt abnötigte. »Übrigens gefallen mir deine Bilder.«

»Red' doch nicht so dussliges Zeug! Ich habe doch überhaupt keine Ahnung, wie man mit Ölfarben malt.«

»Nein, du kannst es. Du malst die schönsten Bilder, die ich kenne. Bitte, tu mir den Gefallen und male weiter.«

Von den acht Bildern, die Wolfgang in diesem Urlaub malte, war eines, das vorletzte, ein einigermaßen gelungener Akt, das er selbst für gut hielt. Er bat Regine, es behalten zu dürfen. Sie wehrte aber ab: »Der Vertrag lautet, daß du alle Bilder an mich verkaufen mußt. Also bitte, ich möchte das Bild kaufen. Da es dir so wertvoll ist, schlage ich als Kaufpreis einhundert Mark vor. Einverstanden, mein kleiner van Gogh?«

»Nein! Wenn du schon dein Geld verschleudern willst, dann gehen wir lieber essen. Ich nehme nämlich nicht gern Almosen an.«

»Ich wollte dich nicht kränken. Wolfgang, bitte, laß mich das Bild kaufen.« Sie handelten noch lange. Regine kaufte ihm schließlich das

Bild für fünfzig Mark ab, um es ihm gleich darauf wieder zu schenken. Es sollte ein Andenken von ihr sein, damit sich Wolfgang immer an sie erinnere.

Sie trennten sich in der Gewißheit, daß sie sich nicht mehr wiedersehen werden. Sie hatten nicht einmal vereinbart, sich zu schreiben. Es war ein Abschied ohne Trauer.

IV

Wolfgang blieben nach diesem Urlaub noch drei Wochen, bis er sich zur Armee melden mußte. Obwohl er Regines Urteilskraft nicht gerade für unfehlbar hielt und es ihm angebracht schien, sowohl an ihrer Kunstkenntnis als auch an ihrem Geschmack zu zweifeln, blieb von ihrem oft und überschwenglich geäußerten Lob doch etwas in ihm haften. Vor allem aber die Fortschritte, die er sich trotz Härte im Eigenurteil zugestand, trieben ihn dazu, es nun ernsthaft zu probieren. Schon am zweiten Tag richtete er sich zu Hause auf dem Dachboden ein kleines Atelier ein. Den spitzen Giebel verhängte er mit Decken, versorgte sich mit alten Möbeln, so daß ein behaglicher kleiner Wohnraum entstand. Vor das Dachlukenfenster stellte er die Staffelei, die er sich aus dem Urlaub mitgenommen hatte. Eine Woche malte er täglich ununterbrochen. Er lieh sich aus der Bücherei den Bildband MALEREI DER EREMITAGE. VON PISSARRO BIS PICASSO aus und versuchte sich im Nachmalen großer Meister.

Der Geruch von Terpentin und Farbe war es, der ihn der Wirklichkeit entrückte, der ihn im Traum in die wundersame Höhe der großen Meister hob, deren Denken, Fühlen und Leben er hinter der Farbenpracht der Bilder in diesem herrlichen Buche zu entdecken glaubte. Stunden verbrachte er über den Bildern von Monet, Signac, Cezanne, Gauguin, Renoir, Degas, Toulouse-Lautrec, Denis, Picasso ... Aber noch stärker als als alle anderen Gemälde fesselten ihn die Bilder Vincent van Goghs. Diese scheinbar simple Komposition, das Kontrastreiche, die Leuchtkraft der Farben und vor allem die Leidenschaftlichkeit, die aus seinen Bildern schrie, faszinierten und fesselten ihn mit einer solchen Gewalt, daß ihm manchmal schwindlig wurde. Er beschaffte sich weitere Bücher, in denen mehr über das Leben van Goghs stand, und er fragte sich ernsthaft, wie er bisher hatte leben können, ohne das Schicksal dieses großen Mannes zu kennen, dem er sich mit jeder Faser seiner Seele so nahe, so verwandt fühlte ... Und diese Bilder! Diese Bilder!

In einer Woche malte er wie aus einem sich entladenden Gefühlsstau sechs Ölgemälde nach Motiven Vincent van Goghs, die in der Helle der Farben seine Vorlagen noch überstiegen. Aber über ihm hing das Damoklesschwert der Einberufung zur Armee, die ihn unverrückbar und unbarmherzig aus der Traumwelt seines Ateliers riß. Drei Tage vor dem Termin zerschlug er auf dem Boden alles, was an ein Atelier erinnerte. Er hatte sein Erlebnis gehabt, und wenn es wiederkommen sollte, dann mußte es mindestens genau so intensiv zu leben sein, wie er es in diesen letzten drei Wochen durchlebt hatte. Die Pinsel sollten zwar ruhen, doch seine Liebe zu van Gogh sollte ihm niemand nehmen können, eine Liebe, der er sich würdig erweisen mußte, die deshalb Opfer von ihm verlangte.

Als erstes mußte er das Buch VINCENT von Irving Stone über das Leben van Goghs besitzen, was nur durch einen Diebstahl aus der Stadtbibliothek zu bewerkstelligen war. Dazu Alexander Drnjaks Van-Gogh-Interpretation ICH SUCHTE DICH, SONNE. Die zweibändige Ausgabe mit den Briefen Vincents an seinen Bruder Theo konnte er käuflich erwerben. Er wußte, was er zu tun hatte: Er wollte ein Theaterstück über sein Idol schreiben. Alle Menschen sollten das Schicksal dieses leidenschaftlichen Mannes und genialen Künstlers kennen- und durch sein Werk lieben lernen. Er war von seiner Idee besessen. Er fühlte die Kraft in sich, ein dem Leben Vincent van Goghs ebenbürtiges Theaterstück schreiben zu können. Und selbst die Einberufung zur Armee durfte kein Hindernis für die Realisierung dieser selbstgestellten Aufgabe sein.

V

Nachdem sich Wolfgang die Positionen Dienstplanschreiber, Zeitungsholer, Kammerbulle und die des Regimentsmalers erobert hatte, war es nur noch ein Problem der Organisation von Ausreden für seine Vorgesetzten, sich die notwendige Zeit zu verschaffen, um die Selbstverpflichtung einzulösen. Diese Aufgabe stand vor ihm wie ein riesiger Felsbrocken. Er hatte sich alle Entschuldigungen wegorganisiert, mit seinem großen Werk nur deshalb noch nicht anfangen zu können, weil die Bedingungen – Zeit und Ort, denn er brauchte schließlich einen Raum, wohin er sich in aller Ruhe zurückziehen konnte – nicht vorhanden waren. Jetzt halfen keine Ausreden mehr. Er mußte beginnen.

Wolfgang hatte nur angelesenes Wissen vom Aufbau eines Dramas. Er kannte weder dessen Gesetze noch dessen Funktionen. Er schrieb, wie er glaubte, seinem Anliegen am besten gerecht zu werden. Wo es dramatisch nicht mehr weiterging, baute er einen überleitenden Sprecher ein, der dem episch immer breiter werdenden Stück so etwas wie eine Klammer gab und der vor allem die Zeitabläufe zwischen den gestalteten Episoden überbrücken half.

Kurz vor seiner Entlassung aus der Armee hatte er es tatsächlich geschafft: ICH BRENNE, ICH VERBRENNE, sein Werk mit dem Untertitel VINCENT – EIN LEBEN, lag in 156 eng beschriebenen Seiten vor. Er hatte Leidenschaft gegen Leidenschaft gesetzt und die selbstgestellte Aufgabe erfüllt. Aber ein richtiges Theaterstück war es nicht geworden; vor allem kein aufführbares, denn dem stellten nicht nur die Länge einer möglichen Inszenierung von über fünf Stunden, sondern auch die überwältigende Zahl von etwa achtzig handelnden Personen schier unüberwindliche Grenzen. Er hatte versucht, eine Fülle von Material verdichtend zu verarbeiten. So entstand ein aus vielen Detailszenen zusammengesetzter Eindruck vom Leben van Goghs; doch dem Stück fehlte die Akzentsetzung auf wesentliche, für das Schicksal van Goghs aussagekräftige Momente seines Lebens, es fehlte die durchgängige Fabel und es fehlten die Charaktere, durch deren Verhalten, Wandlungen und Wachstum die dramaturgische Handlung erst ermöglicht wird. Wolfgang fühlte selbst, daß ihm der große Wurf nicht gelungen war. Aber er hatte mit dem Schreiben des Stückes etwas Entscheidendes für sich gewonnen: Die Überzeugung und das Bewußtsein, ein Vorhaben, auch wenn sich Hindernisse in den Weg stellen, bis zu Ende durchführen zu können. Etwas Abgerundetes in einer nicht zu unterschätzenden Größenordnung geschafft zu haben, das vermittelte ihm ein herrliches Gefühl.

Er hatte oft aufgeben wollen: Das erste Mal, als er das Scheitern van Goghs als Geistlicher in der Borinage und sein Wandel vom christlich-karitativen Mystiker zum sich selbst berufenden Maler gestalten wollte. Wie sollte er das auf die Bühne bringen? Szenen über Szenen hatte er aufgeschrieben und wieder verworfen. Doch gerade hier entstand eine der vielleicht besten Szenen seines ICH BRENNE, ICH VERBRENNE. Die Krise, die fast zum Abbruch des Schreibens geführt hätte, trat später ein. Der dritte Aufzug seines Fünfakters, in dem er das Zusammentreffen van Goghs in Paris mit Toulouse-Lautrec, Gauguin, Cezanne, Rosseau, Zola und dem guten alten Pere Tanguy gestaltet hatte, war gerade abgeschlossen, und er wollte sich ans Feilen der Szenen setzen ... Da war das Heft, in das er diesen Akt geschrieben hatte, spurlos verschwunden. Er suchte tagelang in allen Ecken der Wäschekammer. Es blieb verschollen. Er war dem Weinen nahe, doch das Heft fand sich nicht. Er resignierte; wollte alles verbrennen, was er bisher geschrieben hatte. Noch einmal ein ganzes Drittel von Neuem zu schreiben, das glaubte er nicht verkraften zu können. Nach tagelangem Ringen mit sich selbst setzte er sich wieder in seine Wäschekammer und schrieb den besonders rechercheaufwendigen dritten Akt noch einmal. Und daß er es tat, machte ihn stolz auf sich. Umso empfindlicher reagierte er auf Störungen, die seine Aufholjagd beeinträchtigten, denn er wollte das Theaterstück noch vor seiner Entlassung fertiggestellt haben.

Eine der Beeinträchtigungen kam von dienstlicher Seite. Nicht nur der Batterieleitung war es in letzter Zeit aufgefallen, daß sich Wolfgang kaum an der allgemeinen Ausbildung beteiligte. Es gab neidische Soldaten, besonders aus den Feuerzügen, die nicht einsehen wollten, warum dem Genossen Sander Sonderwürste gebraten würden, so daß selbst der Spieß, der immer schützend die Hand über Wolfgang gehalten hatte, sich genötigt sah, dem Gefreiten Sander etwas mehr Zurückhaltung bei seinen Selbstbefreiungsversuchen vom Dienst aufzuerlegen.

VI

Es war an einem Freitag. Wolfgang hatte gerade wieder den Faden zum Finale des dritten Akts seines Theaterstückes gefunden, und so ging er, alle Vorsichtsmaßnahmen außer acht lassend, zur angesetzten Parkdienstzeit mit seinem Schlüsselbund in der Hand in Richtung Wäschekammer, seiner Dichterkemenate.

»Gefreiter Sander, kommen Sie doch mal her!«

Wolfgang erstarrte: *Verflucht, den habe ich nicht kommen sehen.* Aber ignorieren konnte er den, der diesen Befehl gerufen hatte, nicht. Es war Leutnant Jahnel, von allen in der Batterie nur Schweinchen genannt, nicht nur seiner Beleibtheit wegen, sondern weil er ständig ungenierlich furzte.

»Genosse Leutnant?« Wolfgang baute Männchen.

»Haben Sie nicht gehört, daß raustreten zum Parkdienst gerufen wurde«, fragte Jahnel listig lächelnd.

»Jawohl, Genosse Leutnant! Habe gehört!« Wolfgang stand immer noch stramm.

»Und? Wollen Sie nicht raustreten?«

»Nein, Genosse Leutnant. Habe in der Wäschekammer zu tun«, sagte Wolfgang absichtlich forsch militärisch. Daß er abkommandiert sei, wagte er nicht zu sagen, da er annehmen mußte, daß sich Jahnel über den Wahrheitsgehalt seiner Aussage informieren würde, denn Wolfgang war für Jahnel wegen der Abkommandierungen und der offensichtlichen Gunst, die er beim Spieß genoß, einer der Aufmüpfigen in der Truppe, denen man zeigen mußte, was es heißt, in einer Arbeiter-und-Bauern-Armee Dienst zu tun.

»Quatsch Wäschekammer!« bestimmte er. »Sie treten raus! Ich regle das schon mit dem Hauptwachtmeister!«

»Zu Befehl, Genosse Leutnant!« Wolfgang kochte innerlich vor Wut. *Du Drecksau, du! Irgendwann rotze ich dir eine Mpi-Salve in deinen ständig furzenden Arsch!* Aber er sah keine Mittel, Jahnels Befehl nicht auszuführen. Draußen empfingen ihn die angetretenen Soldaten mit schadenfrohem Grinsen. Es waren meistens Kanoniere aus den Feuerzügen, die da in Reih und Glied standen. Dieses Grinsen steigerte Wolfgangs Wut zur Weißglut.

»Gefreiter Sander! Sie machen Rohrwäsche am ersten Geschütz!« Jahnel kam, sich die Hände reibend, mit energiegeladenem Schritt aus der Baracke.

Wolfgang hatte noch nie an einem Geschütz gearbeitet. Er war gleich nach der Grundausbildung als Funker in Führungszügen eingesetzt worden. Er hatte also keine Ahnung, wie man Rohrwäsche macht.

»Kann ich nicht, Genosse Leutnant«, hörte sich Wolfgang sagen, als Jahnel auf seiner Höhe vor der Front angekommen war.

»Sie machen Rohrwäsche!« In das feiste, immer etwas dümmlich dreinschauende Gesicht des Leutnants stieg Zornesröte, aber noch lächelte er. Wolfgang fühlte einen stechenden Magenkrampf.

»Das mache ich nicht!« Er merkte noch, daß er kreideweiß im Gesicht wurde. Vor seinen Augen tanzten jetzt rote Pünktchen.

»Sie machen Rohrwäsche!« hörte er den Leutnant brüllen, nahm noch wahr, wie dieser mit den Armen fuchtelte. Er spürte, wie sich die roten Pünktchen vor seinen Augen zu einem gleißend roten Vorhang verdichteten. In seinem Kopf dröhnte es. Er sah durch den roten Nebel die fettgepolsterten Schweinsaugen in dem fleischigen Gesicht des Leutnants vor ihm und geriet außer Kontrolle. Er wußte nicht mehr, was er tat.

»Das mache ich nicht!« brachte er noch einmal gepreßt hervor. Dann ging er aus der Reihe langsam auf den Leutnant zu.

»Wolfgang!« Einer der Soldaten rief aus der Reihe, um ihn zurückzuhalten. Aber das hörte der schon nicht mehr. Als er vor dem Leutnant stand und gerade zum Schlag ausholen wollte, gewann er das Bewußtsein wieder. Er bremste den Schwung der Faust und warf dabei den Schlüsselbund, sich damit instinktiv abreagierend, in die Luft und fing die Schlüssel genau vor der Nase des reglosen Jahnel wieder auf. Für einen Augenblick sah er ihm wortlos in in die Fettpolsteraugen. Dann wandte er sich ab und ging auf die Baracke zu.

»Bleiben Sie stehen!!!« Sekunden waren vergangen, bis sich der Leutnant wieder gefaßt hatte. In einigen Sätzen war er bei ihm. »Jetzt gehen wir zu Major Kehrstedt. Und eins verspreche ich Ihnen: Ich bringe Sie in den Kahn!«

Wolfgang war jetzt alles egal. In seinem Kopf breitete sich eine wohltuende Leere aus. Er hatte sich abgeregt und entdeckte mit Freude in sich das Gefühl von plötzlich zurückkehrender Fitness in seinem Gehirn. Auf dem Weg zum Abteilungskommandeur begann er zu analysieren: *Was habe ich falsch gemacht? Mein einziger Fehler war, daß ich aus der Reihe und auf ihn zugetreten bin. Das muß ich als eine unverzeiliche Affekthandlung interpretieren. Aber Jahnel hat auch einen Fehler begangen. Ich habe ihn darauf aufmerksam gemacht, daß ich diese Arbeit nicht durchführen kann, daß ich also, wenn ich diese Rohrwäsche ausgeführt hätte, wahrscheinlich Tausende von Mark durch unsachgemäße Bedienung – wie drückt man sich da am besten aus – verschleudert ist nicht der richtige Ausdruck … Tausende Mark dem Staat durch einen ungerechtfertigten Befehl verlorengegangen wären … Vielleicht fällt mir noch etwas Besseres ein. Natürlich, ungerechtfertigter Befehl! Es ist doch vielleicht auch für den Major interessant zu erfahren, warum der Leutnant ausgerechnet dem einzigen der angetretenen Genossen Soldaten den Befehl, Rohrwäsche zu machen, gibt, der fachlich dazu nicht in der Lage ist, wo es doch viele andere Arbeiten gibt, die ich selbstverständlich ohne jede Widerrede ausgeführt hätte. Außerdem hätte mir der Genosse Leutnant für die Rohrwäsche noch jemanden zur Seite stellen können, der davon Ahnung hat. Ha, Jahnel, da warst du nicht clever genug! Aber Kehrstedt wird mir bestimmt entgegenhalten, daß ich laut Dienstvorschrift selbst einen Befehl, dessen Inhalt ich nicht einsehe, erst auszuführen habe und hinterher mich dann beschweren kann. Da werde ich sagen, daß ich es in dieser Parkdienst- und keineswegs Gefechtssituation, wo diese Dienstvorschrift natürlich hundertprozentig eingehalten werden muß, daß ich es hier nicht erst darauf ankommen lassen wollte, weil der wahrscheinlich eingetretene Schaden in keinem Verhältnis zur soldatischen Situation stände und ein Genosse in einer solchen Situation schließlich auch Verantwortung für die Gesellschaft zeigen müsse. Ein bißchen dick, aber Kehrstedt, dem meine Wandzeitungen immer gut gefallen haben, wird's schon fressen. Ansonsten: Reue! Reue!! Ich sehe ein, daß ich mich falsch verhalten habe … Vielleicht entschuldige ich mich auch noch; aber da muß ich erst mal sehen, ob ich das dann noch nötig habe. Jahnel scheint mir schlechter dran zu sein als ich, zumal – gut, daß man das weiß – der Kehrstedt den Jahnel nicht leiden kann. Bei dessen Bildung ganz verständlich. Ihm muß der Jahnel sowieso wie eine Karikatur des Offiziersstandes vorkommen …*

»Mensch, Sander. In Ihrer Haut möchte ich jetzt nicht stecken«, wandte sich plump kumpelhaft der Leutnant an Wolfgang.

»Danke, Genosse Leutnant! Meine Haut gefällt mir ganz gut«, erwiderte Wolfgang, das »meine« in dem Satz schon wieder sehr aufmüpfig stark betonend. *Der soll nur schön in Wut bleiben, da ist er am ungefährlichsten und redet unkontrolliertes Zeug. Man merkt ihm dann auch an, daß er auf mich eine besondere Wut hat. Drei Tage Bau werde ich wohl kriegen. Na ja, ist auch nicht so schlimm, brauche ich morgen nicht mit auf Wache zu ziehen.*

Am nächsten Tag stand Wolfgang aber doch Wache. Er hatte »fünfmal Arbeitsverrichtung außer der Reihe« bekommen. Es war die Nummer dreiundzwanzig seiner Bestrafungen. Aber auch Jahnel soll gerügt worden sein. Das hatte ihm der Spieß bei einem Besuch in der Wäschekammer flüsternd anvertraut. Ein viertel Jahr später kam der langersehnte Entlassungstag.

VI

Dieser vierundzwanzigste Juni 1961 war der Entlassungstag für all jene Soldaten, die eine Vorimmatrikulation an einer Studieneinrichtung der DDR vorweisen konnten. Wolfgang hatte mit der freiwilligen Absolvierung seines Ehrendienstes in der Nationalen Volksarmee nunmehr den Makel seiner Geburt getilgt. Er genoß damit die Privilegien eines Arbeiterkindes, und seiner Delegierung zum Studium an der Arbeiter-und-Bauern-Fakultät stand nichts mehr im Wege. Die »Studien-EK's« hatten zudem noch den Vorteil, daß sie ihre zweijährige Freiwilligkeit im bewaffneten Dienste des Volkes um ganze vier Monate verkürzen konnten, denn der eigentliche Entlassungstermin wäre der vierundzwanzigste Oktober 1961 gewesen. Das traf im Führungszug der Batterie, in der Wolfgang diente, nur den armen Hubert Grosser. Hubert hatte Tränen in den Augen, als sie sich in ihrer Wäschekammer gemeinsamer Tage voneinander verabschiedeten. Sie lagen sich lange in den Armen.

»Du, wenn ich Ende Oktober hier raus bin, weißt du, was wir dann machen? Wir treffen uns mitten auf dem Kudamm! Da sehen wir uns all diesen häßlichen und verbotenen Westkram mal etwas genauer an, rauchen eine Peter Stuyvesant und gehen wieder mal in ein richtiges Kino«

»Das machen wir, Hubert!« hatte Wolfgang erwidert.

Beide ahnten nicht, daß alles ganz anders kommen würde, daß Hubert Grosser nicht am vierundzwanzigsten Oktober 1961, sondern erst Ende April 1962 entlassen wird, daß er sich, der im Gegensatz zu Wolfgang geradezu ein disziplinierter Soldat war, in dieser ihm aufgezwungenen Verlängerung seiner Dienstzeit vierzehn Tage verschärften Arrest einhandeln wird und daß das Schlüsselloch zur anderen Welt, die sie sich nach diesem langen Verbot nur mal ansehen wollten, für immer und ewig - wie es damals schien - verschlossen sein wird.

Mit Rosalinde traf sich Wolfgang in der Stadt. Er zum ersten Mal in Zivil. Sie sagte lachend: »Bisher kenne ich dich nur entweder ganz ohne oder nur mit. Aber so gefällst du mir besser.« Sie erzählte ihm, daß sie vom dreizehnten bis siebzehnten August in Halle ihre Schwiegermutter besuchen werde. Wenn er sich eine Pension oder ein Hotelzimmer nähme, könnten sie sich sehen. Leider müßte sie mit ihrem Mann in den standesgemäßen Urlaub. Den ganzen Juli ans Schwarze Meer. Aber vielleicht käme noch etwas dazwischen ...

»Du, ich freue mich schon auf uns«, sagte sie im Gehen.

»Ich auch«, rief ihr Wolfgang nach.

VIII

Am dreizehnten August war Wolfgang mit dem Fünfuhrzug von Nordhausen nach Halle gefahren. Im Halbschlaf hörte er einige der Zusteigenden haarsträubende Geschichten erzählen, die sich diese Nacht in Berlin zugetragen haben sollen. Er achtete aber nicht weiter darauf. In Halle nahm er in einer billigen Pension ein Doppelzimmer. Die im Zug aufgeschnappten merkwürdigen Geschichten verdichteten sich nun immer mehr zu einer bedrückenden Realität. Als er am frühen Nachmittag Rosalinde vom Zug abholte, überfiel er sie gleich mit der Frage, ob sie, die gerade über Berlin hier ankam, Genaueres über die Dinge wüßte, die da vorgefallen sein sollen. Sie sagte nur: »Ja. Es ist schrecklich. Aber später, Wolfgang, später. Jetzt will ich erst mal mit dir ins Hotel. Ich habe Lust auf dich. Später erzähl ich dir alles ...«

13. August 1961: »Der antiimperialistische Schutzwall«

Die Regierungen der Warschauer Vertragsstaaten veröffentlichten am 13. August eine Erklärung, in der sie den Ernst der durch die revanchistischen Kräfte des westdeutschen Imperialismus und seine Bundesgenossen im Herzen Europas geschaffenen Situation deutlich machten. In dieser Erklärung hieß es: »Die Regierungen der Westmächte haben sich bisher nicht bereit gezeigt, durch Verhandlungen aller interessierten Seiten zu einer vereinbarten Lösung zu kommen. Mehr noch: Die Westmächte beantworteten die von Friedensliebe getragenen Vorschläge der sozialistischen Länder mit verstärkten Kriegsvorbereitungen, mit der Entfachung einer Kriegshysterie und mit der Androhung militärischer Gewalt ... Es gibt auf der Erde keinen Ort, wo so viele Spionage- und Wühlzentralen fremder Staaten konzentriert wären und wo sie sich so ungestraft betätigen können wie in Westberlin. Diese zahlreichen Wühlzentralen schleusen in die DDR Agenten ein, damit sie verschiedene Diversionen unternehmen, sie werben Spione an und putschen feindli-

che Elemente zur Organisation von Sabotageakten und Unruhen in der DDR auf ... Diese Wühltätigkeit schädigt nicht nur die Deutsche Demokratische Republik, sondern berührt auch die Interessen der anderen Länder des sozialistischen Lagers. Angesichts der aggressiven Bestrebungen der reaktionären Kräfte der Bundesrepublik und ihrer NATO-Verbündeten können die Warschauer Vertragsstaaten nicht umhin, die erforderlichen Maßnahmen zu treffen, um ihre Sicherheit und vor allem die Sicherheit der Deutschen Demokratischen Republik im Interesse des deutschen Volkes selbst zu gewährleisten.
Durch ihr rasches und diszipliniertes Handeln hatten die Kampfgruppen der Berliner Arbeiter, die Nationale Volksarmee und die anderen bewaffneten Organe der Deutschen Demokratischen Republik dem deutschen Imperialismus und Militarismus am 13. August 1961 eine spürbare Niederlage bereitet und den Frieden in Deutschland und in Europa, ja in der ganzen Welt gerettet. Am Brandenburger Tor, das in der Vergangenheit allzuoft von den deutschen Militaristen als Schauplatz ihrer Aggressionspolitik mißbraucht worden war, der Stätte, an der die schlimmsten Drohungen gegen den Frieden und gegen die Völker Europas ausgestoßen worden waren, an diesem Brandenburger Tor wurden die aggressiven Pläne der revanchistischen Kräfte des westdeutschen Imperialismus und ihrer Hintermänner und Bundesgenossen in den Metropolen der imperialistischen Großmächte zerschlagen. Die Aggressionspläne der westdeutschen Militaristen gegen die Deutsche Demokratische Republik, gegen den Frieden in Europa und in der Welt erlitten angesichts des neuen Kräfteverhältnisses genauso gesetzmäßig Schiffbruch, wie die Niederlagen des deutschen Imperialismus in den beiden Weltkriegen gesetzmäßig eingetreten waren.«
Der 13.August hatte schlagartig das wahre Kräfteverhältnis nicht nur in der Welt, sondern auch in Deutschland offenbart. Diesmal waren die deutschen Militaristen von der Arbeiterklasse und von deren Verbündeten besiegt worden. Diesmal waren sie geschlagen worden, bevor sie Millionen Menschen in den Tod hetzen konnten.
(Kurze Geschichte der DDR, Berlin, 1964, S. 410 - 412)

»Scheiße!« sagte Wolfgang, nachdem Rosalinde von Berlin erzählt hatte. »Und ich wollte mich mit Hubert in zwei Monaten auf dem Kudamm treffen. Die können einem aber auch alles kaputt machen.«

15

UNBEHAGEN

I

Über Jena verschwendete die Septembersonne an diesem Vormittag maßlos ihre versengende Glut. Die Stadt schwitzte, dampfte und vibrierte; Wasserautos besprengten erfolglos die ausgetrockneten, staubigen Straßen; Menschen stießen sich auf den überfüllten Trottoirs der schattigen Straßenseiten; Wirtsstuben und Restaurants waren überfüllt, das Bier ausgegangen. Es war ein Tag, an dem es sich nur in einem tiefgekühlten Weinkeller aushalten ließ. Wer aber kann sich diesen Luxus schon leisten?

Wolfgang Sanders Luxus bestand augenblicklich in einem Stehplatz eines überfüllten Schnellzuges, der bremsenquietschend in den Westbahnhof von Jena einfuhr. Den Koffer beim Aussteigen vorn aufs Knie setzend, entstieg er dem Brutkasten, in dem er zwei Stunden geschmort hatte. Freudig gab er sich dem ersten frischen Luftzug hin. Mit der schwitzenden, stoßenden, hastenden Menschenmenge ließ er sich durch die Sperre auf den Bahnhofsvorplatz treiben. Hier stellte er Koffer und Tasche auf das Pflaster und rieb sich mit einem Taschentuch über das Gesicht und durch das offene Hemd über den Brustkorb.

»Entschuldigen Sie bitte«, fragte er eine Frau, die ebenfalls auf eine Straßenbahn zu warten schien. »Können Sie mir sagen, wie ich zur Liebknechtstraße komme?«

»Liebknechtstraße?« wiederholte sie. »Und wohin?«

»Zur Arbeiter-und-Bauern-Fakultät.«

»Wohl einer von den Neuen?« fragte sie lächelnd.

Wolfgang war es aus nicht erklärbarem Grund unangenehm, als Neuer bezeichnet zu werden. Neuer, das hatte für ihn so einen Beigeschmack wie unerfahren oder hilfebedürftig. Und als das wollte er auf keinen Fall gelten, am allerwenigsten gegenüber einer Frau. Aber die Frau erwartete gar keine Antwort von ihm, vielleicht auch, weil sie selbst merkte, wie überflüssig die Frage hier war.

»Sie können mit mir gehen. Ich muß auch dorthin.«

Jetzt erst betrachtete Wolfgang die Frau etwas genauer. *Mitte dreißig, vielleicht auch etwas älter. Verrät Geschmack. Gute Figur. Beine? Na ja, etwas zu stark, aber gut proportioniert. Nicht schlecht. Sie will auch dorthin? Womöglich ist sie eine Dozentin? Ob ich sie mal frage?* Er fragte aber nicht. Stattdessen erzählte er, daß er schon einmal hier war. Zur Aufnahmeprüfung. Aber damals sei er mit einem Auto gekommen, deshalb kenne er den Weg noch nicht.

»Keine Sorge«, entgegnete sie, »in einem halben Jahr kennen Sie hier jedes Haus und jeden dieser schrecklichen Pflastersteine.« Wolfgang schaute grinsend auf ihre hohen Stöckelschuhe, damit ein unbedingtes Verständnis gegenüber dem Horror ihrer Trägerin in bezug auf Pflastersteine ausdrückend. Von der unteren Kurve her hörten sie eine Straßenbahn quietschen. »Das ist unsere Bahn«, sagte sie. »Wir fahren nur drei Stationen. Das heißt hier aber auch, drei Haltestellen vor der nächsten Endstation.«

»Das ist ja herrlich, ich fahr nämlich nicht gern Straßenbahn.«

»Wer fährt schon gern«, sagte sie und stieg in den ersten Wagen. Sie zahlten beim Schaffner und blieben gleich vorn auf der Plattform stehen.

»Sie sind wohl schon lange hier in Jena«, nahm Wolfgang das Gespräch wieder auf.

»Ja, mein Mann und ich sind mittlerweile schon über vier Jahre hier.« Es klang wieder etwas resigniert.

»Dann sind Sie sicherlich Dozentin an der ABF? Übrigens, mein Name ist Sander.«

»Ich bin Germanistin, Dr. Ullrich. Wahrscheinlich werde ich sogar bei Ihnen unterrichten. In welchen Zweig sind Sie denn bei der Aufnahmeprüfung eingestuft worden?«

»Gewi-Zweig.«

»Und auf wieviel Jahre.«

»Ich glaube zwei.«

»Das sollten Sie aber genauer wissen. Zwei-Jahres-Kurs und Gewi«, wiederholte sie nachsinnend, »das wäre die ASG 1. Ja, die ASG 1. Ich glaube, die habe ich auch.«

»Das freut mich«, sagte Wolfgang spontan und ehrlich.

»Na, freuen Sie sich mal nur nicht zu früh. So, wir müssen hier aussteigen.« Die Straßenbahn hielt gerade auf einem großen Platz, den sie, nachdem die Bahn weitergefahren war, diagonal überquerten. Wolfgang wußte jetzt wieder Bescheid. Weit war es nicht mehr.

Der geräumige Korridor der Fakultät glich einem aufgeschreckten Ameisenhaufen. Wolfgang blieb im unteren, weniger belebten Teil des Korridors stehen und stellte seine Koffer ab. Ein Schild »Rauchen nicht erwünscht!« gemahnte ihn an ein Bedürfnis, dem nachzukommen er einen starken Drang in sich verspürte. *Das kann man ja schließlich am ersten Tag nicht wissen!* Er zündete sich eine Zigarette an.

Er hatte gerade die ersten Züge genossen und überlegte, ob er nicht doch lieber nach draußen gehen sollte, da kam die Germanistikdozentin Dr. Ullrich, mit der er hierher gefahren war, noch einmal vorbei. Sie sah ihn rauchen, runzelte gespielt empört die Augenbrauen, wies mit dem rechten Zeigefinger auf das Rauchverbotsschild. Wolfgang machte eine Geste wie: Na was soll man machen. Sie drohte – aber wohlwollend schmunzelnd – mit erhobenem Zeigefinger und setzte ihren Weg fort, ohne etwas gesagt zu haben.

Für Wolfgang hatte diese stumme Begegnung etwas ausgesprochen Beruhigendes, Angenehmes, und er fühlte sich auf einmal gar nicht mehr so verloren und fremd in diesem zwar angenehm kühlen, aber durch seine Höhe und Größe so nichtig machenden Korridor. *Wenn nur die Hälfte der Pauker hier so sind wie die, dann wird das alles halb so schlimm.* Nachdem er aufgeraucht hatte, holte er tief Luft und mischte sich unters Gedränge an den Tafeln »Für Neuimmatrikulierte«, um festzustellen, zu welcher Gruppe er gehörte und wo er sich zur angegebenen Zeit einzufinden hatte. Unter ASG 1, wie die Germanistikdozentin es gesagt hatte, fand er seinen Namen. Mehr teilnahmslos als neugierig las er die Namen seiner zukünftigen Seminargruppe von unten nach oben noch einmal durch. Bei dem Namen Bergmann stutzte er: *Bergmann, Jürgen. Jürgen Bergmann? Sollte das etwa sein Jürgen aus dem Internat sein?* Sie hatten seit jener Zeit nichts mehr voneinander gehört. Grübelnd schickte er sich an, den Sammelraum zu suchen: *Bergmann! Bergmanns gibt's doch wie Sand am Meer. Das wäre ja doch wohl ein zu großer Zu…*

»Mensch Jürgen!« rief Wolfgang. »Ist das möglich!«

II

Am Abend saßen Wolfgang und Jürgen in einer Kneipe beim ersten gemeinsamen Bier. Nachdem der Wirt zwei Seidel auf den Tisch gestellt hatte, sagte Wolfgang: »So, nun pack mal aus. Wie kommst du überhaupt hierher, und wo hast du dich in der Zwischenzeit herumgetrieben?«

Jürgen antwortete nicht gleich. Er sah eine zeitlang in sein Bierglas, blies ein Loch in den Schaum. »Na denn, erst mal Prost«, sagte er, nahm einen tiefen Zug, setzte das Bierglas behutsam wieder auf den Tisch und wischte sich bedächtig den Schaum von den Lippen. Als hätte er Wolfgangs Frage überhört, fragte er: »Sag mal ehrlich, weißt du, warum du hier bist?«

»Ich verstehe deine Frage nicht ganz …«

Jürgen sah Wolfgang direkt ins Gesicht. »Ich glaube schon, daß du mich verstehst. Ich möchte jetzt von dir nicht hören, daß du deshalb hier bist, weil du dein Abitur machen und später studieren willst. Das meine ich nicht. Ich will dir erklären, wie das bei mir ist. Natürlich will ich auch das Abitur machen und später studieren. Aber mir geht es um die innere Bereitschaft. Nenne es wie du willst, meinetwegen Berufung oder sonstwie. Weißt du, ich fühle keine innere Bereitschaft zum Studium. Ich bin mehr oder weniger hierher gekommen, weil ich sonst überall versagt habe. Es ist sozusagen für mich die letzte Chance. Ich habe mich hier an der ABF beworben, so wie man sich für irgendeinen Job bewirbt. Student auf Abruf oder so ähnlich. Verstehst du, was ich meine? Ich rede von meinem moralischen Recht auf das Studium. Die Hälfte ist durch die Aufnahmeprüfung gerauscht. Sicherlich sind die meisten davon nicht dümmer als ich. Sie haben eben nur weniger Glück gehabt. Aber sicher ist auch, daß darunter einige sind, die mit einer ganz anderen inneren Bereitschaft zum Studium gegangen wären als ich. Und ich, der ich mir im Grunde genommen überhaupt nichts daraus mache, ich sitze hier und studiere ab morgen. Ist das nicht beschissen? Und jetzt möchte ich von dir wissen, wie du darüber denkst. Freust du dich, bist du dankbar, daß du studieren darfst?«

Wolfgang zündete sich eine Zigarette an, ehe er antwortete. »So wie du habe ich darüber noch nicht nachgedacht. In vielem stimme ich mit dir überein. Auch für mich ist das Studium eine Chance. Ja, auch die letzte Chance. Aber eben weil es die letzte Chance ist, bin ich gewillt, sie unter allen Umständen zu nutzen. Mich stinkt das Studium genauso an wie dich. Aber ich bin trotzdem froh, daß ich etwas lernen kann. Und über eines bin ich mir klar: Es gibt für mich keine andere Möglichkeit mehr als ein Studium. Mein Beruf hängt mir so zum Halse heraus, daß ich keinen Tag länger dort arbeiten möchte. Und als Hilfsarbeiter woanders anfangen? Nee! Das Studium ist auch für mich die einzige Möglichkeit, aus dem ganzen Dreck herauszukommen. Moralisches Unrecht? Ich frage mich, wie du darauf kommst. Was gehen mich die anderen an? Bei mir geht es doch um mich, und ich wäre bescheuert, machte ich mir Gedanken darum, daß einem anderen vielleicht ein Unrecht geschehen könnte, weil ich ihm möglicherweise einen Studienplatz weggenommen habe. Das interessiert mich einfach nicht!«

»Aber du kannst doch etwas nicht einfach wegschieben, nur weil es dich nicht interessiert!«

»Warum denn nicht? Meinst du vielleicht, um dich kümmert sich jemand, wenn du mit deinem Leben nicht zurechtkommst?«

»Aber darum geht es doch gar nicht. Es geht doch ...«

»... um dein moralische Recht! Ich weiß! Aber solange es sich dabei nicht um mich handelt, interessiert es mich nicht!« Wolfgang wurde wütend. »Ich habe gelernt, daß man am ruhigsten und am besten lebt, wenn man sich darum nicht schert. Wichtig bist du – und kein anderer! Sieh dich doch nur mal um, es macht doch jeder so!«

Jürgen schaute auf sein Bierglas in den Händen: »Eigentlich hätte ich gerade von dir eine andere Meinung erwartet. Ich kann nicht glauben, daß du so bist, wie du dich eben geschildert hast.«

»Warum sollte ich nicht so sein?«

Wolfgang war verstimmt, aber er wußte nicht genau, ob mehr über Jürgen oder über sich selbst.

Jürgen trank sein Glas leer, bevor er antwortete. »Ich erinnere mich an einen bestimmten Sonnabend im Internat hinter der Turnhalle, wo ein gewisser Wolfgang Sander so gar nicht nach seinen eben aufgestellten Prinzipien gehandelt hat.«

»Soll ich dir mal was sagen? Ich habe es bereut.«

»Es wäre ja auch anormal gewesen, wenn du nichts dergleichen gespürt hättest. Du hast sie doch auch geliebt, oder?«

»Ich überlege die ganze Zeit, wie hieß sie denn nur ...«

»Bärbel.«

»Bärbel, ja Bärbel. Sie war ein hübsches Kind.«

»Ich glaube«, sagte Jürgen nachdenklich, »wir haben uns sehr verändert seit damals.«

»Wir sind eben älter geworden.«

»Das meine ich nicht.«

»Aber ich meine es!« rief Wolfgang ungehalten. Ihm war das Gespräch unangenehm, und er wollte ihm eine Wendung geben. Aber Jürgen kam ihm zuvor.

»Ich habe mir damals durch dein Verhalten Wertbegriffe geschaffen, die für mich so etwas wie eine gute Norm geworden sind. Ich hatte deine Stärke bewundert, deinen Edelmut. Und ich kann nicht glauben, daß du dich so verändert haben sollst.«

»Edelmut«, Wolfgang lachte. »Was für Worte du benutzt. Edelmütig war ich mit Sicherheit nie. Und damals habe ich mich nur so verhalten, weil ich wußte, daß du im Gebüsch saß'st. Wäre ich allein gewesen, hätte die Geschichte einen ganz anderen Verlauf genommen. Übrigens weißt du, wo sie jetzt ist?« unterbrach sich Wolfgang. "Ich habe seit dem Internat nichts mehr von ihr gehört.«

»Karin erzählte mir, daß sie vor drei Jahren mit ihrem Vater abgehauen wäre. In Mainz soll sie leben.«

»Karin?« Wolfgang faßte instinktiv nach Jürgens Arm. »Wo hast du sie getroffen?"

»Sie studiert in Leipzig an der DHfK.« Wolfgang merkte nicht, daß Jürgen seiner Frage auswich. »Daß sie Abitur gemacht hat, weißt du sicherlich.«

»Woher denn. Ich weiß überhaupt nichts. Seit unserer Heimreise aus dem Ferienlager habe ich nichts mehr von ihr gehört. Ich habe seit jener Zeit kaum mehr an sie gedacht. Komisch, sie war mir wie aus dem Gedächtnis geschnitten. Ich wollte auch nicht mehr an sie denken. Sie war in meinem Leben so etwas wie ein Anfang und ein Ende.«

»Das verstehe ich nicht ganz«, sagte Jürgen. »Aber ich kann mich entsinnen, daß du auf der Heimfahrt geradezu gespenstisch schweigsam warst. Ich weiß nicht warum, aber du kamst mir damals so wahnsinnig erwachsen vor. Ist doch komisch, was man sich merkt. Aber daran erinnere ich mich noch sehr genau.«

»Vielleicht war ich das auch. Damals.« Wolfgang drückte seine Zigarette aus. »Aber lassen wir das.« Wieder verspürte er ein Unbehagen. Er konnte es sich nicht erklären. Es ärgerte ihn und machte ihn traurig. Er hatte sich so auf diesen Abend gefreut, er hatte sich vorgestellt, wie er unbeschwert mit seinem früheren Freund über die Vergangenheit plaudert, daß sie diese Freundschaft wieder neu beleben können, und nun stießen sie bei jedem Satz aneinander. Er hatte das alles gar nicht so sagen wollen, wie er es gesagt hatte. *Ich bin direkt dazu provoziert worden. Was will der eigentlich von mir. Ist das noch ein Freund, dem man vertrauen kann?* Wolfgang betrachtete Jürgen heimlich von der Seite. *Er hat einen ziemlich eigenwilligen Schädel.*

»Was überlegst du«, fragte Jürgen und legte seinen Arm auf Wolfgangs Schulter. Im ersten Moment war Wolfgang versucht, den Arm abzuschütteln, aber dann besann er sich.

»Nichts«, antwortete er und lächelte. Aber das Lächeln war krampfhaft, und Jürgen sah es.

16

JÜRGEN MISCHT SICH EIN

I

Wenn einer ein Bilderbucharbeiterkind war, dann war es Jürgen Bergmann. Sein Vater hieß nicht nur Bergmann, er war auch einer. Und was für einer! Seit Generationen im vogtländischen Zwickau seßhaft, gab es geradezu eine Dynastie von Bergmann-Kumpels, die allesamt eingefahren waren und ihr Leben wohl mehr unter- als übertage zugebracht hatten.

Alfred Bergmann, Jürgens Vater, galt als der Aufgeweckteste der Bergmanns, was ihn während der Nazizeit in die Jugendzellen der kommunistischen Bewegung getrieben und dort agitatorisch aktiv hatte werden lassen. Als einer der jüngsten Hauer im Bergwerk war er in dieser kriegswichtigen Produktion vom Wehrdienst freigestellt worden. Doch seine kommunistischen Aktivitäten blieben nicht unentdeckt, und so erlebte er das Kriegsende im Zuchthaus Brandenburg. Er konnte sich sogar rühmen, dort einmal kurzen Kontakt mit dem Gefangenen Erich Honecker gehabt zu haben.

Nach seiner Befreiung aus dem Zuchthaus Brandenburg hoffte er, nach Zwickau zu seiner Familie zurückgekehrt, wieder als Hauer einfahren zu können. Aber da hatte er die Rechnung ohne die Wirte, seine kommunistische Partei und die Sowjetische Militäradministration in Deutschland, gemacht. Als Hauer war er schließlich ein hochqualifizierter Facharbeiter, dazu ein Mitglied der Kommunistischen Partei, der aktiv gegen die Nazis gekämpft und dafür Gestapohaft bekommen hatte. Das war eine so wertvolle Mischung, der man nicht nur Vertrauen, sondern vor allem auch Verantwortung übertragen mußte.

Alfred Bergmann war kaum zu Hause eingetroffen, hatte Frau und Sohn in die Arme geschlossen, da stand schon ein von der SMAD organisierter Lastwagen vor seiner Wohnung. Die abkommandierten sowjetischen Soldaten hatten im Handumdrehn die paar Utensilien der Bergmanns auf den Laster verstaut, und nur wenige Stunden später saß die Familie Bergmann in einem für sie freigeräumten Einfamilienhaus im fast benachbarten Johanngeorgenstadt. Die wenigen Möbel aus ihrer früheren kleinen Wohnung verloren sich in der neuen Geräumigkeit, und genauso verloren kam sich Alfred Bergmann vor, wenn er an seine zukünftige Arbeit dachte. »Ich bin doch nur ein einfacher Kumpel«, hatte er gesagt. »Ja gut, Hauer! Aber eben doch nur Hauer!« Die, denen er das entgegengeschleudert hatte, lächelten nur müde. Wie oft hatten sie in den letzten Tagen und Wochen dergleichen schon gehört. Und wie hatten sie sich selbst vor mehreren Wochen gebärdet: »Ich bin doch nur ... Das kann ich doch nicht ... So kann man doch mit Menschen nicht umgehen ...«

Uran und SAG-Betriebe

5. Juni 1946: Mit der Bildung von Sowjetischen Aktiengesellschaften (SAG) bleiben zur Demontage bestimmte, volkswirtschaftlich bedeutende Unternehmen dem deutschen Volk erhalten, wie z.B. die Leuna-Werke, die Buna-Werke, Krupp-Gruson, die Neptun-Werft u.a.. Seit 1945 wird als sowjetisches Unternehmen im Gebiet Johanngeorgenstadt (Erzgebirge) der Uranbergbau entwickelt. Die SAG »Wismut« schafft für über 100 000 Menschen Arbeitsmöglichkeiten, die Uranproduktion wird zu einem wesentlichen stabilisierenden Faktor der wirtschaftlichen Entwicklung in der sowjetischen Besatzungszone.
(Deutsche Geschichte in Daten, Berlin 1964, S. 811)

Alfred Bergmann wurde zunächst für die vielleicht wichtigste Produktion in diesem geschundenen Land - so sah es zumindest die SMAD - als deutscher Obersteiger im Zentrum des Uranbergbaus eingesetzt: selbstverständlich neben ihm ein sowjetischer Kommissar, denn so weit ging das Vertrauen nicht. Von seinem Einsatz als Obersteiger erwartete man, daß er vor allem den wiedereingestellten erfahrenen Steigern, auf die man zunächst fachlich ebensowenig verzichten wie man ihnen politisch trauen konnte, auf die Finger sah. Aber diese Funktion war erst der Anfang der fortlaufenden Überforderungen, denen sich Alfred Bergmann nunmehr ausgesetzt sah.

Er war einer der Delegierten auf dem Gründungsparteitag der SED. Danach wurde er als erster Parteisekretär der Grundorganisation der SAG Wismut eingesetzt. Wer in diesem Klondike des Ostens - nirgendwo in Ostdeutschland verdiente man so gut wie hier, und man gab auch nirgendwo das Geld so schnell wieder aus wie in diesem Mekka der Abenteurer – ,wer hier also in einer solchen Funktion bestand und sich durchsetzte, den konnte wohl keine schwerere Prüfung mehr treffen. Aber auch die kam, denn auf Dauer war Alfred Bergmann gesellschaftspolitisch einfach zu ungebildet für die Arbeit, die man von ihm verlangte, und außerdem hatte die Partei auch noch einiges vor mit einem bewährten Kader wie ihm. So schickte man ihn, und das gleich zusammen mit seiner Frau, für drei Jahre nach Moskau, damit er sich auf der Parteihochschule des ZK der KPdSU das notwendige Grundwissen aneigne. Für seine Frau besorgte man eine Arbeit in der Vertretung der DDR.

Ihrem Sohn Jürgen wollten die Bergmanns einen Wechsel aus einer deutschen Schule nicht zumuten. So kam man auf das Internat Gumperda, das Kinder vieler ähnlicher Fälle beherbergte und zudem einen guten Ruf besaß. Für die Bergmanns ging das natürlich ohne jene Fremdvermittlung, die für Wolfgangs Aufnahme – genauso selbstverständlich – notwendige Voraussetzung gewesen war.

II

Jürgens Vater war ein mächtiger Mann in dieser Wismut-Stadt. Das bekam Jürgen schon als Kind zu spüren, beispielsweise wenn Leute zu Besuch kamen oder wie die Lehrer über ihn sprachen oder auch die Eltern seiner Mitschüler. Das zu erleben, machte ihn stolz auf seinen Vater, bis zu jenem Zeitpunkt, als er festzustellen begann, daß gar nicht er gemeint war, wenn man ihm von so vielen Seiten Anteilnahme und Freundlichkeiten entgegenbrachte, sondern der Sohn von Alfred Bergmann. Und einmal entdeckt, entwickelte er ein sensibles Gespür für das, was er zunehmend als Ungerechtigkeit empfand, denn es waren beileibe nicht nur Freundschaftsbezeugungen, denen er ausgesetzt war. Oft war es unverhohlener Haß, der ihm entgegenschlug, den er anfangs genauso wenig zu deuten wußte wie die unverdienten Freundlichkeiten von Leuten, die ihm in Wirklichkeit fremd waren. Was er auch tat, leistete oder anstellte, die Reaktion anderer meinte nie wirklich ihn, sondern sie zielte auf etwas Imaginäres, das immer mit dem zu tun hatte, was sein Vater darstellte und in welcher Beziehung oder Hoffnung diejenigen zu seinem Vater standen, die ihm mit Wohlwollen, Lob, Freundlichkeit oder aber mit Haß, Strafe, Mißgunst gegenübertraten. Sogar in der Schule gab es nur wenige Lehrer, die seine Leistungen so bewerteten, wie sie tatsächlich waren.

Beim Deutschlehrer, einem sehr verschüchtert wirkenden älteren Mann, der die Angst, etwas politisch Falsches zu sagen, geradezu ausschwitzte, konnte Jürgen beispielsweise so schlecht wie nur möglich sein, nie bekam er dafür eine entsprechend schlechte Note. Beim Erdkundelehrer wiederum konnte er sich anstrengen wie er wollte, nie reichte es zu einer guten Zensur. Und wenn er Jürgen bei einer mündlichen Prüfung endlich so weit hatte, daß er eine Vier oder eine Fünf ins Klassenbuch eintragen konnte, tat er das selten ohne eine Bemerkung, wie: »Ja, Herr Bergmann, auch die neuen Herren sollten erst einmal lernen, bevor sie sich ans Regieren wagen.«

III

So hatte Jürgen ganz im Gegenteil zu Wolfgang die Ankündigung, in ein Internat gehen zu müssen aus der Erwartung, daß alles nur besser werden konnte als dieses gegängelte Leben in der vom Vater dominierten Wismut-Stadt, freudig begrüßt. Auch wenn seine schulischen Leistungen nicht immer tadelsfrei waren, empfand er die Schule im Internat Gumperda wie eine Befreiung. Alles, was er tat oder nicht tat, das war er. Wieviel Wert bekam jetzt ein Lob, weil er wußte, daß es wirklich ihm und nur ihm galt.

Jürgen und Wolfgang begannen ihr Internatsleben zwar im gleichen Schuljahr, aber sie gingen nicht in dieselbe Klasse. Beide taten sich anfangs schwer mit Freundschaften. Jürgen fiel auf, daß sich Wolfgang etwas mehr als andere Jungen aus den Gruppencliquen heraushielt und mehr sein Eigenes machte. Das imponierte ihm. Besonders wie Wolfgang es geschafft hatte, die Vereinbarung mit dem Landfilm-Kinofritzen zu bekommen. Jede Woche mittwochs kam der Landfilm. Wolfgang hatte, weil die zwanzig Pfennige Eintritt ein Problem für ihn waren, dem Kinovorführer angeboten, ihm beim Auf- und Abbau der Leinwand im Saal der Dorfkneipe mitzuhelfen, wenn er dafür freien Eintritt bekäme. Dem Kinomann kam eine so billige Hilfe sehr entgegen. Er hatte unter der Bedingung zugestimmt, daß Wolfgang sein Angebot mit der Heimleitung im Internat klären müsse. Das war dann auch so geschehen. Jürgen suchte nach einer Gelegenheit, bei der er Wolfgang bitten wollte, ob er sich auch an dem Leinwandaufbau beteiligen könne. Nur so, es ginge ihm dabei nicht ums Geld. Der Anlaß bot sich bald. Ihm war Wolfgangs Geschäftemacherei mit den Briefmarken aufgefallen. Als Wolfgang wieder einmal zwei Dreieckmarken aus Nicaragua mit wunderschönen Naturmotiven – Dreieckmarken galten als besonders wertvoll – an einen der reicheren Jungen (mit 48 Pfennigen Gewinn) verkauft hatte, mischte sich Jürgen, der wie zufällig vorbeikam, ein. Er wies auf Wolfgangs Briefmarkenalbum.

»Zeig mal!«

»Hier.« Wolfgang gab ihm das Album.

»Warum machst du das?«

»Was?«

»Na, diesen komischen Verkauf.«

»Du siehst doch, die wollen so was.«

»Ja, aber ohne Beschiß.«

»Was heißt hier ohne Beschiß?«

»Du verkaufst doch die Marken teurer als sie wert sind.«

»Nicht, daß ich wüßte.«

»Ich habe diese beiden Marken, die du eben verkauft hast, selbst gekauft.« Er holte sein Heft heraus und zeigte Wolfgang die Marken.

»Na gut. Und nun? Was willst du damit beweisen?«

»Gar nichts. Komm reg dich wieder ab. Ich wollte dir nur zeigen, daß ich es weiß. Mich geht das doch nichts an.«

»Und warum sagst du's mir dann?«

»Ich möchte, daß du mein Freund wirst.«

»Gut«, sagte Wolfgang und klopfte Jürgen auf die Schulter. »Könnte mir auch gefallen.«

So fing ihre Freundschaft an. Nach ihrer Abreise aus Gumperda wollten sie in fester Verbindung bleiben. Doch Vorsätze sind bekanntlich leichter gefaßt als gehalten …

IV

Jürgens Internatsabschluß fiel zusammen mit der Rückkehr seiner Eltern aus Moskau. Mit Vaters Protektion hätte ihm jede Oberschule der DDR offen gestanden. Aber er weigerte sich. Er spürte in sich nicht den Drang, wie er ihn von Wolfgang kannte, nach dieser weiteren Schule. Seine Eltern, die natürlich wollten, daß ihr Sohn Abitur macht, ließen sich schließlich nur noch auf einen Mittelweg ein: »Dann wenigstens zehnte Klasse!« So war immer noch der Weg für eine Fachschule offen, zumal, was den Wohnsitz betraf, der Abstand zum Machtzentrum, zur Hauptstadt der DDR, Berlin, immer geringer wurde. Die Bergmanns zogen aus Johanngeorgenstadt zunächst nach Gera, wohin Genosse Bergmann als Sekretär der Bezirksleitung der SED berufen wurde.

Auf der Mittelschule in Gera traf Jürgen Karin wieder. Irgendwann merkten sie, daß sie mehr füreinander empfanden als sich in Erinnerung vergangener Tage freundschaftlich verbunden zu fühlen. Jürgen war das wie ein Verrat an Wolfgang vorgekommen. Warum auch Karin nicht wollte, daß Wolfgang etwas davon erfuhr, das hatte Jürgen nie aus ihr herausbekommen. Je näher das Ende der Mittelschule kam, um so rarer machte sich Karin. Sie zog sich mehr und mehr zurück, um dann Jürgen nach bestandener Mittlerer Reife zu gestehen, daß sie ihn nicht mehr liebe und daß nun alles aus sein müsse. Ihr beider Band sei doch nur ihre Internatsvergangenheit gewesen, und das reiche schließlich nicht aus, um darauf ein Leben aufzubauen. Womit sie zwar recht hatte, aber Jürgen sah das anders und reagierte unangemessen. Er bekam wieder die schon abgelegt geglaubten Minderwertigkeitskomplexe, schaltete in allem auf stur, so daß auch aus seinem bevorstehenden Fachschulstudium als Tiefbauingenieur nichts wurde. Da er auch keine Lust zum Erlernen eines Berufes in sich spürte, machte er etwas für die Bergmanns sehr Standesgemäßes: Er meldete sich freiwillig zur Nationalen Volksarmee, und bei diesem Elternhintergrund durfte er sogar wählen - wohin. Er ging zur Luftwaffe.

Das einzige, worauf er in diesen zwei Jahren Dienst stolz sein konnte, war, daß er trotz massiven Drucks seiner vorgesetzten Offiziere, die ihn für die Offizierslaufbahn werben wollten (und dabei wurde die Position des Vaters und welche Verpflichtungen sich für ihn als sein Sohn daraus ergäben, nicht ohne versteckte Drohung angesprochen), standhielt und so nicht Offizier dieser Armee wurde. Diese Standhaftigkeit mußte er mit etwas erkaufen, wofür er sich zwar noch nicht reif fühlte, aber im Prinzip schon einsah, daß jemand wie er irgendwann dorthin gehörte. Er wurde Kandidat der SED, und er wurde Unteroffizier. Aber das Armeeleben nervte ihn, und so drang er, was eine frühzeitigere Entlassung zur Folge hätte, auf eine Delegierung zum Studium an einer Arbeiter-und-Bauern-Fakultät, was man ihm, ob des so kurzen Entschlusses erst genehmigte, nachdem sich sein Vater telefonisch eingeschaltet hatte.

V

So kam es nach sechs Jahren zu jenem ersten Wiedersehen zwischen den Freunden in Jena. Aber waren sie noch Freunde? Was verband sie, wenn man von den drei gemeinsamen Internatsjahren in Gumperda absah? Beide empfanden sich mit Anfang Zwanzig als gescheiterte Existenzen. Der eine, ein Individualist, reich ausgestattet mit Begabungen und Talenten, hatte noch nichts gefunden, worauf er Begabung und Talent hätte konzentrieren können – ihm fehlte die Richtung. Der andere, bereitwilliger, sich in Normen einzufinden, litt so sehr unter Selbstzweifeln, daß er eigene Kräfte in sich nicht mobilisieren konnte und sich zu oft lieber auf den starken Arm seines Vaters verlassen hatte – was wiederum an seinem Selbstwertgefühl nagte. Beide wollten zwar raus aus dem Leben, das sie bisher geführt hatten. Aber beide wußten nicht, was danach kommen sollte, wenn sie ihr Abitur in der Tasche hatten.

Alles in allem: Wenig Kitt, aber genügend Sprengstoff für eine Freundschaft, die wohl mehr gefährdet schien, als daß sie Aussicht auf Stabilität gehabt hätte.

Dabei war das, was sie einerseits trennte, andererseits aber immer wieder zusammenführte, aus dem gleichen Stoff. Es war das Vortasten mit ersten wissenschaftlichen Ansätzen in ein Menschenbild, in dem man sich trotz verordneter Dogmen kollektiver Orientierungen dennoch etwas Eigenes, Individuelles erhalten konnte. Es war der Spaß am Diskutieren in den wissenschaftlichen Seminaren auf einer Schule, die in Jena nicht ohne Grund als »Rote Fakultät« verschrien war, wenn man die Lehrenden mit seinem ersten angelesenen Wissen alt aussehen lassen konnte, indem man die Theorie gegen eine zu hinterfragende Realität stellte. Scheinbar »positiv« zu diskutieren, zusammengebastelt aus Zitaten »der Klassiker«, die – welch Köpenickiade – ja gerade von den Lehrenden zu unfehlbaren Göttern erhoben worden waren, gegen deren Meinung man im Namen dieser Autoritäten so wunderbar Bedenken vorbringen konnte - das war schon spannend! Wenn man sich in MARX, ENGELS und LENIN als »bibelfest« erwies, war man für die Lehrenden zwar verdächtig, sozialismusfeindlich zu denken, aber man konnte hinsichtlich dieses Verdachts schwer überführt werden, selbst wenn man die heikelsten Fragen stellte.

Für Wolfgang hatte dieses Ausreizen von Denkpositionen auf schließlich nicht ungefährlichem Terrain etwas Faszinierendes und Motivierendes zugleich. So wie er als unreifer Jüngling wie ein Besessener in die Welt der Balzacs, Stendhals und Dostojewskis getaucht und dort nach Identifikationen und Normen für sein Leben gesucht hatte, so besessen, unreflektiert und auch gläubig griff er jetzt zu MARX, ENGELS und LENIN. Sekundäres erkannte er nicht an. In den Originalen wollte er es lesen. Aus ihnen - auch wenn er sich die Interpretationen ihrer Epigonen und ihre Aussagen über die Unfehlbarkeit der Drei nie zu eigen machen konnte - wollte er sein Welt- und Menschenbild von heute schöpfen. Und er wollte es anwenden, für sich, für sein Denken über die Welt.

Seinen geliebten Roman »Glanz und Elend der Kurtisanen« von BALZAC hinterfragte er jetzt in den »Kleinen ökonomische Schriften« von MARX; LENINs sezierende Imperialismusanalyse ersetzte STENDHALs »Rot und Schwarz«; TOLSTOIs »Krieg und Frieden« wurde von ENGELS' »Heiliger Familie« übertroffen; und die Krönung aller Literatur, so wie es für ihn »Der Idiot« von DOSTOJEWSKI gewesen war, schien ihm nun der »Antidühring« von ENGELS. Diese überlegene Haltung, diese Selbstverständlichkeit, wie sich Kluges gegen Dummes durchsetzte und - vielleicht das Größte - wie Engels die Sprache einsetzte, diese beißende Ironie, dieser entlarvende Sarkasmus, dieser überlegene Intellektualismus, all das wirkte auf Wolfgang so anziehend vorbildhaft, daß es in ihm genau das Gegenteil auslöste, als es (es war schließlich Pflichtliteratur) offensichtlich bewirken sollte. Es führte ihn nicht in die bezweckte Konformität mit der herrschenden Ideologie, sondern es stärkte sein nonkonformes Ich.

So wie sich das in seinem Verstand und in seiner Seele manifestierte, erkannte Wolfgang immer deutlicher die Perspektivlosigkeit seiner Freundschaft zu Jürgen, der das alles nicht nachvollziehen konnte und auch nicht wollte. Andererseits vollzog sich in diesem Prozeß des Beginns einer wissenschaftlichen Auseinandersetzung mit Lebensmaximen ein Aufeinanderzugehen, das sogar Abhängigkeiten voneinander schuf. Wolfgang interpretierte das aus seinem ersten Verständnis von Dialektik, indem er zu Jürgen sagte, als sie wieder einmal an einem Punkt gekommen waren, an dem sie sich fast feindselig angegiftet hatten.

»Weißt du, wir sind das beste Beispiel von der Einheit und dem Kampf der Gegensätze. Manchmal möchte jeder den anderen auf den Mond schießen, und dann wieder wissen wir, daß wir uns in dieser beschissenen ABF-Welt der Dogmatiker und Betonköpfe doch brauchen.«

»Du bist auf deine Art so dogmatisch wie die. Und, was das Schlimmste ist: Du merkst es genauso wenig wie die!«

»Wer hier von uns beiden der Dogmatiker ist, darüber müssen wir doch wohl nicht streiten, Genosse Jürgen Bergmann!«

»Jetzt wirst du wieder unfair.«

»Wieso, genau das ist der Punkt! Ich glaube nämlich von mir, daß ich – und dafür bin ich dieser beschissenen Ausbildung hier sogar dankbar – auf dem Wege bin, wie ein Kommunist zu denken. Und ich glaube, daß ich im Inneren mehr Kommunist bin als du, der seinen Kopf nur dafür anstrengt, um nachzuweisen, daß das, was wir hier als Schlamassel erleben, so richtig, gut und vor allem sozialistisch ist. Du plapperst doch nur nach, weil du dich, bevor du denken gelernt hast, in die Partei hast drängen lassen, die dir jetzt keinen Spielraum mehr für eigene Ideen läßt. Lies doch mal Marx, Engels, Lenin nicht so, wie es dir deine Genossen aufsagen, sondern lies sie so, daß sie für dich und nur für dich einen Erkenntnisgewinn bringen. Aber davor hast du Angst, weil dann mit deiner heilen Welt etwas passieren könnte: Daß sie plötzlich gar nicht mehr so heil ist, wie du und deine Genossen immer predigen.«

»Ich hab's dir schon mal gesagt: Du bist unfair, und es ist beleidigend, was du sagst. Aber wenn wir schon dabei sind und du mir empfiehlst, Lenin zu lesen, dann muß ich dir das dreifach zurückgeben. Du klopfst doch nur starke Sprüche, und wie ein Kommunist denkst du noch lange nicht. Wie ein Renegat, wie ein Anarchist – das wohl eher. Du bist doch einer von denen, gegen die gerade Lenin am meisten gekämpft hat – die Klugscheißer, die alles besser wissen. Aber wenn sie einmal danach gefragt werden, wie das alles dann auch noch in der Praxis funktionieren soll, dann klemmen sie den Schwanz ein und lassen das die anderen machen. Mit so primitiven Arbeiten soll sich doch gefälligst das Fußvolk befassen! Wir, wir denken doch, wir sind die geistigen Arbeiter, die Bauherren des schönen Konzepts des von allem befreiten Menschen - am besten noch von sich selbst! Hör mal, wenn du die Grundsäule der Leninschen Theorie nicht begriffen, nicht verinnerlicht hast, daß hier auf dieser Welt nichts, aber auch gar nichts in Richtung deines hehren Ideals geschieht, wenn da nicht eine Partei ist, die das alles in sich vereinigt, organisiert und führt - ja, führt, dann hast du noch gar nichts begriffen. Und dann hast du nicht mal das Recht, ein für dich schönes Argument oder auch nur einen für dich schönen Satz von Lenin im Munde zu führen. Denn wie es aussieht, kommt es dir doch nur darauf an! Weiß du, was du bist? Du bist ein kommunistischer Antikommunist, ein Misthaufenphilosoph und als Ästhet ein Formalist!«

So oder ähnlich verliefen die Diskussionen, die sie nächtelang führten, und solange sie so miteinander stritten, schien ihre Freundschaft nicht gefährdet. Im Gegenteil, das gemeinsame Interesse an dem Stoff, wenn auch gespeist aus unterschiedlichen Motivationen, schmiedete sie in den zwei Jahren Studium an der Arbeiter-und-Bauern-Fakultät in Jena nur noch enger aneinander, denn gegenüber Dritten waren sie sich immer einig und in dieser geistigen Mischung nahezu unschlagbar in Diskussionen.

Die Gefahr für den Bestand ihrer Freundschaft lag tatsächlich vielmehr in den sich nahezu ausschließenden Standpunkten, wie sie sich dem, was sie gemeinsam sein wollten, näherten. Wolfgang war wie sein Idol van Gogh oder die großen Romanfiguren Dostojewskis einem Phänomen verfallen, dem er mit aller Leidenschaftlichkeit nachjagte. Er spürte in sich die Verwandtschaft mit seinen geistigen Vorbildern, und er wollte die Extrakte ihrer Ideen bis in alle Tiefen und - wenn es sein mußte - auch mit Schmerzen ausloten, auskosten und vor allem für sich erobern. Dabei interessierte ihn nicht, wie das alles funktionieren, gelebte Praxis werden könnte. Er mußte es für sich besitzen. So war für ihn ein Entwurf, eine Skizze, ein Konzept, ein geschlossenes Denksystem bedeutender als die wirkliche, ihn umgebende Welt. Sein utopisches Menschenbild war ein Bild voller schöner Ideen, ein phantastischer Entwurf, in dem das einzig Störende die Menschen waren, die es dann ja in die Tat hätten umsetzen müssen. Menschheit war für ihn ein näherer Begriff als der Mensch neben ihm.

Ganz anders bei Jürgen. Während sich in Wolfgang aus der Kollision seiner heranreifenden Persönlichkeit mit einer Realität, die seinen Erwartungen nicht entsprach, eine im wesentlichen rationell bestimmte Lebenshaltung entwickelte, stand Jürgen auch emotional viel stärker auf dem Boden der Wirklichkeit, in der er lebte. Auch er suchte damals noch die Veränderung, aber er wollte sie mit und innerhalb der Macht, die nach seiner Auffassung einzig befähigt und berechtigt war, Veränderungen herbeizuführen. Er hatte bei seinem Vater einige der Mechanismen kennengelernt, die dazu nötig waren, auch wenn er nicht mit allem, was sein Vater tat, immer einverstanden war. Aber hier sah er tätige, produktive Wirkung, und alles andere war für ihn nur intellektuelles Gewäsch. Noch waren die Konflikte zwischen ihm und Wolfgang, ihre nächtlichen Auseinandersetzungen wie das Spiel junger Katzen, die sich balgen, kratzen und schlagen, ohne sich wirklich wehzutun. Noch brauchten sie keine grundlegenden Positionen beziehen zu einem Gegenstand, der sie wirklich anging. Das sollte sich aber noch vor Ablauf des ersten Studienjahres ändern.

VI

Wolfgang frönte immer noch seiner heimlichen Theaterliebe. Sein van Gogh war ihm zwar mißlungen, aber er war, wie er meinte, in erster Linie an der ihn überfordernden Größe gescheitert. Jetzt wollte er sich an etwas Kleinerem versuchen. Er hatte gerade einige der Lehrstücke Brechts gelesen, und es juckte ihn, so etwas zu versuchen. Da traf es sich gut, daß mit einem Aufruf der Universität Jena für den Studentensommer, in dem – gemäß dem Bitterfelder Weg – ein Theaterwettstreit der Fakultäten stattfinden sollte, die ABF als die sozialistischste Einrichtung dieser noch nicht ganz sozialistischen Universität in argen Zugzwang geriet. Heimlich begann er zu schreiben, wobei er sich von dem für diesen Theaterwettstreit gestellten Thema SOZIALISTISCHE MORAL UND ETHIK leiten ließ und ein Lehrstück zum Problem des Betrügens unter Studenten, bezogen auf das leidige Abschreiben, verfaßte. Als er sich sicher wähnte, die Thematik dramaturgisch einigermaßen zu bewältigen, reichte er einen Entwurf bei der Leitung der ABF mit der »Bitte um Genehmigung für die Teilnahme an dem Ausscheid« ein. Er ging davon aus, daß das nicht unbedingt eine Hürde sein würde und schrieb, obwohl er lange Zeit keine Reaktion auf seinen Antrag bekam, an dem Stück weiter. Als er meinte damit fertig zu sein, tippte er eigenhändig das gesamte Stück auf einer geliehenen Schreibmaschine mit sechs Durchschlägen noch einmal ab, verteilte die Durchschläge an jene interessierten Kommilitonen, mit denen er das Stück für den Studentensommer einstudieren wollte und begann in kleinem Kreis mit ersten Regiebesprechungen und Sprechproben. Er selbst wollte den Part des negativen Helden in dem Lehrstück spielen. Übrigens die einzige dynamisch angelegte Figur in dem Stück, denn ihr wird eine Veränderung, was Besserung zum Guten hieß, zugestanden. Er ist anfangs ein Störenfried, der andere zum Gammeln und Saufen verleitet, der seine Lernfaulheit durch Abschreiben ausgleicht, dazu noch einen bösen Ulbrichtwitz erzählt. Jener Held wird aber durch seine Liebe zu einer Kommilitonin, die auf dem rechten sozialistischen Weg schreitet, geläutert, und zum Schluß erkennt er sogar sein Abschreiben als Betrug an sich selbst an – und bereut. Welche Schwierigkeiten sollte ein so angelegtes Theaterstück machen? Es war verkitscht und triefend moralisierend sozialistisch, daß man allenfalls eine Persiflage hineindeuten konnte. Aber dagegen hätte er sich schon zu wehren gewußt. Die Aussicht, etwas von ihm Geschriebenes – und dazu noch von ihm selbst inszeniert – aufgeführt zu sehen, dafür wollte er jedes mögliche Mißverständnis, auch das, belächelt zu werden, in Kauf nehmen.

Jürgen, der Wolfgangs Theaterambitionen ohnehin für einen Spleen hielt, gehörte nicht zu dem Kreis der Studenten, mit denen Wolfgang an diesem Stück probte. So waren alle überrascht, als er eines Tages in ihren Theaterolymp einbrach, anfangs linkisch herumdruckste, dann aber mit fester Stimme verkündete: »Ich habe den Auftrag euch mitzuteilen, daß die Proben zu eurem Theaterstück bis auf weiteres zu unterbrechen sind.«

Wolfgang war wie vom Donner gerührt. »Komm sprich deutsch mit uns! Was heißt denn das?«

»Daß euch weitere Proben am Stück untersagt werden.«

»Wer untersagt?«

»Bitte Wolfgang, mach es uns doch hier nicht so schwer.«

»Uns? Schwer? Wem schwer? Und überhaupt! Wieso tauchst du hier auf? Was hast du mit der ganzen Sache zu tun?«

Jürgen nahm Wolfgang zur Seite und versuchte ihm die Situation, leiser sprechend, zu erläutern. »Ich habe den Auftrag von der Parteileitung bekommen, sozusagen ein Auftrag zur Bewährung, weil ich dich und dein Stück verteidigt habe. Verstehst du?«

»Nein, ich verstehe gar nichts!« Wolfgang sprach wieder laut, denn er wollte jetzt diese Kumpanei mit Jürgen nicht. "Und ich will dir eins sagen: Ob du einen Auftrag mit Bewährung bekommen hast oder nicht, das interessiert mich nicht. Und deine ewige Mauschelei mit denen da stinkt mich schon lange an. O.k., sieh zu, wie du deinen Auftrag erfüllst! Wir jedenfalls proben weiter! Ich sehe keinen Grund, weshalb wir das Stück nicht aufführen sollten.« Wolfgang wartete auf Jürgens Antwort. Da von ihm aber nichts kam, fuhr er fort. »Sag mal. Die müssen dir doch einen Grund genannt haben, weshalb sie uns verbieten! Oder hat man sich dir gegenüber so weit nicht herabgelassen? He, antworte!«

»Es geht, soviel ich weiß, um den Ulbricht-Witz in dem Stück. Außerdem von Verbot kann doch keine Rede sein.«

»Na wunderbar! Man untersagt uns zu proben, aber von Verbot natürlich keine Spur! Im Klartext: Tut mir leid für dich, Jürgen. Aber wir proben weiter. Das ist mir als Begründung für ein Verbot nämlich zu dünn. Hat denn überhaupt jemand von denen mein Stück schon gelesen? Geht ja gar nicht, den alle Kopien sind hier im Raum. Also, rede, woher haben denn deine Herren und Meister ihre Weisheiten?«

»Die Parteileitung ist über alles informiert, was im Hause vorgeht. Das weißt du doch!«

»Nein, das weiß ich nicht. Ich will das auch gar nicht wissen.«

»Was regst du dich dann so auf? Die Parteileitung hat eine Information bekommen, der sie genauer nachgehen muß. Deshalb will sie sich jetzt ein umfassendes Bild machen, indem sie in deinem Stück überprüfen will, ob die Information, die sie bekommen hat, den Hintergrund hat, den sie vermuten muß oder nicht.«

»Gut«, sagte Wolfgang, »hier hast du mein Exemplar. Geh damit zu deinen Leuten. Ich bin mir übrigens keines Vergehens bewußt, nicht einmal gegen eure sozialistische Moral und Ethik. Darüber kannst du sie informieren, wenn es schon keiner von denen für nötig hält, mal hierher zu kommen, um mit uns zu reden. Hier, gib das ab und laß uns weiter proben.«

»Wolfgang, so geht das nicht.«

»Was denn nun noch?«

»Ich habe den Auftrag, alle Exemplare, ausnahmslos alle, einzusammeln und abzugeben.«

»Begreif ich nicht. Warum?«

»Da hast du völlig recht. Du begreifst wieder einmal gar nichts. Kapierst du denn noch immer nicht, daß es schon gar nicht mehr nur um dein Theaterstück geht? Um deinen Kopf geht es! Nein, eigentlich schon nicht mal mehr nur um deinen Kopf, sondern darum, daß man unserer Deutschdozentin, Frau Dr. Ullrich, etwas anhängen will. So, und jetzt hör ich auf, deinen Betonkopf mit weiteren Erklärungen einsichtiger machen zu wollen. Auf diese Weise rede ich mich noch um Kopf und Kragen. Wolfgang, als dein Freund ...«

»Freund???«

»Ja, als dein Freund rate ich dir: Spiel hier nicht weiter Revolution. Setz dich lieber so schnell wie möglich mit Frau Ullrich in Verbindung. Ich denke, sie hat Erfahrung und Fingerspitzengefühl genug, um euch beide da wieder herauszuboxen. Und noch eine Bitte. Halte deine vorlaute Schnauze! Ich möchte nämlich, daß wir beide diese Einrichtung mit einem ordentlichen Abschluß verlassen. So, und jetzt bitte ich dich, mir alle Abschriften auszuhändigen«

Wolfgang sammelte die Exemplare ein. *Gut, daß ich nur fünf verteilt habe.* Bei dem Gedanken fühlte er sich wieder gut.

»Hier sind alle Durchschläge, Genosse Judas.«

Jürgen zählte nach. »Es fehlt noch eins.«

»Wieso, ich habe alle Exemplare eingesammelt.« Wolfgang wandte sich in die Runde: »Hat jemand eins zurückbehalten? Du siehst. Mehr ist nicht.«

»Wolfgang, man weiß in der Parteileitung, daß du sechs Durchschläge geschrieben hast. Also, wo ist der sechste?«

»Woher wollen die denn das wissen?«

»Du hast heute schon einmal eine so dumme Frage gestellt. Noch einmal, Wolfgang, als Freund rate ich dir, keine Tricks mehr! Du mußt doch langsam auch etwas begreifen.«

VII

Das konfiszierte Theaterstück war für den Direktor Keller ein willkommener Anlaß, bei der Parteileitung eine außerordentliche Parteiversammlung einzufordern. Das Thema gab er selbstverständlich vor: KONTERREVOLUTIONÄRE TENDENZEN UND SOZIALISTISCHE WACHSAMKEIT. Wolfgang hatte als Parteiloser den Antrag gestellt, an dieser Versammlung teilnehmen zu dürfen, um zur Sache reden zu dürfen. Jürgen hatte ihm dringend abgeraten, einen solchen Antrag zu stellen. Und Jürgen hatte recht. Man betrachtete Wolfgangs Antrag als ein weiteres Indiz parteifeindlichen Denkens, da er damit offensichtlich unterstelle, die Partei könne irren; und überheblich, wie der Student Sander sei, meine er auch noch durch seine Person zur Wahrheitsfindung beitragen zu können.

Hauptreferent auf dieser Parteiversammlung war der Direktor Keller – nicht etwa der Parteisekretär, denn den hielt der alles beherrschende Direktor in bezug auf die anstehenden Fragen für zu lasch und zu verständnisvoll. Der Parteisekretär galt als literaturbegeistert und – was in diesem Fall eine Tendenz der Voreingenommenheit nicht gänzlich aus dem Wege räumen konnte – als befreundet mit der Deutschdozentin Frau Dr. Ullrich, gegen die der Direktor aus gegebenem Anlaß mit aller Konsequenz vorzugehen gedachte.

Für den Direktor war der Student Sander, den er nicht einmal kannte, mit seinem blöden Theaterstück völlig uninteressant. Ihn interessierte nur, wie er diesen Fall konterrevolutionärer Gesinnung seiner Feindin, der Genossin Ullrich, anhängen konnte. Er haßte diese Frau bis in die Zehenspitzen. Mit ihrer verquasten humanistischen Bildung, in seinen Augen nichts anderes als der Ausdruck einer verkappten bürgerlichen Ideologie, drohte sie ihn geradezu zu ersticken. Immer, wenn er ihre nachsichtige Höflichkeit ertragen mußte, kam er sich wie ein verschüchterter Pennäler vor, was oft so weit ging, daß er, der sich auf sein rhetorisches Talent etwas einbildete, zu stottern anfing, wenn sie ihn, feinsinnig lächelnd, bei seinen tönernen Reden zuhörte. Diese phantastische Gelegenheit – und sie hatte ja schon zugegeben, Kenntnis von dem Theaterstück dieses Studenten Sander gehabt zu haben – sollte ihm kein lascher Parteisekretär vermasseln. Aber er mußte klug vorgehen. Erst mußte der Bauer verunglimpft und in die konterrevolutionäre Ecke gestellt werden. Dann konnte man geschickt eine Mitschuld und damit schädliche Gesinnung bei der Königin konstruieren. Was hieß konstruieren? Entlarven! Und dann war es aus mit der Ullrich! Dann war es aus mit ihrem penetranten Lächeln! *Dann kann sie in der Provinz in irgendeinem Nest an einer Dorfklitsche Deutsch unterrichten* ... So träumte er vor sich hin, als der Parteisekretär - wie immer, ohne anzuklopfen (*das werde ich ihm auch noch abgewöhnen*) - zu ihm eintrat und ohne lange Einleitung auf das kam, was ihm offensichtlich am Herzen lag.

»Franz, ich habe den Eindruck, daß du in dieser Sache überziehst. Wenn wir zu dick auftragen, dann kann das nach hinten losgehen.«

»Sieh an, der Rückversicherer! Da ist noch gar kein Schuß gefallen und unser Parteisekretär hat jetzt schon die Hosen voll von der Revolution.«

»Das ist es ja eben, Franz. Du machst aus einem unbedachten Vorfall, der vielleicht viel mehr ein versöhnliches, aufklärendes Wort verdient hätte, gleich eine revolutionäre Situation.«

»Konterrevolution, wolltest du sagen. Konterrevolution! Schlimm genug, daß ich ausgerechnet dir das erläutern muß. Und deshalb werde ich es auf der Parteiversammlung ganz deutlich sagen ...Genau das sind die Ansätze: Verunglimpfung unserer Parteispitze, Angriff gegen unseren Ersten Sekretär und gegen die Souveränität unserer DDR, aus denen - wie in Ungarn - die konterrevolutionäre Hydra ihr Haupt erhoben hat. Willst du wirklich erst warten, bis dein braungebrannter Körper am nächsten Laternenpfahl baumelt. Habt ihr denn alles schon vergessen, was in Ungarn vor kurzem los war?«

»Franz, das war 1956, damals magst du recht gehabt haben, aber wir schreiben heute 1962. Du kannst doch nicht bei jedem Vorfall die Kalaschnikow durchziehen wollen ...«

»Und ich sag's dir noch einmal: Es sind konterrevolutionäre Ansätze! Und eine alte Weisheit sagt, daß man allen Anfängen wehren soll.« Der Direktor sah den Parteisekretär durchdringend an. »Und nun zu deiner Bemerkung über die Kalaschnikow. Ich sage dir eins: Es ist Krieg! Und wir werden erst Frieden hier und auf der ganzen Welt haben, wenn der letzte Schuß von jemandem abgefeuert wird, der eine Kalaschnikow in den Händen hält.«

Der Parteisekretär spürte, daß hier nichts mehr auszurichten war.

Zwei Stunden später eröffnete er die Parteiversammlung in der Aula des barocken Gebäudes der ABF, allerdings mit dem unguten Gefühl, daß er an seiner Funktion ein Joch zu tragen hatte, das er gern einem anderen überlassen würde.

VIII

In seiner großen Rede ging der Direktor davon aus, daß die revolutionäre Wachsamkeit in erschreckendem Maße nachgelassen habe. Bestückt mit passenden Zitaten aus dem Zentralorgan der Partei NEUES DEUTSCHLAND wies er nach, daß die Konterrevolution gerade darauf warte, sich derer anzunehmen, die Zweifel in die Politik der Partei säten, über (sicherlich teilweise noch vorhandene) Mißstände meckerten und scheinbare Mißstände herbeiredeten. Daß sie es sind, die den aggressiven Plänen der Bonner Ultras in die Hände spielen. Daß die Konterrevolution heute nicht nur in der häßlichen Fratze des Imperialismus daherkäme, sondern auch in den vermeintlich eigenen Reihen - mitten unter uns - ein Gesicht zeige, das für viele der Anfälligen und Zweifelnden vielleicht sogar sympathisch wirke, so daß oft - und das sei gerade der Zweck eines solch hinterhältigen Vorgehens - zwischen Freund und Feind nicht mehr unterschieden werde. Vielen ginge es offensichtlich schon viel zu gut. Man nutze (und solle das auch) die Errungenschaften des sozialistischen Aufbaus. Da würde man mit Sicherheit das Abitur machen, hätte einen gesicherten Studienplatz und später auch einen gesicherten Arbeitsplatz. Und wer garantiere das alles? Das hätten viele wohl schon vergessen! »Es ist die siegreiche Arbeiterklasse und die mit ihr verbundenen werktätigen Klassen und Schichten in der Diktatur des Proletariats unter der Führung der Sozialistischen Einheitspartei Deutschlands, an deren Spitze der von uns allen hochverehrte Genosse Walter Ulbricht steht. Und ich frage euch, Genossen«, kam der Direktor jetzt auf seinen Punkt: »Wie soll man die politische Haltung eines Studenten der Arbeiter-und-Bauern-Fakultät beurteilen, der nicht etwa die hier und da noch bestehenden Mißstände anspricht, weil er mit diesem oder jenem nicht ganz einverstanden ist, was ja noch zu entschuldigen wäre und worüber man auch reden könnte, obwohl man da schon fragen muß, mit welchen Recht maßt er sich an, Unzulänglichkeiten zu beurteilen, wo er doch erst einmal dankbar dafür sein sollte, daß er - hier bei uns - lernend begreifen darf, was das bedeutet: Arbeiter-und-Bauern-Macht! Nein, er, und ich meine hier konkret den Studenten Sander, begnügt sich nicht damit. Der Sander zielt gleich gegen das Zentrum der Macht! Er verhöhnt öffentlich die Spitze der Partei und gibt sie der Lächerlichkeit und damit der Konterrevolution preis. Und ich sage euch, wer so etwas macht, begibt sich nicht nur in die Position der Konterrevolution, er ist selbst ein KONTERREVOLUTIONÄR, der auf einer Schule wie der unseren nichts mehr zu suchen hat.« Seine Stimme überschlug sich, und da er im Saal nur wenige zustimmende Gesichter sah, zwang er sich wieder zur Ruhe, um damit sachlicher zu wirken. »Ich werde euch jetzt aus dem Machwerk des Studenten Sander etwas vorlesen; ein Stück, das sich bezeichnenderweise NEUER BEGINN nennt. NEUER BEGINN ... was will er eigentlich neu beginnen, wenn - und soviel Dialektik muß er an unserer Einrichtung schließlich schon gelernt haben - wenn er nicht etwas Bestehendes negieren will?« Hier machte er eine Pause, weil er spürte, daß dieser Ausflug in die marxistische Erkenntnistheorie einige beeindruckte. Und so wollte er gleich noch eins draufsetzen. »Wir Kommunisten haben keinerlei Vorurteile gegenüber Menschen, Rassen oder Religionen, aber wir verstehen etwas vom Klassenkampf und haben einen Klasseninstinkt. Nicht wahr, Genosse Bergmann?« Er sprach tatsächlich Jürgen in diesem Zusammenhang an, der sich in diesem Moment so sehr schämte, wie er sich in seinem ganzen Leben noch nicht geschämt hatte. »Wer ist denn dieser Sander überhaupt? Ist er ein Arbeiterkind? Ein Bauernkind? Nein! Er stammt aus jenen kleinbürgerlichen Verhältnissen der Stehkragenproletarier, die schon Lenin als die Unzuverlässigsten bezeichnet hat. Nicht nur das, und auch darüber haben wir keine Vorurteile, aber gesagt werden muß es, weil es Zusammenhänge offenbart: Sein Vater hat in unserem Arbeiter-und-Bauern-Staat schon zweimal die Gesetze so kraß übertreten, daß er zweimal von unserer sozialistischen Rechtsprechung zu Zuchthausstrafen verurteilt werden mußte. Doch nicht darüber wollen wir rechten, und ich habe das nur angeführt, um uns vor Augen zu halten, daß in unserem Staat jeder eine Chance bekommt, auch irrende oder sich verirrende junge Menschen wie der Student Sander. Aber ab irgendwann müssen wir wachsam werden, nämlich dann, wenn aus solchen Köpfen so etwas fließt, wie das, was ich euch jetzt aus diesem sogenannten Theaterstück zitieren möchte:

Peter: Kennt ihr schon den neusten Ulbrichtwitz?

Franz: Na los, erzähl schon!

Peter: Stellt euch vor, der dritte Weltkrieg ist vorbei. Der Planet Erde ist nur noch eine Atomwüste. Keine Überlebenden mehr. Aber in einem tiefen Bunker, in den untersten Gängen gibt es doch noch Überlebende: Eine alte Frau, eine junge Frau und der Genosse Walter Ulbricht. Nachdem sie festgestellt haben, daß sie die einzig Überlebenden der Menschheit sind, beratschlagen sich die Frauen, treten an Walter Ulbricht heran, und die alte Frau sagt: »Wir drei sind nun die einzigen Menschen auf der Welt. Wir müssen etwas tun, damit die Menschheit nicht ausstirbt«, und die Alte schiebt die junge Frau zu Walter Ulbricht. Als Walter Ulbricht begreift, was da von ihm verlangt wird, hebt er abwehrend beide Hände und ruft: »Oaber erscht de De De Er anergennen!«

Aber erst die DDR anerkennen!« Der Direktor wiederholte den letzten Satz noch einmal mit Nachdruck und in Hochdeutsch, denn er hatte ihn soeben in geradezu schauspielerischer Finesse ordentlich sächsisch vorgetragen. Nun legte er wie ein Schmierenkomödiant eine Kunstpause ein, in der Hoffnung, daß sich die Frevelhaftigkeit dieser Infamie auf alle übertrug. Einige jedoch, denen der Witz noch nicht bekannt war, hatten sogar unpassend gelacht. Er strafte sie mit Blicken vom Rednerpult. Doch bevor er zu der beabsichtigten Interpretation ansetzen konnte, rief Jürgen aus dem Saal: »Genosse Direktor, zu dem Witz gehört in dem Stück noch eine Ballade. Ich bin der Meinung, daß sie auch vorgelesen werden muß.« Im Saal entstand Gemurmel.

»Genosse Bergmann, ich verstehe deine Frage nicht«, versuchte der Direktor auszuweichen und Jürgen indirekt zurechtzuweisen. Aber Jürgen vergaß jetzt alle Vorsicht.

»Das war keine Frage, Genosse Direktor. Ich habe dich nur gebeten, die dazugehörende Ballade vorzulesen, weil dieser Witz ja nicht isoliert in diesem Stück steht und mit der Ballade eine erzieherische Wirkung genau gegen diese Witzeerzähler erreicht werden soll. Zumindest habe ich es beim Lesen so verstanden.«

»Aber Genossen«, der Direktor wandte sich hilfesuchend an die Masse. »Reicht es denn nicht, daß überhaupt so etwas ausgesprochen wird. Was kann denn eine angehängte Ballade an dem Sachverhalt, der doch eindeutig ist, noch ändern?« Doch die Masse spielte nicht mehr mit. Man forderte lautstark zum Verlesen der Ballade auf.

Der Direktor, der jetzt seinen Generalangriff gegen die Genossin Ullrich geplant hatte, mußte wohl oder übel die Ballade vorlesen, wobei er nun jenes schauspielerische Talent, das beim Erzählen des Witzes aufzuflackern schien, völlig vermissen ließ. Die Luft war raus. Es ließ sich nach dieser Verlesung kein geschickter Übergang zu dem konstruieren, was er sich vorgenommen hatte. So hatten die Dinge schon ein völlig anderes Gesicht, als die Genossin Ullrich ans Rednerpult schritt. *Du kommst auch noch dran*, dachte der Direktor, aber er sah ein, daß heute nichts mehr zu machen war.

Die Genossin Ullrich war schließlich auch kein heuriger Hase in der Partei, sie kannte die Klaviatur - eben weil sie schon resigniert hatte - besser als der in ihren Augen zu plumpe Direktor. Sie wußte, wem die anfängliche Attacke des Direktors in Wirklichkeit gegolten hatte, und war sehr auf der Hut. Aber der Direktor hatte sich durch die Zwischenbemerkung von Jürgen Bergmann so erbärmlich aus dem Konzept bringen lassen, daß es jetzt an ihr war, auf ihre Weise auszuteilen. Zunächst machte sie etwas für alle sehr Verblüffendes: Sie lobte des Direktors politische Wachsamkeit, streute Selbstkritik ein, daß sie selbst in den politischen Dimensionen, die der Direktor hier aufgezeigt hätte, nicht zu denken fähig gewesen sei. Aber (und hier bemühte sie noch einmal den Exkurs des Direktors in die materialistische Dialektik) wenn man die Dinge zu einseitig sehe, ließe man manchmal auch Gespenster entstehen, die in Wirklichkeit und mit marxistisch-pädagogischer Lenkung vielleicht sogar einen ungeschliffenen Edelstein entdecken lassen, der eventuell einmal Großes für unsere gemeinsame Sache leisten könne. Der aber verloren wäre, und damit für unsere Sache verloren wäre, wenn er beim ersten Fehlpaß (und der Genosse Direktor sei doch, wie wir alle wissen, ein »Bolelschik« der hiesigen Fußballmannschaft und würde deshalb dieses Bild besonders gut verstehen), wenn man also einen veranlagten Spieler beim ersten Fehlpaß vom Platz stellen und ihn nie wieder einsetzen würde. Weiß man denn, welches Talent da der Mannschaft verloren ginge. Und unsere Sache als Pädagogen sei es doch, Talente, Begabungen, Befähigungen zu entdecken, zu wecken und zu fördern. »Doch zur Sache«, sagte sie, behielt aber ihr gewinnendes Lächeln bei. »Wir haben über ein Theaterstück zu befinden, das einer unserer Kommilitonen geschrieben hat, und mit dem er – das sollten wir dabei nicht vergessen – in bester Absicht unsere Fakultät beim Theaterwettstreit des Studentensommers der Universität vertreten wollte. Wir sollten festhalten, ohne diese Initiative wären wir wieder einmal nicht vertreten. Wir hätten damit keinen Beitrag zum Bitterfelder Weg zu leisten, was uns sicherlich nicht gut zu Gesicht steht. Nun ist andererseits klar: So, wie das Theaterstück gegenwärtig vorliegt, können wir es nicht über die Bühne gehen lassen. Mit anderen Worten, dieser Witz muß raus! Nicht nur aus politisch-ideologischen Gesichtspunkten, sondern auch aus ästhetischen und dramaturgischen. Ich mache euch folgenden Vorschlag: Ich übernehme die Mentorschaft über das Stück und über die Aufführung. An so etwas hätten wir übrigens schon viel früher denken sollen! Ich rede mit dem Studenten Sander, und ich werde ihm auch bei der Neufassung seiner Ballade helfen.« Hier machte sie eine Pause. Man hörte zustimmendes Murmeln im Saal. »Wenn wir einerseits die mahnenden Worte unseres Direktors beherzigen, andererseits aber auch erkennen, daß nicht alles Feind ist, was auf den ersten Blick so aussieht, sondern im Gegenteil unsere sehr behutsame Hilfe braucht, dann kann die einzige Schlußfolgerung, die wir aus unserer heutigen Debatte ziehen müssen, nur lauten: Wir als Partei übernehmen die Patenschaft für die, die uns beim Studentensommer vertreten! Und wir sollten alle die Daumen drücken, daß wir nicht nur teilnehmen, sondern daß wir als Sieger aus diesem Wettbewerb hervorgehen! Wofür ich mir übrigens gute Chancen ausrechne, da wir mit dem Theaterstück unseres Studenten Sander die wahrscheinlich einzigen sind, die mit einem eigenen, selbstgeschriebenen Stück dort auftreten werden. Ich für meinen Teil bin bereit, mich tatkräftig dafür einzusetzen. Und Genosse Direktor«, sie lächelte ihr strahlendstes Lächeln zu ihm ins Präsidium, »der Sozialismus braucht nicht nur Großtaten in Wirtschaft, Politik und Wissenschaft, auch die kleinen und ganz kleinen Taten in der Kunst und Kultur sind unverzichtbare Bausteine, damit der Mensch besser werde.« Der tosende Beifall, der die Aula jetzt geradezu erschütterte, klang wie ein Befreiungsschlag.

Frau Ullrich machte ihr Versprechen wahr. Jene, so viele Mißverständnisse auslösende Stelle im Stück wurde mit ihrer Hilfe umgeschrieben und erblickte mit folgender Säuberung das Licht der Aufführung:

Peter: Beim letzten LPG-Einsatz sah eine Erntehelfergruppe einen Mann in gebückter Haltung - immer etwas vor sich hinmurmelnd - über das Feld gehen. Neugierig über das, was er da wohl tat, gingen sie hin. Näher gekommen sahen sie, wie er an einem Zwirnsfaden einen Kartoffelkäfer vor sich herkrabbeln ließ und immer: Such - such - such murmelte.

Alle: (Gejohle) Das Ding ist gut. Paßt genau in unsere Situation.

Lautsprecherstimme:

Ballade vom Durchdenken

Sie lachen!
Und das Lachen ist nicht gut!
Es ist entweder böse oder dumm.
Mit ihrem Lachen zeigen sie:
Es kümmert sie nicht das Warum.
Sie sagen brav im Unterricht:
Wir baun den Sozialismus auf!
Doch mit dem Herzen sind sie nicht dabei.

Sind diese Sätze etwa Phrasen?
Leere Worte, nicht durchdacht?
Und Zweifler haben Argumente.
Hier gibt es Schwächen, dort noch Mängel,
Im »Goldenen Westen« sind die Läden voll,
Und RIAS II dröhnt aus den Röhren,
Daß es mit uns zu Ende gehen soll.
Sie sagten es schon vor zehn Jahren,
Doch traf ihr weiser Spruch nicht ein.
Und unsre Handelsschiffe fahren,
Und trotz der Herrn aus Bonn am Rhein.
Laßt an 'nem Beispiel mich erläutern,
Wie ernst es jenen Herren war,
Zurückzuerobern, was bei uns
Aus Ruinen neu gebar;
Aber für sie verloren war.

Es war einmal ein großes Reich,
Regiert von einem Zaren.
Und eines Tages herrschten die,
Die ausgebeutet waren.

Der Arbeiter nahm in die Hand
Den Hammer und die Feder,
Den Zaren jagt er aus dem Land
Und glücklich wurde jeder.

Da aber gab's ein großes Schrei'n
Ringsum, denn alle Nachbarn
Das baldige Ende prophezeien
Den Massen, die erwacht war'n.

Der Junker und der Bourgeois;
Sie schrei'n seit vierzig Jahren.
Warum? Es wurde ihnen klar,
Daß sie die Dummen waren.

Wer möchte gern der Dumme sein?
Wer möchte gern verschenken
Den Reichtum, den das Land gebracht?
Da muß man die, die nicht denken
Mit Spott und Hohn verblenden.
Seht, so hat's sein Bewenden
Mit der Parole vom Untergang.

Und weil in der SU mißlang
Der Fischfang nach der Beute,
Versucht bei uns man heute
Den Dummen und den Bösen
Vom großen Ziel zu lösen.

Denkt nach! Erkennt - und packt mit an.
Wir baun die neue Welt,
Und was wir wolln, das schaffen wir,
Auch wenn man uns den Weg verstellt.

Doch du und du und alle ihr
Dürft nicht beim Lachen halten.
Verändert euch, und helft, daß wir
Verändern, was am alten
Noch hängt und um das Alte weint.
Die Trägheit, Faulheit, Lüge
Besiegen wir mit euch vereint.
Und das sind reiche Siege!

Auf diese Weise rosarot gewendet, erzieherisch bereinigt und mit Engagement aufgeführt, bekamen sie wirklich den ersten Preis des Theaterwettbewerbs im Studentensommer. Frau Dr. Ullrich selbst hatte den Part der Lautsprecherstimme übernommen. Es gab eine handgeschriebene Urkunde. Jürgen kam nach der Aufführung zu Wolfgang, um ihm zu gratulieren.

»Meinst du das ehrlich?« fragte Wolfgang.

»Ja.«

»Du Scheißer!«

»Du hast immer noch nichts begriffen. Vielleicht denkst du einmal darüber nach, was sich zwischen Frau Dr. Ullrich, Keller und mir abgespielt hat, und wenn du dann ein Dankeschön sagen willst, wäre alles o.k..«

»Gut, ich danke dir.«

»Nicht mir.«

»Sag mal, was willst du eigentlich. Du kannst einem aber auch jede Freude kaputt machen.«

»Ich will nur, daß du beginnst, ein paar Dinge zu begeifen. Es ist nämlich nicht immer jemand wie ich oder Frau Dr. Ullrich da ... Nur darüber solltest du mal nachdenken.«

»Ich werd's mir merken.«

Wolfgang beschloß, Jürgen in Zukunft aus dem Wege zu gehen. *Jetzt wird aber erst mal gefeiert,* munterte er sich auf. *Und der Ullrich kaufe ich morgen einen großen Blumenstrauß. Jawoll! Und dann: Ab an die Ostsee! Endlich wieder Ostsee ...*

17

JA, DAVON KÖNNEN WIR LEBEN

I

Wolfgang lief zu den Dünen. Zu seiner See! Noch sah er sie nicht, aber er spürte ihren Atem. Vor dem letzten Sandhügel verhielt er seinen Schritt. Dann blieb er stehen, kauerte nieder und ließ eine Handvoll Sand langsam durch die Finger rieseln. Er lauschte dem dumpfen Raunen der See. Er liebte das Meer. In den letzten Jahren war er jeden Sommer an die Ostsee gefahren. Und immer war er zuallererst, noch bevor er die Koffer ausgepackt hatte, zu ihr wie zu einer langerwarteten Geliebten gelaufen. Und immer hatte er kurz vor ihrem Anblick gezögert in der bangen Ahnung, sie könne nicht mehr so schön wie in seiner Vorstellung sein.

Einmal hatte sie ihn enttäuscht. Es war Windstille, und die See lag brütend faul vor ihm wie ein unbeweglicher Spiegel. Diese See mochte er nicht: Sie war falsch und verhüllte, satte Ruhe vortäuschend, ihren wahren Charakter. Doch heute würde sie sich ihm so zeigen, wie er sie liebte. Das glaubte er schon zu hören. Langsam erstieg er die letzte Düne. Als er sie dann sah, war es ihm, als griff etwas nach seinem Herzen. Er schloß die Augen. Das Erhabene war zu gewaltig, als daß er es mit einem Male hätte in sich aufnehmen können. Ihm wurde schwindlig vor Freude. In tiefen Zügen genoß er die salzige Seeluft. Wie oft hatte er schon so gestanden; doch immer war es das gleiche unsagbar freudige Durchrieseln des Körpers, das ihm nur der Anblick der See geben konnte.

Vom Dünenweg rief jemand heftig winkend seinen Namen. Er erkannte Egon, sah auf die Armbanduhr und registrierte, daß er über die Zeit war: Arbeitseinweisung! Er winkte zurück, daß er sich beeilen werde. Egon Renner war es, der eines Abends – noch vor dem Studentensommer – Wolfgang mit der Nachricht überfiel: »Wir ham für de großn Ferien ein'n Job!« In seiner hastigen, die Endsilben verschluckenden Sprechweise hatte er Wolfgang freudestrahlend in Kenntnis gesetzt, daß er mit der Mensaleitung gesprochen (der heiße Tip käme von der Sekretärin, der Egon zuweilen einen Drink spendierte) und man ihm dort eröffnet habe, daß sie für das Ferienlager der Universität in Trassenheide auf Usedom sechs Kellner und Servierer suchen, drei Jungen und drei Mädchen. Da hätte er gleich zugegriffen und sich, Wolfgang und Franz Hausmann gemeldet, denn er hätte sich sofort entscheiden müssen.

Wolfgang war anfangs nicht sehr erbaut über diesen Vorschlag, und er schalt Egon der Eigenmächtigkeit, zumal der Einsatz, wie er erfuhr, sechs Wochen dauern sollte. Ausschlaggebend für Wolfgang war jedoch, daß das Heim an der See lag; denn er hatte für dieses Jahr noch keinen Seeplatz in Aussicht. Etwas Geld wollte und mußte er sich in den Ferien sowieso dazuverdienen. So war er nach kurzem Überlegen Egon sogar dankbar, daß er, ohne zu zögern, gehandelt hatte. Franz Hausmann von dem Vorhaben zu überzeugen, erwies sich als schwieriger; denn der hatte diese Zeit wirklich schon verplant. Aber in gemeinsamer Argumentation schafften sie es.

Franz Hausmann war Sportstudent und begnadet veranlagt. In den leichtathletischen Disziplinen 400- und 200-Meter-Lauf hätte er es zu weit mehr als nur provinziell bedeutenden Leistungen bringen können. In guten Zeiten war er sogar einmal als Ersatzkader für die DDR-Olympiamannschaft nominiert worden, aber sein Trainingsfleiß und möglicherweise auch seine Kaderakte ließen zu wünschen übrig. So riß er, wie er sich auszudrücken pflegte, sein Sportpädagogik-Studium auf der linken Arschbacke ab und hatte zudem Zeit für einige andere Freuden, die das Leben bereit hielt. Franz und Wolfgang sahen sich ähnlich. Beide trugen ihr dunkelblondes Haar kurz, sie hatten ungefähr die gleiche Größe und Statur und sogar entfernt ähnliche Gesichtszüge. Sie waren schon oft von flüchtigen Bekannten verwechselt worden. Von den sportlich schlanken Gestalten dieser beiden stach die Konstitution Egons beträchtlich ab. Die Natur hatte es mit ihm, was seine Körperfülle anging, etwas zu gut gemeint, denn ein respektabler Mollenfriedhof verlieh seiner Statur auch optisch Bodenständigkeit.

Die Wochen bis zu den Ferien waren im Nu vergangen. Mit den drei Partnerinnen im gemeinsamen Ferienjob, Helga, Lisa und Franziska, hatten sie sich auf der Fahrt im Bus, der sie und das Küchenpersonal von Jena an die Ostsee brachte, schnell angefreundet. »Jedenfalls sind es keine albernen Gänse«, stellte Egon fest, als sie nach ihrer Ankunft unter sich waren. »Besonders Helga – nicht«, spöttelte Wolfgang, und Egon tat beleidigt.

II

In der ersten Woche hatte Wolfgang Frühdienst. Gleich nachdem die letzten Frühstücksgäste den Speisesaal verlassen hatten, begann er den Mittagstisch einzudecken. Erst alle Messer, dann die Gabeln, dann alle Löffel. So ging es am schnellsten. Eigentlich war das der unangenehmste Dienst: Man mußte den Frühstückstisch decken, mittags eindecken und servieren und am Abend servieren. Bei den zweihundert Gästen spürte man nach dem Abendessen, was man getan hatte, besonders in den Handgelenken. Aber Wolfgang war froh, daß er diese Schicht gleich in der ersten Woche bekommen hatte, da hatte er sie hinter sich. Er hielt es mit der Arbeit wie mit dem Essen: Erst das Notwendige und dann den Appetitshappen als Magenschluß. Außerdem war das Wetter noch nicht so, daß man neidisch auf die Strandgänger hätte sein müssen, wenn man so sonnenhungrig wie Wolfgang war.

In der zweiten Woche hatte Wolfgang Nachmittagsdienst. Das heißt, er mußte mittags servieren, nachmittags für das Kaffeegeschäft kellnern und für das Abendessen eindecken. Da sich in der zweiten Woche das Wetter merklich besserte, nutzte Wolfgang die jetzt freien Vormittage zu ausgiebigen Sonnenbädern. Abends saßen er und die drei seiner Servierkollegen, die gerade nicht kellnern mußten, meistens unter sich; denn mit den Urlaubern des ersten Durchgangs konnten sie schon deshalb kaum in engeren Kontakt kommen, weil sie – meist als Familie angereist – fast ausnahmslos der älteren Wissenschaftlergeneration der Jenaer Universität angehörten.

In der nächsten Woche reisten die Feriengäste des zweiten Durchgangs an. Es waren größtenteils Ärzte aus den Universitätskliniken in Jena und viele Studentinnen, was Wolfgang und seine Mitstreiter freudig registrierten. Wolfgang hatte in dieser Woche die Spätschicht bekommen. So lag er den ganzen Tag am Strand, las, spielte Volleyball oder ließ sich von den Wellen weit in die See hinaustragen.

Am einem Nachmittag spielte er mit einem der angereisten Studenten Tischtennis. Von der Dramatik des Kampfes angelockt, hatten sich fünf Pharmaziestudentinnen zu den Kämpfenden gesellt, die lautstark ihren Studienkameraden zu höheren Leistungen anfeuerten. Trotz der Hitze des Kampfes spürte Wolfgang, daß auch er eine Parteigängerin hatte. Sie beteiligte sich nicht an den Zurufen ihrer Freundinnen, sondern beobachtete schweigend, aber gespannt den Kampf. Und jedes Mal, wenn sich Wolfgang einen Pluspunkt erkämpft hatte, sah er ein listiges Aufblitzen in ihren Augen. Fortan spielte er wie ein Besessener, erwischte schier unerreichbare Bälle und verwandelte sie in Pluspunkte - nur, um in ihren Augen dieses Aufflackern zu sehen.

»Renate komm, wir gehen«, rief eine der Studentinnen Wolfgangs heimlicher Verbündeten zu, die zögernd den anderen folgte. Wolfgang sah ihr nach, aber nicht, wie er es gewöhnlich tat, um die Form der Figur und der Beine zu betrachten, sondern wie man einem überirdischen Wesen nachsieht, das festzuhalten man nicht imstande ist. *Ein Engel,* dachte er. Das nächste Spiel verlor er wieder.

III

Beim Abendessen saßen die Pharmaziestudentinnen in Wolfgangs Revier. Als er Renate die Essenmarke abnahm, streifte er unbeabsichtigt ihren Arm. Diese plötzliche Berührung machte ihn verlegen, und er murmelte eine Entschuldigung. Dabei gewahrte er wieder das Aufblitzen ihrer Augen. Sie lächelte ihn an. Wolfgang glaubte das Lächeln einer Göttin zu sehen. Beim Servieren suchte er ihr den besten Teller aus. Während er die Mädchen bediente, betrachtete er Renate zum ersten Male etwas genauer.

Bisher hatte er nur ihre Augen gesehen, die er immer wieder suchte, die ihn wie zwei Magnete anzogen. Es waren tiefblaue Augen, die er mit einem unendlichen Meer verglich – bodenlos und mit tausend Überraschungen. Ihre ganze Erscheinung strahlte Reinheit und Sauberkeit aus. Ihr dunkelblondes, langes Haar trug sie glatt nach hinten zu einem Knoten zusammengekämmt, was ihrem Aussehen eine gewisse Strenge verlieh, die sich für Wolfgang aber sofort in einen unaussprechlichen Liebreiz verwandelte, sobald er seinen Blick auf ihre für ihn atemberaubenden Taille senkte. Es war ihm, als sei Renate das lebendig erschaubare Bild eines Ideals, das seit frühster Kindheit in ihm als ungeahntes Muster eingewebt war – ein weißes Linnen aus feinem, kostbarem Gewebe. Wolfgang fühlte sich angezogen von der strahlenden Reinheit, allein er hatte Scheu, sie zu berühren.

Nach dem Abendessen wurde der Saal zum Gaststättenbetrieb umgerüstet. Die fünf Pharmaziestudentinnen blieben noch sitzen und spielten Rommé. Wolfgang nahm die Bestellungen auf.

»Eine Brause, zwei Apfelsaft«, wiederholte er. »Und Sie«, wandte er sich an Renate.

»Ein Bier.«

»Ein Bier?« Wolfgang war verdutzt. Das paßte so gar nicht zu dem Bild, das er sich von ihr gemacht hatte. Da paßte Brause, Apfelsaft, eventuell Wein. Aber doch kein Bier!

»Ja, ein Bier«, wiederholte sie lächelnd.

»Also, eine Brause, zwei Apfelsaft und, und ein Bier«, zählte er noch einmal zusammen. Als er sich an den nächsten Tisch wandte, spürte er, daß sie hinter seinem Rücken kicherten. Er bezog es auf sich. An der Kasse bongte er die Getränke. *Warum soll sie eigentlich kein Bier trinken? Das ist sogar ganz vernünftig und viel besser als dieser läppische Apfelsaft oder die süße Brause.* Als er die gewünschten Getränke an den Tisch brachte, flüsterte er Renate ins Ohr: »Legen Sie aus. Die neben Ihnen macht gleich Rommé-Hand.« Er hatte beim Bedienen das Spiel übersehen können. Wieder gewahrte er die Teufelchen in ihren Augen. Sie flüsterte zurück: »Dankeschön«, und legte ihre Karten aus. Das nächste Mädchen, das am Spiel war, machte tatsächlich Rommé-Hand.

IV

Warum nur war Renate nicht am Strand? Er hatte schon unzählige Male den Strandabschnitt von Trassenheide durchquert, hatte in jeden Strandkorb geschaut und hinter jeden Windschutz. Aber Renate war nirgendwo zu entdecken.

Zum Abendessen war sie immer noch nicht da. Wolfgang wurde ganz unruhig bei dem Gedanken, daß sie abgereist sein könne. Oder war sie etwa krank geworden? Die vier Pharmaziestudentinnen saßen wie gestern abend wieder in seinem Revier. Als er ihnen die Essenmarken abnahm, fragte er so beiläufig wie möglich: »Waren Sie gestern abend nicht fünf gewesen?«

»Allerdings«, antwortete die eine lächelnd. Mehr sagte sie jedoch nicht. Aber das wußte er selbst. Auch die anderen Mädchen sahen ihn mit lauerndem Lächeln an, so wie man einer Komödie folgt, deren Ausgang man noch nicht kennt. Wolfgang verwünschte sich, daß er überhaupt gefragt hatte. Aber jetzt mußte er seine Frage rechtfertigen: »Ich frage nur, ob ich das Abendessen in der Küche abbestellen oder ob man es dort warmhalten soll.« Das war kompletter Unsinn; denn beides wäre nicht möglich gewesen. Er glaubte sich auch durchschaut und wurde verlegen.

»Lassen Sie es warmstellen«, sagte die eine. »Renate kommt bald.«

Hinter seinem Rücken hörte er wieder das Kichern der Mädchen. Aber er war ihnen nicht böse. Renate war nicht krank, und sie war auch nicht abgereist. Sie war da und würde bald kommen, das allein machte ihn froh. Abendessen gab es aber nur bis neunzehnuhrdreißig. Wer später kam, bekam nichts mehr. Wolfgang stellte sich vorsorglich sein Abendessen warm, falls Renate später kommen sollte; denn ihres konnte er ohne ihre Marke nicht zurückstellen lassen. Renate kam kurz vor acht Uhr, als der Saal schon auf Gaststättenbetrieb umgestellt war. Wolfgang ging gleich zu ihr und fragte, ob sie ihr Abendessen noch haben wolle.

»Ja, gibt es denn überhaupt noch etwas?«

»Für Sie«, antwortete Wolfgang, »ja!«

»Vielen Dank«, sagte sie kokett und blitzte mit den Augen. »Aber würden Sie mir einen Gefallen tun und mein Abendbrot essen. Ich habe schon gegessen. Und denen in der Küche wollen wir es ja auch nicht schenken. Vielen Dank fürs Aufheben!«

»Aber bitte, ich hab's doch gern getan«, sagte Wolfgang mit dem strahlendsten Lächeln. *Sie hat wir gesagt. WIR!*

Um halb neun begann der Tanz. Wolfgang bediente nebenbei noch das Tonbandgerät. Renate tanzte nicht. Beim Bedienen versuchte er im Vorbeigehen ihren Blick zu erhaschen und war glücklich, wenn sich ihre Augen trafen. Einmal ertappte er sie dabei, wie sie ihn gedankenverloren beobachtete. Wolfgang sah sie fest an, und sie hielt seinem Blick stand. Er bemerkte einen neuen Ausdruck in ihren Augen. Sie sahen ihn jetzt groß an, sehr ernst und fragend. Und Wolfgang verstand die Frage. Er warf seine Kellnerjacke auf einen Stuhl. Was ging ihn jetzt seine Arbeit an. Eine unsichtbare Kraft ließ ihn alles um sich vergessen. Für ihn existierte nur noch die, von der diese Kraft ausging. Er kämpfte sich durch die Tanzenden. Für einen Augenblick verstellte ihm ein Pärchen den Weg. Er stieß es zur Seite. Dann sah er wieder auf ihren Platz und erschrak. Er war leer! Jäh hielt er in seinem Lauf inne. *Sie ist weggelaufen!?* Tieftraurig wollte er schon wieder umkehren. Dann sah er sie. Renate stand dicht vor ihm am Rande der Tanzfläche. Sie gingen aufeinander zu, und ohne ein Wort zu wechseln, tanzten sie. Wolfgang spürte das leise Zittern ihres Arms, der auf seiner Schulter lag. Sie tanzte wie eine Feder – so leicht. Wolfgang durchströmte ein niegekanntes, unsagbares Glücksgefühl, so daß er versucht war, sie fest an sich zu pressen, doch er hatte Furcht, ihr wehzutun. Stirn an Stirn sahen sie sich in die Augen. So tanzten sie schweigend, bis das Tonband abgelaufen war.

»Ich warte, bis Sie fertig sind«, sagte sie leise.
»Ja, danke«, erwiderte er, freudig, daß sie ihm das, worum er sie bitten wollte, abgenommen hatte.
»Gehen sie«, forderte sie ihn lächelnd auf. »Die Gäste rufen schon.« Wolfgang gewahrte wieder die Teufelchen in ihren Augen. »Ich werde alles daransetzen, daß hier bald Schluß gemacht wird«, rief er und lächelte zurück.
Wolfgang ließ noch zwei Tonbänder ablaufen. Dann erklärte er unter lautem Protest der Gäste, daß für heute Schluß sei. Wie im Traum kassierte er die Tische ab. Die letzten Gäste verließen das Lokal. Renate saß am Kellnertisch.
»Darf ich das Geld zählen«, fragte sie.
»Damit«, sagte Wolfgang, »nehmen Sie mir die langweiligste Arbeit ab.« Er packte ihr das eingenommene Geld auf den Tisch und stellte an der Kasse die Gesamteinnahme fest. »Sechshundertzwölfmarkachtzehn müssen es sein«, sagte er, »was darüber ist, werden wir morgen sinnlos verprassen.«
»Da werde ich mich bemühen, daß es sehr viel wird«, lächelte sie zurück. Wolfgang stapelte das Geschirr, die Gläser, die Flaschen, die Aschenbecher auf zwei fahrbare Tafelwagen, mit denen er gleich sein ganzes Revier abräumen konnte. An der Theke sortierte er alle Gläser und Flaschen aus, die Aschenbecher stellte er entleert in die dafür vorgesehene Ecke des Buffets, und mit dem übrigen Geschirr fuhr er in die Küche. So war er in zehn Minuten mit allem fix und fertig.
Renate zählte noch immer das Geld. Wolfgang sah ihr schweigend aus einiger Entfernung von hinten zu, wie sie, leicht über den Tisch gebeugt, ein Häufchen der Münzen – gleich einer Schlachtordnung von Zinnsoldaten – neben das andere setzte; Schein über Schein legte, so, als hinge ein Menschenleben davon ab, daß sie genau übereinander liegen. Sie zählte mit der Selbstvergessenheit eines Kindes, das gewöhnt ist, mit sich allein zu spielen. Wolfgang sah sie nicht nur mit seinen Augen, jeder Körperteil nahm wahr, jede Pore schien ihr Bild unauslöschlich in sich aufzunehmen. Wenn er sich Jahre später an diese Zeit erinnerte, dann war es immer dieses Bild, das er vor sich sah; so fest hatte es sich ihm in diesem Augenblick eingeprägt. Wenn er sich später vorzustellen versuchte, wann er sie zu lieben begann, dann war es dieser Augenblick, dann war es das selbstvergessen über

den Tisch gebeugte geldzählende Mädchen, das er vor sich sah. Er hätte noch Stunden so hinter ihr stehen und sie anschauen können, jede Geste, jede Bewegung einatmen, um ihre Resonanz in sich zu spüren.

»Fertig!« rief Renate – für Wolfgang so unerwartet, daß er jäh aufschreckte.

»Und? Wie hoch ist denn unser Etat für morgen?«

»Wenn man die zehn Mark Wechselgeld abzieht«, entgegnete sie, und wieder kam dieser unbeschreibliche Glanz in ihre Augen, »sind es genau«, und nun schulmeisterte sie wie ein übergelehrsames Kind, »sechsundzwanzig Mark und zweiundsiebzig Pfennige.«

V

Als sie die Gaststätte verließen, begann es zu tröpfeln. Erst ganz sacht und zaghaft, als müßten die Tropfen abtasten, ob sie die Erde auch aufnehmen würde. Dann aber setzte der Regen mit solcher Wucht ein, daß er den nach Wasser lechzenden sandigen Boden mit einem Male durchtränkte. Wie ein riesiger Schwamm sog er die Wassermassen ein. Sie liefen zum Strand, um in einem Strandkorb vor dem strömenden Regen Schutz zu suchen.

»Ach, ist das schön«, rief Renate aufatmend, als sie sich in den ersten Strandkorb warfen, selbst unklar, was sie damit meinte.

Und ebenso unmotiviert sagte Wolfgang: »Ja!«

Sie lehnten sich weit in dem Strandkorb zurück und ließen die flatternden Lungen und Herzen zur Ruhe kommen.

»Sie sind ja ganz naß«, sagte Wolfgang und nahm eine Strähne von Renates Haar, die sich vom schnellen Lauf gelöst hatte, zwischen seine Hände und wrang sie aus. Renate lächelte leicht und half ihm beim Auswringen.

»Sagen Sie, können Sie Gedanken lesen?« fragte sie.

»Wieso?«

»Woher haben Sie gewußt, daß ich gerade in diesem Moment, als Sie mich ansahen, tanzen wollte?«

»Das weiß ich selbst nicht. Ich fühlte nur, daß ich in diesem Augenblick zu Ihnen gehen mußte.«

»Das ist komisch«, sagte sie in den Regen.

»Ich finde es aber nicht komisch.«

»Sie haben recht, und es ist nicht komisch, sondern – vielleicht sogar ganz natürlich.« Sie legte ihren Kopf an seine Schulter. Beide starrten schweigend in die regnerische Nacht und lauschten dem Trommeln der Tropfen, die monoton auf das Dach des Strandkorbes klopften.

»Woran denken Sie«, fragte sie und hob den Kopf, um Wolfgang ansehen zu können.

»Ich denke«, sinnierte er. »Es dürfte nie wieder aufhören zu regnen.«

»Ich dachte, Sie hätten an etwas Netteres gedacht«, sagte sie scheinbar enttäuscht.

»Das ist aber nett. Das ist sogar sehr lieb; denn dann müßten wir für immer hier zusammen sitzen bleiben.«

»Wir würden verhungern.«

»Dann würden wir uns gegenseitig etwas zu essen geben.«

»Aber wie denn?«

»Ich zeige es dir«, sagte er zärtlich. »Du mußt nur die Augen schließen.«

Renate schloß wie ein gelehrsames Kind die Augen, und Wolfgang küßte sie – erst zaghaft, und als sie seinen Kuß erwiderte, immer fester und leidenschaftlicher.

»JA, DAVON KÖNNEN WIR LEBEN«, sagte sie, als er sie wieder frei gab.

18

DU, DU KOMMUNIST, DU!

I

Als sie mit dem Schwinden des Sommers von der Ostsee zurück nach Jena kamen, schien alles eine wunderbare Fortsetzung zu finden. Sie sahen sich fast täglich, liebten sich abends in Renates kleiner Studentenbude mit dem Plüschsofa und den Samtgardinen an dem winzigen Fenster. Und als Wolfgang im September ins Mecklenburgische zum obligatorischen Kartoffelernteeinsatz mußte, schien auch diese Trennung ihrer Liebe keinen Abbruch zu tun; im Gegenteil, sie schrieben sich täglich je einen, manchmal sogar auch zwei lange

Briefe, und jeder Brief war erfüllt von unstillbarer Sehnsucht und verzehrender Liebe. Sie empfanden ihre erste Trennung als Prüfung ihrer Liebe und waren stolz darauf, sich gegenseitig zu bestätigen, wie gut sie ihre Prüfung bestanden. Ihre Liebe hätte alle Chancen der Welt gehabt, wenn sie wie Robinson und Freitag auf einer Insel weitab von den Einflüssen der Umwelt gelebt hätten, in die sie nun mal hineingeboren waren. Wie stark fühlten sie sich, wenn sie allein in Renates Studentenkammer lagen, sich mit immer neuen Worten ihre Liebe erklärten, Zentimeter um Zentimeter ihre Körper erkundeten und zu der gemeinsamen, sie freudig durchrieselnden Erkenntnis kamen, daß es wohl auf der ganzen Welt nicht noch einmal zwei Menschen gäbe, die so gut miteinander harmonierten.

Wenn Wolfgang zurückdachte und sich zu erinnern versuchte, wann die ersten Probleme zwischen ihnen auftraten, dann waren es die Reaktionen Renates auf seine Vorschläge, doch auch mal unter Menschen gehen zu müssen: mal in einer Kneipe mit Freunden ein Glas Wein trinken, mal eine Ausstellung besuchen, mal einer Einladung folgen, mal selbst einladen … Doch das Äußerste an gesellschaftlichem Kontakt, der zustande kam, war ein gemeinsamer Kinogang. Anfangs war es Wolfgang nicht aufgefallen, daß Renate alle Öffentlichkeit mit ihm mied. Sie wollte nur immer in ihrer kleinen Studentenbude mit ihm zusammen sein. Wolfgang sah darin einen Ausdruck ihrer großen Liebe zu ihm, was ihn begeisterte und schmeichelte. Was konnte es Schöneres geben, als die Zeit ausschließlich mit dem geliebten Menschen zu verbringen.

Heute abend aber – es war Mitte Oktober und der briefträchtige Ernteeinsatz lag schon zwei Wochen zurück – mußte sie sich bekennen. Heute wollte und mußte er Renate zur Rede stellen, falls sie wieder nach Ausflüchten suchte zu dem, was er ihr vorschlagen wollte. Jürgens zweiundzwanzigster Geburtstag am zweiundzwanzigsten Oktober fiel auf einen Sonntag, und den wollte er – weil viermal die Zwei vorkam – mit vier Pärchen ganz groß feiern; zumal er die begründete Hoffnung hegte, daß sein Papa, wie immer, ein paar Scheine herüberreicht, wie er diese ihm lieb gewordene Gewohnheit seines Vaters ausdrückte. »Und du bringst nun endlich mal deine Renate mit. Den Beweis, daß es sie wirklich gibt und nicht bloß ein Phantom ist, bist du uns bisher schuldig geblieben. Wer weiß, wo du dich jeden Abend herumtreibst?« hatte er Wolfgang heute noch hinterhergerufen, als dieser zu seiner allabendlichen Straßenbahntour mit dem immer gleichen Ziel aufbrach.

II

»Jürgen feiert am Sonntag seinen zweiundzwanzigsten Geburtstag, und wir sind eingeladen.« Wolfgang meinte den Zeitpunkt für das Aussprechen dieses Satzes günstig gewählt zu haben. Sie hatten sehr harmonisch miteinander geschlafen, und nun lagen sie schon eine geraume Weile wohlig ermattet, eng umschlungen und schweigend nebeneinander. Aber jetzt, da dieser Satz so bar jeder Vorbereitung im Raum stand, hatte er den Eindruck, daß er wohl doch ein wenig mit der Tür ins Haus gefallen war.

Renate tat zunächst, als hätte sie nicht verstanden. Sie schmiegte sich noch enger an Wolfgangs Körper, grub ihren Kopf noch tiefer in die Achselhöhle und mit geschlossenen Augen murmelte sie wie im Halbschlaf: »Sag, wer ist dieser gräßliche Jürgen, der uns unseren Sonntag stehlen will.«

Wolfgang richtete sich abrupt auf, so daß Renates Kopf etwas unsanft in die Kissen zurückfiel. »Bitte, Renate! Nicht wieder dieses Spielchen.« Wolfgang war gereizt. »Du weißt genau, wer Jürgen ist. Ich habe dir schon so viel von ihm erzählt, und du weißt auch, daß er mein bester Freund ist.«

»Aber das ist doch dieser schreckliche Kommunist, der dein Theaterstück konfisziert hat, oder irre ich mich. Und das ist dein bester Freund, sagst du?«

»Renate, ich habe dir aber auch erzählt, daß ich es vielleicht nur ihm zu danken habe, daß ich damals nicht von der Schule geflogen bin.«

»Das ist mir egal. Mit solchen Parteitypen will ich einfach nichts zu tun haben. Du weißt, wie ich zu all diesem kommunistischen Krimskram stehe, und ich würde dich bitten, das zu respektieren.«

»Aber ich bin doch auch ein Kommunist!«

»Du?«

»Na was denn sonst. Zumindest denke ich so.«

»Daß ich nicht lache!«

»Ja, was glaubst du denn?«

»Na, daß du keiner bist und vor allem keiner wirst.«

»Wir haben uns offenbar über ernsthafte, existentielle Dinge überhaupt noch nicht unterhalten. Ich glaube schon, daß ich wie ein Kommunist denke, oder besser, ich bemühe mich, mir eine dialektische Denkweise anzueignen, weil ich die marxistische Dialektik für die beste aller Denkweisen auf der Welt halte. Und die lerne ich nun mal an der Einrichtung, an der ich studiere. Und daß ich dort überhaupt studiere, kannst du mir schließlich nicht zum Vorwurf machen.«

Eine Weile saßen sie sich jetzt schweigend gegenüber. Wolfgang fühlte sich elend, war beleidigt und dachte, *aber ich liebe sie doch.* In Renate arbeitete es, und sie setzte sich auf, um ihren Worten mehr Nachdruck zu verleihen.

»Glaubst du, daß ich mit einem verknöcherten Kommunisten zusammenleben könnte? Hast du dir darüber überhaupt schon mal Gedanken gemacht? Du weißt, daß die Parteikommunisten uns enteignet haben. Unsere Apotheke, die, seit wir denken können, in unserem Familienbesitz ist, haben sie uns weggenommen. Vater und Mutter sind jetzt Angestellte in dem Betrieb, der seit Generationen uns gehörte. Kannst du dir überhaupt vorstellen, wie erniedrigend das für Vati und Mutti ist? Sie haben uns alles genommen, unsere Häuser, unseren Besitz, aber unseren Stolz haben sie uns nicht nehmen können.« Sie machte eine Pause, und Wolfgang sah, daß ihr sogar Tränen in die Augen schossen, die sie mit einer trotzigen Bewegung wieder wegwischte. Und als sie weitersprach, sah sie Wolfgang mit einer Feindseligkeit an, die ihn tief erschütterte. »Und da machst du mir allen Ernstes den Vorschlag, daß ich mich mit diesen Leuten freiwillig an einen Tisch setzen soll? Daß ich den Geburtstag von irgendeinem dieser Typen mitfeiern soll? Das ist geradezu grotesk, und das ist beleidigend!«

»Aber …«, wollte er erwidern, doch Renate fiel ihm ins Wort.

»Bitte, sag jetzt nichts. Ich möchte nicht, daß wir in dieser Weise weiter miteinander reden. Und ich denke auch, daß wir uns, was deine sogenannten Freunde betrifft, ein für allemal verstanden haben.«

»Aber, ich muß doch …«

»Psss!« Renate legte ihren Zeigefinger auf Wolfgangs Mund. »Wenn du etwas mußt, dann mußt du mir jetzt was sehr Liebes sagen, und dann mußt du wieder etwas näher an mich heranrücken. Ich friere nämlich, wenn ich dich so abweisend vor mir sitzen sehe.«

Wolfgang legte seinen Kopf an ihre Schulter. Mit den Fingerspitzen seiner Rechten strich er, eine Spirale nachzeichnend, über ihre linke Brust, bis er nur noch ihre sich so wunderbar abzeichnende Brustwarze umspielte.

»Ja ... mach weiter, nicht aufhören.« Sie lag mit geschlossenen Augen, ihren Mund verzauberte ein genießendes Lächeln. Wolfgang war aber noch viel zu sehr beschäftigt mit dem Gespräch, das sie soeben beendet hatten, das wie ein schwerer Nebel im Zimmer lag und ihm die Luft zum Atmen nahm. So hatten sie noch nie miteinander gesprochen, und er wollte gar nicht glauben, was er hinter dem Gesagten vermuten mußte. Das konnte er so im Raum nicht stehen lassen.

»Renate?«

»Hm.«

»Du, wir müssen weiterreden. Ich halte eine so ungeklärte Situation zwischen uns nicht aus.«

»Was ist denn noch ungeklärt? Habe ich nicht alles – und das sehr deutlich – gesagt?«

»Sag mal, du schämst dich dafür, daß ich Student an dieser ABF bin.«

»Ich liebe dich, aber dafür muß ich doch deine ABF nicht lieben.«

»Du weichst mir aus.«

»O.k., ich begreife und akzeptiere, daß du bei deiner Herkunft und bei allem, wie es mit dir gelaufen ist, keine andere Möglichkeit hast, dir das zum Studium notwendige Abitur zu holen. Punkt. Andererseits ist für Leute wie mich eine irgendwie geartete Nähe zu dieser verstockten Einrichtung nun wirklich nicht gerade ehrenhaft. Ich kann das trennen. Nur du willst das immer zusammenbringen. Für mich bist du Wolfgang, den ich liebe, und der, um sein Abitur zu bauen, an dieser Einrichtung studieren muß. Wieso bist du auf einmal so verstockt in deiner Identifikation mit dieser Fakultät; kein Mensch, außer deine Lehrer, denen man das ja schließlich auch vormachen kann, verlangt das von dir. Und hier und heute vor mir ziehst du plötzlich diese erbärmliche Identifikations-Show mit dieser roten Fak und ihren nicht minder roten Brüdern ab. Kannst du mir mal erklären, was das soll?«

»Nein, ich glaube, ich werde es dir nicht erklären können. Oder besser, du wirst nicht verstehen wollen, was ich dir zu erklären hätte.«

»Versuch' es.«

»Nein, Renate, wir sollten es heute lassen. Wir werden sicherlich darüber noch reden müssen. Aber vielleicht sollten wir uns dann einen Zeitpunkt heraussuchen, wo wir beide etwas kompromißbereiter sind.«

»Gut«, sagte sie, »einverstanden.« Und nach einer Pause fügte sie hinzu: »Aber das solltest du vielleicht noch wissen: Es gibt für mich Grenzen. Und jenseits einer solchen Grenze kann es für mich keinen Kompromiß geben. Vergiß das bitte nie!«

»Vielleicht regelt das die Liebe«, sagte Wolfgang nachdenklich. Seine Hand fuhr behutsam zwischen ihre Schenkel.

III

Einige Wochen später bekam Renate Besuch. Ihr Vater war auf der Durchreise, und er wollte Wolfgang sehen. Er begehrte den Mann kennenzulernen, dem seine einzige Tochter so offensichtlich »in Liebe verfallen« war, wie er sich auszudrücken pflegte. Da sie ihren Eltern nicht alles erzählen konnte, hätte Renate ihre Liebe zu Wolfgang zu Hause lieber verschwiegen. Aber die Briefe, die von einem Wolfgang Sander aus dem Ernteeinsatz täglich - manchmal sogar zwei - mit der Post kamen, bedurften einer Erklärung. So erzählte sie, wie ihr ums Herz war - mit einer Einschränkung: Sie verschwieg, daß Wolfgang auf der ABF studierte und erklärte ihn statt dessen zu einem Studenten der Physik. Alles andere - besonders die Wahrheit - hätte im Hause der Apothekerfamilie Dr. Potrykus eine politische Diskussion ausgelöst, die Renate nicht heraufbeschwören wollte. Nun mußte sie entweder bei ihrem Vater Farbe bekennen oder mit Wolfgang reden, was durch ihre kürzlich geführte und immer noch nicht ausgestandene Diskussion nicht leichter geworden war. Andererseits hielt sie eine Offenbarung ihrem Vater gegenüber für das weit schwierigere Unterfangen, weil sie dann - sie kannte schließlich ihren Vater - durch ihn sicherlich vor eine Entscheidung gestellt worden wäre, zu der sie heute noch nicht fähig war und auch nicht gewillt, sie jetzt schon zu treffen. Noch aber hatte sie Wolfgang von dem beabsichtigten Besuch ihres Vaters nichts erzählt, und sie rückte den Zeitpunkt, wo sie es tun mußte, immer weiter hinaus - bis zum letztmöglichen Abend.

IV

An diesem Abend war Renate ganz besonders lieb zu Wolfgang. Sie bereitete einen kleinen Imbiß zu: Käsehäppchen, saure Gurken und Rotwein. Legte in dem kleinen Kanonenofen geradezu verschwenderisch Kohlen nach. In dem nun bullig beheizten Zimmer hatten sie sich, als Wolfgang eintrat, sogleich die Kleider vom Leib gerissen und sich geliebt, so leidenschaftlich wie lange nicht. Dann warfen sie sich, eng aneinandergeschmiegt, auf das Plüschsofa. Renate kraulte Wolfgangs Nacken und Rücken, bis er wie ein Kater zu schnurren anfing.

»Jaaa, das tut gut.«, murmelte Wolfgang mit geschlossenen Augen. »Das ist schön. Du ... Renate, hörst du. Das müßte immer so bleiben.«

»Das müßte es«, sagte Renate. »Ich liebe dich, mein Kater, schnurre nur weiter. Ich hab dich sehr, sehr lieb.«

»Und ich erst«, sagte Wolfgang und drückte sie fest an sich.

»Wolfgang?«

»Ja.«

»Du hast doch schauspielerisches Talent, oder?«

»Natürlich. Und ich könnte sofort zu Othello werden, wenn du einen anderen Kerl auch nur ansiehst.« Er ging ihr spaßhaft an die Kehle.

»Wie sollte ich, wenn ich so einen 'Kerl' wie dich neben mir liegen habe. Außerdem, Eifersucht würde mich überhaupt nicht stören, denn dazu hättest du keinen Grund. Aber Empfindlichkeiten könntest du schon weniger haben als Othello.«

»Empfindsamkeit, wolltest du wohl sagen. Oder Sensibilität.«

»Das hast du überreichlich. Das weiß ich, und das ist auch gut so«, sagte sie und küßte ihm die Stirn. »Nein, ich meine deine Empfindlichkeiten, wenn es um deine Person, deinen Stolz oder so geht.«

»Schauspielerei. Empfindlichkeiten. Nun sag schon, worauf willst du hinaus?«

»Mein Vater kommt morgen, und er möchte den Mann kennenlernen, dem 'seine Tochter in Liebe verfallen' ist.«

»Na und? Wo liegt das Problem? Außer, daß du das jetzt sehr ironisch gesagt hast.«

»Er ist, wie du weißt, ein sehr konservativer Mensch«, sagte sie, und mit Nachdruck fügte sie hinzu: »In allem.«

»O.k., ich werde mir die Hose bügeln, ein ordentliches Jackett anziehen, einen Schlips umbinden,die Fingernägel reinigen, mich sauber rasieren und hochdeutsch reden. Fehlt noch was? Ja, natürlich – saubere Unterwäsche ziehe ich mir selbstverständlich auch noch an.«

»Bitte, mach jetzt keine Späße!«

»Also worum geht es?«

»Ich habe ihm verschwiegen, daß du ein ABF-Student bist.«

»Dann holen wir das nach.«

»Genau das geht eben nicht.«

»Wieso in aller Welt geht das nicht?«

»Weil er dann denken wird, du bist auch einer von den Kommunisten, die ihn ruiniert haben, und er wird nie gestatten, daß seine Tochter mit so einem verkehrt.«

»Entschuldige, aber das ist doch alles Quatsch«, empörte sich Wolfgang. Sie saßen jetzt – zwar noch nackt – jedoch weit voneinander getrennt in der jeweils äußersten Ecke des Plüschsofas. »Hör zu, ich rede mit deinem Vater – ganz vernünftig, das verspreche ich dir. Als gebildeter Mann wird er doch wohl fähig zu Differenzierungen sein.«

»In diesen Dingen, das weiß ich, und das mußt du mir jetzt glauben, ist er absolut kompromißlos. Da genügt die Tatsache, daß du ein Student dieser roten Fakultät bist. Außerdem habe ich zu Hause schon erzählt, daß du an der naturwissenschaftlichen Fakultät Physik studierst.«

»Aha, da liegt der Hase im Pfeffer. Einen standesgemäßen Physikstudenten soll ich für dich spielen und natürlich mit einem entsprechenden Elternhaus, gut bürgerlich ... Laß mich mal überlegen: Handwerker? Nein, das ist zu plebejisch. Mediziner, in der fünften Generation mit eigener Praxis, wie wär's damit?« Wolfgang stand auf, seine Nacktheit störte ihn bei dem, was er jetzt zu sagen hatte. Er zog sich mechanisch an. »Jetzt begreif' ich erst einmal, warum du nie mit mir in die Öffentlichkeit gehen wolltest. Du bist das und nicht dein Vater. Du schämst dich dafür, daß ich nur so ein popeliger ABF-Student bin, der, wenn er dort fertig ist, nicht mal ein richtiges Abitur in der Tasche hat. Rote Fak und dann noch Gesellschaftswissenschaften: eine verachtenswertere Mischung kann es für dich nicht geben! Ja, Mediziner, Physiker, Chemiker, Mathematiker, Apotheker, das wären standesgemäße Berufe! Aber ist nicht! Nein. Wenn ich hier fertig bin, dann kommt nichts zum Vorzeigen für dich heraus, da geht nur so etwas Gräßliches wie Philosophie, Ökonomie, Germanistik,

Jura, Künste oder das Allerschlimmste – Journalistik. Und in diesen Berufen ist man eben Kommunist.«

»Wolfgang, ich möchte mir deine Beleidigungen nicht länger anhören.«

»Wer beleidigt hier wen? Ich – dich? In deiner großbürgerlichen Hochnäsigkeit merkst du nicht einmal, daß du nicht nur beleidigst, sondern – und das vor allem – uns zerstörst, unsere Liebe oder das, was bei dir davon noch übriggeblieben ist. Was bin ich denn für dich? Was kannst du überhaupt von mir für dich annehmen, außer vielleicht meinen Schwanz?«

»Jetzt wirst du ordinär.«

»Natürlich! Ich bin ordinär! Ich bin die Sau, und Ihr seid die Saubermänner, die lieber im Morast ihrer selbstgestrickten Lügen ersticken, als nur einmal über ihre dummen Vorurteile, über ihre Dünkelhaftigkeit nachzudenken und ihren Glauben, etwas Besseres als andere zu sein.« Wolfgang war mittlerweile vollkommen angezogen und kam sich nun genauso deplaziert vor wie vorher nackt. Er hatte sich in Rage geredet und wußte, wenn er so fortfahre, dann würde es das endgültige Aus zwischen ihnen bedeuten, dann hatte er nur noch die Tür hinter sich zu schließen, und es gab kein Zurück mehr. In dieser plötzlichen Unentschiedenheit aus zornigem Gekränktsein, Wut und Empörung und der Erkenntnis, daß – wenn er diesen Gefühlen jetzt weiter freien Lauf ließe – es unweigerlich das Ende nicht nur des so wohlig befriedigenden Verlangens nach diesem Körper vor ihm, sondern auch das Ende der Liebe zu dieser Frau bedeutete, in dieser Wankelmütigkeit und wie er jetzt so linkisch dastand sah er wie ein geprügelter kleiner Junge aus, der, zwar trotzig, aber doch nur auf ein Signal der Versöhnung wartet. »Meinst du, daß das«, er breitete in einer unbestimmten Bewegung die Arme aus, »der richtige Weg für uns ist. Wir wollten doch mal mehr mit uns, oder?«

Renate hatte zusammengekauert, das Kinn in den Knien begraben, in der Sofaecke gesessen. Sie hatte nicht aufgesehen und deshalb gar nicht mitbekommen, daß Wolfgang in der Zwischenzeit schon fast vollständig angezogen war. Sie stand jetzt auf, ging auf Wolfgang zu. Ganz langsam, ohne ein Wort, knöpfte sie ihm das Hemd wieder auf. Sie blickte ihm fragend in die Augen, und da Wolfgang keine Anstalten von Gegenwehr machte, zog sie ihm das Hemd über die Schultern. Und als sie den Gürtel an seiner Hose öffnete, sagte sie: »Ich entschuldige mich.« Und: »Komm.«

V

Als Wolfgang mit der zweiuhrdreißiger Straßenbahn zurück ins Studentenwohnheim fuhr, wußte er nicht, ob er jubilieren oder traurig sein sollte. Sie hatten sich wieder einmal ihrer Liebe versichert. Wolfgang hatte ihr versprochen, morgen beim Treffen mit dem Vater die Rolle des Physikstudenten zu spielen, um ihr – wie sie wiederum versprochen hatte – Zeit zu lassen, die Notlüge dann aufzuklären, wenn sie den Zeitpunkt für angemessen hielt. Sie wollten vergessen, was sie sich gegenseitig an den Kopf geworfen hatten, und sie wollten, das hatten sie sich geschworen, in Zukunft behutsamer miteinander umgehen. In dieser beschwörenden Erregung hatten sie mehrmals miteinander geschlafen, und zwischen Lachen und Weinen war ihnen die Trennung so schwer wie noch nie gefallen. Trotzdem. In Wolfgang nagte der Zweifel. *Kann sie mich denn lieben, wenn sie diese Farce mit uns spielt, wenn sie sich für das schämt, woher ich komme, was ich mache und was ich denke? Und ich? Kann ich akzeptieren, wie sie denkt? Obwohl, wenn ich ehrlich bin, mir gefällt ihr Statusdenken, ihre Abgehobenheit und die gewisse Aristokratie ihres Auftretens. Ich muß mal darüber nachdenken, woher das kommt, daß mich so etwas so sehr anzieht. Wenn es mich dabei nur nicht so klein machen würde. Aber unsere weltanschaulichen Denkweisen schließen sich aus. Da geht nichts zusammen. Und meine Überzeugungen kann ich nicht aufgeben, auch nicht für sie, auch nicht für unsere Liebe. Unsere Liebe wird nur bestehen, wenn wir uns gegenseitig tolerieren. Nein, anders geht es nicht! Aber ich brauche sie doch so. Ich könnte schon wieder mit ihr … Verdammt!!*

Wolfgang sprang auf, rüttelte an der Tür. »Jetzt hab ich auch noch das Aussteigen verpaßt. So ein verfluchter Mist!« Er schimpfte laut in den Straßenbahnwagen hinein, in dem er ohnehin allein fuhr.

VI

Für das verabredete Abendessen hatte sich Wolfgang in Schale geworfen. Sogar eine Krawatte hatte er umgebunden, und so verkleidet traf er auf Vater und Tochter, die im Restaurant des prächtigsten Hotels am Platz auf ihn warteten.

Apotheker Dr. Potrykus war eine Ehrfurcht einflößende Erscheinung. Auf Wolfgang wirkte er wie ein Mann, den man sich gut und gern einer aristokratischen Ahnengalerie entstiegen vorstellen konnte. Sein kurzgeschnittenes, schlohweißes Haar hatte geradezu hindenburgische Strenge, die nur dadurch gemildert wurde, daß – im Unterschied zum Generalfeldmarschall – auf seinem hageren, fast zierlich zu nennenden Körper ein sehr schmaler Kopf mit erstaunlich weichen Gesichtszügen saß. Er war kaum größer als seine Tochter, und als Wolfgang auf ihn zuging, hielt er ihm beide Hände zum Gruß entgegen, und mit einer weltmännisch anmutenden Geste lud er Wolfgang ein, neben ihm, jedoch gegenüber von Renate, am Tisch Platz zu nehmen.

»Sie sind also der Herr Sander, von dem wir zwar schon viel gehört, aber noch nichts gesehen haben«, sagte er, und sich Renate zuwendend, fügte er an: »Ganz passabel, der junge Mann, rein äußerlich betrachtet.« Vater und Tochter schauten gemeinsam und – zumindest schien es Wolfgang so – belustigt zu, wie er sich etwas linkisch und umständlich an den Tisch setzte. Seine Krawatte zwickte, er ärgerte sich über seine Unsicherheit, wurde zu allem Überdruß verlegen rot. Das machte ihn wütend. *Warum spielt sie diese Preisbullenbeschauung mit.*

Wolfgang fühlte sich angegriffen durch das, was sich für ihn unerreichbar hinter dieser zur Schau gestellten Sicherheit manifestierte. Da war es wieder, dieses Manko, das er in sich spürte, wenn ihm diese so selbstverständliche Noblesse begegnete, wogegen er, mit sich ringend, schon hunderte Male angekämpft hatte: Was sind das schon für Werte! Es geht schließlich um Wichtigeres! Doch dieser Schönheit der aristokratischen Arroganz, diesem selbstverständlichen Zur-Schau-Stellen von Werten, die so gar nicht den propagierten proletkulthaften Lebensnormen entsprachen, dieser – wie ihm schien – integren Autorität (übrigens die einzige, die er, widerstrebend zwar, anerkannte) war er mit einer Haßliebe verbunden, der zu entziehen er sich unvermögend in der doppelten Bedeutung des Wortes empfand. Dieser weißhaarige Mann mit den wäßrigen Augen neben ihm, der der Vater der Frau war, die er liebte, war ihm sympathisch und unsympathisch zugleich. Und Renates Auftrag, heute um Gottes willen nichts zu vermasseln, machte ihn zudem noch unsicherer als er ohnehin schon war.

»Gesprächig ist dein Studiosus physicus nun ja gerade nicht.« Apotheker Dr. Potrykus wandte sich wieder - so als säße er mit seiner Tochter allein am Tisch - in inniger Vertrautheit an Renate, und Wolfgang sah sich noch deutlicher ausgegrenzt aus dem Komplott der Überlegenen, was seine Unsicherheit vergrößerte, so daß er nur noch mit verstocktem Schweigen reagieren konnte. Ihm war ohnehin die Gabe der unverbindlichen Konversation nicht gegeben, und er beneidete alle, die so wunderbar oberflächlich über alle Nichtigkeiten der Welt plaudern konnten. Ihm fiel da einfach nichts ein. Und jetzt erst recht nicht, als er krampfhaft nach ein paar verbindlichen Floskeln suchte, die immer notwendiger wurden, wie sich unzweideutig aus dem verärgerten Gesichtsausdruck Renates ablesen ließ. »Wir sollten jetzt erst einmal ans leibliche Wohl denken, denn dazu sind wir ja schließlich hergekommen.« Dr. Potrykus verteilte die bereitliegenden Speisekarten an Renate und Wolfgang. »Und schlagt ordentlich zu. Nehmt den Alten mal so richtig aus. Keine Bescheidenheit! Ich weiß, Studenten sind immer hungrig.« Er vertiefte sich ins Menü. »Das ist nicht zu fassen!« rief er aus. »In diesem Restaurant! Ganze sieben Speisen, und nicht eine mit Kartoffeln! Nicht zu fassen! Aha, hier ... immerhin, Schweinebraten mit Knödel und Sauerkraut. Was meint ihr? Das nehmen wir! Kleines?« Renate nickte. »Herr Sander?«

»Einverstanden«, sagte Wolfgang.

»Ist das nicht eine Schande, wie die Kommunisten dieses Land herunterwirtschaften? Schon mit der simplen Verteilung von Kartoffeln sind sie überfordert. Aber Bauern in die Genossenschaft prügeln, davon verstehen sie was.«

»Ich denke mir, daß das eine mit dem anderen nichts zu tun hat«, wagte Wolfgang einzuwerfen, bereute es aber sofort, weil er einen Tritt am Schienbein verspürte und an Renates böse funkelnden Augen sah, daß er mit diesem Einwand einen unverzeihlichen Fehler begangen hatte.

»So? Meinen Sie?« Apotheker Dr. Potrykus rückte seinen Stuhl etwas zurück, schlug die Beine übereinander, nicht ohne vorher die tadellosen Bügelfalten an seiner Hose zu ordnen, dann verschränkte er, freundlich lächelnd, die Arme über seiner Brust. »Woran könnte es denn dann liegen, Herr Studiosus?« fragte er gespielt neugierig

Wolfgang verfluchte seinen Einwurf. Aber jetzt konnte er nicht mehr zurück. Jetzt mußte er Position beziehen. Doch er vermied es, Renate anzusehen. »Es gab, wie Sie sicherlich wissen, in den letzten Jahren ausgesprochene Mißernten bei Kartoffeln.« *Bei Kartoffeln! Jetzt rede ich schon wie die in den Zeitungen.* Wolfgang fühlte, daß seine Position nicht gerade gut zu nennen war.

»So, so ... Mißernten! Nun ja – wo, meinen Sie, liegen die Ursachen für diese Mißernten?« Apotheker Dr. Potrykus war die nachsichtige Freundlichkeit selbst. Renates Blicke wurden immer zorniger.

Wolfgang wußte um die Ausweglosigkeit seiner Argumentation. Dieses leidige Kartoffelproblem wurde ja ausgiebig in den Zeitungen diskutiert, und er fand die dort gegebenen Interpretationen selbst lächerlich. Er mußte jetzt sogar schmunzelnd an seinen Witz in dem Theaterstück denken, für das man ihn beinahe zum Konterrevolutionär gemacht hatte. Aber wie er den Apotheker Potrykus dünkelhaft in seiner siegesgewissen Selbstgefälligkeit so vor sich sitzen sah, vergaß er alles, worum ihn Renate gebeten hatte: Erstens sollte er jede politische Diskussion mit ihrem Vater vermeiden; und zweitens, wenn, was zu erwarten war, der Vater dennoch damit anfing, sollte Wolfgang, so ihre Order, ihm einfach nur in allem recht geben.

»Die Ursachen, Herr Dr. Potrykus«, antwortete Wolfgang, und er spürte, daß er in seiner Unsicherheit eine Spur zu ironisch, zu aggressiv wurde, »hätten auch Sie sehen können, wenn Sie es denn hätten sehen wollen. Es dürfte doch auch Ihnen nicht entgangen sein, daß die Landwirtschaft in den letzten zwei Jahren mit Problemen zu tun hatte, die nun wirklich nicht nur selbstgestrickt waren. Zum einen der wirklich unnormal starke Befall von Kartoffelkäfern und dann die andauernde Dürre über den Sommer. Ich habe in Mecklenburg – ich war dort zum Kartoffelernteeinsatz – gesehen, was da aus dem Boden geholt wurde: Nämlich fast nichts. Klitzekleine Knollen. Gerade mal Schweinefutter! Ja, und wo nichts ist, kann auch nichts verteilt werden.«

»Junger Mann!« Dr. Potrykus lächelte nachsichtig. »Meinen Sie nicht, daß Sie da der kommunistischen Propaganda ganz gehörig auf den Leim gegangen sind ... Kartoffelkäfer! Dürre! Das sind doch alles Erfindungen der Kommunisten, um ihren Dilettantismus in der Wirtschaft zu bemänteln.«

»Es mag ja sein, daß sie alle unfähig sind«, versuchte Wolfgang der Diskussion die Spitze zu nehmen und, eingedenk der Warnungen Renates, einzulenken. »Aber den massenhaften Befall von Kartoffelkäfern gab es nun mal und auch die Dürre. Ich meine nur, daß das eine Erklärung sein kann.«

»Eine sehr untaugliche, junger Mann. Eine sehr untaugliche!« Dr. Potrykus wirkte verstimmt.

»Laßt doch diese blöde Politik«, mischte sich Renate schnell ein. Glücklicherweise wurde das Essen gebracht.

Das Essen nahmen sie schweigend ein. Es war sogar leidlich gut, was man sich gegenseitig höflich bestätigte. Nachdem sich Dr. Potrykus mit der – hier immerhin gereichten – Stoffserviette die Mundwinkel abgetupft und einige Fleischreste im Mund sehr diskret mit einem Zahnstocher entfernt hatte, entnahm er einem Lederetui eine Zigarre, an der er – und seine Nase berührte dabei liebkosend den Bauch des wertvollen Stücks – genüßlich roch. Dann überreichte er sie in eingespielter Zeremonie seiner Tochter. Die nahm die Zigarre behutsam zwischen Daumen und beide Mittelfinger ihrer linken Hand, hob sie in Höhe ihres Ohres, begutachtete, indem sie die Zigarre sanft zwischen Daumen und Fingern drehte, fachmännisch nickend das leise Knistern. Tochter und Vater lächelten sich verständnisinnig zu. Nachdem Renate mit dem vom Vater gereichten Zigarrenknipser die zum Rauchen notwendige Kerbe eingeknipst hatte, hielt sie – und wiederum sah man Übung darin – die Zigarre so lange und so geschickt über eine Streichholzflamme, bis sie absolut gleichmäßig angebrannt war. Und mit einer geradezu filmreifen Geste zelebrierte sie die Übergabe der so präparierten Zigarre an ihren Vater, der sie ebenso vollendet übernahm und mit sichtlichem Genuß, sehr zufrieden und aufgeräumt, an ihr zog.

»So Kinder, nun erzählt mal, wie es mit dem Studium läuft.« Er wandte sich Wolfgang zu, was heißen sollte, daß die Frage zunächst an ihn gerichtet war.

Aber Renate, nicht grundlos ein weiteres Konfrontationsthema befürchtend, versuchte ihn abzulenken: »Paps, erzähl lieber, wie es euch zu Hause geht.«

»Das wird Herrn Sander kaum interessieren«, ließ er sich von seinem Fahrplan nicht abbringen. Und wieder an Wolfgang gewandt: »Sie studieren Physik?«

»Ja.« Wolfgang löste den ihn jetzt beengenden Krawattenknoten.

»Ein sehr interessantes Fach. Wenn ich damals nicht hätte die Apotheke übernehmen müssen, wäre Physik mein Wunschstudium gewesen. Erzählen Sie, welche Fächer haben Sie ...«

»Ich habe erst angefangen«, wich Wolfgang einer Antwort aus und warf dabei Renate, die ihn nicht anzusehen wagte, wütende Blicke zu.

»Einen Studienplan werden Sie doch wohl haben.« Dr. Potrykus reagierte leicht gereizt, weil er, wie ihm dünkte, seinem möglichen Schwiegersohn so fast jedes Wort aus der Nase ziehen mußte. »Spannen Sie doch einen alten Mann mit seiner heimlichen Liebe zur Physik nicht so auf die Folter. Ich entsinne mich, daß Sie vorhin bei Ihrer Laudatio auf die Unschuld der Kommunisten nicht so wartkarg waren.«

»Paps, bitte! Wolfgang ist doch erst vor drei Wochen aus dem Ernteeinsatz zurückgekommen«, mischte sich Renate ein. »Der Unterricht hat doch gerade erst begonnen.«

»Wieso müssen eigentlich die Physiker zum Ernteeinsatz und die Pharmazeuten und die Chemiker nicht?« fragte Dr. Potrykus ernsthaft verwundert.

»Ihre Tochter ist im zweiten Studienjahr. Ich bin noch im ersten, und die Studienanfänger müssen fahren, auch die angehenden Chemiker und Pharmazeuten.« Wolfgang merkte, daß seine Stimme unnatürlich gepreßt klang. Am liebsten wäre er jetzt weggelaufen.

Dr. Potrykus jedoch ließ sich so schnell nicht zufriedenstellen: »Sie sind im ersten Studienjahr, sagten Sie. Aber, soviel ich weiß, zumindest sagte das meine Tochter, sind Sie drei Jahre älter als Renate ...«

»Ich war bei der Armee.«

»So, bei der Armee? Sie Ärmster! Da waren Sie wohl einer von den ersten Wehrpflichtigen?«

»Nein, ich war noch freiwillig!«

Das Schweigen, das jetzt einsetzte, war eisig. Der Apotheker vergaß an seiner Zigarre zu ziehen, Renate blickte flehend und feindselig zugleich zu Wolfgang herüber, und der kämpfte mit seinem aufkommenden Trotz und dem Bedürfnis, aufzuspringen und diesem erbärmlichen Spiel mit zwei, drei Worten ein Ende zu bereiten. Doch er beherrschte sich und sagte in der Hoffnung, damit zu vermitteln: »Es war sozusagen freiwilliger Zwang. Ich hätte sonst bei meinem Elternhintergrund nicht studieren dürfen.«

»Ich verstehe. Ihr Vater hat sich sicher gegen das Regime gestellt, oder so etwas. Das kennt man ja! Und dann verwehrt man den Kindern das Studium ... Renate erzählte mir, daß ihr Vater Hauptbuchhalter in einem größeren Betrieb ist. Da hat er doch einigen Einfluß. Wäre da nichts zu drehen gewesen?«

Jetzt war für Wolfgang die Grenze des Erträglichen überschritten. Er hatte nur noch das Bedürfnis, diesem Lügengespinst zu entrinnen. Er fühlte sich verraten und so tief verletzt durch den Menschen, den er am meisten liebte, daß er sich wie eine geprügelte Kreatur vorkam, die nur noch eines im Sinn hatte, sich von diesen Fesseln zu befreien.

»Das war's!« Tonlos kam es von seinen Lippen. Er war kreidebleich. Dr. Potrykus sah ihn verständnislos an, aber Renate ahnte, was nun folgen würde. Wolfgang schien gefaßt und ruhig, als er sich – so als säße der Vater nicht mit am Tisch – an Renate wandte: »Renate, ich weiß, daß ich jetzt alles zerstören werde, aber so geht das mit uns wirklich nicht weiter. Wenn du mich liebst und mich willst, dann mußt du mich so nehmen, wie ich bin, vor allem mit dem, was um mich ist. Du kannst mich nicht für deinen Vater zurechtbacken: Studium, Vater ... Was hat denn das mit uns zu tun? Das ist doch alles völlig unwichtig! Wozu brauchen wir diese Lügen? Ich liebe dich, aber ich will dich ohne diese Lügen lieben können, ohne diese erbärmliche Farce, die wir hier vor deinem Vater spielen.« Wolfgang stand jetzt auf. Er knöpfte sich sogar die Jacke zu. Er umklammerte mit festem Griff die Stuhllehne, so fest, daß sich die Knöchel an seiner Hand weiß verfärbten, so bleich wie sein Gesicht. Und nun wandte er sich an den Apotheker, der der bisherigen Szene völlig fassungslos zugeschaut hatte: »Herr Dr. Potrykus, es tut mit leid, und ich schäme mich für das, was hier eben abgelaufen ist. Alles, was bisher gesagt wurde, ist falsch. Es ist Lüge! Und daß das so ist, daran haben Sie ebenso Anteil wie wir; vielleicht sogar sind Sie – ohne es zu wissen – am meisten daran schuld. Aber das müssen Sie mit Ihrer Tochter ausmachen.« Wolfgang machte eine Pause. Es würgte ihm im Hals. Er war so schrecklich aufgeregt, daß er glaubte, Luftnot zu bekommen. Aber er spürte in sich immer stärker den Drang, jetzt, wo er den Anfang gemacht hatte, gleich alles zu zerstören: »Mein Vater war nie der für Sie vielleicht standesgemäße Hauptbuchhalter. Er war immer nur ein kleiner ärmlicher Buchhalter mit einer zudem kriminellen Veranlagung, wofür er mehrfach ins Gefängnis kam. Ja, mein Vater ist ein Zuchthäusler! Und ich bin auch kein Student der Physik ... Das hat Ihre Tochter für Sie aus mir gemacht. Ich habe, obwohl ich – und das ist das einzig Wahre am bisher Gesagten – drei Jahre älter bin als Ihre Tochter, immer noch kein Abitur. Das hole ich jetzt zwar nach, aber an einer Einrichtung, die, so hörte ich, für Sie das Suspekteste ist, was Sie sich vorstellen können. Arbeiter-und-Bauern-Fakultät nennt sich das. Hier in Jena verschrien als 'Rote Fakultät'! Und wie Sie vielleicht wissen, hat diese 'Rote Fakultät' die Aufgabe, aus uns allen eine Arbeiter-und-Bauern-Elite zu schmieden. Alles kleine Kommunisten, die dann auch noch die geheiligten Hallen der Universitäten und Hochschulen bevölkern werden.« Wolfgang hatte jetzt wirklich vor Erregung Luftnot. Er fingerte an seiner Gesäßtasche. »Ich nehme an, daß Sie einem solchen Menschen wie mir nicht unbedingt ein Essen spendieren wollten. Und ich will es von Ihnen auch nicht annehmen.« Wolfgang warf einen Zehn-Mark-Schein auf den Tisch. »Mehr habe ich leider nicht, aber vielleicht ist das Essen damit abgegolten. Ich wünsche Ihnen noch einen Guten Abend."«

Ohne jemanden anzusehen oder auch nur wahrzunehmen, verließ Wolfgang das Restaurant. Auf der Straße mußte er sich übergeben. Passanten gingen an ihm vorüber: »Schrecklich, diese besoffene Jugend!« *Sollen die doch denken, was sie wollen!*

VII

Wolfgang ging es nicht gut, schon seit Tagen. Was nutzte ihm die Befriedigung, endlich wie ein selbstbewußter Mann aufgetreten zu sein, wenn die Sehnsucht von Tag zu Tag größer wurde und der Wunsch, das alles wieder ungeschehen zu machen. Wie schaltet man eine Liebe aus, wenn das Verlangen übergroß wird, das geliebte Wesen wieder umfangen zu können? Wie oft hatte er seinen verfluchten Stolz verwünscht, seine Unbeherrschtheit und seinen unbezwingbaren Drang nach rundumschlagender Zerstörung – aus einer Verletztheit heraus, die er heute gar nicht mehr verstehen wollte. Alles in ihm schrie nach Renate, nach ihrer Umarmung, nach ihrer Liebe. Er wartete schon über eine Woche auf ein Zeichen von ihr. Er hatte sogar den Unterricht geschwänzt, um ihr aufzulauern, sie nur zu sehen, wenn sie - allerdings nie allein - aus ihrem Seminargebäude kam und mit ihren Freundinnen ins Chemische Institut ging, weil, wie er wußte, sie dort für ihre Prüfungen Analysen kochte. Aber er hatte nie den Mut aufgebracht, sich ihr zu zeigen. Warum gab sie kein Zeichen, und wenn es nur eines der Verachtung gewesen wäre? Was nutzte es ihm, wenn ihm Jürgen zu seiner gezeigten Haltung beglückwünschte: »Du hast dich endlich wie ein Mann benommen.« Und: »Was willst du denn noch von dieser bourgeoisen Ziege? Oder hast du immer noch nicht geschnallt, wo du hingehörst?«

Damit hatte Jürgen den Nagel auf den Kopf getroffen; denn das wußte Wolfgang wirklich nicht mehr. Er liebte neben Renates Körper auch das Milieu, in dem sie lebte, ihr Wesen, sogar ihre Ansichten, an denen er sich oft genug gestoßen hatte. Aber am meisten liebte er das Gefühl, mit jemandem wie Renate verbunden zu sein, weil es ihn heraushob aus dem, was mit der ABF, mit seiner Herkunft und allem zusammenhing, was er zwar lebte, aber doch haßte. Noch vor Tagen löste jeder Gedanke an Renate in ihm Glücksschauer aus, und diese seinen Körper durchrieselnden Ströme von Abgehobensein aus dem gräßlichen Alltag wollte er wiederhaben. Oder war das alles ganz anders? Er wußte es nicht, und er wußte gar nichts mehr, als er nach genau zehn Tagen vergeblichen Wartens auf ein Signal von Renate sich aufmachte, um zu ihr zu fahren.

»Ach, du bist das.« Renate öffnete die Tür nur einen schmalen Spalt.

»Willst du mich nicht hereinlassen?«

»Sollte ich das?«

»Renate, wir müssen reden. Du, bitte! Ich möchte mich entschuldigen.«

»So, entschuldigen möchtest du dich. Wieso?«

»Nun ja, für das im Restaurant.«

»Meinst du, daß du dich dafür entschuldigen mußt? Jetzt? Nach zehn Tagen?«

»Bitte, laß mich rein. Und wir reden drinnen weiter.«

»Nein. Ich denke, wir haben uns nichts mehr zu sagen.«

»Bitte, Renate. Ich entschuldige mich. Was willst du noch?«

»Warum entschuldigst du dich? Du hast es doch so gemeint. Oder?«

»Ja und nein. Komm, laß uns reden.«

»Wir reden doch. Schon viel zu lange, wie mir scheint. Gut. Da du offensichtlich immer noch nichts begriffen hast, sage ich dir noch, daß du mich tief enttäuscht und nicht nur meinen Vater schwer beleidigt, sondern uns, uns beide, so mit Füßen getreten hast, daß das unentschuldbar ist. Du bist eben so! Du bist verbohrter als ich dachte und in deiner kommunistischen, besserwisserischen Arroganz nicht nur beleidigend, sondern auch schrecklich dumm!«

»Renate, bitte, du weiß nicht, was du sagst. Und wenn wir schon von Arroganz reden, dann war das doch wohl dein Vater in trauter Einigkeit mit dir, die ...«

»Ach laß mich doch in Ruhe! Du bist und bleibst, was du bist. DU, DU KOMMUNIST, DU! Du dummer, blöder Kommunist, du!«

Renate schlug die Tür zu.

Sieg der sozialistischen Produktionsverhältnisse

1963: VI. Parteitag der SED. Ulbricht referiert über »Das Programm des Sozialismus und die geschichtliche Aufgabe der SED« ... Der Parteitag stellt fest, die sozialistischen Produktionsverhältnisse in der DDR haben gesiegt. Er verkündet den umfassenden Aufbau des Sozialismus, der die Übergangsperiode vom Kapitalismus zum Sozialismus in der DDR abschließen wird, beschließt die Ausarbeitung und Einführung der Grundsätze des neuen ökonomischen Systems der Planung und Leitung, erklärt die Fortsetzung der sozialistischen Kulturrevolution zu einer zentralen Aufgabe beim umfassenden sozialistischen Aufbau und begründet die Maßnahmen zur weiteren Stärkung der Staatsmacht und zur Entwicklung der sozialistischen Demokratie.
(Deutsche Geschichte in Daten, Berlin 1967, S. 977)

19

ZWEITWUNSCHPRÜFUNGEN

I

Wolfgang saß im Zug von Jena nach Leipzig, und ihn beherrschten sehr gemischte Gefühle. Er stand mitten in den Abschlußprüfungen zum Abitur. Doch die Narben auf seiner Seele, die der endgültige Bruch mit Renate hinterlassen hatte, waren noch nicht verheilt und schmerzten sehr. Jetzt aber mußte er sich auf etwas anderes konzentrieren. Ihm stand eine Aufnahmeprüfung für die Fachrichtung Journalistik an der Universität Leipzig bevor. Ein Wunschstudium? Mitnichten. Ursprünglich wollte er Dramaturgie studieren, Filmdramaturgie. Das hatte er als »Erstwunsch« aufgeschrieben; denn man hatte als angehender Absolvent einer Arbeiter-und-Bauern-Fakultät wie im Märchen zwar nicht gleich drei, aber doch immerhin zwei Wünsche frei, mit denen man sich kraft der Bedeutung dieser Bildungsstätten erfolgversprechender für ein Universitäts- oder Hochschulstudium bewerben konnte. Doch die einzige Einrichtung, die diese Fachrichtung ausbildete, die Filmhochschule in Babelsberg, legte ausgerechnet für das kommende Studienjahr eine einjährige Pause ein. Jedenfalls, es wurde niemand immatrikuliert. So mußte es dann der »Zweitwunsch« sein, der sich gewissermaßen und notgedrungen aus dem ersten ergab: Journalistik.

Wolfgang war seit seiner Internatszeit, als er noch für seinen wöchentlichen Auf- und Abbau der Landfilm-Leinwand unentgeltlich ins Kino kam und dabei die meisten Filme sogar mehrmals gesehen hatte, ein regelmäßiger Kinogänger. Auf diese Weise hatte er fast alle Filme gesehen, die im Land liefen. Während der Eisenbahnerlehre hatte er zudem den Vorzug der Freifahrtscheine genutzt, und so war er oft nach Berlin gefahren – ausschließlich deshalb, um sich im anderen Teil der Stadt das viel interessantere Filmangebot anzusehen. Natürlich war das verboten, und es war auch eine Erklärung zu unterschreiben, daß man bei einem Berlinbesuch nicht etwa Bahnhof Friedrichstraße in die S-Bahn steigt, um angeblich nach Potsdam durchzufahren, drei Stationen später jedoch, am Bahnhof Zoo, den Zug verläßt. Damit von vornherein ein solcher Verdacht nicht erst aufkommt, hatte er die Freifahrtscheine nie direkt nach Berlin beantragt, sondern für Zielorte weit darüber hinaus, so etwa Stralsund, Schwerin oder Rostock, denn die Entfernungen spielten bei Freifahrtscheinen keine Rolle.

Einer der Gründe, weshalb er so oft nach Berlin fuhr, hieß VOM WINDE VERWEHT. Den gleichnamigen Wälzer von Margaret Mitchell, eines der wenigen anderen Bücher, die er in seiner französisch-russischen Phase las, hatte ihm ein Freund seiner Mutter ausgeliehen. Jedoch für nur zwei Tage. Da ihn schon nach den ersten Seiten Scarletts Schicksal so gepackt hatte, mußte er zwei Nächte durchlesen, weil er sich trotz erworbener Raffinesse des heimlichen Lesens nicht traute, dieses verbotene Buch während der Unterrichtsstunden weiterzulesen. Wenn er - beispielsweise vielleicht sogar im Staatsbürgerkundeunterricht - erwischt worden wäre, dann wäre es nicht mehr nur um Unaufmerksamkeit gegangen, sondern - verschärft - um das Lesen staatsfeindlicher Literatur. Man hätte ihm das Buch, das ihm ja nicht gehörte, weggenommen, und wahrscheinlich wäre er auch von der Schule geflogen.

Aber Scarlett O'Hara und Rhett Butler nun auch noch in dem Film, der als Dauerbrenner in Westberlin lief, sehen zu können, allein dafür war er dreimal nach Berlin gefahren - und hatte dreimal Pech. Ausgerechnet immer dann, wenn er in Berlin war, wurde der Film nicht gespielt, obwohl er doch fast laufend auf dem Spielplan stand. Dafür aber sah er anderes: Er begeisterte sich an dem damaligen Kultfilm DIE KINDER DES OLYMP, litt in Carnés DIE SICH SELBST BETRÜGEN, staunte über den Zwei-Meter-und-Riesen Ursus im Monumentalschinken QUO VADIS nach dem Roman von Henryk Sienkiewicz, den er von seiner Mutter geschenkt bekommen hatte; und aus dieser Zeit datiert auch seine erste Bekanntschaft mit van Gogh: EIN LEBEN IN LEIDENSCHAFT mit Kirk Douglas als Vincent und Anthony Quinn als Paul Gauguin.

Einmal war er mit einem Freund nach Berlin gefahren. Sie schlenderten gerade, den River-Kwai-Marsch pfeifend, über den Kudamm auf ein riesiges Plakat zu, auf dem eine schwerbusige und heißlippige Blondine kurvenreich ihre Reize darbot und einen Filmgenuß unter dem Titel GIER NACH LIEBE versprach. Die damals Sechzehnjährigen fühlten sich von Wort und Bild so angezogen, daß sie (sie kamen soeben für umgerechnet 30 Mark aus dem Film DIE BRÜCKE AM KWAI) ihr letztes Geld wie üblich eins zu zehn wechselten in der Hoffnung, im Film auch das zu sehen, was das Plakat gerade noch so verbarg. Sie hatten aber kaum im Saal Platz genommen (bis dahin hatten sie es, hoffend, daß das Licht bald ausgeht, immerhin geschafft), da kam eine Ausweiskontrolle, und sie mußten, ohne etwas gesehen zu haben, das Kino wieder verlassen. Der Film war erst ab achtzehn Jahre zugelassen. Das Geld bekamen sie an der Kasse natürlich nur in West zurück. Doch dafür wurde am nächsten Kiosk ganz weltmännisch eine Schachtel »Peter« gekauft, und für den Rest - mehr war nicht drin - tranken sie in einem Straßencafe auf dem Kurfürstendamm eine Coca-Cola.

Maßnahmen zum Schutze der Staatsgrenze

21. Juni 1963. Der Ministerrat erläßt die »Verordnung über Maßnahmen zum Schutze der Staatsgrenze zwischen der DDR und Westberlin«. Die Sicherheitsorgane haben alle Maßnahmen zur Einrichtung einer festen Ordnung an der Staatsgrenze zu treffen und die Sicherheit der DDR-Bürger zu gewährleisten. Danach besteht das Grenzgebiet aus einem 10-m-Kontrollstreifen entlang der Staatsgrenze, innerhalb des Bezirkes Potsdam aus einem 500-m-Schutzstreifen und innerhalb Berlins aus einem 100-m-Schutzstreifen. Das Betreten des Grenzgebietes ist nur mit Passierschein gestattet.
(Deutsche Geschichte in Daten, Berlin 1967, S. 979)

Während der ABF-Zeit betrieb er seine Kinogänge wieder etwas professioneller. Die ABF leistete sich täglich über Mittag einen Fakultätsfunk mit aktuellen Besprechungen, Diskussionen und Musik; und mittwochs war der Tag der Kultur. Ganz am Anfang noch während des ersten Semesters hatte Wolfgang einmal das Manuskript für eine Filmbesprechung eingereicht. Es war der Versuch einer Interpretation des amerikanischen pazifistischen Filmes IM WESTEN NICHTS NEUES nach dem Roman von Erich Maria Remarque, der ihn stark beeindruckt hatte. Dieses als Rezension verlesene Schriftstück war so gut angekommen, daß man Wolfgang eine regelmäßige Mitarbeit am Fakultätsfunk anbot.

Er hatte um zwei Wochen Bedenkzeit gebeten. In dieser Zeit setzte er sich mit der Vertriebsgesellschaft »Progreß und Werbung« in Verbindung und erläuterte dort einer Dame, was er jeden Mittwoch zu tun gedenke. Sie war von der Idee angetan und stellte ihm Werbematerial vom »Progreßfilm« zur Verfügung, und – und das war für Wolfgang ein entscheidender Punkt, das Angebot zur Mitarbeit am Fakultätsfunk anzunehmen – sie händigte ihm obendrein noch eine Pressekarte aus, die ihn berechtigte, in die Voraufführungen der Filme zu gehen, bevor diese in die Kinos kamen. So hatte er wieder freie Kinobesuche und war zudem durch diese in der Lage, wirklich vorher gesehen zu haben, worüber er dann aktuell für den Fakultätsfunk schrieb.

Für das Herangehen und vor allem für den Stil seiner Filmbesprechungen hatte er ein leuchtendes Vorbild: Renate Holland-Moritz mit ihren Rezensionen im EULENSPIEGEL. Das heißt, es waren ihre wie Florettstiche eingesetzten satirischen Mittel, die Wolfgang so faszinierten; die Ironie, der Hohn, der Spott, der Sarkasmus und die – wie ihm schien – Souveränität ihres Urteils, das sich von allem, was er sonst las oder lesen durfte, so wohltuend unterschied: subjektiv und scheinbar nur sich selbst Rechenschaft gebend. Wo gab es denn das noch! Seine Begeisterung ging so weit, daß er sie mitunter plagiierte, zumindest nachahmte. Aus dieser Lektüre und dem Spaß, den er an dieser Mittwochsendung hatte, erwuchs sein ZWEITSTUDIENWUNSCH – Journalistik.

Kulturjournalist wollte er werden; Rezensionen, Kunstbetrachtungen schreiben, selbstverständlich marxistisch-leninistische Rezensionen und Kunstbetrachtungen vom Standpunkt der Ästhetik des dialektischen Materialismus, das schon, aber doch auch aus seiner Sicht und mit seinem Standpunkt, seiner Subjektivität und Beziehung zu den Gegenständen.

In dieser Unbedarftheit bewegten sich seine Vorstellungen, als er sich entschloß, ein Journalistikstudium aufzunehmen, wofür er heute nach Leipzig fuhr, um sich der dafür notwendigen Aufnahmeprüfung zu stellen.

II

Die schriftlichen Prüfungen liefen für Wolfgang problemloser, als er befüchtet hatte. Zunächst mußte aus dem Russischen ins Deutsche übersetzt werden, wobei der deutsche Text stilistisch so zu bearbeiten war, daß daraus – frei gestaltet – eine journalistische Veröffentlichung zu verantworten wäre. Danach war ein lächerliches Diktat zu schreiben, das mit den allgemein bekannten studienratsschwierigen Wörtern gespickt war wie Portemonnaie, Mademoiselle, Chaiselongue und dergleichen und (für Wolfgang kurioserweise) auch Arbeiter-und-Bauern-Fakultät. Zum Abschluß hatte man argumentierend aufzuschreiben, was einem zu dem Thema DIE DDR – DER RECHTMÄSSIGE DEUTSCHE STAAT einfiel. Alles in allem nicht unbedingt eine Hürde für jemanden, der zwei Jahre ABF hinter sich gebracht hatte. In den Pausen und am Abend kam es zu ersten Gesprächen zwischen den Prüflingen, die – so war zu vermuten – die nächsten fünf Jahre miteinander verbringen würden. Wolfgangs erster Eindruck war, daß er nicht hierher gehörte. Er kam sich so jämmerlich deplaziert vor, daß er schon an Abreise dachte. Die anderen – so schien ihm – waren alle offenbar schon fertige Journalisten. Sie sprachen in einem Fachjargon, der Wolfgang völlig unbekannt war, erzählten von Redaktionen, in denen sie gearbeitet hatten, von Studios im Fernsehen, schmissen nur so mit Petit und Cicero, Schnitt und Cuttern um sich, daß Wolfgang glaubte, der einzige hier zu sein, der von all dem keine Ahnung hatte. Und wenn er nicht in dem Wohnheim, in dem sie alle für diese eine Nacht untergebracht waren, mit seinem Untermann im Doppelstockbett, der sich wie er an diesen Fachgesprächen nicht beteiligt hatte, noch ein paar Worte gewechselt hätte, dann wäre er weit mutloser in den zweiten und entscheidenderen Prüfungstag gegangen.

Sein Untermann stellte sich mit Jochen Timburg vor, hatte auch noch keine Redaktion von innen gesehen, war, wie Wolfgang im nachhinein schmunzelnd feststellte, der neben ihm einzige junge Mann in Zivil. Er trug weder FDJ-Hemd noch Schlips. Daraus erwuchs für Wolfgang der erste Ansatz von Sympathie, aber noch mehr beeindruckte ihn dessen Abgeklärtheit, Reife und auch Arroganz, die dieser Jochen Timburg an den Tag legte. Überraschend unkonventionell war auch der erste Satz, den er an Wolfgang richtete, so als hätte er ihm den Mißmut und die depressiven Gedanken angesehen. Er sagte, indem er das zweite Bettlaken zwischen die bereitliegende Wolldecke legte: »Ich hoffe, du hast dich von diesen aufschneidenden Klugscheißern nicht beeindrucken lassen. Ich habe dich beobachtet ... Wir beide sind besser. Du wirst es sehen.« Damit legte er sich zwischen seine präparierten Laken, winkte mit der Hand noch so etwas wie einen Gutenachtgruß, was auch heißen sollte, mehr ist dazu nicht zu sagen. Auch wenn das ein völlig unbegründeter und zudem überheblicher Satz war, den der Timburg da unter ihm abgeschossen hatte, Wolfgang tat er gut. Er baute ihn sogar auf. *Der hat ja recht, so muß man das alles angehen.* Mit diesen Gedanken schlief er, ohne noch einmal an Abreise zu denken, beruhigt ein.

III

»Sie sollten noch einmal nachdenken, ob das ausreicht, was Sie uns auf die Frage, warum Sie Journalistik studieren wollen, bisher deutlich gemacht haben. Ich will Ihnen beim Nachdenken etwas behilflich sein«, sagte der Dozent, der sich mit Hofmann – mit einem f – vorgestellt hatte und offensichtlich als Prüfungsvorsitzender jener Gruppe der Aufnahmekandidaten fungierte, in die Wolfgang eingeschrieben worden war. Wolfgang sah ihm ins Gesicht. Da sprang sie ihn wieder an, diese merkwürdige Physiognomie, die er bei Leuten bestimmter Coleur (Keller, sein Direktor an der ABF, schien ihm dafür prototypisch zu sein) beobachtet hatte. Es war dieser lächerliche Versuch, Verbindlichkeit durch ein verkrampftes Lächeln vorzutäuschen, hinter dem man – besonders, wenn man in die dazu nicht mitspielenden Augen blickte – die Fratze von Despotismus, Anmaßung, aber auch Dummheit und Angst so deutlich hervorlugen sah, daß man – und so ging es Wolfgang immer dann, wenn ihm jemand, auf diese Weise lächelnd, an den Kragen wollte – selbst nicht anders konnte, als sich mit Arroganz zu wappnen. In seiner augenblicklichen Situation war das jedoch mehr als gefährlich, zumal die angedrohte Hilfe des Genossen Dozenten Hofmann nicht gerade dazu angetan war, Wolfgangs innere Wutspannungen abzubauen. Mit eben jenem Lächeln fuhr Hofmann fort: »Ich will Ihnen noch einmal ins Gedächtnis rufen, was Sie uns erklärt haben: Sie haben Interesse am politischen Geschehen, besonders, wenn es sich um die Bereiche Kultur und Kunst handelt; Sie haben Freude am Interpretieren, am Urteilen, am Schaffen von Zusammenhängen; Sie möchten, wie Sie sich ausdrückten, an einem Meinungsbildungsprozeß beteiligt sein, und deshalb glauben Sie, Journalist werden zu müssen. Ist das von mir so richtig interpretiert?«

»Ja«, sagte Wolfgang. *Worauf will der nur hinaus?*

»Hm – meinen Sie nicht, daß da noch etwas fehlt?«

»Nein, entschuldigen Sie, ich verstehe nicht ganz ...« Wolfgang spürte, wie sich seine rechte Augenbraue hob, ein untrügliches Zeichen, daß er auf andere arrogant wirkte; so hatte ihm vor allem Jürgen, freundschaftlich warnend, immer versichert. »Wenn ich es anders wüßte oder anders empfinden würde, hätte ich es gesagt. Ich denke, daß das, was Sie zusammengefaßt haben, in etwa meine Motivation trifft, ein Journalist werden zu wollen.«

»Wie wäre es denn mit einem sozialistischen Journalisten.«

»Ich sehe da keinen Widerspruch zu dem, was ich gesagt habe.«

»Gut. Fragen wir anders herum. Was ist für Sie Parteilichkeit?«

»Parteilichkeit hat für mich etwas mit Weltanschauung zu tun.« Wolfgang sprach zögerlich. *Worauf will der nur hinaus?* Hofmann sah ihn mit einem Gesicht an wie: das kann doch wohl nicht alles gewesen sein! »Also wenn ich beispielsweise als Journalist die Geschehnisse, über die ich schreibe, vom Standpunkt des dialektischen Materialismus aus beurteile und interpretiere ... Ja, das wäre für mich Parteilichkeit.«

»Nun, dazu gäbe es eine ganze Menge zu sagen. Aber lassen wir das. Wie vermitteln sich für Sie Parteilichkeit und Standpunkt der Partei der Arbeiterklasse?«

»Ich denke mir, daß das auch eine Form der Parteilichkeit ist.«

Obwohl diese Feststellung für den Genossen Hofmann außerhalb jeder Akzeptanz lag, wäre es für Wolfgang besser gewesen, er hätte nach diesem Satz geschwiegen. Denn noch war nichts Provozierendes gesagt. Aber in Wolfgang gärte eine gestörte Chemie, die durch den Anblick der von ihm als prototypisch empfundenen Physiognomie des Genossen Hofmann hervorgerufen wurde, die seine Vernunft und seinen Selbstschutz paralysierte. Eine ebenso unangemessene wie unvereinbare Gegensätzlichkeit zu dem, was er vor sich sah, beherrschte ihn so sehr, daß die angestaute Aggression, wenn er denn schon nicht zuschlagen konnte, aus ihm heraus mußte. Wenigstens verbal. Und so rutschte ihm doch noch dieser verhängnisvolle Satz heraus: »Man muß in diesem Zusammenhang sicherlich darauf achten, daß hier parteilich nicht mit parteiisch verwechselt wird.«

Der Genosse Hofmann sagte daraufhin nur: »Ich habe an Herrn Sander keine weiteren Fragen mehr.«

Obwohl er das erwartet hatte, zuckte Wolfgang zusammen: *Na das war's! Journalismus ade!* Es trat eine Pause ein.

»Habt ihr noch Fragen?« Genosse Hofmann wandte sich seinen beiden Beisitzern zu.

»Ja, ich hätte noch ein paar Fragen«, meldete sich der Oberassistent, der bisher geschwiegen, aber – für Wolfgang interessant – sich als jener vorgestellt hatte, der die Seminare für Kulturpolitik leitet. »Herr Sander, ich entnehme aus Ihren Unterlagen, daß Sie für den Fakultätsfunk der ABF Jena Filmrezensionen geschrieben haben. Können Sie mir etwas über diese Arbeit erzählen; ich meine, wie Sie da herangegangen sind, worauf Sie sich dabei gestützt haben, welche Literatur Sie gelesen haben.«

Wolfgang spürte wieder Oberwasser. Da konnte er doch genügend erzählen und vielleicht deutlich machen, wie er das mit der Parteilichkeit gemeint hatte. Er erzählte von seinen Verbindungen zu PROGRESS UND WERBUNG, von seinen Besuchen der Voraufführungen, daß er weitere Literatur nutze, wie die Zeitschrift SONNTAG, den FILMSPIEGEL, daß er in dem Zusammenhang auch in SINN UND FORM hineinschaue. Dann erzählte er (vielleicht eine Spur zu begeistert) von den Rezensionen im EULENSPIEGEL und ganz besonders von denen der Renate Holland-Moritz. Wie er so im Schwelgen war, wurde er abrupt vom Genossen Hofmann mit der lakonischen Frage unterbrochen: »Herr Sander, wie heißt denn der Genosse, der im NEUEN DEUTSCHLAND die Filmkritiken schreibt?«

Das ist der Abschuß! Wolfgang fiel aus seinem Hoch ins tiefste Tief, denn den kannte er nicht. »Mir fällt jetzt der Name nicht ein«, versuchte er sich herauszureden.

»So, aber den von der Frau Holland-Moritz scheinen Sie ja um so besser zu kennen.«

»Aber hier ging es doch um Fragen des Stils und des Herangehens, das heißt, um die Frage, woher ich mein Handwerk lernen wollte.« Wolfgang wandte sich mit einer Geste des Unverstandenfühlens an den Oberassistenten, aber der Genosse Hofmann ließ den gar nicht mehr zu Wort kommen.

»Sie meinen also, daß Sie Handwerk, Stil und Herangehen aus dem EULENSPIEGEL lernen müßten. Dagegen ist ja zunächst nichts zu sagen. Aber daß Sie Handwerk, Stil und Herangehen, wie es sich in unserem Zentralorgan der Sozialistischen Einheitspartei Deutschlands darstellt, nicht einmal kennen, das ist doch wohl sehr bezeichnend. Und es verwundert deshalb nicht, wie Sie auf dieser Basis mit dem Begriff Parteilichkeit umgehen.« Er redete sich – wahrscheinlich war Wolfgangs hochgezogene Augenbraue nicht ganz schuldlos daran – in eine so unerklärliche Rage, die, wenn das alles für Wolfgang nicht so bitterernst gewesen wäre, in ihm einen Lachkrampf ausgelöst hätte. »Holland-Moritz!« tobte er weiter, »das scheint ja nun der Inbegriff des Journalismus für Sie zu sein. Ich werde Ihnen mal was sagen: Ich kann dieser Frau Holland-Moritz in jeder ihrer Filmkritiken zehn Fehleinschätzungen nachweisen, diese Frau ist mit ihrer Schreiberei nicht maßgebend für unsere sozialistische Kultur der Rezensionen! Aber den Genossen Horst Knietzsch, der im NEUEN DEUTSCHLAND – nein, keine parteiischen – , sondern wirklich parteiliche, und das heißt, wissenschaftliche Kritiken schreibt, den kennen Sie nicht einmal …« Es trat eine betretene Pause ein. Der schon etwas ältere und nach seiner echauffierten Rede noch viel älter wirkende Genosse Dozent Hofmann griff sich nach dem Herzen.

Der Oberassistent schaute mehrmals zum Genossen Hofmann, der aber nach dieser Attacke konsequent die Augen geschlossen hielt. Dann räusperte sich der Oberassistent, und da offensichtlich vom Prüfungsvorsitzenden keine Äußerung mehr zu erwarten war, übernahm er das letzte Wort in diesem Gespräch. »Ist gut, Herr Sander. Sie können jetzt gehen«, sagte er, nach dem Vorgefallenen für Wolfgang erstaunlich freundlich, und fügte an: »Sie hören von uns.«

IV

»Na, wie war's?« Jochen Timburg, sein Bettunter der vergangenen Nacht, stellte sich Wolfgang breitbeinig in den Weg. Aber er ließ ihn gar nicht erst antworten, sondern führte ihn zu einer Tafel, an der, während Wolfgang beim Aufnahmegespräch war, eine Liste mit den Ergebnissen der schriftlichen Aufnahmeprüfungen vom Vortag angebracht worden war.

»Ich dachte mir schon, daß du gut bist – aber so gut?« Er wies auf den Namen Sander in dieser Liste, hinter dem eine 1,4 stand, und vor Sander standen nur noch drei Namen. »Ich bin da nicht so gut, aber vielleicht habe ich andere Stärken.« Er zeigte auf seinen Namen, der mit einer 2,8 im oberen Teil des unteren Drittels zu finden war. »So, nun erzähle«, sagte er, ihn von der Seite anblickend. »Du siehst nicht gut aus. Nein, komm«, unterbrach er sich, »wir hauen hier erst einmal ab und rauchen draußen eine Zigarette.«

»Also, es lief wohl nicht so gut?« fragte er, nachdem sie sich eine Zigarette angezündet hatten. Er wartete.

»Ich denke, ich bin durchgefallen«, sagte Wolfgang nach einer Weile. »Sie werden mich nicht nehmen.«

»Woraus schließt du das?« Jochen Timburg sagte das ganz sachlich und ungerührt. Wolfgang erzählte ihm, was soeben abgelaufen war, bis zum Fast-Herzanfall des Genossen Hofmann mit dem einen f.

»Das hört sich nicht besonders gut an«, sagte Jochen Timburg. »Andererseits kann ich mir nicht vorstellen, daß sie jemanden, der in der schriftlichen Prüfung zu den Besten zählt, wegen einer solchen Schmierenkomödie nicht annehmen. Außerdem: der Hofmann, das habe ich herausbekommen, gilt bei den anderen Wissenschaftlern als ein seniler, vertrottelter Altstalinist. Es ist nur dein Pech, daß du in der Aufnahmeprüfung ausgerechnet an ihn geraten bist.«

»Das ist leider ein nur sehr geringer Trost.«

»Mann, laß den Kopf nicht hängen. Noch ist gar nichts verloren. Du wirst studieren. Das heißt, wir beide werden dieses Studium machen. Wir wetten um eine Flasche Sekt. Ich sage dir voraus, es wird folgendes passieren: Sie werden dich nicht ablehnen, aber sie werden dich etwas ärgern wollen. Und willst du wissen, warum sie dich ärgern wollen? Weil du sie geärgert hast, zumindest den senilen Hofmann. Sie werden dich zum Vorpraktikum möglicherweise in irgendeine äußerste Ecke stecken, eine Bewährungsprobe sozusagen, und sie werden dich danach auf alle Fälle noch einmal prüfen. Und dann wirst du hoffentlich so viel gelernt haben, daß du weißt, was du in solchen Prüfungen zu antworten hast. Mensch, da hat der Kerl so viel Grips im Kopf und ist so dämlich.«

»O.k., die Wette gilt,« sagte Wolfgang. »Egal, unter welchen Bedingungen ich noch angenommen werde: Wenn es doch noch klappen sollte, hast du die Flasche Sekt gewonnen.«

Timburg klopfte ihm auf die Schulter. »Die Wette habe ich schon gewonnen!«

»Woher hast du das nur, daß du Menschen so aufbauen kannst«, fragte Wolfgang.

»Dafür habe ich etwas nicht, was du zum Beispiel hast.«

»Entschuldige, aber irgendwie bist du mir unheimlich. Du sagst das alles mit einer solchen Selbstverständlichkeit, als würden wir uns schon Jahre kennen. Was weißt du denn von mir? Und was macht dich in deinem Urteil so sicher?«

»Darüber reden wir ein anderes Mal. Wir sehen uns noch! Ich muß nämlich in fünf Minuten zu meinem Aufnahmegespräch. Und ich sage dir jetzt schon eins ...« Dabei klopfte er Wolfgang gönnerhaft auf die Schulter. »Ich werde mich dort nicht so dämlich anstellen wie du. Darauf kannst du einen lassen.«

V

Wenn Wolfgang an die zwei Tage in Leipzig zurückdachte, dann blieb nur eine angenehme Erinnerung übrig, die an Jochen Timburg. Sie waren beide gleich nach der Verkündung der Prüfungsergebnisse in die nächste Kneipe eingefallen. Wolfgang bestand darauf, seine verlorene Wette sofort einzulösen. Viel Zeit blieb jedoch für die Flasche Sekt nicht, denn sie mußten beide noch am gleichen Abend zum Zug. Beim Abschied auf dem Bahnhof hatte Timburg in seiner einnehmenden Art Wolfgang noch zugerufen: »Ob du willst oder nicht. Ich verliere dich nicht aus den Augen. Wir sehen uns!« So war er, mit dem ausgestreckten Zeigefinger am erhobenen Arm wie ein Lassowerfer ein paar Kreisbewegungen andeutend, in seinen Zug nach Doberlug-Kirchheim gestiegen, dort wohne er – mit seiner Frau; das hatte er Wolfgang noch erzählt.

Wolfgang war, wie es Jochen Timburg vorausgesagt hatte, doch noch angenommen worden; allerdings – und auch das hatte Timburg richtig erkannt – mit Bedingungen und Auflagen. Die Bedingung war: Er hatte sein Vorpraktikum in Görlitz, der geteilten Stadt an der polnischen Grenze, zu absolvieren; und die Auflage war, er hatte sich einer nochmaligen Eignungsprüfung gegen Ende des Volontariats zu unterziehen, die dann über seine endgültige Aufnahme zum Studium entscheiden sollte. Also ein Jahr Praktikum mit dem Risiko, es umsonst abgeleistet zu haben, falls man ihn bei dem erneuten Eignungstest durchfallen lassen wollte. Wolfgang wurden zwei Wochen Bedenkzeit eingeräumt, während derer er sich zu entscheiden hatte, ob er trotz dieser vagen Aussicht auf einen Studienplatz mit dem Vorpraktikum beginnen wolle. Wahrscheinlich wollte man testen, ob er, wie man das so gern ausdrückte, dafür brenne, ein sozialistischer Journalist zu werden. Wolfgang hatte die Bedenkzeit ausgeschlagen und sofort zugesagt; nicht, weil er dieses »Brennen« in sich fühlte, sondern weil er nicht wußte, was er sonst hätte studieren können. Außerdem war er auf Jochen Timburg neugierig, der problemlos glatt angenommen worden war.

Zunächst aber mußte das Abitur gemacht werden; doch Wolfgang fiel es trotz geringer schulischer Probleme schwer, sich darauf zu konzentrieren. Renate beschäftigte ihn mehr, als gut für ihn war. Daß er Renate nicht mehr lieben durfte, war mehr als der Verlust eines geliebten Menschen. Mit ihrem Scheiden aus seinem Leben schmolz eine Sehnsucht dahin, schien das Scheitern an Lebensnormen besiegelt, an denen er glaubte teilhaben zu müssen, wenn er sein inneres Gleichgewicht bewahren wollte. All die Timburgs, die Bergmanns oder gar die Hofmanns, die in sein Leben traten, waren, wie ihm schien, nicht die Welt, in der er leben wollte. Sie waren zwar das Normativ, das man zu leben hatte; aber was Wolfgang leben wollte, lag in dem, was Renate verkörperte.

20

JÜRGENS VATER

I

Nachdem in Jena alle Prüfungen absolviert, alle Abschlußfeiern gefeiert, alle Unterlagen - einschließlich polizeilicher Abmeldungen - eingesammelt waren, fuhr Wolfgang nach Hause. Seine Mutter in Nordhausen bewohnte noch immer jene kleine Wohnung mit den schrägen Wänden und noch immer gemeinsam mit seiner Schwester und seinem Neffen. So richtig Freude darüber, daß er wieder zu Hause war, schien ihm, kam aber nicht auf. Man rückte wieder zusammen. Wolfgang durfte sogar in seiner ehemaligen kleinen Kammer wohnen. Aber man spürte es allerorten: es war ein Mann zuviel an Bord.

Wolfgang versuchte gar nicht erst, das ihn anspringende Gefühl zu unterdrücken, hier eher fremd als daheim zu sein. Außerdem, in Nordhausen kannte ihn keiner mehr, und noch weniger kannte er jemanden. Er nährte geradezu die Vorstellung, daß er eigentlich kein Zuhause hatte, und ihm gefiel dieser Gedanke. Er sah seine Heimkehr mehr als eine Zwischenstation an, als Stippvisite zwischen Jena und Görlitz, wohin er im Herbst als Volonteur zu fahren hatte.

Nach ein paar Tagen schon rief er Jürgen Bergmann in Gera an, der ihn zum Abschied in Jena zu sich eingeladen hatte. Wolfgang hatte Jürgen zwar, als er die Einladung aussprach, nicht fest zugesagt (er müsse schließlich auch mal zu Hause bei der Familie sein), aber jetzt war er froh, daß er nur ein »Vielleicht« signalisiert und keine Absage gegeben hatte.

Als er Jürgens ehrliche Freude über seinen Anruf und seine Absicht, die ausgesprochene Einladung nun doch noch anzunehmen, spürte, durchströmte Wolfgang ein warmes Gefühl: *Jürgen ist doch ein echter Freund.*

II

Genosse Bezirkssekretär Bergmann wirkte auf Wolfgang so gar nicht wie ein Bezirkssekretär oder – besser – wie sich Wolfgang einen Bezirkssekretär der SED vorstellte. Genosse Bergmann liebte es, zu Hause in einer arg heruntergekommenen Strickjacke undefinierbarer Farbe und in völlig ausgetretenen Pantoffeln herumzulaufen – etwas schier Unvorstellbares, wenn Wolfgang an den Apotheker Potrykus dachte.

Jürgens Vater war zwar selten zu Hause, aber wenn er anwesend war, dann verbreitete er eine Atmosphäre, in der man gern um ihn sein wollte. Er war ein ausgesprochen guter Zuhörer, der nicht ausfragte, aber wenn man ihm etwas erzählte, gern hinterfragte, so daß man sich plötzlich mit einer eigenen Meinung wiederfand, zu der man vorher noch nicht fähig gewesen war. Wolfgang fühlte sich wohl bei den Bergmanns, und er beneidete Jürgen ein bißchen um dieses Zuhause und um diesen Vater.

Die Bergmanns, wenn sie denn mal vollzählig waren, saßen an den langen Sommerabenden gern auf der von Frau Bergmann liebevoll mit Grünpflanzen dekorierten Terrasse bei einer Flasche trockenen Weines, und es war geradezu ein Ritual, daß einer in der Runde »ausgeguckt« wurde, den man dann stichelnd ein wenig auf die Schippe nahm. Heute abend war Jürgen dran. Der Vater eröffnete, indem er sich an Wolfgang wandte: »Wolfgang, können Sie mir vielleicht sagen, wie mein Sohn darauf gekommen ist, ausgerechnet Innenarchitektur und Grafik studieren zu wollen?«

Wolfgang war mit den Spielregeln noch nicht so vertraut, deshalb überraschte ihn die Frage. Zum einen, weil er sich nicht vorstellen konnte, daß Jürgen zu Hause darüber nicht gesprochen hätte, und zum anderen, weil er und Jürgen über dieses Thema nie ernsthaft geredet, sondern auch nur dumm herumgealbert hatten. »Fragen wir den angehenden Künstler doch mal selbst«, wich Wolfgang einer Antwort aus. Außerdem war er darauf gespannt, was Jürgen jetzt antworten würde. Es spielte auch ein wenig Frust mit, weil er sich ärgerte, daß er für sich selbst auf solch eine Studienrichtung nicht gekommen war. Zumindest hatte er den Mut nicht gehabt und den Glauben an sein Talent dafür, obwohl er überzeugt war, mehr davon zu besitzen als Jürgen.

»Ihr seid blöd!« Jürgen wollte offensichtlich nicht mitspielen. Auf alle Fälle schien er mit dieser Bockigkeit verhindern zu wollen, daß ausgerechnet sein Berufswunsch in dieser Weise thematisiert wird.

»Gut, wenn wir blöd sind, dann erkläre uns deine Klugheit«, erwiderte der Vater, der nicht lockerlassen wollte.

»Habt ihr mal auf mein Abschlußzeugnis gesehen? Deutsch: Ausreichend! Gesellschaftswissenschaften: Genügend! Sprachen: Ausreichend! Naturwissenschaften kommen sowieso nicht in Frage. Aber Kunsterziehung: Gut! Hört ihr, Kunsterziehung war mein bestes Fach!«

»Nun bleib mal auf dem Teppich. Beim Kunst-Leitzke hat doch fast jeder ein Gut bekommen. Ich habe sogar ein Sehr gut«, spottete Wolfgang – jedoch eine Spur zu ernsthaft, und er spürte, daß das für die hier gewollte Leichtigkeit in der Behandlung der Situation einfach unangemessen war und angeberisch obendrein.

»Sie, Wolfgang, sind jetzt nicht dran«, warf der Vater ein, »obwohl mich bei Ihnen interessieren würde, wie Sie auf Journalistik gekommen sind.« Und zu Jürgen gewandt: »Akzeptiert, mein Sohn, das ist eine Antwort. Es ist doch aber sicherlich nicht die einzige?«

»Wenn du es denn unbedingt hören willst, Vater. Ich weiß, du könntest mir bei deinen Beziehungen – trotz meiner nicht gerade berauschenden Abschlußnoten – jeden Studienplatz verschaffen. Aber genau das wollte ich nicht! Du hättest dir sicherlich gewünscht, daß ich Marxismus-Leninismus, wissenschaftlichen Kommunismus, Ökonomie, sozialistisches Recht oder etwas in dieser Richtung studiere.«

»Habe ich dich jemals dahingehend beeinflussen wollen?«

»Nein. Das nicht.« Jürgen schien aus dem Konzept gebracht zu sein. »Mit anderen Worten, ich will auf keinen Fall etwas studieren, was mich später zum Apparatschik machen könnte. Es reicht vielleicht, wenn das einer in der Familie ist.«

»Na danke!« Genosse Bergmann schmunzelte.

»Ich will etwas machen, was ich ganz allein entscheide. Deshalb habe ich auch mit niemandem darüber gesprochen. Ob mein Talent ausreicht, das weiß ich nicht, aber ich will es versuchen, und ich werde mein Bestes geben.«

»Das freut mich, mein Junge. Und das finde ich gut.« Vater Bergmann klopfte Jürgen leicht auf die Schulter.

Die Abenddämmerung setzte ein. Frau Bergmann zündete eine Kerze an. »Wir können uns ja nicht mehr sehen«, war ihr Kommentar. Das waren seit Minuten die ersten Worte, die die nachdenkliche Stille unterbrachen. Jeder schien seinen Gedanken nachzuhängen.

»Herr Bergmann, darf ich Ihnen eine politische Frage stellen?« fragte Wolfgang.

»Nur zu.«

»Strebt denn die Partei wirklich noch die Wiedervereinigung der beiden deutschen Staaten an. Ulbricht sprach kürzlich noch von Konföderation und so ... Ich kann gar nicht glauben, daß das ehrlich gemeint ist.«

»Wollen Sie jetzt meine oder die offizielle Meinung der Partei hören?«

»Ich dachte, daß sich das bei Ihrer Funktion deckt.«

»Ganz so einfach ist das nicht. Wenn das generell so wäre, dann gäbe es solche Aktionen, wie etwa die um Oelsner, Schirdewan, Wollweber oder andere nicht. Aber zu Ihrer Frage. Nein, seit ein paar Monaten, seit dem sechsten Parteitag, ist alles besiegelt. Es wird, auch wenn in manchen Neujahresbotschaften und Programmen noch von Konföderation die Rede ist, nach meiner Auffassung keine Wiedervereinigung der beiden deutschen Staaten mehr geben. Wir gehen unseren eigenen Weg, und die Schwierigkeiten, die wir bisher hatten, werden lächerlich sein im Verhältnis zu denen, die wir bekommen werden. Ja, Kinder, da wird jeder gebraucht, egal, was er studiert, ob er als Grafiker oder als Journalist arbeitet.« Und nach einer Pause fügte er an: »Wenn er dann das Denken nicht verlernt hat, wird er es um so schwerer haben.«

Wolfgang glaubte seinen Ohren nicht zu trauen. Was er hier hörte, von einem Sekretär der Bezirksleitung der SED, schien ihm ungeheuerlich. Im Dämmerlicht und über der flackernden Kerze lag so etwas wie eine Gralsstimmung, die das Gesagte für Wolfgang noch beeindruckender machte, besonders das, was er nun zu hören bekam.

»Wir werden nach innen und nach außen eine Interessengemeinschaft vorgaukeln, aber in Wirklichkeit werden die Privilegierten immer privilegierter und die Abhängigen immer abhängiger werden. Wir werden unbarmherziger als wir wollen mit Andersdenkenden umgehen müssen, weil der Krieg des Westens, der bisher gegen uns geführt wurde, nur ein plumper, dilettantischer Anfang war von dem, was viel raffinierter folgen wird. Wir werden die Reste von inneren Freiheiten im Namen von imaginären Freiheiten zerstören müssen, weil es ab irgendwann nur noch um die nackte Machterhaltung geht. Sie werden es uns nicht gestatten, daß wir uns verwirklichen. Sie werden ihre materiellen Stärken ausspielen, und wir werden nur das bessere Ideal, das wir aber selbst beschädigen werden, dagegensetzen können. Wie schön wäre es, welch herrliche Perspektive hätten wir, wenn die uns unsere wirkliche Freiheit aufbauen ließen ... Stoßen wir darauf an, daß aus euch keine Apparatschiks, sondern Kommunisten werden, die noch Ideale haben und auch mal zweifeln dürfen.«

Sie stießen mit ihren Gläsern an, alle waren sichtlich ergriffen.

»Mensch, Vater. Das war aber mal eine Rede von dir, die man sich öfter wünscht«, sagte Jürgen.

»Behaltet sie in euch, und vergeßt, daß ich es gesagt habe«, sagte der Genosse Bergmann.

»Aber Herr Bergmann«, mischte sich Wolfgang noch einmal ein, »das hört sich ja alles an, als hätten wir, ich meine, als hätte der Sozialismus keine historische Chance gegenüber dem Kapitalismus.«

»Dann hätte ich mit euch nicht darauf anstoßen wollen, daß ihr ordentliche Kommunisten werdet. Natürlich haben wir, hat der Sozialismus eine Chance. Die Frage ist nur, ob wir klug genug sind, sie zu nutzen. Wir verlieren alles, wenn all unsere Aktivitäten nur noch darauf ausgerichtet sind, Machtverhältnisse zu zementieren, und das Problem ist, daß uns der Kapitalismus genau dies aufzwingen wird.«

»Aber was wäre Ihrer Meinung nach zu tun?«

»Eine Machtfrage bleibt es natürlich. Entscheidend ist aber, unter welchen Voraussetzungen und Bedingungen man diese Macht erhalten will und welche Stimulanzen man für Entwicklungsmöglichkeiten der Gesellschaft bietet. Der entscheidende Vorzug des Sozialismus liegt doch darin, daß er das Privateigentum an Produktionsmitteln abgeschafft und damit all diese Bedingungen nicht hat, die den Menschen in die ihn unterdrückenden Abhängigkeiten bringt. Und dementsprechend heißt Machtausübung, alle an der Machterhaltung zu interessieren. Und das heißt: Demokratisierung, materielle Interessiertheit, Dezentralisierung in der Wirtschaft. Warum sollte zum Beispiel eine sozialistische Marktwirtschaft nicht denkbar sein, wenn man sie dezentralisiert und damit gesunde Wettbewerbsverhältnisse schafft. Auf dem Weltmarkt werden wir uns ohnehin der Marktwirtschaft stellen müssen. Und wenn sich in der Wirtschaft Angebot und

Nachfrage als Stimulanzen durchsetzen, dann würde das auch die gesamte Gesellschaft demokratisieren.«

»Und die Partei? Was würde aus der führenden Rolle der Partei«, warf Jürgen ein.

»Ohne eine solche Führung, denn der weltweite Klassenkampf ist ja nicht aufgehoben, geht es natürlich nicht. Kommunisten müssen die Führung übernehmen. Aber sie sind doch nicht dadurch zum Führen legitimiert, daß sie sich selbst als Führer einsetzen, sondern sie führen, weil sich in ihnen, und damit in ihrer Partei, die fähigsten, progressivsten Köpfe vereinen, die integer die anstehenden Prozesse zu führen verstehen, die konsensfähig sind und sich damit einen Führungsanspruch erworben haben. Integrität wäre dafür ein Schlüsselwort. Mit einer solchen Partei hätte ich keine Furcht vor sogenannten freien Wahlen. Aber, da wir nicht isoliert von anderen kommunistischen Parteien leben und, besonders wir in der DDR, den Klassengegner unmittelbar vor der Haustür haben, können solche Prozesse nur intern in der Partei angesprochen und diskutiert werden. Ich hoffe, daß uns dazu noch die Zeit bleibt und wir dafür auch die innere Kraft aufbringen.« Es war mittlerweile dunkel geworden. Frau Bergmann ging ins Zimmer hinter der Terrasse und schaltete das Licht ein. In das nun eintretende, nachdenkliche Schweigen sagte der Genosse Bergmann, seinen Willen andeutend, daß er dieses Thema für heute beenden wollte: »Deshalb habe ich mit euch – nicht ganz uneigennützig – darauf angestoßen, daß ihr, in welchem Beruf auch immer, denkende Kommunisten werdet. Wir brauchen sie bitternötig.«

»Du hast es auch nicht leicht, Vater«, sagte Jürgen nachdenklich.

21

VIELLEICHT DOCH MAL EIN ZUHAUSE

I

Wolfgang hat mittlerweile das erste Studienjahr Journalistik in Leipzig hinter sich gebracht, und er trägt sich mit Heiratsabsichten. Das einerseits. Andererseits ist er gerade dabei, in etwas hineinzuschlittern, das mit einer möglichen Exmatrikulation enden kann. Da der Erzähler - einerseits - seinem Wolfgang gern ein bißchen Glück gönnt und da er weiß, wie wichtig für Wolfgang die Liebe zu einer Frau ist, und dieses Andererseits sich ohnehin immer wieder viel zu schnell in sein Leben drängt, will er zunächst erzählen, wie es zu jenen Absichten kam, von denen man ja nie weiß, ob sie, wenn sie denn vollzogen sind, auch wirklich gut enden.

Sie heißt Birgit. Doch Wolfgang wird sie erst am Ende seines Volontariats in Großenhain kennenlernen. Und das ist gut so, denn zu Beginn seines Vorpraktikums, das ihn nach Görlitz verschlug, wäre Wolfgang noch gar nicht reif für diese Frau gewesen.

In Görlitz machte Wolfgang seine erste Bekanntschaft mit dem Journalismus. Die Kreisredaktion bestand aus drei Redakteuren, von denen keiner kulturelle Ambitionen hatte. Für Wolfgang ein ausgesprochener Glücksumstand, weil er sehr bald, seinen Neigungen entsprechend, das Ressort Kultur, eigenständiger als es eigentlich einem Volontär zukam, bearbeiten konnte. So war er öfter im Theater der Stadt anzutreffen als in der Redaktion, was zu Verärgerungen führte. Doch da man aus der Bezirksstadt wohlwollend signalisiert hatte, daß sich die Kulturberichterstattung aus Görlitz deutlich verbessert habe, ließ man Wolfgang gewähren, denn diese Signale aus der Bezirksstadt führten zu Pluspunkten, die man für den Wettbewerb unter den Kreisredaktionen nötig brauchte. Wolfgang machte diese für ihn neue und ungewohnte Arbeit zunehmend Spaß. Auch die monatlich stattfindenden zweitägigen Seminare an der Fakultät für Journalistik in Leipzig bereiteten ihm zumindest so viele Erfolgserlebnisse, daß seine anfänglichen Zweifel, ob er die richtige Studienrichtung gewählt habe, schwanden.

Mit allem anderen jedoch, was das Leben ausmacht, stimmte gar nichts mehr. Er fühlte sich wieder herausgeworfen - wie damals nach seinem Teicherlebnis mit Karin. Ungeliebt, heimatlos, allein, einsam. Renate spukte noch immer in seinem Kopf, drückte seine Seele, und ihn beherrschte der infantile Wunsch, sich für diesen Verlust an allem zu rächen, was weiblich war. Er stürzte sich von einer Liebelei in die andere, beschlief Frauen, die er nach äußeren Besonderheiten ordnete. Die eine hatte so riesige Brüste, daß sie nur Sonderanfertigungen von Büstenhaltern tragen konnte. Die andere hatte einen wahnsinnig breiten Mund mit aufgeworfenen Lippen, die allein vom Ansehen Wünsche provozierten. Die nächste wiederum war so drahtig und mager, daß ihr das, was die erste zuviel hatte, völlig fehlte (ein im Wechsel mit der Großbusigen prickelnd aufreizendes Phänomen), und Wolfgang wurde immer wieder in Erstaunen versetzt, daß sie dennoch eine Frau war, obwohl sie, wenn sie nackt neben ihm lag, so gar nicht danach aussah. Auch wenn dieses Leben erregende und aufregende Momente bereithielt und manchmal sogar die kranke Seele leckte, es machte ihn einsamer als er je war. Er wurde gereizt, und der Überdruß plagte ihn. Um so stärker sehnte er sich nach Geborgenheit, nach Zärtlichkeit, nach Sauberkeit, nach Stetigkeit. So war er trotz erster journalistischer Erfolgserlebnisse froh, als er nach einem halben Jahr zurück in die Bezirksredaktion gerufen wurde. Mit dem Tapetenwechsel wollte er alles neu beginnen.

Aber hier in der Bezirksstadt war die Arbeit in der Redaktion anonymer, hier wurde er wieder mehr als der Eleve behandelt, der er ja schließlich war. Hier wuchsen wieder die Zweifel, ob er sich mit der Journalistik wirklich für das richtige Studium entschieden hatte.

Eines Tages wurde Wolfgang zum Chefredakteur gerufen. Er ging mit ungutem Gefühl ins Obergeschoß des Redaktionsgebäudes. *Jetzt wird bestimmt mein letzter Artikel auseinandergenommen.*

»Herr Sander«, der Chefredakteur kam gleich zur Sache. »Wir haben eine Notsituation und in diesem Zusammenhang eine Bitte an Sie, die Sie, und dafür hätten wir volles Verständnis, uns auch abschlagen können, denn Sie haben ein Recht auf eine weitere Ausbildung bei uns in der Bezirksredaktion. In Großenhain hat einer unserer Redakteure einen schweren Unfall erlitten und fällt für mehrere Monate aus. Wir haben im Augenblick bei bestem Willen keinen personellen Ersatz, und ein Mann allein schafft die Arbeit dort nicht. Nun ja, die Frage liegt jetzt auf der Hand …«

In Wolfgang jubilierte alles. Welch ein Glück! Endlich weg hier! Er zwang sich zu einer ruhigen Antwort: »Wenn Sie es mir zutrauen, ich würde es gern versuchen.«

II

Wolfgang fuhr noch am gleichen Tag nach Großenhain. Man hatte ihn beim Redakteur, Genossen Barton, telefonisch für den Abendzug angekündigt. Berthold Barton – »B.B., wie die Göttliche, und einziger

Redakteur des Weltblattes Röder-Echo«, stellte er sich vor – stand mit seinem klapprigen F9 am Bahnhof. Er fuhr ihn sogleich in seine neue Unterkunft, ein scheußlich graues Eckhaus mit winzigen Fenstern. Und dann lag es auch noch an einer belebten Kreuzung. Drinnen jedoch! Wolfgang war begeistert. Das Haus hatte einen überdachten Lichthof mit umlaufender Veranda. Hinter dem ihm zugewiesenen Zimmer, das ein Deckenfenster mit Ausstieg hatte, lag ein Dachgarten, wunderbar zum Sonnen geeignet, war sein erster Gedanke. So romantisch hatte er noch nie gewohnt.

Auch die Arbeit im Röder-Echo, der Großenhainer Kreiszeitung, die wöchentlich einmal mit acht Seiten erschien, war wieder so, wie er sich Journalismus vorstellte. Das, was hier in Personalunion zu recherchieren, zu interviewen, zu schreiben, zu fotografieren und dann zu spiegeln war, hatte Wirkungen, die der Schreiber, manchmal bis zu körperlichen Auseinandersetzungen mit Betroffenen, zu spüren bekam. So viel Spaß am Schreiben, so unmittelbaren Journalismus hatte Wolfgang noch nie erlebt (und er wird es auch nie wieder erfahren). Diese Arbeit füllte ihn so sehr aus, daß er endlich mal nicht mehr daran dachte, für sein Wohlbefinden nach Frauen Ausschau zu halten.

Neben seinem Zimmer lag die Wohnung der Familie Noske. Unfreundliche Leute, wie Wolfgang fand. Frau Noske und, noch schlimmer, Herr Noske, den man jedoch noch seltener sah, liefen mit so verbiesterten Gesichtern umher, daß jeder Gedanke an einen normal freundlichen Kontakt zum Nachbarn schon im Keim erstickt wurde. Und da sie so offensichtlich nicht einmal darauf Wert legten, gegrüßt zu werden, war Wolfgang nahe dran, auch diese loseste Form nachbarschaftlichen Kontakts sein zu lassen. Von B.B., der als eingefleischter und im Dienst ergrauter Lokalberichterstatter schon berufsmäßig klatschsüchtig war, erfuhr Wolfgang, daß eben jene Familie Noske auch eine Tochter habe. Sie sei gerade mit dem Medizinstudium fertig geworden und müsse jetzt zu Hause bei ihren Eltern sein, da sie an ihrer Abschlußarbeit schreibe, die, und dabei hob er bedeutsam seine Stimme, sogar als Dissertation anerkannt wird. In einer Kleinstadt weiß eben jeder alles von jedem. Wolfgang hatte die so beschriebene Tochter bisher jedoch noch nicht gesehen bis zu dem Tag, als er sich unbedingt die Fernsehübertragung des Fußball-Länderspiels DDR gegen Holland ansehen wollte. Einen Fernseher hatte er natürlich nicht, und Barton, sein geschwätziger Redakteur, war übers Wochenende in die Bezirksstadt gefahren. Ansonsten kannte er niemanden. So nahm er sich ein Herz und klopfte an die Wohnungstür der Noskes.

Auf sein erstes Klopfen gab es keine Antwort. Er wollte sein Vorhaben schon resigniert aufgeben, klopfte aber noch ein zweites Mal, nun etwas kräftiger.

»Wer ist da?« Es war eine Frauenstimme.

»Ich, der Nachbar!« rief Wolfgang durch die Tür.

»Worum geht es?« kam wieder die Stimme aus dem Zimmer.

Wolfgang war frustriert und klinkte einfach an der Tür, die sich öffnete, worüber er heftig erschrak. »Entschuldigen Sie! Die Tür ...« Wolfgang stand im Türrahmen, er sah eine Frau, die an einem Eßtisch inmitten des Zimmers saß und sehr mißmutig von ihrem Teller aufsah und keine Anstalten machte, wenigstens durch eine Geste eine gewisse Verbindlichkeit anzudeuten. »Guten Tag!« grüßte Wolfgang, »Entschuldigen Sie ...« *Jetzt entschuldige ich mich schon zum zweiten Mal.* Er kam sich wie abgeschossen vor.

»Ja. Und? Was wünschen Sie?«

Wolfgang verfluchte seine Idee, hier angeklopft zu haben. Aber das Fußballspiel wollte er nun sehen. Er bemerkte jedoch, daß der Fernseher nicht eingeschaltet war. *Die ist ja freundlich wie ein Eiswürfel!* »Ich wollte Sie fragen ..., das heißt, ich wollte Sie bitten ... Sehen Sie sich im Fernsehen das Fußball-Länderspiel an?«

»Fußball? Nein.« Sie führte die gefüllte Gabel an ihren Mund. Es waren Bratkartoffeln, wie Wolfgang in einem plötzlichen Anfall von Heißhunger auf Bratkartoffeln feststellte. Dann hielt sie aber in der Bewegung inne. »Wenn Sie sich das Fußballspiel ansehen wollen, bitte, schalten Sie ein. Mich entschuldigen Sie, ich esse gerade.«

Das sehe ich!!! hätte er beinahe gebrüllt. Er schaltete das Fernsehgerät ein. Das Spiel hatte schon begonnen. »Übrigens, entschuldigen Sie, ich habe mich noch gar nicht vorgestellt: Wolfgang Sander.«

»Ich weiß«, sagte sie. »Birgit Noske.«

»Angenehm«, sagte er. Nun schwiegen sie. Birgit aß weiter ihre Bratkartoffeln mit Spiegelei, und Wolfgang, der einen immer unbändigeren Hunger verspürte, konnte gar nicht glauben, daß sie diesen großen Haufen Bratkartoffeln überhaupt schaffen könne. *Vielleicht bietet sie mir was an.* Er vermutete, daß sein Magenknurren nicht zu überhören war. Aber Birgit mampfte weiter, ohne seine Gedanken zu erraten. Während des Fußballspiels, das ja nicht nur spannende Szenen hatte, beobachtete Wolfgang aus den Augenwinkeln die essende Frau, die kaum von ihrem Teller aufsah und so aufreizend langsam aß. *Na ja, ein bißchen blaß, farblos ... aber sonst ganz passabel.* Sie kam ihm jedoch so abweisend kalt vor, daß er keine Lust verspürte, sich mit ihr zu unterhalten. In der Halbzeitpause aber glaubte er, etwas Konversation üben zu müssen. Sie hatte ihr Essen beendet. Es war nichts auf dem Teller übriggeblieben.

»Ihre Eltern sind wohl nicht da?« Eine saublöde Bemerkung. Sie saßen schließlich allein im Wohnzimmer.

»Nein«, sagte sie.

»Und Sie sind Ärztin, wie ich hörte.«

»Ja.«

»Ich arbeite hier beim Röder-Echo ... als Volonteur.«

»Ich weiß«, war wieder die lakonische Antwort.

»Sind Sie hier in Großenhain beschäftigt?« versuchte er weiter das einseitige Gespräch in Gang zu halten.

»Nein. Ich habe noch keine Anstellung. Ich schreibe im Augenblick an meiner Dissertation.«

Na das war doch schon mal was! Ein ganzer Satz! Hurra! giftete Wolfgang in sich hinein. »Da haben Sie wohl wenig Zeit für Abwechslungen«, unternahm er einen letzten Versuch, sich ins Spiel zu bringen.

»Ja.«

Sinnlos! Aber aufgeben konnte er jetzt nicht mehr: »Ich wollte mich dafür, daß ich die Fußballübertragung bei Ihnen sehen konnte, revanchieren, und Sie vielleicht zu einer Tasse Kaffee oder einem Glas Wein einladen.«

»Danke. Das ist nett. Aber ich glaube, ich habe dafür keine Zeit.«

»Glauben Sie's oder wissen Sie's?«

»Das weiß ich nicht.« Sie lächelte das erste Mal. Im Fernsehen wurde die zweite Halbzeit angepfiffen.

»Wenn Sie's nicht wissen, dann gibt es nur eins: Sie müssen es ausprobieren.«

»Sehen wir uns das Spiel an. Es beginnt mich zu interessieren.«

III

Ein halbes Jahr später waren sie verlobt. Tatsächlich, Wolfgang unterzog sich etwas so Altmodischem wie einer Verlobung. Natürlich zunächst heimlich, aber immerhin – es war eine Verlobung. Dabei war das mit ihnen so schnell, wie es sich anhört, nicht gegangen. Es dauerte sogar undenkbare anderthalb Wochen, bis es zu einem ersten gemeinsamen Abendspaziergang kam, bei dem sie dann aber so ausgelassen herumgealbert hatten, daß sie sich am Ende selbst kaum wiedererkannten. Waren sie das wirklich, die mit sich so gelöst umgehen konnten? Bald sahen sie sich täglich, entdeckten im anderen immer neue, schönere Seiten. Bei diesem scheibchenweise täglichen Mehr hatten sie gar nicht bemerkt, wie aus anfänglichem Entgegenkommen, erwachendem Interesse aneinander, gemeinsamen Erlebnissen so allmählich eine Zuneigung erwuchs, die von Tag zu Tag größer wurde, auch wenn sie sich anfangs noch nicht zugestehen wollten, daß das schon Liebe war. Immer häufiger ertappten sie sich beim Pläneschmieden. Und wenn der eine über seine Zukunft sprach – für beide begann ab Herbst unabänderlich ein neuer Lebensabschnitt –, dann ging das nicht mehr, ohne den anderen in sein Leben einzubeziehen. Und da war es plötzlich nicht mehr gleichgültig, ob es für die Wahl der Facharztausbildung nicht einen günstigeren Ort zu Leipzig als dieses weit entfernte Guben gegeben hätte, denn Birgit hatte eine Ausbildungsstelle zum Facharzt am dortigen Kreiskrankenhaus schon angenommen. Als der Sommer zu Ende ging und damit ihre Trennung unaufhaltsam auf sie zukam, wußten sie, daß sie es miteinander versuchen wollten. Ein Leben ohne den anderen war nicht mehr vorstellbar.

Sie fuhren für eine Woche nach Nordhausen. Birgit war die erste Frau, die er seiner Mutter vorstellte. Wolfgang sah sie im Zug heimlich von der Seite an. Was war an ihr, daß er sich mit dieser Ausschließlichkeit zu ihr hingezogen fühlte. So sehr, daß er meinte – sich selber auslachend –, ein monogamer Esel geworden zu sein? Was war es? Besonders schön war sie nicht. Sie war sogar für ihn etwas zu groß, wie er manchmal verschämt feststellte, wenn sie Absatzschuhe trug. Sie war nicht mal fraulich, wie er es liebte. Sehr schlank, fast schon dünn zu nennen. Keine Frau, die besonders auffiel, eher farblos, mit schwer frisierbarem Haar. Zudem Trägerin einer ziemlich starken Brille. Alles das, was Renate oder Karla so überreichlich an äußeren Vorzügen hatten, fehlte ihr. Und doch war sie ihm weit mehr als alles bisher Dagewesene. Sie war ihm innerlich so nah, daß er, wenn er an sie dachte, sich erstmals wieder eins mit sich fühlte. Sie war für ihn Heimat und Heimstatt zugleich: *Ich bin du, und du bist ich. Du bist so verläßlich für mich, wie ich verläßlich für dich bin.* So simpel und so einfach war das. Durch sie fühlte er wieder eine eigene Wertigkeit.

Frau Sander und Birgit mochten sich auf Anhieb. Glücklicherweise war in der kleinen Wohnung der Frau Sander wieder mehr Platz. Familie Grüner hatte endlich ihre eigene AWG-Wohnung bekommen.

IV

An einem Freitag fuhren Birgit und Wolfgang mit den Rädern aus der Stadt in einen Wald. Es war ideales Pilzwetter. Als sie mit gefüllten Körben unter einer Buche rasteten, überkam beide im Vorgefühl ihrer baldigen Trennung eine tiefe Traurigkeit. Und wie ihre Vorstellung dem Augenblick vorauslief, drängte es sie, sich zu zeigen, wie sehr sie sich liebten, wie wenig sie ohne den anderen leben wollten. Und obwohl sie sich glücklich in die Augen sahen, wenn sie sich ihrer Liebe versicherten, haderten sie mit ihrem Schicksal, das ihnen so wenige gemeinsame Tage ließ und nur noch dieses ungewisse schwarze Loch der Trennung bereithielt.

Es war Birgit, die auf den Gedanken kam: »Weißt du was? Wir verloben uns. Jetzt. Sofort. Und hier!«

»Kannst du Gedanken lesen? Ich habe gerade an etwas Ähnliches gedacht. Aber Verlobung? Meinst du nicht, daß das affig ist. Verlobung! Das hat so was von einem Courths-Mahler-Roman.«

»Na und? Wir sind das!«

»Ich bin blöd! Was hat das mit uns zu tun: Dann machen wir das doch!« Sie küßten sich. »Wir brauchen Ringe!« Wolfgang wurde geschäftig, er sah auf seine Armbanduhr. »Wenn wir uns beeilen, schaffen wir's noch zu einem Juwelier.«

»Na dann los!« sagte sie.

V

Es war gerade Ladenschluß, als sie vor einem Juwelierladen von ihren Rädern sprangen.

»Wir brauchen Verlobungsringe!« rief Wolfgang gleich an der Tür, die der Juwelier soeben abschließen wollte. »Aber sie dürfen nicht mehr als ... Moment!« Wolfgang suchte in seinen Taschen nach Geld. »Wieviel hast du?« fragte er Birgit.

»Nichts.« Sie kicherte, hob die Schultern und zeigte demonstrativ beide Handteller.

»Und mit einer so armen Frau will ich mich verloben?« feixte Wolfgang. »Das sollte ich mir wohl doch noch einmal gründlich überlegen.« Er hatte nun seine gesamte Barschaft zusammen und zählte das Geld. »Sie dürfen nicht mehr als dreiundzwanzig Mark und fünfundsechzig Pfennige kosten. Haben Sie so was?«

»Dafür bekommen Sie nicht mal Si-Go-Ringe!«

»Si-Go-Ringe? Was ist denn das?«

»Silber-Gold-Legierungen.«

»Muß auch nicht sein. Hauptsache – Ringe!«

»So etwas führen wir nicht. Das ist ein Juweliergeschäft!«

Wolfgang sah auf die Uhr. Die Geschäfte mußten mittlerweile geschlossen haben. Aber: Aufgeben kam nicht in Frage. Jetzt, wo sie es wollten, mußte er die Ringe haben. Alles andere hielt er für ein schlechtes Omen. »Und wenn wir diese Si-Go-Ringe anzahlen?« Er legte das Geld auf den Tisch. »Hören Sie, wir brauchen die Ringe, heute!«

»Na gut.« Der Juwelier legte einige Ringe zum Probieren auf den Ladentisch. »Verliebte soll man nicht aufhalten, auch wenn ihnen Zeit zum Nachdenken manchmal gut täte.«

Birgit und Wolfgang probierten. »Diese beiden.« Wolfgang legte zwei Ringe zur Seite. »Aber nun müssen noch Namen und Datum eingraviert werden.«

»Junger Mann!« Der Juwelier sammelte alle Ringe wieder ein in der Absicht, sie wegzuschließen. »Erst nicht bezahlen können, und dann auch noch Sonderwünsche haben! Ich sage Ihnen was: Kommen Sie nächste Woche wieder. Vielleicht haben Sie dann genügend Geld dabei, um ... diese Ringe zu bezahlen.«

»Komm Wolfgang, wir gehen.« Birgit griff Wolfgang in den Arm. »Wir brauchen diese Ringe nicht.«

Wolfgangs erste Regung war die gleiche. Er spürte, wie verletzter Stolz in ihm aufstieg und im Hals zu würgen begann, so daß er fürchtete, wenn er sich jetzt auf eine Auseinandersetzung einließ, er nicht mehr Herr seiner Wut sein würde. Aber dann besann er sich, bekämpfte seinen Stolz, denn die Ringe waren jetzt wichtiger, und die wollte - nein mußte - er um jeden Preis haben. *Daß man sich immer so erniedrigen muß:* »Sie sehen doch, daß es uns wichtig ist, noch heute diese Ringe zu tragen. Sie waren doch auch mal jung und verliebt. Sie bekommen ihr Geld nächste Woche. Es müssen ja vielleicht nicht die Namen sein, aber wenn Sie wenigstens das heutige Datum ...«

Der Juwelier ging wortlos zur Ladentür, die er von innen abschloß. Es war längst Ladenschluß. Und ebenso wortlos wies er auf zwei Stühle im Laden, auf die sich Birgit und Wolfgang setzen und warten sollten. Dann ging er mit den zwei herausgesuchten Ringen nach hinten. Von dort hörten sie bald ein Hämmern.

»Hier!« Der Juwelier warf die Ringe auf den Ladentisch. »Und behalten Sie ihr Geld, vielleicht brauchen Sie es heute noch.« Aus dem Personalausweis, den Wolfgang glücklicherweise dabei hatte, schrieb er Wolfgangs Adresse auf. Dabei brummte er: »Ja, ja, ich war auch mal jung und verliebt. Viel Glück für euch!«

Auf der Straße streiften sie sich gegenseitig die Ringe über, nicht bevor Wolfgang das Eingravierte überprüft hatte. »Zwanzigster Achter Neunzehnhundertvierundsechzig. Das ist jetzt ein bedeutendes Datum«, sagte er.

VI

Beim Abendbrot saßen sie mit ihren Ringen an den Fingern am Tisch. Erzählt hatten sie nichts, aber sie mußten ständig und scheinbar grundlos lachen.

»Ihr seid aber albern«, sagte Frau Sander, »was ist denn nur los mit euch?«

»Nichts.« Doch Wolfgang fuchtelte mit der beringten Hand in der Luft herum und mußte dabei wieder lachen. »Hatten wir im Keller nicht vielleicht noch eine Flasche Sekt stehen?«

»Die ist nur für besondere Anlässe«, wehrte die Mutter ab.

»Vielleicht ist heute ein besonderer Anlaß.« Wolfgang wedelte wieder mit seiner Linken in der Luft herum, als wollte er Fliegen fangen.

»Laß' doch das blöde Herumfuchteln!«

»Siehst du denn nichts?«

»Ich sehe nur zwei sehr alberne Menschen. Birgit, sag meinem Sohn, daß er sich endlich wie ein Erwachsener benehmen soll.«

Jetzt mußte Birgit prustend lachen.

»Ich hole schon mal die Flasche Sekt«, sagte Wolfgang und winkte feixend mit der beringten Hand.

VII

Frau Sander hatte sich ehrlich gefreut. Endlich mal eine vernünftige Entscheidung ihres Sohnes. Birgit war für sie eine anständige, gute, saubere Frau, mit der es ihr Sohn sicherlich gut getroffen hatte.

»Aber sie ist doch fast zwei Jahre älter als du. Hoffentlich rächt sich das nicht irgendwann.« Sie waren allein. Frau Sander, die ihrem Sohn so rechte Ernsthaftigkeit in Lebensentscheidungen nicht unbedingt zutraute, wollte sicher sein, daß das eine dauerhafte Beziehung werden kann.

»Findest du das so schlimm? Mir macht es nichts aus.«

Wolfgangs Antwort schien sie zwar nicht zu überzeugen, dennoch schloß sie: »Na dann ist ja alles gut.«

Bei den Noskes war die Stimmung auf die heimlich vollzogene Verlobung nicht so wohlwollend. Die miesepetrigen Mienen von Birgits Eltern hellten sich nach der Mitteilung, daß ihre Verbindung nun ernster zu nehmen sei, nicht auf. Im Gegenteil. Wolfgang hatte den Eindruck, sie blickten noch verbiesterter drein. Er war nicht gerade das, was sich die Noskes unter einem Schwiegersohn für ihre Tochter, die immerhin schon Ärztin war, vorgestellt hatten. Dann war er auch noch jünger als sie und fing gerade erst mit einem Studium an. Nein, für die Noskes wirklich kein Grund zur Freude. Doch Wolfgang sagte sich: *Was brauchen wir schon Eltern. Eltern sind immer lästig. Je weniger Kontakt man mit ihnen hat, um so vernünftiger kann man sich sein eigenes Leben einrichten.* Damit versuchte er Birgit zu beeinflussen, die traurig über die Reaktion ihrer Eltern war, und auch darüber, daß Wolfgang selbst keinen Zugang zu ihren Eltern finden wollte.

Aber was soll's. Die Ferien gingen zu Ende. Jeder hatte sich auf neue Bedingungen einzustellen. Birgit mußte ab erstem September nach Wilhelm-Pieck-Stadt Guben, wie der volle Name dieses Ortes hieß, und für Wolfgang fing eine Woche später das Studium an – natürlich mit dem obligatorischen Kartoffelernteeinsatz.

VIII

Im Laufe der Zeit stellten sich Birgit und Wolfgang auf ihr getrennt gemeinsames Leben ein. Es ging alles besser, als sie anfangs befürchtet hatten.

Birgit gab das kleine Schwesternzimmer, das sie möbliert bewohnt hatte, schon nach zwei Monaten auf und mietete eine Wohnung im Neubaugebiet der durch das Chemiefaserkombinat prosperierenden Stadt. Diese für sie erste gemeinsame Wohnung hatten sie sich mit komplettierbaren Anbaumöbeln wohnlich eingerichtet.

Jetzt endlich hatte Wolfgang ein Zuhause, auch wenn es den schrecklichen Namen Wilhelm-Pieck-Stadt-Guben trug und am Ende der Welt lag. Und in diesem Zuhause lebte eine Frau, die ihn liebte und die er liebte. Und sie war seine Frau. Und mit jedem Kommen und Gehen, das immer mit eintönigen Zugfahrten in überfüllten Zügen verbunden war, wuchs sein Verlangen, überhaupt nicht mehr fortfahren zu wollen. Und die Regelmäßigkeit, mit der er jedes Wochenende ankam und wieder wegfuhr, ließ in ihm einen Frust entstehen, der wie eine Unwucht in ihm kreiselte: Das lange Warten auf das Wochenende und die zwei viel zu schnell vorbeifliegenden Tage in Guben, wo er seine erste Erfahrung mit einem Gefühl von Ankunft in einer Heimat, von Zugehörigkeit durchlebte. Er entdeckte, welch befriedigende und schlichte Erhabenheit darin liegen konnte, sich für den anderen verantwortlich zu fühlen.

Wie immer wollte er das neue Gefühl ganz leben. Nur diese zwei Tage bei Birgit zählten, alles andere war störend. Die Entdeckung, daß er einem anderen Menschen gehörte, daß dort eine HEIMSTATT war für alles, was mit ihm zu tun hatte, daß, indem er gab, ihm gegeben wurde, er endlich und erstmals eine Wohnung hatte, in die er nicht zu Besuch kam, die ihm gehörte – durch sie und mit ihr: All das mußte bei ihm einen Ausdruck finden. Diesen Rhythmus, den er in sich spürte und der äußerlich um Warten, Bahnfahren, Leben, Lieben, Abschied rotierte, und die daraus entstehenden Zwänge – so drängte es ihn – mußte er zu Papier bringen.

Und so schrieb er in einer langen Nacht einen Text, der seine Stimmungen und dieses wiederkehrende Gefühl von Trennungsschmerz, Auflehnung und Hoffnung einfangen sollte. Er gab ihm den sehnsuchtsvollen Titel: ABSCHIEDE AUF BAHNSTEIGEN.

ABSCHIEDE AUF BAHNSTEIGEN

Ich hasse die Abschiede auf Bahnsteigen, wo jedes Wort überflüssig,
herbeigequält und fad wie abgestandenes Wasser ist; wo selbst dein geliebtes
Lächeln mir krampfhaft erscheint, entseelt und müde - sehr, sehr müde ...
Und wir stehen immer wieder auf dem gleichen Bahnhof,
auf dem immer gleichen Bahnsteig, und ich suche dein geliebtes Gesicht,
das nach unten schaut; und ich sehe die große verstaubte Bahnhofsuhr,
die mich angrinst - noch drei Minuten ...
Und wieder suche ich nach einem Wort; es soll heiter klingen;
doch die Kehle ist rauh, und die Worte sind weggewischt
vom grauuniformierten Bahnsteigpflaster, von der grinsenden Uhr,
die immer noch drei Minuten anzeigt, von der geöffneten Tür,
an der ein Emailleschild befestigt ist mit der Aufschrift:
NICHT ÖFFNEN, BEVOR DER ZUG HÄLT!
Aber der Zug hält. Er steht. Und die Tür ist offen.
Und wenn sie zugeschlagen wird - keine Eisenbahnwagentür wird einfach
geschlossen, sie wird zugeschlagen -, dann wird der Zug losfahren.
Und dann darf die Tür nicht mehr geöffnet werden,
weil da auf einem Emailleschild steht:
NICHT ÖFFNEN, BEVOR DER ZUG HÄLT!
Aber der Zug hält nicht noch einmal auf diesem Bahnsteig.
Er hält auf einem anderen. Und dort braucht man die Tür nicht öffnen,
bevor der Zug hält, weil dort keiner wartet. Klack! meldet sich der große
Zeiger an dem grinsenden Ungeheuer: noch zwei Minuten ...
Ich fasse eine Hand. Eine weiße Hand. Und die weiße Hand bewegt sich.
Sie drückt meine Hand. Es muß die linke sein; denn an einem Finger glänzt
ein Ring. Er glänzt matt. Ich küsse den Ring. Denk an mich sagt die Hand.
Und meine Hand sagt: Ich denke an dich - immer, immer, immer!
Auf Bahnsteigen dürften nur Hände sprechen; denn alles,
was der Mund sagen kann, ist schon gesagt - vorher, lange vorher.
Oh, ich hasse die Abschiede auf Bahnsteigen!
Die Uhr zeigt immer noch zwei Minuten, und auf dem
Eisenbahnwagentüremailleschild steht immer noch:
NICHT ÖFFNEN, BEVOR DER ZUG HÄLT.
Und dann sagt dein Mund das gleiche, was mir schon deine Hände gesagt
haben. Nur, verzeih, deine Hände haben es besser gesagt.
Sie hatten die gewohnte Stimme.
Hände sprechen immer mit der gewohnten Stimme - selbst, wenn sie zittern.
Deine Hände haben die Worte nicht erst gesucht; dein Mund hat sie gesucht;
denn du glaubtest, dein Mund müsse etwas sagen ...
Und an allem ist nur dieser Bahnsteig schuld, diese Uhr, dieser Zug!
Wie ich diesen Bahnsteig hasse!
Und wieder macht der große Zeiger - klack! Ich müßte einsteigen.

Ich müßte etwas sagen. Etwas Liebes sagen. Aber mir fällt nichts ein.
Ich sage trotzdem etwas. Ach, warum muß man nur auf Bahnsteigen etwas sagen! Meine Hände, meine Augen, ja selbst meine Füße sprechen besser.
Und an der Tür steht immer noch:
NICHT ÖFFNEN, BEVOR DER ZUG HÄLT.
Was geht mich diese verdammte Tür an, die geschlossen bleiben muß,
bis der Zug wieder hält; die uns gewaltsam trennt,
weil sie geschlossen bleiben muß.
Ich spüre deine Lippen auf den meinen. Wir sprechen nicht mehr.
Dafür spricht unüberhörbar laut eine offizielle Stimme.
Eine Stimme ohne Erbarmen, ohne Mitleid, ohne Liebe.
Die Stimme spricht aus einem Kasten, und alle können sie hören.
Und die Stimme mahnt mich, daß ich durch die Tür mit dem Emailleschild EINSTEIGEN soll. Und dann sagt sie, daß ich diese Tür SCHLIESSEN soll.
Ich kann diese Tür aber nicht schließen, ich kann sie nur ZUSCHLAGEN.
Und wenn ich sie zugeschlagen habe, darf ich sie nicht wieder öffnen,
Weil da auf einem Schild steht:
NICHT ÖFFNEN, BEVOR DER ZUG HÄLT!
Und die Uhr macht ein letztes Mal – klack!
Ich schlage die Tür hinter mir zu. Ich rüttle am Fenster. Es klemmt.
Warum muß ausgerechnet dieses Fenster klemmen?!
Mit letzter Kraft stoße ich das Fenster nach unten.
Unten auf dem Fenster steht:
NICHT HINAUSLEHNEN!
Aber ich lehne mich hinaus, so weit ich kann.
Ich fasse noch einmal die weiße Hand. Der Ring an dieser Hand glänzt matt, sehr matt. Dann winkt die Hand. Sie winkt lange, bis sie nicht mehr zu sehen ist. Der Fahrtwind streift mein Gesicht.
Und ich stehe wieder in dem gleichen Bahnhof auf dem gleichen Bahnsteig Mit dir. Und ich sehe wieder die gleiche verstaubte Uhr mit dem gleichen Grinsen: Noch drei Minuten …
Oh, ich hasse die Abschiede auf Bahnsteigen!

IX

Als Wolfgang diese Zeilen nach mehreren Überarbeitungen auf seiner Schreibmaschine sauber abgetippt und um die eingerollten Seiten ein blaues Band gebunden hatte, war er mit sich sehr zufrieden. Nicht nur, weil er glaubte, daß ihm da ein ganz guter Text gelungen sei, sondern weil er damit einen Zustand besiegelt zu haben schien, der wie ein Friedensschluß mit einer Seite eines permanent geführten Zweifrontenkrieges auf ihn wirkte. In Birgit hatte er SEINE HEIMSTATT gefunden, hierhin konnte er flüchten und sich die Wunden lecken, die ihm an der anderen Front des Lebens geschlagen wurden. Er fühlte sich endlich frei für die Auseinandersetzungen, die auf ihn warteten, wenn er mit dem Vorsatz, sich selbst nicht mehr als nötig verbiegen zu müssen, über dieses Studium kommen wollte. Er hatte sich für diese Frau entschieden, und er wußte, daß er sich gut entschieden hatte. Indem er dieses Bewußtsein unumstößlich in sich fühlte, spürte er, wie ihm Kraft zufloß. Er war nicht mehr allein. Es ging nicht mehr allein gegen die ganze Welt. Er hatte jetzt die eigentliche Welt mit ihr. Und die Gewißheit, nicht wieder in ein bodenloses schwarzes Loch zu fallen, falls sich im Studienbetrieb oder später in der Arbeitswelt Situationen so zuspitzen sollten, daß man Konsequenzen ziehen müßte, um sich selbst treu zu bleiben, ließ in ihm ein unbändiges Glücksgefühl aufkommen. Er erkannte sich in seiner Liebe zu dieser Frau, die er ganz zu seiner machen wollte. Mit diesen Gedanken fuhr er ins Wochenende. Es war ein Tag zum Helden zeugen. Nachmittagssonne an einem blankgeputzten Maienhimmel. Sie saßen auf ihrem kleinen Balkon der neu eingerichteten Wohnung. Birgit hatte eine Flasche Sekt auf den Tisch gezaubert mit der Andeutung, daß es dafür einen Grund gäbe.

»Nein, erst ich«, sagte Wolfgang. »Ich möchte dir etwas schenken.« Er legte die Rolle mit dem blauen Bändchen auf den Tisch. »Für dich.«

»Was ist denn das?«

»Mach es auf.«

Während Birgit die Schriftrolle öffnete und den Text las, entkorkte Wolfgang die Flasche Sekt und füllte die Gläser. Er wartete gespannt auf ihre Reaktion. Birgit las sehr langsam und sehr ernsthaft. Dann legte sie wortlos die Rolle, um die sie sehr bedächtig wieder das blaue Bändchen schloß, zur Seite. Mit ernstem Gesicht kam sie zu Wolfgang und küßte ihn. »Danke. Ich danke dir. Das ist sehr, sehr schön. Ich liebe dich.«

»Da fällt mir aber ein Stein vom Herzen«, versuchte Wolfgang die für sein Empfinden schon zu melodramatische Situation scherzhaft aufzulösen. »Und was hast du für eine Überraschung?«

»Wir bekommen ein Kind.«

Jetzt war es Wolfgang, dem es die Sprache verschlug. Er wußte nicht, wie er reagieren sollte, aber Birgit sah ihn lächelnd an. »Bist du sicher?« fragte er aus eigener Unsicherheit über sich und darüber, wie er sich zu dieser immerhin sehr folgenschweren Eröffnung stellen sollte.

»So sicher, wie man sich nach dem Ausbleiben der Regel sein kann.« Birgit sah Wolfgang weiter lächelnd an.

»Und wann ist es soweit?« Wolfgang brauchte Zeit, um seine Gedanken zu ordnen.

»So Ende Januar.«

»Paßt uns denn das? Ich meine, ich noch im Studium, du noch in der Facharztausbildung?«

»Darüber müssen wir reden.«

»Was meinst du?«

»Ich wollte eigentlich erst einmal deine Meinung hören.«

»Birgit, meine Meinung ist dabei nicht ausschlaggebend. Grund sätzlich ja. Wir heiraten … dann eben zeitiger …«

»Es geht doch hier nicht ums Heiraten«, warf Birgit ein.

»Natürlich nicht. Ich wollte damit nur sagen: Das mit uns, das heißt, wie wir zueinander stehen, das ist nicht das Problem. Aber wie die Dinge liegen, wirst du die Hauptlast tragen müssen. Ich bin noch reichlich drei Jahre in Leipzig und als Student nicht gerade ein zahlungskräftiger Vater …«

»Darauf kommt es doch nicht an, du Dussel. Wenn du es mit mir willst, dann schaffe ich das schon.«

»He – du! Dann machen wir das doch.«

Wolfgang erkannte sich selbst kaum wieder. Seine Vernunft schien ihm, wie er schmunzelnd feststellte, abhanden gekommen zu sein. Er überließ sich dem Glücksgefühl, zu Hause angekommen zu sein. Es war nicht das zu erwartende Kind, das ihn in diesen Gefühlsrausch versetzte. Das war für ihn ohnehin außerhalb jeder Vorstellungskraft. Es war vielmehr das Besiegeltsein des Zustands, einander zu gehören, wozu er zunehmend die Bereitschaft empfand, ihn auch zu leben. Birgit sollte seine Frau werden. Und wenn dieser Entschluß für ihn feststand, warum sollte er nicht auch gleich heiraten?

22

TIMBURG MISCHT SICH EIN

I

Die zweite Aufnahmeprüfung gegen Ende des Volontariats war mit der ersten nicht vergleichbar. Sie wurde vom Stilistikdozenten Michalek geleitet, der die Pressevolontäre betreut hatte und damit Wolfgangs fachliche Leistungsfähigkeit ausreichend einschätzen konnte. Das Gespräch dauerte kaum zehn Minuten. Der einzige, der Fragen an Wolfgang richtete, war der Genosse Dozent Thillmann, der Parteisekretär der Fakultät.

»Wir gehen davon aus«, eröffnete er, »daß Sie uns die Fragen nach der Parteilichkeit im sozialistischen Journalismus heute klarer beantworten können als zur Aufnahmeprüfung. Das zeigen auch Ihre erfreulich guten Resultate aus den bisherigen Lehrveranstaltungen.« Er wandte sich an den Genossen Michalek, der bestätigend nickte. »Wir freuen uns, Ihnen mitteilen zu können, daß Sie von den Redaktionen, in denen Sie gearbeitet haben, durchweg gute Beurteilungen erhalten haben. Wir haben deshalb nur noch eine Frage am Rande.« Thillmann machte eine kurze Pause, blätterte in den Unterlagen vor ihm und fuhr fort: »Herr Sander, ihr Vater, das geht aus Ihren Kaderunterlagen hervor, ist mit unserer sozialistischen Rechtsprechung in Konflikt geraten. Können Sie uns sagen, welcher Art dieser Konflikt war?«

»Es waren Unterschlagungen.«

»So, so, Unterschlagungen. Also hatten die Verhaftungen keinen politischen Hintergrund?«

»Nein«, sagte Wolfgang. »Das kann man bei meinem Vater nun wirklich ausschließen.«

»Das klingt sehr ironisch und verächtlich.«

»So war es auch gemeint.« Wolfgang wurde wütend. »Und bevor Sie weiterfragen, ich habe auch keinen Kontakt mehr zu meinem Vater. Und das hat nichts damit zu tun, daß meine Eltern geschieden sind. Ich hatte noch nie einen guten Kontakt zu meinem Vater gehabt. Und das wiederum hat nichts damit zu tun, daß er – wie Sie sich ausdrückten – mit dem Gesetz in Konflikt geraten ist.«

»Herr Sander, niemand hier will Ihnen Ihren Vater zum Vorwurf machen. Wir wollten nur eine Aufklärung am Rande.«

Wolfgang schwieg.

Der Genosse Thillmann schloß demonstrativ die vor ihm liegenden Akten. Dann nickte er dem Genossen Michalek zu, der Wolfgang zur Aufnahme des Studiums gratulierte.

II

Was war bloß mit Jochen Timburg los? Wolfgang hatte ihn als einen distanzierten Beobachter in Erinnerung und sich schon darauf eingestellt, wie sie gemeinsam aus dieser Position in freundschaftlicher Verbundenheit die Unbilden und Lächerlichkeiten durchstehen, die nun mal einer Studienausbildung anhafteten, in der die Hofmanns und Thillmanns nicht unwesentlichen Einfluß hatten. Er hatte darauf gebaut, daß sie das Studium mit wappnender Ironie und Cleverneß (bei Letzterem hoffte Wolfgang an Jochen Timburg zu partizipieren) schadensbegrenzend über die Runden bringen. Denn daß ein solches Studium ohne konfliktbeladene Zusammenstöße mit der ideologieschweren Ausbildung und Erziehung ablaufen könnte, darüber war sich Wolfgang von vornherein im klaren, das war nicht zu erwarten. Um so mehr hatte er mit Timburg gerechnet, mit seiner Übersicht, seiner Abgeklärtheit und seinem sie einigenden Gefühl für Ungerechtigkeiten und dem Engagement, wenn es darum ging, dagegen vorzugehen. Aber wie ernüchternd verlief ihr erstes Zusammentreffen zum Studienbeginn.

Die in je eine Presse-, Rundfunk- und Fernsehgruppe eingeteilten Studenten trafen sich zur ersten Lehrveranstaltung in den ihnen zugeteilten Seminarräumen. Als Wolfgang in den geräumigen Korridor des Seminargebäudes trat, sah er Timburg in sehr vertrautem Gespräch mit dem Parteisekretär Thillmann im Flur stehen. Sie hatten sich nur kurz zugewunken, und Timburg, der Wolfgang nach diesem kurzen Gruß sogleich den Rücken zuwandte, schien dem Parteisekretär sehr geflissentlich zuzuhören.

Wolfgang stellte seine Tasche im Seminarraum ab. Dann ging er noch einmal in den Flur, um eine Zigarette zu rauchen. Als er an Timburg und dem Parteisekretär vorbeiging, hörte er Timburg sagen: »Du kannst dich darauf verlassen, Genosse Thillmann. Das kriegen wir schon hin.« Und nachdem er sich per Handschlag vom Parteisekretär verabschiedet hatte, ging er zu Wolfgang.

»Was ziehst du denn für ein Gesicht?«

»Wieso? Ich zieh doch kein Gesicht. Was meinst du?«

»Ich meine, daß du aussiehst, als wärst du beleidigt. Oder täusche ich mich?«

»Du täuscht dich! Aber es ist schon merkwürdig, wie du um den Parteisekretär herumscharwenzelst. Hast du denn so was nötig?«

Timburg sah Wolfgang kopfschüttelnd an: »Also, wo liegt dein Problem?« Wolfgang ärgerte sich, daß man ihm seine Enttäuschung ansah. Er drückte seine Zigarette aus und wandte sich ab. »Entschuldige, aber das ist mir zu blöd.«

»Warte!« sagte Timburg nervend ruhig. »Du hast mir eine Frage gestellt, und die will ich dir auch beantworten. Erstens: Nein, ich habe es nicht nötig. Zweitens solltest du dich daran gewöhnen, daß es Dinge gibt, die dich einfach nichts angehen. Und drittens ist das vielleicht der richtige Zeitpunkt, wo du beginnen könntest, darüber nachzudenken, ob du nicht bald zu uns stößt.«

»Sag mal, spinnst du? Was soll das heißen: Zu uns stoßen?«

»Was glaubst du, was das hier für ein Studium ist? Für psychopatische Individualisten, für Freidenker? Wenn du dieses Haus nach vier Jahren verlassen wirst, bist du entweder in der Partei oder, falls du es ohne Parteimitgliedschaft bis zum Diplom schaffst, chancenlos in diesem Beruf. Es sei denn, du bist in einer Blockpartei. Aber das müßtest du dann jetzt schon sein, denn hier in eine dieser Parteien einzutreten, das würde man dir sehr übelnehmen.«

»Und ich dachte, du wärst so was wie ein Freund«, sagte Wolfgang.

»Der beste, den du dir wünschen kannst. Und genau deshalb reden wir darüber. Deinen Opportunismus, deine Spießigkeit, deine kindliche Vorstellung von Gerechtigkeit wirst du ablegen müssen. Und Intelligenz? Sekundär - und falsch eingesetzt, das Schlimmste, was dir passieren kann. Das alles hat hier keinen Platz. Schön schreiben können, genügt hier nicht. Du wirst es erleben.«

»Wer von uns beiden der Spießer ist, das wird sich noch herausstellen.« Wolfgang ärgerte sich, daß er der Argumentation Jochen Timburgs nicht gewachsen war. Er wurde wütend. »Oder wie würdest du deine Arschkriecherei eben beim Parteisekretär bezeichnen?"

»Dir ist ja nicht zu helfen! Aber wir kommen schon noch zusammen«, sagte Timburg ruhig, und mit einem »Salü«, indem er wie damals am Bahnhof den erhobenen Zeigefinger wie ein Lassowerfer über dem Kopf kreiste, ließ er Wolfgang stehen und ging in den Seminarraum.

Wolfgang rauchte noch eine Zigarette. Er fühlte sich erbärmlich. Er sehnte sich nach Birgit, so sehr, daß er sogar ernsthaft darüber nachdachte, ob er nicht einfach seine Siebensachen packen und hier alles hinschmeißen sollte. Aber dann ging er, und er kam sich wieder sehr ausgestoßen vor, in den Seminarraum.

Die Seminarräume an der journalistischen Fakultät hatten alle die gleiche triste Sitzordnung. In einem länglichen Raum mit kahlen Wänden waren acht Tische so zusammengestellt, daß sie ein rechteckiges Karree für eine daran orientierte Sitzverteilung bildeten. Ein neunter Tisch an der Stirnseite war dem Seminargruppenleiter vorbehalten. Timburg hatte sich an die Stirnseite plaziert, dem Seminargruppenleiter direkt gegenüber. Da Wolfgang nach dem eben geführten Gespräch ohnehin nicht neben ihm sitzen wollte, außerdem wäre ihm der zweite noch freie Platz an der Stirnseite sowieso zu auffällig gewesen, setzte er sich an die dritte Position von vorn, die Fensterfront im Blick.

Diese zufällige erste Sitzordnung sollte zum Beständigsten im gesamten Studienbetrieb werden. Sie überstand Umzüge in andere Seminarräume, sie überdauerte Exmatrikulationen - denn dann blieb der Stuhl des Exmatrikulierten eben frei. Und auch wenn Freundschaften oder Liebschaften entstanden, wenn man sich also gern nebeneinander gesetzt hätte – die Sitzordnung hielt stand. Sie war schließlich von jedem so verinnerlicht worden, daß man sich selbst dann auf den angestammten Platz setzte, wenn man in dem sechsundzwanzig Kommilitonen fassenden Raum nur zu dritt saß …

III

… wie eben jetzt, als Wolfgang und Timburg von der Seminargruppenbetreuerin Frau Abendroth aufgefordert worden waren, sich nach dem beendeten Seminar für eine Aussprache unter sechs Augen zur Verfügung zu halten. Weder für Timburg noch für Wolfgang kam diese Aufforderung überraschend. Etwas Ähnliches hatte für sie ohnehin schon längere Zeit in der Luft gelegen. Vor allem Wolfgang war erleichtert, daß es Frau Abendroth war, die sie zu diesem Gespräch aufforderte und nicht, wie er schon befüchtet hatte, die Direktion der Fakultät oder gar die Parteileitung, was ja schließlich nach allem, was vorgefallen war, nicht ungewöhnlich gewesen wäre. Zunächst jedoch war er wieder einmal völlig ahnungslos und begriff nicht, warum das, was für ihn nur ein »Spielchen« gewesen war, eine so weittragende Bedeutung bekommen konnte. Aber das nahm man ihm heute fast am Ende des zweiten Studienjahres nicht mehr ab. Da erwartete man von einem Studenten - zumal von einem mit überdurchschnittlich guten Leistungen - schon ein bißchen mehr politischen Instinkt. Er hatte, ohne daß ihm das bewußt geworden war, die Macht herausgefordert. Und da sich nirgendwo auf der Welt die Mächtigen ungestraft das Heft aus der Hand nehmen lassen, war vollzugsmeldender Aktionismus angesagt, der zu einer Aussprache mit den vermeintlichen Köpfen der Schuldigen führte. Und da das alles sehr delikat - vor allem ohne Öffentlichkeit - über die Runden gebracht werden mußte, hatte man Frau Abendroth beauftragt, ein sehr persönliches, aber konsequentes Gespräch mit den beiden Kampfhähnen zu führen, damit nicht wieder eine Situation wie jetzt entstünde, die zunächst jedoch nicht mehr zu revidieren war.

Dabei war überhaupt nichts Weltbewegendes passiert, außer daß Timburg, der sich zur Wahl als FDJ-Gruppenorganisator in der Seminargruppe gestellt hatte, nicht gewählt worden war, sondern ein anderer, den jedoch die Parteileitung für diese Funktion nicht vorgesehen hatte. Timburg hatte den Parteiauftrag bekommen, als gewählter FDJ-Gruppenorganisator in dieser Problemseminargruppe mit dem absolut geringsten Prozentsatz an Genossen (nur drei von sechsundzwanzig!) dafür zu sorgen, daß sich das bald und grundsätzlich ändert. Aber Timburg war nicht gewählt worden, und Schuld an dieser Nicht-Wahl hatte Wolfgang, weil er sich bei einem Vorgang, der in seinem Ablauf als völlig komplikationslos eingeschätzt worden war, quer gelegt und durch seinen negativen Einfluß auf die Seminargruppenmitglieder die Wahl Timburgs verhindert hatte.

»Ich dachte, ich mache dir damit eine Freude«, hatte Wolfgang, mit sich nicht einmal ganz unehrlich, jedoch etwas hinterhältig feixend, nach jener Veranstaltung zu Timburg gesagt.

»Du bist doch dümmer, als die Polizei erlaubt!« hatte der, nach dem Vorgefallenem erstaunlich ruhig, erwidert. »Was meinst du denn, was du damit erreicht hast? Mir einen Gefallen getan? Es ist immer wieder verblüffend, wie unfähig du bist, politisch zu denken. Mir einen Gefallen getan! Na, was glaubst du. Weshalb habe ich mich zur Wahl gestellt? Weil ich das für mich brauche? Weil es mir Spaß macht? Du Blödian! Weil ich einen Auftrag habe, und weil ich es aus Überzeugung und Verantwortung tun muß und auch jetzt weiter tun muß, obwohl es nun dank deiner Mätzchen schwieriger wird. Weißt du, irgendwann habe ich wirklich die Schnauze voll von deiner populistischen Kurzsichtigkeit.«

Diesen Wortwechsel hatten sie vor anderthalb Wochen geführt und seitdem nicht mehr miteinander gesprochen, und wie sie jetzt, in der eingefrorenen Sitzordnung ein spannungsvolles Dreieck bildend, durch den Abgang der anderen vereinzelt weit voneinander getrennt saßen, schien es selbst für Frau Abendroth nicht gerade leicht zu werden, ein – und das war schließlich das Ziel – verbindendes Gespräch zu führen.

»Wir sollten vielleicht erst einmal die Tür schließen«, wandte sich Frau Abendroth an Wolfgang, der ihr, sitzverordnet, am nächsten saß, sichtlich erleichtert, mit der offengelassenen Tür einen unverfänglichen Aufhänger für die auferlegte Aussprache gefunden zu haben. Wolfgang stand auf, schloß die Tür und setzte sich wieder auf seinen Platz – nun aber, indem er sich Frau Abendroth voll zuwandte, Timburg demonstrativ den Rücken kehrend.

»Danke, Wolfgang!« Frau Abendroth redete alle Studenten mit ihren Vornamen an und vermied es damit, die als ungeschriebenes Gesetz in den Parteiversammlungen gebräuchliche Anrede »Genosse« mit dem obligatorischen »Du« zu verwenden; sie sagte also nicht: »Genosse Timburg, erkläre mir das bitte etwas genauer …«, sondern sie sagte: »Jochen, hätten Sie die Güte, mir das etwas genauer zu erklären …«, was ihr jedoch schon mehrfach die Kritik des Genossen Parteisekretär Thillmann eingebracht hatte mit dem versteckten Hinweis auf bourgeoise Traditionen, die sie als Tochter einer deutschen Offiziersfamilie wohl nicht so gänzlich abzulegen vermocht hätte. Aber da sie ansonsten als Genossin und vor allem als Pädagogin über jeden Zweifel erhaben zu sein schien, war Thillmann wiederum schlau genug, diesen ihn ärgernden Umstand nicht zu einer Grundsatzdebatte hochzustilisieren, die er zudem bei der allgemeinen Beliebtheit der Genossin Abendroth möglicherweise auch hätte verlieren können. Es war schließlich noch nicht aller Tage Abend, und vielleicht ergab sich bald eine günstige Gelegenheit, wo er diese Dünkelhaftigkeit, und nichts anderes war es für ihn, als mangelnde Übereinstimmung mit den Idealen der Partei der Arbeiterklasse entlarven konnte. Aber für die Klärung dessen, was da zwischen dem Genossen Timburg und diesem Sander in der Problemseminargruppe ablief, war sie vielleicht doch die Richtige, obwohl er die Sache viel einfacher und schneller aus der Welt schaffen wollte. »Exmatrikuliert den Sander, dann habt ihr Ruhe in der Seminargruppe«, hatte er vorgeschlagen. Aber er war in der Parteileitung überstimmt worden, da seiner Begründung dafür die nach außen hin vertretbare Plausibilität fehlte. So ließ er sich von der weicheren Variante »überzeugen«, die vom Parteileitungsmitglied Michalek vorgeschlagen wurde. Und diese weichere Variante sah vor, daß die Genossin Abendroth in ihrer Funktion als Seminargruppenbetreuerin den parteischädigenden Vorfall, auf dieser Benennung bestand Thillmann, versöhnlich – und das hieß zunächst straffrei – zu klären habe. Aber was sollte geklärt werden, wo es eigentlich nichts zu klären gab? Das fragte sich soeben auch Frau Abendroth, die, nachdem Wolfgang die Tür geschlossen und sich wieder hingesetzt hatte, die Aussprache eröffnen mußte. So entschied sie sich als geschulte Pädagogin zunächst dafür, diese Frage weiterzudelegieren.

»Wolfgang«, wandte sie sich an den ihr am nächsten Sitzenden, »ich nehme an, Sie wissen, weshalb ich sie beide zu einer Aussprache gebeten habe?«

»Um ehrlich zu sein, Frau Abendroth – nein.«

Wolfgang mißdeutete die hilflose Fragestellung und fühlte sich angegriffen, und unter diesen Umständen verspürte er keine Lust, da auch noch mitzuspielen. *Ich werde mich hüten, euch Selbstbeschuldigungen vorauszuliefern.*

»Und Sie, Jochen?« Frau Abendroth wandte sich fast beschwörend an Timburg.

Timburg spürte ihre Unsicherheit. Er wußte, daß sie im Auftrag der Parteileitung hier saß und daß man dort ihren Bericht mit einem positiven Resultat dieser Aussprache erwartete. Er kannte auch Thillmanns Vorschlag in bezug auf Wolfgang, und er zweifelte nicht daran, daß sich Thillmann durchsetzen würde, falls aus dem heutigen Gespräch kein befriedigendes Ergebnis herauskäme. Und das hieß, der Verdacht, daß es in der Seminargruppe Aktivitäten gäbe, die die Parteiarbeit bewußt untergraben, und diese Diversion in Wolfgang einen Führer habe, dieser unsinnige Verdacht mußte ausgeräumt werden. Deshalb entschloß er sich angesichts der spürbaren Unsicherheit der Genossin Abendroth, die Initiative des Gesprächs selbst zu übernehmen.

»Mir ist der Anlaß natürlich bekannt«, begann er. »Und, Genossin Abendroth, ich bin sogar froh darüber, daß es zu einer Aussprache in dieser Form und mit Ihnen gekommen ist, weil ich der Auffassung bin, daß hier möglicherweise von einem Vorgang auf Ursachen geschlossen wird, die in dieser Schwere überhaupt nicht vorhanden sind.« Timburg wußte, daß er damit weiter ging, als es der Genossin Abendroth lieb sein konnte, denn er mußte davon ausgehen, daß Thillmann ihr zwar den Auftrag für eine Aussprache gegeben, sie aber über sein Vorhaben mit Sicherheit nicht unterrichtet hatte, aus der ganzen Geschichte ein Exempel parteifeindlichen Verhaltens zu konstruieren, bei dem man gleichzeitig – und das würde ja auch die bei allen so beliebte Genossin Abendroth treffen – mit jenen ins Gericht gehen konnte, bei denen es immer noch »menschelt«, obwohl längst strenge revolutionäre Wachsamkeit angesagt ist. Opfer dieser Aussprache war also nicht nur Wolfgang, den man schon mal mit der Nase ordentlich in seinen Scheißhaufen stupsen mußte, den er in seiner politischen Naivität und Blauäugigkeit immer wieder für die hinterläßt, die auch noch so dämlich sind, ihn wegzuräumen. So reflektierte Timburg, nicht uneitel seine Überlegenheit auskostend. *Opfer ist hier ganz schnell auch die Abendroth. Und um beide wäre es schade, falls man Thillmann in die Lage versetzt, so zu können, wie er wollte …*

»Das müssen Sie mir schon etwas genauer erklären, Jochen«, scheuchte ihn Frau Abendroth aus seinen Überlegungen auf, »welche Ursachen schlußfolgert hier wer?«

Timburg mußte jetzt konzentriert vorgehen, wenn das alles so enden sollte, wie er es sich vorstellte. »Gut, ich bin dafür, daß wir ganz offen reden«, begann er sehr bestimmt. »Auf jedem von uns lastet ein Druck, der von uns nur genommen werden kann, wenn wir die Erwartungen, die man in uns setzt, auch erfüllen. Und deshalb haben wir nur eine Chance: Wir drei müssen das lösen, was die Parteileitung zum Problem erklärt hat.« Timburg machte eine Pause, wie um nachzuhorchen, ob er auch verstanden worden sei, mit der er Wolfgang aber auch zwingen wollte, ihm endlich nicht mehr den Rücken zuzukehren, was er auch erreichte. »Jetzt sollten wir erst einmal gemeinsam erkennen«, fuhr er fort, »welches Problem die Parteileitung mit uns hat. Das gilt ganz besonders für dich, Wolfgang!«

»Entschuldigen Sie, Frau Abendroth«, unterbrach Wolfgang Timburgs Ausführungen, »aber die Oberlehrerhaftigkeit dieses Menschen ist doch geradezu unerträglich!«

Wolfgang wandte sich wieder Frau Abendroth zu, von der er Unterstützung erhoffte, nicht nur wegen der nach seinem Geschmack anmaßenden Rede, sondern auch, weil er wußte, daß er, im Gegensatz zu Timburg, aufgrund seiner weitaus besseren Leistungen in ihrem Fach einer ihrer Lieblingsstudenten war. Doch ihre Antwort überraschte ihn, obwohl ihm die Vertraulichkeit, die darin mitschwang, wieder guttat.

»Wolfgang, aus Ihrer Reaktion spricht Voreingenommenheit«, rügte sie. »Und genau dieser Zwist zwischen Ihnen beiden, scheint mir, hilft uns hier nicht weiter. Außerdem sollten wir uns gegenseitig ausreden lassen. Jochen, ich bin mir zwar nicht sicher, ob ich weiß, worauf Sie hinauswollen, aber ich habe den Eindruck, Sie haben einen interessanten Ansatzpunkt gefunden. Bitte fahren sie fort.«

Mein Gott, ist die aber unsicher, dachte Timburg, ehe er weitersprach. »Gut, reden wir jetzt Klartext. Unsere Seminargruppe hat mit Abstand den geringsten Prozentsatz an Genossen. Richtig? Und da wir in dieser Beziehung eine unrühmliche Ausnahme für die gesamte Fakultät bilden, wir aber andererseits zu den Seminargruppen zählen, die die fachlich besten Leistungen erzielen, entsteht für die verantwortlichen Genossen der Fakultät ein Mißverhältnis. Und dieses Mißverhältnis können sie sich nur so erklären, daß es in dieser Seminargruppe Kräfte gibt, die dem Ausbildungsziel dieser Einrichtung, nämlich aus uns allen Parteijournalisten zu machen, entgegenwirken. Man spricht in diesem Zusammenhang von parteischädigendem Verhalten.

Und Wolfgang, da du einerseits zu unseren leistungsmäßig besten Studenten zählst, andererseits – und ich sage das hier ganz bewußt – entgegen deiner bisher schon gewonnenen Überzeugung dich für jeden Schwachsinn begeistern kannst, Hauptsache, er ist oppositionell, und du dafür dann auch noch für die, die sich viel klüger als du schön im Hintergrund halten, dein Maul aufreißt und für ganz billigen und dummen Applaus den Pausenclown spielst, ja, deshalb stehst du auf der Hitliste der Verdächtigen ganz oben. Und so spaßig und intellektuell befriedigend das alles auch sein mag, ab einem bestimmten Punkt ist das kein Spiel mehr. Nämlich dann, wenn Verantwortliche in der Wahrnehmung ihrer Verantwortung gestört werden. Und genau das ist jetzt eingetreten, auch wenn du glaubst, wieder nur ein Spielchen gespielt zu haben. Du hast dich exponiert und leider auch erfolgreich gegen eine beschlossene Maßnahme gestellt, mit der man hoffte, sich selbst aus der Schußlinie der Kritik zu bringen. Denn auch die da oben – das solltest du nicht vergessen – stehen unter Erfolgszwang, der auch für sie existentiell ist, und nicht Wenige haben dabei nicht wenig zu verlieren. Das ist nun mal das Prinzip! Und wer da glaubt, gegen diesen Strom schwimmen zu müssen, der muß sich auch gefallenlassen, daß man auf ihn verzichtet. O.k., Wolfgang, auch wenn du das blauäugig und in deiner politischen Kurzsichtigkeit wieder einmal nicht erkennen kannst: Ich muß es dir sagen, wie es ist. Du stehst möglicherweise kurz vor deiner Exmatrikulation …«

Wolfgang holte tief Luft und drehte sich mit einer empörten Gebärde des Widerspruchs zu Frau Abendroth. Aber die hob mit einer so unwilligen Geste die Hand, daß Wolfgang es vorzog, seinen voreiligen Einspruch zurückzuhalten und sich wie Frau Abendroth zuhörwillig wieder Timburg zuwandte, der wiederum, mit sich sehr zufrieden, feststellte, daß seine Worte die beabsichtigte Wirkung – und das auf beide Zuhörer – nicht verfehlt hatten.

»Aber es muß ja gar nicht erst so weit kommen«, fuhr Timburg beschwichtigend fort. Er mußte lächeln, weil ihm in diesem Moment Bismarck einfiel, über den Wolfgang so belesen, aber offensichtlich meilenweit davon entfernt war, ihn zu begreifen. Anders er, Timburg, der über den eisernen Kanzler fast nichts wußte, aber begriffen hatte, wie man Zuckerbrot und Peitsche anwendet. »Ich wollte nur«, und hier deutete er eine verbindliche Geste zu Frau Abendroth hin an,

»vor allem Wolfgang deutlich machen, über welch ernsthaften Hintergrund wir sprechen, auch wenn es sich – und damit stimme ich ja mit ihm überein – eigentlich nur um Lappalien handelt. Aber wir sollten eben auch erkennen, daß andere es anders sehen können und vielleicht sogar anders sehen müssen.«

»Da stimme ich Ihnen zu, Jochen«, warf Frau Abendroth ein. »Aber was, schlagen Sie vor, wäre zu tun?«

»Wir sind, denke ich, in einer beneidenswerten Lage. Wir wissen, was man von uns erwartet, und wenn wir diese Erwartung erfüllen, dann nutzen wir uns selbst, auch wenn wir unterschiedliche Motivationen dazu haben. Wolfgang bewahren wir vor einer möglichen drohenden Exmatrikulation. Und Sie, Genossin Abendroth, müssen sich nicht weiter der Kritik, zu wenig parteierzieherisch als Seminargruppenbetreuerin gewirkt zu haben, aussetzen, und ich«, setzte er grinsend hinzu, »unter uns hier kann ich's ja so sagen, erfülle meinen Parteiauftrag, ohne daß ich dafür die Funktion des FDJ-Gruppenorganisators übernehmen muß, was schließlich nicht gerade mein Lebensziel war.«

»Na, wunderbar«, meldete sich Wolfgang zurück, dem Übles schwante, »du hältst hier große Reden, teilst uns wie der Liebe Gott die Rollen zu, die wir zu spielen haben. Und dann läßt du so ganz nebenbei die Hosen runter und erklärst, daß du gar nicht FDJ-Gruppenorganisator werden wolltest ... Toll, nicht? Da habe ich dir laut Anschuldigung zu deinem Glück verholfen, und nun soll ich, wie es ausschaut, dafür auch noch den Preis bezahlen.«

»Wenn du's so sehen willst, ist das deine Sache. Ich würde es anders ausdrücken«, erwiderte Timburg. »Du vollziehst etwas, wofür du ohnehin schon überreif bist und dem du bei bestem Willen, wenn du in diesem Beruf jemals etwas bewirken willst, nicht entgehen kannst. Es ist doch, wenn du ehrlich bist, schon jetzt nur noch opportunistische Koketterie, daß du noch keinen Antrag gestellt hast. Oder ist deine Eins in ML nur angepauktes Auswendiggelerne? Ich dachte immer, es hätte etwas mit deiner Fähigkeit zu tun, dialektisch denken zu können.«

»Dialektisch denken können und Genosse sein, ist schließlich nicht dasselbe! Und – entschuldige – manchmal hat man eher den Eindruck, daß sich das ausschließt.« Wolfgang vergaß in seiner Wut, daß er mit Timburg nicht allein im Raum war.

»Das stimmt, Dogmatiker und Parteigewinnler haben wir genug. Und, glaube mir, ich weiß, was du meinst. Keiner verlangt von dir, daß du aus sogenanntem Klasseninstinkt in die Partei trittst, daß du proletarische Gefühle heuchelst, die dir sowieso keiner glaubt oder nur jene abnehmen würden, die selber heuchlerisch Parteilichkeit vortäuschen, wo sie nur ihre eigenen kleinen, miesen Interessen wahrnehmen. Zu denen sollst du nicht gehören, und wie ich dich kenne, wirst du auch nie zu denen gehören. Aber für ein erkanntes Wissen, für Überzeugungen einzutreten – und die Erkenntnisse des dialektischen Materialismus sind doch schließlich Überzeugungen, sind Bewußtsein, sind eine Weltanschauung –, dazu muß man ein ganzer Kerl sein. Und wenn man ein ganzer Kerl sein will, dann geht man auch die Konsequenzen ein, die sich aus diesen Überzeugungen ergeben. An allem herummäkeln, ohne die Kompetenz anzustreben, das auch zu verändern, was einen anstinkt, das ist die Sache der ewigen Opportunisten, der Kleinbürger, der Spießer, der Mitläufer, der Unterlasser! Wenn du das sein willst – na gut, aber wie ich dich kenne, Wolfgang, ist das nicht gerade dein Ding.« Timburg breitete die Arme aus, so, als wollte er damit andeuten: Mehr ist dazu nicht zu sagen.

Wolfgang sah vor sich hin und malte mit dem rechten Zeigefinger Figuren auf den Tisch. Und da er zunächst keine Anstalten machte, auf Timburgs lange Rede zu antworten, fühlte sich Frau Abendroth genötigt, dem noch etwas hinzuzufügen.

»Ich teile zwar nicht ganz die Vehemenz und auch nicht die Form dessen, was Jochen Ihnen soeben gesagt hat«, begann sie etwas umständlich, »aber in der Quintessenz, muß ich sagen, hat er recht. Wolfgang, ich sehe das ebenso. Bei Ihrer Fähigkeit und der Art und Weise, wie Sie es auch in meinem Unterricht verstehen, die marxistische Dialektik auf die Beurteilung und Bewertung von Erscheinungen der Wirklichkeit anzuwenden, gehören Sie schon lange zu uns. Das meine ich wirklich nicht im Sinne von Einfangen, sondern ich denke da mehr an Bereicherung. Und auch das möchte ich Ihnen sagen: Wenn Sie je den Entschluß fassen, Kandidat unserer Partei zu werden, ich bin gern bereit, für Sie zu bürgen, wie ich auch glaube, daß Jochen für Sie jederzeit bürgen würde.«

Wolfgang fühlte sich beschämt. Er wußte nicht, was er auf all das antworten sollte. »Danke!« sagte er nach einer Weile, und in der aufkommenden Dämmerung kam ihm nicht nur der Raum, in dem sie saßen, unwirklich vor, sondern auch seine Stimme. »Vielleicht haben Sie recht, Frau Abendroth, und auch dieser penetrante Dickschädel Timburg ... Und wenn ich sage, daß mir der Gedanke schon lange nicht mehr so fremd ist, wie es, zugegebenermaßen, den Anschein haben muß, dann schwingt da natürlich auch etwas Scham mit und auch das Unvermögen, von einer Position wegzukommen, in die ich mich hineinmanövriert und damit bei anderen auch immer wieder neue Erwartungen geweckt habe, die ich aber längst nicht mehr einlösen will, weil ich ja schon lange nicht mehr auf dieser Position stehe ... Das ist alles schwieriger, als man denkt. Und ich weiß, daß es einigen anderen in unserer Gruppe genauso geht wie mir ...« Er lachte in sich hinein. »Wir werden bald« – diese Ironie konnte er sich jetzt nicht verkneifen – »die beste aller Seminargruppen an der Fakultät sein ... in allen Belangen. Und darüber werden einige sehr lachen, und andere werden sich sehr wundern, und manche werden sich vielleicht sogar ärgern.«

»Darf ich Ihnen was sagen«, Frau Abendroth war sichtlich bewegt. »Ich bin stolz darauf, zwei solche Querdenker wie Sie in meiner Seminargruppe zu haben.«

Die Dämmerung war hereingebrochen. Der Seminarraum war in tiefes Dunkel getaucht. Doch die drei um ihre Position ringenden Endpunkte in den Koordinaten des ungleichschenkligen Dreiecks hatten die Finsternis um sich noch nicht wahrgenommen. Erst jetzt, als mit den letzten Worten der Frau Abendroth eine Verlegenheitspause einsetzte, spürten sie die Dunkelheit. Timburg schaltete das Licht ein. Als nun gleißendes Neonlicht den Raum überflutete, fiel von allen die emotionale Entrücktheit, in die sie sich hatten fallen lassen. Aus der soeben empfundenen Nähe wurde Fremdheit, und das, was sie jetzt einigte, war der Wunsch, das alles hier so schnell wie möglich zu beenden.

»Frau Abendroth, wenn Sie Ihren Bericht über die heutige Aussprache abgeben«, sagte Timburg sehr geschäftlich, »sollten Sie vielleicht vorschlagen, daß man Wolfgang und mich zusammen ins Praktikum schickt – zur Lausitzer Rundschau nach Cottbus wäre von unseren Wohnorten aus das Günstigste. Damit unterstreichen wir einerseits das positive Resultat unserer heutigen Aussprache, und andererseits würde das sicherlich als ein Zeichen unseres ernsthaften guten Willens gewertet und glaubhaft machen, daß es mit unserer Seminargruppe aufwärts geht.«

Das ist doch ein Gauner, dieser Timburg. Der schlägt aus allem Kapital, dachte Wolfgang, sagte aber: »Das ist ein guter Vorschlag, der auch die Zweifler überzeugen kann. Ich bin sehr einverstanden.« Es war alles gesagt, und so rüstete man zum Aufbruch.

»Ich denke«, sagte Frau Abendroth abschließend und auf etwas anspielend, was sie nach dieser Aussprache vermutete, »daß Sie, Jochen, auch einen Bericht abzugeben haben. In diesem Fall wäre es gut, wenn unsere beiden Berichte sinngemäß übereinstimmten.«

Darauf antwortete Timburg nicht. Sie gingen gemeinsam aus dem Seminarraum. Auf der Straße trennten sie sich.

IV

Nachdem er sich von Frau Abendroth und Timburg verabschiedet hatte, trottete Wolfgang durch die spärlich beleuchteten Straßen des Leipziger Südens auf der Suche nach einer Kneipe, in der er noch nicht gesessen hatte. Er hatte das Bedürfnis, neue Wände zu sehen. Trotz aller Bedrücktheit und Beklemmung, die die eben geführte Aussprache in ihm hinterlassen hatte, fühlte er sich auf eine merkwürdige Art befreit. Es war die Befreiung von einem Druck, dem ausgesetzt zu sein, er sich bislang noch nicht eingestanden hatte. Man hatte ihm eine Wahl abgenommen, indem man ihm erklärt hatte, daß er ja gar nicht mehr zu wählen brauche, weil er schon längst gewählt habe. Er hätte nur selbst noch nichts davon gewußt. Wie grotesk und zugleich einfach war doch alles!

»Ha lecker«, las er auf einem Eckkneipenschild. *Saublöder Name! Ich will nicht essen, ich will saufen. Ich muß nachdenken. Prost: Ha lecker!* So gedankenschwer ging er in die Kneipe. Verqualmte Fülle empfing ihn. *Das ist gut so!* Er hielt nach einem freien Stuhl Ausschau. *Es muß voll sein, wenn man allein sein will*, und nachdem er sich hinter einen Ecktisch, an dem ein älteres, schweigendes Ehepaar saß, gezwängt hatte, ergänzte er für sich: *Und man muß voll sein, wenn man nachdenken will.*

Er hatte das unbezwingbare Bedürfnis, sich zu betrinken. Unter dem Tisch zählte er heimlich seine Barschaft und stellte befriedigt fest, daß das, was er in der Hand hielt, mehrfach dafür ausreichen würde. Schnaps mochte er zwar nicht, aber heute wollte er nicht erst lange darauf warten, bis das angenehme Gefühl eintritt, wo man eins wird mit sich und der Welt und über alles feixen kann – vor allem über sich selbst.

»Ein Korn, ein Bier«, bestellte er beim Wirt. »Und das gleiche noch einmal, wenn Sie das erste gebracht haben! Und ... eine Schachtel Jubilar, bitte.«

Nach der dritten Lage spürte er erste Wirkung. Aber es meldeten sich auch heftige Magenkrämpfe, die ihn daran gemahnten, daß er heute noch nichts Richtiges gegessen hatte: *Dich krieg' ich schon klein! Von wegen und essen! Betäuben werde ich dich.* Er bestellte den nächsten Korn mit Bier. An die Magenkrämpfe hatte er sich schon so sehr gewöhnt, daß es ihm eher unnormal schien, wenn sie ihn einmal nicht plagten.

Ha, Noske, mein Herr Schwiegerpapa, der Genosse Arsch! Wie wird der triumphieren, wenn er erfährt, daß ich in seinen Verein eintrete ... Aber der erfährt's erst dann, wenn es gar nicht mehr zu umgehen ist.

Mit seinem Schwiegervater verstand er sich noch weniger als mit seiner Schwiegermutter. Ihr hatte er bis heute noch nicht verziehen, wie sie ihm anfangs sehr unmißverständlich gezeigt hatte, daß er nicht der erwünschte Schwiegersohn für ihre Tochter war. »Biirgiit, kommst du rrunter!« hatte sie immer gezetert, wenn sie wußte, daß sich Birgit und Wolfgang auf dem Dachgarten trafen oder wenn sie mitbekam, daß sich Birgit in Wolfgangs Zimmer aufhielt. Übrigens hatte Wolfgang sie bis heute nicht ein einziges Mal lächeln sehen. Nicht einmal zur Hochzeit hatte sie ihre verbiesterte Mine ablegen können, wovon die obligatorischen Hochzeitsbilder ein beredtes Zeugnis ablegten. Aber was gingen ihn diese Eltern an, sie waren ihm fremd, und sie blieben ihm fremd. Er hatte ja schließlich nicht sie geheiratet. Und die wenigen Wochenenden, die Birgit und er überhaupt noch in Großenhain verbrachten, mußten einfach durchgestanden werden. Das Schwierigste war aber, da sich diese Besuche nun mal nicht umgehen ließen, daß man auch reden mußte. Wie sollte er Birgits Eltern anreden? Vater oder Mutter? Das ging nicht! Da hätte er sich eher die Zunge abgebissen, als daß eine solche Anrede über seine Lippen gekommen wäre. Mit Vornamen? Auch das ging nicht. So vermied er jegliche Anrede, was besonders dann, wenn er beispielsweise sie oder ihn rufen mußte oder um etwas bitten wollte, zur Folge hatte, daß er unfreiwillig aktiv werden mußte, lieber alles selbst erledigte, als um etwas zu bitten. Oder er mußte sich zu ihnen hinbegeben und dabei Blickkontakt abwarten, damit er sie unter Umgehung der Anrede ansprechen konnte, was er schon wegen des dafür notwendigen Augenkontaktes in der Regel vermied. Das alles war schon ziemlich nervend. Aber das Belastendste war die Vorstellung, mit dem Vater in einem Zimmer allein zu sein und einem Gespräch nicht mehr ausweichen zu können.

Noske, jetzt hauptamtlicher Parteisekretär in einem Rohrwerk bei Großenhain, verkam in Wolfgangs Vorstellung zu einer Karikatur von einem Genossen. Er hatte alles, was ihm an dieser Spezies verhaßt war, und zwar so sehr, daß sich die notgedrungene Nähe zu diesem Menschen, der ja nun mal der Vater seiner Frau war, verheerender auf Wolfgang auswirkte, als er es sich selbst - und schon gar nicht ihm - zugestehen wollte. Möglicherweise wäre er nicht so lange und vor allem nicht so kindisch in Opposition zu Timburg gegangen, hätte sich seine Aversion gegen alles, was mit Genosse und Partei zusammenhing, nicht so blödsinnig undifferenziert geäußert, wenn es Noske in seinem Leben nicht gegeben hätte und ganz besonders das, was er absonderte, wenn es zu politischen Diskussionen in der Familie kam.

Noske entstammte einer sudetendeutschen Arbeiterfamilie. Hier war man traditionell Ofensetzer und Sozialdemokrat. Und so wurde er beides - weil das so üblich war - auch. Obwohl er als junger Mann in Vaters Fußstapfen die Nazis mit Flugblattaktionen bekämpft hatte, gab es doch etwas, was ihn am Nationalsozialismus faszinierte: Das Organisierte, die Disziplin, der Gehorsam und ganz besonders das Patriarchalische. Auch wenn er es zu Hause nie zugegeben hätte, das, was die Nazis mit ihren einfachen und klar verständlichen Parolen sagten, stand seinem Denken näher als die für sein Verständnis viel zu intellektuellen und verwaschenen Argumentationen, die in der Gruppe der Genossen um seinen Vater geführt wurden. Bei Kriegsausbruch wurde er eingezogen. Zuerst kam er nach Frankreich, dann nach Rußland. Bei Stalingrad wurde er gefangengenommen. In der Gefangenschaft bekannte er sich zu seiner sozialdemokratischen Vergangenheit und begrüßte die Möglichkeit seiner Umerziehung durch die Genossen vom Nationalkomitee Freies Deutschland. Nach anfänglicher Skepsis fand er schnell heraus: Hier war er richtig. Hier stand er auf der richtigen Seite, auf der Seite der Arbeiterklasse, zu der er gehörte. Endlich mal auch konsequent, und nicht mit diesem intellektuellen Gefasel, den verwaschenen Sowohl-als-auch-Argumenten, diesem Einerseits und Andererseits, das er aus den Diskussionen kannte, die in der Gruppe um seinen Vater geführt wurden und wovon ihm der Kopf immer geraucht hatte. Nein, die hier, die hatten genau das, was Noske an den Nazis so fasziniert hatte, eine klare, einfache Sprache, Ordnung, Organisation, Parteidisziplin - und, sie standen auf der richtigen Seite. Im Frühjahr 1947 hielten die Genossen vom NKFD seine Umerziehung für soweit abgeschlossen, daß seiner Entlassung aus der Gefangenschaft nichts mehr im Wege stand - natürlich in die sowjetisch besetzte Zone. Aus Briefen wußte er, daß seine Frau und seine Tochter nach Großenhain evakuiert waren.

Heimgekehrt, war einer seiner ersten Wege der zur Kreisleitung der SED, wo er als ehemaliger, aber vom Nationalkomitee Freies Deutschland zum Kommunisten erzogener Sozialdemokrat um Übernahme in die Sozialistische Einheitspartei Deutschlands bat. Obwohl das in der Nachkriegszeit ein geradezu dringend benötigter Mangelberuf war, als Ofensetzer hat er nie mehr gearbeitet. Aber in den Kaderakten machte sich ein solcher Beruf ausnehmend gut. Er wurde sogleich als Instrukteur der Kreisleitung eingesetzt. Doch die Genossen merkten bald, daß man ihn schlechthin nicht auf Menschen loslassen durfte. Er war so hoffnungslos ungebildet und so weit entfernt von der Gabe, menschlich reden zu können, und zudem so fest in der Haltung, das sei alles unwesentlich und verdächtig bourgeois, es komme schließlich nicht auf die Fähigkeit an, geschliffen reden zu können, sondern auf einen klaren Klassenstandpunkt, worin ihm natürlich niemand zu widersprechen wagte, daß es für die Genossen der Kreisleitung immer schwieriger wurde, ihn aufgrund seiner Verdienste um die Partei entsprechend einzusetzen. Außerdem fürchteten sie ihn als einen unbeugsamen, kompromißlosen Klassenkämpfer, der mit aller gebotenen Härte gegen jeden Abweichler in der Partei vorging.

Stalins Tod im Frühjahr 1953 traf ihn wie ein schwerer Schlag. Er fühlte das erste Mal in seinem Leben eine tiefe Trauer, viel tiefer und dramatischer, als er sie beim Ableben seines Vaters empfunden hatte. Für die Genossen der Kreisleitung jedoch war Stalins Tod ein willkommener Anlaß, ihn auf unbedeutendere Funktionen wegzuloben. Doch schon bald, nur einige Monate später - nach den Ereignissen um den 17. Juni - nutzte er die Gelegenheit, sich bei den Säuberungsaktionen innerhalb der Partei hervorzutun und es vor allem diesen Intellektuellen unter den Genossen zu zeigen, was ihr Geschwafel von sozialistischer Demokratie in Wirklichkeit wert war.

»Diktatur des Proletariats - und hier wird unser Genosse Stalin immer recht behalten«, so fühlte er sich berufen, seine Genossen zu belehren, »ist die einzig wahre Form der kommunistischen Demokratie, und die Erreichung dieser wahren Demokratie werden wir nur erreichen, wenn wir kompromißlos und mit Stumpf und Stiel alle Konterrevolutionäre beseitigen und alle Revisionisten entlarven und sie als Parteifeinde aus unserer Partei entfernen.« Keiner wagte es, ihm zu widersprechen oder ihn auch nur rein stilistisch zu berichtigen. Er war nach diesem 17. Juni so etwas wie ein Held, weil er zwei Jugendliche, die auf einer roten Fahne herumgetrampelt waren, kurzerhand verdroschen hatte und mit dieser Fahne erhobenen Hauptes zu seiner Dienststelle geschritten war. Er wurde zum Vorsitzenden der Revisionskommission der Kreisleitung der SED gewählt und damit zum Wächter über die Reinheit der Partei berufen. Jetzt hatte er sogar Macht. Und die wollte er sich so schnell nicht wieder nehmen lassen.

Bei aller Borniertheit war er jedoch schlau genug zu erkennen, daß er aufgrund seiner mangelhaften Bildung auf Dauer nicht unangreifbar in seiner Funktion war. Ihn quälte der Gedanke an die Notwendigkeit, ein Studium aufzunehmen, was ihm sogar die Genossen von der Bezirksleitung wohlwollend nahegelegt hatten. Aber die Angst zu versagen, den Schulweisheiten dieser gebildeten Opportunisten, denn Universitäten waren für ihn immer noch ein Hort von Revisionisten, nicht gewachsen zu sein, ließ ihn immer neue Ausreden finden. Schließlich werde er hier viel nötiger gebraucht. Für sich aber baute er auf seine Erfahrung, daß einem Genossen, der absolut linientreu und konsequent hinter der Generallinie der Partei und hinter seinem Ersten Sekretär stand, kaum etwas passieren konnte, zumindest viel weniger als jenen, die ihr Studienwissen besserwisserisch anwenden wollten. Diese Rechnung des Genossen Noske ging aber nur bis Anfang 1956 auf. Für ihn brach buchstäblich eine Welt zusammen, als das herüberschwappte, was dieser Glatzkopf, den bisher niemand kannte, als neuer erster Mann im Kreml in seiner unerhörten Rede auf dem XX. Parteitag der KPdSU – nestbeschmutzerisch, wie Noske meinte – so offen aussprach. *Das ist der Anfang vom Ende,* dachte er, *jetzt werden alle Revisionisten aus ihren Löchern kriechen, jetzt wird jeder sagen können, was er denkt, und niemand wird da sein, der es ihnen verbieten kann.* Es durfte einfach nicht sein! Der Generalissimus, der große Führer des Weltproletariats, auf dessen Aussprüche man sich in jeder Diskussion berufen konnte, diese Prüfsteine für einen wahren Kommunisten – das alles sollte es nicht mehr geben? Wer war denn dieser Chruschtschow, der sich nun anmaßte, alles besser zu wissen?

»Wir werden abwarten müssen, Genossen.« Man merkte ihm seine Verunsicherung an, und einige seiner Untergebenen grinsten schadenfroh, weil sie Morgenluft witterten. Aber es passierte nichts Spektakuläres. Es gab zwar einige neue Sprachregelungen, an die man sich aber schnell anpassen konnte. Ansonsten lief alles seinen gewohnten Gang. Bei der nächsten Wahl zur Revisionskommission jedoch legte man ihm nahe, nicht mehr zu kandidieren. Man brauche ihn dringender an der Basis. Für das Rohrwerk suche man einen hauptamtlichen Parteisekretär, und er mit seiner großen Erfahrung sei doch dafür der richtige Mann. Ein Fernstudium für Ökonomie müsse er jedoch nun machen, aber: »Das schaffst du doch, Genosse!«

Und wie er das geschafft hat! Wolfgang spülte seinen fünften Korn mit Bier herunter. »Der Arsch!« Wolfgang hatte es laut vor sich hingesprochen, das schweigende Ehepaar am Tisch sah ihn verständnislos und mißbilligend an. »Glotzt nicht so romantisch! Brecht – ha, ha.« Er sah den beiden so lange frech grinsend ins Gesicht, bis diese wieder zu einem schweigenden Klumpen verschmolzen. *Wenn es gerecht zugegangen wäre, hätte der nicht eine einzige Prüfung bestanden.*

Aber das könnte mir ja egal sein, wenn das Schwein zu Hause nicht auch so gewütet hätte.

Als er Birgit kennenlernte, war ihm in ihren Gesprächen aufgefallen, daß ihr alles, was auch nur entfernt etwas mit dem Westen zu tun hatte, unbekannt war. Sie kannte weder die gängigen Westschlagersänger noch irgendwelche Westmarken, Westklamotten ... Bis er herausfand, daß ihr das alles von ihrem Vater strengstens untersagt worden war und daß sie sich – für Wolfgang unverständlicherweise – daran auch wirklich gehalten hatte. Westfernsehen hatte sie noch nie gesehen, was insofern nicht unbedingt verwunderlich war, als sie ihre Studienzeit, also die Zeit außerhalb der väterlichen Kontrolle, in Dresden zugebracht hatte, einem Landstrich, der nicht zu Unrecht im Volksmund mit »Tal der Ahnungslosen« bezeichnet wurde. Zu ihrem achtzehnten Geburtstag mußte sie auf sein Geheiß in der Parteileitung der Oberschule den Antrag zur Aufnahme als Kandidat der SED stellen. »Wenn meine Tochter volljährig ist, ist sie Genossin«, hatte er verkündet. Und zu Hause hatte er der Widerstrebenden deutlich zu verstehen gegeben, daß seine Tochter, wenn sie schon Medizin auf Kosten der arbeitenden Menschen studieren wolle und dürfe, sich dafür auch dankbar erweisen müsse. »Und Dankbarkeit erweist man, indem man dem Staat und der Partei, die einem das ermöglichen, auch dient. Und was heißt hier«, hatte er schüchterne Einwände unterbrochen, »ich bin noch nicht so weit, ich bin noch nicht reif dafür? Wenn man das Glück hatte, durch unsere sozialistische Schule zu gehen, das Abitur zu machen, dann sollte man nicht so weit sein, noch nicht reif sein? Ja, wann denn dann? Man ist so weit und so reif, wie man sich bekennt, und man lernt nur als Genosse und nur innerhalb der Partei, sich dem Leben als Kommunist zu stellen ...« Und er als Parteisekretär könne es sich schließlich nicht leisten, seine Tochter Medizin studieren zu lassen, die dann hinterher möglicherweise unserem Staat den Rücken kehre, wie das so viele Ärzte verantwortungslos getan hätten ...

So oder ähnlich mag wohl die Diskussion verlaufen sein, die mit Gehorsam endete, in deren Ergebnis Birgit aber nicht nur eine Träne vergossen hatte. Sie war während des Studiums eine von drei Parteimitgliedern des gesamten Studienjahres, aber die einzige, die mit dieser Rolle überhaupt nichts anzufangen wußte. Sie hatte schwer darunter gelitten, daß ihr anfangs die Kommilitonen an der Medizinischen Akademie mißtrauten, nur weil sie in der Partei war. Woher sollten die auch wissen, wie sie dorthin gekommen war. Wie oft wollte sie wieder austreten, weil sie die Erwartungen, die man als Genossin Studentin an sie stellte, einfach nicht erfüllen konnte. Und das nicht einmal aus Unwilligkeit, sondern ganz einfach aus Unvermögen. Sie wollte Ärztin werden und nichts anderes. Das versuchte sie der Parteileitung verständlich zu machen mit dem Hinweis, daß doch so viele andere Medizinstudenten auch nicht in der Partei seien ... Aber ein Austritt, so warnte man sie, wäre etwas völlig anderes als ein Nicht-Eintritt, und eine Begründung für einen Austritt stünde eventuell im Widerspruch mit dem hier gültigen Ausbildungsziel, ein sozialistischer Arzt zu werden. So schluckte sie ihre Tränen herunter und ließ alles so, wie es war.

An Birgit hat er ein Verbrechen begangen, das steht fest, das Arschloch! »Das riesenhafte, dumme, verbohrte Arschloch!« Die letzten Worte hatte er wieder laut vor sich hingesprochen, aber das schweigende Ehepaar am Tisch reagierte nun schon nicht mehr.

Als er diese Geschichte von Birgit erfahren hatte, wollte er ihren Vater zur Rede stellen. Und eines war sicher: Nach dieser beabsichtigten Auseinandersetzung wäre es zumindest zwischen Wolfgang und Noske zum endgültigen Bruch gekommen. Da Birgit das ahnte und weitere familiäre Konsequenzen befürchtete, hatte sie ihn gebeten, alles ruhen zu lassen. Es war sowieso nicht mehr zu reparieren, und jetzt hätte sie sich mit allem schon längst abgefunden.

Für Wolfgang hatten sie alle etwas Gleiches, die Noskes, die Thillmanns, die Hofmanns, die ABF-Direktor-Kellers. Er hatte den Eindruck, daß Leute dieser Gattung etwas ausstrahlten, was ihn lähmte und ihn in einer Weise hilflos machte, daß er ihnen gegenüber nur unangemessen und blödsinnig verstockt reagieren konnte, worüber er sich selbst am meisten ärgerte, weil er es als eigene Unterlegenheit empfand und in Auseinandersetzungen mit ihnen – schon deshalb – immer den kürzeren zog. Er erroch diese Leute geradezu, selbst aus einer namenlosen Gruppe spürte er sie heraus. Er empfand das Bedrückende ihrer Aura bis in alle Poren und reagierte dementsprechend körperlich – mit verstärkten Magenkrämpfen. *Jetzt gehörst du zu uns!* Wenn er sich vorstellte, daß das ein Noske, ein Thillmann, ein Hofmann oder ein Keller zu ihm sagte, spürte er, wie sein Magen rebellierte.

Dem Wirt deutete er mit einer Kreisbewegung über den Gläsern an, daß er Nachschub brauche. *Sei nicht kindisch, das ist doch nicht die Partei. Aber Ulbricht? Und, wie heißt er doch gleich, der Leipziger Boß hier, Fröhlich, sind die anders als Noske, Thillmann oder Keller? Kaum. Und auch die sollen nicht die Partei sein? Wolfgang, mach dir nichts vor, du schlitterst in einen Scheißverein! Und wenn es eine reale Chance gäbe, es nicht zu tun, solltest du die Finger davon lassen. Genosse Sander! War ich schon mal. Als Rekrut mit tausend Befehlsverweigerungen! Wie wird man hier deine Befehlsverweigerungen aufnehmen? Rüge heißt das dann.*

»Rüüüge, strenge Rüüüge!« Er schüttelte sich in einem Lachkrampf. Zum Glück saß er schon seit geraumer Zeit allein am Tisch, weil er bei seinem sich der Volltrunkenheit nähernden Zustand immer öfter laut aussprach, was ihm durch den Kopf ging. »Und der Bau - das ist dann der Rausschmiß. Und da bist'e dann schon kein Journalist, bevor du Journalist bist. Das ist Dialektik!«

Wolfgang, nimm dich zusammen. So besoffen bist du doch noch nicht. Timburg! Timburg müßte dich jetzt hier sitzen sehen. Scheißkerl, würde er sagen. Will die Probleme im Suff lösen ... Aber bei aller Arroganz, ein Kumpel ist er. In der Scheiße würde der dich nie sitzen lassen ... Genosse Timburg! Auch ein Genosse. Und da gibt's ja auch noch andere. Michalek, die Abendroth, Jürgen, Jürgens Vater und Sommermeier. Theodor Sommermeier, der Marx und Engels einfach nur für Genies und gute Onkels hält, der mit Sicherheit noch keine Zeile von denen gelesen hat oder auch nur eine Rede von Ulbricht, aber ein Genosse, das ist er, und ein Mensch! Und Noske, der ganze Tage mit dem »Studium« seines über alles geliebten »Neuen Deutschlands« verbringt, nur um andere, die vielleicht etwas überlesen haben, anzuschwärzen - ein Genosse? Der Arsch! Sommermeier und Noske, die trennen Welten! Ein Universum trennt die! Universums! Universume! Verdammt, bin ich blau. Jürgens Vater, das wäre ein Schwiegervater! Stell dir vor, Jürgen wäre Birgit und olle Bergmann mein Schwiegerpapa. Da würde man sich über jede Minute freuen, die man mit ihm verbrächte. Wenn so einer sagt, jetzt gehörst du zu uns, da könnte man sogar stolz drauf sein. Jawohl, stolz! Ach Scheiße, wenn es doch diese beschissenen Noskes nicht gäbe!

23

BEINAHE WIEDER IM AUS

I

Das dritte Studienjahr hatte begonnen. In Wolfgangs Seminargruppe freuten sich alle auf das halbjährige Praktikum in den Bezirksredaktionen der großen regionalen Zeitungen. Timburg und Wolfgang sollten gemeinsam nach Cottbus - ganz so, wie Timburg das in jener Aussprache mit Frau Abendroth angeregt hatte. Diese Disziplinarmaßnahme - so schätzte die Parteileitung ein - schien Früchte zu tragen, und man sah der sich abzeichnenden Entwicklung wohlwollend entgegen. Wolfgang und noch drei Kommilitonen aus der Seminargruppe hatten den Antrag um Aufnahme als Kandidat der SED abgegeben. Die dafür notwendige Aufnahmezeremonie mit der obligatorischen Befragung sollte noch vor dem Praktikum über die Bühne gehen.

Thillmann fühlte sich prächtig. Die Erfolgsmeldung, wie man an der Fakultät für Journalistik kritische Situationen bereinigt, hatte er an die Kreisleitung seiner Partei abgegeben und nun konzipierte er mit überlegenem Gefühl seinen Diskussionsbeitrag, den er »in Auswertung und Umsetzung des 11. Plenums des ZK der SED« auf der anstehenden Parteiaktivtagung der Universität aus der von seinen vorgesetzten Genossen erwarteten beispielgebenden Position zu halten hatte. Beim Ausformulieren der Kernsätze über die Ursachen der erfolgreichen Entwicklung in der parteierzieherischen Arbeit an seiner Grundorganisation (indem er gezielt seine Person zurücknahm, jedoch so, daß jeder erkennen mußte, wer in aller Bescheidenheit diese Erfolge zuwege gebracht hatte) bei diesen Sätzen überkam ihn das große Gefühl, allen - auch dem Kreissekretär, den er für viel zu lasch hielt - überlegen zu sein. *Denen werde ich's schon zeigen.* Er empfand es als ausgesprochen günstig, daß er gerade jetzt mit diesem Referat auf der Kreisparteiaktivtagung auftreten durfte, weil er sehr wohl registriert hatte, welche Bedeutung der

Bezirkssekretär seinem Auftreten beimaß. »Wir brauchen Beispielhaftes«, hatte er ihm vertraulich gesagt, »und wo sonst, wenn nicht an deiner Grundorganisation, können wir so etwas demonstrieren. Ich muß dir ja wohl nicht den Ernst der Situation erklären. Du bist einer der wenigen, denen ich noch vertrauen kann. Ich zähle auf dich«, hatte er ihm schulterklopfend beim Gehen gesagt, »wie du auch auf mich zählen kannst.«

Wie du auch auf mich zählen kannst ... Er erinnerte sich, wie es ihm bei diesem Satz siedendheiß durch den Körper geströmt war, wie er Dankbarkeit und eigene Größe zugleich empfand und die Gewißheit, daß er vielleicht schon sehr bald vor der Erfüllung seines heimlichen Ziels stand, für eine hauptamtliche Tätigkeit in den Parteiapparat abberufen zu werden. Jetzt durfte ihm nichts mehr dazwischenkommen. Eigeninitiative muß man zeigen, überlegte er, und das heißt gegenwärtig, das 11. Plenum in aller Konsequenz auszuwerten, nicht nur mit den Genossen Studenten, sondern mit allen Studenten. Eine FDJ-Vollversammlung mußte so schnell wie möglich einberufen werden, damit er auch hier wieder vorbildhaft initiativ für die gesamte Universität wirkte. *So etwas wird registriert,* lächelte er in sich hinein.

Gerade als er seinen Entschluß, den FDJ-Sekretär der Fakultät zu sich rufen zu lassen, ausführen wollte, klingelte das Telefon. Es war jener Bezirkssekretär, auf den Thillmann »zählen konnte«, der ihm jedoch dieses Mal in einem weniger freundlichen Tonfall von unerfreulichen Vorfällen an der Studentenbühne der Universität erzählte, an der ein Student der Fakultät für Journalistik Dramaturg sei und bei der ganzen Geschichte offensichtlich nicht jene Positionen vertreten hätte, die man von einem Journalistikstudenten in dieser Funktion verlangen müsse. Sein Name sei Wolfgang Sander. Er solle sich um diesen Vorfall kümmern und ihm mitteilen, welche Maßnahmen er einzuleiten gedenke.

II

Nach der letzten Vorlesung an diesem ersten Unterrichtstag wurde bekanntgegeben, daß die FDJ-Leitung der Fakultät eine außerordentliche Vollversammlung für den kommenden Mittwoch angesetzt habe. Erscheinen sei Pflicht! Wolfgang sah mit gerunzelten Augenbrauen zu Timburg hinüber, der ihm zuwinkte.

Timburg, der einen Tag vor Studienbeginn nach Leipzig beordert worden war, wußte, wie die vermeintlichen Vorfälle an der Studentenbühne von den Parteileitungen interpretiert wurden, und er ahnte, in welch verhängnisvolle Rolle sich Wolfgang darin verstricken konnte. Da er aber dieses Mal nicht von Thillmann, sondern von anderen Stellen informiert worden war, meinte er, auf der Hut sein zu müssen, weil in diesem Fall der Genosse Thillmann offensichtlich nicht einmal ihm traute.

»Was hältst du vom Hörsaal 3? Ich gebe ein Bier aus«, schlug Timburg vor, als sie sich gegenüberstanden.

»Da sage ich nicht nein«, erwiderte Wolfgang.

Auf dem Weg zum nahen Café Schroer – von den Journalistikstudenten nur Hörsaal 3 genannt, denn in der Tieckstraße gab es nur zwei Hörsäle – versuchte Timburg Wolfgang auszuhorchen: »Erzähle, was ist bei euch an der Studentenbühne wieder gelaufen? Also, was ist dran an dem, was man so hört: Verbot, Revolte ...«

Wolfgang bagatellisierte. Da sei gar nichts weiter dran, und von Revolte könne überhaupt keine Rede sein. Im Gegenteil, es sei vielmehr und nach seinem Geschmack alles viel zu ruhig abgelaufen. Passiert sei lediglich folgendes: Die Studentenbühne wäre mit ihrer letzten Inszenierung über zwei Voraufführungen nicht hinausgekommen, das heißt, das Stück hätte leider nicht einmal bis zur Premiere geführt werden können, da man weitere Aufführungen untersagt habe. »Und wenn du meine Meinung hören willst«, schloß Wolfgang, »ich finde das alles ausgesprochen beschissen.«

»Mensch, nehmen denn deine Eskapaden nie ein Ende!« Timburgs rechte Hand rotierte vor seiner Stirn, um anzudeuten, daß er Wolfgang wieder mal für beknackt hielt.

»Was heißt hier meine Eskapaden! Wir sind im Recht, und das weißt du genauso gut wie ich«, erwiderte Wolfgang. »Die vom KZ spielen verrückt, und die kriegen dabei gar nicht mit, wie sehr sie schaden. Nicht wir!«

»Jetzt geht es erst mal darum, wie wir dich aus der Schußlinie von Thillmann bringen«, sagte Timburg ruhig, ohne auf Wolfgangs Argumente einzugehen. »Das ist die Hauptsache. Genau das werden wir jetzt besprechen. Und sag nicht immer KZ! Das heißt Kulturzentrum der Universität. Es könnte nämlich sein, daß du das anderswo auch so sagst, und das würde man dir zusätzlich übelnehmen.«

»Und die wollen wirklich noch vor unserem Praktikum eine FDJ-Vollversammlung meinetwegen einberufen?«

»Na, deinetwegen allein nicht. Aber dein Fall soll als passendes Exempel dafür statuiert werden, wie gefährlich weit sich revisionistisches Gedankengut, imperialistische Infiltration, Konvergenzdenken – und wie die Schlagworte alle heißen mögen – selbst an einer Einrichtung wie der Fakultät für Journalistik schon ausgebreitet haben. Und euer Stück – wie hieß es doch gleich ...«

»DIE ZEUGEN ODER DIE KLEINE STABILISIERUNG.«

»... also eure KLEINE STABILISIERUNG und das Verhalten einiger exponierter Leute eurer Studentenbühne – wie ich hörte, soll euer Regisseur dieses doch wohl sehr umstrittenen Stückes – man redet von absurdem Theater ...«

»Na ja, es sind davon schon ein paar Elemente drin ...«

»Dacht' ich mir's doch. So ein bißchen Beckett, so ein bißchen Ionesco! Aber das ist ja alles sozialistische Dramatik! Herr Dramaturg!«

»Jetzt redest du wie Thillmann und Konsorten. Das ist doch Schwachsinn. Der Autor dieses Stückes heißt Tadeusz Rózewicz, und dieser Mann hat als Kommunist, hörst du, als Kommunist, in einem deutschen KZ gesessen.«

»Sei doch nicht kindisch. Als wenn das eine Rolle spielen würde. Jawohl, ich rede wie Thillmann, damit du einen kleinen Vorgeschmack von dem bekommst, was dich erwartet, wenn die dich in die Mangel nehmen. Aber weiter. Euer Regisseur soll der Initiator einer Resolution sein, die die Theaterhochschüler an Ulbricht abgeschickt haben. Wie ich hörte, etwa des Inhalts, daß sie nicht mehr bereit seien, nur als Nachvollzieher von Parteibeschlüssen zu agieren, sondern daß sie wie etwa drüben die Ostermarschbewegung die Themen selbst bestimmen wollen, die für ihr Leben wesentlich sind. Das alles und Weiteres, um deine Frage zu beantworten, bietet offensichtlich exemplarischen Anschauungsunterricht für das, was man meint, nach dem 11. Plenum auf einer solchen Vollversammlung behandeln zu müssen.«

»Und was hat das alles mit mir zu tun?«

»Stell dich nicht dümmer als du bist. Du bist doch nun mal der Dramaturg an dieser Bühne, wo das passiert, oder etwa nicht? Und muß ich dir erklären, welche ideologische Funktion ein Dramaturg an einem Theater hat?«

»Aber ich habe weder mit der Resolution, von der ich nicht mal was wußte, noch mit dem Stück etwas zu tun. Nicht mal mit seiner Bearbeitung. Da hat man mich gar nicht rangelassen. Das haben die Profis von der Theaterhochschule gemacht. Was aber nicht heißt, daß ich nicht zu dem Stück stehe und wie alle anderen das Verbot skandalös finde. Und das kriegt jeder zu hören, der es hören will.«

»Gut gebrüllt, Löwe! Gut. Zu gut!« Timburg klopfte Wolfgang derb auf die Schultern. Sie waren angekommen. Das Café Schroer war um diese Zeit spärlich besucht, nur die beliebtere Fensterfront der vorgebauten Veranda war besetzt. Timburg ging zielstrebig auf einen der hinteren Zweiertische zu. Als sie saßen und sich eine Zigarette angezündet hatten, ergänzte er: »Deshalb müssen wir miteinander reden.«

Geist und Macht: Das 11. Plenum des ZK der SED

Die 11. Tagung des Zentralkomitees machte auf sozialismusfeindliche und -fremde Einflüsse und Erscheinungen im kulturellen, insbesondere im künstlerischen Bereich aufmerksam. So hatte vor allem die in Liblice bei Prag 1963 veranstaltete internationale Kafka-Konferenz von einer bedenklichen Neubelebung revisionistischer Tendenzen gezeugt. Pseudomarxistische Theorien, für die ein verfälschter Entfremdungsbegriff von zentraler Bedeutung war, postulierten die »Konvergenz« der beiden sozialökonomischen Systeme in einer übergreifenden »Industriegesellschaft«, transformierten den Antagonismus zwischen Geist und Macht von der kapitalistischen auf die sozialistische Ordnung und wollten die führende Rolle der Arbeiterklasse an die Intelligenz übertragen ... Das Zentralkomitee der SED wandte sich entschieden gegen Versuche, die Funktion von Kultur und Kunst in der sozialistischen Gesellschaft zu verfälschen und die Kulturschaffenden in einen Gegensatz zur Partei der Arbeiterklasse und zur sozialistischen Staatsmacht zu bringen. Die Partei wies Auffassungen zurück, in denen das kritische Element sozialistischer Kunst verabsolutiert wurde, und lehnte auch prinzipienlose skeptische und distanzierte Haltungen gegenüber der sozialistischen Wirklichkeit ab, die sich in einigen künstlerischen und kunsttheoretischen Arbeiten gezeigt hatten. (Geschichte der DDR, Berlin 1981, S. 267/268)

III

Als sich Wolfgang vor zwei Jahren an der Universität einschrieb, lagen in der Aula Formulare aus, in die man sich eintragen konnte, wenn man sich für die Mitarbeit an einer der dort vorgestellten kulturellen oder sportlichen Einrichtungen interessierte. Unter anderem warb auch die Studentenbühne der Universität um Nachwuchs. Wolfgang erinnerte sich an die Höhen und Tiefen seiner Theaterversuche an der ABF und hoffte, an einer Studentenbühne ganz gut aufgehoben zu sein. Schauspielern wollte er nicht, aber ein bißchen dramaturgisch arbeiten und auf diesem Gebiet etwas dazulernen, das hätte ihn schon gereizt. So trug er sich ein.

Der Leitung der Studentenbühne, die sich aus dem schon nicht mehr Studenten Peter Werther und einem der wenigen ewigen Studenten mehrerer Studienrichtungen mit dem seltsamen Namen Urs Windeifel zusammensetzte, erzählte Wolfgang von seinen Theaterambitionen und seinen bisherigen Versuchen, sich schreibend diesem Metier zu nähern. Froh, jemanden vor sich zu haben, der endlich mal nicht ausdrücklich selbst spielen wollte, übertrug man ihm die Funktion des Dramaturgen, da so etwas an der Studentenbühne noch nicht besetzt war. Er sollte Texte bearbeiten, Stücke vorschlagen, die für eine Inszenierung an einer Studentenbühne geeignet sind, Lesungen zusammenstellen, Programmhefte gestalten. Er freute sich auf diese Arbeit. Zeit dafür würde er sicherlich genug haben, denn so verbissen wollte er sein Studium nicht angehen. Endlich - so hoffte er - war er unter Gleichgesinnten, alles Leute, die das Theater liebten, Gleichaltrige, für die die Kunst, ein Bild, ein Buch etwas Wichtiges waren. Mit dieser Liebe war er immer allein gewesen, denn andere in seiner Umgebung teilten selten dieses Interesse, aber hier mußte das ganz anders sein. Das war es auch - und zwar so sehr, daß er sich wieder ausgegrenzt fühlte.

Zunächst hatte er den Eindruck, daß er hier eigentlich nicht gebraucht wurde. Ob er nun da war oder nicht, das schien völlig belanglos zu sein. Aber nicht nur deshalb kam er sich wieder so erbärmlich minderwertig vor. Hier spielte jeder eine Rolle, jeder inszenierte sich selbst in einem Einpersonenstück, und je größer die Gesten, je geistreicher die Bonmots waren, desto erfolgreicher war die Selbstinszenierung. Für den Einsteiger Wolfgang redeten sie alle so wissend, so gebildet daher, gaben sich so ungemein künstlerisch professionell, daß er nur ehrfürchtig in der Ecke sitzen konnte und nicht wagte, sich an den Gesprächen zu beteiligen. Er litt unsäglich unter seiner, wie ihm schien, dafür nicht ausreichenden Bildung, unter seinem Unvermögen zu dieser leichtfüßigen Konversation mit den profunden Ausflügen in die Theaterwissenschaften, in die Antike, zu den großen Dichtern, die man wie Kollegen behandelte, zu den Inszenierungen an anderen Theatern, die man fachmännisch verriß.

Wolfgang fühlte sich wieder in die Tage der Aufnahmeprüfung an der Fakultät für Journalistik zurückversetzt, als seine Mitbewerber mit Fachbegriffen nur so um sich geschmissen hatten und er staunend und sich ausgrenzend dabeigestanden und für sich erklärt hatte: *Hier bist du falsch. Das sind doch alles schon Profis. Was willst du dort in deiner Ahnungslosigkeit?* Bald aber merkte er, bis auf wenige Ausnahmen droschen die meisten nur ihre angelernten Wendungen, auf die man schon warten konnte, weil sie bei passender und, wie Wolfgang zunehmend öfter feststellte, bei unpassender Gelegenheit immer wieder hervorgeholt wurden. Und dann begann er, selbstironisch seine anfängliche Ehrfurcht belächelnd, sich zu fragen: *Mein Gott, bemerkt denn hier niemand, wie eitel und hohl das alles ist?*

Aber vielleicht war es nicht so hohl, wie er es in dieser plötzlichen Umkehrung seiner Wahrnehmungsfähigkeit empfand. Eitel? Schon möglich, aber von ihm als Eitelkeit nur deshalb so empfunden, weil er selbst keine sichtbare Leistung vorweisen konnte, weil er in sich nicht die gleiche Besessenheit spürte, mit der die anderen, besser als er in den Theaterbetrieb Eingebundenen, allabendlich in die Kellerräume unter der Buchhandlung Genthin, nahe der Nicolaikirche, pilgerten, die als Domizil der Leipziger Studentenbühne angemietet worden waren? Vielleicht war sein Interesse doch zu oberflächlich, zu wenig verinnerlicht, so daß sein Sich-ausgegrenzt-Fühlen ursächlich ihn selbst traf, ihn also auch hier, wo er eine geistige Heimat zu finden glaubte, wieder heimatlos machte? Er schaffte mit sich nicht die Integration als Interessengleicher, ohne anerkannt Eigenes vorgewiesen zu haben.

An die Bearbeitung der größeren Inszenierungen ließ man ihn – und das verstand er auch – nicht heran, das besorgten die viel professionelleren Regisseure selbst, in der Regel fachkompetente Studenten der Theaterhochschule. So hielt man es mit jenem Stück von Rózewicz auch. Es sollte im Probenlager Raben einstudiert werden, in das die Studentenbühnler Anfang September (sie wurden dafür sogar vom obligatorischen Kartoffelernteeinsatz befreit) fuhren. Seine Dramaturgietätigkeit reduzierte sich auf die Vorbereitung, Auswahl und Zusammenstellung von szenischen Lesungen, die im Spielplan der Studentenbühne zwischen den größeren Inszenierungen angeboten wurden, sich aber unter den Besuchern nicht minderer Beliebtheit erfreuten. Man ließ ihm darin freie Wahl. Sein erstes Konzept für eine szenische Lesung mit Songs zu Gedichten und Balladen unter dem Titel: DIE UNENDLICHE VERFÜHRBARKEIT DES BÖSEN stieß auf Interesse, so daß er sich an die Auswahl der Texte machte. Der Untertitel »Von Villon bis Brecht« grenzte ein und gab gleichzeitig der thematischen Auswahl Richtung und Ziel. Er lieh sich in der Deutschen Bücherei Gedichtbände von Villon, Baudelaire, Wedekind, Benn und Brecht aus, sichtete dazu kurze Prosa von Stefan Zweig und de Sade, einiges von Nietzsche schien ihm auch passend, aber das traute er sich denn doch nicht, mischte, in der Hoffnung, daß er Benn und Wedekind deshalb vielleicht nicht streichen müßte, Weinert, Becher und Majakowski mit ein, was zumindest bei dem einen, Wedekind, die erhoffte Wirkung hatte, bei dem anderen, Benn, natürlich nicht. Sogar einen Wilhelm Busch fügte er ein, damit die etwas zu kurz gekommene humorig-satirische Seite vom überlastigen Sarkasmus in den anderen Beiträgen nicht zu sehr erdrückt werde.

So kam am Ende ein thematisches Programm heraus, das einerseits der Zensur der Bezirksleitung der SED – zähneknirschend und mit einigen Kürzungen zwar, wie bei anderen Programmen fast immer auch – standhielt, aber dennoch so viel Brisanz in sich barg, daß man einer Einstudierung mit gewissen Erfolgsaussichten auf ein interessiertes Publikum entgegensehen konnte. Es wurde zwar kein überwältigender, aber immerhin doch so großer Erfolg – acht fast ausverkaufte Lesungen bis zu den Sommerferien waren schließlich keine schlechte Bilanz –, daß sich Wolfgang, indem er nun eine anerkannte Leistung vorweisen konnte, nicht mehr so ausgegrenzt fühlte.

Doch je stärker er sich mit der Arbeit an der Studentenbühne identifizierte, desto lästiger empfand er alles, was ihn zu einem Journalisten reifen lassen sollte. Sein wachsender Verdacht, mit der Journalistik vielleicht doch nicht das für ihn richtige Studium gewählt zu haben, nährte die Vorstellung, daß ein mehr künstlerisch angelegtes Studium dem viel näher käme, was er später einmal tun möchte. So befand er sich in einem ständigen Geworfensein, denn es gab beileibe nicht nur Unverdauliches am Studium der Journalistik – nein, es gab auch Lehrveranstaltungen und Lehrerpersönlichkeiten von prägender Nachhaltigkeit.

Timburg und Wolfgang waren sich einig in dem Bewußtsein, welche Gunst ihnen zuteil wurde, daß sie noch den großen alten Mann Budenzky erleben durften - ein Weltjournalist, der noch Franz Mehring, Kurt Tucholsky, Carl von Ossietzky und sogar den amerikanischen Präsidenten Roosevelt persönlich gekannt hatte. Aber auch einige Jüngere, wie den Philosophiedozenten Jago, der durch seine markante Sprechweise beim Herstellen oft hintergründiger erkenntnistheoretischer Zusammenhänge brillierte. Oder Professor Klima! »Wass isst ein Bauerr?« Wie in Stein gemeißelt - trotz unüberhörbarem S-Fehler -, stand ein solcher oder ähnlich simpler Satz am Anfang seiner Vorlesung, die sich dann wie ein riesiges Gebäude mit schwindelerregenden, labyrinthischen Korridoren, Gängen, Räumen und Gemächern über diesen Satz stülpte, so daß man zunächst überhaupt nichts mehr zu verstehen glaubte, um dann gegen Ende der Unterrichtseinheit wie eine unumstößliche Standarte über einem plötzlich transparenten Haus zu stehen: »Dass isst ein Bauerr!« Oder der literarische Publizistik lehrende Professor Rothenbaum, dem man seine kleinen Eitelkeiten sofort verzieh, wenn er über »Diffamierte Literatur« sprach und so den Studenten die literarische Welt des Westens offenbarte, zu der sie mangels möglichem Zugriff keinen Zugang hatten. Nein, es gab neben Bedrückendem, Verbohrtem, Dogmatischem, Gängelndem auch viel Faszinierendes und Prägendes für das Leben.

Das - und die Einigkeit mit Timburg in dieser Sicht - war es auch, was den Zeiger auf der Waage seiner Wankelmütigkeit zwischen dem Weiter im Journalismus und dem eventuell Neu in Richtung Kultur- oder Theaterwissenschaften zurückbesinnend ausschlagen ließ. Hinzu kam ein Ereignis, das den Fortbestand der Studentenbühne, so wie sie gewachsen war, mehr als fraglich erscheinen ließ.

Der Studentenkeller war für die Mitglieder der Studentenbühne mehr als nur ein Raum, in dem Theater geprobt und aufgeführt wurde. Er war ein Treffpunkt heißer kulturpolitischer Debatten. Nicht selten verirrten sich in der kleinen, spärlich beleuchteten Bar, die sie sich mit aus Haushaltsauflösungen billig bis umsonst erstandenen Stühlen und Tischen eingerichtet hatten und (schwarz) mit Getränken betrieben, Schauspieler oder Regisseure renommierter Bühnen der Republik, oft auch aus der Hauptstadt vom Berliner Ensemble oder vom Deutschen Theater. Oft sah man auch einen der Renft's, diesen oder jenen Liedermacher oder einen der Psychologen, die unter Schwierigkeiten gerade versuchten, an der Universität die bislang als bürgerlich (und deshalb hier nicht lehrbar) eingeordnete Wissenschaft Soziologie wenigstens über einige fakultativ zu belegenden Seminare einzuführen ... Und nicht selten fielen dann Namen wie Adam Schaff, Jean-Paul Sartre, Roger Garoudi oder Georg Lukacz, Ionesco, Beckett, Freud und Adler oder Paymann, Friedrich Dürrenmatt, die Bachmann, Henry Miller, Max Frisch, Martin Walser, Heinrich Böll oder Peter Weiss, von denen Wolfgang im Studium höchstens in dem Zusammenhang etwas erfuhr, wie renegat, revisionistisch, subjektiv oder nur einfach tragisch falsch, fehlgeleitet sie dachten und handelten, von denen er aber durch die, die hier in der verrauchten Bar sachkompetent diskutieren konnten, erahnte, welch wichtiger Teil eigener Kulturentwicklung ausgeklammert blieb, wenn man dieser verordneten Abstinenz folgte.

So wurde für Wolfgang die kleine Bar im Studiokeller zu einer Heimstatt der Geistesöffnung, des balancierenden Ausgleichs zu den Dogmen des Studienbetriebs an seiner Fakultät, aber auch der Ergänzung zu den Lichtstunden mit den Budenzkys, den Jagos, Klimas oder den Rothenbaums in seiner Ausbildung.

IV

Man wollte ihnen den Keller wegnehmen. Das heißt, der Vermieter meldete wegen Belästigung durch die Mieter Eigenbedarf an. So - verlautbart mittels eines Rechtsanwalts - wurde der Buchhändler Genthin initiativ, von dem die Universität die Kellerräume angemietet hatte. Die Verursachung für diesen erneuten Vorstoß - denn Genthin hatte schon mehrfach ergebnislos versucht, diese Kellerräume zwecks Eigenbedarf als Lagerräume zurückzubekommen - ließ sich dieses Mal für sein Ansinnen erfolgversprechender an. Man hatte Genthin vor die Tür geschissen, und dieses stinkende Indiz ließ sich politisch ausschlachten, was seiner neuerlichen Antragsstellung den schnöden Touch von kapitalistischer Expansion nahm.

Wandel durch Annäherung

Die Beendigung der »Ära Adenauer« machte augenscheinlich, daß die aggressive Nachkriegsstrategie des BRD-Imperialismus gescheitert war; tiefgehende Meinungsverschiedenheiten traten bezüglich des weiteren Kurses gegenüber der DDR zutage. Rechte SPD-Führer wie Willy Brandt und Egon Bahr propagierten – in Anlehnung an die Ost-

europapolitik der USA – einen »Wandel durch Annäherung«, wobei die Annäherung langfristig eine »Erosion des Sozialismus« in der DDR bewirken sollte.
(Geschichte der DDR, Berlin 1981, Seite 264)

Die »Akademixer«, eine Gruppe von Studentenbühnlern, die das Kabarett pflegten, hatten während der Frühjahrsmesse mit Bürgern aus der BRD in der Kellerbar so ausgiebig gefeiert, daß einige dem verhaßten Genthin in volltrunkenem Zustand symbolhaft das ausdrücken wollten, was sie von ihm hielten. Das Resultat waren jene Haufen vor seiner Wohnungstür, in die der arme Mann auch wirklich reingetreten sein soll. Da diese »Aktion« - nachweislich! - gemeinsam mit Bundesbürgern ausgeführt worden war, was den Tatbestand nicht nur eines illegitimen Treffens, was ja schon verboten genug war, sondern auch - erschwerend - den eines einträchtigen Besäufnisses zwischen Bürgern der DDR und Bürgern der Bundesrepublik Deutschlands mit anschließender Straftat erfüllte, witterte Genthin die Chance, die Studentenbühne nun endlich aus seinem Keller feuern zu können. Wer wollte sich bei diesem Sachverhalt gegen die berechtigte Empörung des zwar bürgerlichen, aber eben doch DDR-Bürgers Genthin stellen? Und er tat noch ein Übriges, er wolle trotz der nachweisbaren Belästigung durch diese von seinen Mietern mitgetragene westliche Infiltration dennoch sachlich und völlig unabhängig prüfen lassen, ob die von ihm vermieteten Räume es unter baupolizeilichen, statischen, hygienischen und moralischen Gesichtspunkten überhaupt zuließen, so wie bisher weiter genutzt zu werden.

Mit dieser Androhung sah sich die Leitung der Studentenbühne konfrontiert. Während eines schnell einberufenen Meetings wollte man beraten, was zu tun sei.

»Was sagt denn Pergande vom KZ dazu?« fragte einer.

»Pergande hat noch nie zu uns gestanden«, erwiderte Enslin, ein Theaterhochschüler und schon talentierter Regisseur, der den Rózewicz inszenieren wollte. »Das Kulturzentrum, und dort ganz besonders Pergande, beargwöhnen schon seit längerem die Entwicklung, die wir genommen haben. Unsere Erfolge, vor allem die positive Resonanz, die wir als Studentenbühne von anderen Bühnen über Leipzig hinaus erfahren, und denkt an die guten Kritiken in der Blockpresse, all das paßt nicht in deren Konzept. Wir sind denen zu autark geworden. Ich habe den Eindruck, dem Pergande mit seinem KZ kommt der neuerliche Vorstoß von Genthin sehr entgegen. Wenn wir hier dicht machen müssen, kommt der mit seinem Konzept, uns zusammen mit den Akademixern in das dahinsiechende, aber politisch opportunere Fürnbergensemble zu integrieren, bestimmt durch. Und dann, das sage ich euch, weht hier ein anderer Wind.«

»Und der Rektor?« warf ein anderer ein.

»Der mischt sich da nicht ein. Der hat Probleme genug. Für ihn ist dafür das KZ zuständig.«

»Vielleicht sollten wir uns an die Bezirksleitung wenden!«

Der das sagte, bekam von Enslin nur einen bedauernden Blick. »Ich bezweifle, daß ein Intellektuellen- und Künstlerhasser wie der Fröhlich den Begriff Kultur überhaupt in seinem Wortschatz hat.« Enslins Mundpartie verzog sich zu einer sarkastischen Grimasse. »Außerdem, kannst du dir ernsthaft vorstellen, daß sich jemand von der Bezirksleitung für die einsetzt, die diese Konvergenzhaufen gesetzt haben, die unsere Freunde von den Akademixern blödsinnigerweise und ausgerechnet dem Genthin hingeschissen haben?«

In die betretene Pause, die jetzt eintrat, meldete sich der ruhige, stets sachlich argumentierende Bühnenchef Werther.

»Für mich taugen die – wie drücktest du dich aus – Konvergenzhaufen nur als ein Vehikel, das Genthin benutzt, um an sein Ziel zu kommen. Entscheidend ist, Genthin schickt uns eine Kommission auf den Hals, die unsere Räume inspizieren soll, weil er mit dieser Inspektion nachweisen will, daß wir hier alles verkommen lassen haben. Eins ist klar, ohne die Vorfälle hätte die Stadt einer solchen Inspektion nicht zugestimmt, aber nun kommt sie, und darauf haben wir zu reagieren. So, wie es hier im Augenblick aussieht, haben wir keine Chance durchzukommen. Aber wir haben ja noch eine Woche Zeit. Und wir haben noch etwas Geld für Farben, Pinsel, Besen und Reinigungsmittel …«

Am Tag, als die Kommission kam, war der Keller nicht wiederzuerkennen. Keiner hatte sich ausgeschlossen, die meisten hatten sogar Seminare und Vorlesungen geschwänzt, um ganztägig an der großen Reinigungsaktion mitzuwirken. Es war nicht nur eine gründliche Reinigung, sondern schon eine Renovierung. Die Kellerwände wurden bis hinauf zur ersten Etage kalkgeweißt, alle textilen Beläge wurden gesäubert, die Spiegel in den Garderoben auf Hochglanz geputzt,

Schminktische abgeräumt, entstaubt und poliert, einige Bretter der Bühne wurden erneuert, die Bühne gebohnert, das Gestühl überprüft und wacklige Stühle ausgewechselt, die Bar belüftet, geschrubbt, und vom Tresen wurden alle alkoholischen Getränke entfernt. Je länger und intensiver sie in dieser Grundreinigungsaktion arbeiteten, desto weniger konnten sie sich vorstellen, daß man ihnen das alles wirklich wegnehmen könnte. So stand man - Wolfgang als Dramaturg war mit unter den sechs Auserwählten, die während der Inspektion vor Ort anwesend sein durften - freundlich grienend in einer Reihe, als die Kommission einmarschierte.

Es war eine siebenköpfige Kommission, geführt von einer Genossin vom Kreisvorstand des Gewerkschaftsbundes, die in einem weißen Kostüm erschien - mit einer so roten Bluse kombiniert, als wolle sie darin das gesamte Blut der Arbeiterklasse symbolisieren. Eine um mindestens einen Zentner übergewichtige Dame kam von der Hygieneinspektion. Ein sehr finster dreinblickender Herr vertrat die Bauaufsicht. Der Mann in Uniform kam von der Feuerwehr. Dann war da noch ein Herr, der zwar keinem Fachgebiet zuzuordnen war, aber für die anderen außerordentlich wichtig zu sein schien; ja, und dann der Buchhändler Genthin in sehr vertrautem und sehr angeregtem Gespräch mit Pergande, dem Leiter des Kulturzentrums der Universität.

»Guckt nur, wie gut die sich verstehen«, zischte Enslin zwischen den Zähnen hervor. »Ich sage euch, wir haben keine Chance. Das ist ein abgekartetes Spiel.«

Die Kommission ging, wie sie gekommen war, ohne mit den Studenten auch nur ein Wort gewechselt zu haben. Der ganze Spuk hatte eine knappe halbe Stunde gedauert, wobei die »Sachverständigen« wahrlich in jede Ecke gekrochen waren, an Bohlen, Stangen, Säulen, Tischen, Schränken gerüttelt, an Vorhängen gezogen hatten, einige Wege mehrfach gegangen waren, Höhen und Tiefen der Räume ausgemessen und kleine Blöcke in ihrer Hand beschrieben hatten.

»Sie hören von uns«, hatte die rotblusige Leiterin der Kommission dem resigniert das Urteil erwartenden Werther beim gemeinsamen Abgang noch zugerufen. Pergande, der sich als letzter der abgehenden Gruppe anschloß, sagte: "Anerkennung! Sieht toll hier aus! Habt ihr prima hingekriegt! Vielleicht nutzt es uns was ...«

Sie standen in minutenlangem Schweigen, so wie sie sich in Erwartung der Kommission aufgebaut hatten, und jeder von ihnen ahnte, daß sie verloren hatten.

»Ich brauch jetzt einen Schnaps.« Es war Werther, der das unerträgliche Schweigen brach.

Eine Woche später bekamen sie ein Protokoll der Inspektion, dem die Kopie der Kündigung des Mietverhältnisses beigeheftet war. Zum Protokoll gehörte noch ein Anschreiben an den Leiter der Studentenbühne, das vom Genossen Pergande in seiner Funktion als Vorsitzender des Kulturzentrums der Universität verfaßt worden war, in dem er sein Bedauern über den Entscheid der Kommission aussprach, um im gleichen Atemzug der Studentenbühne in Aussicht zu stellen, gemeinsam mit dem Fürnbergensemble an neuer Stätte - mit Sicherheit - noch wirkungsvoller und erfolgreicher Theater spielen zu können, als es an alter Stelle möglich war. Abschließend warnte er noch vor unüberlegten Handlungen. Dann verlas Peter Werther das Protokoll. Es enthielt vier Gründe für die Schließung der Studentenbühne als Kellertheater.

Erstens: Der Veranstaltungsraum mit Bühne läge ein Meter und dreiundvierzig Zentimeter zu tief unter der Erde; damit seien die Fluchtwege zu lang. Zweitens: Die Bühne habe keinen eisernen Vorhang, der für öffentliche Veranstaltungen dieser Art zu fordern sei. Drittens: Die Toiletten befänden sich im ersten Stock. Das sei Besuchern nicht zuzumuten. Viertens: Es gäbe keine optische Abtrennung zwischen der Garderobe, in der sich die Schauspielerinnen schminkten und umzögen, zur Garderobe der männlichen Schauspieler, und dieser Sichtkontakt sei mit den moralisch-ethischen Normen einer sozialistischen Gesellschaft nicht vereinbar.

»Das Schwein, diese intrigante Sau«, brach es aus Enslin heraus, als die Stille unheimlich zu werden begann, nachdem Werther das Verlesen des Protokolls beendet hatte.

»Wen meinst du? Genthin?«

»Ach was! Genthin. Den kann ich sogar noch verstehen. Nein. Pergande meine ich, der das alles mit links hätte verhindern können, wenn er gewollt hätte. Jetzt werden wir integriert - ihr habt es gehört - mit Sicherheit! Und ganz allmählich werden ganz andere uns sagen, was und wie wir zu inszenieren haben. Das allein hat er bezweckt. Der Genthin hätte doch nicht die Spur einer Chance gehabt, uns mit einer so lächerlichen Kommission zu kommen, wenn Pergande, der Fettsack, nicht mitgespielt hätte. Außerdem, sagt denn das Protokoll etwas über neu eingetretene Zustände aus? Bedingungen, die nicht schon bestanden hätten, als wir vor fünf Jahren hier eingezogen sind? Damals hätte man doch diese Dinge überprüfen müssen! Oder liegen wir jetzt plötzlich tiefer unter der Erde als vor fünf Jahren? Ist das Klo weiter weg als damals? Gab es hier jemals einen eisernen Vorhang? Ist er vielleicht plötzlich weggeschmolzen? Das ist doch alles grotesk!«

»Wir müssen Pergande zur Rede stellen«, sagte einer.

»Kannst du mir mal sagen, was da herauskommen soll?« Enslin lächelte verächtlich.

»Aber irgend etwas müssen wir doch tun. Das können wir doch nicht einfach so hinnehmen.«

»Wir haben schließlich arteigene Mittel«, sagte Windeifel etwas hintergründig. »Vielleicht sollten wir uns darauf besinnen.«

»Genau. Das ist es!« meldete sich Wolfgang, der wie die meisten anderen in dem Gefühl resignativer Wut auf den Strohhalm gewartet hatte, um für die verlorene Sache doch noch etwas tun zu können. Irgendwas. Aber nur tun, tun mußte man was! »Wir machen eine Protestveranstaltung. Auf dem Karl-Marx-Platz.«

»Ja«, riefen mehrere gleichzeitig, und einer ergänzte, »wir trommeln alle Studenten zusammen und marschieren in einem Protestmarsch zum KZ oder zum Rektorat oder gleich zur Bezirksleitung ...« Von allen Seiten setzte zustimmendes Gemurmel ein: Das machen wir! Das ist die einzig richtige Antwort!

»Nun bleibt mal auf dem Teppich«, rief Werther und hob die Hände, um sich Gehör zu verschaffen. »Selbst, wenn wir das, was ihr vorschlagt auf die Beine stellen. Wir sind ein Theaterensemble. Was sollten wir auf solch einer Protestveranstaltung spielen? Wir können uns doch nicht so einfach hinstellen und irgendeinen Protest in die Welt posaunen.«

»Das ist richtig«, sagte Windeifel, »aber wie wär's mit einer passenden oder passend gemachten Lesung?«

»Ich hab's«, rief Wolfgang. »Wir titeln unsere Lesung um. Aus: DIE UNENDLICHE VERFÜHRBARKEIT DES BÖSEN machen wir DIE UNENDLICHE VERFÜGBARKEIT DES BÖSEN. Die meisten Gedichte und Songs könnten wir ohne Änderung übernehmen. Und ein paar passende Texte zum Problem werden uns doch wohl noch einfallen. Diese neuen Texte könnten beispielsweise von zwei der Akademixer übernommen werden. Das gäbe dann den notwendigen satirischen Touch für das Ganze, bezogen auf die aktuelle Situation.«

Alle redeten jetzt wild durcheinander mit dem eindeutigen Trend: Diese Protestveranstaltung sollte gemacht werden!

Windeifel versuchte sich Gehör zu verschaffen. In seiner bewußt leisen, ironisierend schleppenden Sprechweise erzwang er sich die Stille, die er brauchte, um gehört zu werden. »Bevor wir hier blindlings einer zugegebenermaßen schönen und unseren Frust befriedigenden Idee folgen, sollten wir vielleicht doch erst an die Konsequenzen denken, die, falls wir das so machen, eintreten werden - mit (der) Sicherheit eintreten werden. Die von Wolfgang vorgeschlagene, umfunktionierte Lesung ist ziemlich starker Tobak, und sie greift dort an, wo es denen vielleicht sogar wirklich wehtut, aber« - er breitete mit einer weiten Geste seine Arme aus - »wir haben keinen wirklichen Beweis für diese Kungelei des Bösen. Was wird passieren? Man wird es von dem konkreten Anlaß für unseren Protest trennen. Es wird nur der Tatbestand Protest übrigbleiben, und in der augenblicklich mehr als gespannten Situation ... Ich erinnere nur an die Hakenkreuzschmierereien in der Stadt, an die Gereiztheiten und Irritationen, die mit dem Verbot der 'Butlers' verbunden waren, an den Wasserwerfereinsatz gegen die Demonstranten beim Länderspiel gegen Österreich und, und, und ... Ich will damit nur sagen, man ist sehr gereizt und wohl wenig geneigt, Verständnis und Toleranz aufzubringen, zumal für eine nicht immer konforme Kultureinrichtung. Wenn wir unsere Protestveranstaltung machen, wird man zurückschlagen, und ich vermute - mit einer Welle von Exmatrikulationen. Das kann ja alles o.k. sein. Ich frage nur, ist das die Sache wert? Bei so anzweifelbarem Erfolg?«

In das nachdenkliche Schweigen sagte Werther: »Was Urs sagt, ist nicht von der Hand zu weisen. Ohne etwas von vornherein abwiegeln zu wollen, sollten wir alle Seiten bedenken. Gehen wir ruhig einmal davon aus - was ja wirklich nicht sehr wahrscheinlich ist, daß man uns überhaupt auf den Karl-Marx-Platz auftreten läßt. Wir brauchen nur auf den Kalender zu schauen. Wir haben fast Ende Juni. Bald gibt es in der ganzen Stadt keinen Studenten mehr. Es sind Sommerferien. Mit wem wollen wir dann eine Protestveranstaltung machen, wenn niemand da ist, der unseren Protest hören will?«

»Rien ne va plus!« Enslin sprang vom Tisch, auf dem er gesessen hatte. »Mit Opportunisten und Hosenscheißern sind noch nie Revolutionen gewonnen worden.« Damit verließ er angewidert den Raum.

Die Stille, die nach seinem Abgang eintrat, war frostig.

»Peter, sag jetzt, was wir machen«, rief einer aus der Menge.

»Ich denke«, antwortete Werther mit belegter Stimme, »die Protestveranstaltung können wir abschreiben. Ich formuliere eine Aktennotiz an das Kulturzentrum des Inhalts, daß wir uns mit dem Protokoll und den daraus entstehenden Folgen nicht einverstanden erklären. Es wird aber, wenn ich ehrlich bin, kaum etwas bewirken. Ich weiß noch nicht, was wir machen. Wir haben schlechte Karten. Ich halte euch auf dem laufenden. Ansonsten treffen wir uns nach den Ferien Ende August, wie abgemacht, zur Abfahrt ins Probenlager nach Raben. Dort werden wir weiter beraten. Vielleicht wissen wir dann mehr ...«

V

Ende August waren sie ins Probenlager nach Raben gefahren, hatten – wie immer – eimerweise Pilze gesammelt, die in den umliegenden Wäldern so überreichlich sprossen und sich daran geradezu überfressen, hatten – wie immer – am mittleren Sonntag ihres vierzehntägigen Aufenthalts den Gottesdienst wie eine Theateraufführung besucht, denn darauf hatte sich der Dorfpfarrer, mit dem man abends in der Kneipe bei Hämmerling so messerscharf und doch so wunderbar tolerant diskutieren konnte, besonders vorbereitet – auch wie immer. Und natürlich hatte man geprobt, eisern sogar, denn Enslin, sobald er im Regisseurstuhl saß, wurde geradezu perfektionistisch und verlangte von allen Mitwirkenden absolute Professionalität.

Der Różewicz war Enslins letzte Inszenierung an der Studentenbühne. Es kam nicht einmal zu einer regulären Premiere, die er, auch wenn das Verbot nach den zwei Voraufführungen im September nicht gekommen wäre, ohnehin nicht mehr miterlebt hätte. Er wurde – wie weit über die Hälfte der Studenten seines Studienjahres an der Theaterhochschule auch – vom stellvertretenden Kulturminister

Kurt Bork höchstpersönlich in die Produktion zur Bewährung geschickt. Es war jene von Timburg erwähnte Resolution, die die Theaterhochschüler unter Enslins Federführung an Ulbricht abgeschickt hatten, zu der die Partei vom Kulturministerium eine Stellungnahme und entsprechende Maßnahmen gefordert hatte, die so exemplarisch zu sein hatten, daß nichts davon sich als Beispielhaftes konservieren durfte. Es dürfe nicht sein, was nicht sein darf – so grundsätzlich erwartete man ein Exempel, für das der ansonsten als liberal und gesprächsbereit eingeschätzte und geschätzte Minister Bork nun den Henker zu spielen hatte.

Für Wolfgang sollte sich der einzige Kompromiß, auf den sich Enslin bei der Inszenierung von Rózewiczs DIE ZEUGEN ODER DIE KLEINE STABILISIERUNG einließ, als möglicherweise exmatrikulationsverhindernd auszahlen. Man konnte die über die handelnden Personen im Stück demonstrierten Verhaltensweisen so inszenieren, daß sie soziale Phänomene asozialen Verhaltens und Gleichgültigkeiten spiegeln, wie sie in der sozialistischen Gesellschaft entgegen den propagierten Normen entstehen, und so war das von Rózewicz, einem Freund des Sozialphilosophen Adam Schaff, dessen Buch MARX ODER SARTRE, das – broschiert in geringer Auflage in der DDR erschienen – unter Studenten völlig zerlesen von Hand zu Hand ging, auch angelegt. Aber so war es, und darin waren sich Werther, Windeifel und Wolfgang (der in diese Diskussion im Probenlager ausnahmsweise mit einbezogen worden war) einig, unter den gegenwärtigen Bedingungen nicht aufführbar. Eine zweite, gangbarere Möglichkeit hätte noch darin bestanden, diese Verhaltensweisen als Rudimente sozialen Verhaltens darzustellen, die aus der alten Gesellschaftsordnung die neue, sozialistische infiltriert hätten und als Fremdkörper dort noch weiter existieren. Aber das schien ihnen einerseits zu verlogen und andererseits ebenfalls schwer vertretbar gegenüber den Kontrollinstanzen, durch die sie nun einmal durchmußten, bevor es zur offiziellen Premiere kommen konnte. So entschieden sie sich gemeinsam mit Enslin – der jedoch widerstrebend – für den dritten Weg, der etwas Äsopsches hatte: Sie gaben der Bühnenausstattung Requisiten bei, die eindeutig bundesdeutsch waren und damit dem Zuschauer signalisieren sollten, daß alles, was sich da abspielt, von Leuten kommt, die in einem kapitalistischen Land leben. Über Analogien, die in den Köpfen der Zuschauer stattfänden, wären dann die Theatermacher nicht verantwortlich zu machen. So einigten sie sich in der Hoffnung, denen, die ja auch nur ausgeschickt wurden, eine Verantwortung, stellvertretend für höhere Gesinnungsinstanzen, wahrzunehmen, Argumente in die Hand zu geben, um sich selbst von dem Verdacht der politisch-ideologischen Unzuverlässigkeit reinzuwaschen, der sie treffen würde, falls ihre Entscheidung, die Inszenierung freizugeben, von den ganz Oberen dann doch nicht geteilt würde.

Beinahe wäre diese Rechnung auch aufgegangen. Es kam zu zwei Voraufführungen auf der vom Leipziger Kabarett »Pfeffermühle« zur Verfügung gestellten Bühne, denn die Studentenbühne war standortlos, da es zu dieser Zeit ihren Keller schon nicht mehr gab. Enslin hatte die Vereinbarung sparsam, aber – wie die spätere Diskussion zeigte – nicht unbemerkt, umgesetzt. Im Wohnzimmer des Ehepaares in diesem Stück gab es ganze zwei Requisiten, die gesellschaftseinordnend wirken sollten: zum einen ein Waschmittelpaket mit der Aufschrift PERSIL und zum anderen ein Buch, das als einziges in einem ansonsten unnützen Regal prangte: Sprengler DER UNTERGANG DES ABENDLANDES, gut zu lesen bis in die letzte Reihe des Zuschauersaales.

Diese Requisiten waren es auch, an denen sich die anschließende Diskussion im ungleich besetzten Zuschauerraum entzündete. Etwa ein Drittel des Saales, die vorderen Reihen füllten natürlich jene, die nicht unbedingt freiwillig oder zum Vergnügen hier waren, personalisiert durch Professoren und Dozenten der Universität, meistens von literatur-, kultur- oder kunstwissenschaftlichen Richtungen, durch Pergande vom Kulturzentrum, durch Kiebitze vom Kulturbund, der Gewerkschaft und vor allem der Parteileitung der Universität und der SED-Bezirksleitung und durch andere, deren Abkommandierung in so tiefem Schweigen lag, wie sie sich selbst schweigsam verhielten, jedoch aufmerksam allemal. Die restlichen zwei Drittel füllten Studenten: meistens Theaterhochschüler, Freunde von Enslin, Mitunterzeichner jener Resolution und polnische Studenten, die verhängnisvollerweise ausgezeichnet deutsch sprachen. Denn ausgerechnet von dort kam der enthüllende Vorstoß in der Diskussion, der das über genannte Requisiten gewaschene Stück wieder auf die Bannbulle schwärzte. In Verkennung der Umstände und Wirkungen eiferten sie, auf Enthüllung trachtend - sie seien schließlich die Landsleute des hier gespielten Autoren -, daß er nicht, wie fälschlicherweise die Inszenierung zu suggerieren suche, soziales Verhalten im Kapitalismus, sondern Verhalten kritisieren wolle, das sozialismusimmanent sei. In dieser pharisäerhaften Bilderstürmerei merkten sie gar nicht, daß sie jene denunzierten, mit denen sie solidarisch sein wollten. Damit waren alle Messen gelesen. Was dieser so eröffneten Diskussion folgte, wie die anwesenden Theaterhochschüler dieses Feuer noch schürten und wie blamabel die Reaktion der Offiziellen darauf war - das alles lag schon jenseits des Maßes, das ausreichte, um dieser Inszenierung die Chance der Öffentlichkeit zu verbauen. Es stand fest. Dieses Stück mußte nun verboten werden.

VI

Kurz vor der anberaumten Vollversammlung nahm Timburg Wolfgang zur Seite. Bei ihrem Bierplausch hatten sie sich einen strategischen Plan für die heutige Veranstaltung gebastelt. Wolfgang sollte sich einerseits auf keinen Fall bockig oder uneinsichtig gegen das ausgesprochene Verbot stellen. Andererseits aber sollte er versuchen, das vorgesehene Konzept der Inszenierung und seinen eigenen Standpunkt dazu sachlich darzulegen und - wenn nötig - auch zu verteidigen.

»Alles klar?« Timburg sah ihm in die Augen. Da Wolfgang nicht antwortete, nur eine unbestimmte hilflose Geste machte, fragte er weiter: »Sag mal, hast du eine persönliche Fehde mit Thillmann?«

»Nicht daß ich wüßte.«

»Irgend etwas hat der vor. Ich hab nur noch nicht herausbekommen, was. Nur eins spürt man, der hat eine wahnsinnige Wut auf dich, und ich weiß nicht, woher die kommt. Also mach dich auf Schlimmes gefaßt.«

»Was heißt … Schlimmes?«

»Es könnte sein, daß sie ihre Exmatrikulationswelle fortsetzen wollen, um nachzuweisen, daß sie unsere Fakultät von kritischem und Konvergenzdenken freizuhalten verstehen. Denk an Thomas Brasch, den sie noch vor den Sommerferien geext haben.«

»Aber ich habe doch keinerlei Veranlassung dazu gegeben.«

»Für Thillmann und Bruhnsen, der übrigens heute auch reden wird, könnte das schon reichen. Wichtig ist, daß du keinen weiteren Anlaß bietest. Ansonsten bin ich ja auch noch da und Frau Abendroth, vielleicht auch Michalek … Kopf hoch! Wird schon schiefgehen. Ich will schließlich mit dir noch ins Praktikum fahren.«

Timburgs Voraussage traf ein. Professor Bruhnsen (keiner hatte je eine Fachkompetenz bei ihm entdeckt, die seine Besetzung des Lehrstuhls für Pressegeschichte auch nur annähernd rechtfertigen konnte) schritt mit leidenszerfurchtem Gesicht ans Rednerpult, und jeder wußte, was nun kam.

Auch heute begann er seine Standardrede mit der auf erdrückende Effekte abgestellten Beschreibung, wie er als Überlebender von Gestapohaft und Konzentrationslager standhaft für ein besseres Deutschland gekämpft habe, das nun mit der Deutschen Demokratischen Republik reale Gestalt angenommen hat, um dann aber über eine von Karl-Eduard von Schnitzler geklaute Sentenz zu mutieren: »Dreimal dürft ihr raten, mit wem ich mich damals solidarisch gefühlt habe? Wer mein wirklicher Bruder war? Der andere Deutsche, der mich als KZ-Aufseher peinigte, oder der Franzose, der Pole, der Tscheche, der Ausländer, die meine Mitgefangenen waren? Der Klassenstandpunkt ist es, der das Fremde und das Eigene definiert. Und unter dieser Voraussetzung ist mir mein eigener, leiblicher, von meiner Mutter geborener Bruder, wenn er eine bürgerliche Position bezieht, fremder als der unbekannte Rikscha-Fahrer im fernen Bombay, der in Knechtschaft und Ausbeutung lebt …«

Wolfgang würgte ein aufsteigender Ekel: *Wie schade, daß sich Menschen, denen man gern seine Achtung, seine Anerkennung, ja seine Ehrerbietung zeigen möchte für das, was sie kämpfend durchlitten haben, für die Größe, die sie unter unsäglichen Bedingungen gezeigt haben, wie schade, daß das durch die Art, wie es Bruhnsen einsetzt, so peinlich verkommt zu einer paranoiden Besserwisserei, die schon deshalb von dem, was heute vorgeht, nichts mehr versteht, weil sie als Institution daherkommt mit ihrer kleinlichen Gängelei, die alles als Feind denunziert, was in dem Gleichschritt dieses Denkens nicht mitmarschieren will. So achtenswert diese Leute vielleicht einmal waren, heute kann man sie nur noch verachten, wie Noske, wie Keller … Alles eine Sorte!*

Er war in seine Gedanken so vertieft, daß er den vollzogenen Rednerwechsel von Bruhnsen zu Thillmann nicht mitbekommen hatte –

auch weil sich der Beifall nach Bruhnsens Rede in bescheidenen Grenzen hielt. Jetzt aber hatte er seinen Namen vernommen, und aufgeschreckt spürte er, daß er von allen Seiten angestarrt wurde.

Was jetzt passierte, brachte Wolfgang auch im Nachhinein nicht mehr zusammen. Man hatte ihn aufgefordert zu den Vorfällen an der Studentenbühne in seiner Funktion als Dramaturg Stellung zu nehmen. Er wußte nur noch, daß er kaum zwei Sätze zusammenhängend äußern konnte, ohne unterbrochen zu werden. Zu jedem seiner stockend vorgebrachten Gedanken schien es eine nachfassende Frage zu geben. Er wußte ab irgendwann nicht mehr, auf welche Frage er noch antworten sollte. Er nahm nur noch Geschrei wahr, und das einzig Wohltuende war, nachdem er überhaupt nicht mehr begriff, was um ihn herum vorging, daß sich eine angenehme Leere in seinem Gehirn ausbreitete, die ihn in die Stimmung versetzte, daß er sich sagen konnte: *Ach, leckt mich doch alle mal am Arsch!*

Im Unterbewußtsein nahm er noch wahr, wie Thillmann und Bruhnsen eiferten, daß Timburg etwas sagte, auch Michalek und zum Schluß Frau Abendroth, denn als sie geendet hatte, forderte man ihn auf, wieder Platz zu nehmen.

Wieder neben Timburg sitzend, fragte er: »Was iss'n nun?«

Timburg sah ihn an und mußte wohl spüren, daß Wolfgang etwas außerhalb seiner selbst stand. »Du hast wohl da vorn nicht all zu viel mitbekommen?«

»Um ehrlich zu sein, gar nichts!«

»Es stand ziemlich auf der Kippe. Thillmann bekam durch dein Gefasel schnell Oberwasser und steuerte knallhart auf deine Exmatrikulation zu … Sag mal, hast du denn wirklich so gar nichts mitgekriegt?« unterbrach er sich.

»Wirklich nicht.«

»Ich erzähle es dir später. Auf alle Fälle war es gut, daß du dich – wenn auch etwas wirr – an unser Konzept gehalten hast. Und dann hat schließlich Michalek eine ganz tolle Rede gehalten, die hat ihren Eindruck nicht verfehlt. Mensch – Kopf hoch! Wir haben es geschafft! Heute mußt du einen ausgeben!«

24

DIE WISSENSCHAFT IST MANCHMAL SCHÖN

I

Inmitten von Umzugskisten, ratlos abgestellten Möbeln, Koffern, Teppichrollen saß Wolfgang im zukünftigen Wohnzimmer seiner Leipziger Teilhauptmietwohnung vor dem Fernsehapparat und drehte verzweifelt an den Knöpfen des Gerätes in der Hoffnung, daß dem Bildschirm wider besseren Wissens ein Standbild mit den Insignien ARD zu entlocken wäre. Die Zimmerantenne wie ein Wünschelrutengänger vor sich herhaltend, stieg er über das Chaos im Raum, immer auf die unverändert grießelnde Mattscheibe des Fernsehers schielend, der selbst dann sein Rauschen nicht aufgab, als er die Antennenschleife an der Brüstung des Balkons befestigt hatte. Mißmutig schaltete er das Gerät ab. »Nichts zu machen«, sagte er zu Birgit, die seiner Zwanghaftigkeit bei den unnützen Versuchen inmitten der Unordnung verständnislos zugeschaut hatte – es gab bei einem Einzug in eine neue Wohnung schließlich Wichtigeres zu tun.

»Komm, Zigarettenpause! Und dann gehts vereint weiter«, munterte er Birgit auf, die mit Wischeimer und Lappen im Zimmer stand. Über die Rauchwolken hinweg schielte er immer noch ärgerlich auf den Fernseher. *Eine Antenne mit Verstärker muß her. Und das wird unsere erste und notwendigste Anschaffung hier sein.* Er mußte feixend an die verordneten Aktionen denken, bei denen die Anzeigewilligkeit der guten Staatsbürger mit Denunziantenblick auf die Dächer Hochkonjunktur hatte. Aber diese Zeit war vorbei, weil heute Regel war, was damals als mutige Ausnahme die geforderte Regel verhöhnte. Wie gedrillte Soldaten auf einen imaginären Punkt ausgerichtet, standen die Antennen auf den Dächern, und jedes Kind hätte die genaue Richtung anzuzeigen gewußt, wenn es danach gefragt worden wäre, in welcher Richtung der höchste Berg des Harzes liegt. Guter Empfang war auch in Leipzig nur mit einer millimetergenauen Ausrichtung der Antenne zu bewerkstelligen; einer auf dem Dach, ein zweiter vor dem Apparat, ein dritter auf der Straße mit Rufkontakt zu dem auf dem Dach auf Anweisung von jenem aus dem Zimmer: Willkommen in der Familie der OCHSENKÖPFE!

Man schieb immerhin das Jahr neunzehnhundertachtundsechzig, und wenn es auch keine Ochsenkopfaktionen mehr gab, in Schulen oder Kindergärten versuchten immer noch Zeitgenossen, ihre Funktion als Pädagoge, Lehrer, Erzieher oder Kindergärtnerin mißbrauchend, aus den ihnen anvertrauten Kindern herauszubekommen, ob die Uhr im Fernsehen zu Hause Pünktchen oder Striche hatte.

Besonders in diesen achtundsechziger Augusttagen war es nicht unwichtig, daß man im Fernsehen neben der Uhr, die Pünktchen zeigte, auch eine empfangen konnte, die Striche hatte; denn das Bedürfnis, über das Experiment in Prag mehr als nur das Urteil: Konterrevolution! zu hören, war existentiell - wo sich plötzlich ein dritter Weg auftat anstelle dieser zementierten Entweder-Oder-Wege, von denen weder der eine noch der andere ein erstrebenswertes Lebensmodell bot.

»Die internationalistische Hilfe für die CSSR«

Am 3. August 1968 erklärten die Repräsentanten der kommunistischen Parteien der UdSSR, der DDR, der VR Bulgarien, der VR Polen, der Ungarischen VR und der CSSR bei ihrer Zusammenkunft in Bratislava, niemandem und niemals würde es erlaubt werden, einen Keil zwischen die sozialistischen Staaten zu treiben. Sie bekräftigten: »Es ist die gemeinsame internationalistische Pflicht aller sozialistischen Länder, diese Errungenschaften, die dank der heldenhaften Anstrengungen und der selbstlosen Arbeit eines jeden Volkes erkämpfte wurden, zu unterstützen, zu festigen und zu verteidigen.« Diesen Prinzipien gemäß betraten, auf Bitten von Kommunisten und parteilosen Werktätigen sowie Persönlichkeiten der KPC und des Staates, Truppen der fünf Staaten am 21. August 1968 das Territorium der CSSR und retteten das Land vor dem drohenden Bürgerkrieg. Die internationalistische Hilfsaktion fand in der Arbeiterklasse der DDR Unterstützung und Zustimmung. Im Ergebnis äußerst heftiger psychologischer Kriegsführung gab es bei Teilen der Bevölkerung aber auch ideologische Verwirrung sowie Unverständnis für die Notwendigkeit der Hilfe und für die Art, in der sie erwiesen wurde. Die SED und die mit ihr verbündeten gesellschaftlichen Kräfte leisteten umfangreiche Arbeit bei der weitergehenden und tiefergreifenden Propagierung der Ideen des sozialistischen Internationalismus.
(Geschichte der DDR, Berlin 1981, S. 280)

Nein, für dritte Wege war auf dieser Welt kein Platz. Status quo hieß die Formel für Stabilität. Darauf hatte man sich eingestellt - zu Recht, denn dieses Gleichgewicht des Schreckens war das einzig Verläßliche und in dieser Berechenbarkeit das einzige, das zu funktionieren schien. Rot oder schwarz, so hatte die Welt zu sein. Wer es ROSA oder GRAU wollte, war auf der einen Seite ein Dissident oder Konterrevolutionär und auf der anderen Seite ein Phantast oder schlicht ein Spinner.

Wolfgang hatte Glück, daß er gerade jetzt seine freien Tage für den Umzug seiner Familie von Guben nach Leipzig genommen hatte. So kam er mangels Präsenz um die Entscheidung herum, eine Resolution unterzeichnen zu müssen, die damals in allen Einrichtungen auslag. In dieser vorformulierten Resolution hatte man per Unterschrift den Einmarsch von Einheiten der Nationalen Volksarmee der DDR in die Tschechoslowakische Sozialistische Republik zu begrüßen und seine Loyalität gegenüber der Partei- und Staatsführung zu bekräftigen. Natürlich hätte er unterschrieben - gegen seine Überzeugung zwar, aber unterschrieben hätte er, angesichts der Nullnummer der Nichtunterschreiber an der Fakultät für Journalistik, an der er jetzt als junger wissenschaftlicher Assistent angestellt war. An anderen Fakultäten gab es Mutigere. Doch deren Unterschriftsverweigerung wurde als Ausdruck ihrer Unfähigkeit gewertet, an einer sozialistischen Universität weiter lehren und forschen zu können.

Diese Art Mut hätte er nicht gehabt. Einen so hohen Preis hätte er seinem Nichtunterschreiben nicht beimessen wollen. Aber es war ihm schon sehr recht, daß er während der Unterschriftenaktion nicht im Hause war, wie er auch froh war, daß er zur kürzlich vollzogenen Sprengung der Universitätskirche, mit der die Baufreiheit für den neuen Universitätskomplex geschaffen werden sollte, keine Stellungnahme abzugeben brauchte, wie das von vielen seiner jetzigen Kollegen ganz selbstverständlich abverlangt wurde und wie sie das routinemäßig und genauso selbstverständlich auch taten.

Die Nischen beginnen in den Köpfen ...

II

Nun sollte er ein Wissenschaftler werden, obwohl das nicht unbedingt seiner Wunschvorstellung entsprach. Aber wenn er alles recht überdachte, war es vielleicht doch nicht so abwegig, daß er es erst einmal an der Uni versuchte, denn in den praktischen Journalismus einzusteigen, kam ihm nach gesammelter Kenntnis der dort zu erwartenden Zwänge auch nicht gerade verlockend vor. Dennoch hatte er zunächst mit Nachdruck darauf bestanden, daß man ihn nach bestandenem Diplom in die Praxis entließ, hatte aber andererseits wiederum sehr willig dem Druck nachgegeben, der dem Willen der Einsatzkommission des ZK vorausging, die vorsah, ihn an der Fakultät für Journalistik als wissenschaftlichen Assistenten einzusetzen. Nun war es ausgestanden, und er war ganz zufrieden mit sich und den sich so regelnden Umständen.

Dabei hatten Timburg und er ganz andere Pläne gehabt. Im Praktikum an der Cottbusser Bezirkszeitung hatten sie sehr schnell festgestellt, daß die bestallten Redakteure auch alle nur mit Wasser kochten. Oftmals mit so abgestandenem Wasser, daß sich Timburg schon nach den ersten Wochen zu seiner stereotypen Redewendung veranlaßt sah: »Wir sind besser!«

An langen Kneipenabenden hatten sie sich ausgesprochen, wobei sich jeder Mühe gegeben hatte, die Beweggründe des anderen zu verstehen. Wolfgang hatte sich vorbehaltlos geöffnet, hatte noch einmal – wie es schien im Rückwärtsgang – all seine Zweifel, seine Bedenken und seine Ängste beschrieben, seine Wut, seinen verfluchten Stolz und auch seinen Haß. Aber seine geistige Position war jetzt schon durch ihn selbst überholt. Mit seinem Antrag um Aufnahme als Kandidat der SED noch vor dem Praktikum waren Tatsachen vollzogen, die plötzlich alle Argumente, die noch vor einem Jahr so wunderbar taugten, Timburg in Verlegenheit zu bringen, zu einem jämmerlichen Scheingefecht disqualifizierten. Insofern blieben diese Gespräche in Cottbus eine Einbahnstraße, bei der Timburg die Richtung vorgab, weil in seinem Lebensentwurf die Übereinstimmung von Einsichten in Notwendigkeiten eine schwer widerlegbare Basis bot.

An diesen Abenden begriff Wolfgang, daß er nur noch in seiner Einbildung auf der anderen Seite stand, daß er sich von seiner realen Position aus alle seine Gegenargumente selbst widerlegen konnte. Weltanschaulich – darüber war er sich klar – war sein Denken seit langem marxistisch, schon seit seinem ersten sich Einfühlen in ein materialistisch-dialektisches Weltbild in Jena an der ABF. Aber daraus hatte er für sich bisher nie die Verpflichtung abgeleitet, eine tätige, aktive, auf praktische Arbeit gerichtete Position beziehen zu müssen. *Das Leben und das Arbeiten, das war doch etwas anderes als das Denken!*

In diesen Gesprächen mit Timburg wurde Wolfgang bewußt, wie naiv er an sein Studium herangegangen war. Schreiben wollte er, Reportagen, Porträts, vielleicht – wenn sein Talent dafür ausreichte – auch Feuilletons, literarischen Journalismus wollte er machen, den, wie er meinte, gesunden Menschenverstand vertreten, der sich für ihn selbstverständlich aus den Positionen der materialistischen Dialektik ergab - das schon, aber doch nicht mit Leuten wie Thillmann, Keller, Hofmann, Bruhnsen oder Noske an seiner Seite!

»Jetzt bin ich in deren Verein, und sie sind doch meine Feinde. Anders kann ich sie nicht sehen«, klagte er an einem der langen Bierabende in einer Kneipe nahe der Redaktion, an der sie ihr Praktikum ableisteten. Und Timburg anstoßend, fügte er an: »Sei doch mal ehrlich. Dir geht's doch auch so. Oder? Ich werde mich nie arrangieren können. Mit diesen Leuten - niemals!«

»Arrangieren wirst du dich müssen. Aber keiner verlangt von dir, daß du sie lieben mußt. Aber wenn du sie schon als deine Feinde betrachtest, dann mußt du auch was gegen sie tun können. Ansonsten bleibt selbst dein Haß reine Scholastik«, erwiderte Timburg. »Es ist immer wieder das alte Lied mit dir. Du kannst dich zehnmal hinstellen und schreien: Ich hasse diese Leute. Das sind alles Nichtskönner und Arschlöcher! Und damit magst du sogar recht haben. Aber nichts wird passieren. Im Gegenteil, dein Schreien stärkt sie, weil sie sich berechtigt gegen deine Beschimpfung zur Wehr setzen können. Versteh' doch endlich, sie vertreten eine Institution. Nicht irgendeine, sondern die Institution der Macht, die sich gegen alles wehren muß, was sie von außen angreift. Greifst du nur einen - und sei es den miesesten - ihrer Vertreter an, greifst du die Institution an, deren Machtapparat fast automatisch sein Vernichtungspotential gegen den Angreifer mobilisiert. Nein, wenn du - wie du immer behauptest - ein Kommunist sein willst und wenn du mit diesem Ideal hier etwas verändern willst, dann kannst du das nur, indem du ihnen als Gesinnungsgleicher gegenübertrittst. Nur so hast du die Chance, überhaupt erst einmal gehört zu werden oder dein Anliegen dort vorzubringen, wo eine Veränderung in Gang gesetzt werden kann. Natürlich geht auch da nichts mit dem Kopf durch die Wand, und Märtyrertum stempelt dich zum nutzlosen Ketzer; denn so ein bißchen sollte man dann schon gelernt haben, auf der Klaviatur der Macht zu spielen. Alles andere verurteilt dich von vornherein zum Clown und damit zur absoluten Teilnahmslosigkeit an allem, was für das Leben wichtig ist. Es sei denn, du willst eine andere Gesellschaft. Dann mußt du den Mut aufbringen, als Dissident im Untergrund zu wühlen - mit dem Wissen, daß du damit deinen wirklichen Feinden in die

Hand arbeitest. So ist nun mal unsere alles in allem beschissene Vorpostenposition DDR. Einen dritten Weg gibt es nicht. Und da wir wissen, daß es den zweiten für uns nicht geben kann, ist wiederum alles sehr einfach.« Timburg legte seinen Arm um Wolfgangs Schulter: »Wir beide gehen nach dem Studium zusammen nach Cottbus, du in die Kulturredaktion, ich in die Wirtschaftsredaktion, und wenn wir uns als Journalisten einen Namen gemacht haben, dann werden wir auch Mittel und Wege finden, die Dinge zu verändern, die uns heute stören. Und dann wirst du darüber lachen, daß für dich einmal Leute wie Thillmann oder Bruhnsen die Ehre hatten, von dir als Feind angesehen zu werden.«

»Mach dich nur lustig über mich. Es ist schließlich nicht jeder so abgebrüht wie du«, beendete Wolfgang das Gespräch, das in ihm wie meistens einen faden Nachgeschmack hinterließ.

III

Für Timburg gab es keine Probleme, nach Studienabschluß als Redakteur der Wirtschaftsredaktion in Cottbus anzufangen, ganz so, wie er es sich vorgestellt hatte. Auf die Bedingung, daß er das nur zusammen mit Wolfgang machen wolle, ließ sich die Einsatzkommission des ZK jedoch nicht ein. Der Redaktion in Cottbus stünde nur ein Absolvent zu, außerdem plane man für den Genossen Sander einen Einsatz an der Sektion Journalistik.

Wolfgang war sauer. Mit seinem Freund Timburg zusammen in einer Redaktion – was hätte da im Leben noch schiefgehen können! Wieder einmal schienen ihm jene Leute, deren Anblick ihm nach wie vor Magenkrämpfe verursachte und er im Gespräch mit ihnen – immer noch unreif wie zu Studienbeginn – wieder nur arrogant und verstockt reagieren konnte, alles vermasseln zu wollen. So ging er schon aus Trotz nicht auf die Vorstellung der Kommission ein, sondern erklärte, daß er einverstanden sei, in jede Bezirksredaktion zu gehen, außer nach Suhl, Neubrandenburg, Frankfurt/Oder oder Schwerin. Offensichtlich verärgert über so viel Uneinsichtigkeit, bot ihm die Kommission, die nicht nur darauf verpflichtet war, jeden der Absolventen der journalistischen Fakultät einen Arbeitsplatz zu besorgen, sondern auch auf das Angebot einer Auswahl von Möglichkeiten, ausgerechnet zwei jener vier an, die Wolfgang ausgeschlossen hatte: Neubrandenburg und Schwerin. Aber Wolfgang reagierte wieder nicht so, wie das die Kommission erwartet hatte.

»Gut, dann gehe ich nach Schwerin.« Die Kommission nahm seinen Entschluß mit eisigem Schweigen entgegen.

Noch in der gleichen Woche fuhr er nach Schwerin, um mit dem Chefredakteur über seinen Einsatz und über eventuelle Arbeitsmöglichkeiten seiner Frau zu sprechen. Zunächst stellte sich heraus, daß Wolfgang nicht als Kulturjournalist, sondern als Redakteur für Landwirtschaft eingestellt werden sollte. Das Gespräch mit dem Bezirksarzt ergab, daß in Schwerin zwar ein Augenarzt und ein Neurologe fehle, für eine Allgemeinpraktikerin sei jedoch keine Stelle frei. Aber, so das Angebot, Wolfgang könne mit Frau und Kindern nach Grevesmühlen ziehen. Dort brauche man einen Allgemeinpraktiker, und er könne dann täglich von dort nach Schwerin fahren, um in der Redaktion über Landwirtschaft zu schreiben. »Was ja schon immer mein Traum war«, so Wolfgangs ironischer Kommentar.

Da man Wolfgang für den Fall, daß er an der Universität bleibe, eine Wohnung in Leipzig in Aussicht gestellt hatte, war seine Entscheidung nach der Abfahrt aus Schwerin gefallen.

»Warum nicht gleich so«, war die lakonische Antwort des Kommissionsvorsitzenden, der, mit sich zufrieden, wohlwollend registrierte, wie wunderbar einfallsreich der Genosse Chefredakteur in Schwerin auf seinen kleinen Hinweis reagiert hatte.

IV

Vielleicht hätten sich Timburgs und Wolfgangs Wünsche bezüglich ihres gemeinsamen Einsatzes in der Cottbusser Redaktion doch noch erfüllt, wenn Wolfgang eine schlechtere Diplomarbeit geschrieben hätte. Es war Professor Rothenbaum, der seine Arbeit so hoch bewertet hatte, daß sie in den Rang jener fünf besten Arbeiten in der nunmehr vierzehnjährigen neueren Geschichte der Fakultät gehoben wurde, denen man das Superlativprädikat »Mit Auszeichnung« zugestand. Verständlich also, daß die wissenschaftliche Einrichtung mit beklagten Defiziten bei der Heranbildung junger Wissenschaftler sich dieses möglicherweise wissenschaftsmethodischen Talents versichern wollte. Professor Rothenbaum, unterstützt von den Fachkollegen Michalek und Abendroth, hatte beim Fakultätsrat beantragt, der

ZK-Einsatzkommission zu signalisieren, daß die Fakultätsleitung an einer Anstellung des Absolventen Sander interessiert sei - was schließlich dann auch realisiert wurde, obwohl dem massive Einwände der Genossen Thillmann, Hofmann und Bruhnsen vorausgegangen waren. Sie anerkannten zwar uneingeschränkt die fachlichen Leistungen des Studenten Sander, fühlten sich aber dennoch verpflichtet, ihren Bedenken hinsichtlich eines erkennbaren Mangels an Parteidisziplin beim Genossen Sander Ausdruck verleihen zu müssen, der darauf hindeute, daß sich der Genosse Sander offensichtlich schwer unterordnen könne und sich dementsprechend wohl nicht ganz problemlos in das Parteikollektiv der Wissenschaftler an der Fakultät in ihrer Verantwortung für die Erziehung von Parteijournalisten einordnen werde. Man hätte schließlich schon genügend Probleme mit sogenannten populären Wissenschaftlern an der Fakultät, die unter Studenten nur deshalb beliebt wären, weil sie für sich in Anspruch nähmen, die Parteilinie auf eigene Art interpretieren zu müssen, so Thillmanns Einwurf im Namen der zustimmend nickenden Hofmann und Bruhnsen. Doch dieser Einwand wurde vom Genossen Michalek aus der weiteren Erörterung insofern eliminiert, als er, mild lächelnd, Thillmann die Gegenfrage stellte, ob er, der Parteisekretär der Fakultät für Journalistik, seine Grundorganisation wirklich für so schwach halte und beispielsweise Genossen, wie die Genossen Bruhnsen und Hofmann, für parteierzieherisch so unwirksam, daß - falls es sich wirklich so darstelle, wie er den Fall Sander geschildert habe - das Parteikollektiv nicht stark genug wäre, um unbeschadet mit allem fertig zu werden?

Die drei Monate, die die Studenten für das Schreiben ihrer Diplomarbeiten zur Verfügung gestellt bekommen hatten, waren für Wolfgang - besonders, wenn er das im nachhinein betrachtete - eine seiner glücklichsten und erfülltesten Zeiten, die er erlebt hatte. Er hatte ein Thema bekommen, an dessen Formulierung er selbst mit Hand anlegen durfte. Von den meisten anderen Themen unterschied es sich dadurch, daß hier nicht etwas zu beschreiben oder nachzuvollziehen war, man nicht einfach nur nachzuweisen hatte, daß man fähig war, einem gestellten Thema mit wissenschaftlichem Instrumentarium methodisch beizukommen, sondern es bot neben diesem auch die Möglichkeit, zu eigenständigem Forscherdenken hin zu wissenschaftlichem Neuland, wenn es denn - und das war die Crux - gefunden wird. Das reizte ihn, und genau dieses Ungewisse gab ihm die Gewißheit, daß mit der Arbeit nichts schiefgehen konnte. Der Schwierigkeitsgrad lag so hoch, daß - falls er sich nicht zu dumm anstellte - alles, was er niederschrieb, zu akzeptieren war, wenn er es nur trickreich in wissenschaftlich zwingende Zusammenhänge brachte. Zu dieser Gewißheit verhalf ihm eine Erfahrung, die er schon während des Studiums gesammelt und immer wieder getestet hatte: Gerade die vermeintlich schwierigen Aufgaben mit hohem methodischem Anspruch beim Schaffen von wissenschaftlichen Zusammenhängen waren für ihn viel leichter zu lösen, als wenn er nach Begrifflichem, nach Definitorischem, nach von anderen abgeleiteten Zusammenhängen befragt wurde. Wenn sich ihm die Möglichkeit des eigenen Kommentars beim Darstellen von Zusammenhängen ausschloß, wenn man ihn nach vorformulierten Verallgemeinerungen abfragte, waren seine Leistungen nur mangelhaft. Das philosophisch Allgemeine begriff er als seins, es war das Eigene, wie er das Einzelne und das Besondere als das Fremde begriff, das er sich nur aneignen konnte, indem er es für sich verallgemeinerte.

Insofern hatte Thillmann aus seiner Sicht mit seinen Vorbehalten gegen Wolfgang sogar recht, zumal - wie er fest überzeugt war - Menschen der Art dieses Sander, zu denen er auch die Abendroth, den Rothenbaum und andere zählte, ihm die angestrebte Karriere im Parteiapparat vermasselt hatten und er als nun schon in die Jahre gekommener Dozent wohl oder übel die ihm eigentlich verhaßte wissenschaftliche Karriere angehen mußte, die sich allerdings so schlecht nicht anließ, da mit der zu erwartenden Hochschulreform und der sich daraus ergebenden Umstrukturierungen der Fakultäten in Sektionen neue Kriterien für die Ernennung von Professuren ergaben, bei denen er für sich und seinesgleichen größte Chancen ausrechnete.

Und Thillmann sollte wieder einmal die Zeichen der Zeit richtig gedeutet haben. Mit dem Hinweis darauf, daß er nach vier Jahren ausschließlicher Parteiarbeit als Sekretär der Grundorganisation sich wieder intensiver mit Forschung und Lehre beschäftigen wolle, stellte er sich zur nächsten Wahl als Parteisekretär nicht mehr zur Verfügung, und zwei Jahre später in der zur Sektion Journalistik hochschulreformmäßig mutierten Fakultät für Journalistik gehörte er zum

Kreis jener noch nicht habilitierten Hochschullehrer, denen man aufgrund ihrer hohen Verdienste um die Lehre und Erziehung bei der Heranbildung sozialistischer Journalisten eine außerordentliche Professur verlieh. Zu dieser illustren Gesellschaft der mit der Hochschulreform geborenen neuen Professorengeneration gehörte natürlich auch der Genosse Dozent Hofmann, wie ebenso natürlich der Dozent Michalek nicht berücksichtigt wurde.

V

Wolfgang, zu diesem Zeitpunkt im zweiten Jahr wissenschaftlicher Assistent an der nunmehr Sektion Journalistik, hätte diese Entwicklung völlig gleichgültig lassen können, da das Fachgebiet, in dem er lehrte und für seine Dissertation forschte, in der Sache unverändert blieb. Er unterrichtete auf dem Gebiet der sogenannten künstlerisch-journalistischen Genres, und, ob er das - wie anfangs - am Institut für literarische Publizistik tat oder - wie jetzt - im Fachkollektiv Methodik der journalistischen Arbeit, das mußte nicht unbedingt Einfluß auf seine wissenschaftliche Arbeit und Entwicklung haben. Er hatte seine Tätigkeit als wissenschaftlicher Assistent am Institut für literarische Publizistik mit dem Bonus aufgenommen, eine wissenschaftlich wertvolle Arbeit über Kompositionsmethoden im künstlerisch-journalistischen Genre Porträt geschrieben zu haben. Zudem hatte er das Glück gehabt, mit den Ergebnissen seiner Arbeit auf einer wissenschaftlichen Konferenz zu Schaffensproblemen des Reporters noch als Student mit einem dort sehr beachteten Referat auftreten zu dürfen. Von dieser Reportagekonferenz ging auch die Anregung aus, daß der zukünftige wissenschaftliche Assistent Sander auf diesem Gebiet weiter forschen solle und möglicherweise in einer Dissertation Weiterführendes, vor allem für die Praxis Verwertbares erarbeiten solle.

Mit Professor Rothenbaum, der bislang das Institut für literarische Publizistik geleitet hatte, war sich Wolfgang in gemeinsamer wissenschaftlicher Neugier komplikationslos und schnell darin einig, wie er die in der Diplomarbeit behandelte Problematik zu einem Dissertationsthema ausbauen und weiterführen kann. Rothenbaum hätte dementsprechend auch als Doktorvater Wolfgangs Weg zur Promotion begleitet. Doch das währte nur das erste Jahr, das für Wolfgang zudem glücklichste seiner Zeit an dieser Einrichtung, denn er konnte in nur loser Abstimmung mit Professor Rothenbaum seine Seminare zu den Genres Feuilleton, Glosse, Porträt und Reportage im dritten Studienjahr völlig selbständig ausarbeiten und bestreiten. Nie wieder später, obwohl dann doch durch Jahre in Lehre und Forschung erfahrener geworden, durfte er so eigenständig und frei die ihm zugeordneten Lehrveranstaltungen gestalten. Nie wieder, so glaubte Wolfgang, hat er selbst so gute Seminare gehalten, wie in jenem ersten Jahr als blutjunger unerfahrener wissenschaftlicher Assistent.

Der neuen hochschulreformierten Sektion fiel selbstverständlich auch das Institut für literarische Publizistik zum Opfer. Die alten professoralen Strukturen der nach Fakultäten und Dekanaten organisierten Universität entsprachen - so ein Beschluß des Staatsrats der DDR im April 1969 - nicht mehr den Erfordernissen der modernen sozialistischen Gesellschaft mit ihren Anforderungen an die Wissenschaftlichkeit bei der Planung des gesellschaftlichen Reproduktionsprozesses. Das Schlagwort hieß Praxisbezogenheit, und die Buhmänner waren jene Hochschullehrer, denen man unterstellte, Hobbyforschung betrieben zu haben. Für die Studenten wurden praktische Übungssysteme aus dem Boden gestampft, humanistische Bildung, auf Geschichtsbewußtsein orientierte Ausbildung, psychologische oder soziologische Bedingtheiten schwärzte man als ewig Gestriges an, als Nutzloses, das aus Forschung und Lehre auszumerzen sei.

Wolfgang schätzte sich glücklich, die Schwanengesänge derer noch erlebt zu haben, die durch Eigenart, Persönlichkeit und Integrität etwas in ihm gepflanzt hatten, das zwar immer untauglicher wurde, er aber für sich bewahren wollte, trotz oder gerade wegen der sich abzeichnenden Gegenbewegung des Vereinheitlichenden, des Kollektiven, des Banalen. Professor Budenzky, der große alte Mann, war schon seit zwei Jahren ins Abseits gestellt worden - durch Professor Donath, jenem vom ZK der SED als zukünftigen Direktor der Sektion Journalistik deutlich favorisierten ehemaligen Leitartikler des »ND«, dessen für diese Funktion notwendige Dissertation unter so tiefem Verschluß lag (verlautbart als geheimzuhaltende Forschung), daß der hinter vorgehaltener Hand nicht ohne Häme vermutete dürftige wissenschaftliche Gehalt dieser Arbeit nicht nur böswillige Verleumdung zu sein schien. Dozent Jago und Professor Klima, die Philosophen, hatten ihr Lehrprogramm verkürzt - und in dieser Zusammenfassung »praxisnäher« – an die Studenten zu bringen; Rothenbaums Vorlesungsreihe »Diffamierte Literatur« über die progressive westdeutsche Literatur erfuhr das, was als Attribut im Titel stand, an sich selbst.

Es war die Stunde der Donaths, der Thillmanns, der Hofmanns, aber es war nicht die Stunde der Rothenbaums, der Michaleks, und es war deshalb auch nicht die Stunde für Wolfgang.

Das Institut für literarische Publizistik wurde in Abwesenheit von Professor Rothenbaum aufgelöst; er war, so vermuteten Freunde, in eine Krankheit geflüchtet. Man hatte für ihn nach seiner Gesundung die Leitung des Fachbereichs Rundfunkjournalistik vorgesehen. Die Genossen Michalek und Abendroth wurden vom Fachbereich Stilistik übernommen. Wolfgang wechselte in das Fachkollektiv Methodik der journalistischen Arbeit, und hier bekam er für den von ihm belegten Unterbereich der künstlerisch-journalistischen Genres einen neuen Chef: Professor Thillmann. Wolfgang hatte fortan die Seminare zu den Vorlesungen zu bestreiten, die nunmehr der neuernannte Professor Thillmann anstelle von Professor Rothenbaum hielt. Doch damit nicht genug. Thillmann übernahm von Rothenbaum auch die Betreuung seiner Dissertation. »Doktorvater, heißt doch sowas«, sagte er, seiner Enttäuschung freien Lauf lassend, in einem Gespräch mit Frau Abendroth. »Na ja, ich bin's ja gewohnt, keinen Vater zu haben.«

Nun fühlte er sich auch im neuen Beruf, den er mit so viel Begeisterung und Engagement begonnen hatte, wieder allein. Zu wem sollte er jetzt gehen, wenn er mal einen Rat brauchte? Die Fachkollektivgrenzen waren zu hoch, als daß er noch wie in der fast familiären Bindung unter den Kollegen des ehemaligen Instituts zu Rothenbaum, zu Michalek oder zu Frau Abendroth hätte gehen können. Und zu Thillmann? Das verbot sich von selbst. Wie sich für ihn auch ausschloß, zu seinen neuen Kollegen im Fachkollektiv gehen zu können, zu denen er – zumal neue Fachgrenzen entstanden – wenig Zutrauen hatte und auch kaum das Bedürfnis verspürte, ein Vertrauensverhältnis aufzubauen. *Hier mußt du allein durch,* sagte er sich nach der ersten Enttäuschung über die eingetretene Entwicklung, *du hast Studenten, die dich mögen, das ist wichtig, du hast eine Familie, eine Frau, auf die du dich verlassen kannst. Bau' deine Diss, und dann sehen wir weiter* - so begann seine Abkapselung, sein erstes Suchen nach Einrichtungsgegenständen in einer wohnlichen Nische.

Der Zusammenstoß mit Genossen Thillmann war programmiert, obwohl der Professor Thillmann geradezu ein anderer Mensch zu werden schien. Nichts erinnerte mehr an den eifernden, alle anderen Genossen links überholen wollenden Parteisekretär. Den hatte er wie einen nutzlosen Mantel abgelegt. Jetzt war er nur noch Wissenschaftler - und Professor, doch das wiederum absolutistischer als es jene Professoren waren, denen er vor der Hochschulreform Despotismus vorgeworfen hatte. Auch wenn man das während seiner Amtszeit als Parteisekretär kaum vermutet hätte, Thillmann war ein stockkonservativer Mensch, aber das weniger im Sinne des Bewahrens von Werten, sondern mehr im unverrückbaren Festhalten am einmal für richtig Erkannten, an Dogmen und vermeintlichen Gesetzmäßigkeiten. Und dieser Konservatismus entsprang einem weiteren Wesenszug des ansonsten hochintelligenten Mannes, er war auf nichts neugierig und in dieser wissenschaftlichen Interesselosigkeit erschreckend faul.

Weder Wolfgang noch Thillmann hatten sich sonderlich Mühe gegeben, dem anderen nicht zu zeigen, wie wenig man voneinander hielt. Aber diese wundersame Wandlung des Genossen Thillmann zum Professor Thillmann hatte für Wolfgang den geradezu existentiellen Vorteil, daß der unvermeidliche Zusammenstoß nicht auf dem für Wolfgang viel gefährlicheren parteimäßig-ideologischen, sondern auf fachlich-wissenschaftlichem Gebiet zu erwarten war, auf dem sich Wolfgang zumindest noch eine Chance des Überlebens ausrechnete. Aber ganz so einfach machte es ihm Thillmann nicht. Es kam zwar, wie zu vermuten war, zu einem wissenschaftlichen Streit, doch der Vorwurf Thillmanns zielte auf eine vom marxistischen Standpunkt kritiklose Übernahme bürgerlichen Gedankenguts, die er aus den ersten Ansätzen in Wolfgangs Ausarbeitungen zu seiner Dissertation herauslas und als nicht weiter fortführbar erklärte. Das heißt, in seiner Funktion als Betreuer der Dissertation untersagte er Wolfgang, in dieser Richtung weiter zu forschen.

Nun täte man Thillmann unrecht, vermutete man ausschließlich Bösartigkeit gegenüber einem Menschen, der ihm, wie Wolfgang, so grundsätzlich und so gar nicht lag. Nein, es war möglicherweise wieder ein Gutteil jener ihm wesenseigenen Trägheit, daß er, sich wehrend, so vorgehen mußte. Einige seiner Vorlesungen basierten auf dem Argumentationsgefüge, das Wolfgang in seiner Diplomarbeit ausgearbeitet hatte. Das hätte er nun aufgrund der neuen Erkenntnisse, zu denen Wolfgang bei den weiterführenden Untersuchungen zu diesem Thema gekommen war, verändern müssen. Er hätte seine Vorlesungen umschreiben müssen, nur weil aus einem Bereich sich neue wissenschaftliche Ansätze auftaten, die für ihn schon deshalb nicht zu akzeptieren waren, weil sie Wolfgang aus einer als Strukturalismus gebrandmarkten Analysemethode entwickelt hatte.

Der Vorwurf des Strukturalismus' in einer Literaturkritik oder bei einer Sprachanalyse war noch Mitte der sechziger Jahre ein scharfes Schwert im Kampf um die Reinhaltung marxistischer Literaturwissenschaft vor Einflüssen bürgerlicher Analysemethoden, aber es wurde Ende der sechziger und Anfang der siebziger Jahre immer stumpfer. Die absolute Verteufelung klappte nicht mehr, weil da plötzlich Standardwerke auf den Markt kamen wie das offizielle LEHRBUCH DER MARXISTISCHEN PHILOSOPHIE, das die Welt mit Hilfe der Begriffe Element, System, Struktur zu interpretieren gestattete. Georg Klaus eröffnete in seinen Büchern neue Sichten auf die Zusammenhänge zwischen Sprache und Gesellschaft.

Für Wolfgang eröffneten diese neuen Philosophieinterpretationen geradezu Autobahnen, auf denen neue Ideen zum Ziel führen mußten. Er wollte für die Analyse und damit für das Schreiben von Porträts zu quantifizierbaren Qualitätsnachweisen kommen. Das war ein selbstgestellter Auftrag, und er hatte jetzt über die Strukturanalysen einen Ansatz gefunden, ihn verwirklichen zu können. Um so härter traf ihn das Verbot Thillmanns, auf diesem Gebiet weiter forschen zu dürfen. Und Thillmann hatte nicht einmal den Weg offen gelassen, daß man darüber eventuell auch diskutieren könne.

Es stand der Vorwurf, bürgerliche Analysemethoden angewendet zu haben, und darüber wollte Thillmann mit sich nicht diskutieren lassen. Doch Wolfgang wollte und konnte nicht mehr zurück. Für ihn war der Ansatz seiner Strukturanalyse so existentiell, daß er ohne diesen seine Arbeit nicht mehr hätte schreiben können. Außerdem war er überzeugt, daß nur noch sein eingeschlagener Weg für ihn zu wissenschaftlichen Ergebnissen führen würde, hinter denen er stehen konnte, und insofern war es für ihn mehr als nur eine Diskussion um eine bessere Methode.

»Mit dieser Arbeit stehe ich selbst zur Disposition«, sagte er in einem Gespräch mit Birgit, »und da mir untersagt ist, daran so weiterzuscheiben, wie ich es für richtig halte, muß ich gehen. Thillmann ist mein Betreuer, er hat damit sowohl die administrative Macht hinter sich als auch die der Partei, weil er mir die Übernahme bürgerlichen Gedankenguts vorwirft. Ich habe keine Chance, oder rätst du mir, klein beizugeben?«

»Du mußt für dich wissen, wie wichtig dir das alles ist«, erwiderte sie. »Ich kann das für mich schwer nachvollziehen. Wenn mir einer sagte, ich sollte eine andere Untersuchungsmethode in meiner Diss anwenden, nun, dann würde ich prüfen, ob das auch geht. Wenn ja, dann würde ich es tun. Wenn nein, würde ich nachzuweisen versuchen, daß meine Methode die richtige ist. Aber ich würde mich mit meiner Arbeit vielleicht selbst nie so zur Disposition stellen, wie du das für dich im Augenblick siehst. Es ist schließlich nur eine Arbeit.«

»Birgit, deine Dissertation war eine statistische Arbeit über Blasensteinleiden, und die hast du noch als Studentin geschrieben. Dafür sind möglicherweise methodische Ansätze, wie man das alles aufbereitet, nicht so wahnsinnig wichtig. Aber ich will ein Wissenschaftler werden, und wenn ich jetzt bei einer wissenschaftlichen Meinungsverschiedenheit für meine erste größere Arbeit gegen meine Überzeugung handle, dann ist das wie das Verlieren der Unschuld und der Zeugungsfähigkeit zugleich, dann bin ich als Wissenschaftler verkrüppelt für mein ganzes Leben.«

»Dann mußt du es tun.«

»Was?«

»Entweder du hörst dort auf. Du mußt ja nicht unbedingt Wissenschaftler werden. Und irgendwie kommen wir schon über die Runden, auch wenn sich für dich nicht gleich etwas Neues finden sollte. Aber – und das ist das Oder – bevor du dort gehst, solltest du für deine Überzeugungen gekämpft haben. Ich meine, wenn du davon überzeugt bist, daß du recht hast, dann müßten sich auch Argumente finden lassen, die, wenn schon nicht Thillmann, so doch andere überzeugen können.«

Wolfgang küßte Birgit auf die Stirn. »Genau das habe ich vor. Ich weiß zwar noch nicht wie, aber machen werde ich es, egal, was unterm Strich herauskommt. Und«, Wolfgang nahm sie in die Arme, »ich danke dir. Es ist nämlich alles leichter, wenn jemand da ist, der Verständnis für einen hat, und der das auch dann noch aufbringen kann, wenn in der Konsequenz alles schieflaufen wird. Denn damit müssen wir rechnen.«

VI

Wolfgang verteidigte im Mai 1973 seine Dissertation, und neben den beiden anderen Gutachtern, Professor Rothenbaum und einem Reporter aus der Praxis, erhielt er auch von Professor Thillmann ein »magna cum laude«.

Professor Rothenbaum als Vorsitzender der Promotionskommission hatte zwar den unvermeidlich ausbrechenden Methodenstreit zwischen Professor Thillmann und dem Doktoranden Sander zu jenem Zeitpunkt abzubrechen, als niemand mehr verstand, worum es den beiden ging, aber ansonsten war alles in größerer Harmonie über die Bühne gegangen, als nach jenen Tagen des Grundsatzstreits vor nunmehr zwei Jahren zu vermuten gewesen war.

Wolfgang war nach seinem Gespräch mit Birgit zum Leiter seines Fachkollektivs, Professor Töhrer, gegangen und hatte um ein Forum mit allen Wissenschaftlern gebeten, auf dem ihm und Professor Thillmann die Gelegenheit geboten werden solle, ihre strittigen Standpunkte zum methodischen Vorgehen für die Fertigstellung der Dissertation vorzutragen. Und Wolfgang hatte darum gebeten, daß in streitbarer Diskussion das Kollektiv die Entscheidung darüber fällen solle, ob er die angefangenen Untersuchungen so fortsetzen könne, wie er sie angedacht hatte, oder ob man dem Verbot Thillmanns und damit dem Abbruch dieser Forschung zustimmen wolle. Es war zu einer sehr heftigen Auseinandersetzung gekommen, bei der die unterschiedlichen Meinungen zu keiner Übereinkunft geführt werden konnten.

Sowohl Wolfgang als auch Thillmann hatten sich behauptet und Anhänger für ihre Argumentation gefunden, so daß es nach stundenlanger Diskussion am späten Abend zur Abstimmung kommen mußte, denn darauf hatten sowohl der als Gast geladene Professor Rothenbaum als auch der Fachkollektivleiter Töhrer bestanden. Mit den

Stimmen von Rothenbaum und Töhrer hatten vor allem die jungen Wissenschaftler und Assistenten dafür gestimmt, daß sie Wolfgangs methodisches Herangehen für berechtigt und auch vom marxistischen Standpunkt für vertretbar halten. Dagegen hatten neben Thillmann auch Professor Hofmann und einige ältere Wissenschaftler und Dozenten gestimmt. Doch ihnen fehlten zwei Stimmen an der Mehrheit, was Thillmann veranlaßte, seine Funktion als Betreuer dieser Arbeit zur Disposition zu stellen. Aber so viel Verantwortung wollten Töhrer und Rothenbaum nun doch nicht übernehmen, und wie aus einem Munde argumentierten sie für die weitere Betreuung des Doktoranden durch Professor Thillmann, der gerade wegen seiner fundierten Kenntnisse und auch wegen seiner wissenschaftlichen Bedenken genau der Richtige sei, die vielversprechenden Ansätze der Arbeit durch kritische Begleitung zu für die marxistische Genretheorie bedeutenden Resultaten zu führen.

Wolfgang hatte aus dieser vielstündigen Diskussion nur eines mitbekommen: *Du hast zwar gewonnen, aber du mußt da ganz allein durch.* Und so verhielt er sich die nächsten Jahre auch.

Professor Thillmann hat seine Dissertation das erste Mal wieder gesehen, als sie schon gebunden zur Beurteilung vorlag. Damit hatte er sich eine doppelte Motivation für das Schreiben an seiner Arbeit geschaffen: Er schrieb sie für sich, und er schrieb sie gegen Thillmann. Bei jeder aufgestellten These hatte er sich gefragt, könnte sie von Thillmann widerlegt werden, oder was könnte Thillmann dagegen erwidern, hält das Argument der vorauszusehenden Attacke stand? Auf diese Weise gelangen ihm in der Darlegung seiner Analysen und Verallgemeinerungen insofern geschlossene Argumentationen, als sich vermeintlich bürgerliche Analysemethoden über Autoritätsnachweise marxistisch läuterten, so daß den Ausführungen – auch durch die Brille Thillmanns – schwer beizukommen war. Dies mußte, schweren Herzens zwar, auch Thillmann in seinem zehnseitigen Gutachten anerkennen. Und er war insofern kein unfairer Verlierer, als er sich trotz massiver Einwände zur gleichen sehr guten Bewertung der Arbeit durchrang, wie sie die anderen Gutachter, mit sich ungleich leichter, anerkannten.

Obwohl durch den Gegenstand der Lehre aufs engste miteinander verbunden, Freunde wurden Thillmann und Wolfgang auch später nicht. Als man sich aber entschied, den frischgebackenen Doktor Wolfgang Sander zu einem zehnmonatigen Zusatzstudium nach Moskau zu delegieren, hatte Thillmann wiederum die Größe, Wolfgang gegenüber sein Bedauern auszudrücken, daß sie nun für eine Weile nicht mehr gemeinsam lehren.

… daß wir die Übel, die wir haben, lieber ertragen
als zu unbekannten fliehn.
So macht Gewissen Feige aus uns allen;
der angebornen Farbe der Entschließung
wird des Gedankens Blässe angekränkelt;
und Unternehmungen voll Mark und Nachdruck,
durch diese Rücksicht aus der Bahn gelenkt,
verlieren so der Handlung Namen.

WILLIAM SHAKESPEARE
Hamlet

DRITTES BUCH

1973 - 1975

HÜRDENLÄUFE DER TRÄUME

25

SACKGASSEN

I

Jetzt saß er in der Hauptstadt des Weltkommunismus in einem der zigtausend Zimmer des zum Eingang B gehörenden Teils jenes gigantischen stalinistischen Türmchenbaus der Lomonossow-Universität auf den Leninbergen - und sein Magen krampfte vor Hunger. Auf der Suche nach einer eventuell von ihm noch nicht besuchten Stolowaja, wie die Mensa hier hieß, hatte er sich in dem in spiegelgleicher Symmetrie erbauten riesigen Gebäudekomplex verlaufen. Als er dann doch noch eine der Mensen gefunden hatte, mußte er sie - wie an Vortagen die anderen auch - unverrichteter Dinge verlassen, weil sein geruchsempfindlicher Magen so bedrohlich nach Entleerung verlangte, daß nur noch an Flucht im Verbund mit der Suche nach einem Klo zu denken war, das jedoch, als er es gefunden hatte, seine Probleme nur noch vergrößerte. Nach dieser versuchten Entleerung war er ins Freie gelaufen, nicht nur in der Hoffnung, an der frischen Luft Linderung zu erfahren, sondern auch, um sich dort orientieren zu können, weil er innen nicht mehr wußte, welcher Weg einzuschlagen war, um wieder in sein Zimmer zu gelangen. »Eingang D« las er, und er mutmaßte, daß er sich damit gegenüber dem Eingang befand, wohin er wollte. Er hatte sich nun zu entscheiden, ob er den zwar wahrscheinlich sicheren aber kilometerlangen Weg um das Gebäude einschlagen oder ob er versuchen sollte, sich diagonal durch das Innere des gigantischen Molochs zu kämpfen. Doch dieser vagen Orientierung traute er nicht; dagegen sprachen zu eindeutige Erfahrungen. So entschied er sich für die erste Variante und erreichte nach fast halbstündigem Marsch das Außentor des Eingangs B. Hier kannte er sich wieder aus.

In sein Zimmer zurückgekehrt, warf er sich aufs Bett. An Essen war nun nicht mehr zu denken, denn ihn plagten wieder Magenkrämpfe, so heftig, daß die ihn beschleichende Furcht, in einer der krampfenden Schmerzattacken sein Bewußtsein zu verlieren, nicht unbegründet schien.

II

Die Sektionsleitung hatte zunächst nicht ihn für eine Delegierung zum Zusatzstudium nach Moskau vorgesehen, sondern einen schon älteren Assistenten, der zwar als Wissenschaftler noch keine Bäume ausgerissen hatte, aber als ausgesprochen zuverlässig in seiner parteierzieherischen Wirkung für die Ausbildung sozialistischer Journalisten eingeschätzt wurde. In dieser Wertschätzung seiner Person sah man ihm die fehlende wissenschaftliche Überzeugungskraft nach und hielt es für selbstverständlich, dem parteierzieherisch Überlasteten den längst fälligen Termin für die Verteidigung seiner Dissertation auf seinen Wunsch hin immer wieder zu verlängern. Aber mit seiner Delegierung nach Moskau war ein voraussetzendes Limit gesetzt, das die vollzogene Verteidigung zur Bedingung für die Reise machte.

Sie war eine Woche vor Wolfgangs Verteidigung angesetzt worden, aber - sie fand nicht statt. Der Praxisgutachter hatte in der Dissertationsschrift so eindeutige Plagiate nachgewiesen, daß man dem Doktoranden die Peinlichkeit, seinen geistigen Diebstahl öffentlich eingestehen zu müssen, nicht zumuten wollte.

Infolge dieses schwer vertuschbaren Vorkommnisses hatte nicht nur der am Boden zerstörte Assistent ein Problem, sondern auch die Sektionsleitung, der mit der nun zurückzuziehenden Delegierung nach Moskau ein Wechsel auf die vorgesehene wissenschaftliche Karriere dieses von ihr hochgeschätzten Wissenschaftlers geplatzt war. Da aber mit der Delegierung alles schon fest geplant, vereinbart und bilanziert war, mußte schnellstens Ersatz gefunden werden. So nahm man die unmittelbar darauffolgende Verteidigung des frischgebackenen Doktor rer. pol. Sander zum Anlaß, darüber nachzudenken, ob man nicht ihn anstelle des nun schon in die Praxis Versetzten delegieren könne. Da man unter Zeitdruck stand, entschied man sich mutig, und wie Wolfgang später erfuhr, soll sogar Professor Thillmann seiner Nominierung zugestimmt haben.

Die Mitteilung über seine Delegierung erreichte ihn in der Urlaubswoche, um die er nach bestandener Verteidigung gebeten hatte, aber diese Nachricht löste alles andere als Freude in ihm aus. *Was soll ich in Moskau*, fragte er sich, *wo ich nicht mal weiß, was ich hier so richtig soll.* Er befand sich wieder einmal in einem depressiven Loch lethargischer Resignation. Obwohl doch eine erfolgreiche Promotion alles andere als ein traurig stimmender Anlaß sein mußte, konnte Wolfgang diesen sogenannten Lohn der Arbeit nicht so richtig genießen. Spaß hatte er beim Schreiben der Arbeit gehabt, und er hatte auch den stimulierenden Ehrgeiz gespürt, ein erstrebenswertes Ziel anzugehen. Aber als alles niedergeschrieben war, die letzte Korrektur angebracht und das dicke Bündel Papier zur Abschrift abgegeben war, fühlte er sich leer, ziel- und orientierungslos.

Er wußte plötzlich mit seiner nun gewonnenen freien Zeit nichts mehr anzufangen. Er brauchte für sich Herausforderungen, die ihn emotional ansprachen, an denen er Leidenschaftlichkeit ausleben und in denen er die Kraft, die er in sich spürte, investieren konnte; eine Kraft jedoch, die nur dann für ihn Größe hatte, wenn sich mit ihrem Einsatz der Rausch des Abgehobenen, des Herausgelösten einstellte und damit sein Inneres so zum Klingen brachte, daß er es bis in die Zehenspitzen zu spüren vermochte. Es mußte in ihm sein wie eine Schwangerschaft, es mußte seine Seele ausfüllen bis zum körperlichen Schmerz, dann erst, meinte er, führte er ein lohnenswertes Leben. War aber nichts dergleichen da, fühlte er sich nutzlos, war unausstehlich, und besonders empfindlich spürte er dann einen Verlust an Selbstbewußtsein. Neu indessen war das für ihn nicht. Nach diesem atemberaubenden Zustand, sich in etwas hineinzuschwingen und dort die Gefühle bis in schwindelerregende Höhen zu schrauben, so daß es ihn herauslöste aus dem immer bedrückender erlebten Alltag, nach diesem Seelenzustand war er geradezu süchtig. Wäre er ein Tatsachen- und Machtmensch gewesen, hätte ihm diese Süchtigkeit sicherlich zu einer hoffnungsvollen Karriere verholfen. Aber seine Sucht kannte keinen Pragmatismus. Das in ihm ausgelöste Gefühl genügte sich selbst. Und das war schon immer so gewesen, soweit er sich zurückerinnern konnte: Das Hochgefühl, das Wolodjas Lied in der Villa im Schloßgarten in ihm als Fünfjährigen ausgelöst hatte, oder die Größe, die er mit sich empfunden hatte, als er Vaters »Junga werd's brenga« einlöste, das Vertrauen, das Frau Schierock in ihm erweckt hatte, der Stolz, den er in sich gespürt hatte, als ihm Rita die Streuselschnecke nach seinem Gedichtvortrag zu Beginn seiner Schulzeit schenkte. Oder das Gefühl, sich in Liebe aufzugeben, das er in noch kindlicher Neugier mit Karin erlebte, leidenschaftlich mit Karla, romantisch verklärt mit Renate und Heimstatt suchend mit Birgit, dieses ihn in Gänze Ausfüllende, das er auch beim Schreiben seines großen Theaterstücks mit Hilfe von Selbstbeurlaubungen in der Wäschekammer bei der Armee erlebt hatte, oder jetzt die abgeschlossene Dissertationsschrift in Konfrontation mit Thillmann – solche, ihn tragende, innerliche Schwingungen, die ja nichts anderes waren als selbstgestellte Aufgaben, brauchte er wie das Wasser zum Leben.

Doch zu alledem fühlte er sich jetzt unfähig. Das Umfeld, in dem er lebte, hielt nur noch programmierte Entwicklungen bereit, Fortgänge, die er gar nicht mehr als Entwicklungen empfinden konnte, maximal als Stillstände, Konservierungen, und viel eher hatte er den Eindruck, daß alles irgendwie nur schlechter werden konnte.

Der Ehealltag mit den vielen kleinen Aufgaben und Verpflichtungen hatte alles, was groß war, geschliffen. Es kribbelte nicht mehr, wenn sich Birgit und Wolfgang begegneten. Die Wertigkeiten kreisten anfangs um Windelnwaschen, Füttern und Kacken, um erstes Plappern von Mama und Papa, später um Einkäufe, Einrichten, Urlaubplanen, um Elternbesuche, Erziehungsmaßnahmen und immer wieder um Kindergarten. Sein Arbeitstag war eingerahmt von zwei unumstößlich zementierten Eckterminen: acht Uhr morgens und siebzehn Uhr abends. Jahraus, jahrein war alles an diesen Terminen auszurichten, was besonders schwer fiel, wenn er sich beispielsweise nach sechzehn Uhr mit Freunden oder Kollegen auf ein Bier treffen wollte. »Wenn ihr nach sechs noch da seid, komme ich nach.« Nur so war das für ihn zu regeln, da ihm die Aufgabe zugefallen war, seinen Sohn Konrad und seine Tochter Anna morgens in die beiden Kindergärten zu bringen und abends wieder abzuholen. Dafür hatte er sich an seinem Fahrrad zwei Sitzvorrichtungen montiert: einen Kindersattel vorn und ein Körbchen hinten, und da es vermutlich verboten war, zwei Kinder gleichzeitig auf diese Art zu transportieren, hatte er beiden eingeschärft, auf jeder Fahrt – nach vorn Konrad, nach hinten Anna – Ausschau nach Polizisten zu halten, damit sie nicht erwischt werden. So hatten Konrad und Anna schon früh begriffen, daß Polizisten etwas zu Meidendes sind.

Weitaus nivellierender jedoch als der dahinfließende Familienalltag sprang Wolfgang die mit der Hochschulreform durchgesetzte Gleichförmigkeit in Forschung und Lehre an. Der Wissenschaftlertyp, der jetzt das Sagen hatte, löste in ihm immer stärker den Wunsch nach einem Berufswechsel aus, obwohl ihm die Lehrtätigkeit und die Arbeit mit den Studenten Spaß machte, ihn befriedigte und nicht zuletzt bestätigte. Aber mit wachsender wissenschaftlicher Erfahrung und Weitsicht empfand er die geforderten programmierten Lehrpläne immer beengender, die beauflagten erzieherischen Aktivitäten entsprachen immer weniger dem Maß, das er an eine studentische Ausbildung legte. Er wollte lehren, wie man sich Wissen aneignet und nicht nur informieren, was zu lernen war. Die Universität hatte sich in seinen Augen gewandelt. Sie war für ihn nicht mehr vergleichbar mit jenen Zeiten, als er sein Studium begann. Sicherlich maß sich für ihn dieser Unterschied weitaus größer als er in Wirklichkeit war, weil sich seine Einsichten in interne Gefüge vertieften und das nähere Kennenlernen beim notwendigen Umgang mit den die Sektionen repräsentierenden Wissenschaftlern ein Übriges tat, aber diese Erfahrung und die zunehmende Erkenntnis über die Größe des Abstands zwischen seinen Vorstellungen von der sozialistischen Gesellschaft und der gelebten sozialistischen Wirklichkeit ließ ihn noch tiefer seine eigene Orientierungslosigkeit empfinden. Gerade jetzt, wo scheinbar die ganze Welt sichtbare Erfolge der DDR-Politik bejubelte, wo sogar Erleichterungen und Verbesserungen nach innen real spürbar wurden, wo der Grundstein für das gelegt wurde, was man später DDR-Stolz nannte, gerade jetzt begann er zu zweifeln, ob seine vorgestellten Ideale von einer sozialistischen Gesellschaft sich jemals realisieren ließen. Er traute plötzlich den, wie er meinte, gesunden und reinigenden Kräften im System nicht mehr die Kraft zu, entscheidend gegen die mit der ausgebrochenen Erfolgseuphorie verbundenen Zementierungen anzugehen. Als die DDR noch schwach und klein war, war sie für ihn trotz aller sichtbaren Mängel dennoch liebenswert. Jetzt jedoch, wo sie sich siegreich, bedeutend und stark dünkte, hatte sie für ihn die Unschuld der Bescheidenheit verloren und demonstrierte offen die Unerträglichkeit von Besserwisserei, Rechthaberei, Anmaßung und Siegerpose. Und die Gesichter jener, die schon immer alles besser gewußt hatten, konnten sich nun die Arroganz des überlegenen Lächelns leisten.

Anerkennung der DDR

Am 21. Dezember 1972 wurde der »Vertrag über die Grundlagen der Beziehungen zwischen der DDR und der BRD« in Berlin unterzeichnet. Mit ihm fand der mehr als 20 Jahre lange Kampf der DDR um die Anerkennung der Ergebnisse des zweiten Weltkrieges und der Nachkriegsentwicklung seinen Abschluß. Die revanchistische Politik des BRD-Imperialismus, die auf Liquidierung des Sozialismus in der DDR hinauslief, war endgültig gescheitert ... Der Vertrag trat am 21. Juni 1973 in Kraft.

(Geschichte der DDR, Berlin 1981, S. 316)

III

Für die freie Woche nach der Verteidigung hatte er sich etwas vorgenommen. Er wollte noch einmal das schmale Büchlein lesen, das seit Neujahr 1969 einen Ehrenplatz in seinem Bücherregal innehatte. Er erinnerte sich an jenen Neujahrestag, als er dieses Buch - unfähig, es wieder aus der Hand zu legen - bis in die Nacht hinein in einem Zug durchgelesen hatte, und wie er damals grübelnd für sich erkannte, daß er mit dem erwachenden Morgen die Welt nicht mehr so betrachten könne, wie er sie bisher gesehen hatte. Birgit hatte ihm dieses Buch zu Weihnachten geschenkt, das besonders wertvoll auch dadurch wurde, weil sie es nur über eine ihrer Patientinnen, die im Buchhandel tätig war, erstanden hatte; denn nicht nur bestimmtes Obst verdiente sich die Bezeichnung »Bückware«, sondern auch Bücher, die zwar, wie auch dieses, in einem DDR-Verlag erschienen, deren Auflage jedoch weit unter der zu erwartenden Nachfrage gehalten wurde.

Er las noch einmal NACHDENKEN ÜBER CHRISTA T. von Christa Wolf. Die Faszination stellte sich wieder ein, aber anders, als sie ihn vor vier Jahren durchrüttelt hatte. An Erfahrungen reicher, war sein Identifikationsfeld sensibilisierter geworden. Es war jetzt weniger die Machart des Buches, die ihn damals als etwas völlig Neues, in der DDR-Literatur noch nie Dagewesenes begeistert hatte, sondern weit mehr das Deckungsgleiche seiner Erfahrung mit der, wie die Romanheldin DDR-Wirklichkeit erlebte - zudem in dieser von ihm erst jetzt erkannten wunderbaren Symbiose mit der Autorin des Buches. Er erinnerte sich, daß er beim ersten Lesen trotz Faszination eine kritische, in noch studentischer Rationalität befangene Distanz besonders zu jenen Passagen des Buches aufgebaut hatte, in denen für seine Begriffe die Autorin mit ihrer Romanheldin zu emphatisch die neue Zeit begrüßt, zu empfindlich auf Personen reagiert, zu sentimental Zeitläufe betrachtet. Aber all das konnte er jetzt besser nachempfinden. Er sah und fühlte wie die Ich-Erzählerin, deren Porträtversuch im »Nachdenken« er - sich jetzt total identifizierend - als eine Selbstbeobachtung der Autorin verstand, mit der er das Zwiegespräch suchte.

Er versuchte für sich die zentralen Fragen des Romans nachzuvollziehen: Wie erlebt er die gestörten Wechelbeziehungen zwischen dem Einzelnen und der Gesellschaftsordnung? Wie stand es mit seiner Selbstverwirklichung in der sozialistischen DDR? Wie stellte sich bei ihm die im Buch vorgeführte Selbstentfremdung des Individuums dar? Das Ergebnis seines Nachdenkens empfand er als katastrophal. Er erahnte die Konsequenzen seines Denkens, die andererseits für ihn keine Stimmigkeit ergaben. Denn er las für sich aus dem Buch auch heraus, es sind nicht die sozialistischen Ideale, nicht das angestrebte sozialistische Menschenbild, nicht das System an sich, das zu diesen Verkrüppelungen führt, sondern es sind jene, die, die Unzulänglichkeiten des Systems ausnutzend, es repräsentieren und die als Repräsentanten des Systems, entgegen ihren proklamierten Idealen, ihr ganzes Streben nur auf die Zementierung ihrer Macht ausgerichtet und damit sich selbst regenerierende Strukturen geschaffen haben, die alle Kreativität, jedes Engagement, Toleranz, Individualität und letztendlich Freiheit und Idealismus zerstören. So hatte er es für sich schon immer empfunden, und so sagte es für ihn die Autorin dieses Buches in resignativer, neuer Deutlichkeit: »Mir graut vor der neuen Welt der Phantasielosen. Der Tatsachenmenschen.«

Für sich begriff er in Übereinstimmung mit dem Buch, daß er dennoch in der denkbar besten Gesellschaftsordnung lebte, die diese Welt zu bieten hatte. Und er erkannte, daß es aus dieser Verhaftetheit seines Denkens für ihn unter den gegebenen Umständen keine andere Alternative gab als jene, die in diesem Buch vorgezeichnet war: Die Flucht in die Idylle, in die Nische, ins Persönliche - als die einzige Möglichkeit, mit seinen Enttäuschungen, mit seiner Desillusionierung, seiner Ernüchterung fertig zu werden. Und die sich ihm offenbarende Erkenntnis, daß im NACHDENKEN ÜBER CHRISTA T. die Romanheldin in Wirklichkeit nicht an der beschriebenen Leukämie, sondern an den verlorenen Träumen gestorben ist, die im Mief der DDR versandeten, erwies sich als wenig hilfreich, ihn aus seiner Orientierungslosigkeit herauszuholen, aus der resignierenden Lethargie, in der sich Wolfgang befand, als er von seiner Delegierung nach Moskau erfuhr.

IV

Zu seiner Verteidigung hatte Wolfgang neben Jochen Timburg auch Jürgen Bergmann eingeladen. Timburg war gekommen, immerhin. In seinem Dienstwagen – damals noch »Wartburg« – war er vorgefahren, hatte sich ganz weltmännisch und sehr geschäftig für sein zu spätes Kommen entschuldigt, um damit anzudeuten, daß er eigentlich gar nicht hätte kommen können. Aber wenn alte Freunde rufen … Er müsse auch gleich wieder zurück nach Cottbus.

Das kurze Gespräch, zu dem sie sich zurückgezogen hatten, war Wolfgang auf eine merkwürdige Weise unaufrichtig vorgekommen, so daß er keine Lust verspürte, auf tieferschürfendere Probleme als auf Wetter oder Familie einzugehen. Auf die Frage, wie es im Beruf laufe, ob er das realisieren könne, was er sich vorgestellt hatte, antwortete Timburg ausweichend, daß es meistens doch anders käme als man zweitens denke. Wahrscheinlich werde er in die SED-Bezirksleitung als Sekretär berufen, was solle man machen, und vielleicht sieht man sich, wir telefonieren …

Jürgen hatte abgesagt aufgrund eines Umstands, den er ihm am Telefon nicht näher erklären wollte. Jetzt aber kam er, übers Wochenende, und Wolfgang sah diesem Treffen mit schon fast kindlicher Erwartung entgegen. Er war hungrig aufs Diskutieren, auf den Streit, bei dem er Widerstand erwarten durfte, gegen den er sich aber zur Wehr setzen konnte, ohne daß er überlegen mußte, ob man ihm aus dem, was er sagte, einen Strick drehen könnte. Und Jürgen, so glaubte er, war dafür der richtige Mann.

Er holte ihn vom Bahnhof ab. Wieviel Jahre ist das her, überlegte er, als er dem einfahrenden Zug entgegensah. Neun, fast zehn Jahre – und trotzdem hatte er das Gefühl, als erwarte er jemanden, den er erst letzte Woche gesehen hatte. Aber er war unsicher, ob er ihn erkennen würde. Hatte er kurzes oder langes Haar – schulterlang, wie er es jetzt trug. Bart? Brille? Was wußte man denn noch voneinander? Wolfgang schaute intensiv in die Gesichter der aus dem Zug in Richtung Ausgang strömenden Leute. Aber er konnte keinen entdecken, auf den sein inneres Bild von Jürgen zugetroffen hätte.

»Wartest du auf jemanden?« Es war Jürgen, der ihn von hinten ansprach. »Ich hoffe doch auf mich!«

»Auf wen sonst. Mensch, Jürgen!« Wolfgang umarmte ihn. Jürgen faßte ihn jedoch mit ausgestreckten Armen an der Schulter, als wäre ihm der Körperkontakt der Umarmung unangenehm.

»He, wenn ich deinen Überschwang richtig deute, du Fremder, du, dann scheint's dir nicht so besonders gut zu gehen. Oder?« Beide betrachteten sich nun aus maßvoller Entfernung.

»Gut siehst du aus«, sagte Wolfgang. »Aber wieso sagst du Fremder zu mir? Was soll denn das?«

»Wie lange haben wir uns nicht gesehen? Fast zehn Jahre! Und Kontakt haben wir offensichtlich beide nicht gesucht. Oder?« Wolfgang fiel auf: *Jetzt sagt er schon das zweite Mal oder!* »Aber so sehr verändert scheinst du dich nicht zu haben, trotz Doktor, Bartversuche und mit für einen Wissenschaftler vielleicht doch zu langen Haaren.« Dabei schaute er Wolfgang in die Augen und ergänzte, indem er ihm auf die Schulter klopfte: »Glücklicherweise.«

Wolfgang fühlte wieder das Unbehagen wie bei jenem Treffen in Jena, als sie sich, damals ebenfalls nach langer Trennung, zum ersten gemeinsamen Bier zusammengesetzt hatten. Und in Erinnerung daran, erwiderte er: »Immerhin machst du wenigstens Fortschritte, denn ich entsinne mich, daß du bei unserem ersten Treffen nach Gumperda in Jena geradezu in Erschütterung ausgebrochen bist, wie sehr ich mich verändert hätte. Zum Schlechten natürlich, du Moralist.«

»Schau mal an. Das hast du wohl nicht vergessen.«

»Nichts hab ich vergessen. Und ich freue mich, daß du da bist. Und wenn wir jetzt hier nicht gleich diesen schrecklichen Bahnsteig verlassen, vergesse ich mich und frage dich, wieso du wie ein Schornsteinfeger herumläufst. Nein, entschuldige, wie ein Lord! Von Kopf bis Fuß in schwarz! Schwarzes Hemd, schwarze Hose, schwarze Jacke, schwarze Schuhe, schwarzen Koffer – bestimmt auch schwarze Socken.« Jürgen hob ein Hosenbein, um feixend die Vermutung zu bestätigen. Dann langte er wortlos, immer noch lächelnd, in seine Hosentasche und zeigte Wolfgang ein schwarzes Taschentuch.

»Das ist ja schon pervers!« sagte Wolfgang. »Ein versnobter Künstler sind wir also geworden? Gerade du! Ich glaub' es nicht!«

»Warum nicht? Manchmal tut sowas gut. Aber noch ist es nicht soweit. Es hat mit Dingen zu tun, die nicht so lustig sind. Erzähle ich dir später.«

V

Birgit hatte ein zauberhaftes Abendessen bereitet. Beim Rotwein hatten sie in gemeinsamen Erinnerungen geschwelgt, hatten sich gegenseitig über das informiert, was sie voneinander nicht mehr wissen konnten. Birgit hatte gegen zwei Uhr erschrocken ausgerufen, daß sie ins Bett müsse, sie hätte schließlich einen anstrengenden Arbeitstag. Jürgen und Wolfgang saßen nach ihrem Abgang schweigend in den Sesseln, sie hielten ihre Gläser in der Hand und spürten, daß sie über das, worüber jeder reden wollte, noch nicht gesprochen hatten. Jeder suchte für sich nach einem Einstieg, und sie wußten beide, daß das, was jetzt zuerst gesagt wurde, das sein würde, worüber sie dann bis zum Morgengrauen diskutieren werden. Wolfgang wollte gerade mit einer Sentenz aus NACHDENKEN ÜBER CHRISTA T. zu dem Thema überleiten, worüber er mit Jürgen sprechen wollte, da griff Jürgen in die Hosentasche und warf dieses merkwürdige tiefschwarze Taschentuch auf den Tisch.

»Vater ist tot«, sagte er mit tonloser Stimme.

Wolfgang, der gerade sein Glas an den Mund führen wollte, erstarrte. Er spürte, wie sich etwas in ihm weigerte, das soeben Gehörte für wahr zu halten: Vater ist tot, er hatte diesen Satz vor kurzem schon einmal gehört, von seiner Schwester bei einem Besuch in Nordhausen, und diese Mitteilung betraf ihn wirklich, denn es war ja sein Vater, der da nicht mehr war, und dennoch hatte ihn diese Nachricht damals fast völlig unberührt gelassen. Da war ein Mensch gestorben, dem er zwar seine Existenz verdankte, der aber mit seinem bewußten Leben nichts mehr zu tun gehabt hatte. Da gab es in ihm nichts, worin nun eine Lücke gerissen worden wäre; so tief er in sich hineingehorcht hatte, er konnte nicht entdecken, daß die Mitteilung vom Krebstod in Unterwellenborn, wo sein Vater nach der Entlassung aus dem Zuchthaus gelebt hatte, in ihm ein Gefühl von Trauer oder Fassungslosigkeit ausgelöst hätte. Aber jetzt erschütterte ihn die Nachricht vom Tod eines Menschen, den er nur ein einziges Mal gesehen hatte, so tief, daß er in seiner Betroffenheit unfähig war, auf Jürgens Eröffnung mit einem entsprechenden Satz zu reagieren: tut mir leid oder herzliches Beileid …

Sie schwiegen lange, und Wolfgang nährte in diesem Schweigen die trügerische Hoffnung, daß er sich vielleicht verhört habe, und die Endgültigkeit erst dann eintrete, wenn er sie durch Nachfragen zur unumstößlichen Gewißheit machte. Er spürte, daß etwas ganz Wichtiges in ihm wegbrechen würde, wenn das wahr wäre, wogegen er sich jetzt sträubte, es als Tatsache anzuerkennen. Ihm, dem sein eigener Vater so unendlich wenig bedeutet hatte, schien die Vorstellung von existentiellem Belang zu sein, daß es in dieser Gesellschaft neben den Noskes, Thillmanns oder Honeckers auch Leute wie den Genossen Bergmann gibt. Ihn, einen Spitzenfunktionär der Partei, hatte er als eine integre Persönlichkeit kennengelernt. Für sich war er nicht in der Partei der Noskes, Thillmanns und Honeckers, seine Partei war die der Sommermeiers, der Michaleks und der Bergmanns. Damit konnte er sich – wie ihm schien, auch für andere überzeugend – identifizieren.

Jürgen, der gesehen hatte, wie Wolfgang alle Farbe aus dem Gesicht gewichen war und wie ihn offensichtlich seine Mitteilung so tief getroffen hatte, daß er wie versteinert sein Glas immer noch in der eingefrorenen Bewegung zum Mund hielt, brach das vereisende Schweigen: »Entschuldige, ich hätte es nicht so unvermittelt sagen sollen. Ich habe nicht geahnt, daß dich das so tief erschüttert.«

»Dein Vater war etwas ganz, ganz Wichtiges für mich.« Wolfgang sprach sehr langsam. »Und ich bin dir dankbar, daß ich ihn kennenlernen durfte.« Er schenkte die Gläser nach. »Aber ich kann's noch gar nicht glauben.« Ihm war, als müsse er jetzt durch Reden verhindern, was er vorher durch Schweigen abwehren wollte: die Annahme der Unumstößlichkeit. »Weißt du, daß ich dich um deinen Vater beneidet habe? Mir ist fast noch jedes Wort gegenwärtig von dem, was er damals auf der Terrasse in eurer Geraer Wohnung gesagt hat. Ich war so beeindruckt, daß ich später oft, wenn ich vor Entscheidungssituationen stand, mich gefragt habe, was würde mir dein Vater geraten haben, wenn ich ihn danach gefragt hätte. Und so gesehen, war er nicht unbeteiligt daran, daß ich in die Partei eingetreten bin.« Wolfgang zündete sich eine Zigarette an. Nach einigen Zügen des Schweigens fragte er: »Sag, wie ist es passiert?«

»Es war ein Unfall. Ein Autounfall.«

»Autounfall? Mit Fahrer? Und Staatskarosse?«

»Ohne Fahrer. Aber mit – wie du dich ausdrückst – Staatskarosse. So die offizielle Version.«

»Und die inoffizielle?«

»Es gibt keine inoffizielle. Wenn du Journalist Zeitung lesen würdest, hättest du es schon vor einem Monat lesen können, statt jetzt davon überrascht zu sein. Im ND stand's. Allerdings nicht auf der Seite eins, sondern auf der Seite zwei – eine Meldung am Rande!«

»Ich gebe ja zu, daß ich Zeitung weniger genau lese als ich es berufsmäßig müßte. Aber ich habe dich nicht nach einer Zeitungsversion gefragt, sondern nach deiner. Was glaubst du? War es wirklich ein Unfall? Ist denn das üblich, daß hohe Parteifunktionäre ihre 'Tschaikas' selbst chauffieren?«

»Es war nur ein 'Wolga'.«

»Du weichst mir aus. Noch einmal: Was glaubst du?«

»Ich glaube, es war Selbstmord«, sagte er nach einer Pause. »Aber es gibt dafür keinen Beweis. Und außerdem kann niemand daran interessiert sein, daß es etwas anderes war als offiziell verlautbart.«

»Und du? Du auch nicht? Jürgen, du bist auch nicht interessiert?«

»Hör doch auf! Aber wie sollte ich in der Lage sein, etwas anderes nachzuweisen. Mit wem? Für wen?«

»Mit wem? Das weiß ich auch nicht. Aber für wen? Das kannst du doch nicht im ernst fragen. Für dich, Mensch - und Genosse Jürgen Bergmann! Für deine Mutter. Und vielleicht auch für mich.« Den letzten Satz hatte Wolfgang leise, fast nur für sich gesprochen, und da sich Jürgen wieder in Schweigen hüllte, fragte Wolfgang: »Oder gab es familiäre Probleme, ich meine …«

»Nein«, unterbrach ihn Jürgen sofort, »das kann man wirklich ausschließen. Im Gegenteil, ich habe selten Ehepartner gesehen, die so behutsam und verständnisvoll, so lieb miteinander umgingen wie Vater und Mutter …« Jürgen konnte nicht weitersprechen, und Wolfgang spürte, daß sein Gegenüber mit den Tränen kämpfte.

»Jürgen, wenn du nicht weiter darüber reden willst, dann brechen wir ab.« Wolfgang bot ihm eine Zigarette an. Sie rauchten.

»Ich will ja darüber reden, und ich muß auch mit jemandem reden, weil mir sonst der Schädel platzt.« Jürgen hatte sich wieder gefaßt. »Zwei Tage vor seinem Tod hatten wir ein ernsthaftes Gespräch, was in den letzten Jahren leider viel zu selten vorkam. Was du in Gera miterlebt hattest, war eine Ausnahme. So offen habe ich ihn über seine politischen Anschauungen nie wieder sprechen hören.«

»Ich habe es damals wie ein Vermächtnis empfunden«, sagte Wolfgang nachdenklich. »Und das ist es für mich auch heute noch.«

»Ja, obwohl ich, wann immer ich wollte, mit ihm sprechen konnte, ist auch mir dieser Abend tief im Gedächtnis geblieben, und vielleicht liegt dort sogar der Schlüssel für das, was vor einem Monat passiert ist. Aber ich wollte dir von unserem letzten Treffen erzählen. Ich rief ihn an. Wir hatten uns lange nicht gesehen, denn ich wohne mit meiner Familie in Berlin ziemlich weit weg von der Wohnung meiner Eltern. Ich wollte mit ihm über meine Entscheidung reden, mich als freischaffender Grafiker niederzulassen. Ich brauchte keine Diskussion darüber, ich wollte nur, daß er von meiner Entscheidung wußte – so, wie ich es immer getan hatte, wenn ich mich für etwas entschieden hatte. Ich wußte, daß er mir in meine Entscheidungen nicht hineinreden würde, das hat er auch nie getan, aber es war mir wichtig, seine Meinung zu hören. Wir trafen uns im 'Lindencorso'. Er hatte mich – wie immer, ohne mich zu unterbrechen – angehört. Ich erwartete von ihm zumindest einige Bedenken bezüglich der Unsicherheit freischaffender Tätigkeit und auch der eigentlichen Unvereinbarkeit meines Vorhabens mit seiner Funktion als Parteifunktionär, denn ich war ja immerhin der Sohn. Er aber sagte nur, er fände es gut, daß ich mich für eine eigenverantwortliche Position entschieden habe, er hätte dazu nur eine Bitte: Bei aller Abhängigkeit, in die ich geraten könne, solle ich eines in meiner Arbeit über alles stellen, mein eigenes Maß an Qualität, auch dann, wenn mir aus ideologischen Zwängen Abstriche an meiner Auffassung von Qualität abverlangt würden, was – und das fügte er resigniert an – mit Sicherheit eintreten würde. Ich hätte einen Beruf, der mich entweder zu einer integren Persönlichkeit mache oder zur Hure; es läge an mir, an meinem Können, aber ganz entscheidend an meiner Einstellung zu meiner Arbeit. Und dann hatte er noch etwas gesagt, das mich sehr nachdenklich stimmte. Er sagte, vielleicht hätte ich die Chance, es besser zu machen, als er es vermocht hätte. Ich fragte ihn: 'Du?' Und er sagte: 'Doch, mein Sohn. Es sieht so aus, als wenn ich nun auch meine letzte Bastion verloren habe.' Ich versuchte, in ihn zu drängen, was er damit meinte. Aber er wich aus, sagte etwas von der Schwierigkeit, seinen Idealen treu zu bleiben, und daß er wohl doch noch zu einer Generation gehöre, die ihre Ideale nicht wie einen Mantel wechseln könnten. Zum Abschied sagte er: 'Kümmert euch ein bißchen mehr um Mutter.' Und dann hat er mich an sich gedrückt, was er in den letzten Jahren nicht mehr getan hatte, mir 'Leb wohl' gesagt und dann war er zu seinem Fahrer nach vorn in den Wolga gestiegen.«

»Meinst du, daß er damals schon entschlossen war ...«

»Nein. Aber was weiß man schon. Ich denke mir, er hat in den letzten Jahren schon des öfteren mit diesem Gedanken gespielt. Ich habe ihn einige Male sehr depressiv erlebt, was überhaupt nicht seinem Charakter entsprach. Außerdem war er ein Mensch, der es liebte, Verantwortung zu übernehmen. Er war nicht jemand, der sich aus der Verantwortung stahl. Es paßt alles so gar nicht zusammen! Wenn es wirklich so war, daß er sich das Leben nehmen wollte – und aufgrund der technischen Indizien gibt es eigentlich keinen Zweifel: er fuhr selbst, was er normalerweise nie tat, er fuhr mit überhöhter Geschwindigkeit, was er seinem Fahrer nie zugestand, und es gibt zu dem Baum hin, gegen den er fuhr, weder eine Bremsspur noch einen Anhaltspunkt für ein Ausweichen, nichts, direkt, gerade, absichtsvoll gegen den Baum, nicht angeschnallt mit 160 Sachen auf einer geraden Landstraße – wenn es also wirklich so war, dann muß er sehr verzweifelt gewesen sein oder es muß ihn jemand in eine tiefe Verzweiflung getrieben haben.«

»Ich dachte immer, deine Eltern leben noch in Gera.«

»Ach was, Vater ist noch im gleichen Jahr, als du uns besucht hattest, nach Berlin beordert worden, und ich, das weißt du ja, ging nach Heiligendamm zum Grafikstudium. Vater wurde in die Gruppe Apel/Mittag aufgrund seiner Russisch- und Sowjetunionkenntnisse berufen, die damals die Richtlinien für den Freundschaftsvertrag mit dem langfristigen Handelsabkommen DDR-UdSSR aus- und bearbeiten sollten. Ich denke mir, daß hier Vaters Probleme anfingen, denn diese Gruppe war bei weitem nicht so homogen und einheitlich, wie es nach außen hin den Anschein hatte. Im Gegenteil, soviel ich damals mitbekommen hatte, standen sich dort zwei Auffassungen sehr kontrovers gegenüber. Apel hat sich, wie du weißt, erschossen, weil er sich gegen Mittag nicht durchsetzen konnte und weil er vor allem die politischen Konsequenzen der bedingungslosen ökonomischen

Auslieferung der DDR an die Sowjetunion nicht mit verantworten wollte. Willst du mal raten, auf welcher Seite mein Vater stand? Nach Apels Freitod wurde die Gruppe kompromißlos bereinigt, wer nicht mit Mittag ist, ist gegen die Partei, und das Neue ökonomische System war nicht mehr Apel/Mittag, sondern nur noch Mittag, und das Ausliefern an die Sowjetunion wurde im Freundschaftsvertrag als ein historischer Meilenstein in der Geschichte der deutschen Arbeiterbewegung gefeiert. Vielleicht datiert ab hier der erste wirkliche Sieg der Apparatschiks über die Kommunisten. Vater kam nach der Mittag'schen Säuberungsaktion in eine Abteilung des ZK, die damals wohl noch wissenschaftlicher Sozialismus hieß. Jedenfalls beschäftigte man sich hier mit den Triebkräften, die in der sozialistischen Gesellschaftsformation wirken. Wohlgemerkt im Sozialismus als relativ selbständige sozialökonomische Formation, so die These deutscher Marxisten, wie sie sogar Ulbricht noch auf dem VII. Parteitag offen vertreten hatte im – und das darf man heute getrost sagen – mutigen Gegensatz zur offiziellen Theorie der KPdSU, deren Konzeption von Sozialismus und Kommunismus als zwei Phasen ein und derselben Formation als die einzig richtige Position des Marxismus-Leninismus verkündet wurde.«

»Ich erinnere mich«, warf Wolfgang ein, »Thillmann hat mich ganz übel am Arsch gekriegt, weil er herausbekam, daß ich meine Seminare zum sozialistischen Menschenbild sogar nach dem VIII. Parteitag noch mit der Konzeption vom Sozialismus als relativ selbständiger Gesellschaftsformation untermauert habe. Da ich, nachdem er mich zur Rede gestellt hatte, meine Position verteidigt habe, mußte ich mich auf seine Initiative hin vor der Parteigruppe der Wissenschaftler verantworten. Man beließ es bei einer Ermahnung, riet mir aber dringend, das sozialistische Menschenbild fortan nur noch mit der Zwei-Phasen-Theorie vom Kommunismus zu interpretieren. Unter uns, ich halte die Ulbricht'sche These – oder von wem die auch immer sein mag – nach wie vor für die richtigere und vernünftigere.«

»So ging es offensichtlich meinem Vater auch. Bei diesem Freundschaftsvertrag hatte er es mit Mittag zu tun bekommen, jetzt war es Honecker, der seinen Coup gegen Ulbricht nur dann erfolgreich abschließen konnte, wenn er alle nonkonformen Köpfe paralysierte. Ja, und mein Vater, für den der Marxismus nie eine Bibel war und der sich für seine Überzeugungen hätte vierteilen lassen, gehörte zu denen, die danach aus dem ZK ausgeschlossen wurden. Aber es waren nicht nur diese grundsätzlichen theoretischen Fragen der Strategie, sondern auch taktische, wie Zentralismus in der Wirtschaft oder auch damals der Einmarsch der NVA in die Tschechoslowakei ... Ich habe ihn in dieser Zeit sehr oft in tiefer Resignation angetroffen. Er war ja zum Schluß immerhin noch Sekretär der Bezirksleitung in Berlin, vielleicht nur deshalb, weil er selbst nie um Posten gebuhlt hat. Ich glaube, es hätte ihm nichts ausgemacht, wieder in ein Bergwerk zu gehen, vielleicht nicht gerade untertage ... Nein, die Androhung des Verlustes seiner Funktion - das war es nicht. Es muß etwas anderes gewesen sein, das ihn in eine solche Verzweiflung stürzte, dieses Letzte zu tun. Aber was? Ich zermartere mir seit diesem Tag den Kopf. Ich komme nicht darauf. Ich kann nichts finden.«

»Und wenn es nun - ich wage es gar nicht auszusprechen - Mord war. Feiger, vorbereiteter, hinterhältiger Mord?«

»So etwas darfst du nicht mal denken. Nein, auch wenn ich einigen Leuten einiges zutraue, nein, das nicht. Das ist absurd, und ich bitte dich, so etwas nie wieder auch nur anzudeuten.«

»Aber ...«

»Bitte, Wolfgang!« unterbrach Jürgen sehr ungehalten. »Kein Wort mehr darüber! Wie soll man mit einem solchen Gedanken im Hinterkopf hier weiterleben können. Also!« Er stand auf. »Mann, wir haben vielleicht die Bude vollgequalmt. Ich mache mal ein Fenster auf.« Erst jetzt merkten sie, daß der Morgen heraufdämmerte. Jürgen öffnete ein Fenster. Sie sahen auf die morgenfeuchte, noch menschenleere Straße. Eine Straßenbahn kreischte. Jürgen sagte: »Dort, wo du jetzt bald sein wirst, hat der Tag schon begonnen.«

VI

Jürgen war noch zwei Tage geblieben. Sie hatten wie in alten Zeiten viel gestritten, nur das Thema Vater hatten sie nicht mehr berührt. Dafür hatten sie um so ausgiebiger über »Christa T.« diskutiert, über das Eigene und das Fremde, über Entfremdung und Selbstverwirklichung in dem Land, in dem sie lebten, über die Gesellschaft, die sie als ihre begriffen, wenn sie von ihren Idealen sprachen, und die sie als fremd empfanden, wenn sie sich ihre »real existierenden« Protagonisten ansahen. Bei allem jedoch hatte Jürgen, der viel stärker als Wolfgang danach fragte, wie ihre Ideale praktisch verwirklicht werden können, eine viel stärkere Affinität zur Macht und zur Notwendigkeit des Aufbaus von Machtstrukturen in einer Gesellschaft. Wolfgang erkannte, daß er zu Jürgens rationalem Pragmatismus, zu dieser Konsequenz, aus Einsicht in Notwendigkeiten zu einem klar umrissenen Handeln zu kommen, nicht fähig war. Sein Denken war emotionaler, war ambivalent, nie war etwas so richtig eindeutig, und wenn er handelte, dann weit mehr aufgrund seiner Stimmungen als auf der Basis eines rationalen, pragmatischen Konzepts. Das war es auch, was Jürgen ihm vorwarf, seinen Katzenjammer, seine Positionslosigkeit, obwohl er doch offensichtlich beste Voraussetzungen hatte, aus dem, was er erreicht hatte, etwas zu machen.

»Ich begreife dich nicht«, sagte Jürgen. »Wieso jammerst du darüber, daß sie dich nach Moskau schicken. Sieh' es doch als eine Chance, etwas Neues kennenzulernen; sieh' dir an, wie die Russen Sozialismus machen. Und außerdem hast du, wenn du zurückkommst, beste Aussichten, hier an der Uni weiterzukommen.«

»O.k.«, sagte Wolfgang genervt. »Und?«

»Was heißt: Und?«

»Gut, ich komme zurück. Dann ist die Promotion B angesagt. Das kann ja noch ganz lustig sein. Und dann erwartet man die Dozentur und später die Professur, alles ganz planmäßig! Und das wird auch so passieren – unter einer Voraussetzung: Daß ich mich wohlverhalte! Verstehst du, WOHLVERHALTEN ist angesagt, sonst passiert nichts! Es sei denn, du willst einer der lächerlichen Trottel werden, die mit sechzig noch als Oberassistenten herumlaufen. Aber Wohlverhalten heißt, man erwartet von dir, daß du wie Thillmann wirst oder wie Bruhnsen, wie Donath. Das ist der Preis für den Eintritt in die erlauchte Gesellschaft. Und woher nimmst du die Gewißheit, daß ich das will, daß das etwas Erstrebenswertes für mich ist?«

»Dann mußt du diesen Haufen eben verlassen und dir etwas anderes suchen.«

»Und wohin, bitte schön, soll ich gehen? Kannst du mir das auch sagen?«

»Na ja, ein bißchen Mut und Eigeninitiative gehören schon dazu. Du hast schließlich Journalist gelernt!«

»Als Journalist? In die Parteipresse? Da komme ich ja vom Regen in die Traufe.«

»Weißt du was? Du hast ganz einfach Schiß! An Zivilcourage mangelt's dir! Du willst dich einerseits nicht arrangieren, zeterst aber andererseits los, wenn man dir kein weiches Bett bereitet. Geschenkt bekommst du nichts! Nirgendwo auf dieser Welt. Also auch hier nicht.«

Wolfgang fühlte sich in die Ecke gedrängt und auch erwischt, weil er mit sich schon zu ähnlichen Resultaten gekommen war. Nur, daß man es ihm auch noch sagte, war ihm unangenehm. »Ja es stimmt«, räumte er ein, »ich hab' Schiß. Ich laß die Dinge immer auf mich zukommen. Ich weiß auch nicht, woran das liegt, denn so feige bin ich ja nicht. Ich muß wohl immer erst in der Scheiße sitzen, ehe ich anfange, mich zu drehen.«

»Das wird wohl so sein«, erwiderte Jürgen und ergänzte: »Aber dagegen kann man schließlich etwas tun.«

»Ja ich weiß«, antwortete Wolfgang zögerlich, »und vielleicht tue ich schon was.«

»Na raus damit! Was ist es?«

»Ich habe da ein zwar noch sehr vages - aber immerhin Angebot. Das ist natürlich alles noch nicht spruchreif, aber es könnte eine Chance sein. Zur Zeit wird am hiesigen Theater ein Konzept diskutiert, das eine neu einzurichtende Stelle Leiter Presse- und Öffentlichkeitsarbeit vorsieht.«

»Und dafür hat man dich vorgesehen?«

»Nein, nein! So glatt geht das natürlich nicht. Wenn es überhaupt klappen sollte, dann nur über persönliche Connection.«

»Na das ist doch egal, oder?«

»Immerhin interessant, daß du das sagst! Natürlich ist das egal, aber es muß auch funktionieren. Und damit sieht es nicht so rosig aus. Also: Birgit hat eine Studienfreundin Adelheit, die deshalb öfter von Berlin nach Leipzig kommt, weil sie die Geliebte von Alfred ist. Der wiederum ist der Ökonomische Direktor am hiesigen Theaterkombinat. Alfred ist verheiratet, und so treffen sie sich mangels Obdach, denn immer ein Hotelzimmer ist ja auch nicht das Wahre, bei uns. Es ist sein Konzept, eine solche Stelle am Theater einzurichten. Wir haben darüber gesprochen, und er meint, daß ich sowohl von meiner

Ausbildung als auch von meinen Theaterambitionen her für diesen Job geeignet wäre.«

»Und wo liegt das Problem?«

»Erstens, daß es leider nur Alfreds Konzept ist und nicht das vom Kayser, dem allmächtigen Leipziger Theaterboß, der es - wie Alfred sagt - 'in erster Lesung' abgeschmettert hat. Aber, und das zweitens, Alfred liegt nun schon seit drei Wochen im Krankenhaus, eine blöde Darmgeschichte, ziemlich ernst, denn sie haben ihm einen Anus praeter legen müssen, und es gibt da wohl auch noch Komplikationen, so daß es für die Durchsetzung des Konzepts beim Kayser ein ziemlich ungleicher Kampf zu werden scheint. Na ja, und ausgerechnet jetzt muß ich nach Moskau. Nun kannst du vielleicht meinen Überschwang an Freude verstehen. Ich bin immerhin zehn Monate weg. Da kann viel passieren!« Wolfgang stand auf: »Ich brauche jetzt einen Schnaps.« Und als er die Gläser gefüllt hatte, ergänzte er: »Ich bin doch ein Glückspilz, oder?«

»Das bist du«, sagte Jürgen, »und das Schlimme ist, du wirst dein Glück nie begreifen.«

»Jetzt bin ich aber mal gespannt.«

»Mann, du begreifst nicht, daß dir alles zugeflogen ist. Du hast Erfolg in deinem Beruf, bist ein frischgebackener Doktor, man schenkt dir quasi eine Reise, ohne eine Gegenleistung von dir zu erwarten. Stimmt's? Du hast eine tolle Frau, die dich sehr liebt und dazu noch eine ausgezeichnete Medizinerin ist, du hast zwei prächtige Kinder, es gibt keine materiellen Sorgen für die Zukunft. Sag mal, was willst du eigentlich mehr! Das einzige, was dir Probleme macht, das bist du selbst, das ist dein hirnrissiger Schädel, dem nie etwas recht zu machen ist. So, und jetzt reden wir von was anderem.«

»Ich muß schon sagen, das ist ein ziemlich starker Tobak, den du mir da verabreicht hast. O.k., vielleicht hast du recht. Und soll ich dir mal sagen, was bei aller Scheiße mit Moskau doch noch ein Glücksumstand ist? Alfred hat mir ein Schreiben an die Chefdramaturgin vom Bolschoi Theater mitgegeben. Sie sind befreundet, sagte er, und er hat ihr im Brief warm ans Herz gelegt, mich mit Karten für's Bolschoi Ballett einzudecken. Na, ist das was?«

»Ich sag's ja. Nun sieht der auch noch das Größte, was die Welt an Ballett zu bieten hat. Mensch, nun freu' dich doch endlich mal!«

VII

Birgit hatte noch für Juli einen Ferienplatz im Ostseebad Heringsdorf bekommen. Und dieser Urlaub gemeinsam mit den Kindern tat ihnen gut. Vierzehn Tage Ostsee, private Unterbringung, Essen im FDGB-Heim und Sonne, vierzehn Tage durchgehend Sonne – ein Traumurlaub!

Sie führten wieder Gespräche, die sie lange nicht mehr gehabt hatten, und sie stellten fest, daß viele Mißverständnisse in den letzten Jahren zwischen sie getreten waren. Es kam wieder zu Berührungen, die sie elektrisierten und die eine neue Lust aufeinander weckten. Sie gingen an drei Abenden hintereinander tanzen, und das war mehr als sie in den letzten drei Jahren geschafft hatten. Sie entdeckten wieder neu ihre Körper, und diese Harmonie strahlte so wunderbar auf die Kinder aus, daß es während des gesamten Urlaubs ihretwegen zu keinen strittigen Auseinandersetzungen kam, wie sie sonst in Leipzig öfter auf der Tagesordnung standen. Sie empfanden sich jetzt als eine Familie, die vielleicht glücklicher als andere Familien war.

»Es ist gut, daß wir vor deiner Reise diesen Urlaub machen konnten«, sagte Birgit am letzten Urlaubsabend in einer Bar. »Ich habe jetzt ein gutes Gefühl. Das hatte ich nicht mehr, so wie ich dich in den letzten Monaten erlebt habe. Aber jetzt, denke ich, stehen wir auch das durch. Alles wird gut. Und ich möchte dir sagen, daß du dir keine Sorgen um uns zu machen brauchst. Ich schaffe das schon. Die Kinder sind so vernünftig geworden ... Ich liebe dich. Komm nur gesund und so zurück, wie du jetzt bist.«

»Ich verspreche es dir«, hatte Wolfgang gesagt und sie geküßt, und wie er jetzt magenkrampfend und allein in einem dieser tausend Zimmer des Gebäudeungetüms in Moskau auf seinem Bett lag, immer in der Angst, in einem der nächsten Magenkrämpfe sein Bewußtsein zu verlieren, sehnte er sich nicht nur nach dem ärztlichen Beistand, den ihm Birgit hätte geben können, sondern er sehnte sich noch mehr nach der Frau, so wie sie ihm Frau in diesem Urlaub gewesen war.

26

TRULLESANDS ERINNERUNGEN

I

Der Zusatzstudent Dr. Wolfgang Sander litt. Die lästigen Magen-Darm-Probleme plagten ihn weiter. Selbst nach nunmehr vier Wochen überstandener Eingewöhnung wurden sie nicht geringer, sondern größer. Sein immer geruchsempfindlicher reagierender Magen zwang ihn, die Bögen um jene Orte, die sich schlicht Stolowaja nannten, so weit zu ziehen, daß er mitunter lieber Umwege ging, als die zu erwartenden schmerzhaften Attacken innerlicher Rebellionen zu ertragen. Er ernährte sich hauptsächlich von Milch mit Kastenbrot und Kunsthonig, und wenn er, was nicht all zu häufig vorkam, etwas Butter aufgetrieben hatte, bereitete er sich ein kulinarisches Fest: Es gab Butternudeln, die er schüsselweise verschlingen konnte. Wein hatte er ausreichend und immer vorrätig, denn auf den Leninbergen gab es ein Magazin mit ausschließlich ungarischen Produkten, und eine Flasche Blaustengler kostete nur fünfundsechzig Kopeken. Doch seine Mitbewohner beneidete er um ihre Fähigkeit, all das essen zu können, was in den Magazinen oder in den Stolowajas an Eßbarem angeboten wurde: die Wurst mit dem verschwindend geringen Anteil von fleischähnlichem Rot zwischen großen weißen Fettstücken, die gelblichgrau schlierigen Speckschwarten, den meist schimmellosen und dennoch zu fetten Käse, das Lauch, die spelzigen Graupen, den Spuck-Naturreis, das ranzig schmeckende Öl …

Einmal hatte er im Laden eine schon in Scheiben geschnittene salamiartige Wurst gesehen, die ihn in einem geradezu appetitlichen Rot bei einem unglaubhaft geringen Anteil Weiß so verlockend anstrahlte, daß er sich sofort fünfhundert Gramm abwiegen und sich in seinem Zimmer vom Heißhunger des Auges verleiten ließ. Die Strafe kam auf dem Fuß. Überfallartig. Heftige Magenkrämpfe mit Brechreiz befahlen ihm eine unverzügliche Flucht aufs Klo. Er kannte diesen Zustand, wenn alles Blut aus dem Kopf wich und er jeden Moment darauf gefaßt sein mußte, in Ohnmacht zu fallen. Es war dann immer wie ein Hinübergleiten in den Tod. *Ich muß mich abstützen oder gleich auf den Fußboden legen.* Aber wie so oft, war es dafür zu spät. Er erwachte aus seiner Ohnmacht mit Schmerzen an der Stirn, die er sich im Fallen wahrscheinlich am Klobecken aufgeschlagen hatte. Er schleppte sich auf sein Bett, atmete zwischen weiteren Magenkrämpfen tief durch in der Hoffnung, daß es bald vorbeigehe. In solchen Augenblicken verfluchte er sein Hiersein und vor allem die, die ihn hierher delegiert hatten, und es kam schon vor, daß er sehr intensiv über eine vorzeitige Abreise nachdachte.

Er hatte in diesen ersten Wochen etwa zehn Kilo abgenommen. Er wog noch sechsundsechzig Kilo bei einsachtundsiebzig Körperhöhe. Das heißt, er sah wieder so spack aus, wie er es als Kind war oder als Heranwachsender im Internat und in der Lehre. Aber er war jetzt – im Gegensatz zu damals – weit davon entfernt, unglücklich darüber zu sein. Er gefiel sich sogar in dieser wiedergewonnenen extremen Schlankheit, weil seine gut ausgebildete Schulterpartie zu der jetzt wieder jünglinghaft schmalen Taille und Hüfte mit konkaver Bauchpartie das, was er an einem Körper mochte, noch deutlicher zeigte: ein »V«. Eine Körpersilhouette mußte ein männliches »V« bilden, erst dann war ein Körper für sein Verständnis schön zu nennen. Und einen solchen Körper hatte er jetzt, wie es auch seiner Eitelkeit guttat, daß man ihn mit dem großen Dostojewski verglich. Bei den Russen, die ihm dies sagten und ihm dazu manchmal eine Radierung mit dem Porträt von Dostojewski zeigten, schwang immer etwas Ehrfürchtiges mit, das sie wegen dieser Äußerlichkeiten auch ihm entgegenbrachten. Das tat schon gut.

Tatsächlich wirkte Wolfgang in seiner neuen hageren Gestalt wie eine Erscheinung aus dem vergangenen Jahrhundert. Seine ohnehin zu Hause schon Ärgernisse auslösenden, für einen DDR-Wissenschaftler viel zu langen Haare ließ er nun schulterlang wachsen. Und da sie sich um die Stirnpartie leicht lichteten, seine Wangen aber dadurch, daß er so sehr abgenommen hatte, tief eingefallen waren, trat seine hohe Stirn noch dominanter hervor. Seine von der Mutter ererbten großen, wehmütigen, oft traurig blickenden Augen von wechselndem Blau-Grau-Grün, verliehen seinem Gesicht – im Zusammenspiel mit der hohen, bläßlichen Stirn, den eingefallenen Wangen und den dabei hervortretenden Backenknochen – etwas Mystisches, Gelehrtes, Leidenschaftliches, aber irgendwie auch etwas Heiliges; denn viele meinten, neben dem Dostojewskischen läge noch etwas in seinem Aussehen, das an Jesus Christus erinnere.

II

Dostojewski hin und Christus her, sein Russisch jedenfalls war katastrophal, und er war wahrscheinlich im Umgang mit der russischen Sprache der Ungeübteste in der Zwölfergruppe der jungen Wissenschaftler, die - wie es Wolfgang schien - wißbegieriger und mit viel konkreteren Forschungsaufträgen als er aus der DDR hier angereist waren.

Vor vier Wochen in Berlin mit Unterweisungen, wie man sich als ZUSATZSTUDENT im Ausland zu verhalten habe, zu einer Gruppe zusammengeführt, wurden sie in Moskau nach fast zweitägiger Bahnfahrt als СТАЖЁРЫ auf ihre Wohneinheiten in diese verwirrende bauliche Gigantomanie verteilt. Eine Wohneinheit bestand aus zwei Einzelzimmern. Ein gemeinsamer Eingang führte zu einem Entree, von dem vier Türen abgingen: zwei zu den Zimmern, eine rechts zum WC, auf dem dann Wolfgang öfter mit Magenkrampf und Brechreiz zu kämpfen hatte, und eine links zu einer Waschzelle mit Dusche. Alles in allem - unerwartet phantastische Wohnbedingungen in diesem Studentenwohnheim, denn nichts anderes stellte dieser überdimensionierte Palast dar, der mit seinen himmelhohen Türmen majestätisch von den Leninbergen auf Moskau herabblickte.

Zu Wolfgangs heimlicher Freude ließ sich ihre Zwölfergruppe nicht so einfach durch zwei teilen, weil sie aus elf Männern und einer Frau bestand, so daß ihnen statt der sechs geplanten Wohneinheiten sieben zugewiesen werden mußten. Wolfgang erklärte sich sofort bereit, nicht unbedingt mit einem Landsmann eine Wohneinheit teilen zu müssen, weil er doch - so die nicht unakzeptable Begründung - der einzige mit einer fremden Fachrichtung sei neben den vier Historikern, den zwei Ökonomen und den fünf Sprachwissenschaftlern, zu denen der nicht durch zwei teilbare weibliche Part gehöre. Nach außen hin bemäntelte er seine Freude mit notwendiger Einsicht, daß er nun bedauerlicherweise nicht einmal auf der gleichen Etage untergebracht werden konnte wie seine deutschen Kollegen. Seine GENOSSEN! Denn Genossen der Partei waren sie alle, obwohl das hier anredemäßig insofern keine Bedeutung hatte, als jeder mit TOWARISCH angesprochen wurde. »Wir werden uns schon nicht aus den Augen verlieren«, sagte Rosin, einer der Ökonomen, den Wolfgang vom ersten Tag der gemeinsamen Bahnfahrt hierher für sich als jenen enttarnt hatte, der notüblicherweise in solch einer Gruppe bei der Stasi war. Und wie um das zu bekräftigen, berief Rosin gleich für den ersten Abend eine gemeinsame Veranstaltung ein, auf der die Parteigruppe der »Stashory GDR« mit der Wahl des Parteigruppenorganisators konstituiert werden sollte.

Obwohl es Wolfgang nicht bereute, sich räumlich fernab von der Gruppe ausgeklinkt zu haben, merkte er besonders in den ersten Tagen der notwendigen administratorischen Gänge, daß er bei seinen blamablen Russischkenntnissen ohne die Hilfe der anderen ziemlich aufgeschmissen gewesen wäre. Dabei hatte Wolfgang stellenweise mehr mit sich als mit den sprachlichen Hürden zu kämpfen. Fast alle der unzähligen Einrichtungen, auf denen sie sich irgendwelche Formulare, Papiere oder lebenswichtige Dokumente abholen mußten, ohne die nichts gegangen wäre, hatten Türen mit etwa in Bauchnabelhöhe angeordneten winzig kleinen Fensterchen. Für die Beamten hinter diesen Fensterchen war man zunächst immer erst einmal und grundsätzlich ein störender Delinquent. Wenn sich jener hinter diesen Fenstern wirklich bereitfand, einen der davor Wartenden anzuhören, dann konnte der dafür notwendige Blickkontakt nur zustandekommen, wenn man sich in erniedrigender Devotion tief verbeugte – ein entwürdigender Bückling, der Wolfgang jedesmal, wenn er ihn notgedrungen vollziehen mußte, einen zusätzlichen Magenkrampf einbrachte.

»Da auch in der Sowjetunion der Schnitt der Menschen über einsvierzig mißt, kann nur eine absichtsvolle Perfidie dahinterstecken.« So äußerte sich Wolfgang gereizt gegenüber Trögner, ein schon fünfundvierzigjähriger Historiker und Sinologe, mit dem er gerade auf einer dieser Administrationen war, um sich den (wievielten?) Propusk aushändigen zu lassen. »Aber was soll man auch erwarten von einer Gesellschaft, die historisch von einem Despotismus zum nächsten hinübergeschlittert ist.« Er trat gegen die Ausgangstür, und beim Treten stellte er fest, daß das offensichtlich schon viele vor ihm getan hatten. Und es war zu vermuten, in gleicher ohnmächtiger Wut.

»Solche Gedanken solltest du aber lieber für dich behalten«, sagte

Trögner, als sie wieder im Freien standen. »Ich könnte mir vorstellen, daß Rosin für solche Geistesblitze weniger Verständnis, dafür um so bessere Verwendung hätte.«

»Ich hab's ja bloß zu dir gesagt, weil ich denke, daß man mit dir über so etwas reden kann. Oder?«

»Merke dir lieber eins. Man kann sich nie eines anderen sicher sein. Im Ausland schon gar nicht. Und wenn du meinst, über solche Dinge laut nachdenken zu müssen, dann geh' in einen Wald, ganz allein, und auch dort rede nur mit dir.«

»O.k, Siegfried. Ich habe verstanden. Aber manchmal muß man sich einfach Luft machen. Du bist da wohl, wie's aussieht, weitaus abgeklärter.«

»Das kann man wohl sagen, nach sechzehn Jahren China und dem, was danach kam.« Trögner lächelte, und Wolfgang dachte etwas sehr Blödsinniges, wie er ihn so lächeln sah: *Vielleicht ist das das wissende Lächeln des Ostens.*

Siegfried Trögner und sein Zimmernachbar, der mit byzantinischer Geschichte befaßte Historiker Jacob Herne, blieben für Wolfgang die beiden einzigen aus der deutschen Gruppe, mit denen er intensiveren Kontakt pflegte. Mit Jacob Herne leider nur kurze Zeit, denn dessen Probleme mit der Ernährung nahmen so leidensvolle Ausmaße an, daß er trotz heroischen Kampfes schon nach drei Monaten zu Wolfgangs großem Bedauern – nicht nur, weil sie Brüder im gemeinsamen Leiden waren – das Handtuch hier werfen und sich zu Hause einer nicht mehr aufschiebbaren Magenoperation unterziehen mußte. Und Herne hatte wie Trögner so wunderbar Russisch sprechen können.

III

Es war Ende Oktober geworden; vorzeitige erste Nachtfröste kündeten den nahenden Winter an, und Wolfgang ging mit einem Problem schwanger. Der Zwiespalt, in dem er sich befand, war so existentiell, daß alles zu spät sein konnte, wenn er nicht sofort oder wenigstens in den nächsten Tagen eine Entscheidung fällte. Die Tatsache, daß er es überhaupt dazu hatte kommen lassen, war an sich schon streng verboten, verstieß so eklatant gegen eine Order, zu deren strikter Einhaltung er sich wie alle Zusatzstudenten aus der DDR per Unterschrift verpflichtet hatte, daß es hohe Zeit wurde, sich wenigstens zu einer Schadensbegrenzung bereitzufinden. Aber so sehr er in sich hineinhörte, er war dazu schon nicht mehr fähig.

Die Tage, die Abende, die Nächte der letzten Woche waren wunderschön und grausam zugleich gewesen. Wie auch heute war er täglich bei einsetzender Dunkelheit aus dem riesigen, ihn jetzt beengenden Palast der zehntausend Betten geflüchtet, hatte seinen problembeladenen, heißen Kopf in den frostigen Nordwind gehalten, hoffend, daß mit der Abkühlung Klarheit käme. Aber auch heute wieder ohne Erfolg. Wieder endete jeder rationale Ansatz zu einem entschiedenen Ja oder Nein in seiner Argumentationskette im Refrain einer nicht enden wollenden Ballade mit dem kategorischen Imperativ aus dem Bauch: HEUTE NOCH NICHT!

Nein. Heute noch nicht! Mit diesem, seinem fruchtlosen Grübeln Einhalt gebietenden Satz, den er wie zur Bekräftigung laut aussprach, war er an den grellen Lichtpunkten angekommen, auf die er seine Schritte automatisch gelenkt hatte. Es waren neonröhrenbestückte Schaukästen vor einer mit ihren lichtlosen Fenstern gespenstisch wirkenden Prachtvilla in einem Garten, der im Gegensatz zu dem herrenlos anmutenden Gebäude einen nicht ungepflegten Eindruck machte.

Die Villa, vor der er jetzt stand, war das letzte Haus an einer nur einseitig und nur sehr spärlich bebauten Straße. Dahinter waren im Nachtgrau nur noch die unwirtlichen Hell-Dunkel-Spiele einer unerschlossenen Landschaft im Matsch des sich ankündigenden Winters zu erkennen. Umso unwirklicher strahlten ihn im gleißenden Neonlicht der Schaukästen fröhliche, stolze, wachsfigurenhaft rotbäckige Gesichter an: Heroen vom Scheitel bis zur Sohle, in dieser unnachahmlichen pinkfarbigen Süßlichkeit und geschlechtslosen Reinheit, wie sich nur das offizielle China darzustellen vermochte. Wolfgang schaute mit genüßlichem Grauen in diese exterritorialen Propagandakästen der Chinesischen Botschaft, weidete sich an der Groteske, wie sie in ihrer blitzblanken Sauberkeit inmitten des sie umgebenden Morastes und Verfalls die weltverbessernde Reinheit ihrer Ideale verkündeten. Trögner fiel ihm ein. Siegfried Trögner, der sechzehn Jahre in diesem China zugebracht hatte, dessen damalige Behausung, also die Botschaft der DDR in Peking, jetzt vielleicht ein genauso trauriges Dasein fristete wie dieses Gebäude vor ihm. *Ich werde ihm das hier zeigen,* beschloß er. *Das muß er gesehen haben. Vielleicht erzählt er mal etwas mehr von sich und diesem China. Merkwürdig, wie selten er bereit ist, über sich zu erzählen, dabei gehört er zu den interessantesten Figuren hier weit und breit. Promovierter Sinologe und habilitierter Historiker für chinesische Geschichte, aber mit seinen fünfundvierzig Jahren immer noch nur Oberassistent an der Humboldt-Universität in Berlin. Eins ist sicher, bei der Stasi ist der auf keinen Fall, oder besser, auf keinen Fall mehr. Wieso eigentlich weihe ich Trögner nicht in meine Probleme ein? Er ist erfahren, kann schweigen, und ich brauche unbedingt jemanden, mit dem ich darüber reden kann. Vielleicht sehe ich alles viel zu schwarz. Zu blöd, daß ich Jukono einweihen mußte. Aber als Zimmernachbar muß ich wissen, woran ich mit ihm bin. Jukono ist schon in Ordnung, und als Indonesier geht ihn die Sache eh nichts an. Aber ich muß sicher sein, daß er's für sich behält. Das hat er versprochen. Aber er hat mich gewarnt und mit seinen eindringlichen Warnungen ganz verrückt gemacht. Trauen, nein trauen kann man ihm wohl trotzdem nicht, obwohl ich nicht annehme, daß er petzen oder quatschen wird: Dafür ist sein Russisch zu schlecht, noch schlechter als meins. Trögner, glaube ich, kann man trauen. Unbedingt. Ich werde mit ihm reden! Es muß sein!*

Sein Entschluß stand fest, als er sich von der Chinesischen Botschaft zurück zu seinem Quartier aufmachte. Aber hatte nicht gerade Trögner ihm geraten, niemandem zu trauen?

Doch wenn Wolfgang einen Entschluß gefaßt hatte, dann gab er sich geradezu zwanghaft keine Zeit mehr, um noch einmal darüber nachzudenken. Es mußte sofort und unmittelbar geschehen. Deshalb war er nicht erst auf sein Zimmer gegangen, sondern hatte eine Etage tiefer bei Trögner angeklopft. *Morgen nachmittag also! Bis dahin kann ich es mir ja noch überlegen …*

VI

»Siegfried, du bist für mich der einzige hier, zu dem ich Vertrauen habe.« Wolfgang ging direkt auf sein Ziel los. »Und ich muß mit jemandem reden, weil ich mir keinen Rat mehr weiß. Du bist an Lebenserfahrung viel reifer als ich, hast vor allem Auslandserfahrung. Und ich befinde mich sozusagen in einem Auslandskonflikt, über den ich eigentlich mit niemandem reden dürfte.«

»Dann tu's auch nicht mit mir«, sagte Trögner und schlug, wie um sich abzuschirmen, den Mantelkragen hoch.

»Ich muß aber mit jemandem reden. Ich weiß keinen Ausweg mehr. Vielleicht kannst du mir raten. Ich muß ja nicht tun, was du mir rätst. Ich werde wahrscheinlich sowieso nichts tun. Ich werde einfach alles auf mich zukommen lassen ...«

»Du brauchst mir nichts zu erzählen. Du könntest mir grundsätzlich kaum mehr sagen, als ich aus deinen Andeutungen ahne.«

»Was ahnst du?«

»Daß du verliebt bist. Und daß es wahrscheinlich nicht mal eine Russin ist, sondern die für uns schlimmste Variante: Eine Frau aus dem nichtsozialistischen Ausland.« Trögner beobachtete Wolfgang von der Seite. »Also, ich habe offensichtlich recht. Und wenn es so ist, dann kann ich dir nur einen Rat geben: Wenn dir deine Familie und dein Beruf wichtiger sind als das, was du jetzt hier mit dieser Frau hast, dann solltest du das noch heute beenden. Aber wenn dir das hier wichtiger ist, dann lebe es aus ... Bis es zum Eklat kommt. Wenn ihr vorsichtig seid, dann muß es ja nicht gleich zum Äußersten kommen. Aber irgendwann kommt es zum Eklat, das ist so sicher, wie wir eine Sicherheit haben.« Er sah wieder Wolfgang von der Seite an. »Du hast doch nicht wirklich einen Rat von mir erwartet.«

»Nein. Aber eine Haltung.«

»Was meinst du?«

»Schon gut. Vielleicht ist das, was du gesagt hast, schon mehr als ich erwarten konnte. Vergiß es!«

»Das werde ich auch. Und das ist ein Versprechen. Es ist besser für dich und auch für mich, wenn ich nichts weiß.«

Vor ihnen leuchteten die Lichtkästen der Chinesischen Botschaft durch das laublose Gestrüpp. Trögner ging, ohne daß Wolfgang die von ihm gewollte Richtung dorthin einschlagen mußte, von sich aus auf die Lichtkästen zu. »Ein letztes Wort zu deinem Problem«, sagte er, indem er die verdunkelten Fester der Villa absuchte, ob er nicht vielleicht doch einen Lichtschein hinter einem dieser Fenster entdeckte. »Das Erleben eines großen Gefühls ist immer mit Konsequenzen verbunden. Und nur der erweist sich der Größe des Gefühls als ebenbürtig, der auch bereit ist, sich diesen Konsequenzen zu stellen.« Dann schwiegen sie, bis sie vor der Botschaft standen.

»Warst du schon mal hier?« Wolfgang zeigte auf das Gebäude mit den Schaukästen.

»Ja. Oft.« Trögner lächelte. »Zu oft. Weißt du, daß wir heute ein bedeutendes Datum haben?«

»Heute? Heute ist der 27. Oktober 1973. Meines Wissens kein geschichtsträchtiger Tag.«

»Genau heute vor vierundzwanzig Jahren haben die DDR und China diplomatische Beziehungen aufgenommen, und diese Entscheidung hat nicht unwesentlich mein Leben beeinflußt.« Trögner blickte mit versteinertem Gesicht über die Schaukästen hinweg auf das leergewohnte Gebäude. »Komm, laß uns gehen. Ich kann diesen Anblick schwer ertragen.«

»Wie bist du denn nach China gekommen? Wenn du sechzehn Jahre dort warst, mußt du doch noch ein sehr junger Mann gewesen sein, als du dorthin gingst.«

»Kennst du DIE AULA von Hermann Kant?«

»Natürlich.«

»Ich bin Trullesand.«

»Nein. Das glaub' ich nicht!«

»Jedenfalls die lebende Vorlage für diese Romanfigur.«

»Und ... Du hast, so wie das dort beschrieben ist, die Rose Paal geheiratet, und ihr seid dann als Ehepaar nach China?«

»Bis auf den kleinen Unterschied, daß sie nicht Rose Paal, sondern Franziska Lauterbach hieß ... Ja, in den Grundzügen und in der Konsequenz war das schon so.«

»Und, entschuldige, hat eure Ehe gehalten?«

»Nein.« Trögner bekam wieder diesen versteinerten Gesichtsausdruck. »Wir haben es nicht gepackt. Obwohl wir uns sehr mochten und gegenseitig achteten, haben wir aus unserem Bewußtsein nie den Zweck und die Art unserer Verkuppelung streichen können. Anfangs hat uns die Ironie darüber hinweggeholfen, aber ab irgendwann blieb nur noch bitterer Sarkasmus übrig.«

»Ihr habt sechzehn Jahre so miteinander gelebt?«

Trögner lachte. »Wieso nicht. Wir sind vernünftige, erwachsene Menschen, die einen Auftrag gemeinsam auszuführen hatten. Das galt unter den Leuten, die ich damals kannte, als nichts Besonderes. Es war etwas ganz Normales. Nein, Franziska ist ein prächtiger Kerl und ein feiner Mensch. Das wirklich Schlimme und Unerträgliche bis zum heutigen Tag ist das Mißtrauen. Und Mißtrauen ist eine verdammt ansteckende Krankheit. Man mißtraute uns, wir mißtrauten den anderen, die Chinesen mißtrauten uns, weil wir aus der DDR kamen, die Genossen in der DDR mißtrauten uns, weil wir in China lebten. Bei soviel Mißtrauen um uns herum begannen sogar Franziska und ich uns gegenseitig zu mißtrauen.« Trögner brach unvermittelt ab, so als hätte er sich bei etwas ertappt, das völlig gegen seine Gewohnheit geht. Er schluckte, und nach einem Räusperer sprach er weiter: »Die ersten Jahre von neunzehnhundertdreiundfünfzig bis siebenundfünfzig waren wunderbar. Wir waren jung, wir lernten eine faszinierende Sprache und Kultur kennen. Wir diskutierten offen über unsere Ideen und Ideale, die Beziehungen waren ungetrübt, kein Mißtrauen, man vertraute einander. Aber ab neunundfünfzig änderte sich alles schlagartig. Durch die Zwischenfälle an der sowjetisch-chinesischen Grenze mit der entsprechenden ideologischen Begleitmusik und deren Eskalation auf beiden Seiten setzte nicht nur das Mißtrauen der Chinesen uns gegenüber ein, sondern auch das unserer Genossen gegenüber denen, die in China diese Entwicklungen vor Ort erlebten. Nachdem dann neunzehnhundertsechzig die Sowjets ihre Spezialisten aus dem Land abberufen hatten, verwandelten sich die Botschaften der sozialistischen Länder in selbstgewählte Gefängnisse. Es überkam uns wellenförmig: Erst der Große Sprung. Du erinnerst dich sicherlich an die Ulbricht'sche Losung vom 'Überholen ohne einzuholen'? Haben die Chinesen erfunden! Und die Chinesen sind auch die Erfinder der bis heute funktionierenden Argumentationskette, auch in der Zeit des Großen Sprungs geboren: daß einzelne Mängel, gemessen an den großen Erfolgen, als sehr geringfügig charakterisiert und dementsprechend jene diffamiert werden können, die so uneinsichtig sind, sie anzusprechen. Nach dem Großen Sprung kam die Regulierungsperiode und danach die Kulturrevolution. Das alles eskalierte phasen- und sprungweise bis neunzehnhundertsechsundsechzig, wo die Beziehungen faktisch abgebrochen waren. Neunzehnhundertachtundsechzig dann, als auf dem Höhepunkt der Kulturrevolution unsere Botschaften durch tagelange Meetings der Roten Garden geradezu blockiert wurden, bekamen wir die Order, in die DDR zurückzukehren. Aber was jetzt folgte, war schlimmer als alles, was wir in China erlebt hatten. Wir waren gebrandmarkt als Ketzer. Alle Aussprachen und Gehirnwäschen halfen nichts, man mißtraute uns. Die Sinologische Fakultät, an der ich hätte lehren können, war kurz vor meiner Rückkehr geschlossen worden. Allein die Tatsache, Chinesisch zu können, machte jeden mit dieser Fähigkeit verdächtig, eventuell doch ein Maoist zu sein. Das Mißtrauen saß so tief, daß man beobachtete, wie ich eine Tasse hielt, oder ob ich heimlich mit Stäbchen aß.« Trögner stieß einen Räusperer der Verachtung aus. »Ich halte jetzt mit fünfundvierzig Jahren als habilitierter Oberassistent Seminare bei einem Professor für sowjetische Geschichte, und ich muß meinen Genossen sogar dafür dankbar sein, daß mir diese Öffentlichkeit noch geblieben ist.« Trögner brach plötzlich ab. Er schien über sich selbst erschrocken zu sein, daß er so ausführlich über sich gesprochen hatte.

Nachdem sie lange Zeit, jeder seinen Gedanken nachhängend, durch den Botanischen Garten gegangen waren, legte Trögner den Arm um Wolfgangs Schulter. Eine Geste, die Wolfgang als geradezu unvorstellbares Vertrauen eines Menschen zu ihm empfand, der eine solche Nähe nur sehr selten zuließ. Trögner sagte: »Ich hätte speziell dir von einer Situation erzählen sollen, die ich bewußt nicht erwähnt und noch niemandem erzählt habe. Es gab in China eine Frau in einer Handelsvertretung. Was wir füreinander empfanden, ist mit Worten nicht auszudrücken. Aber ich habe Parteidisziplin bewiesen, hab mich kasteit. Ich war zu feige, habe immer nur an die Konsequenzen gedacht. Ich war nicht würdig für diese große Liebe. Und weißt du, was das Üble daran ist? Ich habe es mir nicht einmal gestattet, daraus eine SCHÖNE ERINNERUNG in mich zu pflanzen. Glaub mir, das größte Verbrechen, das wir mit uns begehen, ist, daß wir aus einer Räson, die uns andere auferlegen, nicht mehr bereit und fähig sind, etwas zu leben, das in uns als SCHÖNE ERINNERUNG weiterleben kann. Nichts ist schrecklicher, wenn es dir schlecht geht, wenn du allein bist, wenn du verlassen bist, und du hast keine SCHÖNE ERINNERUNG dagegenzusetzen.«

Danach schwiegen sie. Als sie aus dem Botanischen Garten traten, belebten sich die Wege wieder. Immer mehr eingemummte Menschen begegneten ihnen, bis sie in der Nähe des Haupteingangs zu einem anrempelnden Menschenstrom anschwollen.

Kurz bevor sie ins Gebäude traten, sagte Wolfgang: »Siegfried, ich glaube, ich habe dich verstanden. Und ich verspreche dir, wir werden nie wieder auch nur ein Wort darüber reden.«

»Dann glaube ich dir, daß wir uns verstanden haben«, murmelte Trögner mit einem Gesicht, das Wolfgang fremd vorkam.

27

GRENZENLOS GELIEBT

I

Diese dreimal verflixten, grauslichen Hoaar! Heidelinde Hausner stand in ihrer kleinen Waschzelle entnervt vor dem Spiegel und versuchte aus ihrem dichten, bis zu den Hüften reichenden, kastanienbraunen Haar die Naturkrause herauszufrottieren. Ergebnislos. Jetzt aber kam das Schlimmste: Durch die noch feuchten, vom Waschen und Frottieren verfilzten Haare mußte wenigstens einmal der großzinkige Kamm gefahren sein. Eine Tortur, bei der sie sich jedesmal büschelweise Haare ausriß, bevor der Rechen, den sie als Kamm benutzte, nach vielen Ansätzen einmal vom Haaransatz bis zu den Enden vor ihrem Bauch glatt durchging. Dann teilte sie die dichten Haare zu drei dicken Strängen, die sie – schmerzhaft am Haaransatz – zu einem festgezurrten, dennoch sehr voluminösen Zopf flocht. Darüber band sie das Frottehandtuch zu einem Turban. Sie betrachtete ihr Spiegelbild, war unzufrieden, weil sie auf der linken Wange einen kleinen Pickel entdeckte, der durch den sinnlosen Versuch, ihn auszudrücken, nun erst recht so richtig zu sehen war. Dann holte sie einen Stuhl aus dem Zimmer in die Waschzelle, stellte sich darauf, um sich im Spiegel ganz zu sehen.

Schirch, seh' i aus! Blad, viel zu blad! Sie griff sich in die Taille und zupfte an den Stellen herum, wo an ihrem zierlichen Körper kleine Pölsterchen von Babyspeck zu erkennen waren. *Und viel zu kleine Brüste hab i*, setzte sie ihr mißmutiges Selbstgespräch fort. *Wie eine Sechzehn-, eine Fünfzehnjährige! Aber doch nicht wie eine Frau, die dreiundzwanzig wird!* Sie stieg vom Stuhl, zog sich ihren langen Morgenrock mit den kleinen Röschen auf dunkelblauem Grund über und beschloß - etwas ausgesöhnter, weil sie im Spiegelbild sah, daß sie in diesem Mantel schlanker, größer, reifer und alles in allem doch wohl recht liebreizend aussah - sich für heute abend nicht mehr umzuziehen und diesen Dostojewski ganz einfach in diesem Aufzug zu empfangen.

Angesichts ihres sie soeben nicht gerade zufriedenstellenden Spiegelbildes beschloß sie, außer einer Prostakwascha, eine Art eingedickter Magermilch, heute nichts mehr zu essen. *Diese Milchprodukte hier sind nicht das übelste, besonders wenn man abnehmen will. Und vielleicht spendiere ich zur Feier des Tages den 68er Grünen Veltliner, den mir mein Bruder zum Abschied für besondere Anlässe eingesteckt hat, damit ich in Rußland nicht vergeß', wie schön Österreich schmeckt. Der Lack'l! Wenn der wüßt', wie depert und grauslich hier alles ist. Nur die Sprache, die Sprache ist schön. In mein Russisch bin ich schon verliebt, und an alles andere werd' ich mich eh gewöhnen, gewöhnen müssen. Und wenn ich ehrlich bin, Wien hat mich genauso fadisiert wie dieses Moskau. Aber vielleicht wird's noch sehr, sehr schön. Wer weiß? Hoffentlich kreuzt die Senta Walldorff, diese neugierige Kuh, heute abend hier nicht auf. Die könnt' ich grad' noch gebrauchen! I hör' sie schon. Aber Heidelinde! Ein Deutscher! I gitt! Das ist doch das Leeetzte!*

Heidelinde suchte nach ihrem Tagebuch, in das sie seit ihren ersten Tagen in Moskau akribisch eintrug, was sie erlebt hatte. Aber bis auf die kleinen Zänkereien zwischen den drei Österreichern Senta, Peter und ihr, Nicoles Einzug als ihre Zimmernachbarin vor einer Woche, die nervenden Gänge, bis alles propuskmäßig seine Ordnung hatte, den Besuch bei Mira Fischer, einer faszinierenden alten Dame, die am Rande von Moskau in einem Holzhaus lebte, und die Entdeckung, daß man auf der amerikanischen Botschaft mittwochs unentgeltlich Pizza essen und amerikanische Zigaretten für Rubel kaufen konnte, war nicht viel passiert. Sie hatte viel gelesen, viel zu wenig russisch gesprochen und im Tagebuch den schriftlichen Schwur abgegeben, nie wieder Fahrstuhl zu fahren, weil sie dort von den Russen fast jedesmal sehr lästig unzüchtig begrapscht worden war.

Sie blätterte im Tagebuch, las noch einmal ihre letzten Eintragungen nach, die in einem Kauderwelsch von bruchstückhaften Sätzen in englisch, russisch und deutsch niedergeschrieben waren.

Ничего, кроме ела Steaks у Сенты. I long for a man![1] *Aber doch keine Fahrstuhlhengste! Спала и ела. Жизнь*[2] *= große Scheiße! Es tut sich überhaupt nichts!*

Sie schaute nach der Uhr, wielange ihr noch Zeit blieb. »Es geht sich noch aus«, sagte sie wie zur Bekräftigung laut, und sie begann, nachdem sie unter dem letzten Absatz einen dicken Strich gezogen hatte, den heutigen Nachmittag rekapitulierend, nachzutragen:

Es hat mich ganz schön durchgerüttelt, wie er so vor mir gestanden ist. Боже мой, Мышкин[3]*! Nicole neben mir hat das gleiche gedacht: Посмотри, Идиот Достоевского!*[4] *hat sie mir ins Ohr geflüstert, als er in seinem langen grauen Mantel direkt auf den Hallentresen zukam, hinter dem wir saßen. Und dann war's leider nur ein Deutscher. Na, wenigstens ein Ostdeutscher! Aber sein Russisch! Wie er sich abgemüht hat: Извините пожалуйста, можно телефонировать?*[5] *Das reinste Deutschrussisch! Dagegen Nicole, die Telefondienst auf der Etage hatte – ich hab' ja nur mal so eben bei ihr gesessen, weil mir in meinem Zimmer fad war – im vollendeten Russisch: Конечно! Пожалуйста!*[6] *Und weil wir uns weiter russisch unterhielten, hat er bestimmt gedacht, wir sind Russinnen. Die Pariserin Nicole Brevert und die Wienerin Heidelinde Hausner! Aber er mußte sich ja auch so wahnsinnig auf sein Telefonat konzentrieren: Не понимать. Что, что? Не так быстро, пожалуйста! Не понимаю.*[7] *So ging es laufend, bis er entnervt den Hörer zur Seite legte und sich an uns wandte: Извините пожалуйста (wenigstens das schien er gut drauf zu haben) можно, что Вы помогите меня?*[8] *Ich hätte ihn noch ein Weilchen zappeln lassen sollen, aber er tat mir leid, wie er an dem Telefonat verzweifelte und nichts verstand. Aber seine aufatmende Dankbarkeit zu erleben, war's schon wert, daß ich ihn deutsch fragte, worum es ginge. Es ging um irgendeine Verabredung mit jemandem von der Journalistischen Fakultät. Es war keine Frau, was mich schon gefreut hat!*

Nachdem er sich, mehrmals bedankend, Termin und Uhrzeit aufgeschrieben hatte, verschwand er und kam kurz darauf mit einem Wein- und zwei Wassergläsern wieder zurück. Er hatte seinen Mantel ausgezogen, dafür aber eine Katzenfellweste an, wie ich sie in Natur noch nie, höchstens vielleicht in einem alten Western bei irgendwelchen Pfadfindern gesehen hatte. Die Weste war so unbeschreiblich häßlich, daß sie schon wieder schön war. Nicole und ich müssen so entgeistert auf die Weste geschaut haben, daß er, bevor er die darunter verborgene Flasche Wein hervorzauberte, in einer geradezu entwaffnenden Offenherzigkeit stolz verkündete: самоработать, *was soviel wie selbstgemacht heißen sollte. Unserem Einwand, daß Alkohol hier im Heim verboten sei, begegnete er, daß er das bei seinen schlechten Russischkenntnissen schließlich nicht wissen könne. Außerdem hätte er die Flasche unter seiner wunderschönen Weste gut versteckt.*

Alles, was er tut und sagt, scheint entwaffnend auf mich zu wirken. Mir übergab er das Weinglas, Nicole und er tranken aus den Wassergläsern, wofür er sich wieder so artig halb russisch halb deutsch entschuldigte, daß ich ihm dafür am liebsten einen Kuß auf seine vollen Lippen gegeben hätte. Heidelinde, sieh dich vor! Es ist schon merkwürdig, wie mich dieser Mann angeht. Mein Gott, wie Myschkin sieht er aus, so wie ich mir Myschkin immer vorgestellt habe. Und ich liebe Dostojewski!

I long for a man! Мне нужно, нужно, очень нужно![9] *Wohin soll das nur führen? Hoffentlich hat er das nicht mißverstanden, daß ich seine Einladung umgekehrt, und ihn für heut zu mir eingeladen habe. Vielleicht sollte ich mich doch anziehen. Ich bin schließlich unter dem Morgenrock splitterfasernackt …*

II

Wolfgang saß, bequem die Beine auf dem Bett, in seinem Zimmer auf einem der beiden zum Inventar zählenden Stühle. Auf dem anderen Stuhl stand in Griffnähe ein gefülltes Weinglas, lagen Zigaretten und Feuerzeug. Mangels eines Aschenbechers hatte er Staniolpapier zu einem so großen Gefäß gerollert, das – sehr praktisch – Asche und Kippen einer ganzen Schachtel Zigaretten aufnehmen konnte. Fortschreitende Russifizierung nannte er das, wie er überhaupt begann, einige Gewohnheiten anzunehmen, die bei genauerem Hinsehen so übel nicht und lebenswerter waren, als es der erste überhebliche Blick vermuten ließ. Daß alles etwas weniger akkurat zuging, etwas weniger genau, großzügiger behandelt wurde und alles viel mehr

Zeit brauchte, hatte – wie er sehr bald erkannte – seine Vorteile. Man hatte Zeit, also auch Zeit füreinander, und die Nächte waren nicht nur zum Schlafen da, man diskutierte, selbst mit sehr bruchstückhaftem Russisch über Tod und Leben, Liebe, Leidenschaft und Haß, Gerechtigkeit und Terror und vor allem über Literatur, über Dichter, Kunst und Künstler bis oft in den Morgen hinein. Und das war insofern für niemanden ein Problem, weil vor zehn Uhr vormittags nichts anfing. Wolfgang hatte sich noch nie so schnell an etwas gewöhnen können, wie an diesen Rhythmus. *Das, was das eigentliche Leben ausmacht, ist hier unvergleichlich besser als das, wie ich es in den einschneidenden akkuraten Normen von Ordnung, Termin- und Pflichterfüllung zu Hause gelebt habe. Wenn bloß dieser krampfende Magen nicht wäre, und nur Wein trinken, statt zu essen, ist sicherlich auch keine dauerhafte Lösung.*

Er schaute sich im Zimmer um. Schlecht ging's ihm nicht. Er konnte sich nicht vorstellen, daß man an irgendeiner Universität in der DDR als Zusatzstudent auch nur halb so gut untergekommen wäre. Um es aber in Besitz zu nehmen, sagen zu können, das ist jetzt sein Zimmer, mußte das Fremde zu Eigenem gemacht werden. Diese Inbesitznahme war schon am ersten Tag seines Einzugs erfolgt, indem er erst einmal alle Gegenstände in diesem Zimmer nach seinen Vorstellungen umgeräumt und sich, noch bevor er seine Koffer ausgepackt, hingesetzt und auf zwei Din-A3-Blätter mit Sepiakreide Grafiken nach russischen Postkartenmotiven gemalt hatte. Erst als diese beiden Motive eigener Hand über seinem Bett an der Wand hingen, hatte er innerlich Besitz von dem Zimmer genommen. Jetzt erst war es sein Zimmer geworden, weil nichts mehr so war, wie er es vorgefunden hatte. Inzwischen hatte er diesen ersten Grafiken weitere hinzugefügt, hingen neue auch über dem Eß-Arbeits-Tisch, und er fühlte sich wohl in seinem Zimmer, eben weil keines der anderen so wie seins aussah.

Ich sollte mich vielleicht duschen, vor allem sollte ich mir die Haare waschen. Er stellte das leergetrunkene Weinglas ab, fuhr sich durch die Haare und stellte fest, daß sie fettig waren. *Igitt! Wenn man schon nur Sauerkraut auf dem Kopf hat, sollte man wenigstens nicht wie ein Clochard herumlaufen. Und vor allem sollte ich nicht jetzt schon so viel trinken. Österreicherin ist sie. Das kann gefähr-*

lich werden. Bei nachgewiesener Kontaktaufnahme mit Personen aus dem NSW[10)] *erfolgt der sofortige Abbruch der Delegierung und die unverzügliche Abreise zurück in die DDR, so hab ich's unterschrieben. Aber die spinnen! Man kann sich schließlich nicht aus dem Wege gehen, und Jukono, mein Zimmernachbar, der Exil-Indonesier, ist schließlich auch so etwas wie NSW. Außerdem – Birgit verzeih – brauche ich endlich mal wieder Umgang mit einer Frau. Ständig nur Kerle um mich! Wer soll denn das aushalten? Ich jedenfalls nicht. Nein, ich nicht! Wie sie mich angesehen hat – mit ihren Sternchenaugen. Mann, das war das Größte. Der erste Lichtblick hier – in der doppelten Bedeutung des Wortes. Und dann ist sie auch noch schön. Wunderschön! Wahnsinnig, diese Haare! Und diese Sprache. Ich liebe den Wiener Dialekt! Wolfgang, nun brems' dich mal!* Er feixte in sich hinein. *Seit wann liebst du Wiener Dialekt? Gib's zu, du bist einfach nur brunftig wie ein Hirsch. Weil du lange keine Frau gehabt hast. Wie war's denn beim Tanzabend letzte Woche? Schon, daß du überhaupt hingegangen bist. Das war doch nur Frust. Du wolltest einfach mal wieder ein Weib in deinen Armen spüren – legitimiert durchs Tanzen. Und was war, als du mit der dicken Russin getanzt hast? Na, wie war das, als du ihre weichen Schenkel an dir gespürt hast? Peinlich, sehr peinlich, dein Ständer in der Hose. Mach dir nichts vor. Treue hin, Treue her. Ohne Weib gehts nun mal nicht. Das ist gegen die Natur. Also, grüble nicht so viel herum. Was kommen muß, das kommt. Wir werden sehen.*

III

Als er eintrat, sah er Heidelinde im Morgenrock schreibend am Tisch sitzen. Das war ein solch reizvoller Anblick, das hatte eine so selbstverständliche Empfangsbereitschaft, daß sich Wolfgang in der Atmosphäre ihres Zimmers sofort heimisch fühlte. Aber in der Art, wie sie bei seinem Eintreten mit ihrem Turban auf dem Kopf in entwaffnender Unschuld aufsah, schaute sie so liebreizend aus, für Wolfgang viel reizvoller und schöner als er sie in seiner Vorstellung verinnerlicht hatte, daß er trotz des unmittelbaren Sich-heimisch-Fühlens in Ehrfurcht scheu und verlegen wurde.

»Bin ich zu früh?« Die Frage empfand er sofort selbst als ausgesprochen blöd – und unsensibel obendrein.

»Nein, nein«, erwiderte sie und band sich, ebenfalls verlegen, das Handtuch vom Kopf. »Ich habe wohl die Zeit vertrödelt. Verzeihn'S meinen Aufzug. Aber so fühl' ich mich am wohlsten.« Sie klappte ihr Tagebuch zu und legte es in die verschließbare Schublade des kleinen Tisches. »Nehmen'S doch Platz! Ich bin gleich wieder da.« Sie wies in Richtung Duschkabine. »I' richt' mir nur die Hoaar'.« Und im Hinausgehen sagte sie: »Zigaretten liegen auf dem Tisch. Bedienen'S sich nur.«

Auf dem Tisch lagen eine ungeöffnete Stange MARLBORO und eine angebrochene Schachtel HOBBY, wie Wolfgang feststellte, eine österreichische Marke. Die mitgebrachte Flasche Wein immer noch unschlüssig in der Hand haltend, suchte er nach einem Öffner. Auf dem Fensterbrett entdeckte er einen Korkenzieher, mit dem er die Flasche entkorkte. Nur Gläser fand er nicht. Er spürte ein situationsbedingtes Bedürfnis zu rauchen und fingerte aus seiner Westentasche eine Schachtel KOM, das einzig halbwegs Rauchbare, was er bisher in Moskau nach vielen Fehlkäufen gefunden hatte. Doch dann entsann er sich ihres Angebots und probierte eine HOBBY. Er machte ein paar tiefe Lungenzüge. Welch andere Welt! Nein, Welten standen zwischen dem, was er hier rauchen mußte, und dem, was er in diesem Augenblick so angenehm leicht in sich einsog. Die heimische F6, obwohl nicht vergleichbar mit dieser österreichischen Zigarette, bekam er – wenn überhaupt – nur rationiert in maximal zehn Schachteln pro Monat über das Restaurant Berlin in der Nähe vom Dzierzynski-Platz. Russische Zigaretten hielt er ohnehin für unrauchbar. Und Papirossy als Sargnägel zu bezeichnen, schien ihm noch untertrieben. Blieben noch die viel zu starken kubanischen oder die etwas rauchbareren bulgarischen Zigaretten, die aber alle ein bißchen nach Petroleum schmeckten. Wie seine KOM auch, aber die noch am wenigsten. Nein, nicht nur essenmäßig war es ein Kreuz für ihn, auch rauchmäßig.

»S' hat's hier leider keine ordentlichen Weingläser.«

Wolfgang hatte während seines Philosophierens über Zigarettenmarken nicht bemerkt, daß Heidelinde wieder ins Zimmer zurückgekehrt war. Und dieses Grübeln über das Rauchen kam ihm jetzt wie ein lächerlicher Versuch vor, das aus seiner Seele wegzudenken, was sie, seit er hier eingetreten war, zwanghaft ausfüllte.

»Aber diese Gläser tun es auch«, sagte sie, entnahm den beiden Teeuntersetzern auf dem Festerbrett zwei Gläser und stellte sie auf den Tisch. Wolfgang verfolgte jede ihrer Bewegungen, als wolle er sie einatmen. Sie hatte ihren offensichtlich ergebnislos fest gezurrten Zopf gelöst, so daß das bis zu den Hüften reichende gewellte Haar ihren Rücken wie ein See bedeckte, den eine Frühlingsbrise zart kräuselte. Als sie sich am Tisch beim Abstellen der Gläser leicht vorbeugte, teilte sich das dichte Gespinst des kräuselnden Sees auf ihrem Rücken und fiel, ihre linke Schulter einhüllend, wie ein kunstvoll gewobener dunkler Schleier nach vorn. Im Gegenlicht der kleinen Leselampe auf dem Tisch sah Wolfgang wie durch einen von Sternenblitzen durchbrochenen Teppich das Profil ihres Gesichts, das ihm engelsgleich vorkam.

»Bitte, bewegen Sie sich nicht. Bleiben Sie einen Moment so, wie Sie jetzt stehen.«

Wolfgang durchlebte ein Gewitter der Gefühle. Das war das Absolute. Das war die Inkarnation all dessen, was ihm Karla und Renate gewesen war. Ihn erfüllte plötzlich eine unfaßbare Allumfassendheit. Er erahnte ein Angekommensein, ohne zu wissen, was er gefunden hatte und wohin das ging. Er spürte wieder dieses Durchrieseln des Körpers, das, seit er Kind war, wie eine tiefe Sehnsucht in ihm lag. Er wußte, dafür ist er bereit, alles zu geben – auch alles aufzugeben. Da war sie wieder, diese Sucht, die unter einer gefährlich dünnen Haut nie aufgehört hatte, in ihm zu brodeln. Er wußte, das ist der Moment, aufzustehen und sich zu verabschieden. Wenn er es jetzt nicht tat, war alles zu spät, dann werden sich ihre Schicksale miteinander verflechten, denn zu eindeutig waren die Signale gewesen, die er auch in ihren Augen gelesen hatte.

»Ist Ihnen nicht gut?«

Heidelinde hatte längst ihm gegenüber Platz genommen. Ohne seinen Blick zu erwidern, fühlte sie, daß er sie, merkwürdig erbleichend, mit großen, traurigen, nach innen gekehrten, aber verlangenden Augen ansah. Auch sie spürte, wie sie sich in dem Magnetfeld verlor, das über dem kleinen Zimmer lag, seit Wolfgang hier eingetreten war. Sie sahen sich jetzt in die Augen, und sie gaben sich beide keine Mühe mehr, das aus ihren Augen zu verbannen, was ihr Inneres durch ihre Körpersprache längst preisgegeben hatte.

»Sie sind wunderschön«, sagte er sehr ernst und sehr leise. Aber es war, als hätte er nicht nur diese drei Worte gesprochen, sondern als hätte es aus ihm herausgeschrien: Ich liebe dich. Siehst du denn das nicht! Ich begehre dich. Und er fühlte, daß sie ihn verstanden hatte.

»Ich möchte dich küssen«, sagte er, ohne den Blick von ihren Augen zu lassen.

»Na dann tu's doch – endlich!«

Sie fanden sich auf dem Bett wieder. Ihre Körper wanden sich in der unstillbaren Erwartung, sich zu vereinigen. Wolfgang umschlang ihren zarten, ihm entgegenstrebenden Leib unter dem sich öffnenden Morgenmantel. Er küßte die kleinen, knospenhaften Brüste, die sie ihm jungfräulich verschämt darbot.

»Bitte, zieh dich aus«, flüsterte sie.

Heidelinde richtete sich auf. Kniend ließ sie den Morgenmantel über ihre Schultern gleiten. Gesicht an Gesicht und Aug' in Auge begann sie, ohne den Pupillenkontakt zu unterbrechen, die Knöpfe an Wolfgangs Hemd zu öffnen.

IV

Zwei Nächte und zwei Tage hatten sie sich wie Maulwürfe in Heidelindes kleinem Zimmer vergraben. Unvorstellbar, dieses Haut an Haut im Bett zu unterbrechen. Selbst unter die Dusche gingen sie gemeinsam, wo es sie – ausgehungert, wie sie nach gegenseitiger Umarmung gierten – wieder zueinander und ineinander trieb. Ihre Welt schien nur noch aus den schönsten Gaben zu bestehen, die ein Leben zu bieten hat: von sich zu erzählen, diesem Interessantesten des je Gehörten zu lauschen, dazu zu rauchen, Wein zu trinken und festzustellen, daß das, was der andere von sich offenbart, gar nichts Fremdes, sondern das Eigene, das innerste Selbst ist; dann wieder sich streicheln, die Haut des anderen fühlen, sich aneinander zu reiben, ineinander zu kommen, wohlig ermattet zu ruhen, und wieder erzählen, rauchen, trinken, streicheln, lieben, ruhen …

Nur einmal am Sonntagabend mußte sich Wolfgang für einen kurzen Moment anziehen, um Nachschub an Wein zu holen, nachdem auch der Grüne Veltliner zur Neige gegangen war. Heidelinde war in ihren Morgenrock geschlüpft, hatte kurz zur Tür auf den Korridor hinausgeschaut, ob die Luft rein sei, und als endlich niemand mehr den belebten langen Korridor passierte, hatte sie Wolfgang gewunken, der – so überwacht – unbemerkt ihr Zimmer verlassen konnte.

»Mach aber schnell!« hatte sie ihm noch hinterhergerufen. Er war rückwärts gegangen, hatte ihr mit gerunzelten Augenbrauen kopfschüttelnd zu verstehen gegeben, daß es dieser Aufforderung nun wirklich nicht bedarf, daß er eilen, fliegen werde, um so schnell wie möglich wieder in ihren Armen zu liegen.

Er war kaum in seinem Zimmer angekommen und gerade dabei, zwei Flaschen Blaustengler in eine Plastetüte zu verstauen, als Jukono in pygnischer Breite wie ein schwarzes Gespenst in der Tür stand.

»Откуда ты приидёшь?«[11], fragte er in seinem indonesisch-holländischen Russisch.

»Что-ж?«[12] antwortete Wolfgang genervt und ungehalten. Er empfand diese Frage als eine Zumutung. *Wie kommt der Japs dazu, mich so was zu fragen. Das geht ihn doch wohl wirklich nichts an.*

Ohne auf Wolfgangs gereizte Reaktion zu reagieren, blieb Jukono unerschütterlich lächelnd in der Tür stehen. Abgehackt lispelnd setzte er zu einer längeren Erklärung an. Werner habe auf ihn gewartet. Ungefähr um vier. Wolfgang sei mit ihm verabredet gewesen.

»Scheiße! Das hab' ich vergessen«, murmelte Wolfgang. Zu Jukono sagte er: »Danke Jukono. Ich werde mit Werner reden. Aber jetzt habe ich keine Zeit.« Und da Jukono immer noch massig unverrückbar in der Tür stand, sagte Wolfgang: »Действительно, Юконо. У меня очень мало время. Мы говоримся – завтра или послезавтра. Ладно?«[13]

Danach tat Wolfgang so, als stünde Jukono nicht mehr in der Tür. Er suchte nach den Fotos, die er Heidelinde zeigen wollte. Jukono beobachtete ihn. Dann sagte er, und Besorgnis schwang in seiner Stimme: »Это не моего дело. Но я думаю, что наверно ты идёшь путь, который есть очень опасно.«[14]

Ohne dieses permanente asiatische Lächeln aus seinem Gesicht zu verlieren, schloß er, rückwärts gehend, die Tür.

Da hat dieser ständig lächelnde Schleicher wohl doch schon was mitgekriegt? Wolfgang hielt im Suchen nach den Fotos inne. *Diese Asiaten sind unheimlich. Sie gucken dich an, und schon wissen sie alles von dir. Aber du selbst kommst nie dahinter, was in ihren breiten, grinsenden Schädeln mit diesen unveränderlichen schwarzen Augen vorgeht. Selbst warnen tun sie dich mit diesem unschuldigen, fast um Verzeihung bittenden Lächeln. Ach, hol sie der Teufel! Was geht mich das alles an. Ich laß mir doch* das Schönste, was mir hier widerfahren kann, nicht zerstören. Was meint der überhaupt? Was will er? Komm, Wolfgang, Fotos suchen und so schnell wie möglich fort hier! Ich hab schon wieder Sehnsucht nach ihr … Zu blöd, daß ich mit Werner verabredet war. Konspiration ist jetzt angesagt! Den Japs werde ich wohl oder übel einweihen müssen. Aber von unseren Leuten darf niemand etwas erfahren. Das käme einem Todesurteil gleich. WEST-KONTAKT! Sie haben uns nicht umsonst von Beispielen unbeugsamer Härte erzählt, daß jeder heimgeschickt wird, der persönlichen Kontakt mit Bürgern westlicher Länder aufnimmt. Nein, Wolfgang, ab jetzt: Vorsicht, Vorsicht und nochmals Vorsicht. Schweigen, schweigen und nochmals schweigen. Ich muß nur geschickt genug sein. Ich werde euch den eigenbrötlerischen Alleingänger spielen. Darin hab ich schließlich Übung genug. Wer sollte uns dann schon dahinterkommen? Man darf uns eben nie zusammen sehen. Und das wird sich schon einrichten lassen. Bloß gut, daß wir auf einer anderen Etage wohnen als die übrigen aus der DDR. Und die Russen, die um uns wohnen, die haben anderes im Kopf, als uns zu beobachten. Außerdem sehen die das alles sowieso nicht so eng wie unsere verbohrten Arschlöcher. Verdammt, wie kann das alles nur so schnell gehen! Nach anderthalb Tagen! Ich liebe diese Frau, wie ich noch nie geliebt habe. Egal, was kommt, freiwillig gebe ich dieses Wahnsinnsgefühl nicht auf! Lieben, endlich wieder richtig lieben! Darüber geht nichts! Darf nichts gehen! JUNGA WERD'S BRENGA! Jawohl, Vater: JUNGA WERD'S BRENGA! Das wäre ja gelacht. Ihr kriegt mich nicht! Niemand kriegt mich, nur du sollst mich haben, Heidelinde, nur du, so wie ich dich haben werde. Ganz! Und ihr Rosins könnt mich alle mal am Arsch lecken! Aber, Wolfgang, vorsichtig bleiben, nicht leichtsinnig werden! Jetzt mußt du erst mal zu Werner Brauer. Es war sowieso eine Schnapsidee, mich mit ihm für diesen idiotischen Tanzabend ins Restaurant Moskwa für heute abend zu verabreden. Aber ich darf keinen Verdacht wecken. Ich werde ihm vorschlagen, daß wir das morgen nachholen werden. Morgen abend ist Heidelinde – wie sie mir sagte: dummerweise – sowieso schon mit den Österreichern zu einem gemeinsamen Abend verabredet. Also los, bring es schnell hinter dich!

Aber es war, wie er erschreckend feststellen mußte, gar nicht so einfach, wieder unbemerkt zurück in Heidelindes Zimmer zu kommen. Mit seinem Beutel in der Hand war er schon dreimal unverrichteter Dinge an Heidelindes Zimmertür vorbeigegangen, weil jedesmal, wenn er zum verabredeten Klopfzeichen ansetzen wollte, jemand den Korridor passierte. Als für einen kurzen Moment die Luft rein war, klopfte er hastig. Erleichtert registrierte er, daß Heidelinde auf sein Klopfzeichen die Tür sofort öffnete, so daß er geschwind und ungesehen hineinschlüpfen konnte. Drinnen übergab er ihr aufatmend den Beutel mit den Weinflaschen.

»Du, ich muß aber gleich noch mal fort. Ich hab eine Verabredung mit einem von uns verschwitzt …«

»Ach, nein! Du warst eh schon so lange aussi. I' hab die Minuten gezählt. Es waren viel zu viele.«

Sie küßten sich, als hätten sie sich Wochen nicht gesehen.

»Kumm, bleib da«, bat sie, als sie wieder Luft holen konnten.

»Bitte, Heidelinde, ich muß! Ich bin auch in spätestens fünf Minuten wieder zurück. Versteh doch. So etwas gehört in Zukunft mit zu unseren Spielregeln. Ich erkläre es dir, wenn ich zurück bin. Ich liebe dich.«

»Ich liebe dich. Auch wenn ich nicht einverstanden bin, daß du schon wieder gehen mußt.«

Ihr lose gebundener Morgenrock öffnete sich leicht. Wolfgang breitete ihn weit auseinander und betrachtete ihren jungmädchenhaften Leib.

»Du bist wunderschön«, sagte er in anerkennendem Besitzerstolz. Er umschlang ihren nackten Körper. Dann schloß er bedächtig ihren Morgenrock. Er knöpfte ihn sogar bis zum Hals zu. »Ich lasse nicht zu, daß dich jemand so sieht. Das ist nur noch für mich.«

»Das ist es auch«, sagte sie schlicht.

Er führte sie zur Tür, die beide von der Außenwelt abschirmte. Heidelinde spähte wieder durch den Türspalt auf den Korridor. Da niemand zu sehen war, trat sie hinaus. Sie warf ihren Kopf mehrmals nach links und rechts, so daß ihre langen dichten Haare ihre Schultern wie Meereswellen umspühlten. *Wie schön sie ist!* Wolfgang nahm dankbar die Ersthaftigkeit ihres konspirativen Spähens in sich auf. Dann winkte sie ihm, und er schlüpfte in die Welt hinaus, die ihm noch nie so feindlich vorgekommen war.

V

Am Montagabend fuhren Werner Brauer und Wolfgang im hundertelfer Bus von den Leninbergen nach Moskau hinunter, um den für gestern verabredeten Tanzabend nachzuholen. Werner Brauer, einer der vier Ökonomen aus Berlin, zählte wie Wolfgang zu den Jüngeren der Stashory. Ähnlich wie Wolfgang schien auch er das Zusatzstudium hier in Moskau nicht so verbissen angehen zu wollen. Tourismus mit wissenschaftlichem Auftrag übersetzte er für sich die Stashirovka. Und da der Schwerpunkt selbstredend auf dem ersten Wort lag, sollten Vergnügungen – soweit sie überhaupt möglich waren – nicht zu kurz kommen. In Wolfgang vermutete er einen Gleichgesinnten, deshalb hatte er ihm schon des öfteren vorgeschlagen, mit ihm gemeinsam zu erkunden, was das Moskauer Nachtleben für solche Leute bereithielt, die zwar vergnügungshungrig, aber devisenlos waren.

Der hundertelfer Bus war übervoll – wie immer. Man war gut beraten, auch bei hohen Kältegraden seinen Mantel vor dem Einsteigen zu öffnen, weil die drängende und zerrende Enge in diesem Bus unweigerlich dazu führte, an geschlossenen Mänteln die Knöpfe abzureißen. Allerdings fror man nicht, so dicht gedrängt, wie man Leib an Leib stand. Zwei Eigenheiten jedoch durfte man nicht haben; man durfte nicht von Platzangst geplagt sein, und ein feiner Geruchssinn konnte manchmal zu großen Problemen führen, wenn man zudem über keinen robusten Magen verfügte. Von Wolfgang wußte man, daß er wegen Letzterem es vermied, während der »Час пик«, wie man hier Verkehrsspitzenzeiten nannte, in den Hundertelfer zu steigen. Aber im Hundertelfer war wohl immer »Час пик«.

Doch heute stand Wolfgang freundlich grienend in dem Gedränge, ließ sich, ohne wie sonst aggressiv und gewaltsam um etwas Luft und Zwischenraum zwischen sich und der drängenden Masse zu kämpfen, von dem Gerangel wie auf einer Woge tragen. Er beobachtete belustigt, wie Werner Brauer ergebnislos dagegen ankämpfte, daß die auf den Haltestationen hinaus- und hereinströmende Menge sich wie eine Schlammlawine zwischen sie drängte, so daß sie immer weiter auseinanderdrifteten.

Am Marx-Prospekt, Ende der Gorkistraße, stiegen sie aus, ordneten ihre im Gedränge verschobene Kleidung, knöpften auch schnell die Mäntel zu, weil über den magistralen, zugigen Prospekt ein eisiger

Wind wehte. Sie erstiegen die breite Empore zum Hotel Moskwa. An einer der Garderoben, die – wie erstaunlicherweise überall – von Männern in bestem arbeitsfähigem Alter bedient wurden, gaben sie ihre Mäntel ab.

»Mich wundert immer wieder, daß man hier nirgendwo für Garderobe etwas bezahlen muß«, sagte Wolfgang, als sie die prunkvoll herrschaftliche Treppe zur ersten Etage hinaufgingen.

»Das ist eben schon Kommunismus«, erwiderte Werner. »Aber warte nur, was jetzt passiert.«

Sie wollten gerade in den von riesigen Säulen, aufwendigem Stuck, Deckengemälden und überdimensionierten Kronleuchtern beherrschten, fußballfeldgroßen Saal treten, als sich ihnen ein livrierter Herr in den Weg stellte.

»Куда?«[15] herrschte er sie an.

»Ну, хотим танцовать!«[16] antwortete Werner.

»Без галстук, нельзя!«[17] kam die gebieterische Antwort des Herren in Livree, der – wie um seinen Worten Nachdruck zu verleihen – sich vor sie stellte und die Arme ausbreitete.

»Минуточку!«[18]

Werner hob abwehrend beide Hände, um anzudeuten, daß er keinen Streit wolle. Breit grienend zog er aus der Innentasche seiner Jacke zwei arg ramponierte Krawatten, überreichte eine davon Wolfgang und bedeutete ihm, sie sich umzubinden. Mit diesen zerknitterten Kulturstricken präsentierten sie sich dem livrierten Herren.

»Ладно?«[19] Werner spreizte sich wie ein Pfau.

»Кааанеечно«[20], sagte der Livrierte in tiefstem Moskauer Dialekt und kupplerischem Schleim, indem sich seine eben noch drohende Verbotshaltung fast ohne Übergang in eine geradezu devote Geste verwandelte, die einladend in den Saal wies.

»Du hast es gewußt. Das mit dem Galstuk!« Wolfgang boxte Werner in die Rippen.

»Natürlich. Was glaubst du? Aber ist das nicht schön? Diese abrupte Wandlung zu erleben? Ach, ich liebe Rußland!«

Am Tisch bestellten sie sich eine Flasche Weißwein, die der Ober verächtlich auf den Tisch knallte, weil sie ihm zu verstehen gaben, daß sie nichts essen wollten.

»Diese unfreundlichen arbeitsscheuen Typen müßte man alle nach

Sibirien verbannen«, zischte Werner wütend zwischen den Zähnen hervor. »Wieso darf der uns so behandeln, dieser Arsch! Sag mal, dich regt das wohl heute nicht auf?«

»Ich liebe Rußland!« Wolfgang äffte Werners Tonfall nach.

»Ich schon!« Werner wurde noch wütender. »Aber du? Du magenkrampfendes Sensibelchen. Der nicht mal an einer Stolowaja vorbeigehen kann, ohne sich zu erbrechen ... Sag mal, das fällt mir ja jetzt erst auf: Deine geduldige Ergebenheit im Bus, in dem wir fast erdrückt worden wären. Deine Widerspruchslosigkeit bei diesem Zirkusdirektor am Einlaß. Und jetzt? Nicht ein Wort zu diesem rüpelhaften Kellner. Da sitzt dieser Kerl da, keinen Ton, keine Reaktion. Strahlt über alle vier Backen. Nun sag endlich, was ist heute los mit dir? Das ist doch bei dir nicht normal.«

Wolfgang antwortete darauf nicht. Stattdessen hob er nur beide Hände und Schultern in die Höhe und sagte in gelassener Ruhe und Bequemlichkeit: »Reg' dich wieder ab! Es gibt eben mehr Dinge zwischen ...«

»Laß mich mit deinem Shakespeare zufrieden, Hamlet! Ich sag dir was. Du bist durch deine Mäklichkeit beim Essen blutlos geworden. Du brauchst neue Power. Jetzt reißen wir hier ein paar Bräute auf, und dann wirst du hoffentlich deinen offensichtlich verlorengegangenen Biß wieder zurückbekommen.«

Als die Musiker der Tanzkapelle ihre Instrumente aufnahmen, stand Werner auf, weil man, wenn die Musik einsetzt, schon zielstrebig unterwegs sein mußte, um noch eine Tanzpartnerin abzubekommen. Er stürmte los in der Annahme, daß Wolfgang es ihm gleichtun würde.

Wolfgang war sitzengeblieben. Tanzen war für ihn heute wirklich das Letzte, worauf er Lust hatte. Er stellte sich vor, wie schön es wäre, wenn jetzt Heidelinde neben ihm sitzen würde. Ob sie das jemals so öffentlich tun können? Er dachte darüber nach, was Werner soeben gesagt hatte. Der Werner hat ja recht, stellte er fest. Irgendetwas mußte mit ihm passiert sein. Ansonsten wäre er es gewesen, der sich weit mehr über all das aufgeregt hätte. Er war es doch, und das viel ausgeprägter als Werner, der es sich nicht verkneifen konnte, seinen Frust – für manche Ohren schon sowjetunionfeindlich – mit kräftigen Sprüchen abzulassen. Dieses ständige Gedränge in den Bussen. Die rempelnden Menschen auf den Straßen. Das ekelerregende Herumgespucke. Das ewige Anstehen in Schlangen, selbst für die kleinste Besorgung. Das unfreundliche Angeherrsche der Verkäuferinnen, die ihren Unmut, weil sie nichts zu verkaufen hatten, an den Kunden ausließen. Die erniedrigende Behandlung auf jedem der Ämter ... Das alles hatte bei ihm Aggressionen ausgelöst, von denen er nicht einmal ahnte, daß sie in ihm schlummerten. Er ging auf der Straße diesen Anremplern schon lange nicht mehr aus dem Weg, sondern rempelte kräftig mit. Er versuchte es beim Einkaufen in Magazinen gar nicht erst mit Freundlichkeit, sondern befahl wie alle anderen in harschem Ton seine Bestellung, denn die Produkte oder Analogprodukte, die man daraufhin ausgehändigt bekam, hatte man sowieso zu akzeptieren und anzunehmen, wenn man nicht ohne etwas dastehen wollte. Er hatte in den ersten Tagen unsäglich unter seinem sensiblen Gerechtigkeitssinn gelitten. Jeder, so empfand er, der laut Funktion auserkoren war, daß er etwas hatte, was ein anderer brauchte, nutzte geradezu sadistisch seine kleine, erbärmliche Machtposition aus, um den, der etwas von ihm wollte, erst einmal zu erniedrigen. Staub sollten sie schlucken, den Staub, den er schlucken muß, wenn er an anderer Stelle etwas braucht. Für Wolfgang war das ein sich ständig regenerierendes System von Sadismus, Erniedrigung und Aggression, ein sich eskalierender Selbstläufer, der durch nichts und von niemandem aufzuhalten war. Man hätte Franz von Assisi und Mutter Teresa in einer Person sein müssen, um dieser so vulgär erlebbaren Marx'schen Gesetzmäßigkeit, nach der das Sein das Bewußtsein bestimme, etwas entgegensetzen zu können. Oder, und das war die merkwürdige Erfahrung, die Wolfgang heute mit sich machte: man mußte verliebt sein. Lieben mußte man. Da werden all die Probleme, selbst Weltuntergänge, Ghettos, Noskes und Rosins zu kleinen peripheren Angelegenheiten, die höchstens lästig, aber im Grunde vernachlässigbar sind. So einfach war das.

Und wie er so in sich hineinhörte, fiel ihm auf, daß er schon seit zwei Tagen keine Magenkrämpfe mehr hatte. Und heute im hundertelfer Bus? Diese stinkende, drängende, rempelnde Masse? Nicht eine Spur von Aggression hatte er empfunden. Der schleimige Einlaßverhinderer im Livree? Er hatte ihn wie eine Romanfigur erlebt, ohne Groll, nur belustigt. Selbst den unflätigen Kellner hatte er freundlich lächelnd angesehen. *He du, lieben mußt du! Und geliebt werden mußt du. Wenn du dieses Gefühl in dir hast, dann gibt es nichts, was dich erschüttern kann. Kein Ghetto, kein Gestank, kein Gerempel, keine unsinnigen, gängelnden Vorschriften, nicht mal ein muffeliger Kellner und auch alle Rosins der Welt nicht. Ach, es ist doch wunderschön – dieses Leben!*

Er schaute auf die Tanzfläche, wo er Werner recht eng mit einer sehr hübschen, schwarzhaarigen Russin tatarischen Einschlags, die wunderschöne mandelförmige, große, schwarze Augen hatte, tanzen sah. Er freute sich für Werner, daß er mit einem so schönen Mädchen tanzte. Er genoß es, mit sich so zufrieden, zuzuschauen. Wie abstoßend eklig hatte er immer die Art empfunden, wie sich die russischen Männer auf der Tanzfläche bewegten mit über den Bäuchen heraushängenden Nylonhemden, die schon deshalb nicht in den Hosen bleiben wollten, weil diese Tanzbären ständig über ihren schwitzenden, pickelgesichtigen Schädeln so affig in die Hände klatschen mußten. Heute entdeckte er sogar eine gewisse Anmut in ihren Bewegungen. Er erfreute sich daran, besonders jene Pärchen zu beobachten, die sich so ansahen und umfaßten, daß sie Liebe und Begehren ausstrahlten. Und selbst die für seine Ohren immer etwas volkstümelnd kitschig klingende Tanzmusik, die Wolfgang wegen ihres schmalzigen, melodramatischen, sentimentalen und für ihn unerträglich aufdringlichen Pathos' oft so sehr nervte, daß er tagelang kein Radio anstellte, streichelte sein jetzt so ausgeglichenes Gemüt, daß er entrückt freudig lächelnd die Melodien inbrünstig mitsummte.

Wie er sich jetzt so gelassen und so wohlwollend beobachtend sitzen sah, konnte er ein ironisches Lächeln nicht unterdrücken. *Heidelinde, was hast du nur aus mir gemacht? Wo ist mein geliebter Sarkasmus geblieben? Alle Menschen sind schön. Ich bin schön. Und du, mein Engel, bist schön, wunder-, wunderschön. Und das Leben ist schön. Und ich habe Sehnsucht nach dir, unstillbare, große Sehnsucht. Und die Sehnsucht ist schön und schön und schön.*

»Was murmelst du da in deinen Bart?« Werner war, sich mit einem Taschentuch den Schweiß von der Stirn wischend, an den Tisch zurückgekommen.

»Schön hier. Nicht?« sagte Wolfgang zusammenhanglos.

»Was in aller Welt ist nun schon wieder schön? Dein tanzfaules Herumsitzen? Du gehst mir heute mit deiner genügsamen Zufriedenheit ganz gewaltig auf den Docht. Ich strample mich hier schweißtreibend für dich ab ...«

»Für mich?«

»Ja, für dich. Die hübsche Tatarin, mit der ich getanzt habe, hat nämlich noch eine Freundin. Dort habe ich dich schon avisiert, und – hörst du – sie hat ja gesagt. Du Glückspilz! Und damit du meinen Großmut richtig verstehst: Sie ist noch schöner als meine. Wenn die nicht schon weggewesen wäre, als ich hinkam, hätte ich natürlich sie genommen. Und jetzt darfst du mir ihr ...« Werner winkte zu dem Tisch hinüber, an dem die beiden tatarischen Schönheiten saßen. Sie lächelten, den Kopf leicht neigend, herüber. »Na? Siehst du? Es klappt! Wir haben die schärfsten Bräute hier im Saal.«

»Und wenn ich keine Lust zum Tanzen habe?«

»Das kannst du mir nicht antun!«

»Ich habe dich nicht aufgefordert, für mich Tanzpartnerinnen auszusuchen.«

»Sag bloß, die gefällt dir nicht. Oder hast du etwa Rassenvorurteile?«

»Komm, laß den Quatsch! Nein, nein, du hast recht. Sie ist sogar umwerfend schön.«

»Und?«

»Es ist nur so, daß ich heute keinen Bock auf tanzen habe.«

»Das gibt's doch nicht! Weshalb bist du denn dann überhaupt hier?«

»Du wolltest doch tanzen. Ich hab dich nur begleitet.«

»Aber krank bist du zufällig nicht?«

Wolfgang hob die Schultern mit einer Geste, die andeuten sollte: Da ist nichts zu machen. Dann lachte er lauthals. Bei ihrem Gespräch war ihnen entgangen, daß die Kapelle schon längst wieder spielte. Die Tanzfläche war gefüllt. Die beiden tatarischen Schönheiten tanzten mit Landsmännern.

»Guck mal«, lachte Wolfgang, »deine Braut tröstet sich schon mit einem anderen. Armer Sindbad, jetzt hab ich dir ein Liebesabenteuer in Tausendundeinernacht vermasselt.«

»Ich werd's verkraften. Außerdem kommt wieder ein neuer Tanz. Aber jetzt sag mal. Was iss'n los mit dir? Hast du im Heim etwa eine Russenbraut und ihr vielleicht auch noch die Treue geschworen? Sieh' dich vor. So was ist gefährlich. Das sieht man nicht gern. Mir hängt nämlich seit drei, vier Wochen so eine blöde Geschichte an. Swetlana heißt sie. Eine Medizinaspirantin. Wohnt auf unserer Etage. Na ja, man hat mich ein paarmal aus ihrem Zimmer kommen sehen. Unser aller Gewissen Rosin, der dummerweise im Nebenzimmer wohnt, hat vor drei Tagen ein Gespräch mit mir geführt und dabei durchblicken lassen, daß man an ernsthafte Maßnahmen denkt, wenn ich dieses Verhältnis nicht löse. Ich bin zwar der Auffassung, daß das niemanden etwas angeht, aber mach was, die Partei sieht alles, hört alles, und die Sicherheit ist überall. Du behältst das aber für dich!« Werner schaute Wolfgang in die Augen, und da er sah, daß es dafür bei Wolfgang keiner Bestätigung bedurfte, fuhr er, noch unvorsichtiger werdend, fort: »Ich könnte das ja noch verstehen, wenn das eine Tussi aus einem westlichen Land wäre, aber ein solcher Aufriß, bei einer Russin? Bei einer Genossin aus der befreundeten Sowjetunion? Drushba – Freundschaft! Drushba – Freundschaft! Ach, Scheiße!«

»Liebst du sie?« fragte Wolfgang, und er mußte sich räuspern, weil er einen dicken Kloß im Hals verspürte.

»Liebe? Was ist schon Liebe. Mensch, ich bin – wie man so sagt – glücklich verheiratet, habe ein Kind. Natürlich, irgendwie liebe ich sie. Aber doch nicht so, daß ich dafür etwas aufs Spiel setzen würde. Es ist schön, bei ihr zu liegen, so scharf, wie sie auf mich ist. Das tut gut. Da fühlst du dich so richtig als Mann. Na ja, aber das muß ja nun ein Ende haben.«

Wolfgang erstaunte, wie problemlos sein Gegenüber die Stimmung wechseln konnte, denn fast ohne Übergang schlug er Wolfgang auf die Schulter und sagte unternehmungslustig: »Und deshalb werde ich bei dem nächsten Tanz schneller sein. Flirten ist erlaubt! Lieben nicht!«

Und damit sprang er auf, rannte über die noch leere Tanzfläche zum Tisch der tatarischen Schönheiten, und als die Kapelle die ersten Takte spielte, fabrizierte er, allen anderen zuvorkommend, eine artige Verbeugung vor seiner Auserwählten, die graziös nickte, ihn mit ihren Mandelaugen anlächelte, aufstand und in seinen Armen über die Tanzfläche schwebte.

In Wolfgang saß das soeben geführte Gespräch wie ein tiefer Schock. Völlig weggeblasen war dieses hohe, alle Welt umarmende Gefühl, das ihn noch vor kurzem so wunderbar beherrschte. Er spürte einen Stich in der Brust. Die Liebe brannte. Es war ihm, als bohrte sie sich noch tiefer in ihn hinein, als würde sie noch größer, um auch den Schmerz und die Furcht vor dem Kommenden mit aufnehmen zu können.

VI

Der November kam, und mit ihm die frostige Kälte. Wir müssen schließlich spüren, daß wir in Moskau leben, sagten sich Heidelinde und Wolfgang. So motiviert brachen sie - in den Korridoren des Wohnheimes bis hinaus zum schmiedeeisernen Ausgangstor zwar noch getrennt - zu gemeinsamen Spaziergängen in die traumhafte Winterlandschaft auf den Leninbergen auf. Für Wolfgang waren die einsamen Spaziergänge zur Chinesischen Botschaft jener Tage des fruchtlosen Grübelns und tausendfachen Bedenkens, ob sie nicht doch lieber alles beenden sollten, bevor es so richtig beginnt, längst belächelte Vergangenheit. Er hatte sich entschieden, so eindeutig, daß er im Nachhinein nicht mehr verstehen konnte, daß es eine Zeit gab, als er noch ernsthaft unentschieden war. Die Furcht jedoch blieb, daß ihre Liebe und ihr fortan gemeinsames Leben in Heidelindes oder in seinem Zimmer entdeckt werden könnte. Aber sie verdrängten diese Furcht und vertrauten auf ihr immer eingespielteres System an Sicherheits- und Vorsichtsmaßnahmen, die ihnen routinehaft schon sehr bald in Fleisch und Blut übergingen.

Sie hatten im Wohnheim drei Verbündete als Mitwisser und Eingeweihte. Das ließ sich nicht umgehen, und es brachte auch Vorteile. Natürlich mußten jene beiden eingeweiht werden, denen als unmittelbare Zimmernachbarn die Besuche oder die nächtliche Abwesenheit nicht verborgen bleiben konnten. Bei Nicole, Heidelindes französischer Zimmernachbarin, war das problemlos. In ihr hatten sie von vornherein eine konspirative, helfende und schweigende Verbündete. Mit Jukono, Wolfgangs indonesischem Zimmernachbarn, war das schon weitaus schwieriger. Nicht, daß sie befürchten mußten, er könne sie verraten, dafür war er zu anständig. Aber Jukono hatte Bedenken, die aus tiefen Überzeugungen kamen: politisch-ideologische und moralische.

Jukono, der im Heim wie ein einsamer Wolf lebte, war ein traditioneller Familienmensch. Familie war für ihn etwas Heiliges, und Ehegatten waren nach seinem Verständnis nur durch das »Bis-daß-der-

Tod-euch-scheidet« voneinander zu trennen. Er hatte im Herbst 1965 aus einem Versteck mit ansehen müssen, wie seine Frau, sein Vater, seine Mutter und seine drei Geschwister mit anderen Dorfbewohnern von Söldnern der putschenden Suhartoarmee niedergemetzelt wurden. Sie waren – wie er – Sukarnoanhänger und Mitglieder der 1965 von den rechten Militärs Nasution und Suharto zerschlagenen Kommunistischen Partei Indonesiens gewesen. Jukono sprach selten darüber, aber Wolfgang hatte aus dem Wenigen, was er ihm einmal bei einem Nachmittagstee erzählte, herausgehört, daß er unsäglich darunter litt, damals ohne jede Chance des Eingreifens und Handelns gewesen zu sein. Mit diesem Haß im Herzen und diesem Gefühl einer vermeintlichen Schuld floh er außer Landes, zuerst nach China, dann nach Holland. Jetzt lebte er schon ein Jahr als Emigrant in Moskau.

Jukonos Alter war schwer zu schätzen. Er mochte wohl so um die Vierzig sein. Manchmal verließ er für mehrere Tage sein Zimmer, um dann wieder wochenlang, wie es Wolfgang schien, absolut nichts zu tun, herumzusitzen oder schweigend und immer wie eingefroren freundlich lächelnd auf den Korridoren oder in der Halle beim Pult zu stehen, wo der Telefondienst saß. Er war beliebt, weil er für jeden, der mal für ein oder zwei Stunden vom eingeteilten Telefondienst verschwinden wollte, gern einsprang, was nicht wenige weidlich ausnutzten.

Jukonos Mitwisserschaft gestaltete sich anfangs als äußerst lästig, weil er meinte, sich einmischen zu müssen. Er führte sogar separate Gespräche mit Wolfgang und mit Heidelinde, in denen er ihnen die Gefahr, in der sie durch ihre Verbindung schwebten, in den düstersten Farben malte.

Wolfgang redete er sogar moralisch ins Gewissen. Er hielt ihm vor, daß er verheiratet sei, Kinder habe und daß er dafür schließlich auch Verantwortung trage, nicht nur seiner Familie gegenüber, sondern auch für eine so junge, unerfahrene Frau, die Heidelinde nun einmal sei, und die dementsprechend weder die moralischen Zusammenhänge noch die politisch-ideologischen in ihren auf Wolfgang und sie zurückfallenden Wirkungen erkennen könne. Er bekundete zwar, daß von ihm niemand etwas erfahren werde, aber er wolle auch deutlich machen, daß er das Ganze nicht gutheißen könne.

Heidelinde reagierte auf diese Gespräche entschiedener als Wolfgang. »Was mischt sich dieser Japs in unsere Liebe ein«, empörte sie sich. »Mit welchen Recht! Das ist wieder eine typisch kommunistische Angewohnheit. Was geht die das alles an? Deine Leute sind genauso! Ständig mischt sich hier jemand in etwas ein, was ihn nichts angeht! Wir lieben uns. Na und? Das kommt millionenfach auf der Welt vor. Ich hab manchmal den Verdacht, das sind alles Voyeure!«

»Na ja, ganz so einfach, wie du das siehst, ist es ja nun wohl doch nicht. Das weißt du auch.«

»Ja, Myschkin!« Aber so richtig überzeugt um dieses Wissen war sie nicht.

Weitaus undurchsichtiger und deshalb problematischer als Nicole und Jukono war der dritte Mitwisser, den sie – eigentlich nicht einmal zwangsläufig wie ihre Zimmernachbarn – einweihen mußten.

Wanja, mit vollem Namen Iwan Wladimirowitsch Petrusjan, war Journalistikstudent und offensichtlich von der Parteileitung der Journalistischen Fakultät beauftragt, sich gastfreundschaftlich um den von der Sektion Journalistik aus der DDR hier anreisenden Stashor Dr. Wolfgang Sander zu kümmern. Wolfgang hatte ihn bei seiner Ankunft auf dem Kiewer Bahnhof in Moskau kennengelernt und damals sehr freudig diese abkommandierte gastfreundliche Fürsorge in Anspruch genommen. Zum einen wegen seiner katastrophalen Russischkenntnisse, denn Wanja sprach ein wenig deutsch, und zum anderen der Entlastung wegen, weil sein Gepäck für den geplanten zehnmonatigen Aufenthalt nicht gerade leicht zu nennen war. Ob es nun sein wirkliches Interesse und Anliegen war, sich in der deutschen Sprache zu vervollkommnen oder ob ihn rein freundschaftliche Gefühle bewegten oder ob es ganz andere Gründe waren, jedenfalls Wanja tauchte ständig und in regelmäßigen Abständen mit irgendwelchen Bewerbchen bei Wolfgang auf, lud ihn zu sich ein, so daß Wolfgang es für angebrachter hielt, Wanja einzuweihen, als (was nach Wolfgangs Auffassung ziemlich wahrscheinlich war) von Wanja doch irgendwann einmal überrascht zu werden. Vertrauen aufbauen sei besser, als Vertrauen zu zerstören, so argumentierte er Heidelinde gegenüber, die in bezug auf Wanja jedoch Bedenken hatte.

»Was machst du, wenn der beim KGB ist? Das ist doch zumindest wahrscheinlich. Und ich sage dir – wahrscheinlicher, als er es nicht ist.«

»Selbst wenn«, erwiderte Wolfgang. »Was würde es ändern? Auch dann ist es besser, wir machen ihn uns menschlich zum Freund, dem wir deutlich machen, daß wir ihm vertrauen, als daß ich ihn vor den Kopf stoße. Denn wenn er vom KGB ist, dann hat er schon längst raus, daß ich mit dir zusammen bin. Doch wenn wir ihm vertrauen, wenn er uns beiden freundschaftlich verbunden und verpflichtet ist, dann wird es ihm um so schwerer fallen, uns eventuell zu verraten. Vielleicht brauchen wir sogar mal seine Hilfe.«

»Der Mensch ist gut! Das willst du doch damit sagen.«

»Aber er ist auch andererseits nicht so schlecht, wie ihn die Umstände machen.«

»Du bist ein utopischer Kommunist. Weißt du das?« lachte Heidelinde. »Und deshalb liebe ich dich.«

»Also machen wir das so?«

»Was habe ich denn deiner dialektischen Argumentationsfähigkeit und deinem Wahrheitsfanatismus entgegenzusetzen?«

VII

Die Entscheidung, Wanja ins Vertrauen gezogen zu haben, sollte sich sehr bald auszahlen. Heidelinde und Wolfgang lebten – bei aller gebotenen Vorsicht – zwar nicht öffentlich, aber dennoch wie ein Ehepaar. Alles Lebenswerte taten sie gemeinsam: Essen, Schlafen, Freizeit, Kultur, Vergnügungen, Freunde. Letzteres selbstverständlich nur, wenn es außerhalb des Wohnheimes auf den Leninbergen stattfand. Für Wolfgang hatte sich seit jenem ersten Besuch in Heidelindes Zimmer das Leben in Moskau völlig verändert. Wie durch ein Wunder schien sich sein kränkelnder und ständig krampfender Magen in ein nicht mehr zu registrierendes Organ verwandelt zu haben. Er konnte jetzt sogar an einer Stolowaja vorbeigehen, ohne einen Brechreiz zu verspüren. Heidelinde hatte ihm beigebracht, daß man sich in diesem Land ganz gut fast ausschließlich von Milchprodukten ernähren konnte, die in reicher Auswahl und Vielfalt angeboten wurden: Sie selbst aß ihren Prostakwascha, und wer es etwas nahrhafter wollte, konnte Rjashenka, Amfitron oder Smjetana essen. Etwas leichter, und deshalb wurde es Wolfgangs Hauptnahrung, war Kefir einzuordnen. Er betrieb zeitweise diese Art Nahrungsaufnahme so intensiv und ausschließlich, daß selbst sein Stuhl sich weiß färbte.

Aber Heidelinde als Österreicherin hatte weitere Möglichkeiten, die den Gästen aus den mit der Sowjetunion befreundeten sozialistischen Ländern versagt blieben. Ihr war es gestattet, die amerikanische Botschaft aufzusuchen, in der mittwochs am offenen Nachmittag neben MARLBORO (ein Päckchen für fünfzig Kopeken) auch Pizzastücke auf Rubelbasis zu erwerben waren. Und ihr standen Valuta-Talons zur Verfügung, mit denen sie in Läden, die sich Berjoska - also Birkchen - nannten, einkaufen konnte, was das Herz begehrte, solange halt die Talons reichten.

Zwei bis dreimal im Monat bereiteten sie sich einen Prasdnik: es gab - ein Fest allein schon der Anblick - in Klarsichtfolie eingepackte Steaks. Und dieses Stück rohes Fleisch war von so unbeschreiblichem durchgängigem Rot, wie es nur Auserwählte in Moskau erschauen, geschweige denn essen konnten; eben nur jene, die eine Berjoska betreten durften. Berjoska-Läden erkannte man zunächst an ihren Schaufenstern, die einheitlich präsentierten, was es nicht zu kaufen gab: Lamellenjalousien westlichen Zuschnitts. Diese Valutainvestition war notwendig, weil nur diese Jalousien garantiert blickdicht schlossen, so daß selbst der neugierigste Blick nichts von dem unvorstellbaren Warenangebot dahinter erhaschen konnte. An jedem der Ladeneingänge stand ein Herr mit Weisungsbefugnis, ein offensichtlich außerordentlich geschulter Mensch mit geradezu polizeihundhaftem Spür- und Geruchssinn, der mit unfehlbarem Instinkt all jene herausfilterte, denen - selbst wenn sie Dollars besaßen - der Einlaß zu verwehren war: den eigenen Landsleuten. Insofern war die Tatsache, daß man Ausländer in Moskau war - unter der Voraussetzung, daß man auch so aussah - ein Vorzug an sich.

Wolfgang hatte in einem Café in der Gorkistraße eine auf ihn sehr attraktiv wirkende Russin kennengelernt, eben weil sie auf der Suche nach einem vertrauensvoll aussehenden Ausländer war. Sie hatte sich sehr zielgerichtet an seinen Tisch gesetzt, an dem er allein saß, hatte ein Gespräch angefangen, erzählte, daß sie Dolmetscherin für Finnisch und eigentlich Leningraderin sei, hier in Moskau ein kleines Zimmerchen bewohne und sich allein durchs Leben schlage. Und als sie sich überzeugt hatte, daß man Wolfgang eventuell trauen könne, kam sie mit ihrem Anliegen heraus: Von der finnischen Gruppe, die sie betreut habe, hätte sie zwanzig Dollar zugesteckt bekommen, was natürlich ihr Auftraggeber nicht wissen dürfe. Und dafür möchte sie sich eine Jeans kaufen, LEVI'S oder WRANGLER. Die Maße hätte sie aufgeschrieben. Und damit übergab sie Wolfgang ein Stück beschriebenes Papier, in dem zwei Zehndollarscheine eingewickelt waren. Man würde sie, wie er wisse, in die Berjoska nicht hineinlassen und außerdem befürchte sie, falls sie es dennoch versuche, eventuell in ihrer Dienststelle angezeigt zu werden – wegen illegalen Besitzes von Devisen.

Wolfgang, der ohnehin nur die Hälfte verstanden hatte, flaxte in seinem gebrochenen Russisch, daß er dann aber beim Anprobieren dabei sein möchte. Wenn er nicht mehr verlange, lachte sie zurück.

Wolfgang kaufte die Jeans nach den Maßen auf dem Zettel und für den Rest des Geldes ein paar Schachteln KENT, von denen sie Wolfgang, der für diesen Dienst wirklich nichts nehmen wollte, zwei der Päckchen geradezu aufdrängte. Dann gingen sie noch einmal in das Café. Auf der Damentoilette probierte sie ihre neuen Jeans, die sie selbstverständlich gleich anbehielt. Wolfgang stellte erleichtert fest, daß er passend gekauft hatte. Und da sie sich so unbändig über ihre neuen Jeans freute, bekam Wolfgang in aller Öffentlichkeit einen beträchtlich heißen Kuß, der einiges versprach. Doch zu dieser Zeit war er schon in Heidelinde verliebt. Dennoch, einen kleinen inneren Seufzer gestattete er sich. Und da er ihr treuherzig von seiner Liebe zu Heidelinde erzählte, gab sie ihm noch einen kleinen freundschaftlichen Kuß auf die Stirn und sagte, er sei ein Gentleman, wie es wenige gäbe. Und das war doch schließlich auch was.

Während der Heimfahrt im Hundertelfer stellte Wolfgang lächelnd fest, daß er ein recht monogamer Esel geworden sei. Aber er freute sich über seinen Einkauf in der Buchhandlung »Drushba«, in die er aus einer Vorlesung an der Journalistischen Fakultät geflohen war, weil er wieder einmal kein Wort des Vortragenden verstanden hatte. Für insgesamt einen Rubel achtzig hatte er zwei Bücher von Erich Maria Remarque erstanden, die in der DDR wegen ihrer pazifistischen Tendenzen nicht verlegt worden waren, die sich aber andererseits und merkwürdigerweise in der Sowjetunion großer Bekanntheit und Beliebtheit erfreuten. IM WESTEN NICHTS NEUES, die Vorlage für jenen amerikanischen Film, über den Wolfgang seine erste Filmrezension geschrieben hatte, und DREI KAMERADEN, ein Buch, das er abgöttisch liebte, sich aber nicht erklären konnte, warum. Wie er überhaupt bei dieser Gelegenheit feststellte, daß es Bücher gab, die er völlig kritiklos in sich einsog und geradezu schwärmerisch und verbissen verteidigte, wenn jemand meinte, daß eine behutsame kritische Distanz zu diesen Büchern doch wohl angemessener wäre. Besonders, wenn man ihm mit dem Argument kam, daß ausgerechnet seine kritiklose Haltung insofern sehr merkwürdig sei, da er, wie man wisse, Thomas Mann, Goethe, Balzac, Hugo, Puschkin, Dostojewski und Tolstoi liebe. Das ginge doch alles nicht zusammen, und im Vergleich damit sei doch dieses andere geradezu Schund. Solche elitären Begutachtungen regten ihn auf und noch mehr die, die sie vorbrachten. Ihm gefielen nun mal Bücher wie Remarques DREI KAMERADEN oder DIE STUNDE DER TOTEN AUGEN von Harry Thürk oder – und das ganz besonders: DER WANDERER UND DER MOND von Antal Szerb. Irgendetwas mußte in diesen Büchern sein, das seine Seele kratzte, und es war ihm ein mehr als freudiges Erleben, daß Heidelinde seine Vorliebe nicht nur teilte, sondern ihn auch darin verstand.

Heidelinde war überhaupt der erste Mensch, der das ganze Ausmaß seiner jugendlichen Leidenschaft, diesen Urknall verstehen konnte, was mit ihm passiert war, als er nach den Franzosen die Literatur der alten Russen für sich entdeckt hatte. Sie, die gerade ihr Studium über slawistische Literatur an der Universität in Wien abgeschlossen hatte und hier in Moskau ihre Dissertation über das Schaffen Korolenkos vorbereitete, lebte noch darin, und ihre Liebe für diese Literatur war noch viel tiefer und reicher, weil sie – professionell – nicht nur noch mehr als Wolfgang kannte, sondern fast jedes dieser Bücher im russischen Original gelesen hatte. Sie tauschten sich nächtelang über diese faszinierenden Figuren und Charaktere in den Romanen aus, Heidelinde mit dem besseren Detailwissen und Wolfgang mit der reiferen Lebenserfahrung. Und Heidelinde wurde nicht müde, Wolfgang zu erklären, daß ihm sein größtes Erlebnis mit dieser Literatur noch bevorstände, nämlich dann, wenn er fähig sei, sie in der Sprache zu lesen, in der sie geschrieben wurde. Sie hatte sehr bald erkannt, daß Wolfgang zwar ihre Liebe zur russischen Literatur, nicht aber die zur russischen Sprache teilte.

Beiden wurde schlagartig klar, worin die Ursachen für Wolfgangs

Aversion gegen diese Sprache lagen, als Wanja sie eines Tages um Hilfe für die Übersetzung eines deutschen Textes ins Russische bat. Es war ein Auszug aus einer Honecker-Rede, die er zu übersetzen hatte. Wolfgang erinnerte sich sticheInd, daß er in seinem Russischunterricht sehr oft Reden von Breshnew übersetzen mußte.

»Das ist doch kein Deutsch!« Heidelinde wurde richtig fuchsig. »Wie kann man denn nach solchen Texten die deutsche Sprache lieben lernen? Das ist doch ein Undeutsch!« Sie wandte sich an Wolfgang. »Merkst du nun, weshalb du nach dreizehn Jahren Russischunterricht immer noch kein Russisch kannst? Und viel schlimmer: Du hast nicht einmal die Chance gehabt, diese Sprache lieben zu lernen! Bei solchen Texten muß einem die Sprache verhaßt werden. Das ist ja grausam!«

Wolfgang hatte Heidelinde noch nie so empört gesehen. Sowohl Wanja als auch er, beide einen Kopf größer als sie, standen vor ihr wie erwischte Schulbuben.

»Merkt's ihr denn nicht?«, fuhr sie fort. »Eure Systeme sind dran schuld, daß ihr einen solch katastrophalen Sprachunterricht habt.«

Nachdem sie gemeinsam Wanja, der zum Glück von Heidelindes Ausbruch so gut wie nichts mitbekommen hatte, geholfen hatten, das Honecker-Deutsch in ein Breshnew-Russisch zu übersetzen, hatten sie nach Wanjas Abgang ihre Tür verschlossen und bis in den späten Abend hinein nichts anderes als Liebe gemacht. Dann hatten sie – statt eines Abendessens – eine Flasche Wein geöffnet, Heidelinde war an ihr kleines Bücherregal gegangen, aus dem sie ein dünnes Bändchen entnahm und es Wolfgang reichte.

»Тургенев, Три Повести«[21)], las Wolfgang laut vor.

»Sieh nach, auf welcher Seite 'Первая Любовь'[22)] steht. Das werden wir jetzt – jeden Tag ein Stückchen – gemeinsam lesen. Ich möchte, daß du ein Gefühl für die Schönheit der Sprache bekommst, daß du erfährst, wie sie schwingt, welchen Nuancenreichtum sie hat und wie platt und fad jede noch so gute Übersetzung sein muß. Du wirst es sehen.«

Fortan lasen sie in jeder freien Stunde in Turgenjews ERSTE LIEBE. Wolfgang hatte diese Erzählung vor vielleicht fünfzehn Jahren gelesen. Sie war aber kaum in seiner Erinnerung geblieben; vielleicht, weil sie für ihn damals zu wenig äußere Dramatik bot. Jetzt aber mit Heidelinde und hier in Moskau erschloß sich ihm diese Erzählung in völlig neuer Dimension. Die Liebe des Jünglings zu Sinaïda, die verhaltene, aber immer gegenwärtige Leidenschaftlichkeit zwischen dem Vater und dieser Frau, der alle - und wie herrlich russisch war das wieder - in ihrem Müßiggang verfallen waren. Und dann dieser ungeahnte Genuß, sich langsam und behutsam an die Schönheit einer schlicht und dennoch so kunstvoll geformten Sprache heranzutasten, sie zu erfahren und sie in sich wie ein lautloses Schwingen aufnehmen zu können.

Heidelinde - nein Sinaïda - las Satz für Satz vor, und Wolfgang sprach Satz für Satz nach. Sie übersetzte, wenn Wolfgang die vielen unbekannten Vokabeln nicht kannte, nie direkt, sondern umschrieb, versuchte aus dem Wortstamm das ihm Bekannte abzuleiten, so daß immer die Wirkung des unübersetzten Originaltextes blieb. Sie zeigte ihm die Nuancen, die Schwingungen, den Wort- und Satzklang, ließ ihn nachhorchen.

»Deine Emotionen müssen aus dem russischen Klang kommen. Du darfst es nicht für dich übersetzen", mahnte sie immer wieder. "Laß es im Russischen. Hörst du, wie schön das klingt? Um wieviel reicher das ist, was noch alles mitschwingt, wenn du es in dieser Sprache beläßt?«

Wolfgangs Herz war in solchen Momenten übervoll von Liebe: Dieses sich so wunderbare Erschließen mit diesem Buch, und das durch sie! Ihm war, daß alles, was er je liebte und geliebt hatte, jetzt und hier in diesem Zimmer war, und es war ein gemeinsames Gefühl, so stark, daß sie sich oft schon nach ein paar Sätzen in die Arme warfen, weil die Sehnsucht nach einer ineinanderdringenden Verschmelzung unbeherrschbar wurde.

»Ja, Sinaïda, Sina, Sinotschka«, murmelte er dann. »Du hast ja so recht. Und alles ist so schön. So wunder-wunderschön.«

Und sie erwiderte dann: »Ja, mein Myschkin! Mein Fürst. Wir lieben uns. Wir haben uns so lieb, wie nicht noch einmal zwei Menschen auf der Welt. Wir sind glücklich.«

Es war an einem Freitagnachmittag Anfang Dezember. Schneeregen klatschte gegen das Fenster. Die Tischlampe in Heidelindes Zimmer spendete gedämpftes Licht auf die Buchseiten mit dem russischen Text der Turgenjew'schen Erzählung, die sie beide wieder eingesponnen hatte in den vereinigenden Herzschlag eines gemeinsamen

Glücksgefühls. Die Zimmertür war verschlossen, und sie fühlten sich sicher und geborgen in ihrer Abgeschottetheit von der Außenwelt.

»He Myschkin, ich kann dir gar nicht sagen, wie sehr ich mich auf morgen freue.« Heidelinde gab Wolfgang einen Kuß. »Mein Gott! Anna Karenina! Und im Bolschoi!!! Und dann noch die Plizetzkaja! Kann es was Größeres geben? Wir sind Glückskinder! Weißt du das, mein Fürst? Vor zwei Wochen 'Giselle' mit der phantastischen Iwanowa und morgen die 'Karenina' - und wer weiß, was noch alles ...«

»Alles, meine Sinaïda! Alles werden wir sehen«, sagte Wolfgang. »Und jetzt trinken wir darauf, daß die Chefdramaturgin vom Bolschoi den lieben Alfred in so guter Erinnerung behalten hat und vor allem auf Alfred, weil er mir diesen Brief mitgegeben hat, mit dem wir zu diesen wunderbaren Karten kommen. Übrigens, die Chefdramaturgin ist eine recht charmante Dame!«

»Du darfst sie charmant, liebevoll und reizend finden, weil sie uns diese traumhaften Erlebnisse schenkt, die wir bestimmt ein Leben lang als schöne Erinnerung in uns tragen werden. Auch dann noch, wenn ...«

Ein Klopfen, das wie ein Peitschenschlag in ihr Gespräch brach, ließ sie zusammenschrecken. Es war ihr verabredetes Klopfzeichen: lang - kurz, kurz, kurz - lang, das nur sie selbst, Nicole, Jukono und Wanja kannten.

»Открыте! Быстро!«[23] Sie erkannten Wanjas Stimme. Heidelinde öffnete. Sie war, wie Wolfgang, kreidebleich vor Schreck.

Wanja wartete ihre Fragen nicht ab: »Die Sanitarnaja Kommissia kommt hierher. In wenigen Minuten ist sie da. Macht schnell!«

»Das hätte ins Auge gehen können!« Wolfgang zog sich an. »Verstecke die Flasche!« Er sah sich im Zimmer noch einmal rasch um. »Siehst du, es war doch nicht so dumm, Wanja einzuweihen.«

»Mir sitzt immer noch der Schreck in den Gliedern«, sagte Heidelinde und reichte Wolfgang seine Katzenfellweste. »Fertig, Myschkin?« Sie versuchte ein Lächeln.

»Ja.« Wolfgang schlüpfte in seine Katzenfellweste.

Sie warfen sich in die Arme. Heidelinde sagte: »Du hattest recht. Mit Wanja, mein' i.« Dann ging sie zur Korridortür, spähte - in schon eingespieltem Ritual - den Flur entlang, und auf ihr Zeichen verließ Wolfgang das Zimmer.

Die »Sanitarnaja Kommissia« war eine Kommission ausgewählter Genossen, die beauftragt waren, Ordnung, Sauberkeit und Disziplin im Wohnheim zu kontrollieren, und mit diesem Auftrag waren sie befugt, jedes der Zimmer in ihrem Verantwortungsbereich zu betreten, auch wenn die, die es bewohnten, nicht anwesend waren. Laut Heimordnung war niemand berechtigt, den Genossen der Kommission den Einlaß in ihr Zimmer zu verwehren. Ihre Kontrollpflicht übten sie unangemeldet aus, so daß nicht immer zu erwarten war, daß die, die sie kontrollierten, auch anwesend waren, was insofern ohne Belang war, als sie sich in Abwesenheit der Zimmerbewohner mittels eines Generalschlüssels in jedes der Zimmer Zutritt verschaffen und damit Ordnung und Sauberkeit kontrollieren konnten.

СОБЛЮДАЙТЕ ЧИСТОТУ! – diesen hundertfach im Wohnheim angebrachten Gebotstafeln schienen sie verpflichtet zu sein, aber wenn man sich die Zusammensetzung der Kommission ansah, mochte man ahnen, daß sie ihren Auftrag, HALTET SAUBERKEIT!, wohl auch in sicherheitsdienstlichem Sinne verstanden. Aus der DDR-Gruppe gehörte selbstverständlich der Genosse Rosin dieser Kommission an, und daß ihr Wanja ebenfalls angehörte, schien den Verdacht, den Heidelinde ausgesprochen hatte, zu bestätigen.

»Боже мой! Das ist sich g'rad noch mal gut ausgegangen«, murmelte Wolfgang, als er aufatmend in seinem Zimmer angekommen war. Er lächelte über sich, weil er unvermittelt Heidelindes Tonfall nachgeahmt hatte. Er warf sich auf sein Bett, und sofort kam er ins Grübeln: *Wenn uns Wanja nicht gewarnt hätte? Oh, o, o – das war knapp! Aber dann hat Heidelinde ja doch recht mit ihrer Vermutung. Wanja, und der KGB? Na und! Uns jedenfalls hat es heute genutzt. Wie er's nur angestellt hat, daß er uns warnen konnte? Nicht auszudenken, was passiert wäre, wenn mich Rosin in Heidelindes Zimmer überrascht hätte …* Erst jetzt erfaßte er das ganze Ausmaß der Gefahr, der sie vor wenigen Minuten durch Wanjas Eingreifen entronnen waren. Er verspürte plötzlich einen schmerzhaften Stich in der Brust. *HEIMATSCHUSS! Das wär's dann gewesen! Unvorstellbar, wenn man mich jetzt von Heidelinde trennen würde. Unausdenkbar! Versteht ihr! НЕ-ВОЗ-МОЖ-НО!*[23] *Nicht mit mir! Da müßt ihr früher aufstehen!* Er hatte es wie zur Bekräftigung laut gegen die Zimmertür geschrien, durch die diese Reinhaltungsexperten eintreten mußten. Dann stand er auf, wischte kurz über jene Stelle am Türrahmen, an der – wie jedes Mal – die Kommission ihren Staubfingertest ausführen wird, und erwartete, sich am Tisch scheinbar beschäftigend, die Kommission.

28

SCHEIBENWISCHER

I

Ein paar Tage später hatten sie den Vorfall schon wieder vergessen. Es gab Wichtigeres zu besprechen, weil es nicht nur ihre Existenz hier in Moskau betraf, sondern ihr Leben überhaupt, das sich auf eine einzige Frage reduzierte: Was wird aus unserer Liebe?

Weihnachten und der Jahreswechsel standen vor der Tür und damit die Notwendigkeit für den Ehemann Dr. Sander, den allen gewährten Heimaturlaub bei seinen Lieben zu Hause zu verbringen. Und dieser unausweichlich heranrückende Abflugtermin lag wie ein schwelendes Feuer zwischen ihnen. Sie konnten kein Gespräch mehr führen, ohne daß dieser Zeitpunkt mitgedacht wurde, er schlich sich in ihre Seelen, die sich nun nicht mehr zu jenem ungetrübten Flug aufschwingen konnten in Gefilde, die nicht mehr von dieser Welt waren. Und – was war schon die Gefahr, entdeckt zu werden, gegen diese hereinbrechende Realität, die nicht mehr weggedacht werden konnte und sich wie Gift in ihre Herzen träufelte und alles, alles plötzlich so unsagbar schwer machte?

Turgenjews ERSTE LIEBE lag schon seit Tagen unberührt quer auf den Büchern im kleinen Regal. Heidelinde reagierte unangemessen gereizt auf die Notwendigkeiten ihrer Tarnung. Wenn Wolfgang erklärte, daß er wieder einmal jemanden aus der DDR-Gruppe besuchen müsse, kam es zu trotzig lächerlichen politischen Auseinandersetzungen. Ungekanntes Schweigen lag jetzt oft zwischen ihnen, wenn sie nachts wach nebeneinander lagen oder sich in fiebrig übersteigerter Leidenschaftlichkeit liebten.

»Wenn du zurückkommst, wird nichts mehr so sein wie es war«, sagte sie eines Nachts in das lange Schweigen, nachdem sie sich so ekstatisch geliebt hatten, als sei es ihr letzter Tag im Leben. »Es wird etwas zwischen uns stehen, und das wird höher, breiter und mächtiger sein als die Kremlmauer.«

Wolfgang strich ihr über das Gesicht, und er fühlte, daß es tränenfeucht war. Sein Magen krampfte wieder. Aber noch stärker war der Schmerz, der sich angesichts ihrer Tränen und seiner Hilflosigkeit wie ein brennender Mantel um ihn legte. Er wußte, was sie meinte mit dem, was danach zwischen ihnen liegen sollte. Er empfand ja ebenso, aber Birgit war seine Frau und die Mutter seiner Kinder, und er liebte sie, wenn auch anders als Heidelinde. Er wußte, Heidelinde wartete auf dieses eine Wort, auf dieses Versprechen, daß er mit Birgit, wenn er nach Hause käme, nicht schlafen würde. Er war sich sicher, daß er das ohnehin nicht könne, daß es undenkbar war, aber das mußte er mit sich ganz allein abmachen. Das wollte und konnte er Heidelinde nicht versprechen. Es wäre ihm wie ein Verrat vorgekommen, vor dem er sie alle drei schützen wollte. Er wußte sehr genau, in welcher Situation er sich befand, er kannte die Geschichte von BURIDANS ESEL, und in ihm war schon jetzt mehr Gewißheit als Ahnung, wie sie ausgehen mußte, wenn er sich nicht gegen Heidelinde entschied. Aber das konnte er schon lange nicht mehr, und genauso wenig war er fähig, mit ihr einen verbalen Komplott gegen Birgit zu schmieden. Tun, wirklich tun oder nicht tun – das war etwas anderes als mit Worten verraten. Er wollte tun und handeln, sich verhalten, ohne durch ein Versprechen gebunden zu sein. Was sich dann ergab, das entstiege aus der Situation, spontan, ohne jenen bindenden und beeideten Vorsatz, den er dann möglicherweise, weil er ihn unberechtigt und verräterisch empfand, eher gebrochen hätte als seine freie unbesprochene Entscheidung.

Warum kann ich nicht – wie das doch alle Männer der Welt machen – einfach erst einmal etwas versprechen? Mehr verlangt niemand. Heidelinde will doch nur mein Wort, und es wäre ja nur das, was ich selbst will. Sie würde das hören, was sie von mir hören will, und es wäre für sie leichter, über diesen Jahreswechsel zu kommen. Was zum Teufel zwingt mich in diesen Wahrheitsfanatismus einer Ehrenhaftigkeit in Worten, wo ich mich andererseits so frei von Gewissensbissen verhalte? Wieso fällt mir die Benennung von Verhaltensweisen so ungleich schwerer als das Verhalten selbst?

»Sinotschka, das redest du dir ein«, sagte er, indem er ihre Tränen vom Gesicht küßte. »Nichts wird anders sein. Ich liebe dich, und das wird so bleiben. Niemand, keine Grenzen und keine Entfernung werden daran etwas ändern können. Nur wir selbst werden uns zerstören und unsere Liebe, wenn wir an uns zu zweifeln beginnen.«

»Und doch wird etwas zwischen uns stehen, wenn du wiederkommst«, beharrte sie. »Die Vorstellung, daß du in ein paar Tagen bei deiner Frau bist und mit ihr vielleicht das tust, was wir hier tun ...«

Heidelindes Körper schüttelte ein Weinkrampf. Wolfgang streichelte sie behutsam.

»Glaubst du wirklich, daß ich das könnte?«

»Du hast noch nicht gesagt, daß du es nicht tust.«

»Meinst du, daß man das sagen muß?«

»Nein«, sagte sie leise. »Du mußt es mir nicht sagen.« Und fast flüsternd fügte sie an: »Aber mir wäre leichter, wenn du es tätest.«

Sie schwiegen. Wolfgang schaute durch das Fenster in den Moskauer Nachthimmel. Heidelinde hatte sich aufgerichtet. Mit dem Rücken an der Wand lehnend, hatte sie die Knie angezogen und ihr Kinn darauf gepreßt – so, als wollte sie damit verhindern, daß sie weiterspreche. Ihre langen, dichten, gekräuselten Haare umrahmten wie ein trennender Vorhang ihre angehockten Beine. In dieser Stellung vor dem helleren Hintergrund des Fensters glaubte Wolfgang die Silhouette eines geheimnisvollen Fabelwesens zu erkennen, er sah in ihr die rätselhafte SPHINX. Er konnte seinen Blick nicht von ihr wenden: *Ich kann dein Rätsel nicht lösen, also werde ich sterben!*

»Du mußt mir vertrauen und an unsere Liebe glauben. Dann wird alles gut«, beendete er das nachdenkliche Schweigen.

II

Als Wolfgang am vierten Januar neunzehnhundertvierundsiebzig aus dem Flughafengebäude Scheremetjewo trat, kam er sich vor, als wäre er aus der Fremde wieder in der Heimat angekommen. Er atmete tief durch, schaute in den verregneten Himmel, der so gar nicht zu seiner freudigen Ankunftsstimmung passen wollte. Aber was soll's. Der Himmel weint vor Glück! Um so schöner wird unser Wiedersehen in ihrem gemütlichen kleinen Zimmer. Wie hat er sich nach diesem Zimmer gesehnt: zu Weihnachten, über Silvester ...

Er war zwei ganze Tage früher als abgesprochen zurück, und jetzt wollte er so schnell wie möglich ins Heim. Zwei geschenkte Tage! Auf dem zweistündigen Rückflug von Leipzig nach Moskau waren seine Vorstellungen um einen einzigen Punkt gekreist, wie sie sich nach dieser langen und so verhängnisvoll gesehenen Trennung wieder in den Armen liegen werden und er ihr sagen kann: *Sinotschka, es hat sich nichts geändert, ich bin noch so, wie ich vor zwei Wochen von dir weggefahren bin.*

Er schaute über den so überhaupt nicht einladenden Vorplatz, auf dem sich spritzende Autos durch den ölverschmierten Schneematsch wühlten. Er schleppte seine Koffer in Richtung Bushaltestelle. Aller zwei Stunden fuhr ein Bus nach Moskau hinein, für zwei Rubel. Mit dem Taxi ginge es natürlich schneller, aber das bekam man günstigstenfalls für zwölf Rubel; also nur dann, wenn man härtestes Durchstehvermögen bewies. Doch als Ausländer war man ziemlich chancenlos. Und selbst zwölf Rubel waren nicht wenig Heu bei den hundertzehn, mit denen man einen Monat lang für alles aufkommen mußte. Er schlug den Weg zum Taxistand ein. *Bis fünfzehn Rubel gehe ich. Ich bin zwei Tage früher, und jetzt zählt jede Minute!* Er mußte über seinen Aberglauben feixen, weil er sich einredete, daß alles gut werde, wenn er diese eingeschlagene kürzeste Linie aus Zeit und Raum bis zu ihrem Wiedersehen einhalten würde. Damit machte er sich stark für das Spielchen, das ihn jetzt erwartete:

»Куда?«[24] sprach ihn der erste Taxifahrer an.

»Москву. Ленинские Горы. Общежитие универзитета.«[25]

»Двадцать пять рублей!«[26]

»Нет! Двенадцать!«[27]

Der Taxifahrer hob nur gelangweilt und geringschätzig seine Augenbrauen, drehte sich um und ging an sein Taxi zurück.

»Хорошо! Пятьнадцать!«[28], rief ihm Wolfgang nach.

Doch der wandte sich nicht einmal um, machte nur eine Geste, wie man lästiges Ungeziefer wegscheucht. Wolfgang kannte das, und sein Ziel vor Augen, war er nun bereit, in jene seinem Wesen widerstrebende Konsequenz einzusteigen, die ihn in die Rolle eines petzenden, anzeigenden Bürgers versetzte, mit der er seit seiner Kindheit traumatische Probleme hatte.

»Ладно«[29], sagte er so lässig er konnte, aber in einer Unmißverständlichkeit, daß der Taxifahrer neben seiner geöffneten Wagentür stehenblieb und sehr aufmerksam beobachtete, was Wolfgang tat.

Wanja, dem Heidelinde und Wolfgang einmal sehr empört vorgehalten hatten, daß alle Taxifahrer in Moskau Betrüger wären und daß das offensichtlich sogar staatlich geduldet sei, hatte ihnen, seinen Staat verteidigend, in einer Retourkutsche vorgeworfen, daß sie selbst Mitschuld trügen, wenn die Taxifahrer mit diesen Betrügereien immer wieder durchkämen. Falls man die Taxifahrer, die betrögen, in ihrer Dienststelle anzeige, dann bekämen sie ihr Grundgehalt gestrichen, was ihre Einkünfte unter das Existenzminimum drücken würde. Aber da das so wenige wüßten und noch weniger bereit seien, es mit konkreter Autonummer, Zeit und Ort anzuzeigen, deshalb blühe eben diese Korruption.

Wanjas Erklärung im Hinterkopf, stellte sich Wolfgang breitbeinig vor das Taxi, holte Stift und Schreibblock aus seiner Aktentasche, schaute provokant auf seine Armbanduhr und notierte. Dann gab er durch Blick und Gestik deutlich zu verstehen, daß er die Autonummer des Taxis aufschrieb. Er wußte, das alles mußte nicht unbedingt gut ausgehen. Im Gegenteil, viel wahrscheinlicher war, daß es nicht bei dem schweigenden Disput zwischen ihm und dem Taxifahrer dort vor ihm bleiben würde, angesichts der ihm jetzt erst bewußt werdenden Tatsache, daß er hier so ziemlich allein gegenüber einem Gruppenbewußtsein von durch sein Verhalten vielleicht aufgebrachten Taxifahrern stand.

Der Taxifahrer kam bedrohlich wiegenden Schrittes auf ihn zu. Wolfgang zeigte ihm wortlos, was er aufgeschrieben hatte: Ort, Reiseziel, Uhrzeit, Autonummer und – unterstrichen – 25 Rubel. All seinen Mut zusammennehmend, sagte er zwar leise, jedoch so bestimmt und fest es ihm möglich war: »Двенадцать рублей … И я забываю. Всё!«[30]

Der Taxifahrer kratzte sich unter seiner Mütze am Kopf. Er schien zunächst unschlüssig, so daß in Wolfgang langsam Furcht hochkroch und er mit sinkendem Mut darüber nachzudenken begann, was er noch ausrichten könne, wenn der da neben ihm seine Kumpels ruft und sie ihn gemeinsam vertrimmen, ihn vielleicht noch seines Geldes und seines Gepäcks berauben – man hatte ja dergleichen schon gehört. Er begann sich zu verfluchen, warum er nicht in den Bus eingestiegen war. Zwei, drei Stunden später, was hätte das denn schon ausgemacht! Aber Angst durfte er auf keinen Fall zeigen, und deshalb wich er um keinen Zentimeter aus dem Pupillenkontakt mit dem Taxifahrer.

»Хорошо! Пятьнадцать!«[31] stieß der schließlich zwischen den Zähnen hervor. Aber Wolfgang wollte jetzt seine Mutprobe bis zum Ende durchstehen.

»Двенадцать«[32], wiederholte er und riß die beschriebene Seite aus dem Block. Er hielt sie dem Taxifahrer hin.

Der sah Wolfgang mit einer furchterregenden Körperhaltung in die Augen. Dann änderte er fast abrupt seine Gestik, und mit einem einladenden breiten Lächeln auf sein Taxi weisend, sagte er freundlich: »Входите!«[33] Dabei drohte er ihm scherzhaft mit dem Zeigefinger. Wolfgang zerknüllte das Stück Papier in seiner Hand und warf es erleichtert in einen Papierkorb. Der Taxifahrer verstaute sogar eigenhändig Wolfgangs Gepäck in den Kofferraum, was in Moskau nicht unbedingt üblich war, und als er sich ans Steuer setzte, schnalzte er ziemlich ausgelassen: »Поехали!!!«[34]

Schon beim Anfahren spürte Wolfgang, daß es eine halsbrecherische Fahrt werden würde, und er verwünschte ein zweites Mal seine Idee, mit Hilfe eines Taxis schneller bei Heidelinde zu sein. Wie fast alle Taxen in Moskau fuhr auch dieses mit abmontierten Scheibenwischern. »Zappzarapp«, deutete der immer freundlicher werdende Fahrer das Fehlen der Wischer an. Deshalb müsse er schneller fahren: Bei dem strömenden Regen könne er nur etwas sehen, wenn genügend Fahrtwind das Wasser von der Windschutzscheibe drücke.

»Da bin ich ja beruhigt«, sagte Wolfgang auf deutsch und versuchte krampfhaft, in dem impressionistischen Bild vor ihm durch die Windschutzscheibe Konturen auf der Straße zu entschlüsseln, die jene Fahrzeuge sein mußten, die sie auf der zum Glück vielspurigen Straße blindflughaft überholten. Was er gesagt habe, fragte der Fahrer spitzbübisch lächelnd, der augenscheinlich in diesem konturenlosen Nichts vor ihnen doch mehr sah, als Wolfgang hineinahnen konnte. Und da er sich dabei umwandte, also zu allem Überdruß auch noch von der Fahrbahn wegsah, beeilte sich Wolfgang zu bestätigen, daß er das alles genauso sehe wie er, und daß, wie ihm scheine, er ein ausgezeichneter Autofahrer sei. *Nur keine Angst zeigen,* sagte sich Wolfgang, *sonst legt der's noch darauf an, daß ich mir in die Hosen mache.*

Dieser offensichtlich von allen guten Geistern verlassene Fahrer fuhr dieses mörderische Tempo bei halb heruntergelassenem Fenster auf der Fahrerseite, aber Wolfgang wagte nicht, ihn zu bitten, es zu schließen, obwohl es schrecklich zog. Aber es hatte alles seine Ordnung, auch dieses halboffene Fenster, was Wolfgang wenige Minuten später – das unglaubliche Geschick des Fahrers geradezu bewundernd – feststellen konnte: jedoch fast ohnmächtig vor Schreck und trotz Atheismus irgend jemandem da oben dankend, daß er noch am Leben war. Beim rasenden Überholen muß ein Laster neben ihnen durch einen Schlammkrater gefahren sein. Jedenfalls es wurde vorn und auf der rechten Seite, wo Wolfgang saß, schlagartig zappenduster. Absolut keine Sicht, und das bei einem Überholvorgang mit sicherlich mehr als hundert Sachen. Wolfgang schützte automatisch sein Gesicht: *Das war's.*

Er hörte ein: »Юбка твою мать!«[35] – sah, in welch zielsicherer Schnelligkeit der Fahrer das halboffene Fenster unten hatte, seinen Kopf weit hinaus in den Fahrtwind hielt und mit dieser Sicht den Überholvorgang nicht etwa abbremste, sondern sicher beendete. Danach fuhr er das frontsichtlose Gefährt an den Straßenrand und hielt an.

»Юбка твою мать!« wiederholte er kopfschüttelnd. Weiter sagte er nichts. Für kurze Zeit drückte er seine Stirn an das Lenkrad. Dann öffnete er den Verschlag, holte aus dem Kofferraum zwei Scheibenwischer und montierte sie an die Stellen, wohin sie gehörten. Er schaltete sie ein, und mit ihrer Hilfe löste sich – Wisch um Wisch – die ölverschmierte Verdunkelung an der Frontscheibe. Auf Wolfgangs rechter Seite säuberte er von außen mit einem Lappen die schlierig verschmierten Scheiben. Das alles geschah ohne Hast und ohne ein Wort.

Mit den intakten Scheibenwischern fuhr er jetzt wie ein normaler Autofahrer. Sie schwiegen. Weder er noch Wolfgang wollten das soeben Vorgefallene interpretieren. Als der Taxifahrer am Eingang B des Universitätskomplexes anhielt, gab ihm Wolfgang fünfzehn Rubel und bedeutete ihm, daß es so stimme. Der aber lehnte ab und gab ihm wortlos drei Rubel wieder zurück. Nachdem er das Gepäck aus dem Kofferraum auf dem Bürgersteig abgestellt hatte, stand er einen Moment unschlüssig herum, gab, einer plötzlichen Eingebung folgend, Wolfgang die Hand und murmelte: »Благодарю Вас!«[36] Wolfgang war verblüfft. Nach allem, was er erlebt hatte, und jetzt das?

»Для чего?«[37] fragte er. Er konnte sein Erstaunen nicht verbergen.

»Потому что Вы молчали, после того так …«[38] Der Taxifahrer vollendete den Satz nicht, stieg in seinen Wolga und fuhr davon.

III

Wolfgang stand neben seinen Koffern und schaute dem Taxi nach, bis es, vom Verkehr der großen Magistrale aufgesogen, seine Individualität verlor. Ihn fröstelte, und er fühlte plötzlich, daß er außerstande war, seine Koffer aufzunehmen und weiterzugehen, obwohl es nur noch wenige Schritte waren bis zu der Tür, hinter der all die Sehnsüchte der letzten Tage wieder gelebt werden konnten. Mit aller Macht bohrte sich die Vorstellung in sein Hirn, welch endgültiger, unumkehrbarer Situation er da soeben entronnen war. Er schaute auf seine rechte Hand, in der er immer noch den festen Händedruck des Taxifahrers spürte. Dieser unerwartete Handschlag hatte ihn verwirrt. Mit ihm waren aller Groll, alle Wut und alle Feindseligkeit wie weggeblasen, die er gegen den empfunden hatte, der ihm beinahe so unverantwortlich – und nur daran dachte er jetzt – der Möglichkeit beraubt hätte, Heidelinde zu überzeugen und zu beweisen, daß er auch ohne Versprechen in diesen zwei Wochen ihre Liebe nicht verraten hatte. Ihm wurde schwindlig bei dem Gedanken, daß, wenn es auf dieser Straße denn passiert wäre, er sie mit diesen Zweifeln zurückgelassen hätte. Aber jetzt empfand er nach diesem Händedruck ein warmes, ja freundschaftliches Gefühl für diesen Mann, mit dem er in Unausdenkbarem vereinigt gewesen wäre, der aber andererseits durch seine außerordentliche Geschicklichkeit und Geistesgegenwart gerade das verhindert hatte und der trotz seiner eigenen Betroffenheit die Größe besessen hatte, sich für ein angemessenes Schweigen ganz schlicht zu bedanken. Ein Dank. Keine Entschuldigung.

Erst mit dem Verschwinden des Taxis war er sich der Schwäche in seinen Beinen bewußt geworden. Er hatte sich auf seine Koffer gesetzt, sich eine Zigarette angezündet, die aber feucht wurde und nicht schmeckte. Es begann zu dämmern. Der Nieselregen durchnäßte seine schütteren langen Haare, aus denen es unangenehm hinter seinem hochgeschlagenen Mantelkragen in den Nacken tropfte. Er fühlte sich jämmerlich, schlapp und apathisch. Ich muß, trieb er sich an. Aber er blieb noch sitzen. Er legte die Hand auf seine Stirn, die sich trotz der Nässe heiß anfühlte. *Verdammt, ich kriege 'ne Erkältung*, registrierte er, aber er blieb immer noch sitzen. *He, Sinaïda, die übertriebenen Vorsichtsmaßnahmen hören jetzt auf. Das verspreche ich dir! Ich gehe jetzt ganz offen, ohne Versteckspielen durch deine Tür. Sollen die doch alle denken, was sie wollen. Ich will unsere Liebe leben. Hörst du, wir leben unsere Liebe! Du siehst ja, wie schnell es zu Ende sein kann.* Als er seine Koffer aufnahm, spürte er einen ersten Fieberschauer ...

29

ICH WILL, WIE SIE, MEINE IKONE

I

Der Zug am Kiewer Bahnhof in Moskau setzte sich in Bewegung. Er gewann schnell an Fahrt, schlingerte zunächst schrill quietschend über unzählige Weichen, bis er auf linear geradem Gleisbett nur noch den monotonen Takt von raumgreifender Eisenbahngeschwindigkeit erzeugte, mit der er unausweichlich gen Westen trieb. Es war der Vormittag des dreiundzwanzigsten Juni neunzehnhundertvierundsiebzig. Für zwei der Abreisenden in dem Zug, einen Mann und eine Frau, war dieser dreiundzwanzigste Juni ein Datum von unerbittlicher Wehmut. Um Mitternacht lief ihr Visum ab. Sie waren die Letzten ihrer Gruppe, die das Land verließen. Die anderen waren vor Tagen abgereist, einige schon vor Wochen.

Der Mann und die Frau waren ohne Begleitung zum Bahnhof gekommen. Obwohl sie an ihrem Gepäck schwer zu tragen hatten, sah man ihnen an, daß es ihnen mehr als recht war, mit dem Verstauen der vielen Gepäckstücke vollauf beschäftigt zu sein. Sie halfen sich gegenseitig und umständlich, geflissentlich darauf bedacht, nicht schon vor der Abfahrt des Zuges in eine Ruhephase zu kommen. Nicht nachdenken, nicht erst ins Grübeln kommen: darin schienen sie sich ohne Absprache einig zu sein.

Als der Zug anfuhr, saßen sie sich schweigend gegenüber, dankbar, allein in diesem Abteil zu sein. Sie vermieden es, sich anzusehen, aber auch von der sonnendurchfluteten Landschaft, die wie ein Laufbild am geöffneten Abteilfenster vorbeiflog, bemerkten sie nichts. Sie spürten, daß sie beide den gleichen zwecklosen Kampf führten gegen diesen inneren Drang, der ihre Augen feucht machte. Dann schauten sie sich an. Und indem sie sich so sahen, hoben sie hilflos lächelnd ihre Schultern: Einem nicht mehr unterdrückbaren Zwang folgend, warfen sie sich in die Arme und ließen, auf diese Weise sich gegenseitig tröstend, ihnen Tränen freien Lauf.

Der in dieser jämmerlichen Verfassung Trost suchende Mann war Wolfgang. Die Frau hieß Vera. Sie war jene Slawistin in der DDR-Gruppe, der es Wolfgang bei ihrer Anreise vor zehn Monaten (wieviel Lichtjahre war das her?!) zu verdanken hatte, daß er in ein Zimmer ziehen konnte, das so wunderbar weit weg von denen der anderen lag. Wer weiß, wie alles gekommen wäre, wenn es sich an diesem ersten Tag nicht so gefügt hätte? Jetzt aber saßen sie als Abreisende wider Willen in diesem Abteil, und sie schämten sich der Tränen nicht, die sie nun auch nicht mehr zurückhalten wollten. Obwohl sie in Moskau selten ein Wort miteinander gewechselt und sich nur darin als gleichgesinnt erkannt hatten, weil sie weniger als andere den Kontakt mit der Gruppe suchten, waren sie jetzt im gleichen Leid vereint: Sie hatten beide jemanden zurückgelassen.

Trotzdem waren sie allein zum Bahnhof gekommen. Zu tief war für sie der Trennungsschmerz, als daß sie eine Verabschiedung auf diesem Bahnsteig ertragen hätten. Und jetzt, wie der Zug auf schnurgerader Strecke an Geschwindigkeit gewann, nahm für sie die Unumstößlichkeit des Endes einer Zeit das endgültige Schweigen eines Grabmahls an. Diese nur vom monotonen Gleisschlag unterbrochene Stille bemächtigte sich ihrer Seelen, und bald schon versandeten ihre Tränen. Sie schwiegen, und jeder war dankbar für das Schweigen des anderen, für die Akzeptanz und das Verständnis, daß jeder seinem Bedürfnis nachgehen wollte, einen eigenen Film in aller Stille und innerer Einkehr noch einmal vor sich abrollen zu lassen.

II

Wolfgangs Film begann mit seiner Rückkehr aus dem Weihnachtsurlaub. Es war ihm das passiert, was er befürchtet hatte, als er antriebslos, dem so merkwürdig geschenkten Leben nachsinnend, im Nieselregen auf seinen Koffern saß. Seine Kraft hatte gerade noch dafür gereicht, sich mit dem Gepäck auf sein Zimmer zu schleppen. Aber bevor er Heidelinde von seinem vorzeitigen Kommen unterrichten konnte, warf ihn ein erster Schüttelfrost aufs Bett, das er zwei Wochen nicht mehr verlassen sollte. Sein gesamtes Immunsystem schien durcheinandergeraten zu sein. Er hatte nicht nur mit einer schweren Bronchitis zu kämpfen, bei der ihn ein schmerzhafter trockener Husten quälte, sondern weit gefährlicher und furchterregender war dieses die Erkältung begleitende Nervenfieber, das ihn von einem Schüttelfrost in den anderen warf.

Es war schon in ihm gewesen, als er von zu Hause wegfuhr. Von zu Hause? Sein Zuhause? Hatte er noch ein Zuhause, eine Heimstatt, in der er wie früher Geborgenheit finden, sich zurückziehen und die Wunden lecken konnte, die ihm da draußen in der Arbeitswelt geschlagen worden waren? Für ihn war es die größte, bedeutendste und wertvollste Leistung seines Lebens, daß er sich dieses verständnisvolle Zuhause aufgebaut hatte mit dieser liebenden und ihn so tolerant umsorgenden Frau, den prächtigen Kindern ... Das ist mein Fels in der Brandung des Lebens, hatte er einmal einem Freund gegenüber geäußert, und so war es für ihn auch. Jetzt aber, so empfand er, hatte er alles Recht darauf verloren. Er sehnte sich nach dem Erhalt dieser so ausgewogenen Sicherheit und dem damit so überschaubar gewordenen Lebenskonzept, das selbstverständlich die berufliche Entwicklung mit einschloß, diesen geraden Weg: Habilitation, Dozentur, Professur ... Alles war vorgezeichnet, war greifbar nah, war wirklich, war Realität.

Aber was war das alles gegen das Gefühl, die Unstillbarkeit einer großen Liebe zu erleben? Gegen diese Droge war er machtlos. Dieses Gefühl hob ihn heraus aus der verhaßten Spießigkeit und dem Mief, jenem Preis für die realisierte Sehnsucht nach geordneter Bürgerlichkeit, den eingelöst zu haben ihn genauso bedrückte wie jetzt seine Unfähigkeit, diese Liebe loszulassen, die – und darin war er sich absolut sicher – alles zerstören wird, wofür er die letzten zehn Jahre gelebt hatte. Er hatte sein Leben lang das Schöne, das Reine, das Gerechte angebetet, und jetzt verzweifelte er daran, daß er Schönheit, Reinheit und Gerechtigkeit nur noch in seinem Gefühl für Heidelinde erkennen konnte. Es war so unsagbar ungerecht, und das wußte er. Aber er war außerstande, anders zu fühlen.

Noch hatte er Birgit nichts gesagt, aber sie ahnte, was in ihm vorgehen mußte, obwohl er ihr – außer in Einem – keinerlei Veranlassung gab, anzunehmen, daß sich zwischen ihnen etwas geändert hatte. Wolfgang war unverändert zuvorkommend zu ihr, las ihr jeden Wunsch von den Lippen ab, war ein sehr liebender Vater für seine Kinder – nur eines ging nicht: Sie konnten nicht miteinander schlafen. Aber auch das war unverfänglich, weil Wolfgang seit dem ersten Tag seiner Ankunft ein genitaler herpeshafter Ausschlag plagte. Wie segensreich doch manchmal hypochondrische Veranlagungen sein können, wenn sie sich denn realisieren.

Schon auf dem Rückflug nach Moskau war dieser Ausschlag verschwunden, als sei eine Hand aufgelegt worden. Dafür aber streikte sein Körper unter der psychischen Last der durch diesen Urlaub aufgewühlten emotionalen Spannungen. Die Schreckensfahrt mit dem Taxi nach Moskau war nur noch der letzte Anlaß für die Flucht in diese nervenfiebrige Erkrankung gewesen.

Heidelinde war zu Tode erschrocken, als sie ihn – von Jukono benachrichtigt – in dieser Verfassung vorfand. Nach reichlich zwei Wochen hatte sie ihn soweit gesund gepflegt, daß er wieder aufstehen und mit ihr kurze Spaziergänge unternehmen konnte. »Mein armer, armer Myschkin«, hatte sie immer gesagt in den Tagen, als er im Fieberwahn nach ihr rief und sie ihm kalte Tücher auf die heiße Stirn legte. Und immer, wenn er ihr etwas erklären wollte, sagte sie: »I' weiß, mein Fürst, i' weiß es. Streng' di net so aan. S' ist doch alles, alles gut.«

Nachdem Wolfgang wieder gesundet war, brach für sie eine Zeit an, die nicht mehr von dieser Welt zu sein schien. Sie fühlten sich entrückt aus dem Alltag, beschützt durch eine Aura, die ihre Liebe ausstrahlen mußte – so stark, daß sie sich manchmal zwickten, um festzustellen: Ja, wir sind es tatsächlich! Es ist Wirklichkeit, was wir erleben!

Vor Wolfgangs Rückkehr hatte sich Heidelinde vorgenommen mit ihm über die Unsinnigkeit ihrer vermeintlich notwendigen Vorsichtsmaßnahmen zu sprechen. In ihrem Wohnbereich war Heidelinde die einzige Ausländerin, die über Weihnachten und Neujahr nicht nach Hause gefahren war, und in diesen zwei Wochen hatte sie etwas erfahren, das sie tief berührte. Eigentlich wollte sie sich von allen und allem zurückziehen; sie wollte ihr Herzeleid und den Schmerz des Alleinseins mit sich selbst in allen Tiefen ausloten, denn das tat, wie sie feststellte, zwar weh, war aber dennoch ein Gefühlszustand, den man mit einer gewissen Wohligkeit auskosten konnte. Doch es kam nicht zu dem gewollten Alleinsein. Russinnen aus den Nachbarzimmern klopften bei ihr an, um ihr unter irgendeinem Vorwand etwas Gutes zu tun: Sie wurde zum Tee eingeladen, man fragte, ob sie zu Freunden mitkommen wolle, ob sie etwas brauche – ganz aus heiterem Himmel, wie ihr zunächst schien. Und dann stellte sie fest, daß das alles nicht nur ihr, sondern daß es in erster Linie dem galt, was sie war, indem sie etwas verkörperte. Sie war für ihre Nachbarinnen nicht einfach eine Frau, sondern sie war eine LIEBENDE FRAU, und damit war sie ausgezeichnet und herausgehoben aus dem Dasein, nur einfach eine Frau zu sein. Sie war für alle sichtbar infiziert mit dem begehrten Bazillus der Liebe, und für die literaturbegeisterten Russinnen war das etwas Heiliges wie die großen Frauengestalten in den Romanen von Puschkin, Dostojewski, Turgenjew, Tolstoi, Tschechow, Bulgakow oder Schukschin, die sie liebten. Obwohl sie Heidelinde daraufhin nie direkt ansprachen, wußten sie um das, was Wolfgang und Heidelinde verband, und es machte ihnen Spaß, deren anrührende Geheimhaltungsversuche erfolgreich aussehen zu lassen. Sie wußten wohl um die Gefahr, in der sich besonders Wolfgang befand, aber sie hätten sich eher die Zunge abgebissen, als etwas so unsinnig Verbotenes jenen zu melden, die solche Verbote kraft ihres Amtes nach ihrem Verständnis unmenschlich repräsentierten.

Seit diesen Tagen sah man Heidelinde demonstrativ Wolfgangs unsägliche Katzenfellweste tragen, weil sie dem Schutz ihrer Ausstrahlung als Liebende mehr traute, als Wolfgangs Vorsichts- und Sicherungsmaßnahmen, die ringsherum achtungsvoll belächelt – aber eben doch wahrgenommen wurden.

Es war schon etwas Merkwürdiges um dieses Land, in dem die Menschen oft so brutal, unfreundlich, achtungs- und ehrfurchtlos miteinander umgingen. Doch Heidelinde und Wolfgang machten jetzt, nachdem sie sich nicht mehr versteckten, ganz neue Erfahrungen: Dieses Land, schien ihnen, war für Liebende wie geschaffen. Der Zauber ihrer Liebe verzauberte die, die sie sahen. Sie hatten es unzählige Male erlebt, selbst eingefleischte Bürokraten, verknöcherte diensthabende Frauen, rempelnde und spuckende Jugendliche verloren ihre unpersönliche Harschheit, wurden zuvorkommend und gefielen sich plötzlich darin, spontan etwas Gutes zu tun.

Liebende - war Wolfgang in diesen Tagen überzeugt - werden selbst im finstersten Ghetto Glück empfinden, und sie werden durch das, was sie ausstrahlen, in andere Menschen mehr Hoffnung pflanzen, als es die hoffnungsvollsten Ideologien vermögen. »Und Religionen!«, hatte er angefügt an jenem Abend, als er unter Freunden in gebrochenem Russisch seine Philosophie der Liebe verteidigte, weil unter ihnen Dimitri saß, ein gläubiger orthodoxer Christ.

Heidelinde und Wolfgang fühlten sich in ihrer Liebe wie auf einer Woge getragen. Die bisher gelebte Normalität gab es nicht mehr. Alles schien unwirklich, aber es geschah, wie bei jener Fahrt im legendären, stets überfüllten hundertelfer Bus, als ihnen zwei Sitzplätze angeboten wurden. Sie bekamen Einladungen von russischen Freunden, die nichts anderes wollten, als sie in dem, wie sie miteinander waren, anzusehen. Selbst die wegen ihrer Strenge gefürchtete dicke fette Deshurnaja auf ihrer Etage hatte für sie etwas getan, was niemand für möglich gehalten hatte.

Das war nach Leningrad, erinnerte sich Wolfgang, der in seiner Abteilecke um keinen Preis den ablaufenden Film anhalten wollte. *Nicht erwachen,* mahnte er sich. *Träumen, so lange wie möglich weiterträumen!* Er sah Bilder, wie sie abends beim Sonnenuntergang an der Newa saßen, wie sie ehrfurchtsvoll durch die unzähligen, prunkvollen Räume der Eremitage geschritten waren. Drei Tage hatten sie dort zugebracht. Und er sah die Gassen, in denen sie, Detektiven gleich, nach Zeichen gesucht hatten für den Weg, den der Mörder Raskolnikow in Dostojewskis Schuld und Sühne gegangen sein mochte. *Es war schon mehr als ein Wunder, daß man uns gemeinsam die Kommandirovka an die Leningrader Universität antreten ließ*, dachte Wolfgang in die ablaufenden Bilder hinein. *Aber noch wundersamer war die Wandlung der Deshurnaja im Moskauer Wohnheim.*

Nachdem sich Heidelinde und Wolfgang aus Leningrad zurückgemeldet hatten, erklärte die Deshurnaja, daß ihre ehemaligen Zimmer belegt seien - Amerikaner wohnten jetzt dort. Sie müßten, wie alle anderen auch, verlegt werden. Sie blätterte ungerührt in den Formularen auf ihrem Schreibtisch. Wolfgang müsse in Korpus D ziehen, erklärte sie. Heidelinde könne in Korpus B bleiben. Sie müsse jedoch zwei Etagen tiefer. Sie schob ihnen mit beiden beringten Händen an diesen nackten, keulenförmigen Armen die Einweisungsscheine über den Tisch, was auch heißen sollte, daß sie damit die Audienz für beendet hielt.

Heidelinde und Wolfgang standen wie versteinert. Das durfte nicht passieren, nicht jetzt noch, nicht für ihre letzten Tage. Wolfgang erinnerte sich, daß er unablässig auf diese quarkigquabbeligen, beringten Hände geschaut und dabei diesen merkwürdigen Satz gedacht hatte: *Das ist die Diagonale … Das ist die Diagonale … B und D, B und D!* Seine Erfahrung lehrte ihn, daß sie sich ohnmächtig dieser Entscheidung stellen mußten. Kein Reden, kein Bitten würden daran etwas ändern, und bei dieser Deshurnaja schon gar nicht! Es war entschieden, und sie hatten sich zu fügen. Er fühlte alles Blut aus seinem Kopf weichen. In dieser Totenblässe hätte er noch dostojewskihafter ausgesehen, hatte ihm Heidelinde später erzählt. Aber wie sie ihren Myschkin mit großen stumpfen Augen im aschgrauen Gesicht stehen sah, floß ihr ein ungeahnter Mut zu. Ihre eigene Verzweiflung ließ sie erkennen, daß – wenn hier überhaupt noch etwas zu regeln war – SIE handeln mußte, und das sofort. Sie wollte sich um keinen Preis in dieses Schicksal ergeben.

Heidelinde hatte noch wahrgenommen, daß ihr Tränen über das Gesicht rannen. Waren es Tränen der Wut oder der Verzweiflung? Dann war sie wie im Trance auf die in administrativer Strenge hinter ihrem Schreibtisch verschanzten Deshurnaja zugegangen. Sie hatte tatsächlich deren unsagbare Hände ergriffen und diese Frau in einem geradezu literaturreifen Russisch immer wieder ihre liebe, gütige Mutter genannt, die es nie fertigbringen würde, Liebende auseinander zu reißen, die bestimmt nicht so entschieden hätte, wenn sie gewußt hätte, welchen Schmerz sie ihr, Heidelinde, und ihm, Wolfgang, zufügen würde. Sie könne, so wie sie sie kenne, nicht glauben, daß sie so hartherzig entschieden hätte, nein, sie sei doch in Wirklichkeit ein so gütiger Mensch, und sicherlich fände sie auch jetzt noch Möglichkeiten … Bitte, bitte …

Heidelinde hatte der sichtlich gerührten Deshurnaja die Hände geküßt. Diese Hände! Nun stand sie, erschöpft vom aufgebrauchten Mut, mit aufgelöstem langen Haar und tränenfeuchtem Gesicht vor der Frau, die sie mehr getroffen hatte, als sie vermuten konnte. Unbeteiligtere als Wolfgang und Heidelinde hätten erkennen können, wie stark diese auf alle so streng und herzlos wirkende Frau, der in ihrer Häßlichkeit noch nie jemand gesagt hatte, daß sie ein gütiger Mensch sei, mit sich rang, nicht ebenfalls in Tränen auszubrechen und der vor ihr stehenden Heidelinde übers Haar zu streichen. Doch plötzlich schien sie sich ihrer mühsam unterdrückten Reaktionen zu schämen. Sie richtete sich straff auf, sah – Strenge mimend – abwechselnd von Wolfgang zu Heidelinde.

Und dann geschah das Wundersame. Sie zerriß wortlos die beiden vor ihr liegenden Formulare. Beim Ausfüllen eines neuen Vordrucks sagte sie zu Heidelinde im Tonfall einer Kupplerin, daß sie die Vornamen nicht ausschreiben werde. Nachdem sie unterschrieben und den obligatorischen Stempel darauf gewuchtet hatte, übergab sie Heidelinde den neu ausgefüllten Einweisungsschein.

»Myschkin, jetzt haben wir ein gemeinsames Quartier!« Heidelinde, noch fassungslos vor Freude, umarmte erst Wolfgang, dann fiel sie der Deshurnaja um den Hals.

»Благодарю Вас! Спасибо! Большое спасибо!«[39], stammelte sie, indem sie diese fette Frau fast erdrückte.

Wolfgang hatte zunächst nichts mitbekommen. Und als ihm dann so langsam bewußt wurde, welches Wunder da geschehen war, brauchte er vor maßloser Freude nicht einmal mehr einen Ekel zu unterdrücken, als er, Danksagungen murmelnd, der Deshurnaja einen dicken Kuß auf die Stirn schmatzte.

Ich hätte ihr sogar die Füße geküßt. Wolfgang lächelte mit geschlossenen Augen. *Was waren wir doch für Glückskinder!* Sein Film rollte weiter ab. Er sah die beiden Zimmer, ihre gemeinsame Wohnung, in der sie die letzten Tage in Moskau gelebt hatten, die so unwirklich schön und gleichzeitig so wahnsinnig traurig waren.

»Паспорт, пожалуйста!«[40] Wolfgang wurde aus seinen Traumbildern in die Wirklichkeit zurückgeholt. Sie waren an der polnischen Grenze.

»Du hast aber fest geschlafen«, sagte Vera.

»Nein. Nur geträumt.« Er lächelte bitter. Er hing noch seinen Gedanken nach. Plötzlich aber durchfuhr es ihn wie ein Blitzschlag: Grenze?! Das bedeutet Gepäckkontrolle! In der Magengegend spürte er den bekannten Feuerball.

»Hoffentlich durchwühlen sie unser Gepäck nicht«, sagte er mit furchtvoll gerunzelter Stirn zur Tür blickend. »Es könnte für mich eine mittlere Katastrophe werden …«

Er wußte, die Mitnahme von Tonträgern war ausdrücklich verboten. *Was mache ich, wenn sie meine Tonbänder mit den Interviews beschlagnahmen? Mein einziger Nachweis, daß ich gearbeitet habe.* Er hatte über sein Forschungsthema »Ocerk« namhafte sowjetische Wissenschaftler interviewt (bei der russischen Ausformulierung der Fragestellungen hatte ihm Heidelinde geholfen), und diese auf Tonband gespeicherten wissenschaftlichen Ansichten und Argumentationen waren der wertvollste Schatz, den er für seine weitere Arbeit an der Leipziger Universität im Gepäck hatte.

Vorwende?

1973 bis 1975. Der erfolgreiche Abschluß der KSZE bekräftigte die Wende vom kalten Krieg zur Entspannung in Europa … Die Schlußakte von Helsinki, die aus mehreren Komplexen besteht, bildet ein geschlossenes Dokument. Das Kernstück ist die »Erklärung über die Prinzipien, die die Beziehungen der Teilnehmerstaaten leiten«. Sie umfaßt zehn Prinzipien zur praktischen Anwendung der Politik der friedlichen Koexistenz von Staaten unterschiedlicher Gesellschaftsordnung in Europa. Die Unterzeichner anerkennen die Notwendigkeit, die politische Entspannung durch Schritte der militärischen Entspannung zu ergänzen. Die Schlußakte umfaßt ferner vertrauensbildende Maßnahmen und bestimmte Aspekte der Sicherheit und Abrüstung … Von Bedeutung sind auch die Festlegungen zur Zusammenarbeit in humanitären und anderen Bereichen (Kultur, Bildung, Informationen und menschliche Kontakte). Dieser als »Korb drei« bezeichnete Komplex wurde in der Folgezeit von entspannungsfeindlichen Kräften mißbraucht, um durch eine künstlich erzeugte Kampagne um die »Menschenrechte« in den sozialistischen Ländern die Realisierung der Schlußakte zu erschweren.
(Geschichte der DDR, Berlin 1981, Seite 341-342)

Die befürchtete Gepäckkontrolle blieb ihnen erspart, wie überhaupt alles sehr schnell ging. Stempel russisch, Stempel polnisch … Gute Weiterreise! Nichts weiter passierte.

»Hast du das gesehen? Die haben nicht mal aufs Datum unseres Visums geschaut«, sagte Vera. »So etwas müßte man vorher wissen. Da wäre ich doch noch ein paar Tage länger geblieben.«

»Nicht nur das«, erwiderte Wolfgang. »Wenn ich gewußt hätte, daß die das Gepäck nicht kontrollieren, dann hätte ich etwas Wunderwunderwunderschönes mitnehmen können. Aber ich hatte Schiß.

Man sagte mir, wenn ich damit erwischt werde, bekomme ich in meinen Paß den Stempel: Unerwünscht im sozialistischen Ausland. Marke lebenslänglich!«

»War das etwas Politisches?«

»Ach was: Ikonen.«

»Was für Ikonen?«

»Richtige Ikonen eben. Hätte ich ganz billig haben können.«

»Erzähle!«

»Das ist schon Monate her. Ich saß mal in einer Kneipe. Da setzte sich so ein Typ an meinen Tisch. Er: Liebst du Kunst?; Ich: Ja.; Er: Alte?; Ich: Ja.; Er: Sehr alte?; Ich: Ja, auch.; Er: Ikonen?; Ich wieder: Ja. Um es kurz zu machen: Er bedeutete mir, daß ich für mein Jeanshemd, das ich anhatte, eine Ikone bekommen könnte; für die Hose eventuell sogar zwei. Wenn ich Dollar hätte, könnte ich ebenfalls welche kaufen. Eine für zehn Dollar. Als ich ihm zu verstehen gab, daß ich bezweifle, ob er echte Ikonen anbiete, entgegnete er, daß er welche dabei hätte und er sie mir zeigen könne. Nun, zeig!, forderte ich ihn auf. Er entrüstet: Aber doch nicht hier! Wir gingen auf einen nahen Kinderspielplatz in die hinterste Ecke. Dort zeigte er mir drei Ikonen, die er in seiner Aktentasche verstaut hatte. Ich bin heute noch überzeugt, daß sie echt waren. Man sah es an dem Holz und vor allem daran, daß sie gewaltsam aus ihrer ehemaligen Verankerung herausgebrochen waren. Das heißt, sie waren geklaut. Natürlich. Aber die eine von den drein! Vera, die war … einfach schön! Nein, das ist nicht beschreibbar, wie schön sie war und dazu so praktisch-handlich klein. Es war eine Mariendarstellung. Und diese Maria sah Heidelinde so ähnlich, als hätte sie vor zweihundert Jahren dem Künstler Porträt gesessen. So alt war die Ikone bestimmt, wenn nicht noch älter. Der Typ hatte natürlich meine Verzückung bemerkt. Ich könne sie behalten, sagte er, sofort, auf der Stelle. Wir brauchten nur hinter der Parkbank unsere Hosen zu wechseln. Ich sollte ihm meine Jeans geben, er würde mir dafür die Ikone samt seiner Hose überlassen. Ich habe wirklich lange überlegt. Die Ikone war plötzlich für mich mehr als nur eine bemalte Holztafel, sie wirkte auf mich wie ein Fetisch: Sie hatte, verstehst du, etwas Anbetungswürdiges. Noch bevor sie mir gehörte, hatte sie von mir mit einer übernatürlichen Kraft Besitz ergriffen. Du weißt, man schreibt Ikonen solche Wirkungen zu. Hier und mit mir funktionierte es. Ich kam mir in diesem Moment frevelhaft vor, diesen Hosentausch nicht sofort mitgemacht zu haben. Ich befürchtete ernsthaft, wenn ich diese Ikone nicht erwerbe, daß dann von ihr ein Fluch auf mich übergehen wird, weil ich auf diese deutlichen Signale, die sie mir gab, nicht gehört hatte. Aber sie mitzunehmen, hieß, ich müßte sie auch über diese Grenze bringen. Den Mut hatte ich nicht, und nur deshalb habe ich den Tausch nicht vorgenommen. Aber es war nicht allein die Furcht vor diesem Stempel. Du lieber Himmel! Da hätte ich eben nicht mehr hierher fahren können. Außerdem für die Tschechoslowakei braucht man keinen Reisepaß. Wo sonst könnten wir uns noch treffen! Nein, wenn man mir diese Ikone hier oder womöglich bei uns an der Grenze weggenommen hätte, dann läge etwas Symbolisches darin. Verstehst du, das wäre wie ein vorweggenommenes Schicksal, wie eine Besiegelung des Endes, bevor das Ende da ist. Mir entrissen, wäre sie in den Händen der Macht, die Schuld daran ist, daß das, was wir tun, verboten sein soll. Wir hätten verloren, und sie hätten gesiegt, bevor wir herausfinden können, ob es für uns nicht doch noch einen Weg gibt. Darauf wollte ich es nicht ankommen lassen, obwohl ich diese Ikone zu gern gehabt hätte.«

Wolfgang versank in ein nachdenkliches Schweigen. Sie sahen im Fenster ihr Spiegelbild vor dem Hintergrund der nächtlichen Landschaft Polens, durch die sie jetzt fuhren.

»Warst du mal auf dem Land in diesen Holzhäusern der Bauern gewesen?« Er nahm den Faden seiner Gedanken wieder auf. »Wir sind öfter übers Land gefahren mit russischen Freunden – Absolventen des Konservatoriums ohne feste Arbeit, die in Gottesdiensten den Part des professionellen Chors sangen und sonntags von einer Kirche zur anderen fuhren. Denen haben wir uns manchmal angeschlossen und so auch einige der gläubigen Dorfbewohner kennengelernt. In jedem dieser Holzhäuser gab es eine besondere Ecke, wie ein Altar, und die Krönung dieser Altäre bildete immer eine Ikone. Dort brannten Kerzen auf dunkelrotem Tuch. Ringsherum alles karg, einfach, ärmlich – und dann diese eine Ecke, die diese Ärmlichkeit, Kargheit, überhaupt all das Profane dieser Welt aufhob, es unwesentlich machte durch ihre schlichte Erhabenheit und innere Schönheit und Größe. Anbetungswürdig – also würdig der Anbetung – und notwendig für diese Leute, wie das tägliche Brot … Kannst du dir etwas Russischeres vorstellen als eine Ikone? Ich weiß, sie ist ursprünglich wohl gar nicht russisch, aber wenn du mich fragst, was die Menschen in diesem Land in ihrem tiefsten Wesen charakterisiert, was die sogenannte russische Seele ausmacht, dann sage ich dir, sie tragen alle ihre Ikone vor sich her. Sie brauchen alle etwas, was sie anbeten können, und weil sie sich dafür etwas suchen, ertragen sie auch viel mehr als wir Mittel- oder Westeuropäer je begreifen können.« Wolfgang horchte in sich hinein, weil er bisher noch nie durchdacht hatte, was er soeben aussprach. Er zündete sich eine Zigarette an. Dann sagte er wie zu sich selbst: »Sie lieben die Liebe mehr als unsere Vorstellung reicht, WEIL SIE DIE LIEBE ANBETEN.«

»Es könnte so sein, wie du sagst. Zumindest, was die große Literatur angeht«, sagte Vera. »Aber die Menschen auf der Straße ...«

»Ich weiß es nicht. Aber ich habe es so erlebt. Und ich will für mich, daß es so ist. ICH WILL, WIE SIE, MEINE IKONE.« Und nach einer Pause sagte Wolfgang: »Weißt du, was ich mit der Ikone gemacht hätte, wenn ich den Mut gehabt hätte, sie über diese Grenze zu bringen? Ich hätte ihr zu Hause, so wie ich es in den Holzhäusern bei den Bauern gesehen habe, eine Ecke eingerichtet. Ich hätte auch dunkelrotes Tuch und Kerzen besorgt. Und wahrscheinlich wäre ich vor ihr niedergekniet, andächtig, weil sie für mich anbetungswürdig gewesen wäre – als Verkörperung einer schönen Erinnerung. Das könnte viel sein, wenn das eintritt, was ich befürchte ...«

»Du weißt wohl nicht mehr so richtig, was du wirklich willst?«

»Da kannst du recht haben. Ich weiß nur eins – egal, was kommt: Es endet mit Schmerzen, schrecklichen Schmerzen, wahrscheinlich für alle.«

30

»GLÜCKLICHE UMSTÄNDE«

I

Birgit hatte ein Auto gekauft, einen gebrauchten Trabant 601 de luxe, für nur fünftausend Mark. Das war zwar ein realer Preis, aber trotzdem weniger als die Hälfte dessen, was man üblicherweise für einen gebrauchten, nur vier Jahre alten Trabant hinlegen mußte. Der Anlaß jedoch war traurig, denn das Auto gehörte Alfred, der es an Birgit verkauft hatte, als abzusehen war, daß sich sein Krankenhausaufenthalt auf unbestimmte Zeit verlängern würde.

»Wenn ich hier wieder herauskomme, kaufe ich mir sowieso ein besseres Auto.« Alfred hatte Birgit an seinem Krankenbett geradezu genötigt, es zu kaufen. »Es steht jetzt nur herum, und du brauchst es. Allein mit den zwei Kindern.«

Drei Monate nach dem Kauf und kurz vor Wolfgangs Rückkehr war Alfred verstorben. So hatte ihm Wolfgang nicht einmal mehr dafür danken können, daß er durch seine Vermittlung in Moskau diese unvergessenen Ballett- und Opernabende erleben durfte.

Am Tag, an dem Wolfgangs Zug aus Moskau auf dem Berliner Ostbahnhof eintreffen mußte, war Birgit mit dem neuen Auto nach Berlin gefahren. Es sollte eine Überraschung werden, denn sie hatte ihm von dem Kauf nichts geschrieben. Wolfgang war nicht wenig erstaunt, daß ihn Birgit schon hier und nicht erst – wie sie es verabredet hatten – auf dem Leipziger Hauptbahnhof abholte.

»He, bin ich denn schon in Leipzig«, rief er scherzhaft, indem er sie umarmte. »Oder hast du plötzlich eine Leidenschaft für's Eisenbahnfahren in dir entdeckt?«

»Wir fahren nicht mehr mit der Eisenbahn.« Sie klingelte mit einem Schlüsselbund in erhobener Hand. Aber Wolfgang verstand dieses Schütteln nicht.

»Taxi? Von Berlin nach Leipzig? Wie konnte ich vergessen, daß wir uns das leisten können!«

»Du Blödian! Komm!« Birgit nahm einige der kleineren Gepäckstücke auf, und Wolfgang ging mit den Koffern hinterher. Auf dem Parkplatz präsentierte sie ihm stolz ihren neuen Besitz, und diese Überraschung war ihr voll gelungen.

»Wahnsinnig!« rief Wolfgang aus, als er in dem Auto saß. »Die Familie Sander hat ein Auto! Nicht zu glauben!« Aber dann fügte er kleinlaut an: »Nur ... ich habe leider keinen Führerschein. Das kann Jahre dauern, ehe ich mit der Fahrschule drankomme. Hätte ich Dussel mich nur gleich nach dem Studium angemeldet. Vielleicht wäre ich jetzt dran.«

»Sie mal unten in der Ablage nach«, sagte Birgit.

Wolfgang entnahm der Ablage zwei Papiere, die obenauf lagen. Das erste war eine Anmeldung für die Fahrschule, ausgestellt auf seinen Namen. Er las sie durch.

»Sag mal, das ist ja schon in zwei Wochen. Mein erster Fahrschultermin!« Er sah ungläubig zu Birgit, der sein Erstaunen sichtlich Vergnügen bereitete. »Wie hast du denn das gemacht?«

»Der Chef von der Fahrschule ist mein Patient. Na ja, da habe ich eben das Gespräch auf unser Auto und dein Problem gebracht. Ich habe übrigens bei ihm auch noch einmal drei Fahrstunden genommen, bevor ich mich allein ins Auto gesetzt habe. Meine Fahrprüfung liegt ja nun auch schon sechs Jahre zurück.«

»Bloß gut, daß du Ärztin bist!« Wolfgang gab ihr einen Kuß. »Und was ist das andere?«

»Lies!« Sie sah ihn erwartungsvoll lächelnd an.

»Na, das glaub' i net!« Wolfgang erschrak, weil er unwillkürlich in Heidelindes Wiener Dialekt verfallen war. Aber Birgit schien nichts gemerkt zu haben. »Zwei Wochen Urlaub am Balaton! Und schon in einem Monat! Mit festem Quartier und zu diesem Preis? Gib es zu, das hat dir wieder ein Patient besorgt!«

»Eine Patientin.« Birgit lachte. »Schnall dich an. Wir fahren jetzt los. Willkommen zu Hause!« Birgit fuhr sehr unsicher. Er bemerkte es ohne Furcht. Er registrierte es einfach. Es schmerzte ihn, weil er sah, wie sehr sich Birgit auf seine Rückkehr gefreut hatte, wie sie alles vorbereitet hatte und was sie anstellte, damit er sich so schnell wie möglich wieder heimisch fühlte. Er wußte plötzlich, sie würde keine Fragen stellen. Er mußte schon selbst mit dem kommen, wie er sich ihr weiteres Leben vorstellte. *Sie wird keine Szenen machen*, dachte er, *sie wird kein Geschrei anfangen, das es leichter macht. Sie wird eine unbeugsame Stille dagegensetzen, die weitaus schwächere Gewissen als meins in alptraumhafte Bedrängnis stürzen würde. Was will ich eigentlich? Verdammt, ich weiß es nicht!*

»Erzähle doch mal«, durchbrach Birgit sein nachdenkliches Schweigen. Sie waren jetzt auf der Autobahn, und Birgit trieb ihren Trabant auf fast 100 km/h.

»Wie geht's den Kindern«, wich er aus. »In den letzten Monaten wurden ihre Grüße immer spärlicher.«

»Es wird Zeit, daß wieder ein Mann in die Familie kommt. Ich habe den Eindruck, besonders der Junge braucht einen väterlichen Partner.«

»Es wird sich schon alles wieder einrenken«, sagte Wolfgang, aber er spürte, wie ihn ein Schauer der Sehnsucht nach Heidelinde durchfuhr.

II

Am nächsten Tag fuhr Wolfgang mit der Leipziger Straßenbahn in die Innenstadt. Er hatte in der vergangenen Nacht nicht nur zu viel geredet, sondern auch viel zu viel getrunken. Sein Kopf schmerzte, aber noch bedrückender war das Gefühl einer allumfassenden Leere. Jetzt war er da, der Strudel, der ihn unbarmherzig in die Tiefe zog. Mit brummendem Schädel spürte er es körperlich, wie er geländerlos in ein ungewisses Loch perspektivloser Einsamkeit wegglitt. *Aber ich hab es so gewollt, und jetzt ist es erst mal gesagt, all das Bedrückende ist gesagt, und das ist besser als jede Lüge.*

Die Straßenbahn fuhr schüttelnd durch eine Kurve. Wolfgang strauchelte und trat dabei einer Frau auf den Fuß: »Izvinitje!« Er hatte sich tatsächlich auf Russisch entschuldigt. Die Frau sah ihn konsterniert an. Ich bin wohl noch nicht ganz angekommen, frotzelte er sich, durch diesen Blick in die Wirklichkeit zurückgekehrt, und schickte das angemessenere »Entschuldigung!« nach.

Daheim an diesem ersten Tag war ihm die Decke auf den Kopf gefallen. Er mußte raus, unter Menschen, ohne daß er das Bedürfnis verspürte, sich mit jemandem zu unterhalten. Menschen als Kulisse, als Geräusch in einer Kneipe, das suchte er jetzt. Jedoch allein wollte er bleiben, nachdenken wollte er; allein an einem Tisch sitzen, das schon, aber nicht allein in einem Raum, nicht in dem Zuhause, in dem er sich jetzt fremder fühlte als in irgendeiner Kneipe.

Er hatte Birgit alles erzählt: Wie es um ihn stand, daß er sich verliebt habe, daß das zwar eine aussichtslose Liebe sei – sie in Wien, er in Leipzig, daß es aber dennoch mehr sei als eine der üblichen Bettgeschichten, daß er gegenwärtig unfähig sei, diese Liebe aus seinem Herzen zu reißen, daß er andererseits genauso unfähig wäre, sich ein Leben ohne sie und die Kinder vorzustellen, daß er im Augenblick nicht mehr aus noch ein wisse, daß er überhaupt den Eindruck habe, nicht er handle, sondern ES handle mit ihm und daß er glaube, sie alle brauchen etwas Zeit. Er könne nur an ihr Verständnis appellieren, an ihre große Toleranz; auch wenn die Zeit nicht alle Wunden heilen könne, vielleicht, wenn sie dann noch wolle, hätten sie wieder ihre Chance. Aber ein Drängen auf eine Entscheidung – jetzt und sofort, würde zu keiner wirklichen Entscheidung führen. So sehr er es sich für sie, die Kinder und sich selbst wünsche, er könne das, was ihn mit dieser Frau in Wien nach ihrem gemeinsamen Leben in Moskau verbindet, nicht einfach abschneiden. Er hoffe, daß die Zeit und die unsäglichen Bedingungen zu einer Entscheidung führen werden, führen müssen, zu der er aber gegenwärtig unfähig wäre – so oder so. Er wisse, was er ihr da zumute, aber er könne sich nur wiederholen, er könne nicht anders, und er hielte es auch für richtig, ihr reinen Wein einzuschenken, denn belügen wollte er sie nicht. Dazu hätte er, auch wenn das jetzt unglaublich klinge, viel zu viel Achtung vor ihr. Andererseits könne er auch verstehen, wenn sie ihm jetzt die Tür wiese. Dann müsse er gehen. Es würde sich schon etwas finden. Aber er hoffe trotz allem auf ihr Verständnis, denn er wolle sie nicht verlieren.

»So unsinnig das klingt«, hatte er Birgit gesagt. »Ich liebe dich, und ich liebe Heidelinde. Jede dieser Lieben ist gleich stark in mir. Und ich bin nicht in der Lage, eine Liebe loszulassen. Ich selbst schaffe das nicht. Es muß sich entwickeln, es muß geschehen. Laß uns Zeit ... Ich kann dich nur bitten, laß uns Zeit.«

Birgit hatte nicht geschrien, nicht einmal nachgefragt hatte sie. Sie hatte während Wolfgangs langer Rede fast teilnahmslos in der Sofaecke gesessen, im Gegensatz zu Wolfgang kaum getrunken und sich scheinbar intensiv mit dem Sofakissen beschäftigt, das sie sich auf den Schoß gelegt, daran gezupft, die Nähte überprüft, es wieder geglättet und ab und zu an ihren Leib gepreßt hatte.

Dieses reaktionslose Schweigen hatte Wolfgang immer weiter ins Erzählen und widerspruchsvolle Argumentieren getrieben. Er redete und redete, und je länger er sprach, um so größer wurde seine Angst vor dem wahrscheinlichen absoluten Schweigen, vor dieser endgültigen Stille, wenn er seinen Redefluß beenden würde. Er hatte es mit Fragen versucht, mit dem Herauslocken ihrer Meinung, aber Birgit hatte nur ihre stumme Zwiesprache mit dem Kissen geführt. Schließlich hatte er sich gewünscht, sie werde ihn wenigstens mit Schimpfworten belegen, werde ihn ein Schwein nennen, das ihre Liebe verraten und ihr Leben zerstört habe, oder anderes, nur reden sollte sie, irgendwas, nur reden.

Birgit hatte lange auf das Kopfkissen in ihren Händen geschaut – so, als sei in diesem Moment nichts wichtiger als eine Überprüfung der Nähte an diesem Kissen. Dann hatte sie es behutsam zur Seite gelegt. Sie war aufgestanden. Dann sagte sie, als hätte es Wolfgangs vorausgegangene ungeheure Eröffnung nicht gegeben: »Ich gehe jetzt schlafen.«

Auf diese Gefaßtheit war Wolfgang nicht vorbereitet.

»Und ...“, stammelte er fassungslos. „Du ... du ... hast zu alledem nichts ... zu sagen?"

»Nein. Jetzt nicht.« Sie hatte ihn nach seiner langen Rede das erste Mal wieder angesehen. Er sah ihre Augen tränenlos und beherrscht, aber es war etwas in ihnen, das ihm Angstschauer durch den Körper jagte. Er sah Haß. »Du selbst hast um Zeit gebeten«, hatte sie hinzugefügt. »Nun, die sollst du haben. Alles wird davon abhängen, wieviel Zeit du dir nimmst, denn unbegrenzte Zeit wirst du nicht bekommen, von niemandem.« An der Tür zum Schlafzimmer sagte sie: »Die Kinder dürfen nichts merken. Das ist im Augenblick die Hauptsache. Wenigstens jetzt noch nicht. Wir werden eben nach außen so weiterleben, als wäre nichts geschehen, bis ...« Sie hatte den Satz nicht mehr beendet und die Tür hinter sich geschlossen.

Wolfgang war wie gelähmt im Sessel sitzengeblieben. In seinem Kopf fühlte er eine gnadenvolle Leere. Er war unfähig zu denken. Die Zusammenhänge knüpften sich nicht mehr. Er hatte eine weitere Flasche Rotwein geöffnet. *Wenn ich weitertrinke, fliehen vielleicht auch die letzten Gedanken aus meinem Hirn.* Er rauchte und trank, trank und rauchte. Aus dem Schlafzimmer nahm er ein unterdrücktes Schluchzen und verhaltenes Weinen wahr, aber es drang schon nicht mehr in sein Bewußtsein. *Sie weint, das ist gut. Weinen ist besser als tränenloser Haß. Ach, ich bin ein Schwein! Ich bin ein Schwein! Sie kann weinen? Wieso kann ich nicht weinen? Die Liebe ist ein seltsames Spiel; sie kommt und geht von ... Ach, Scheiße, Scheiße, Scheiße!* Und dann hatte auch er geweint, tränenlos zwar, aber mit Schmerzen in den trockenen Augen, bis ihm sein schwerer Kopf auf die Brust gefallen war. Ein vernehmliches Schnarchen zeigte an, daß seine Volltrunkenheit ihm die Gnade eines traumlosen Schlafes geschenkt hatte.

Am Leuschnerplatz stieg er aus der Straßenbahn. Im überfüllten Café Centra fand er glücklicherweise einen freien Zweiertisch. Den zweiten Stuhl belegte er mit seiner Jacke. Hier war er richtig: Stimmengewirr, gestikulierende Massen, überforderte Kellner - und er: anonym, fremd, allein inmitten von Menschen, die ihn nicht beachteten. Das hatte er gebraucht. Jetzt konnte er seinen ersten Brief an Heidelinde schreiben: *Meine Sinaïda, Geliebte ...*

III

Mein über alles geliebter Myschkin ... Wolfgang wird hundertachtundfünfzig Briefe von Heidelinde bekommen. Er wird sie genau zählen und numerieren. Nirgendwo sonst wieder wird er fähig sein, an einer solchen Ordnung festzuhalten. Nicht einmal in der Arbeit an seiner Dissertation hatte er ein Ordnungsprinzip für das Sammeln und Archivieren seiner Literatur durchgestanden. Doch diese Briefe werden wohlgeordnet in zeitlicher Reihenfolge in zwei Schuhkartons liegen - zwei schäbige Behältnisse, die das Leben von fast zwei Jahren, gespiegelt in der Reflexion seiner Sinaïda, enthalten werden. Sein Leben? Oder eher ein Geschehen fernab von dem, was er in dieser Zeit durchlebt hatte? Vielleicht lag sein Leben weit mehr in den über hundert Briefen, die er an Heidelinde geschrieben hatte? War in ihren Briefen ihr Leben? Und hatte sie in seinen seins? Es wäre so, wenn die niedergeschriebenen Sätze, um Wirkungen bemüht, nicht immer auch Zweck gehabt hätten; manchmal auch bewußt verletzend, weil sich der eine durch das Verhalten des anderen all zu oft selbst verletzt fühlte. Und es könnte so sein, wenn die eigene Befindlichkeit beim Lesen nicht Urteile hervorgebracht hätte, die wiederum Mißverständnisse erzeugten. War nicht das ganze Leben ein einziges Mißverständnis? Wann agiert man schon? Man reagiert! Man läßt geschehen! Für wie wenige Sekunden gelebten Glücksgefühls zahlt man mit Tagen, Wochen, Monaten voller Verletzungen, Bedrängnisse, Mißverständnisse und Einsamkeit? Aber, wird er feststellen, sie waren es wert.

Viel, sehr viel wird in den zwei Jahren geschehen, aber an der Situation, wie sie sich nach jener schweren Nacht des Eingestehens ergeben hatte, an dieser grundsätzlichen Konstellation zwischen ihm, Birgit und Heidelinde wird sich prinzipiell nichts ändern. So wird es zumindest für Außenstehende erscheinen.

IV

Zunächst waren die Sanders im Trabant nach Ungarn an den Balaton gefahren. Für die Kinder wurde es ein Traumurlaub: Praller Sonnenschein, Badestrand und Eltern, die sich mal so richtig mit ihnen beschäftigten und ihren kleinen Eigensinnigkeiten weitaus toleranter begegneten, als dies sonst der Fall war. Sie empfanden es sogar als ausgesprochen lustig, daß sich Mutter und Vater immer häufiger vermittelt durch sie unterhielten: »Anna, frag deine Mutter mal, ob sie mir noch eine Tasse Kaffee einschenkt.« Oder: »Konrad, sag deinem Vater, daß wir jetzt aufbrechen wollen.« Sicherlich, es war auch für Birgit und Wolfgang ein spielerischer Umgang miteinander, aber andererseits vermieden sie weitgehend Situationen, in denen es zu einem Gespräch ohne Beisein der Kinder gekommen wäre. Glücklicherweise schliefen sie in einem Viererzimmer gemeinsam mit den Kindern, ein Umstand, den Birgit, als ihr der Urlaubsplatz von der Patientin angeboten wurde, genauso bedauert hatte, wie sie ihn jetzt begrüßte. Sie verspürten beide kein Bedürfnis, das Gespräch fortzusetzen, das sie in jener ersten Nacht nach Wolfgangs Rückkehr geführt und mit der Vereinbarung beendet hatten, die Kinder aus allem herauszuhalten.

Gerade diese Übereinkunft erwies sich nicht nur als ein Schutzschild für unkontrollierte Ausbrüche angestauter Gefühle, sondern sie bot ihnen auch eine lebbare Einigkeit für den Umgang miteinander, der bald die Normalität von Gewohnheitsrechten annahm. Jeder glaubte, aus dem heraus, wozu er sich imstande fühlte, unter den gegebenen Umständen das Richtige getan zu haben: Wolfgang mit der Offenbarung seiner Entscheidungsunfähigkeit, und Birgit, die ihm dafür die erbetene Zeit ließ für die Überzeugung, daß letztendlich die Familienbande doch stärker sein würden. Und dann lebten sie schließlich nicht außerhalb von Zwängen gesellschaftlicher Umfelder. Warum sollten sie sich für ihre Situation nicht auch einmal positiv auswirken? Und Wien? Heidelinde war ohnehin von jeder Entscheidung befreit, solange Wolfgang noch verheiratet war und deutlich machte, daß für ihn eine REPUBLIKFLUCHT nach Österreich nicht in Frage käme, was schon in Moskau zwischen ihnen (nach seiner – jedoch keinesfalls nach ihrer – Auffassung) ausdiskutiert war. Alles in allem, ein Status quo in einem Provisorium: Konnte es unter drei

Entscheidungsunfähigen etwas Dauerhafteres geben, als eine solche Einrichtung, die jedem in einer entschuldbaren Position Hoffnung ließ?

Heidelinde und Wolfgang standen vor ihrem insgesamt neunten Zusammentreffen seit Moskau. Zwei davon freilich waren sehr kurz gewesen und auch die einzigen, die Wolfgang vor Birgit verheimlicht hatte. Es waren die jeweils zwar gut abgestimmten, aber gestohlenen Stunden in Brünn, der Zwischenstationen jener Ungarnreise im Trabant, die ihnen erste flüchtige Wiedersehen schenkte und (hinter einem Strauch im Stadtpark) den Beweis ihres ungebrochenen Begehrens.

Heidelinde hatte sich, kaum daß sie nach Österreich zurückgekehrt war, für ein sechswöchiges Zusatzstudium Tschechisch ins wiennahe Brünn eingeschrieben. Zu stark waren die Nachwehen aus der Moskauer Zeit, als daß sie es in diesem (wie ihr jetzt überdeutlich schien) morbiden, sie fadisierenden Wien mit den (und auch das noch!) bohrenden Fragen ihrer Eltern ausgehalten hätte. Zudem hoffte sie – nein, erwartete sie –, daß Wolfgang für wenigstens eine Woche nach Brünn kommen könnte. Mit der Jugendherberge, in der sie untergebracht war, hatte sie alles Nötige geregelt.

Wolfgang hatte es nicht fertiggebracht, mit Birgit im Urlaub über seine beabsichtigte Reise nach Brünn zu reden. Er hatte sich nach ihrer Heimkehr eine zusätzliche Woche Urlaub genommen und war ohne weitere Erklärung, nur mit der knappen Mitteilung, daß er diese Fahrt einfach machen müsse, nach Brünn gefahren; und als er nach einer Woche wieder zurückfuhr, war alles noch verwirrender, noch offener, noch unentschiedener, obwohl diese Brünner Tage ihnen die letzte Gewißheit brachten, daß sie einander gehörten, für immer, daß sie sich ein Leben ohne den anderen nicht mehr vorstellen können. Sie wollten sich sogar Zeit lassen und nichts übereilen – Heidelinde sollte erst ihre Dissertation abschließen und Wolfgang über »schmerzarme« Scheidungsmöglichkeiten nachdenken –, aber das Ziel war nun ausgesprochen, und es hieß: GEMEINSAMES LEBEN IN DER DDR. Jeder hatte einen konkreten Auftrag. Heidelinde sollte sich über die Übersiedlungsmodalitäten für eine Österreicherin in die DDR informieren, so wie Wolfgang sich über Möglichkeiten kundig machen sollte, wie und wo Heidelinde in Leipzig eine ihr angemessene Arbeit bekäme. Es schien ihnen so kompliziert, wie sie unfähig waren, das in der angemessenen Terminologie zu benennen, was sie da vorhatten. Sie durften keine Fehler machen, bevor nicht alles geklärt war. Das wußten sie, aber sie wußten nichts, absolut nichts darüber, wie so etwas ablaufen könnte, mit welchen Unwegsamkeiten welcher Stellen, Ämter und Personen sie konfrontiert würden, ob das alles überhaupt möglich war …

An den Sommerabenden in Brünn beim Wein hatten ihre Vorstellungen Flügel bekommen, auf breiten Schwingen hatten sie sich forttragen lassen in Welten, die sie ihre Realität vergessen ließen. Doch die brach um so wuchtiger auf sie herein, als sie sich, weit voneinander entfernt, in ihrer eingegrenzten Wirklichkeit mit dem sie bedrängenden Umfeld wiederfanden: AUSGEGRENZT, EINGESCHLOSSEN, UMGEBEN.

Als Wolfgang in die Sprachlosigkeit seiner Schlafstätte in Leipzig zurückgekehrt war (als sein Zuhause konnte er es nicht mehr empfinden), war nur noch Konfusion und Unentschlossenheit in seinem Denken, so viele Bedenken, daß er nur noch Katastrophen sah und sich resignierend als konzeptlos und handlungsunfähig erklärte. *Vielleicht bin ich nur feige, ganz schlicht ein Feigling, ein Schwächling, der willenlos alles nur geschehen läßt. Was aber soll geschehen?* Die Träume von Brünn erstarben beim ersten plappernd unschuldigen Gespräch mit Anna beim Abendessen, die von ihren Fortschritten im Ballettunterricht erzählte und von dem blöden Peter in der Schule, der sie immer am Pferdeschwanz zupfte.

Und dann dieser Brief, den ihm Birgit nach dem Abendessen zuschob. Offizieller Umschlag, Absender gestempelt, Wehrkreiskommando, adressiert an den Reservisten Dr. Wolfgang Sander. Er enthielt Schlimmeres, als er zunächst befürchtet hatte: Es war ein Einberufungsbefehl zu einer dreimonatigen Reservistenausbildung – entsprechend seiner Hochschulqualifikation – als FRONTBERICHTERSTATTER. *Also, Politoffizier!* Wolfgang lachte hysterisch. *Ich und ein Offizier der NVA!?* Ihm fielen sofort seine vierundzwanzig Bestrafungen wegen Befehlsverweigerung ein. Aber das war damals, und er achtzehn, neunzehn, und nicht wie jetzt Genosse und Hochschullehrer! Heute würde man ihm das nicht mehr so einfach durchgehen lassen. *Und* – indem er das dachte, wurde er kreidebleich – *mein WESTKONTAKT? Wenn das dort ruchbar wird, sind das Tatbestände staatsanwaltlicher Ermittlungen: Rien ne va plus!*

Neue Verfassung, neuer »Schutz«
Am 7. Oktober 1974 trat das »Gesetz über die Ergänzung und Änderung der Verfassung der DDR« in Kraft. Es berücksichtigte die bedeutenden politischen, sozialökonomischen und ideologischen Veränderungen, die seit der Verfassung von 1968 eingetreten waren, sowie die inzwischen gewonnenen Erkenntnisse über die objektiven Entwicklungsgesetzmäßigkeiten der sozialistischen Gesellschaft und die daraus resultierenden Erfordernisse. Die neue Verfassung zog auch alle Konsequenzen, die sich aus der Abgrenzung zwischen der DDR und der BRD sowie aus der Entwicklung der sozialistischen Nation ergaben. ... Neben der wachsenden Bedeutung, die der wirtschaftlich-organisatorischen und kulturell-erzieherischen Funktion des Staates zukam, mußte auch seine Schutzfunktion wirksam erhöht werden. (Geschichte der DDR, Berlin 1981, S. 332 und 333)

Er fühlte sich umstellt; man hatte ein Netz über ihn geworfen, und ihm fehlte die Kraft, die ihn einschnürenden Maschen zu zerreißen. Die Tage und Wochen bis zur Einberufung im November verflogen in alpdruckhafter Raserei. So wie ein neuer, stärkerer Schmerz einen schon bestehenden nichtig und unbedeutend macht, beschäftigte ihn jetzt nur noch, wie er verhindern könne, daß es zu dieser Einberufung kommt. Als alle Versuche einer Unabkömmlichkeitserklärung über die Universität gescheitert waren, entwarf er abenteuerliche Pläne, die bis zur vorbereiteten Selbstverstümmelung gingen, denn eine ausgesprochene Verweigerung hätte zwangsläufig seinen beruflichen Exitus zur Folge gehabt, was er trotzdem erwogen und bis zuletzt nicht ganz ausgeschlossen hatte. Sollte ihm denn wieder nichts anderes übrigbleiben, als sich in sein Schicksal zu ergeben? Alles drückte, alles stürmte auf ihn ein. Zur Arbeit an die Universität ging er nur noch widerwillig, zu vieles hatte sich verändert, zum Schlechten - natürlich, denn es schien nur noch Thillmanns zu geben. Birgit drängte auf eine Entscheidung, Heidelinde setzte ihm zu, die Einberufung drohte. Die Last war einfach zu groß, als daß er sie hätte schultern können. *Zwei Zentner kann man heben und vielleicht auch bewegen, aber doch nicht fünfzig und mehr,* dachte er resignierend. *Es ist alles hoffnungslos. Es gibt keinen Angriffspunkt, wo die Last tragbarer wird. Soll sie mich doch begraben!*

Am Abend vor dem Tag, an dem er sich beim Wehrkreiskommando hätte melden müssen, wurde er krank - so ernsthaft, daß er noch in der Nacht ins Bezirkskrankenhaus St. Georg eingeliefert werden mußte. Birgit war bei einer Freundin zu Besuch. Schon am Nachmittag plagten ihn (schon seit geraumer Zeit wieder Normalität) Magen-

und Darmschmerzen, die sich gegen Abend zu kolikartigen Krämpfen verstärkten. Bei einer der wellenartigen Schmerzattacken war er in eine gnadenvolle Ohnmacht gefallen. Beim Fallen hatte er den Tisch umgerissen, so daß die schlafenden Kinder geweckt wurden, die völlig verschreckt zur Nachbarin liefen, um die Mutter telefonisch zu benachrichtigen. Birgit diagnostizierte, was sich später als richtig herausstellte, einen akuten Darmverschluß und regelte alles Nötige für eine sofortige Einweisung ins Krankenhaus auf die Chirurgische Station, denn es stand zu befürchten, daß nur ein sofortiger operativer Eingriff eine entstehende lebensbedrohliche Situation verhindern kann.

Im Krankenhaus wurde er zunächst mit Morphium und Schlafmitteln ruhig gestellt. In den wenigen Momenten des Erwachens, wo er, zwar noch benommen durch die Medikamente, etwas klarer denken konnte, bedrängte ihn ein Problem mehr als seine Krankheit: *Ich muß Heidelinde davon in Kenntnis setzen, daß ich hier liege.* Die unangemessene Frage nach einer Möglichkeit zu telefonieren wurde von der Schwester unerbittlich und entrüstet zurückgewiesen mit dem groben Hinweis, daß er in seinem Zustand nur eines zu tun hätte, nämlich den ärztlichen und ihren Anweisungen strikt Folge zu leisten. Telefonieren! Ihm scheine wohl nicht ganz klar zu sein, wie es um ihn stehe! Tatsächlich lag es immer noch in der Schwebe, ob er bei einer Verschlechterung seines Zustandes nicht gleich operiert werden müsse oder ob man den Darmverschluß medikamentös in den Griff bekam, was angestrebt wurde und zu hoffen war. Aber die Vorstellung, jetzt, sofort, zumindest aber bald telefonieren zu müssen, beherrschte ihn zwanghaft. Erst mußte das getan werden, dann wollte er sich völlig kooperativ allen Anweisungen hier fügen.

Es war am dritten Abend nach seiner Einlieferung. Nachdem die diensthabende Schwester die Schüssel mit der Flüssignahrung weggeräumt, ihm die Medikamente verabreicht und erklärt hatte, daß sie vor der Nachtruhe noch einmal vorbeischaue, beschloß Wolfgang den notwendigen Telefonanruf zu wagen. Vor einer reichlichen Stunde ist die Schwester nicht zurück, überlegte er und versuchte aufzustehen. Das ging aber schlechter, als er gehofft hatte. Seine geschwächte Konstitution machte sich vor allem in seinen Knien bemerkbar. Er knickte weg, sackte zusammen, so daß er sich am Bett wieder hochziehen mußte. Beim zweiten und dritten Versuch jedoch ging es schon viel besser. *Ich stütze mich auf, dann wird es schon gehen.* Mühsam zog er sich Hose und Schuhe an; den Bademantel umhüllte er mit seinem Trenchcoat.

Das Zimmer hatte zwei Türen. Hinter der einen, durch die die Schwestern und die Ärzte kamen, lag ein Schlafsaal, die andere führte nach außen in ein Treppenhaus. *Wo ein Treppenhaus ist, ist auch ein Ausgang,* folgerte er. Auf dem Gelände, davon war er überzeugt, mußte es Telefonzellen geben, und wenn es sie gab, würde er sie auch finden. *Vielleicht ist es Wahnsinn,* in seinem benebelten Kopf hämmerte es, *aber ich werde es tun.* Er nahm alle verbliebene Kraft zusammen und setzte vorsichtig ein Bein vor's andere.

Daß er von einer Telefonzelle nicht nach Österreich anrufen könne, war ihm schon bewußt. Es ging also wieder nicht ohne Mitwisserschaft. Er mußte jemanden einweihen, der nicht nur telefonisch erreichbar war, sondern der auch Mut genug hatte, nach Wien zu telefonieren, ohne viel zu fragen. Für diese Rolle bot sich nach allem Überlegen nur Frau Abendroth an, die ihm zwar hinterher ordentlich den Kopf waschen, ihn aber bestimmt nicht verraten – und jetzt, wo handeln geboten ist, auch handeln würde.

Es gab tatsächlich diesen separaten Ausgang aus dem Treppenhaus, durch das er sich ungesehen hinunterschleppen konnte. Zum Glück entdeckte er in der Nähe eine beleuchtete Telefonzelle. Bevor er den Hörer abnahm, überlegte er noch einmal, ob es richtig war, ausgerechnet Frau Abendroth anzurufen. *Es ist schon merkwürdig, wie wenig Menschen übrigbleiben, die man um etwas bitten kann, wofür Zivilcourage nötig ist. Aber mute ich ihr nicht doch etwas zu viel zu? Schließlich verlange ich Schweigen und Handeln für eine Sache, die sie als Genossin vom parteilichen Standpunkt ihrer Leitung melden müßte. Indem ich sie in Kenntnis über meine Beziehung zu Wien setze, ist sie nach deren Maßstäben Mitwisser; und wenn sie tut, worum ich sie bitten muß, ist sie Mittäter. Aber,* schlußfolgerte er, *das ist doch alles absurd! Und etwas tun muß ich!* Dann nahm er den Hörer ab.

So rief er den einzigen Menschen an, zu dem er in seiner Lage Vertrauen hatte: Er bat Frau Abendroth um den Gefallen, Heidelinde über seinen wahrscheinlich mehrwöchigen Krankenhausaufenthalt zu informieren und sie zu bitten, solange er hier liegt, keine Briefe mehr zu schreiben. Er würde sich melden, sobald er könne. Und es werde alles gut, sollte sie ihr noch sagen.

Frau Abendroth hatte ihm versprochen, alles auszurichten. Sie hatte nicht weiter hinterfragt, jedoch nicht ohne ihm zu erklären, daß sie ihm als Genosse und Mensch vertraue und davon ausgehe, daß er sie nicht wissentlich in eine Sache hineinzöge, die politische Konsequenzen haben könne. Abschließend hatte sie ihrer Erwartung Ausdruck gegeben, daß er sie über alles aufkläre, wenn er wieder genesen sei.

Nachdem Wolfgang den Hörer aufgelegt hatte, spürte er wieder die Schwäche in seinen Beinen. Er setzte sich auf die Bank, die neben dem Telefonhäuschen stand. *Ich muß mich nur ein Weilchen ausruhen.* Er war mit sich sehr zufrieden, daß er dieses Telefonat geschafft hatte. Dann hatte er sich - wieder ungesehen - über das Treppenhaus auf sein Zimmer geschleppt und war in einen tiefen gesundheitsfördernden Schlaf gefallen.

Wolfgang lag als Ehemann der Ärztin Dr. Birgit Sander, die mit dem Oberarzt der Chirurgischen Station seit längerem einen regen kollegialen Kontakt gegenseitiger fachlicher Achtung pflegte, in dem privilegierten Zweibettzimmer der Männerstation, die neben diesem noch über ein Zehnmann-Zimmer und einen riesigen Schlafsaal verfügte, der mit sechsunddreißig Betten belegt war: Mägen, Gallen, Hernien, Strumen ... und was sonst an Innereien noch operierbar ist, lagen hier pre- oder postoperativ nebeneinander. Nur wenn es in dem einen oder anderen Fall ans Sterben ging, wurde das Bett des Unglücklichen aus dem Saal entfernt und in das vierte, das Sterbezimmer, gebracht. Einer - das hatte Wolfgang in den drei Wochen seines Krankenhausaufenthaltes erlebt - kam von dort sogar wieder zurück.

NEVER LET GO, dieses Idiom, das er in einer Abhandlung über Hemingways Erzählungen gelesen hatte, dieses GIB NIEMALS AUF, das er für sich zur Lebensprämisse gemacht, nur nicht immer durchgehalten hatte, war ihm (aber da ging es ihm schon besser) wieder eingefallen, als sie dieses Bett aus dem Sterbezimmer zurück in den sechsunddreißiger Schlafsaal schoben, und alle, die aus ihren Betten in der Lage waren, diesen Vorgang zu verfolgen, hatten hoffnungsvollen Beifall geklatscht.

Die medikamentöse Behandlung zeitigte Erfolg, und er konnte

nach drei Wochen in die familiäre Pflege entlassen werden. Mit dem Oberarzt hatte er ein längeres Gespräch über die psychosomatischen Ursachen seiner Erkrankung führen können. Während dieser Unterhaltung hatte Wolfgang nichts unversucht gelassen, um den Oberarzt von seiner Aversion gegen alles Militärische im allgemeinen und von seinem gestörten Verhältnis zu militärischer Ordnung und Disziplin im besonderen zu überzeugen. Und da der Oberarzt offensichtlich ähnlich empfand und da er einer der wenigen Chirurgen war, die nach dem Prinzip der Ganzheitlichkeit diagnostizierten und therapierten, formulierte er seine Abschlußdiagnose, die unter anderem auch als Beleg für das Wehrkreiskommando diente und eigentlich »Diverticulitis« lauten mußte, strategisch um, indem er »chronisch rezidivierende Sigmoiditis« eintrug. War ein Wunder geschehen? Diese Diagnose entband Wolfgang von jeglichem Dienst in den bewaffneten Organen - jetzt, und für alle Zeiten. Es war nicht nur Freude, sondern labende Genugtuung, die er empfand, und das Gefühl, etwas substantiell Bedrohliches überstanden zu haben, ließ ihn schneller genesen, als es die Ärzte vorausgesehen hatten.

V

Wolfgang wird Jahre später, im Herbst 1989, durch die Leipziger Straßen gehen, und er wird beim Anblick seiner Arbeitskollegen in Kampfgruppenuniform, die mit scharf geladenen Schußwaffen in den Händen und kalkweißen Gesichtern unter dem Stahlhelm in Bereitschaft befohlen wurden, diese Waffen eventuell auch anwenden zu müssen, über GLÜCKLICHE UMSTÄNDE nachdenken. Er wird sich vorstellen, mit welch unsäglichen Gewissenskonflikten jene auf den Lastern saßen, mit denen er da täglich auf der Arbeit zusammenkam. Und er wird ein Stoßgebet der Dankbarkeit für diesen Oberarzt gen Himmel schicken, der mit seiner verständnisvollen Diagnose Wolfgang davor bewahrt hatte, jetzt ebenfalls unter denen zu sitzen, die am liebsten weggelaufen wären, sich verweigert hätten, die aber aus Loyalität einem Schwur gegenüber dazu nicht in der Lage waren, so wie er dazu nicht in der Lage gewesen wäre, wenn er unter ihnen gesessen hätte.

31

GRENZGESCHEHEN

I

Sie hatten sich wieder in Prag getroffen. Ihr fünftes Treffen in dieser Stadt, die sie vom ersten Kennenlernen an UNSER PRAG nannten. Und sie hatten, wie immer, am ersten Tag Snobismus zelebriert. Das war schon Tradition.

Aber dafür brauchten sie Geld - zollmäßig unangegebenes, denn mit dem offiziell eingeführten hätten sie gerade die Übernachtung zahlen können. Wolfgangs heimisches Geld wollte hier niemand; er mußte sich zu Hause einige Kronen über seinem schmalen Umtauschsatz von 30 Mark, also 90 Kronen pro Tag, beschaffen, die er gut versteckt unter dem Benzintank seines Trabis über die Grenze brachte. Er besaß inzwischen die Fahrerlaubnis, und Birgit hatte ihm (schon das dritte Mal zum letzten Mal) das Auto überlassen. Das richtige Geld mußte Heidelinde beisteuern. Sie schmuggelte ihre nicht eingetragenen Schillingbanknoten - wenn man es recht bedenkt, auch nicht sonderlich originell, aber, weil bisher nicht erwischt, sehr tauglich - in einer gefüllten Zahnpastatube, immer Blend-a-med, über die Grenzkontrollen. Dieses Geld war tusexverträglich, und der Tusex-Laden in der Parizka war obligatorisches Ziel des ersten Tages.

Ihr Snobismus, dem sie nach dem Einkauf genüßlich und weltmännisch im nahen »Interkontinental« anheimfielen, bestand darin, daß sie sich für jedes Getränk, das für sie in Betracht kam, genossen zu werden, die passende Zigarettenmarke gekauft hatten: Die ROTHMANS (aber beileibe nicht die in der weißen, sondern die mit dem goldumrandeten Mundstück in der großen dunkelblauen Packung!) war die Zigarette, die man zum Cognac rauchte; allerdings mußte es METAXA sein, denn zum weicheren CHANTRÉ paßte eher die BENSON & HEDGES. Es kam aber auch vor, daß sie die ROTHMANS zu einem Whisky genossen, aber in diesem Fall mußte es ein Scotch sein, auf keinen Fall ein Bourbon. Der traditionelle Eröffnungstrunk im Entree des »Interkontinental« bestand aus einem Kaffee und einem BECHEROVKA, zu dem eine ST. MORITZ MENTHOL in der dunkelgrünen Packung geradezu ein Gebot war, wie man zum Kaffee nur die würzige Zigarette aus der optisch zur St. Moritz-Packung komplementären bordeauxroten Packung der Marke DUNHILL rauchen durfte.

Zum Kaffee Dunhill, zum Becherovka St. Moritz, zum Cognac Rothmans oder Benson & Hedges: Das war absolutes Muß! Etwas toleranter aus sehr naheliegenden Gründen verhielten sie sich bei den Getränken, die sie öfter tranken. Zum Wein oder zum Bier durften dann ausgiebig die mitgebrachten Marken HOBBY aus Österreich und CLUB aus der DDR geraucht werden.

II

Dieses Mal war Wolfgang mit sehr gemischten Gefühlen nach Prag gefahren. Birgit hatte ihm signalisiert, daß sie nach seiner Rückkehr von diesem erneuten Treffen Urlaub nehmen und für eine Woche nach Großenhain fahren wolle, um dort in aller Stille und allein über ihre Zukunft nachzudenken. Eines jedoch stünde für sie jetzt schon fest, es könne so nicht mehr weitergehen. Dazu sei sie nicht mehr bereit, hatte sie gesagt und hinzugefügt: Falls er nicht imstande sei, eine Entscheidung zu fällen, würde sie es für alle tun. Er jedenfalls hätte Zeit dafür genug bekommen. Nach ihrem Urlaub bestände sie auf einer klärenden Aussprache.

Er hatte diese Fahrt besinnlich begonnen und versucht, in Ruhe über Birgits Äußerungen nachzudenken. Als er jedoch durch die Ortschaft Zinnwald fuhr, spürte er nicht nur das bekannte Herzrasen, das sich in letzter Zeit immer einstellte, sobald er sich einer Zollgrenze näherte, sondern er registrierte auch, wie seine ansonsten immer ofenwarmen Hände kalt und feucht wurden. Noch stand er vom Grenzpunkt weit entfernt in einer Autoschlange, und es ging nur sehr langsam vorwärts. Die Hoffnung, einmal, wenigstens ein einziges Mal, nicht kontrolliert zu werden, hatte er schon aufgegeben. Nimmt man Hin- und Rückfahrten des letzten Jahres zusammen, überquerte er jetzt das neunte Mal eine Grenze. Nur zweimal wurde er nicht gefilzt. Aber das waren Bahnfahrten gewesen.

Wie erwartet, wurde er auch dieses Mal aus der Autokolonne herausgewinkt. *Hoffentlich nur Gepäckkontrolle!* Er schleppte den beorderten Koffer nebst Aktentasche in den Kontrollraum. Doch die weiteren Aufforderungen, wie Taschen links machen, Portemonnaie zeigen, Brieftasche öffnen, schienen ihm Vorboten von Schlimmerem zu sein, obwohl das für seine Grenzerfahrungen immer noch gewohnte Prozeduren waren.

Dann ging es wieder nach draußen: Kofferraum im Auto entleeren, Rücksitze abräumen, Vordersitze hochklappen. Alles noch Erträglichkeiten. Aber dann kam's. Er wurde aufgefordert, nicht nur, wie übrigens schon öfter bei vorangegangenen Kontrollen, die Motorhaube zu öffnen und die Heizungsschläuche im Motorraum (ein Trabant hat so etwas) abzumontieren, sondern man befahl ihm auch, die Türfüllungen auszubauen, was insofern zusätzlich ärgerlich war, als bei einer solchen Montage unweigerlich einige jener kleinen Stahlklemmen, die als lose eingesteckte Halterungen für die Türfüllung dienten, herausfielen und sich oft unauffindbar in der weniger als handbreiten Tiefe der hohlraumkonservierten Türverstrebungen verloren.

Es war immer ein ungleicher Kampf, der da stattfand. Auf der einen Seite der verdächtige Delinquent, der schmutzverschmiert durch die unfreiwillige Montage an seinem Auto all seine Kraft und Energie dafür aufbringen mußte, die in ihm siedendheiß hochsteigende Wut soweit zu beherrschen, daß sie sich nicht ausdrückte, denn er wußte, er hatte in diesem Spiel die schlechteren Karten, und jede Äußerung von Unmut konnte die erniedrigende Filzerei ins Unermeßliche steigern - vor allem verlängern.

Auf der anderen Seite die Macht, ausgestattet mit schier unbegrenzten Befugnissen und dem Wissen, daß jeder, aber auch jeder, der für mehrere Tage in die Tschechoslowakei fuhr, etwas im Gepäck haben mußte, was er nicht angeben konnte: Mehr Kronen als erlaubt oder von der Ausfuhr ausgeschlossene Waren. Wovon sonst hätte er bei dem vorgegebenen Limit dort leben sollen? Nein, fündig konnten die Zöllner bei jedem werden, sie mußten nur intensiv genug suchen oder - wirkungsvoller - montieren lassen.

Während seiner Autodemontage mußte Wolfgang, um der Gefahr zu entgehen, nicht doch noch auszurasten, zu einer Technik des Abreagierens greifen, die ihm schon oft geholfen hatte. Er stellte sich neben sich. Er war einfach nicht der, der da mit schmutzigen Händen am Auto herumhantierte. Und als der Andere konnte er sich erlauben, der ganzen Sache von außen mit philosophischen Betrachtungen beizukommen: *Es dürfte kaum eine weitere Stelle auf der Welt geben, wo das Gemisch aus Angst und Wut Menschen so kooperativ und devot werden läßt, wie an einer Grenzstation zwischen der DDR und der CSSR*, sinnierte er, indem er die heruntergefallenen Klemmen der abmontierten Türverschläge wieder einsammelte. *Und der Mechanismus ist teuflisch einfach: Zunächst machen die Zollbestimmungen aus jedem Reisenden unfreiwillig einen Kriminellen. Wer fahren will, hat keine Chance, nicht kriminell nach Buchstaben und Sinn der gegebenen Gesetze zu werden, um dann - welch gelungene Programmierung - jenen psychopatischen Gesetzeshütern ausgeliefert zu sein, deren Berufsethos pures Mißtrauen ist.* Doch dann hielt er seinen gepflegten philosophischen Ausflug nicht mehr durch, und es schrie in ihm: *Wißt ihr, was ihr mich alle könnt? Am Arsch lecken könnt ihr mich! Ficken könnt ihr euch. Ihr seid doch alle so saudämlich und findet nicht mal das, was ihr sucht. Bei mir doch nicht! Da müßt ihr schon früher aufstehen, Ihr Scheißer!*

Als Wolfgang mit ölverschmierten Händen nach genau siebenundvierzig Minuten Grenzkontrolle über den gespenstischen Erzgebirgskamm mit der abgestorbenen Vegetation die kurvenreiche Straße hinunter in Richtung Teplice fuhr, verebbte das Herzrasen seiner ohnmächtigen Wut, und in das erniedrigende Gefühl des tatlos Ausgesetztseins mischte sich Genugtuung. Er war stolz auf sich, daß er über eine dreiviertel Stunde durchgehalten hatte, sich zusammenzunehmen, daß er nicht doch noch ausgerastet war, worauf jener Typ mit Sicherheit gewartet hatte, als er ihn so lausig filzte.

Er hatte es wieder einmal geschafft, und bis zur Ankunft von Heidelindes Zug auf dem Prager Hauptbahnhof, von wo er sie abholen wollte, war noch ausreichend Zeit. Aber so gänzlich ließ ihn das soeben Vorgefallene noch nicht los. »Diese Sadisten«, schimpfte er jetzt laut, »diese hinterhältigen Schweine! Wer in der DDR freiwillig den Beruf eines Zöllners wählt, muß krankhafte Veranlagungen in sich haben, oder aber, wenn er es vorher schon nicht war, macht ihn der Beruf zu einem paranoiden, mißtrauischen Stinktier.«

Er hielt an einem Waldstück, in das er etwas tiefer hineinfahren konnte, schaute sich um, ob er auch wirklich allein hier war. Dann holte er aus dem Kofferraum einen als Haken präparierten langen Draht und öffnete die Kühlerhaube. Mit dem Draht fingerte er unter dem Tank so lange herum, bis ein kleines, in Folie verpacktes

Päckchen zum Vorschein kam. Er entfernte den Folienmantel, und steckte die darin enthaltenen fünf Hundertkronenscheine in die Brusttasche seines Hemdes. Jetzt erst fühlte er sich ausgesöhnt mit denen da oben in ihrem gottverdammten Mausgrau.

III

Auch Heidelinde hatte sich dieses Mal in ihrem Zugabteil einer Gepäckkontrolle zu unterziehen. Die gewisse Zahnpastatube war zwar unangetastet geblieben, dennoch, schien ihr, lag über dieser Fahrt nach Prag kein guter Stern. Sie konnte sich nicht erinnern, jemals so bedrückt zu ihrem Myschkin gefahren zu sein. Sie hatte nun alle eingeforderten Auskünfte von den Ämtern über die Modalitäten einer eventuellen Übersiedlung in die DDR bekommen, und was dabei unterm Strich herauskam, war nicht dazu angetan, diesem Schritt mit freudiger Erwartung entgegenzusehen. Die Auskünfte waren niederschmetternd, so deprimierend, daß sie ihre Furcht vor dem zu Erwartenden stärker spürte als das Verlangen, mit Wolfgang ein gemeinsames Leben in der DDR aufzubauen, zumal auch er sich offensichtlich noch nicht völlig entschieden hatte, denn von Scheidung war auch bei ihm bisher nur die Rede ... Sie spürte die Ironie in ihrem Denken, die sich wie ein Gift in ihre Liebe einzuschleichen schien.

Aber als sie in Prag aus dem Zug stieg und Wolfgang – offenes Hemd, Jeans und eine langstielige Rose in der Hand – auf dem Bahnsteig stehen sah, war alle Nachdenklichkeit verflogen. Sie warf sich in seine Arme, und so umschlungen hielten sie in minutenlangem Schweigen – diese immer wieder empfundene Einmaligkeit ihres Wiedersehens auskostend – den schönen Augenblick für eine kurze Ewigkeit an.

Ihr preiswertes Quartier hatte ihnen wie üblich Frau Holokova von »Pragotour« besorgt. Ein kurzer Besuch bei ihr mit kleinen Geschenken war deshalb obligatorisch. Auf Wolfgangs Wunsch wohnten sie wieder bei Frau Bozena Vacková, das Quartier ihres ersten, unvergessenen Pragaufenthalts.

»Das ist wunderschön. Das hast du gut gemacht, mein Myschkin«, sagte Heidelinde, »Bozena heißt übersetzt: Die Göttliche. Vielleicht bringt sie uns Glück. Wir könnten es gebrauchen.«

IV

Heidelinde schien ihm verändert. Die Unbeschwertheit ihrer vergangenen Treffen wollte sich nicht mehr einstellen. Auch früher, ob in Prag, in Berlin oder in Weimar, wo sie sich getroffen hatten, war zwischen ihnen nicht immer nur eitel Sonnenschein gewesen, aber über allem, was sie durchaus kontrovers diskutierten, hatte ein alles überstrahlender Optimismus gelegen, führten Bedenken in das übereinstimmende Gefühl, daß sie es schaffen werden - trotz allem! Und sie hatten ein abschließendes, verbindendes Wort dafür, eine Vokabel aus ihrer Moskauer Zeit: НЕ-ПРЕМ-ЕН-НО! In diesem oft gebrauchten Schlagwort, das für sie mehr als das ins Deutsche übersetzte UNBEDINGT oder dieses ES MUSS SEIN bedeutete, hatte eine motivierende, andauernde, eine die Streitpunkte nivellierende Macht gelegen. НЕПРЕМЕННО – das bedeutete für sie ein blindes Verständnis, das selbst nach Gesprächen, in denen sie sich mit Vorwürfen verletzt hatten, die Brücke baute für den versöhnenden Ausgleich, zu dem ihre einander verlangenden Körper ständige Bereitschaft zeigten.

Doch dieses Mal, so schien es Wolfgang, lag etwas zwischen ihnen, das mit einem dahingeworfenen НЕПРЕМЕННО nicht so einfach auszugleichen war. Heidelinde erwartete von ihm ein größeres Verständnis für ihre existentielle Furcht vor dem, was ihr bevorstand, wenn sie sich entschlösse, in die DDR zu siedeln. Sie hätte es jetzt schwarz auf weiß: Sie käme in ein INTERNIERUNGSLAGER für Wochen, für Monate vielleicht, es gäbe Verhöre durch die STAATSSICHERHEIT, und dann wäre immer noch nicht sicher, was weiterfolgen würde. Er müsse doch verstehen, daß sie davor Angst habe, schreckliche panische Angst – und er sei noch nicht mal geschieden …

Wolfgang wiederum glaubte aus Heidelindes Argumenten Ausflüchte herauszuhören. *Ihre Liebe ist groß, aber doch nicht so groß, daß sie dafür dieses zugegeben Schreckliche durchstehen will. Mit welchem Recht verlangt sie von mir als Vorleistung die Scheidung, wenn sie dann doch nicht bereit ist zu diesem Schritt? Wenn es sie nicht gäbe, hätte ich doch eigentlich keinen wirklichen Grund, mich von meiner Familie zu trennen. Begreift sie denn nicht, in welcher Hölle ich lebe?*

Es war das erste Mal, daß Gedanken in ihm waren, die er Heidelinde gegenüber so, wie er sie gedacht hatte, nicht äußern konnte. Auch deshalb nicht, weil er sie selbst als feige, spießig und ziemlich mies empfand. Er schämte sich für diese Gedanken, aber sie waren in ihm, und er erschrak vor der plötzlichen Erkenntnis, daß seine Liebe zu Heidelinde durch solche Gedanken ihre Unschuld verlor. Stolz, Reinheit, Gerechtigkeit, Schönheit – das war es doch, was seine Liebe so einmalig, so groß gemacht hatte, eine Liebe, die so sehr der Rechtfertigung bedurfte, besonders dann, wenn er Birgit zu Hause in dieser entwaffnenden Stille und Geduld leiden sah.

Anders Heidelinde. Sie empfand es als eine Kränkung, daß Wolfgang so wenig Verständnis für ihre Furcht aufbrachte. Sie hatte sich so sehr bemüht, seine politische Gedankenwelt, seine Motivation für die Verteidigung von sozialistischen Idealen zu verstehen. Sie hatte versucht, wie eine Kommunistin zu denken, aber für Wolfgang war das nie genug gewesen, obwohl er doch selber an so vielem zweifelte, selber doch seine Probleme mit diesem System hatte, so vieles erkannte und ihr auch wahrheitsgemäß schilderte, was alles in diesem Land, in dem sie mit ihm leben sollte, arg war, menschenfeindlich, verbohrt, wenig lebenswert. Manchmal hatte sie den Optimismus in seinen Argumentationen teilen können, daß das veränderbar sei, daß es viele wie ihn gäbe und zunehmend mehr, daß niemand auf Dauer einen Stein fallen sehen und behaupten könne, er steige nach oben, daß Sozialismus trotz aller Unbilden dennoch die gerechtere, soziale, lebenswertere Gesellschaftsordnung sei, weil sie sich nicht entwickle, wie es Kapital und Profit bestimmen, sondern nach einer Vision, die sozialistisches Menschenbild heißt, in dem positiv alle erstrebenswerten Menschheitsideale aufgehoben seien. Und wenn sie dann zweifelnd geäußert hatte, daß doch wohl die Kommunisten in der DDR nicht alle so denken würden wie er, vor allem jene, die das Sagen hätten, hatte er geantwortet, daß sie aber mit ihm leben würde, und wie er hoffe, nur mit ihm, was wieder dazu führte, daß sie sich versöhnend umarmten und begehrlich liebten.

Doch die Zweifel blieben in ihr, wie auch an diesem Nachmittag, als sie sich nach der Diskussion um die Internierungslager für Westübersiedler schon eine Weile schweigend gegenübergesessen hatten: *Wieso weist er alle Überlegungen von sich, wenn es darum geht, ob er nicht bei mir in Wien leben kann. Sicherlich, seine Argumente klingen plausibel,* marterte sie sich, *aber versuchen sollte er es, wenigstens ein einziges Mal gedanklich durchspielen. Das müßte doch möglich sein.*

»Ich habe dir ein Buch mitgebracht«, unterbrach sie die eingetretene Stille. Sie ging zu ihrem Koffer. »Hier. Dieses.« Sie zeigte ihm das Buch. »Ich möchte, daß du es liest.« Sie setzte sich, das Buch in der Hand, wieder an den Tisch. »Ich habe eine Menge Fragen dazu, und ich möchte, daß wir das nächste Mal darüber reden. Du erinnerst dich an unsere liebe, kleine, alte Dame Mira Fischer in Moskau?«

»Natürlich. Sehr gut sogar. Rührend fand ich, daß sie von ihrem wenigen Geld regelmäßig Blumen kaufte, um sie am Grab von Chruschtschow niederzulegen.«

»Ja, sie fühlte sich ihm zu Dank verpflichtet. Unter Chruschtschow wurde ihr Mann, den Stalin ermorden ließ, rehabilitiert, und nur so ist sie wenigstens zu ihrer schmalen Rente gekommen.«

»Sie ist eine bemerkenswerte Frau. Und wunderschön war sie, als wir sie besucht hatten. Ich sehe sie noch vor mir, die schlohweißen Haare, hinten zu einem Knoten gebunden, dieses zierliche Persönchen und doch von einer geradezu aristokratischen Integrität, und dann alles so ärmlich und doch so rein ... War nicht ihr Mann der Bruder von Ernst Fischer?«

»Ja. Und der wiederum war befreundet mit den Leonhards.« Heidelinde reichte ihm das Buch. »Kannst du dich erinnern, daß Mira Fischer uns einmal von einem Jungen erzählte, der sie in den Sommerferien immer besuchte? Ja, und von dem ist dieses Buch. Wolfgang Leonhard.«

»Wolfgang Leonhard? Den kenne ich. Von Fernsehdiskussionen, natürlich im Westfernsehen. Soviel ich weiß, ist der fünfundvierzig mit der Gruppe Ulbricht nach Deutschland gekommen, war dann irgendwie Boß der zentralen Parteischule und soll anfang der fünfziger Jahre nach dem Westen abgehauen sein. Heute ist er so was wie ein Kremlastrologe und als Ketzer natürlich Feind für die Parteispitze.« Wolfgang schaute auf das Buch. »DIE REVOLUTION ENTLÄSST IHRE KINDER. Klingt gut! Ok, ich lese es.«

»Der war übrigens auch mal Kommunist«, sagte Heidelinde.

»Hm.« Wolfgang tat, als überhörte er diesen wiederholten Stich ins Schlimme. »Hoffentlich erwischen die mich mit dem Buch nicht an der Grenze. Du weißt, ich werde immer gefilzt.«

»Dann laß es lieber. So wichtig ist es nun auch wieder nicht.«

»Ach, was soll's. Der Umschlag des Buches sieht doch ziemlich revolutionär und sozialistisch aus. Ich leg es einfach zwischen die beiden Bücher reiner Lehre marxistischer Ästhetik, die du mir hoffentlich wieder mitgebracht hast. Haben sie dir denn geholfen?«

»Ja Myschkin, sehr!«

Heidelinde war froh, daß sie auf das zurückkamen, was ihr die Treffen mit Wolfgang in letzter Zeit noch wertvoller werden ließ. Sie hatten jedes Mal und zunehmend mehr, je weiter sie in ihrer Arbeit fortschritt, über ihre Ausarbeitungen zur Dissertation diskutiert, wobei ihr besonders Wolfgangs methodische Hinweise weitergeholfen hatten.

»Es ist schon schlimm, aber ohne dich wäre ich an diesem blöden Thema bestimmt gescheitert.«

»Komm, das schaffst du auch ganz allein. Mit mir geht's vielleicht nur etwas schneller, was ja für uns nicht ganz unwichtig werden kann. Du siehst, ich bin dabei völlig eigennützig.«

V

Sie hatten bei diesem Treffen all das gemacht, was sie auch sonst immer getan hatten. Ein bißchen gearbeitet, ausgiebig gebummelt, viel miteinander geschlafen, zweimal groß Essen gegangen, in Cafés gesessen, in den Park nach Prûhonice gefahren und natürlich diskutiert zu der immer wieder entscheidenden Frage: Wie gehts weiter?

Wolfgang hatte Heidelinde von seinem letzten Gespräch mit Birgit erzählt und deutlich gemacht, daß nunmehr seine Frau die Entscheidung suchen wird, was ja, und darin stimmten sie überein, für alle das Beste wäre. Heidelinde hatte zu verstehen gegeben, daß sie – auch wenn es ihr sehr, sehr schwerfalle – zu dem Schritt Übersiedlung bereit sei. So hätte eigentlich alles gut sein können, und dennoch hinterließ für beide diese so klar formulierte Perspektive einen bitteren Nachgeschmack. Es hatte so unglaublich nüchtern, geradezu geschäftlich geklungen, als sie darüber sprachen.

VI

Es war kurz vor Mitternacht. Wolfgang fuhr wieder der Grenze entgegen. Dieses Mal an der Elbe entlang zum Grenzübergang Schmilka. Er schien fast allein unterwegs zu sein, nur ab und zu blendete ihn auf der schmalen Uferstraße ein entgegenkommendes Auto. *Die haben es hinter sich.* Vor der letzten Biegung zum Grenzpunkt hielt er an.

Was mache ich mit dem Buch? Er überlegte lange. Beim Einpacken in Prag war er noch fest davon überzeugt gewesen, daß er es am unverfänglichsten zwischen den beiden anderen Büchern durch die Kontrolle bringen könnte, zumal es diesen so revolutionär anmutenden Einband hatte, daß man es, besonders wenn man es nicht versteckte, für ein sozialistisches Buch halten konnte. Außerdem ließ sich auf diese Weise viel besser Unwissenheit vortäuschen, als wenn man es bei einer Kontrolle versteckt unter Fußmatten, Rückenlehnen, hinter Türverkleidungen, im Ersatzreifen, unter Matten im Kofferraum - ja, wo sonst noch - finden würde. War nicht das Offenste in diesem Fall das Sicherste? Hatten nicht selbst die Schnüffler in Zinnwald auf der Herfahrt die drei Bücher, die er für Heidelindes Dissertation mitgenommen hatte, ohne auf die Titel zu sehen, nur einfach durchgeblättert, stur auf der Suche nach illegitimen Banknoten? *Nein, das Beste ist, ich lasse es dort, wo es ist. Man soll immer der ersten Eingebung folgen, alles andere kann sich übel rächen! Und obendrein,* versuchte er die aufkeimende Wut auf Zöllner zu unterdrücken, *sind die Arschlöcher sowieso alle blöd, wer weiß, ob die überhaupt lesen können!*

Er fingerte mit klammer Hand am Zündschloß. *Eklig, diese eisigen Finger!* Nach einigen (allerdings vergeblichen) Versuchen, die streßfeuchten Hände an seinen Oberschenkeln zu erwärmen und trocken zu rubbeln, schaltete er das Abblendlicht ein und fuhr weiter - dem Kontrollpunkt entgegen.

VII

Er war der einzige an der mitternächtlichen Grenze. Der Offizier in Grenzuniform drückte ihm verschlafen den Stempel mit dem Datum des beginnenden Tages (was für Wolfgang wegen des Umtauschsatzes nicht unwichtig war) auf das Leporello in seinem Ausweis. Der tschechische Zoll zeigte sich gar nicht erst, und auch bei dem im Mausgrau hatte er zunächst den Eindruck, daß er ihn durchwinken würde. Vielleicht hatte er einen Wimpernschlag zu früh beschleunigt, jedenfalls änderte der Zöllner die anfängliche Durchwinkgeste zu einem Stop.

Der Zöllner schaute durch die heruntergelassene Scheibe in den Innenraum des Autos.

»Haben Sie was zu verzollen?«

»Nein, nichts.« Wolfgang ärgerte sich, daß er ungewöhnlich hoch sprach.

»Woher kommen Sie?«

»Aus Prag. Ich war dort zu Besuch.«

»So, so. Stellen Sie den Motor ab, und steigen Sie aus.«

Wolfgang kurbelte die Scheibe hoch, stieg aus und warf die Tür zu.

»Haben Sie noch etwas im Kofferraum?«

»Nein, nur den Benzinkanister, Ersatzrad und Werkzeug.« Wolfgang machte Anstalten, den Kofferraum bereitwillig zu öffnen. *Um so besser, wenn er dort herumwühlt.*

»Sie brauchen ihn nicht zu öffnen«, sagte der Zöllner, »aber den Koffer vom Rücksitz bringen Sie mit, und folgen Sie mir.«

Wolfgang verfluchte sich: *Warum nur mußte ich das Buch im Koffer lassen. Außerdem könnte der wenigstens einmal bitte sagen!* Im Kontrollraum wurde er angewiesen, den Koffer zu öffnen. Eigenhändig sollte er die Wäschestücke einzeln anheben. Wolfgang kommentierte zuvorkommend seine Aktivitäten: »Eine Hose, Hemden, Unterhosen, Handtücher, drei Bücher, Turnschuhe, Toilettenartikel, Socken …« Die drei Bücher hatte er so nebensächlich wie möglich erwähnt. Als er bis zum Boden alles angehoben hatte, sagte er: »Das ist alles.« Er ordnete die Sachen wieder, griff zum Deckel, sah mit fragendem Blick zum Zöllner: *Hat der aber eine fiese Fresse.* Er bewegte den Deckel langsam nach unten. Er hatte ihn fast geschlossen.

»Legen Sie die Bücher hier auf den Tisch.« Der Zöllner zeigte die Stelle auf dem Tisch mit dem Zeigefinger an. Diese so blödsinnige Geste wird später das deutlichste sein, an das sich Wolfgang erinnern kann. Der Zöllner blätterte in den Büchern, ohne daß er so richtig wahrzunehmen schien, was er da in den Händen hielt.

»Das sind alles Fachbücher«, sagte Wolfgang, wie um ihm bei der Beurteilung der Bücher zu helfen.

»Gut, Sie können Sie wieder wegpacken.«

Die Bücher lagen nebeneinander. Wolfgang nahm zuerst das Buch von Leonhard und wollte die anderen darauflegen.

»Dieses da.« Der Zöllner zeigte auf das Buch, das Wolfgang zuerst weggenommen hatte. Aber Wolfgang reichte ihm mißverstehend das Ästhetiklehrbuch von John.

»Nein dieses. Legen Sie es wieder hierher. Die anderen können Sie wegpacken.«

Er sah sich das Buch genauer an. »Dieses Buch ist im Westen verlegt worden«, stellte er fest. »Haben Sie es in Prag erworben?«

»Nein«, sagte Wolfgang so ruhig wie möglich. »Ich sagte doch, das ist ein Fachbuch. Ich habe es in Leipzig von einem Fachkollegen geliehen bekommen. Ich brauche es für meine Forschungsarbeiten als Journalistikwissenschaftler an der Universität. Ich wollte es in den Urlaubstagen lesen. Es ist bei uns üblich, daß wir für unsere Forschungsarbeiten auch Literatur benutzen müssen, die im Westen verlegt worden ist.«

»Sie reisen aber mit einem Buch in die DDR ein, das in keinem sozialistischen Land gedruckt worden ist. Und deshalb ist es Einfuhr illegaler Literatur, die beschlagnahmt werden muß.«

Das klang unsicher. Diese Unsicherheit machte Wolfgang ein Fünkchen hoffnungsvoller: »Aber ich habe es doch aus der DDR mitgebracht und bringe es in die DDR wieder zurück. Das ist doch keine Einfuhr. Außerdem gehört dieses Buch einem Wissenschaftler in Leipzig, und ich muß es ihm wieder zurückgeben.«

»Warten Sie hier.«

Der Zöllner verschwand mit dem Buch in ein hinteres Zimmer. Nach etwa zehn Minuten, die Wolfgang wie eine Stunde vorgekommen waren, kam er mit einem zweiten Zöllner wieder, der zwei Sterne mehr auf seinen Schulterklappen hatte.

»Nennen Sie uns den Bürger, von dem Sie angeblich dieses Buch geliehen haben. Mit Namen und Adresse.« Dieser zweite Zöllner schien sich auf keine Diskussion einlassen zu wollen.

»Das möchte ich nicht«, sagte Wolfgang so fest wie möglich. »Ich bin sicherlich auch gar nicht befugt, Ihnen die Adresse eines anderen Menschen auszuhändigen. Ich kann beschwören, daß ich dieses Buch weder in der Tschechoslowakei noch woanders erworben habe. Und meine Adresse kann ich Ihnen geben. Ich sage es noch einmal. Ich benötige dieses Buch für wissenschaftliche Zwecke.«

»Mit wem haben Sie sich in Prag getroffen.«

»Mit Freunden aus der Sowjetunion. Aber, um ihrer nächsten Frage vorzugreifen, von denen habe ich das Buch nicht.« In diesem Moment kam ein Offizier vom Grenzschutz in den Raum und flüsterte dem Zöllner, der jetzt das Sagen hatte, etwas ins Ohr. Der wandte sich wieder an Wolfgang.

»Oder haben Sie sich nicht vielmehr mit einem Bürger oder einer Bürgerin aus dem nichtsozialistischen Ausland in Prag getroffen? Sie reisen, wie man Ihrem Ausweis entnimmt, sehr oft nach Prag in letzter Zeit ...« Wolfgang schwieg.

»Das Buch ist beschlagnahmt«, sagte kurz und trocken der mit den vielen Sternen auf den Schulterklappen. Wolfgang sah ein, daß hier nichts mehr auszurichten war.

»Was passiert damit? Wenn ich das fragen darf«, wagte er doch noch zu fragen.

»Sie dürfen ...« sagte der Zöllner. »Es kommt dorthin, wohin die Schmierereinen vom Klassenfeind gehören: In den Reißwolf.«

VIII

Als Wolfgang wieder im Auto saß, fühlte er sich so elend, daß er glaubte, er könne die Fahrt nicht mehr fortsetzen. Die unglaubliche Anspannung der letzten Stunde war von ihm gewichen und jetzt zitterte er am ganzen Leibe. Er war unfähig, seinen Fuß am Gaspedal ruhig zu halten. Irgendwie achtete er auch nicht mehr auf die Straßenschilder. Er war von der Hauptstraße abgekommen. Er registrierte nur, daß die Straße, die er befuhr, immer enger wurde, immer bewaldeter. Es tauchten auch keine Ortsnamen mehr auf, an denen er sich hätte orientieren können. *Wahrscheinlich bin ich im Elbsandsteingebirge gelandet.* Aber das war ihm schon egal. Dann fuhr er von der Straße ab in einen Waldweg hinein. Hier stellte er den Motor ab. *Ich find mich jetzt sowieso nicht mehr heraus,* murmelte er.

Er legte seinen Kopf auf die über dem Lenkrad verschränkten Arme und war von einer Sekunde zur anderen eingeschlafen.

Er fuhr in rasender Fahrt mit einem merkwürdig mausgrauen Kabriolett durch Straßen. Zunächst schienen es Straßenzüge von Leipzig zu sein. Dann wieder Prag. Oder Moskau? Nein Prag, denn das war doch der Wenzelsplatz, in den er schleudernd einbog. Bei jeder Kurve brach das Auto hinten aus, und er hatte panische Angst, daß es sich überschlug. Aber er mußte rasen, denn sie verfolgten ihn mit Mobilen, die statt der Scheinwerfer große Menschenaugen hatten, und vorn an ihren Kühlerrosten wuchsen lanzenartige spitze Erektile, die ihm immer näher kamen, immer näher. Dann stellte er mit Erschrecken fest, daß sein schlingerndes Gefährt hinten völlig offen war, so daß sich diese Lanzenspitzen bald in seinen ungeschützten Körper bohren würden. Außerdem störte ihn beim Fahren eine Eisenstange, die schmerzhaft gegen seine Stirn drückte. Er trat das Gaspedal bis zum Anschlag durch, doch je mehr er den Druck verstärkte, desto aussichtsloser wurde sein Fortkommen. Dann rollte gar nichts mehr. Er sprang aus dem nutzlosen Wagen und rannte, rannte, rannte. Die Lanzen mit den Augen der Autos immer hinter ihm her. Plötzlich befand er sich in einem riesigen Fabrikgebäude mit unzähligen endlos langen schmalen Gängen. Er suchte nach Türen, hinter denen er sich verstecken wollte. Aber die Gänge hatten keine Türen. Er wollte schneller laufen, doch seine Knie gehorchten ihm nicht mehr; er hatte keinen festen Boden mehr unter den Füßen, er lief wie auf Watte und kam keinen Zentimeter vorwärts. Kurz bevor ihn die Augen mit den Erektilen eingeholt hatten, schlug er hin, fand sich in einem großen Raum mit kahlen, unsagbar roten Wänden wieder; Wänden von jenem Fahnenrot, das er für sich als Unfarbe erklärt hatte. In dem Raum stand nur ein einziger Gegenstand, der wie ein Schrank aussah - nur schmaler und viel, viel höher. Und als er, immer noch liegend, näher kroch, erkannte er, daß der Schrank eine Guillotine war. Mit schmerzhaft verrenktem Hals musterte er das hochgezogene Fallbeil. Aber die Schmerzen im Genick und auf der Stirn wurden unerträglich. Er wollte den Kopf drehen, aber er konnte nur die Augen senken. Dabei sah er, wie plötzlich der Zöllner mit den vielen Sternen auf den Schulterklappen hinter der Guillotine hervortrat. Er starrte wie unter Zwang auf den übergroßen Zeigefinger des Zöllners, mit dem der gebieterisch auf jene Stelle der Guillotine klopfte, worauf der Kopf zu legen war. Das Klopfen wurde immer lauter und riß Wolfgang mit einem Aufschrei aus dem Schlaf.

Er brauchte eine Weile, bis er begriff, wo er sich befand. Das Genick schmerzte, auf der Stirn fühlte er eine tiefe Rille, offensichtlich vom Lenkrad, auf dem er eingeschlafen war. Aber was war mit dem Klopfen? Hatte er das wirklich nur geträumt?

Wie zur Bestätigung seiner wirren Frage klopfte es wieder gegen das Dach. Durch die Scheibe sah Wolfgang einen Mann in Uniform – und erschrak: *Nein, nicht schon wieder Behörden!* Doch dann erkannte er am Dunkelgrün des Stoffes, daß es nur ein Forstarbeiter sein konnte. Er kurbelte die Scheibe herunter.

»Gud'n Morschen! Isch wollte nur frachen, ob'se irschendwie Hilfe brauchen«, sagte der dunkelgrün Uniformierte in gepflegtem Dresdner Sächsisch. »Is alles in Ordnung? Isch meine, das sah irschendwie ni gud aus, wie'se hier so stehn.«

»Ja, ja, alles in Ordnung«, beeilte sich Wolfgang zu antworten. »Danke, daß Sie gefragt haben. Ich war nur eingeschlafen. Ich hatte mich in dieser Nacht hier verfahren. Nochmals besten Dank. Es ist wirklich alles in Ordnung.« Wolfgang winkte wie zum Zeichen, daß er alles gut bewegen könne.

Nachdem der Forstarbeiter in seinen Trabant-Jeep gestiegen und weggefahren war, sah sich Wolfgang um. Es war schon hell geworden. Auf dem Waldboden und über der kleinen Lichtung vor ihm lag ein hauchzarter Morgennebel. Bruchstückhaft fielen ihm die traumatischen Ereignisse dieser Nacht wieder ein …

Verdammt, wie spät ist es? Mit dieser Frage wurde er hellwach. Er sah auf die Armbanduhr. Es war kurz vor halb Vier. Diese Feststellung erleichterte ihn etwas. Ihm war eingefallen, daß er Birgit versprochen hatte, nicht später als sechs Uhr früh zu Hause zu sein, weil sie mit dem Auto noch am heutigen Sonnabendvormittag in den Urlaub fahren wollte. Das war noch zu schaffen.

Im Innenspiegel betrachtete er die rote Druckstelle auf seiner Stirn. Ihm fröstelte. *Ich muß mich warm und munter machen.* Er stieg aus. Er reckte sich, vollführte ein paar Knie- und Rumpfbeugen, um in seinen völlig verrenkten Körper wieder etwas Spannkraft zu bekommen. Dann befeuchtete er seine Hände mit Tautropfen auf den Gräsern, rieb Schläfen, Stirn und Augen damit wach und so – halbwegs erfrischt – beschloß er, die Fahrt fortzusetzen.

IX

Beim Anfahren bemerkte er wieder, was er während seiner Nachtfahrt im Unterbewußtsein schon registriert hatte: die Lenkung des Trabis schlug bedenklich aus. Besonders bei Anstiegen klopften die flatternden Vorderräder so gewaltig gegen das Lenkrad, daß man es selbst mit festem Griff nicht ruhig halten konnte. *Wahrscheinlich sind die Antriebe hin. Damit kann man Birgit eigentlich nicht in den Urlaub fahren lassen. Das müßte vorher repariert werden. Auf alle Fälle muß ich es ihr sagen.*

Kurz vor Sechs kam er zu Hause an. Birgit und die Kinder schliefen noch. Unübersehbar auf dem Wohnzimmertisch fand er einen Briefumschlag, »Wolfgang« stand darauf. Es war Brigits Handschrift. Er öffnete das Kuvert und las den Brief.

Sie schrieb, daß sie nicht in den Urlaub fahren werde, daß sie in der Woche, während er in Prag war, nachgedacht habe und zu dem Schluß gekommen sei, daß eine Trennung für alle das Beste wäre. Sie glaube nicht mehr daran, daß eine weitere Zeit die eingetretene Situation der gegenseitigen Entfremdung zum Besseren für sie und vor allem für die Kinder wenden könnte. Im Gegenteil, sie glaube, daß ihnen allen nur noch eine schnelle, klare Entscheidung helfen könne. Sie werde alle nötigen Schritte einleiten. Mit den Kindern habe sie schon gesprochen. Sie schliefen jetzt übrigens bei ihr im Schlafzimmer. Das Kinderzimmer habe sie ausgeräumt und eine Liege nebst Kleiderschrank hineinstellen lassen. Als Übergangslösung könne er dort wohnen, bis er eine neue Bleibe für sich gefunden habe.

Er ging mit dem Brief in der Hand über den Flur ins Kinderzimmer. Tatsächlich stand darin eine der Liegen aus ihrem Schlafzimmer, darauf ein Kopfkissen und eine Deckbett in rotem Inlett.

Wie das Rot in meinem Traum, dachte Wolfgang.

Er betrachtete den schmalen Kleiderschrank. Einen Holzschemel entdeckte er noch im ansonsten unmöblierten Zimmer. Er setzte sich auf die Liege, mitten hinein in die roten Inletts. Er schaute von der Tür zum Fenster und vom Fenster zur Tür.

Na, Doktor Sander, weit haben Sie's gebracht! Viereinhalb mal zwei Meter, darin ein Schrank, eine Liege, ein Tisch und ein Schemel. Braucht's mehr? Willkommen im neuen Leben!

Ihn schüttelte ein furchtbarer Lachkrampf. *Das hast du doch gewollt! Oder?*

32

DER GRÜNE STEIN

I

Es sind oft nur mißverstandene Worte, Gedankenlosigkeiten oder abgeschlagene Bitten, die zu einem Grunderlebnis werden, und plötzlich ist nichts mehr so wie es war. Man wird unfähig zu verzeihen, weil die erfahrene Kränkung größer ist als das, worum es eigentlich ging. Nicht das Geschehene bleibt Maßstab, sondern das Empfundene, und keine noch so vernünftige Erklärung kann das in die Seele versenkte Vorurteil wieder entkräften. Ein imaginäres Maß scheint übervoll, und es gibt keinen Weg zurück.

II

Jetzt habe ich auch dieses Zuhause nicht mehr! Bei dieser Endgültigkeit war Wolfgang angekommen, als er am späten Sonntagnachmittag von seinem als letzten Ausweg angesehenen Besuch aus Nordhausen wieder zurück nach Leipzig fuhr.

Die Konsequenzen aus dem gescheiterten Versuch wollte er noch nicht ziehen, aber - und das wußte er - bei allem, was da so sintflutartig in diesen zwei Tagen seit jener Beschlagnahme des Buches an der Grenze auf ihn herniedergekommen war, wird ein gefährlicher Fatalismus, der von ihm stündlich mehr Besitz ergriff, die Oberhand bekommen, und er wird das Dümmste tun, was man in seiner Situation tun kann: Er wird die Wahrheit sagen. *Sie wird damit leben müssen, daß sie ihrem Sohn etwas abgeschlagen hat, was ich sogar für einen Fremden getan hätte,* arbeitete es in ihm. *Warum, warum nur hat sie's getan? Ihr wäre doch nun wirklich überhaupt nichts passiert. Und Ursula hat ihr noch zugeredet. Weshalb? Was hat sie zu befürchten? Es will nicht in meinen Kopf! Sind die wirklich schon so verängstigt, daß sie Gespenster sehen, wo gar keine sind?*

Doch er wollte jetzt nicht weiter darüber nachdenken, er konnte es auch nicht, weil er höllisch aufpassen mußte, daß er seinen Trabant mit den immer bedrohlicher schlagenden Antrieben, wodurch offensichtlich nun auch noch die Lenkung Schaden genommen hatte, in der Spur hielt, was schon deshalb unmöglich war, weil die Straße, die er befuhr, nur aus Schlaglöchern zu bestehen schien. Mit seiner Wut im Bauch fuhr er viel zu schnell, und angesichts der ständig nach links und rechts ausschlagenden Vorderräder in verantwortungsloser Unbekümmertheit. *Wenn's passiert, dann passiert's eben!*

Er ging vom Gas nicht herunter. Er hielt sich in grimmiger Reaktionsbereitschaft, um den Schlägen von außen einen entsprechenden Ruck übers Lenkrad entgegensetzen zu können. In seinem Hirn arbeitete es fieberhaft. Er wollte sich zur Gedankendisziplin zwingen, ein planvolles Vorgehen überdenken, wie er sich in der nunmehr gegebenen Situation zu verhalten hatte, aber die Enttäuschung über das soeben geführte Gespräch mit seiner Mutter war stärker. Er versuchte sich darauf zu konzentrieren, einzelne Worte und Sätze zu rekapitulieren, doch die gewollte Sachlichkeit mißlang ihm, nur Urteile kamen hoch aus einer nicht beherrschbaren Enttäuschung und Resignation, und statt der rationalen Auseinandersetzung mit dem, was er jetzt zu lösen hatte, drängten sich ihm Bilder weit zurückliegender Begebenheiten auf, die er schon vergessen zu haben glaubte.

Sein GRÜNER STEIN fiel ihm wieder ein, der geheimnisumwobene Stein, den Jürgen und er im Internatswäldchen unter dem wuchtigen Felsbrocken mit der verwitterten Schrift gefunden hatten, eingehüllt in Papier, das schon deshalb mystisch für sie war, weil es bei der ersten Berührung wie ein mürbes Blätterteiggebäck auseinanderstob. Außerdem wäre es bei seiner Ausgrabung beinahe zu einem verhängnisvollen Unfall gekommen. Der Felsen stand an einem abschüssigen Hang, Wolfgang kratzte ihn von unten frei, und Jürgen versuchte ihn von oben zu lockern, indem er sich dagegenstemmte – mit dem Erfolg, daß er die Gewalt über den sich lösenden Felsbrocken verlor, der Wolfgang unweigerlich begraben hätte, wenn er nicht geistesgegenwärtig Jürgens Aufschrei richtig gedeutet und sich mit einem Hechtsprung seitwärts in Sicherheit gebracht hätte. Beide zitterten noch, als sie den Stein entdeckten, der wie ein Vermächtnis an der jetzt freien Stelle lag, worauf eben noch der Felsen geruht hatte.

Der Stein hatte für einen Edelstein, denn dafür hielten sie ihn, gewaltige Ausmaße, war von unbeschreiblich tiefem Grün und hatte eine schmeichelglatt gewölbte Oberfläche. Auf dieser Seite schien er bearbeitet zu sein, die Wölbungen zeigten einen feinen Schliff, und sie waren unter dem auseinanderfallenden Papier so unvermutet glänzend sauber, daß die Jungen den Eindruck hatten, er sei gerade eben von unsichtbarer Hand poliert worden. Die untere Seite war völlig unbearbeitet und sah aus, als wäre sie aus einem noch größeren Stein gewaltsam herausgebrochen worden.

Plötzlich ging ihnen auf, daß hier soeben etwas Unwahrscheinliches passiert war. Sie hatten ja schließlich nicht gewußt, ob der massive Felsbrocken unter sich etwas verbarg. Es war nur so eine Ahnung in ihnen gewesen, und die hatte sich nun auf wunderbare Weise bestätigt. Sie beschlich das Gefühl, etwas sehr Frevelhaftes zu tun, so als hätten sie in einer Kirche an den Altar gepinkelt. Das Umkippen des beschrifteten Felsbrockens kam ihnen wie eine Grabschändung vor, denn diesen Stein mußte jemand vor langer Zeit unter Mühen hier abgelegt haben in der Absicht, daß er an dieser Stelle für alle Ewigkeit seine Ruhe findet, und indem sie den Stein aus dem zerbröselnden Papier lösten, verspürten sie etwas von Entweihung einer geheiligten Stätte, in der ein Versprechen eine weihevolle Ruhe zu finden hoffte, die sie nun gestört hatten. Um ihren Fund mußte etwas tief Verborgenes liegen: Eine Geschichte vielleicht, in der große Leidenschaften zu einem Mord geführt hatten. Oder barg etwa das zerstobene Schriftstück ein Vermächtnis für kommende Generationen? War es eine heidnische Opfergabe? Oder war es das Versteck eines Räubers auf der Flucht? So reimten sie sich zu ihrem gefundenen Schatz eine Legende um die andere.

Etwas unheimlich war ihnen immer noch zumute, als sie am nächsten Tag mit einem dem Hausmeister des Internats entwendeten Meißel den Stein in zwei Teile zerlegten, aber sowohl Jürgen als auch Wolfgang waren felsenfest davon überzeugt, daß jeder mit seinem Teil jetzt einen Stein von unschätzbarem Wert besaß. Jeder sollte seinen Teil des Steines wie ein Augapfel hüten; er sollte so etwas wie ein Symbol und der Garant ihrer immerwährenden Freundschaft sein.

Für Wolfgang war dieser GRÜNE STEIN der Grundstock zu einer kleinen Steinsammlung - Silbererze, Flußspate, Donnerkeile, Hühnergötter und ein kleiner Bernstein (zumindest hielt er diesen braunen Stein dafür) waren noch dazugekommen -, die er in einer Zigarrenkiste aufbewahrte. Und diese wiederum hatte nach seiner Rückkehr aus dem Internat ihren festen Platz auf einem Sims im Treppenhaus ihrer Kleinfurraer Wohnung.

Natürlich hielt die Sammelleidenschaft nicht an. Es gab schließlich jetzt Leichenzüge und Angelaspiele. Aber als im Herbst siebenundfünfzig die Sanders sich anschickten, von Kleinfurra nach Nordhausen umzuziehen, entsann sich Wolfgang der Zigarrenkiste als eines der wertigsten Teile seines persönlichen Umzugsgutes. Doch er fand sie nicht, weder an der vorgesehenen Stelle noch anderswo. Er machte daraufhin einen unvorstellbaren Terror, löcherte mit Fragen, wo die Kiste sei, warf mit Verdächtigungen um sich. Und tatsächlich stellte sich heraus, daß die Mutter in den Wirren der Aufräumaktionen für den Umzug diese Kiste mit anderem Unrat entsorgt hatte.

»Waaas! Du hast sie einfach weggeworfen!? Einfach so? Obwohl du wußtest, wie wertvoll der Stein für mich ist?«

Er hatte getobt, war für alle unerträglich, weil sie nicht verstehen konnten, wie man wegen eines Steines einen solchen Aufriß machen konnte. Er hatte die Mutter beschworen, sie solle doch bitte noch einmal genau überlegen, wohin sie diese Steine geworfen hatte. Aber er hatte den Eindruck, daß sie gar nicht bereit war, ernsthaft und gründlich darüber nachzudenken, denn sie sagte, sie glaube, sie habe sie auf den großen Misthaufen im Bauernhof geworfen. Wolfgang hatte barfuß einen ganzen Tag lang mit einer Heugabel in dem Misthaufen herumgestochert, der immerhin fast die Ausmaße eines Tennisplatzes hatte. Bei seinem zwanghaften Suchen war er davon überzeugt: Wenn die Mutter diesen Stein auf den Mist geworfen hat, dann finde ich ihn auch. Aber er fand ihn nicht. Auch keinen der anderen Steine. Wer weiß, was sie damit gemacht hatte. Es war eindeutig, die Mutter hatte ihn belogen. Nicht aus Böswilligkeit, das sicher nicht, aber aus Gedankenlosigkeit. Sie hatte ihn einen Tag lang auf dem Mist herumstochern lassen ohne ein Wort des Bedauerns und ohne sichtbare Bereitschaft, etwas Zeit für ein gründlicheres Nachdenken aufzubringen. Im Gegenteil, ihm wurde – nicht zu Unrecht – vorgeworfen, daß er mit seinem sinnlosen Herumgesuche den anderen die nun wirklich notwendigere Arbeit überlassen hatte, denn ein Umzug sei doch schließlich wichtiger als dieser dumme Stein. Erst viel, viel später, als er den Stein schon lange nicht mehr besaß, hatte er herausgefunden, daß er mit hoher Wahrscheinlichkeit einen riesengroßen Smaragd besessen hatte. Das Grün war unvergeßlich. *ICH HATTE EINEN SMARAGD IN GUMPERDA …*

III

Gestern abend noch war die Welt für Wolfgang zwar nicht in Ordnung zu nennen, aber immerhin überschaubar. Birgit war mit den Kindern zu Besuch bei einer Freundin; sie wollte nach ihrer brieflichen Korrespondenz eine so unmittelbar persönliche mit Wolfgang zunächst vermeiden. Wolfgang hatte sich am Abend, mit einer anfangs noch gefüllten Flasche Korn redend, in die roten Inletts auf sein Bett geworfen und in beißendem Sarkasmus über seine augenblickliche Situation gespottet, bis er besoffen genug war, um sein zu erwartendes Schicksal als ein Martyrium genießen zu können. Dabei hatte er nicht einmal mehr an das Buch gedacht, das man ihm an der Grenze abgenommen hatte.

Am nächsten Morgen wurde er durch schweres Klopfen an der Tür aus einem alptraumbeladenen Schlaf gerissen.

»Herr Sander! Telefon! Und sagen Sie dem Herrn, daß er das nächste Mal nicht wieder an einem Sonntagvormittag anruft!« Es war die Nachbarin, die ihn so mißmutig aufforderte, an ihr Telefon zu kommen.

Wolfgang stellte mit brummendem Schädel fest, daß er im Inlett und noch vollkommen angekleidet geschlafen hatte. Am Telefon meldete sich Dr. Kuntz, ein ehemaliger Dozent aus dem Bereich Pressegeschichte, der seit einem Jahr Parteisekretär an der Sektion Journalistik war. Bruhnsens Bereich Pressegeschichte schien ein schier unerschöpfliches Reservoir für aufzubauende Parteikader zu sein. Kuntz, mit dem selbst Bruhnsen fachlich wenig anzufangen wußte, verkörperte geradezu exemplarisch Beispielhaftes, daß die nun durchgreifende Hochschulreform aufstrebenden Wissenschaftlern die ihnen gemäße Chance bot: Parteisekretär an einer Bildungseinrichtung.

Wolfgang fiel auf, daß Kuntz – entgegen seinen sonstigen Gepflogenheiten, mit gewollt kumpelhaften Einstiegen ein Gespräch zu beginnen – jedes persönliche Wort vermied. Er kam gleich zur Sache. Seine übergeordnete Leitung hätte ihn informiert, daß man Wolfgang ein staatsfeindliches Buch an der Grenze abgenommen habe, und er sei aufgefordert worden, bis morgen nachmittag eine Stellungnahme abzugeben, weshalb er nun verpflichtet sei, morgen vormittag um neun Uhr eine außerordentliche Parteileitungssitzung einzuberufen, bei der das Vorkommnis zu klären sei. Er, Wolfgang, habe sich um neun Uhr bei ihm einzufinden, und er könne ihm nur den guten Rat geben, für diesen parteischädigenden Vorfall eine plausible Erklärung zu finden. Und dann hatte er sich doch noch zu einem persönlichen Wort durchgerungen, indem er abschließend, sich selbst aus seiner Funktion herausnehmend, Wolfgang aufmunterte: »Mensch Wolfgang, sieh zu, daß du die Scheiße vernünftig klärst. Wir haben nämlich kein Interesse, die Bezirksleitung ständig am Hals zu haben.«

Das einzige, was Wolfgang denken konnte, nachdem er den Hörer aufgelegt und sich in seinem Zimmer wieder auf das zerwühlte Bett geworfen hatte, war: *Die haben's aber eilig. Vorgestern Nacht passiert, und heute weiß es schon der Kuntz und sicherlich auch der Thillmann und der Bruhnsen und der Hofmann. Die sind schnell, das muß man ihnen lassen!* Er überlegte, was zu tun war. *Bagatellisieren, alles abstreiten! Und Heidelinde muß herausgehalten werden. Um jeden Preis. Die entscheidende Frage ist, woher ich das Buch habe,* zwang er sich zu einer sachlichen Überlegung. *Und das muß eine unverfängliche Stelle sein.* Er ging alle seine Bekannten und Freunde durch. Nein, das konnte er niemandem zumuten, denn dann läge bei ihnen ein Erklärungsbedarf, woher sie das Buch hätten. Es mußte jemand sein, dem man politische Unwissenheit unterstellen und damit nichts anhaben konnte.

Die Mutter, natürlich, seine Mutter war das Unverfänglichste! Sie war jetzt achtundsechzig Jahre und bekam von ihren vielen Bekannten im Westen alle Nase lang ein Päckchen geschickt. Warum sollte das Buch nicht in einem der Päckchen gelegen haben? Man wird doch wohl zugestehen können, daß das eine oder andere Päckchen ohne Kontrolle zu seinem Empfänger kommt. Oder? Und da sie mit DIE REVOLUTION ENTLÄSST IHRE KINDER nichts anfangen konnte, hat sie ihm das Buch geschenkt, weil es etwas Politisches war, womit sie sowieso nichts zu tun haben wollte. Und er, Wolfgang, hätte es genommen und ganz unbesehen vorgehabt, es während seines Urlaubs in Prag zu lesen. Es wäre zwar nur bei dem Vorhaben geblieben, aber so sei es zu diesem unsinnigen Vorwurf gekommen, er habe ein verbotenes Buch in die DDR einführen wollen. Sicherlich sei es naiv von ihm gewesen, aber er habe sich dabei eben nichts weiter gedacht. *So könnte es gehen,* überlegte er. *Also los!* Er sah auf die Uhr. Wenn das noch klappen sollte, dann mußte er unverzüglich nach Nordhausen fahren, um das alles mit seiner

Mutter durchzusprechen. Aber dazu brauchte er das Auto, das nach seiner Erklärung Birgit gegenüber fahruntüchtig war und am Montag unbedingt in eine Werkstatt mußte.

»Vielleicht kann man doch noch damit fahren. Bitte, gib mir das Auto. Ich muß fahren. Es ist wirklich meine allerletzte Chance!«

Es kam zu einem längeren Wortgefecht, in dem Birgit Wolfgang vorwarf, daß er die Dinge immer nur so darstelle, wie er sie gerade brauche, heute hü und morgen hott; und daß sie ihm nun grundsätzlich verbieten werde, mit ihrem Auto jemals wieder zu fahren. Aber Wolfgang war in seinem Entschluß, diese Fahrt jetzt unter allen Umständen anzutreten, so fest und letztlich in der Schilderung seiner ansonsten ausweglosen Situation so überzeugend, daß sie ihm, widerwillig zwar, die Autoschlüssel aushändigte, sich aber dennoch die Bemerkung nicht verkneifen konnte: »Es ist sowieso dein Leben, das du dir ruinierst. Fahr doch zur Hölle!«

IV

Nachdem er die fahrerische Tortur zwischen Seeburg und Halle hinter sich gebracht hatte, ein Straßenabschnitt, an dem nicht einmal mehr kratergroße Löcher ausgebessert wurden, weil man auf die Fertigstellung einer neuen Straßenverbindung wartete, hoffte er, jetzt könne ihm trotz schlagender Antriebe auf der nun besseren Straße nichts mehr passieren.

Als er durch Halle fuhr, begann es zu dämmern; doch er verspürte kein Verlangen, schon jetzt nach Hause zu fahren. Nach Hause? In seine roten Inletts? Nein, in diesem Zimmer konnte er nicht denken. Vorher mußte er sich Klarheit verschaffen. Er mußte mit sich ins reine kommen, was er Kuntz morgen früh um neun Uhr erklären wollte, denn seine (wie ihm schien) problemlose Variante war ja nun gestorben.

Er suchte nach einem bestimmten Café, in dem er schon einmal gesessen hatte. Es hatte Sofas mit Brokatbezügen, Marmortische und Wände mit vergoldeten Spiegeln über unvorstellbar grünen Tapeten. Dort hoffte er ein ruhiges Plätzchen zu finden, um seine jetzige Situation mit allem Für und Wider zu analysieren. *Ich muß jetzt methodisch denken*, trieb er sich an. *Alles Dumpfe, alles, was einen klaren Gedankengang verwischt, muß ich eliminieren. Weg mit dem*

Gefühl von Gekränktsein, von Sich-unverstanden-Fühlen, von Verletztsein und sinnlosem Herumbrüten über die eigenen und die Unzulänglichkeiten der anderen. Das verschmiert die Gehirnzellen wie ein betäubender Brei und brütet nur Resignation und Lethargie aus. Das ist das Letzte, was ich jetzt gebrauchen kann.

Doch als er auf dem Brokatsofa saß, der Kaffee gebracht wurde, er sich eine Zigarette angezündet und dabei auf die unsagbar grünen Tapeten geschaut hatte, war es wieder der GRÜNE STEIN, den seine Gedanken nicht loslassen konnten, die ein Gefühl identifizierten, das ihm sehr vertraut war. Wie in einem Traum mit ständig wechselnden Bildern kamen unsteuerbar Situationen in ihm hoch, die, so verschieden sie auch waren, immer in den gleichen Seelenzustand mündeten, der ihn augenblicklich zu beherrschen schien.

Er fühlte sich entwurzelt, heimatlos. Die letzte Bastion einer möglichen Zuflucht war heute zerstört worden. Aber hatte er sie wirklich erst heute verloren? Wieso fiel ihm ständig dieser verdammte GRÜNE STEIN wieder ein? Warum beschäftigten ihn mit diesem GRÜNEN STEIN andere längst vergessene Erlebnisse? Er sah sich wieder voller Gram als Heranwachsender in der Kleinfurraer Wohnung im elterlichen Schlafzimmer nächtigen, er hörte bis in den Tonfall hinein Mutters Satz, als sie ihn als Elfjährigen im Internat zurückließ: »Er hat nahe am Wasser gebaut.« Verrat! Verrat! Ja selbst den unwilligen Schenkelstoß und die Ohrfeige spürte er wieder, die er als kleiner Junge auf dem Bahnhof in Kleinfurra bekommen hatte, als in der regnerischen Oktobernacht ihr Evakuierungstransport ein Ende hatte. Das Unterernährtenheim, die Blicke und Gesten in der zu kleinen Nordhäuser Wohnung am Ammerberg, all diese verschiedenen Bilder flossen an ihm vorbei und vereinigten sich zu einem dumpf gefühlten Urteil. Nein, es war nicht erst der heutige Tag, an dem er auch diese Heimstatt verloren hatte, und so etwas wie Frau Schierock wird es wohl in seinem Leben nie wieder geben.

Seine Gedanken wollten sich einfach nicht ordnen. Er wünschte sich die Fähigkeit herbei, über die er sonst ohne große Probleme verfügte: Abschalten und Konzentration auf das, was im Augenblick zu lösen ist. Er hatte schließlich etwas zu entscheiden, und in dieser Entscheidung lag vielleicht seine ganze Zukunft. Aber die Enttäuschung über das heutige, so grundsätzlich fehlgeschlagene Gespräch mit seiner Mutter und seiner Schwester beherrschte ihn so stark, daß er immer unfähiger wurde, an etwas anderes zu denken.

Es war das erste Mal, daß ich um etwas gebeten hatte, versuchte er seine heutige Fahrt nach Nordhausen zu rechtfertigen. *Noch nie, hört ihr, noch nie habt ihr für mich etwas tun müssen! Und was, bitte schön, was Weltbewegendes habe ich denn von euch gewollt? Eine Lächerlichkeit! Eine Lappalie! Eine kleine Notlüge, die euch zu nichts verpflichtet hätte, für mich aber vielleicht die Existenz bedeutet. Ich hätte ja noch verstehen können, Mutter, wenn du erklärt hättest, daß du so etwas grundsätzlich nicht machst, daß du prinzipiell meinst, wenn sich jemand eine Suppe einbrockt, daß er die dann gefälligst auch selbst auszulöffeln hat. O.k., das hätte ich noch akzeptiert. Aber daß deine erste Reaktion darauf war, daß man dir als Rentnerin möglicherweise eine nächste Westreise nicht mehr genehmigen könnte, diese nach Lage der Dinge, und das habe ich dir auch erklärt, wirklich unwahrscheinliche Wahrscheinlichkeit, das hat mich schon getroffen. Nein, und ich glaube, das hattest du auch begriffen. Man hätte dir deshalb die Reisen nicht verweigert. Was kannst du schließlich dafür, daß man dir dieses Buch ins Päckchen gelegt hat. Du hättest im Gegenteil sogar sagen können, daß du als älterer Bürger der DDR staatsbewußt zu handeln glaubtest, indem du dieses Buch deinem Sohn, der doch Genosse ist und an der Universität Journalistik lehrt, gegeben hast. Wenn man dich überhaupt dazu befragt hätte, was sowieso nicht geschehen wäre. Nein, nein, dir wäre nichts passiert … Verdammt, und selbst wenn! Kann man denn seinen Sohn in einer existentiellen Situation so sitzenlassen, wenn Hilfe so einfach zu leisten ist?*

Wolfgang spürte, daß er kurz davor war, laut auszusprechen, was ihm durch den Kopf ging. *Beherrsch dich, Junge! Bleib cool!* Er bestellte noch einen Kaffee, fingerte nach Zigaretten. Er erschrak über die Leichenkälte seiner Hände, als er damit sein Gesicht berührte.

Sicher, da war auch noch Ursula, die mir sogar vorgeworfen hat, wie bedenkenlos ich die Mutter in eine Situation brächte, der sie nicht gewachsen sei. So ein Quatsch! Aber als sie zu verstehen gab, daß sie als stellvertretende Direktorin einer Schule es sich schließlich nicht leisten könne, in eine Affäre verwickelt zu sein, bei der es immerhin um staatsfeindliche Literatur ginge, ab dem Zeitpunkt war mir klar, daß ich von euch in dieser Angelegenheit keine Hilfe mehr zu erwarten hatte. Von euch, meinem ehemaligen Zuhause! Und dann noch die Attacke: Schließlich sei sie es – warum glaubte sie, dies auch noch draufsetzen zu müssen, obwohl ich doch schon wie ein geprügelter Hund vor ihnen saß –, die täglichen Kontakt mit der Mutter hätte, die sich um sie sorge und die immer da sei, wenn sie Hilfe brauche, während ich in meinem Leipzig weit weg wäre und nie da … Wenn ich es recht bedenke, warum bin ich überhaupt gefahren? Ich fühle mich beschissener als vorher, und ich habe sehr viel wertvolle Zeit verstreichen lassen. Vielleicht hätte es noch eine andere Möglichkeit gegeben?

Jetzt sag mal, forderte er sich auf, um dem sinnlosen Nachgrübeln über eine verlorene Chance ein Ende zu setzen, *was hättest du denn tatsächlich morgen erreicht, wenn das geklappt hätte? Maximal einen kleinen Aufschub! Mehr nicht. Denn einmal mißtrauisch, bekommen die doch sehr schnell heraus, was sonst noch läuft. Glaubst du wirklich, die Stasi weiß nichts von deiner Beziehung zu Heidelinde? Über kurz oder lang weisen die dir nach, daß du sie übelst belogen hast. Und dann wird alles, was du willst, was du mit Heidelinde willst, nur noch schwieriger. Mach dir nichts vor, Tricksereien werden dir nicht weiterhelfen, dafür sind deine Beine zu kurz und deren Arm zu lang. Lege alles offen und tue so, als wenn du als Genosse zu deinen Genossen Vertrauen hättest, damit kannst du vielleicht Schlimmeres abwenden.*

Als er das Café verließ, fühlte er sich erleichtert. Er hatte zwar keine Ahnung, was ihn erwartet, aber er wußte jetzt wenigstens, wie er sich verhalten wollte.

V

Die vom Parteisekretär Kuntz einberufene Parteileitungssitzung war nach einer reichlichen halben Stunde beendet, das heißt, Kuntz hatte sie abgebrochen und auf einen neuen, noch festzulegenden Termin vertagt. Thillmann und Bruhnsen, für eine solche Veranstaltung ohnehin keine unwesentlichen Genossen, hatten wegen der Kürze des anberaumten Termins aufgrund anderer Verpflichtungen nicht teilnehmen können, so daß Kuntz sich schon deshalb ermutigt fühlte, die gar nicht erst aufkommende Diskussion abzubrechen und einen insofern ergebnislosen Zustand weiterzumelden, als sich durch die Eröffnung des Genossen Sander eine völlig neue Situation ergab, die parteileitungsseitig einer internen und gründlichen Vorbereitung bedurfte.

Wolfgang hatte seinen gestrigen Entschluß wahrgemacht. Sehr sachlich hatte er seine Beziehung zu Heidelinde offengelegt bis hin zu dem Eingeständnis, daß sie sich bislang schon des öfteren in Prag getroffen hätten. Das fragliche Buch hätte er natürlich von ihr bekommen. Und übrigens, hatte er geschlossen, der hier anwesende Genosse Töhrer kenne Heidelinde bereits, denn er habe bei seinem Besuch in Moskau ein längeres Gespräch mit ihr geführt.

Nachdem er geendet hatte, herrschte im Raum eine ratlose Stille. Alle schauten auf Töhrer, der sich räusperte, aber bevor er auf die, wie einigen schien, hinterhältig abgeschossene Ungeheuerlichkeit dieses Sander rechtfertigend antworten konnte, nahm Kuntz das Wort und unter dem Hinweis, daß man nunmehr durch die Stellungnahme des Genossen Sander den Vorfall unter völlig neuen Aspekten und Sichten behandeln müsse, fragte er in die Runde, ob es zu dem eben Gehörten Meinungen oder Fragen gäbe.

Irgendwie setzte dann doch eine schleppende Diskussion ein, aber Wolfgang nahm sie wie hinter einem Schleier wahr. Alles kam ihm absurd vor, und das für ihn Merkwürdigste war, daß ihn plötzlich die Frage, ob Jürgen Bergmann jenen GRÜNEN STEIN heute noch besaß oder nicht, so intensiv beschäftigte, daß er darüber nachzudenken begann, warum sie bei keinem ihrer Zusammentreffen jemals den Stein erwähnt hatten, der für sie doch einmal so symbolträchtig und wichtig war. Er, Wolfgang, hatte schließlich einen Grund, nicht unbedingt danach zu fragen. Aber Jürgen? Warum war er nie darauf zurückgekommen? War der Stein für Jürgen weniger wichtig gewesen als für ihn? *Wenn wir uns wiedersehen, werden wir darüber reden müssen,* nahm er sich vor.

Wolfgang spürte, daß man ihn etwas gefragt hatte.

»Entschuldige, ich habe deine Frage nicht verstanden«, wandte er sich an Kuntz.

»Ich habe dich gefragt, ob du dir über die Tragweite deiner heutigen Eröffnung bewußt bist. Und ob du noch etwas hinzufügen möchtest. Ich meine, ob du uns noch etwas verschwiegen hast, was du uns noch sagen müßtest?« replizierte Kuntz in fast schulmeisterlich erklärendem Ton. Doch dann fügte er etwas schärfer an: »Sag mal, dich interessiert wohl nicht, was wir hier beraten?«

»Doch, mich interessiert, ob ein Freund von mir noch immer einen GRÜNEN STEIN besitzt.«

»Waaas? Was soll denn das nun wieder heißen?« Kuntz und die anderen schauten leicht konsterniert auf Wolfgang, einige in der Hoffnung, daß vielleicht alles, was er heute hier gesagt hatte, einem nicht ganz gesunden Hirn entsprungen war, denn daß jemand so etwas zugab, was Wolfgang wie eine Selbstverständlichkeit offenbart hatte, war schon nicht ganz gesund zu nennen.

»Du würdest es nicht verstehen. Auch wenn ich es dir erklären würde«, antwortete Wolfgang und lächelte dabei, wie um sich zu entschuldigen.

»Da hast du recht.« Kuntz lächelte nicht zurück. »Wir begreifen an deinem Verhalten manches nicht, aber du wirst es uns schon erklären müssen. Und nicht nur das. Dafür werden wir sorgen.«

33

EIN PUNKT VON STRAHLENDEM WEISS

I

Die ideologische Vorbereitung auf die nächste Parteileitungssitzung dauerte etwas länger, denn das nächste Mal durfte sich Kuntz nicht so tölpelhaft überraschen lassen von einer Situation, die vorher so nicht abgesprochen war. Außerdem erwartete er eine Order von der Bezirksleitung, aus der das Maß der einzuleitenden Maßnahmen abzulesen war. Wolfgang beauftragte man zunächst, eine ausführliche schriftliche Stellungnahme zum Vorfall abzugeben mit – und das wurde ihm eindringlich nahegelegt – schlußfolgernden Lehren, die er aus der Situation zu ziehen gedenke.

Die praktisch operative Reaktion hingegen folgte auf dem Fuße in Form eines Schriftstücks, unterschrieben vom Stellvertretenden Direktor für Forschung und Kader, Professor Doktor Thillmann.

II

Thillmann, der von Kuntz noch am Sonntag telefonisch informiert worden war, am Montag aber an der außerplanmäßigen Parteileitungssitzung nicht teilnehmen konnte, weil er eine sowjetische Wissenschaftlerdelegation zu betreuen hatte, wurde – wie auch Kuntz – am Dienstag früh zum Direktor Donath gerufen, der beide mit einer nicht gerade jugendfreien Schimpfkanonade empfing: Was sie sich dabei gedacht hätten, ihn über diese Schweinerei – er klopfte auf ein Schreiben, das Kuntz als seinen Bericht erkannte – nicht sofort und unverzüglich informiert zu haben.

»Egon, du warst doch bis gestern noch im Urlaub«, verteidigte sich Kuntz. »Außerdem sah es anfangs nach einer Lappalie aus, und damit wollten wir dich nicht belästigen.«

»Belästigen! Belästigen!« Donath äffte mit schauspielerischem Talent Kuntz' Tonfall nach, um gleich darauf in seine bevorzugte belehrende Diktion zu verfallen, wobei er es wie fast immer – didaktisch sehr geschickt – verstand, auf sein Lieblingsthema überzuleiten. »Ordnung und Disziplin ist keine Belästigung, Genosse Parteisekretär! Ordnung und Disziplin heißt, die richtige Information zur richtigen Zeit an die richtige Person! Und deine Unterlassung ist nichts anderes als Disziplinlosigkeit und Schlamperei! Das stelle sich einer mal vor: Da fahre ich heute früh mit dem parteilosen Frontsek im Fahrstuhl, und der fragt mich, ob ich wirklich glaube, daß der Genosse Sander ein österreichischer Spion wäre. Der parteilose Frontsek! Und ich ohne Ahnung!«

»Der Frontsek ist nicht parteilos«, wagte Kuntz zaghaft einzuwerfen. »Der ist in der Blockpartei LDPD.«

»Das ist mir scheißegal! Blockpartei ist für mich parteilos! Ich war nicht informiert. Darum geht es, Genosse Kuntz!«

»Ich verstehe nicht, wie Frontsek darüber überhaupt etwas wissen konnte ...« Kuntz wurde immer kleinlauter.

»Das ist das nächste Problem, über das noch zu reden sein wird!« wetterte Donath weiter.

»Mein Bericht von der gestrigen Leitungssitzung hat drei Kopien: Eine liegt vor dir, von den anderen sind je eine an die Kreis- und Bezirksleitung gegangen. Das ist wasserdicht. Da hat höchstens einer ...«

»Ach laß mich doch damit in Frieden«, unterbrach Donath. »Ich will jetzt wissen, was ihr in dieser Angelegenheit zu tun gedenkt ... Du!« Er wies mit ausgestrecktem Zeigefinger auf den sich bisher im Hintergrund haltenden Thillmann. »Was hast du bisher eingeleitet? Jetzt bin ich richtig gespannt.«

»Wir haben den Genossen Sander beauftragt, bis morgen eine ausführliche Stellungnahme abzugeben.« Thillmann merkte, daß das mit Sicherheit nicht das war, was Donath von ihm erwartete. Aber was hätte er bei einer bis jetzt noch so unklaren Situation tun sollen?

»So! Eine Stellungnahme soll er schreiben. Das ist ja wunderbar! Und unterrichten darf er natürlich weiter, Genosse Direktor für Forschung und Kader?«

»Ja ... hehe ... wir haben hehe ... diesbezüglich noch nichts anderes hehe ... Wir dachten ... eeh ...«

»Sieh mal an. Ihr dachtet! Ihr denkt - und der Klassenfeind lenkt!«

»Ja, aber - kann man denn ...«

»Man muß, Genosse Thillmann, man muß! Und solange diese - wie ich hoffe - Scheißhausparolen, egal, von wem in die Welt gesetzt, existieren, dürfen wir nicht zulassen, daß der Sander noch eine einzige Unterrichtsstunde vor unseren Studenten hält. Ist das klar?« Und so, als hätte es die vorausgegangene Auseinandersetzung nicht gegeben, fuhr Donath in ruhigem, väterlichem Ton fort, wobei er Thillmann sogar um die Schulter faßte: »Du setzt mit heutigem Datum ein Schreiben auf, in dem du dem Sander die Beurlaubung aussprichst. Verstehst du, es muß Ordnung in die Sache kommen. Wir müssen diszipliniert handeln, und nicht abwarten, bis andere uns Handlungsunfähigkeit vorwerfen. Übrigens, wann hat denn der Sander den nächsten Unterricht?« unterbrach er sich.

Thillmann sah auf die Uhr. »Heute ist Dienstag«, rekapitulierte er gedehnt, um Zeit zum Nachdenken zu haben. »Da haben wir im 3. Studienjahr Seminare zum Feuilleton ... Zu dumm, da hat der Sander drei Seminare! Und das erste beginnt«, er sah noch einmal auf die Uhr, »in knapp dreißig Minuten ... Aber, woher kriegen wir so schnell Ersatz?«

»Das ist doch schließlich dein Fachgebiet, Genosse Professor. Also beeile dich!« Donath ging wieder hinter seinen Schreibtisch, und mit der hingeworfenen Bemerkung: »Kuntz, du bleibst noch hier«, deutete er an, daß er seine Audienz mit Thillmann für beendet hielt.

III

Als Thillmann das Zimmer seines Direktors verließ, sah man ihm an, daß ihn nicht gerade freundliche Gefühle beherrschten. *Am liebsten hätte ich dir da drin in deine aufgeblasene Fresse gehauen*, dachte er mit einem Blick zurück auf die extra gepolsterte Tür zu Donaths Zimmer. *Ich habe dich von Anfang an nicht leiden können, deine besserwisserische Oberlehrerhaftigkeit! Ordnung und Disziplin! Heilsprediger! Aber das gilt ja nicht für dich! Außerdem solche Beurlaubungen auszusprechen, ist eigentlich seine Sache,* dachte er, auf das Problem zurückkommend, das er jetzt am Halse hatte, *aber die Drecksarbeit läßt er immer andere machen, der große Zampano, der alles weiß und alles im Griff hat. Kommt hier aus seinem Urlaub, braungebrannt, erholt, und kanzelt uns wie dumme Jungen ab. Wer weiß, was er jetzt mit dem Kuntz noch ausheckt. Ihn trifft das ja alles nicht, aber mich! Da hätte ich diesen Scheißposten als sein Stellvertreter nicht anzunehmen brauchen, wenn ich nun doch noch weiter Seminare geben muß. Was nutzt es mir dann, daß ich meine Vorlesungen reduziert habe. Und Sander! Immer wieder der Sander! Wieso muß der ausgerechnet in meinem Bereich unterrichten!* Er sah wieder auf die Uhr. *Verdammt, ich muß mich beeilen.*

Thillmann rief die Sekretärin zum Diktat: »Es ist sehr eilig. Ich brauche das in den nächsten zehn Minuten mit fünf Durchschlägen. Offizieller Briefkopf, Karl-Marx-Universität, Sektion Journalistik. Anschrift: Herrn Dr. Wolfgang Sander, wiss. Assistent, WB II, im Hause … Haben Sie?«

Die Sekretärin nickte. Thillmann überlegte. *Was schreibt man denn da?* Die Sekretärin machte eine Geste, daß sie bereit sei zum Diktat.

»Moment«, sagte Thillmann, zögerte noch etwas, und dann diktierte er: »Schreiben Sie: BEURLAUBUNG in Großbuchstaben. Werter Herr Dr. Sander, Ausrufezeichen. In Anbetracht des Ihnen bekannten Vorfalls teile ich Ihnen mit … Nein, streichen Sie alles! Auch BEURLAUBUNG! Beginnen Sie: Werter Genosse Dr. Sander! In Anbetracht des Dir bekannten Vorfalls teile ich Dir mit … Eine Sekunde! Streichen Sie das Dir und ersetzen Sie es durch Ihnen. Also: In Anbetracht des Ihnen bekannten Vorfalles teile ich Ihnen mit … nein, teile ich

Ihnen hiermit im Auftrage des Direktors der Sektion Journalistik mit« – *das ist besser so* – »Komma, daß Sie ab sofort von der Wahrnehmung Ihrer dienstlichen Verpflichtungen in der Ausbildung und Erziehung« - er machte wieder eine Pause – »sowie auf dem Gebiet der Forschung« – *nicht, daß du in der vielen freien Zeit dann auch noch wissenschaftliche Pamphlete verfaßt,* versüßte er sich sein Diktat, und er war stolz auf seinen Einfall – »sowie auf dem Gebiet der Forschung beurlaubt sind. Sie werden gebeten, sich zur Klärung Ihrer Angelegenheit entsprechend zur Verfügung zu halten. Mit sozialistischem Gruß und pi, pa, po.«

Die Sekretärin stand auf. Thillmann sah wieder auf die Uhr. »Und denken Sie daran. Ich brauche das Schreiben in spätestens fünf Minuten!« rief er ihr nach.

IV

Wolfgang war an diesem Dienstagmorgen kurz nach acht mit dem Fahrstuhl in die dreizehnte Etage des Uni-Riesen gefahren, dort befand sich der von den Studenten »Wissenschaftlersilo« genannte Großraum, in dem auch sein Schreibtisch stand.

Er wollte für die Feuilletonseminare, die er heute zu halten hatte, noch einmal eine bestimmte Passage über KOMISCHE WIDERSPRÜCHE nachlesen und wußte nicht mehr genau, ob diese Stelle in Neuberts »Die Wandlung des Juvenal« oder in Jegorows »Über das Komische« gestanden hatte. Er ärgerte sich, daß er beide Bücher hier deponiert hatte und nicht zu Hause, denn er suchte die Räumlichkeiten dieser Etage äußerst ungern auf, nur dann, wenn es sich gar nicht mehr umgehen ließ. Die Zeit vor, zwischen oder nach den Seminaren verbrachte er viel lieber mit Studenten im Seminargebäude, oder er ging auf einen Kaffee in die Mensa.

Im Gang auf der dreizehnten Etage kam ihm Professor Boltenau entgegen. *Auch einer jener hochschulreformgeförderten Professoren, die gar nicht merken, daß sie sich selbst keinen Gefallen getan haben mit ihrer Entscheidung, ein Wissenschaftler werden zu wollen. Nun ist Planung und Leitung zwar nicht gerade ein Fach von intellektuellem Anspruch.* Aber indem er das dachte, schalt er sich selbst: *Wolfgang, du bist überheblich! Der hat schließlich die Gabe, über nichts stundenlang reden zu können.* Als Selbstbestrafung für seine bösartigen Gedanken nahm er sich vor, Professor Boltenau einen besonders freundlichen »Guten Morgen« zu wünschen.

Aber dazu kam es nicht. Als Boltenau Wolfgang entgegenkommen sah, machte er eine der Dienstvorschrift der Nationalen Volksarmee geradezu Ehre einlegende »Grußerweisung ohne Kopfbedeckung nach rechts«, so daß der für einen Gruß notwendige Blickkontakt nicht zustande kam. Wolfgang sah ihm verblüfft hinterher: *Was hat'er denn nur?* Dieses merkwürdige, ihn an jenen Widerspruch erinnernde Verhalten, weshalb er heute überhaupt hierher gekommen war, beschäftigte Wolfgang sogar noch, als er hinter seinen Schreibtisch trat, in dem die Bücher lagen, die ihn über die ästhetische Kategorie DES KOMISCHEN unterweisen sollten.

So zielstrebig, wie er nach seinen Büchern suchte, hatte er gar nicht mitbekommen, daß nach seinem Eintritt schlagartig die Gespräche im Raum verstummt waren. Er blätterte zuerst im Jegorow, fand auch schnell die gesuchte Stelle im Buch, weil er sich erinnerte, daß er sie angestrichen hatte. Viel Zeit blieb ihm nicht, wie er mit Blick auf die Armbanduhr feststellte, aber für ein paar Anmerkungen auf einer Karteikarte würde es reichen.

Beim Niederschreiben der ersten Notiz hatte er das Gefühl, daß jemand hinter im stand. Er wandte sich mit genervtem Blick um und sah in das etwas steif lächelnde Gesicht von Thillmann, der in diesem Moment seine Anwesenheit mit einem Räuspern dokumentierte.

»Ich muß mir dir reden«, sagte Thillmann mit immer noch schiefem Lächeln um die Mundpartie, was Wolfgang, der ihm in die Augen sah, zu dem Gedanken veranlaßte: *Daß diese Menschen immer nur eine Öffnung in ihrem Gesicht beherrschen!* Er fragte aber, ob das nicht eventuell Zeit hätte bis nach dem Seminar, weil er sich für die nächste Unterrichtsstunde noch etwas notieren wolle, und in spätestens zehn Minuten müsse er ins Seminargebäude.

»Genau darum ... hehe ... geht es«, erwiderte Thillmann, dem immer, wenn er etwas sehr Ernsthaftes oder Strenges mitzuteilen hatte, dieses ziegenbockhafte merkwürdige »Hehe« dazwischenrutschte. »Klapp das Buch zu ... hehe ... Du mußt jetzt etwas anderes lesen.« Thillmann legte das Schriftstück auf den Tisch, das er soeben diktiert hatte. Wolfgang las.

»Das iss'n Witz!« entfuhr es Wolfgang. Aber er besann sich schnell, nachdem er auf die Unterschrift des Briefes geschaut hatte und erkannte, daß er in Thillmann den Unterzeichner dieses Schreibens vor sich hatte.

»Das ist eine vorübergehende Maßnahme, die wir … hehe … ergreifen mußten, bis … hehe … alles geklärt ist. Es gibt da ja auch hehe … so merkwürdige Gerüchte …«

»O.k., zur Sache.« Wolfgang nahm sich zusammen. »Was heißt das praktisch? Ich meine für heute.«

»Ich … hehe … muß deine Seminare übernehmen.«

»Gut.« Wolfgang packte seine Sachen zusammen. »Den Schreibtisch muß ich dann wohl auch räumen?«

»Naja, nicht sofort.« Wolfgang schob die beiden Bücher in seine Aktentasche und war im Begriff aufzustehen, um zu gehen. »So, so einfach geht das nicht.« Thillmann drückte Wolfgang wieder auf den Stuhl. Sein Ton legte an Schärfe zu. »Erstens mußt du mir noch den Empfang dieses Schreibens quittieren, und zweitens bitte ich dich darum, mir alle Seminarunterlagen auszuhändigen.«

»Was für Seminarunterlagen? Die Seminargruppenbücher liegen in den Seminarräumen aus. Mehr Unterlagen gibt es nicht.«

»Doch, doch, deine Seminarvorbereitungen.« Thillmann wurde sichtlich ungehalten.

»Außer diesen Karteikarten habe ich nichts an schriftlichen Unterlagen.« Wolfgang warf einige der Karteikarten aus seiner Aktentasche auf den Tisch. »Und mit denen wirst du wenig anfangen können. Das, was ich im Seminar äußere, habe ich natürlich im Kopf. Aber vielleicht gehe ich mit, setze mich in die hintere Bankreihe und souffliere dir?«

»Werde jetzt bitte nicht unverschämt!« Man spürte, daß sich Thillmann nur noch mühsam beherrschte. »Ich stelle fest«, sagte er in jetzt schneidendem Ton, »daß du in eklatanter und unkollegialer Weise gegen die Studienordnung verstoßen hast, in der eindeutig festgelegt ist, daß zu jedem Seminar ein schriftliches Konzept, gegliedert nach Seminarziel, methodischem Vorgehen und inhaltlichem Ablauf, zu hinterlegen ist. Das hat nämlich den Sinn, daß bei Krankheit oder Unfall des Seminarleiters Kollegen einspringen können, um mit diesen Unterlagen das Seminar zu übernehmen, Genosse Dr. Sander!«

»Ich weiß«, murmelte Wolfgang, sich um Unverständlichkeit bemühend, »eure Methoden der Vereinheitlichung der Lehre. Jeder kann alles.« Und lauter sagte er: »Tut mit leid, Rolf, ich habe solche Pläne nicht. Hier hast du meine Karteikarten. Ich würde dich nur bitten, sie mir irgendwann zurückzugeben.«

Wolfgang spürte wieder diesen unsäglichen Fatalismus in ihm hochsteigen. Was soll's? Er hatte ohnehin nur noch die Chance, wenigstens für sich diesen Raum mit einigermaßen Haltung zu verlassen. Er ließ die Karteikarten auf dem Tisch liegen, faltete die ihm übergebene Beurlaubung zweimal, so daß sie in die Innentasche seines Jacketts paßte, stand auf und versuchte einen Abgang mit Haltung. An der Tür wandte er sich noch einmal um, und auf die Uhr deutend, rief er dem immer noch unschlüssig vor seinem jetzt ehemaligen Schreibtisch stehenden Thillmann zu: »Dein Seminar hat schon vor fünf Minuten begonnen. Du mußt dich beeilen!«

V

Strahlender Sonnenschein an einem selten über Leipzig geschauten blauen Himmel empfing ihn, als er aus dem Universitätshochhaus ins Freie trat. Er reckte sich, sog für einen Augenblick die Sonne in sich auf und hatte bei dem Gedanken, daß er jetzt und sofort ungestört ein Sonnenbad nehmen könne, das angenehme Gefühl von grenzenloser FREIHEIT. Er hatte nichts zu tun, es gab keine Verpflichtung und obendrein gab es Sonnenschein pur!

Er zog sein Jackett aus. Dabei fiel ihm das zusammengefaltete Schreiben zu Boden. Sicherlich hatte er es bei seinem Abgang in wutunterdrückter Erregung nicht in, sondern neben die Innentasche seiner Jacke gesteckt. Er überlegte, ob es der Mühe wert sei, sich danach zu bücken. *Wieso soll ich für dich noch einmal den Rücken krumm machen, Thillmann. Hehe?* Er warf die Jacke über seine Schulter, knöpfte sein Hemd bis zum Bauchansatz auf und ging, als hätte er damit einen Lebensabschnitt abgeschlossen, erhobenen Hauptes der Sonne entgegen.

Nach einigen Schritten jedoch senkte sich sein Kopf. Sein mühsam gestraffter Körper sackte in sich zusammen. Sein Gang wurde unschlüssig. Er schaute hinter sich auf das Stück Papier, das im gleißenden Sonnenschein als ein Punkt von strahlendem Weiß auf dem Pflaster lag. Er ging zurück, hob das Papier auf, und als er seinen Weg fortsetzte, verriet die Kraftlosigkeit seines ziellosen Schritts, daß da ein Mann ging, den Betrüblicheres beschäftigte als die Suche nach einem Platz für ein labendes Sonnenbad.

34

IM BERUFSVERBOT

I

Heidelinde war unerreichbar. Nicht deshalb, weil er schon am darauffolgenden Tag ein striktes Verbot erhalten hatte, mit ihr in Verbindung zu treten, sondern weil sie sich tatsächlich nicht meldete. Er hatte mehrmals in Wien angerufen. Trotz Verbot. Natürlich, trotz Verbot! Nur sie meldete sich nicht.

Aber er hatte auch unterschrieben. Unter das eigene Todesurteil hatte er seine Unterschrift gesetzt. Es war ein von Kuntz vorformuliertes Schriftstück, welches ihm untersagte, daß »es mit der österreichischen Frau bis zur Klärung des Sachverhalts zu keinerlei Kontaktaufnahme« komme, und das ihn weiterhin verpflichtete, »jeglichen Kontakt zur Meldung zu bringen«. Kuntz hatte ihm erklärt, daß Wolfgang nur mit seiner Unterschrift unter diese Erklärung die ihn belastenden Spionagegerüchte glaubwürdig entkräften könne. Wolfgangs Einwurf, bevor er die Unterschrift leistete, daß er schließlich Heidelinde über diesen neuen Sachverhalt in Kenntnis setzen müsse, und überhaupt, selbst wenn er unterschreibe, er dennoch letztlich nicht versprechen könne, mit ihr nicht zu sprechen, falls sie beispielsweise anrufe, schien Kuntz zu überhören. Er wollte die Unterschrift, und alles andere war ihm offensichtlich egal.

So zumindest sah es Wolfgang für sich, und aus dieser Sicht bemaß er die Bedeutung seiner Unterschrift unter diese Erklärung. Aber es kamen auch die Nächte des Grübelns, in denen er sich fragte: *Wieso habe ich diesen Scheiß unterschrieben? Was wäre geschehen, wenn ich es nicht getan hätte? Rausgeschmissen bin ich doch eigentlich schon. Was soll mir denn sonst noch passieren? Was heißt hier Entlastung! Für mich? Der Kuntz hat das Schreiben gebraucht, um sich selbst abzusichern, daß er was getan, die Situation richtig ein-*

geschätzt und dementsprechend sicherheitspolitisch richtig gehandelt hat. So einfach ist das. Und du Hirnrissiger glaubst immer noch an Schadensbegrenzung! Wozu? Für wen? Der Kuntz ist ein Schwein, und der Thillmann ist ein Schwein, und ich habe Angst vor denen, und deshalb bin ich auch ein Schwein. Aber was hätte ich schon tun können?

Nach mehrfach erfolglosen Anrufen in Wien, wobei er jedesmal auf dem Hauptpostamt das Gespräch erst anmelden und nicht selten eine Stunde und länger auf die zugeschaltete Verbindung warten mußte, entschloß er sich, Heidelindes Eltern in Gänserndorf anzurufen. Nach allem, was Heidelinde über ihre Eltern erzählt hatte, kam das einer Verzweiflungstat gleich. Dort erfuhr er, daß Heidelinde vor ihrem geplanten Urlaub in Ungarn kurzfristig nach Paris zu ihrer Freundin Nicole gefahren sei. Wahrscheinlich werde sie von dort aus gleich nach Ungarn fliegen. Der Mutter, mit der er sprach, hatte er seine augenblickliche Situation nicht erklären wollen, zumal sie Wolfgang nicht nur versteckt deutlich machte, daß sie als Mutter und Christin in dieser Beziehung keinen Segen sehe, und daß sie alles in ihrer Macht Stehende tun werde, um zu verhindern, daß ihre Tochter in ein kommunistisches Regime übersiedelt. Darin sei sie sich mit ihrem Mann mehr als einig. Und wenn sie ein Appell an ihn als Mensch richten dürfe, dann den, er möge doch, so schwer ihm das vielleicht auch falle, nie wieder anrufen und ihre Tochter in Frieden leben lassen. Und Frieden für Heidelinde sei Österreich, sei Wien, und ganz bestimmt nicht Leipzig. Sie wünsche ihm aber trotzdem alles Gute und Gottes Segen. »Verzicht ist Gnade«, hatte sie noch angefügt, bevor sie das Gespräch beendete.

Es war schon schmerzhaft, daß Wolfgang ausgerechnet jetzt mit Heidelinde nicht sprechen konnte, daß sie ihn gerade in dieser Situation allein ließ. Sich unter diesen Umständen zu treffen, war zu gefährlich, aber reden mußte man doch, sich neu einstellen auf das, was nun auf sie zukam. Aber sie war in Paris. Wer weiß, wie lange? Und dann in Ungarn. Warum hatte er sie bei ihrem letzten Treffen nicht danach gefragt, wohin und wann sie fahre, als sie von ihrem geplanten Urlaub in Ungarn sprach?

Es war plötzlich alles irgendwie zu viel. Krieg an allen Fronten. Nichts knüpfte sich mehr. Bei jedem Faden, den er aufnahm, hielt er nur noch ein Stück Ende in der Hand. Und wie viele Fäden waren es? Er konnte sie nicht mehr zählen.

Merkwürdigerweise hatte er nach dem Gespräch mit Heidelindes Mutter keinen Frust gespürt. Ihm war wie jemand, dem eine Erwartung eingetreten ist. Er war in seinen Vermutungen bestätigt worden. Er hatte recht! Es war so, und es ist so! Wie könnte auch die Erfahrung aus BLÜTENBAUM-Zeiten erschüttert werden? *Der Mensch hat letztendlich nur sich selbst!*

Was aber fängt man mit sich an, wenn all die Träume nur noch dahinsiechen, wenn sie kraftlos werden, wenn man den Glauben daran verliert, daß sie sich jemals realisieren können? *Doch was*, so fragte er sich, *ist daran wirklich neu für mich?* Hatte er nicht alles in ähnlicher Weise schon durchlebt? Er hatte doch damit seine Erfahrung und wußte, was jetzt mit ihm passieren wird. *Na, sag es*, rief er sich zu, als es wieder Nacht wurde und er wach im Bett lag: *Man schottet sich ab, stellt sich neben sich und schaut das an, was von einem übrig geblieben ist. Mit welch wunderbarem Zynismus kann man über den spotten, den man dann sieht. Kontaktunfähig, verbarrikadiert zwischen zwei mal fünf Metern, immer noch im Inlett liegend, meist besoffen und wach, weil von schlafen keine Rede sein kann. Und wenn dann doch einmal der Schlaf kommt, peitscht der nächste Alptraum den Liegenden in die Senkrechte, daß er lieber steht als liegt, weil die Angst vor dem nächsten Alptraum größer ist als das Bedürfnis nach Schlaf. Auch die Bücher sind keine Kameraden mehr. Schon lange nicht mehr. Viel eher die Flasche. Nein, nicht Wein. Härteres muß es sein. Nur damit gibt es eine Hoffnung auf einen kurzen traumlosen Schlaf … Vertrauen gebrochen, Mißtrauen von allen Seiten – lohnt es sich überhaupt noch, mit jemandem zu sprechen?*

II

Es gab zwei Menschen, die Wolfgangs selbstzerstörerische Einsamkeitstheorien Lügen straften: Birgit und Frau Abendroth. Sie mengten sich ein, durchbrachen seine glaskugelhafte Abschottung, seinen rechthaberischen Stolz, den er mit exzessiv gelebter Isolation nährte, in der er sich mit einer geradezu genüßlich zelebrierten zynischen Selbstbeobachtung nur noch als asozial erkannte.

Als er einige Tage nach seiner Zwangsbeurlaubung spätabends nach Hause kam und in seinem Zimmer das Licht anknipste, vermutete er zunächst in einem falschen Raum zu sein. Der Fußboden war gewischt, jedenfalls waren nirgendwo mehr die Staubmutzeln zu sehen, mit denen er manchmal Fußball gespielt hatte. Alles machte einen aufgeräumten Eindruck. Es lagen weder Klamotten noch Schuhe, Strümpfe auf dem Boden, es mußte sogar gelüftet worden sein, denn er vermißte den schon vertrauten Geruch von Moder und altem, ungewaschenem Mann, der die notwendige Synchronität zu der verwahrlosten Optik des Zimmers herstellte. Entscheidend jedoch war der veränderte Anblick seiner Liege. Statt der Matratze pur, marineblau zwischen roten Inletts, strahlte ihn das Weiß eines Lakens zu röschenbedruckten Bezügen an. *Wie ein ordentlicher Bürger.* Er wußte nicht, ob er sich über all das freuen oder ärgern sollte. Er war nicht mehr ganz nüchtern. In einer Anwandlung, dieser ihn anspringenden Reinlichkeit etwas entgegenzusetzen, warf er sich angezogen auf das frisch bezogene Bett, um damit wenigstens an dieser Stelle die unerträgliche Ordentlichkeit zu zerstören. Von diesem Platz aus sah er sich mißtrauisch um. Als sein Blick den kleinen runden Korbtisch streifte, hatte er Mühe, einen bösen Lachkrampf zu unterdrücken. Dieser Tisch, den er immer erst freiräumen mußte, wenn er auf ihm etwas schreiben wollte, war völlig entmüllt, statt dessen zierte ihn jetzt eine saubere Tischdecke und auf ihr zu allem Überfluß eine Vase mit Blumen. *Mein Gott, Birgit, jetzt nimmst du mir auch noch den letzten Spaß, mich selbst über Anschauungsunterricht in meiner heruntergekommenen Clochardhaftigkeit bespötteln zu können. Nun stimmt das doch nicht mehr! Lebt jemand so, der alles verloren hat? Wohnt in so einem ordentlichen Zimmer einer, der niemanden mehr auf der Welt hat?* Er nahm noch einen Schluck aus der Flasche, die er verborgen in seiner Aktentasche mitgebracht hatte. Mit einem überprüfenden Blick in die Ecke unter dem Fenster stellte er fest, daß seine dort deponierte Batterie leerer Flaschen auch weggeräumt war. *Diese Ecke werde ich bald wieder gefüllt haben,* grantelte er, aber dann fielen ihm die Augen zu für einen kurzen Schlaf, angekleidet auf dem frisch bezogenen Bett.

Am nächsten Morgen (Birgit und die Kinder waren in diesen Tagen immer schon aus dem Haus, wenn er aufstand) fand er in der Küche einen Zettel vor. Birgit bat ihn darin um ein Gespräch und er möge nicht vergessen, Anna am Nachmittag zur Physiotherapeutin zu fahren, Autoschlüssel lägen auf dem Tisch. Und wenn er einkaufen könne - Zettel läge bei - wäre ihr das eine große Hilfe, da es heute bei ihr wahrscheinlich etwas später werden könne. Abrechnen würden sie dann am Abend ...

Wolfgang waren diese Tage, an denen er Anna zur Physiotherapeutin fahren mußte, die angenehmsten geworden. Nicht nur, weil er an diesem Tag das Auto zur Verfügung hatte, sondern weil er so ohne Bewerb mit Anna zusammen sein konnte, was seit Birgits Trennungsbrief für ihn ohne äußeren Anlaß irgendwie nicht mehr ging. Hier wurde er gebraucht, er, den ansonsten niemand mehr zu brauchen schien.

Anna war vor Wochen beim Sportunterricht eine Gymnastikbank (sie sagte immer spaßhaft Guminastik) auf den Handteller gefallen, so daß ihr Daumengelenk angebrochen war und für zwei Wochen in Gips mußte. Da sie danach ihren Daumen nur noch eingeschränkt bewegen konnte, bekam sie jeden zweiten Tag eine physiotherapeutische Behandlung. Insofern war es ein glücklicher Umstand, daß Wolfgang durch seine Beurlaubung jetzt so viel freie Zeit hatte.

Anna, jetzt acht Jahre alt, war ein verdammt hübsches Mädchen geworden, das - was Wolfgang ganz besonders gefiel - schon recht geschickt weibliche Raffinesse einsetzen konnte, wenn es etwas durchzusetzen galt. Nach der Behandlung fuhren sie meist in eine Eisdiele - heimlich natürlich, damit Konrad zu Hause nicht neidisch wurde. Und dies blieb auch ihr Geheimnis, denn bei allem Geplappere zu Hause wußte Anna, was sie für sich behalten sollte. Anna stellte nie Fragen nach den auch ihr nicht verborgen gebliebenen Umständen. Sie verhielt sich instinktiv unbeeindruckt, so als hätte sie die Lebenserfahrung einer gestandenen Psychologin. Wenn Wolfgang mit Anna zusammen war, vergaß er die ganze Misere, in die er sich hineingebracht hatte. So war es besonders Anna, die Birgit und Wolfgang wieder gesprächsfähig miteinander machte.

Birgit hatte Wolfgang zu verstehen gegeben, daß sie nicht bereit sei, trotz der nun bedauerlicherweise eingetretenen Situation tatenlos zuzusehen, wie er sein Leben wegwerfe, wie er alles verkommen lasse. Da sie sich trotz allem noch vorstellen wolle, daß es vor allem der Kinder wegen zu einem lebbaren Übereinkommen zwischen ihnen kommen könne, böte sie ihm noch einmal die Chance der Rückkehr zur Familie an. Er hätte ja selbst gesehen, wohin ihn das alles gebracht hatte. Sie jedenfalls sei bereit, mit ihm auch all die beruflichen Konsequenzen zu tragen, unter der Voraussetzung allerdings, daß er zu erkennen gäbe, daß es ihm wieder ernst sei mit ihr und der Familie. Und wer weiß, unter dieser Voraussetzung sei man an der Sektion sicherlich bereit, seine Beurlaubung wieder aufzuheben. Sie sage das alles, weil sie ihn überhaupt nicht mehr verstehen könne. Es könnte ihnen doch jetzt so gut gehen, so gut wie noch nie. Sie hätte ihren Facharzt, er die facultas docendi, und mit der Promotion B käme dann die Dozentur …

Es war beileibe nicht so, daß solche Worte an Wolfgang vorbeirauschten, daß er sich selbst diese Fragen nicht auch schon mehrfach gestellt hatte. Wo sollte er bei dem, was er gelernt hatte und was er konnte, eine neue Arbeit finden. Er hätte viel darum gegeben, an der Universität bleiben zu dürfen. Lehre, Forschung - das war doch das einzige, was er konnte. Oder sollte er wieder als Eisenbahner gehen? Selbst wenn er das wollte, man hätte ihn gar nicht mehr genommen, überqualifiziert wie er war. Nein, er mußte alles daransetzen, daß sich die Dinge an der Sektion wieder regelten. Als er Birgit, mit diesen Gedanken im Hinterkopf, versprach, es noch einmal versuchen zu wollen, und ihr sagte, daß er ihr für die Chance, die sie ihm bot, dankbar sei, kam er sich vor, als hätte er das letzte Quentchen Selbstwertgefühl verloren, als wäre er nur noch ein Ball, den jeder aufnehmen und in eine beliebige Richtung von sich werfen könnte. Ihm schien, jeder könne ihn manipulieren. Selbstbewußtsein, Selbstkritik, die Arroganz des Überlegenen, wo war das alles geblieben? Er ließ mit sich geschehen, und jeder konnte sich bedienen.

In dieser Stimmung traf ihn Frau Abendroth, die ihm zunächst eine ordentliche Standpauke hielt. Sie fühle sich persönlich getroffen, äußerte sie, da er offensichtlich nicht einmal mehr ihr vertraue und sich, ohne einen Unterschied zu machen, von all seinen - sie wolle nicht sagen ehemaligen - Kollegen zurückgezogen hätte. Sie wolle ihm damit nur zu verstehen geben, daß sie sein jetziges Verhalten nicht akzeptieren könne, es sei ihr auch unverständlich, denn diesen absurden Gerüchten über ihn müsse er doch etwas entgegensetzen. Gerade jetzt müsse er präsent sein, müsse er mit den Leuten reden, und wenn er es schon nicht mit jedem könne, was sie einsehe, so doch wenigstens mit denen, die ihm etwas bedeuten, und zu diesen dürfe sie sich doch wohl hoffentlich noch zählen.

Sie hatten sich (Wolfgang benutzte den Ausdruck immer noch) im Hörsaal drei getroffen, der jetzt schon seit einiger Zeit nicht mehr Café Schröer, sondern Café Günther hieß und in dem seit dem Umzug der Sektion aus der Fockestraße in den innerstädtischen Universitätskomplex kaum mehr Studenten oder Wissenschaftler der Journalistik anzutreffen waren. Man sah höchstens mal einen der früheren Absolventen, der, Erinnerungen nachhängend, nostalgisch einen Kaffee trank. Wolfgang war Stammgast geblieben und das nicht nur, weil er buchstäblich um die Ecke wohnte.

»Ich habe Angst«, gestand Wolfgang, nachdem er Frau Abendroth zu erklären versucht hatte, warum er sich die letzten Wochen nicht mehr gemeldet hatte. Daß das mit seinem verlorengegangenen Selbstvertrauen zusammenhinge, daß er aber auch den Eindruck gehabt habe, es sei allen mehr als recht gewesen, nicht mit seinen Problemen konfrontiert worden zu sein, vor allem nicht mit seiner Sicht der Geschehnisse. Er könne das ja auch verstehen. Jede positive Stellungnahme für ihn brächte die anderen in Positionen, Fragen beantworten zu müssen, Fragen, die sie sich nicht unbedingt stellen wollten, schon gar nicht, wenn sie ihnen von Leuten wie Kuntz, Thillmann, Bruhnsen oder Donath gestellt werden. Und wenn sie ehrlich sei, würde es ihr doch genauso gehen. Da Frau Abendroth darauf nicht antwortete, wiederholte er: »Ja, ich habe Angst. Nicht vor deren Fragen, aber vor meinen Antworten, wenn ich zu lange und zu oft dasselbe gefragt werde. Und noch mehr Angst habe ich vor ihren Interpretationen, die wiederum nichts mit meinen Antworten zu tun haben werden. Und das Schlimmste ist, ich brauche ihr Wohlwollen, weil ich, so sehr ich auch meine Vorstellung strapaziere, nicht weiß, wo ich wieder Arbeit finden werde. Ein Arbeitsloser in der DDR! Das gibt's doch nicht! Außerdem, ich kann doch nichts, außer kleine rote Journalisten auszubilden.« Wolfgang zündete sich eine Zigarette an.

»Zeig' mal deine Finger.« Frau Abendroth tippte auf die gelblichbraunen Stellen zwischen Zeige- und Mittelfinger an Wolfgangs Hand. »Du rauchst zu viel! Ich nehme an, sogar viel zu viel!«

»Ich mache wahrscheinlich vieles viel zu viel.« Wolfgang lächelte gequält, hielt aber seine Hand so, daß Frau Abendroth diese peinlichen gelbbraunen Stellen nicht mehr zu sehen bekam. »Weißt du, was ich im Augenblick mit einer geradezu verbissenen Idiotie betreibe? Ich schreibe einen wissenschaftlichen Essay über den Ocerk.«

»Hattest du darüber nicht deine Vorlesung für die 'facultas docendi' gehalten?«

»Wenn die damals gewußt hätten, was sie heute zu wissen glauben, hätten sie mich die Vorlesung nicht halten lassen. Eine weitere Peinlichkeit für sie. Aber Spaß beiseite. OCERK - UND KEIN ENDE wird der Essay heißen. Ich schreibe ihn in erster Linie für mich, aber auch deshalb, weil ich belegen will, daß ich die Beurlaubung nicht als Urlaub verbringe, sondern sie für wissenschaftliche Arbeit nutze. Weil ich Hirnrissiger die Hoffnung habe, daß es ihnen dann schwerer fällt, mich rauszuhauen. Verstehst du, so blöd bin ich, und dennoch glaube ich daran, halte mich fest an diesem gottverdammten Strohhalm. Verstehst du nun, daß man auf diese Weise sein letztes bißchen Selbstachtung verlieren kann?«

»Nein, verstehe ich nicht«, erwiderte Frau Abendroth sehr eindeutig und bestimmt. »Und ich will auch darüber nicht weiter sprechen. Gut finde ich, daß du arbeitest, daß du schreibst. Nur deine Gedanken dazu finde ich nicht gut. Aber wenn du das brauchst, bitte ...«

»Ich brauche es nicht. Aber mir ist so. Und es ist so!«

»Gut, dann kann dir niemand helfen. Aber denke daran, daß nicht irgend jemand, sondern nur du selbst, du ganz allein dich in diese Situation gebracht hast. Aber reden wir lieber von etwas Sachlicherem: Erzähle, wie geht es denn nun weiter mit dir und der Österreicherin?«

»Ich habe ein striktes Verbot für jegliche – wie heißt das im Kuntz-Deutsch – Kontaktaufnahme. Was soll wie unter diesen Umständen weitergehen?«

»Ich habe dich nicht als Thillmann oder Kuntz gefragt, sondern als jemand, zu dem du in dieser Beziehung immerhin schon einmal mehr Vertrauen hattest.«

»Entschuldige, Trude!« Frau Abendroth hieß mit vollem Namen Gertrude Judith Abendroth, sie wurde aber von allen Vertrauten nur Trude genannt. »Ich bin verbittert ...«

»Und das ist noch geschmeichelt!« warf sie dazwischen.

»Es ist so. Ich habe im Augenblick wirklich kaum Kontakt mit ihr, denn sie ist nicht in Wien. Aber ich habe auch Schiß, das ausgesprochene Verbot all zu offensichtlich zu durchbrechen. Ich habe schließlich unterschrieben. Verstehst du, ich habe Furcht, daß ich mir die vielleicht letzten Möglichkeiten …«

»Verbaue«, ergänzte Frau Abendroth, weil Wolfgang erschrocken den Satz abgebrochen hatte.

»Die kriegen doch alles raus – ob ich schreibe oder telefoniere … Heidelinde ist gegenwärtig in Paris. Sie hat mir telegrafiert, und ich bin nach Halle gefahren. Von der Hauptpost in Halle habe ich mit ihr gesprochen, das Nötigste. Vielleicht ist das naiv, aber Halle schien mir sicherer, als von Leipzig aus anzurufen. Übermorgen fliegt sie nach Ungarn, nach Siofok an den Balaton, für eine Woche. Scheiße aber auch, eine Woche ist zu kurz, um schreiben zu können …«

»Was sagst du? Siofok?« Frau Abendroth lachte trocken. »Welch ein Zufall! Dorthin fahre ich übermorgen auch. Allerdings für zwei Wochen … Und jetzt hörst du mir mal zu, mein Junge! Und keine Widerrede! Du besorgst mir ihre Adresse, das Hotel oder wo immer sie dort wohnt, und wenn du mir noch einen Brief mitgeben willst, spiele ich auch den Postillion d'amour.«

III

Die nächste Parteileitungssitzung sah Kuntz besser vorbereitet. Alle wichtigen Genossen bis auf den Direktor Donath, der einen unaufschiebbaren Termin in Berlin hatte, waren anwesend und über den Sachverhalt durch Kuntz soweit unterrichtet, daß es komplikationslos zu einer kollektiven Meinungsbildung im Sinne der eingeholten Empfehlungen durch die Bezirksleitung kommen konnte. Die einzige Unbekannte für Kuntz war, inwieweit sich der Sander kooperativ verhielt bei dem, was er an Vorgaben der Bezirksleitung durchzusetzen hatte, die jedoch nach seiner persönlichen Meinung viel zu lasch ausgefallen waren. *Wieso nur STRENGE RÜGE und nicht gleich Rausschmiß?* Er hätte in diesem eindeutigen Fall viel grundsätzlicher und strenger entschieden. *Wer so eklatant die Parteidisziplin verletzt, sich außerhalb der Normen der Partei gestellt hat wie der Sander, den muß man wie ein Krebsgeschwür entfernen. Totaloperation! Nur so bekommt man Ruhe. Aber wer weiß, vielleicht gibt der Sander selbst Anlaß, daß man auf das vorgegebene Strafmaß nach be-*

stem Wissen und Gewissen – Kuntz lächelte in sich hinein – *noch etwas draufpacken kann? Solche Leute wie der Sander gehören einfach nicht zu uns …* Kuntz überlegte, inwieweit er von den Genossen der Parteileitung Rückendeckung bekommen würde, wenn er auf Ausschluß plädierte. *Dumm, daß Donath heute nicht da ist,* ärgerte er sich. *Bei seinen Beziehungen zum ZK wäre Pommerenkes Vorschlag sowieso nur Makulatur. Was ist schon ein Sekretär der Bezirksleitung gegen einen Sekretär des ZK! Aber ohne Donath? Und eigenmächtig? Das könnte nach hinten losgehen, obwohl …*

Kuntz wurde in seinen Gedanken unterbrochen. Thillmann setzte sich schwerfällig neben ihn. Er hatte offensichtlich das Bedürfnis, sich vor Beginn der Veranstaltung mit Kuntz abzustimmen.

»Was meinst du«, begann Thillmann. »Es wird doch alles glatt über die Bühne gehen?«

»Warum sollte es nicht?« wich Kuntz der Frage aus.

»Na ja … hehe … Wir haben schließlich eine klare Order. Ich meine nur, ob die anderen auch hehe … so denken.«

»Du denkst hoffentlich an Erhöhung. Oder?«

Kuntz sah Thillmann prüfend ins Gesicht und vollführte dabei eine Geste des Anhebens. Thillmann wurde unsicher. Er rieb sich über seinen kurzgeschorenen grauhaarigen Katzenkopf.: »Das hieße … he-he … Ausschluß?«

»Ja, was denn sonst!« Kuntz tat überrascht, als hätte er Thillmanns zögerliche Reaktion nicht erwartet. »Gerade du müßtest doch der erste sein, der dafür plädiert.«

»Aber … hehe … sollten wir nicht auch daran denken, was das für den Sander bedeutet? Er hätte keine Chance mehr, jemals wieder einen Fuß in diesen Beruf zu setzen.«

»Das hat er sich schließlich selbst zuzuschreiben. Er hat sein Vergnügen gehabt und ganz bewußt – hörst du bewußt – Parteidisziplin und alle Sicherheitsbestimmungen mit Füßen getreten. Überheblich, arrogant und selbstherrlich hat er einfach für sich bestimmt, daß das, was für alle gilt, für ihn keine Relevanz hat. Und er hat sich dazu bekannt. Herrgottnochmal, so etwas muß entfernt werden. Wieso sollen wir uns für jemanden verantwortlich fühlen, der so deutlich zu verstehen gibt, daß er unsere Normen nicht anerkennt?« Kuntz hatte die Stimme gesenkt, weil während seiner letzten Worte andere Parteileitungsmitglieder den Raum betraten. Er sah Thillmann noch einmal prüfend ins Gesicht. »Wir haben uns verstanden?«

Thillmann hatte sehr wohl verstanden, aber er war mit sich uneins, ob er das auch wirklich wollte, was er verstehen sollte. Eine Studentin, sie war als Vertreterin des dritten Studienjahr in die Parteileitung gewählt worden, trat – für Thillmann wie auf Stichwort – an ihn heran, um ihn daran zu erinnern, daß er mit ihr sprechen wollte. Für Kuntz's Geschmack wandte sich Thillmann etwas zu schnell und aufmerksam der Studentin zu.

Während Thillmann mit der Studentin sprach, hatte sich der Raum gefüllt. Bis auf Donath waren sie vollzählig und damit beschlußfähig, wie Kuntz zufrieden feststellte. Er sah auf die Uhr, klopfte mit einem Bleistift auf den Tisch. Diszipliniert wurden die Gespräche eingestellt. Jeder setzte sich auf seinen offensichtlich schon angestammten Platz und schaute mit ernstem, verantwortungsbewußtem Gesicht auf Kuntz an der Stirnseite dieses für Leitungssitzungen vorbestimmten Seminarraumes. Kuntz begrüßte die Anwesenden, erläuterte die Tagesordnung, die heute nur aus einem Punkt bestand, und stellte fest, daß sie beschlußfähig seien. Er rekapitulierte noch einmal den allen bekannten Sachverhalt und ließ dabei durchblicken, daß es nach seiner Auffassung in ihrer Verantwortung liege, ein der Schwere des Vorfalls angemessenes Strafmaß zu finden, wobei die Empfehlung der Bezirksleitung nur als ein Richtwert anzusehen sei. Nicht, was das Darunter, sondern was das Darüber angehe. Auf alle Fälle sei die Vollversammlung gründlichst darauf vorzubereiten und der Beschluß, den sie heute zu fassen hätten, konsequent – und das heiße ohne Abweichungen und auch ohne unvorhergesehene Überraschungen – auf dieser Versammlung durchzusetzen. Kuntz sah in die Runde und fragte, ob noch jemand das Wort wünsche. Dann fixierte er abwechselnd Bruhnsen, Hofmann und Thillmann. Da keiner Anstalten machte zu reden, fragte er direkt: »Du auch nicht, Genosse Thillmann?«

»Nein. Hehe ... Wir sollten vielleicht erst einmal mit dem Verhö..., hehe ... ich meine, wir sollten vorher dem Genossen Sander Gelegenheit geben, zum Sachverhalt hehe ... Stellung zu nehmen.«

»Gut. Wie ihr meint.« Kuntz wirkte verstimmt. »Karl-Heinz«, wandte er sich an Töhrer, »hol' mal den Sander 'rein.«

IV

Kuntz hatte Wolfgang instruiert, ab fünfzehn Uhr vor dem Seminarraum zu warten, bis er aufgerufen wird. Als die Tür hinter dem zuletzt eintretenden Parteileitungsmitglied geschlossen wurde, hatte Wolfgang zunächst vorgehabt, an der Tür zu lauschen. Aber dann hatte er sich den die Raucherinsel markierenden Aschenbecher an die Sitzecke am Ende des Flurs gerückt, was unerwünscht war, wie schon öfter durch die Sektionsleitung angeprangert, sich dort in einen Sessel geworfen und völlig gedankenlos kettegeraucht. Als er Töhrer aus der Tür treten sah, registrierte er, wie es wieder mit ihm geschah, dieses Nicht-er-selbst-Sein, daß das, was jetzt geschehen wird, nicht ihm passieren wird, sondern dem, der neben ihm stand, den er kannte, den er sehr gut kannte, weil er ihn schon so oft verhöhnend begleitet hatte. Er hatte dieses Sich-Teilen herbeigesehnt und war jetzt froh und dankbar, daß es eintrat. Er genoß es, daß er nicht gleich geflissentlich aufstand, als er Töhrers eindeutiges Winken sah. Aber auch Töhrer schien es nicht so eilig zu haben, denn er kam, ohne eine Aufforderung laut auszusprechen, in Wolfgangs Ecke. Er setzte sich sogar in einen der freien Sessel.

»Laß mich noch die Zigarette aufrauchen, bevor ihr euer Vergnügen habt«, sagte Wolfgang.

Töhrer überhörte den Sarkasmus in Wolfgangs Tonfall. »Du wirst wahrscheinlich eine 'Strenge Rüge' bekommen. Aber Kuntz, und wer weiß wer noch, wollen offensichtlich mehr. Mein Rat: provoziere sie nicht. Ich stehe auf deiner Seite, das weißt du ... Unter einer Bedingung ...«

»Geht in Ordnung, Kalle. War damals dumm von mir.« Wolfgang drückte seine Zigarette aus.

Als sie eintraten, machte Kuntz eine Geste des Unmuts wegen der nicht eingeplanten Verzögerung. Wolfgang erklärte, daß er noch einmal auf der Toilette gewesen sei. Kuntz wies auf den freien Stuhl ihm gegenüber, auf dem Wolfgang Platz nahm, wobei die anderen, die vorher auf dieser Seite gesessen hatten, etwas zur Seite rückten, so daß Wolfgang von allen direkt angesehen werden konnte. Wolfgang mußte ein Feixen unterdrücken, weil ihm in diesem Moment jenes Nachtverhör mit den gleißenden Lampen im Internat einfiel. *Ihr werdet mir nicht einreden, daß ich nur sechstausend Schuß habe.* Er überschlug, wie oft er wohl mit Heidelinde? *Zweieinhalb mal pro Tag hatten wir ausgerechnet. Bei cirka dreihundert Tagen wären das – siebenhundertfünfzig Mal. So als Summe gar nicht mal so viel,* resümierte er, zwang sich aber jetzt, auf das zu hören, was Kuntz vorbrachte. *Aha, aber das weiß ich ja schon, Eröffnung eines Parteiverfahrens, und ich soll wieder mal eine Stellungnahme abgeben. Hoppla, das Buch scheint jetzt nur noch eine Rolle am Rande zu spielen. Worauf schießt der sich ein? Konzentrier dich, Wolfgang! Ich hätte mich bewußt und selbstherrlich über die Normen des Parteilebens und der Parteidisziplin gestellt. Aus meiner Haltung spräche, daß ich weder Vertrauen zu meinen Genossen neben mir noch zur Leitung und Führung der Partei hätte. Stimmt, Genosse Kuntz, man braucht doch bloß in deine fiese Fresse zu schauen, und in eure: Thillmann, Bruhnsen. He, der Hofmann pennt – mit seinem einen f, der Ärmste. Was faselt der da von Spionage? Nicht ungeschickt! Aber das stammt doch bestimmt nicht aus deinem Hirn, Kuntz! Also ein österreichischer Spion bin ich nun offensichtlich nicht mehr. Aber mit meiner geheimgehaltenen Beziehung zu einer Bürgerin aus dem kapitalistischen Ausland hätte ich leichtfertig potentiell alle meine Genossen gefährdet, weil über mich und mein Verhalten dem Klassenfeind Möglichkeiten zur Infiltration geboten wurden – und zwar objektiv, auch wenn man mir subjektiv nicht unterstelle, daß ich das gewollt hätte. Na danke auch! An meinem Fall sei exemplarisch nachzuweisen, wohin es führe, wenn Genossen meinen, Parteinormen für sich selbst auslegen zu können. Ohne Parteidisziplin entstünde Anarchismus, und der Subjektivismus einzelner Genossen schade nicht nur diesen selbst, sondern er schade der ganzen Partei, weil er dem Klassenfeind in die Hände arbeite. Und so gesehen, sei Subjektivismus, wie er sich bei mir offenbare, gleichbedeutend mit der Preisgabe aller Errungenschaften der sozialistischen Gesellschaft. Jetzt macht die Sau auch noch einen Klassenfeind aus mir. Verdammt, nun bin ich dran. Aber was sagt man gegen so einen Scheiß? Guck an, Hofmann mit seinem einen f ist auch wieder aufgewacht.*

Kuntz hatte mit der Aufforderung geendet: »Genosse Sander, wir würden jetzt gern deine Meinung hören. Vor allem deshalb, weil uns deine bisherigen Stellungnahmen noch nicht sehr zufriedengestellt haben. Aus ihnen geht noch nicht hervor, daß du zu einer parteimäßigen Haltung gefunden hast. Daß du dein Fehlverhalten als parteischädigendes Verhalten erkennst und daß du uns mit deinen Schlußfolgerungen daraus wirklich überzeugen kannst.«

»Ich gehe davon aus«, begann Wolfgang, »daß ihr mit mir darin übereinstimmt, daß Geschehenes nicht mehr rückgängig gemacht werden kann. Deshalb ist die theoretische Frage, ob ich es rückgängig machen will oder nicht, völlig bedeutungslos. Ich habe es getan, und ich stehe dazu. Ich glaube auch, daß keiner von mir erwarten kann, daß ich etwas verrate, was für mich – zugegeben politisch naiv – ausschließlich die Liebe zu einem Menschen war. Ich habe diese Frau geliebt, ich liebe sie noch und ich habe von ihr eine Liebe erfahren, die, auch wenn sie sich aus vielen gegebenen Gründen nicht erfüllen sollte, ich nicht mehr aus meinem Leben streichen möchte. Ich habe andererseits aber auch Verständnis, wenn ihr aus politischer Wachsamkeit in dieser Beziehung jenen Aspekt hervorheben müßt, der all das beinhaltet, worüber der Genosse Kuntz soeben gesprochen hat. Ich sage es noch einmal, ich verstehe, daß man mir in diesem Zusammenhang Disziplinlosigkeit, mangelndes Vertrauen zu meinen Genossen und zur Leitung, auch selbstherrliches Beiseiteschieben von Normen und Prinzipien des Parteilebens vorwerfen kann und sicherlich auch die daraus abgeleitete Gefährdung, die Genosse Kuntz ansprach. Aber, und das, Genossen, müßt ihr mir jetzt glauben, nichts davon war mir bewußt, geschweige denn, wäre bezweckt gewesen. Konsequenzen derart, wie sie vom Genossen Kuntz dargelegt worden sind, waren nicht in meinem Bewußtsein, und wenn ich ehrlich bin, ist mir erst vor fünf Minuten klargeworden, daß man es auch so sehen kann. Wenn ich hier jemanden gefährdet haben sollte, bitte ich ihn um Verzeihung, es war mir nicht bewußt.« Wolfgang machte eine kurze Pause, einmal, weil er spürte, daß er sich mit den letzten Sätzen in eine gefährliche Ironie hineinredete, und zum anderen, um sich seine weiteren Argumentationschritte zu überlegen, denn noch hatte er für Kuntz und Co. nichts Befriedigendes gesagt. Man erwartete jetzt Schlußfolgerungen für sein weiteres Verhalten, und die mußten wenigstens Ansätze eines parteimäßigen Durchdenkens seines zukünftigen Handelns haben. Obwohl er den Kopf gesenkt hielt, fühlte er, daß alle Blicke auf ihn gerichtet waren und daß er sehr bald weiterreden mußte, wenn er sich nicht mit peinlich bohrenden Fragen bombardieren lassen wollte. Aus den Augenwinkeln sah er Bruhnsen zu einer Rede ansetzen. So beeilte er sich fortzufahren: »Wenn ich mir die Worte vom Genossen Kuntz noch einmal ins Gedächtnis rufe, dann muß ich selbstkritisch sagen, daß das, was ich bisher ausgeführt habe, noch nicht auf dem parteilichen Niveau der mir vorgelegten Fragestellung steht, denn ich habe noch nichts zu der entscheidenden Frage gesagt, welche Schlußfolgerungen ich aus allem ziehe und wie ich mich in Zukunft verhalten will. Die Antwort habe ich teilweise schon darauf gegeben ...«

»Wollen wir uns dieses Geschwafel noch länger anhören!« Es war Bruhnsen, der, hochrot im Kopf, Wolfgang brüsk unterbrach. Er schien so aufgebracht, daß wiederum Kuntz ihm das Wort abschnitt, weil er befürchtete, wenn er Bruhnsen erst einmal reden ließ, sie sich dann eine Stunde KZ-Geschichten anhören mußten. »Ich bin schon dafür«, sagte er, »daß wir den Genossen Sander zunächst erst einmal ausreden lassen. Wolfgang.« Mit dieser Anrede versuchte er eine Vertraulichkeit aufzubauen, die Wolfgang hellhörig machte. »Wir sind sehr gespannt darauf zu hören, welche Schlußfolgerungen du aus allem zu ziehen gedenkst. Das bis jetzt Gesagte zeigt uns jedoch noch nicht, daß du schon zu einer parteimäßigen Haltung gekommen bist. Vielleicht führt dich das, was ich dich jetzt fragen will, zu Einsichten, die uns überzeugen können. Uns allen ist bekannt, daß du gute Bücher schätzt und daß du Literatur ausgezeichnet zu interpretieren verstehst. Das wird der Genosse Thillmann sicherlich bestätigen. Du kennst die meisterhafte sowjetische Erzählung DER LETZTE SCHUSS, deren ebenfalls herausragende und erschütternde Verfilmung vor kurzem in den Kinos lief. Du ahnst, worauf ich hinaus will? Eine große, tiefe Liebe ... Und trotzdem, nein weil sie so kompromißlos liebte, hat sie geschossen. Weil sie als Kommunistin ihre Liebe verraten sah. Sie konnte ihr Kommunist-Sein und ihre Liebe nicht trennen, weil man Kommunist-Sein und Mensch-Sein nicht trennen kann. Habe ich das so richtig interpretiert, Wolfgang? Entspricht das nicht auch der historischen Wahrheit? Ja ... damit stellt sich die Frage, die wir dir stellen müssen, von selbst.«

Wolfgang hatte während Kuntz's literarischen Ausflug Thillmann beobachtet und befriedigt festgestellt, daß sich sogar Thillmann für die Ungeheuerlichkeit, auf die Kuntz anspielte, zu schämen schien. Alle schauten auf Wolfgang, einige mit dem lüsternen Blick, wie man einen spannenden Thriller im Fernsehen verfolgt. Was sollte er darauf antworten? Er wartete in der vagen Hoffnung, daß vielleicht doch noch einer das eben Gesagte mit ein paar Worten relativierte. Die eingetretene Stille wurde peinlich. Sie schien sich immer mehr zu einen Zweikampf zwischen Wolfgang und Kuntz zuzuspitzen. *Wer jetzt zuerst was sagt,* machte sich Wolfgang klar, *der hat verloren,* und er mußte alle Konzentration darauf verwenden, ruhig zu erscheinen und für sich herauszufinden, mit welcher Haltung er darauf zu reagieren hatte. Er konnte sich auf einen literaturinterpretatorischen Disput einlassen und den Versuch unternehmen, alles zu verwässern. Er konnte voller Empörung eine Antwort darauf einfach ablehnen. Aber das alles mußte schieflaufen und würde mit Sicherheit ihm nicht nutzen. Bevor Kuntz das Schweigen nicht mehr aushielt, hatte er sich für einen dritten Weg entschieden.

»Wolfgang, ich verstehe, daß dir die Antwort schwerfallen muß«, unterbrach Kuntz die spannungsgeladene Stille. »Aber wir hätten doch gern gewußt, was du uns darauf zu antworten hast.«

»Eddi«, Wolfgang redete Kuntz jetzt ganz bewußt mit seinem Vornamen an, »es ist ganz und gar nicht so wie du vermutest. Mir fällt die Antwort überhaupt nicht schwer, weil es nur eine einzige Antwort darauf gibt. Du irrst, entschuldige, ich muß es dir leider so sagen, dein herangezogener literarischer Vergleich hinkt nicht nur, sondern er ist von Grund auf falsch.«

»Müssen wir uns das gefallen lassen ...« Bruhnsens schlohweißer Wolf-Albach-Retty-Kopf sah bedrohlich nach Schlaganfall aus. Aber Kuntz verstand auch dieses Mal, Bruhnsens Ausbruch zurückzuhalten, indem er ihn bat, den Genossen Sander seine interessante Eröffnung doch beenden zu lassen.

Wolfgang begann trotz Bedrängnis ein schadenfrohes Vergnügen an dem Gespräch zu finden, und er empfand seine Position gar nicht mehr als so aussichtslos, wie er sie noch gesehen hatte, bevor Kuntz meinte, ihn mit seinem literarischen Vergleich abschießen zu können. Er glaubte auch zu erkennen, daß Kuntz längst nicht mehr alle Bataillone hinter sich hatte. Bruhnsen einmal ausgenommen.

»Danke, Eddi«, bedankte er sich bei Kuntz dafür, daß er weiterreden durfte. »Ich will nicht weiter auf den Vergleich eingehen, sondern euch einen Sachverhalt mitteilen, der, wie ich denke, alles Spekulative aus dem Vorgang nimmt, über den ihr zu befinden habt. Heidelinde Hausner, also die österreichische Frau, um die es hier im Zusammenhang mit meinem Verhalten geht, wird in die DDR übersiedeln. Wir haben beschlossen, daß wir hier in der DDR, in meinem Land, uns ein gemeinsames Leben aufbauen wollen. Wie ihr wißt, wird jeder, der hierher übersiedelt, genaustens überprüft. Und ich denke, daß damit auch all die anderen Verdächtigungen ausgeräumt sein werden.«

Wieder trat Stille ein. Kuntz wirkte konsterniert. »Das ist ja eine völlig neue Situation.« Ihm war dieser Satz ungewollt entwischt.

»Das wollte ich damit sagen«, erwiderte Wolfgang.

»Ich meine, darüber ist noch nicht das letzte Wort gesprochen. Dazu haben noch andere Organe und Institutionen eine Auffassung!« Kuntz wurde scheinbar grundlos wütend.

»Das ist mir, ich meine, das ist uns bekannt«, entgegnete Wolfgang. »Aber wir werden es beantragen.«

»Und ich sage dir eins, Genosse Sander.« Man merkte Kuntz an, daß er sich zur Ruhe zwang. Er sprach jetzt ungewohnt leise, und das klang für Wolfgang so gefährlich, daß es ihm eiskalt den Rücken herunter lief und ihm plötzlich klar wurde, daß er nur einen Pyrrhussieg errungen hatte. »Wenn das passiert«, sagte Kuntz, »werden wir dafür sorgen, daß weder du jemals wieder in deinem Beruf arbeiten kannst, noch deine zukünftige Frau in ihrem.« Das saß, und Wolfgang ahnte, er hatte nicht nur nicht gewonnen, sondern er hatte alles verloren.

Darüber hinaus, so schien es, gab es nichts mehr zu sagen, zumindest so lange nicht, wie Wolfgang noch im Raum saß. Selbst Bruhnsen strich redeunwillig über seinen filmreifen Altherrenkopf. Man sah sich gegenseitig an und hob die Schultern.

»Ich schlage vor«, es war Töhrer, der sich zu Wort meldete, »daß wir an dieser Stelle die Befragung des Genossen Sander beenden.« Da keiner widersprach, forderte Kuntz Wolfgang auf, den Raum zu verlassen.

V

Es war wie immer: Für eine Vollversammlung der Grundorganisation der Sozialistischen Einheitspartei Deutschlands der Sektion Journalistik der Karl-Marx-Universität Leipzig (offizielle Benennungen waren nun mal ohne attributive Häufungen nicht zu haben) verfügte die Sektion selbst über nur unzureichende Räumlichkeiten. Für dieses Mal, und dabei bewies Kuntz ein außerordentliches Gespür für inszenatorische Wirkungen, wurde der Hörsaal der Anatomie in der Liebigstraße angemietet. Das hatte was!

Eine im Halbrund steil ansteigende Sitzanordnung für die Massen, gerichtet auf einen zentralen Punkt, den Seziertisch, der als Präsidium umfunktioniert und dementsprechend mit rotem Tuch bedeckt wurde. Die große Tafel im Hintergrund ließ Kuntz ebenfalls mit rotem Tuch bespannen, auf dem in dekopierten Buchstaben eine Losung prangte, die ein unmißverständliches Schlaglicht auf Inhalt und Ziel der Veranstaltung setzen sollte: ERGEBEN DER PARTEI – FÜR FRIEDLICHE KOEXISTENZ – GEGEN IDEOLOGISCHE UNTERWANDERUNG.

Kuntz hatte Studenten des ersten Studienjahres damit beauftragt, die Buchstaben für die Losung auf das Tuch zu kleben. Dabei stellte sich heraus, daß die Versalien für die lange Losung nicht ausreichten. Es fehlten die großen B's, und dummerweise gab es auch kein zweites großes P, aus dem man vielleicht noch ein B hätte basteln können. Aber das eine P benötigte die PARTEI. Kuntz überlegte, ob er nicht aus ERGEBEN DER PARTEI ein TREUE ZUR PARTEI machen könnte; aber er verwarf es wieder, weil ihm das nicht stark genug schien. Außerdem: Was soll dieser Formalismus! – entschied er und ordnete an, daß man dann eben ein kleines b einsetzen müsse. Die Sache sei wichtiger als die Ästhetik! Trotzdem schärfte er den Studenten ein, darauf zu achten, daß die aufgeklebten Buchstaben gerade ständen. Und das standen sie dann auch: ERGEbEN DER PARTEI – FÜR FRIEDLICHE KOEXISTENZ – GEGEN IDEOLOGISCHE UNTERwANDERUNG.

Leider, so stellte sich heraus, fehlte auch ein großes W. Man hatte beim Auszählen ein umgekehrtes M für ein W gehalten. Aber »das sah nicht aus«, und so entschied man sich anstelle des M-Ws für die Klein-w-Variante.

Nein, dem Zufall wollte Kuntz auf dieser Veranstaltung nichts überlassen. Hofmann beauftragte er mit der Versammlungsleitung. *Der ist leicht zu dirigieren,* war seine Kalkulation. Er hielt es auch für nötig, zwei Studenten zu instruieren, falls es – was bei der Beliebtheit des Sander besonders unter den Studenten des dritten Studienjahres zu befürchten war – zu Unmutsreaktionen kommt, eventuell sogar zu artikulierten Vorwürfen, daß das ganze Vorgehen für Studenten nicht nachzuvollziehen und überhaupt zu wissenschaftlerlastig angesetzt sei. *Nein, das durfte nicht passieren.* Es durfte – und leider lag nach Kuntz's Einschätzung Zündstoff dafür vor – zu keiner Konfrontation zwischen den Wissenschaftlern auf der einen und den Studenten auf der anderen Seite kommen. Es durfte nur eine Einheitsfront der Parteidisziplinierten geben, und alles, was nicht in dieser Front stand, war als parteifeindlich zu kennzeichnen und vereint zu verurteilen. Ob das Exempel in der Person des Sander dazu taugte, war für Kuntz zunächst eine sekundäre Frage. Alles hing davon ab, wie gut man es organisierte.

»Stark und rein wie nie zuvor«

Ende 1975. In den Reihen der SED waren am Vorabend ihres IX. Parteitages 1.914.382 Mitglieder und 129.315 Kandidaten vereinigt, die in 74.306 Grundorganisationen wirkten. Von ihren Mitgliedern waren 56,1 Prozent Arbeiter, 5,2 Prozent Genossenschaftsbauern und 20 Prozent Angehörige der Intelligenz. Annähernd 75 Prozent aller Mitglieder und Kandidaten entstammten ihrer sozialen Herkunft nach der Arbeiterklasse. Jeder dritte Bürger der DDR mit Hoch- oder Fachschulabschluß gehörte der SED an ... Die SED ging ihrem IX. Parteitag als starke, einheitlich handelnde und gut gerüstete marxistisch-leninistische Partei entgegen. (Geschichte der DDR, Berlin 1991, Seite 351)

Mit Donath war er sich glücklicherweise einig: falls es die Situation und der Verlauf der Veranstaltung ermöglichten, wollten sie sich über die Empfehlung der Bezirksleitung hinwegsetzen und den Ausschluß beantragen. Donath hinter sich zu wissen, machte Kuntz zuversichtlich und tatbereit. *Andererseits,* überlegte er, *kann man sich bei Donaths populistischer Spontanität nicht unbedingt auf Zusagen verlassen. Man muß es nur generalstabsmäßig vorbereiten,* sagte er sich, und bestellte jene beiden Studenten zur Instruktion, gegenüber denen er als eingesetzter Führungsoffizier befugt war, Weisungen zu erteilen.

VI

Auch Wolfgang steckte tief in den Vorbereitungen auf diese Versammlung. Drei Monate LEBEN IM BERUFSVERBOT lagen hinter ihm, und die Frage, was nun werden soll, beschäftigte ihn ernster, als das sein anfänglich zur Schau gestellter rebellischer Fatalismus ahnen ließ. Für die vage Hoffnung, vielleicht doch noch in seinem jetzigen Beruf weiter arbeiten zu können, war er inzwischen bereit, mehr an Schadensbegrenzung zu denken als an das die Seele labende Mit-dem-Kopf-durch-die-Wand.

Er saß in seiner Dachkammer am Schreibtisch, vor sich ein noch unbeschriebenes Blatt Papier, auf das er sein Konzept für die Stellungnahme skizzieren wollte, die man auf der morgigen Versammlung von ihm erwartete. Er wußte, viel – wenn nicht alles – wird davon abhängen, wie er morgen auf die Begründung zur Eröffnung des Parteiverfahrens durch die Parteileitung reagiert, wie er sich zur Stellungnahme seiner Parteigruppe verhält und wie er heute seine erste Stellungnahme zum Vorfall sieht und einschätzt. Kuntz hatte ihn – immerhin fair – darüber informiert, daß vor seiner Stellungnahme diese drei Schriftstücke verlesen werden, er also Gelegenheit bekomme, öffentlich darauf zu reagieren, um den Genossen der Vollversammlung deutlich zu machen, welche Haltung er heute zu alledem einnimmt. Mit der vorgeschlagenen Parteistrafe müsse er rechnen, hatte er gesagt, aber es gehe schließlich darum, ob er die Genossen überzeugen könne, daß er aus seinen Vergehen die richtigen Schlußfolgerungen gezogen habe und damit würdig sei, sich weiter Genosse nennen zu dürfen.

Wolfgang versuchte in seine Grübeleien der letzten Tage Ordnung zu bekommen: *Zwei Möglichkeiten bleiben mir, und beide haben Konsequenzen, an die ich denken muß. Fangen wir mit der ersten an. Ich stelle mich vor die Versammlung und verteidige mein Recht auf Liebe und auf Selbstbestimmung über persönliche, private Angelegenheiten, die nur Beteiligte etwas angehen. Ich akzeptiere also weder ihre Einmischung noch meine Meldepflicht – so habe ich mich schließlich in deren Augen auch verhalten. Aber mit dieser Haltung enttarne ich in der Konsequenz ihr Verhalten als unmenschlich, intolerant, sogar als voyeuristisch. Und was erreiche ich, wenn ich denen sage, wie ich wirklich denke und was ich von ihnen halte? Außerdem: Was denke ich denn wirklich? Wenn ich ihre Prinzipien öffentlich in Frage stelle, dann stehe ich außerhalb ihrer Ordnung, dann bin ich in ihren Augen ein Dissident und werde damit in eine Ecke gestellt, in der ich niemals stehen will. Wer nicht für uns ist, ist gegen uns. So einfach ist das und dummerweise auch so stimmig! Aber ich bin doch nicht gegen die sozialistische Idee, nicht gegen unser sozialistisches Menschenbild, auch nicht gegen die DDR und auch nicht gegen die Partei, denn ich bin ja schließlich mit meiner Weltsicht aus Überzeugung und nicht aus Opportunismus Genosse geworden. Auch wenn ihr mir nicht paßt, ihr Kuntzes, Donaths, Hofmanns, Thillmanns und Bruhnsens, ich laß mich doch von euch nicht in die Ecke der Dissidenten stellen! Ich bin zwar nicht euer, aber deren Mann doch erst recht nicht. Hörst du, Kuntz, ich mag euch nicht, ihr kotzt mich an! Aber zum Glück gibt es auf eurer Seite auch noch andere, mit denen ich kann. Dorthin gehöre ich und nicht zu denen, wohin ihr mich abstempeln wollt. So leicht werde ich es euch nicht machen! Wenn ihr nur meine Einsicht braucht, daß ich gegen eure Regeln verstoßen habe, und mein Versprechen, mich künftig regelkonform zu verhalten, dann sollt ihr es haben. Außerdem habe ich schließlich selbst diese Regeln als meine anerkennen müssen, als ich in die Partei eintrat. Ich stelle also nur die Ausgangssituation wieder her. Und was geschehen ist, ist sowieso nicht mehr rückgängig zu machen … Weder Harakiri noch Feldmarschall Blücher sind hier die richtigen Methoden, und vielleicht ärgere ich euch auf andere Weise viel mehr, als wenn ich euch noch Munition auf die Pfanne gebe.*

Wolfgang legte Stift und Papier zur Seite. Das Konzept, wie er vorgehen wollte, war ihm im Grundsatz klar. Entscheidend war das Wie der Umsetzung. Und das durfte er nicht dem Zufall überlassen. Das mußte erdacht werden wie eine Inszenierung. Er hatte die Hauptrolle zu spielen bei diesem Spektakel, und für diese Rolle mußte er proben. Er stellte sein altes Tonbandgerät auf den Tisch, schloß das Mikrofon an, legte ein Band auf und hörte kurz hinein, ob er es überspielen durfte. Er mußte beim Abhören lächeln, wie brav er Sprech- und Leseübungen in Russisch aufgezeichnet hatte. Dann spulte er zurück und drückte die Aufnahmetaste. Er stand jetzt im Hörsaal der Anatomie, sah mehr als hundert Augenpaare auf sich gerichtet, er spürte diese Mischung aus Scham, Aufgeregtsein und Trotz, und abgehackt – dem Sinn des Gesprochenen nachlauschend – begann er seine Stellungnahme.

Seit dem Tag, an dem ich das soeben Vorgelesene geschrieben habe, ist eine sehr lange Zeit vergangen. Fast drei Monate. Monate, in denen ich Zeit hatte, nachzudenken … Beherrschend war für mich – und das ausschließlich – der moralische Konflikt, der mich die letzten zwei Jahre so stark belastet hat, daß ich – und ich muß heute sagen: leider – verhängnisvoll erfolgreich versucht habe, jede andere Betrachtungsweise wegzudrängen. Damals war das Nachdenken über mich selbst, war das Reflektieren über meine Charaktereigenschaften, über Moralisches – ja, und auch das Psychologisieren, was mir meine Parteigruppe zurecht vorwirft, eine erste, aber auch notwendige Zwischenstufe für meine heutige Erkenntnis und Sicht, mit der ich vieles anders sehe. Und doch waren es nur Zwischenstufen, denn man muß heute von mir verlangen, daß ich zu den eigentlichen Ursachen für mein Fehlverhalten vorstoße. Wenn ich sage, eigentliche Ursachen, dann kann das nur heißen: IDEOLOGISCHE URSACHEN.

Der erste entscheidende Schritt zu dieser Erkenntnis war, daß ich verstehen lernen mußte: Ich kann und darf das, was ich getan habe, nicht nur aus meiner persönlichen Sicht heraus betrachten, sondern ich muß es auch aus der Sicht der Partei sehen. Das heißt, mein persönlicher moralischer Konflikt war gleichzeitig einerseits ein Verstoß gegen die Sicherheitspolitik unserer Partei und unseres Staates, und, indem ich der Informationspflicht nicht nachgekommen bin, war es andererseits eine Verletzung der im Statut bindend festgelegten Pflichten für ein Parteimitglied.

Von dieser Qualifizierung des Vorgefallenen muß ich ausgehen, wenn ich mich frage, wo bei mir die ideologischen Ursachen liegen. Das wirft die Frage nach meinem Verhältnis zur Partei auf und in diesem Zusammenhang die Frage nach meinem Recht oder Nicht-Recht auf Kennenlernen, In-Verbindung-Treten und schließlich auf Liebe zu einer Bürgerin aus einem kapitalistischen Land. Ich habe lange darüber nachgedacht, und, ich glaube, ich habe es mir nicht leicht gemacht. Natürlich wußte ich – es gab schließlich genügend Belehrungen –, daß Kontakte zu Bürgern aus kapitalistischen Ländern untersagt sind. Fakt ist, ich habe es getan. In diesem Zusammenhang habe ich mich jetzt gefragt: Wie hast du denn eigentlich gelebt? Ich mußte zu der Erkenntnis kommen, daß ich mir – um es auf einen einfachen Nenner zu bringen – immer gesagt habe: Hier bis du mit deinen Problemen, mit deinen Konflikten, mit deinem Leben, und dort ist die Welt mit ihren großen Konflikten. Es ist uns als Genossen leicht gemacht, diese Problematik zu durchschauen, weil unsere Partei dazu klare Prinzipien aufzeigt: So und so ist das, und so und so hast du dich zu verhalten. Beim jetzigen Überdenken mußte ich zu dem Schluß kommen, daß ich diese Regeln ignoriert und immer geglaubt habe: in dem Bereich, der mich angeht, der mich unmittelbar berührt – dort kann ich selbst entscheiden, ob das richtig ist, was ich tue, oder falsch.

Es war so: Das einzige Sicherheitsproblem, vor dem ich in Moskau stand, war die Vorsorge, nicht erwischt zu werden. Heute muß ich das differenzierter sehen. Es geht also nicht in erster Linie darum, daß ich diese Frau im Moskau kennengelernt habe, und es geht nicht einmal darum, daß sich der Verdacht sicherheitsdienstlicher Verbindungen sowohl bei mir als auch bei ihr als unbegründet erwiesen hat – nein, es geht darum (und das ist das, was ich bisher nicht begriffen habe), daß aus so einer Verbindung die Möglichkeit entsteht, auf mich oder über mich auf andere einzuwirken, daß ich potentiell erpreßbar und damit benutzbar bin. Und diese Gefahr besteht eben so lange, solange das nicht offengelegt ist. Das habe ich damals nicht bedacht in – wie ich es heute einschätzen muß – überheblicher Manier. Und wenn ich das auf mein parteimäßiges Verhalten beziehe, dann muß ich heute zu der gleichen Schlußfolgerung kommen, die vorhin unser Parteisekretär, Genosse Dr. Kuntz, gezogen hat: Zwischen mir und der Partei bestand keine Identifikation. Ich habe mich mit den Beschlüssen der Partei nicht identifizieren können, und ich habe bewiesen, daß ich – indem ich nicht informierte – zu den Genossen meiner Partei, die die Verantwortung tragen, kein Vertrauen hatte. Ebenso überheblich muß man mein Verhalten um das Vorkommnis mit dem Buch bewerten. Wenn beispielsweise jeder, der ins Ausland fährt, nur ein solches Buch mitbrächte, dann hätten wir in der DDR eine Schwemme an übler Literatur. Aber ich habe es für mich in Anspruch genommen! Es ist letztlich Ausdruck einer gefährlichen Ignoranz zu den Prinzipien unserer Politik, die in meinem Verhalten lag. Erschwerend kommt noch hinzu, daß ich es nicht einmal danach für nötig befunden habe, meine Parteileitung über das Vorkommnis an der Grenze zu informieren. Und warum habe ich es nicht getan? Weil ich die gesellschafts- und sicherheitspolitische Dimension meiner

Situation nicht erkannt hatte und weil ich nicht in der Lage war, meinen persönlichen Konflikt zu lösen ...

Wolfgang würgte es im Hals. Wie aus einer Trance tauchte er wieder auf und zurück in die Wirklichkeit seiner Dachkammer. Er schaltete das Tonbandgerät aus, stellte auch das Mikrofon zur Seite, in das er ohne Unterbrechung gesprochen hatte. Er spürte Übelkeit. Sein Magen rebellierte. Er lief zu dem kleinen Waschbecken an der Stirnwand der Kammer. Er beugte sich über das Becken. Er mußte sich übergeben.

VII

Hofmann war ein umsichtiger Versammlungsleiter – solange er nicht einschlief, was zu Kuntz's Leidwesen ausgerechnet in der entscheidenden Phase des Tribunals geschah. Dabei war bis dahin alles zielkonform abgelaufen, zwar nicht völlig planmäßig, aber für Kuntz inszenatorisch durchaus beherrschbar.

Hofmann hatte die Versammlung eröffnet. Es war ein neunköpfiges Präsidium gewählt worden, für das die Vorschläge einstimmig durchgegangen waren mit ausgesprochen guter Optik in seiner paritätischen Besetzung von Wissenschaftlern und Studenten, von Genossinnen und Genossen. Nur daß Hofmann jener ins Präsidium gewählten Genossin Studentin, die deutlich erkennbar keinen BH unter ihrer Bluse trug, den Platz neben sich zuwies, der vereinbarungsgemäß ihm vorbehalten war, hielt Kuntz für ein schlechtes Omen. Dieser geile Bock, so sein späterer Kommentar, als er unter vier Augen die Veranstaltung mit Donath auswertete, wenn ihn wenigstens dieser »charming view« munter gehalten hätte!

Hofmann hatte zunächst Kuntz das Wort erteilt zum Verlesen des Antrags auf Eröffnung des Parteiverfahrens gegen den Genossen Sander. Daraufhin hatte Hofmann wiederum die Stellungnahme der Parteigruppe zur Aussprache mit dem Genossen Sander verlesen. Danach war Kuntz wieder dran, und dieser Part gestattete ihm insofern interpretatorische Finessen, als er beim Vortrag den Unzulänglichkeiten in Wolfgangs erster Stellungnahme über ironisierende Betonungen schauspielerisch glänzenden Ausdruck verleihen konnte, was aber, wie er mißmutig feststellte, nicht so richtig anzukommen schien. Während Wolfgangs längerer und für ihn erstaunlich kooperativen Erwiderung registrierte er verärgert, wie Hofmann in seinen ersten

Schlafaussetzer hinüberglitt. Aber er mußte sich darauf konzentrieren, was Wolfgang sagte, wie er argumentierte und vor allem, wo er Angriffspunkte bot. Zunächst erwischte er sich dabei, daß er den vorgetragenen Selbstbeschuldigungen wohlwollend geneigt war zu folgen. Er fand auch den psychologischen Effekt gut, wie sich der Sander neben dem Seziertisch und vor diesem beeindruckenden Auditorium so erbärmlich klein, so allein und so isoliert ausnahm. *Das wird seine Wirkung nicht verfehlen,* lobte er sein inszenatorisches Geschick. Aber plötzlich erschrak er. *Der da wickelt uns doch ein,* durchfuhr es ihn. *Das ist doch nur Theoretisieren! Der behandelt sich selbst wie ein Beispiel, über das er uns belehren will. Der stellt doch die Frage in den Raum, ob überhaupt noch eine Berechtigung bestehe, die ausgesprochene Beurlaubung gegen ihn, der zu diesen Einsichten fähig sei, weiter aufrecht zu erhalten.* Er sah zu Donath hinüber und glaubte zu erkennen, daß ihn die gleichen Gedanken beschäftigten. Dann schaute er in die Runde, blickte in die Gesichter der Studenten und wußte, daß da ein schweres Stück Arbeit auf ihn zukam.

Wolfgang hatte seine ausführliche Stellungnahme mit der symbolträchtigen Übergabe einer Mappe an seinen Fachkollektivleiter Dr. Töhrer beendet, die das fertige Manuskript zu seinem hundertseitigen Essay OCERK – UND KEIN ENDE enthielt, für das sich Töhrer mit einem langen Händedruck bedankte. Wolfgang hatte das Manuskript mit der Begründung übergeben, daß er mit der Erstellung dieser wissenschaftlichen Arbeit insofern Wiedergutmachung leisten wolle, als er zum einen seinen für Moskau erteilten Forschungsauftrag abrechnen und zum anderen damit nachweisen wolle, daß er die Beurlaubung nicht als Urlaub für sich, sondern als freigestellte Zeit für wissenschaftliche und damit gesellschaftliche Arbeit angesehen habe. Nach dieser Übergabe setzte unvorhergesehener Beifall von den Rängen ein, so stark und anhaltend, daß Kuntz Übles zu ahnen begann.

Hofmann riß der ungeplante starke Applaus aus seinem ersten Tiefschlaf und machte ihn damit wieder fähig, die Versammlung zu leiten. Er fragte in die Runde, ob jemand das Wort wünsche. Kuntz warf auffordernde Blicke zu den beiden Studenten, die er für eine solche Situation präpariert zu haben glaubte. Aber keiner von denen erwiderte seinen Blick. Daraufhin hob Kuntz den Arm zum Zeichen, daß er zu sprechen wünsche. Aber Hofmann unterlief jetzt ein verhängnisvoller Fehler. Er übersah Kuntz und schaute weiter auffordernd in das Auditorium, wo sich (jedoch später als Kuntz) tatsächlich ein Student meldete. *Doch nicht den*, dachte Kuntz, der in dem Diskussionswilligen einen Studenten erkannte, der sektionsweit als renitent bekannt war.

Was jetzt folgte, war genau das, was Kuntz unter allen Umständen hatte vermeiden wollen. Nach diesem Startschuß des Renitenten wurden Weitere mutig, erstaunlicherweise sogar viele Studentinnen, und nicht Wolfgang schien nunmehr angeklagt zu sein, sondern sie, die Genossen Wissenschaftler. Dabei ging es kaum noch um das Maß der Parteistrafe, wobei die meisten dafür plädierten, daß sie einen Verweis für angemessener hielten als die »Strenge Rüge«. Der Kern ihrer Kritik zielte auf das Aufheben der ausgesprochenen Beurlaubung. Sie, die Studenten, wollten weiter von dem Wissenschaftler Dr. Sander unterrichtet werden. Nicht die von Kuntz erwartete Isolierung des Genossen Sander war eingetreten, sondern seine eigene Inszenierung hatte Solidarität befördert und Sympathie für ein Verhalten, das er brandmarkend als eine Gefahr für die Solidargemeinschaft von Wissenschaftlern und Studenten exemplifizieren wollte. Kuntz erkannte, daß unter Hofmanns Regie diese Veranstaltung in einer Katastrophe enden mußte. Er riß deshalb kurzerhand die Versammlungsleitung an sich. Dem Hochschaukeln dieses gegen seine Parteilinie gerichteten Meinungsbarometers mußte Substantielles entgegengesetzt werden. Er erteilte, die hochgereckten Arme weiterer Diskussionswilliger übersehend, dem Genossen Direktor Donath das Wort. *Jetzt kann uns nur noch dein rhetorisches Talent helfen*, dachte er, als Donath, der nicht im Präsidium, sondern in der ersten Reihe des Auditoriums saß, bedächtig aufstand und zunächst wortlos abwartete, bis der über dem Raum liegende Geräuschpegel verebbte und jene zuhörwillige Stille eintrat, die geübten Rednern die Möglichkeit der Wirkungssteigerung über leise gesprochene Worte bot.

Als man die sprichwörtliche Nadel hätte zu Boden fallen hören können, begann Donath mit seiner Rede. Zunächst jedoch mit einer Sentenz, die Kuntz überhaupt nicht gefiel: er lobte den Verlauf der Diskussion. Es sei erfrischend, anerkannte er, wie engagiert einige der Genossinnen und Genossen ihre Meinung dargetan hätten, nur – Kuntz atmete wieder auf – leider für eine Sache, die heute und hier nicht Gegenstand der Diskussion sein könne. Die Beurlaubung sei eine Angelegenheit, über die ausschließlich staatliche Institutionen zu befinden hätten. Heute und hier könne nur ein Meinungsbildungsprozeß stattfinden, an dessen Ende alternativ zwei Urteile als Vorschlag an die Bezirksleitung der SED ständen. Entweder die Versammlung anerkenne nach reiflicher Überprüfung die Argumente, die für ein weiteres Verbleiben des Genossen Sander in den Reihen der Partei sprechen (dies schlösse ohne Abstriche das Aussprechen der »Strengen Rüge« ein) oder sie komme zu dem Schluß, Vergehen und Verhalten des Genossen Sander wiegen so schwer, daß ein Ausschluß aus der Partei zu beantragen sei. Er selbst mit der Erfahrung eines langen Lebens und Wirkens in der kommunistischen Bewegung habe dazu eine eindeutige Meinung, auch wenn sie für einige, die sich bisher in der Diskussion geäußert hätten, nicht opportun klänge. Nicht nur die Vergehen selbst, sondern in erster Linie, wie sich der Genosse Sander heute zu diesen Vorgängen stelle, was er jetzt zu sagen habe und vor allem das Wie, habe ihn zu der Erkenntnis geführt, daß es zum Ausschluß keine Alternative mehr gäbe, so leid es ihm dabei persönlich tue – um den Genossen Sander und vor allem um den Wissenschaftler Dr. Sander, dessen Arbeit in Lehre und Forschung er immer sehr geschätzt habe. Aber das sei das Los eines Kommunisten, daß er um der Sache willen konsequente Strenge auch dort beweisen müsse, wo er persönlich Schmerz empfinde.

Kuntz sah in gläubiger Bewunderung zu Donath, der tatsächlich zu einem schmerzempfindenden Gesichtsausdruck die entsprechende resignative Pose einnahm. *Das macht ihm keiner nach,* dachte Kuntz, freudig erregt, daß durch sein Eingreifen die Veranstaltung nun doch noch den Lauf nehmen würde, den er konzipiert hatte. Er sah zu Hofmann hinüber, den aber hatte der melodische Vortrag Donaths längst wieder ins Land der Träume gewiegt.

Wolfgang begann sich darauf einzustellen, daß wieder einmal alles gegen ihn zu laufen schien, zumal Donath nun zu einem parteigeschichtlichen Exkurs ansetzte, frei aus dem Gedächtnis LENIN zitierte und mit ihm gemeinsam die Wurzeln kleinbürgerlichen Denkens offenlegte; weiter die Gefahren intellektueller Opposition für die PARTEI NEUEN TYPUS beschrieb und aufzeigte, wie LENIN damit umgegangen war. Am meisten ärgerte Wolfgang, daß Donath ihn mit

LENIN zu schlagen suchte. *Du Sau, LENIN ist doch vielmehr meine Denkweise und nicht deine! STALIN solltest du zitieren, das ist dein Denken, aber dafür bist du wieder zu klug.*

Donath begann den Sack seines rhetorischen Ringbaus zuzuschnüren, indem er auf die Losung hinter dem Präsidium verwies: ERGEbEN DER PARTEI ..., er wolle nur in Erinnerung rufen, unter welchem Motto sie sich heute versammelt hätten, und in diesem Zusammenhang müsse er etwas zur Persönlichkeitsstruktur des Genossen Sander sagen. Die hätte sich übrigens in seiner Stellungnahme für alle erkennbar offenbart. Charakteristisch für alle intellektuellen Opportunisten sei das Theoretisieren, was nicht einmal für die marxistische Wissenschaft tauglich, aber geradezu gefährlich sei, wenn parteiliches Handeln gefordert ist. »Beim Genossen Sander muß alles erst durch seinen Kopf, seine eigene Erkenntnis und sein Gefühl sind für ihn die Instanz, nach der er sein Handeln ausrichtet. Ich frage euch, Genossen: Ist das Parteilichkeit? Ist das die freiwillige Parteidisziplin, ohne die die kommunistischen Parteien im Klassenkampf nie widerstanden hätten und ohne die die ideologischen Auseinandersetzungen mit dem Klassengegner niemals erfolgreich zu führen sind. Die Partei hat Beschlüsse, Richtlinien und ein Statut! Wo kämen wir hin, wenn jeder Genosse sie nach seinem persönlichen Gutdünken auslegen und ausleben dürfte. Der Genosse Sander hat uns deutlich zu verstehen gegeben, daß er sich von der Partei wegentwickelt hat, daß er sich von seinen Genossen entfernt hat, und deshalb gibt es nach meiner Auffassung nur ein Votum: Ausschluß!«

Donath lauschte stehend noch eine Weile dem Wort nach, das er der emotionalen Steigerung willen an den Schluß seiner Ausführungen gesetzt hatte. Über dem Hörsaal lag eine erstarrte Stille. Minutenlang schien sich niemand zu rühren. Es war, als hätte ein Hypnotiseur das Auditorium in eine frostige Bewegungslosigkeit versetzt, um es darauf mit einem Fingerschnipp aus ihrem Eingefrorensein wieder zu befreien. Denn auf diese absolute Stille folgte ein so lautes Gemurmel, Geklapper und Scharren, daß sogar Hofmann aus seinem tiefen Schlaf gerissen wurde.

Aber Hofmann hatte vergessen, daß ihm die Versammlungsleitung längst abgenommen war. Er fühlte sich berufen, Ordnung in dieses geräuschvolle Durcheinander zu bringen. Da ihm aber der mit Donaths Vorschlag veränderte Stand der Diskussion entgangen war, schnitt er sogar – kraft seiner erinnerten Funktion – dem Parteisekretär Kuntz das Wort ab, der, die Geräusche überschreiend, auf Einhaltung der Versammlungsdisziplin gedrungen und, als er sich einigermaßen verständlich machen konnte, den Antrag gestellt hatte, sich heute zu vertagen und auf einer erneuten Vollversammlung in Übereinstimmung mit der Bezirksleitung über den Ausschluß des Genossen Sander aus der Partei abzustimmen. Hofmann jedoch, sauer über diese erneute Eigenmächtigkeit von Kuntz, erklärte kategorisch, daß ihm die Versammlungsleitung übertragen worden sei, und er gedenke auftragsgemäß die Versammlung so zu Ende zu führen, wie es die Bezirksleitung entschieden habe. Dementsprechend komme er jetzt zur Abstimmung über den gestellten Antrag: »Wer dafür ist, daß dem Genossen Sander eine 'Strenge Rüge' ausgesprochen wird, hebe bitte sein Dokument.«

Etwa drei Viertel der Versammelten hoben ihr rotes Parteibuch, wobei die meisten wahrscheinlich nicht wußten, worüber sie in diesem Durcheinander abgestimmt hatten.

»Danke! Das ist die Mehrheit«, stellte Hofmann fest. Darauf erhob er sich, und ohne die obligatorische Frage nach Gegenstimmen oder Stimmenthaltungen zu stellen, wandte er sich an Wolfgang, der sich in die oberen Reihen des Auditoriums unter die Studenten gemischt hatte: »Genosse Sander, hiermit spricht dir die Grundorganisation der Sektion Journalistik eine 'Strenge Rüge' aus. Sie findet Eintrag in deine Kaderakten. Die Versammlung ist damit beendet.«

35

DIE STUNDE DER TOTEN SEELEN

I

Heidelinde kam für einen Tag zu Besuch nach Leipzig. Birgit hatte diesen Wunsch geäußert. Sie wollte die Frau kennenlernen, durch die, wie sie meinte, so viel Leid über sie gekommen und durch die Wolfgang in diese ihr so unverständliche Paralyse gefallen war. Auf Wolfgang wirkte Birgit so unerschütterlich in diesem Verlangen, daß er keine Chance für Gegenargumente sah. So hoffte er auf Schützenhilfe durch Heidelinde, denn er konnte sich nicht vorstellen, daß sie sich freiwillig einem solchen Gespräch aussetzen werde. Aber Heidelinde zeigte wider Erwarten Verständnis für Birgits Wunsch, obwohl sie gleichzeitig Furcht vor diesem Zusammentreffen äußerte. Bei dieser unvermuteten Reaktion sprang Wolfgang das dumpfe Gefühl an, einem sich anbahnenden Komplott ausgeliefert zu sein.

Birgit wußte, daß auf sie der schwierigste Part zukam, daß sie unendlich leiden wird bei dem Gespräch. Dennoch war sie fest entschlossen, es zu führen, weil sie glaubte, daß erst dieses Gespräch sie befähigen wird, eine endgültige Entscheidung zu fällen. Und wenn es nur mit Schmerzen gehe, dann eben mit Schmerzen, sagte sie sich. Sie hielt sich für die einzige, die überhaupt noch fähig war, eine Entscheidung herbeizuführen. Wolfgang war nach ihrer Auffassung dazu längst nicht mehr in der Lage. Sie erlebte ihn nur noch als hilflosen Spielball zwischen allen Fronten. Es mußte etwas geschehen, so oder so. Weiß man denn, welches Gefühl und welche Einsichten danach entstehen? Sie wollte, nein sie mußte wissen, welche Chancen ihr noch blieben. Auch die schmerzlichste Einsicht, versuchte sie sich aufzubauen, sei immer noch besser als diese Ungewißheit, dieses willenlose Sich-Fügen und Warten auf das, was danach kommt. *Schicksal ist nicht nur, man macht es auch.*

Wolfgang plagten Vorahnungen, daß nach diesem Zusammentreffen nichts mehr so sein wird wie es war. Er hätte es verhindern können, aber wozu? Da sowieso alles verlief, wie es kam, warum sollte er sich ausgerechnet hier einmischen? Geschah denn überhaupt noch etwas, was er beeinflussen konnte? Und dieser Fatalismus hatte schließlich auch seine schönen Seiten. Man ließ geschehen, man reagierte nur noch, aber man brauchte nicht mehr zu agieren. Man war aller Verantwortung enthoben, nicht nur in bezug auf andere, sondern auch der Verantwortlichkeit für sich selbst. Nur so konnte dieses wunderbare Spiel funktionieren, das alles erträglicher machte, dieses Spiel, sich neben sich zu stellen und dieses andere Ich, dem das alles passierte, mit beißendem Spott begleiten zu können. Aber dann mußte er geschehen lassen, dann durfte er sich nicht einmischen.

Als er Heidelinde vom Bahnhof abholte, empfanden sie sich beide als verändert. Sie umarmten und küßten sich wie immer, aber dieser sprachlose, sie verzehrende Drang nach körperlicher Vereinigung, der sie auf kürzestem Weg unter ständigen Berührungen in die angemieteten Zimmer geführt hatte, wollte sich nicht einstellen. Sie erzählten und erzählten, aber es war nur ein Klagen über die Umstände, in denen sie so getrennt lebten. Wolfgang berichtete von seiner Feme-Veranstaltung und erörterte die Drohung, die Kuntz auf der letzten Parteileitungssitzung ausgesprochen hatte. Heidelinde schilderte ihre Ängste und erzählte von den Bedrängnissen, denen sie sich durch die Forderungen ihrer Eltern ausgesetzt sah. Es gab nur noch Feinde, die ihr Glück verhindern wollten, aber das war ihnen nicht neu, das war es nicht, was sich zwischen sie drängte.

Sie saßen im Foyer des nahe am Bahnhof gelegenen Hotels Astoria, und der Zeitpunkt, an dem sie aufbrechen mußten, um das wahrzumachen, worüber sie sich noch nicht getraut hatten zu sprechen, rückte immer näher.

»Wir müssen bald los …« Wolfgang hielt das Verschweigen dieses auf sie zukommenden unglückseligen Zusammentreffens, das sie zu lähmen schien, nicht mehr aus.

»I hab schreckliche, grausliche Angst«, brach es aus Heidelinde heraus. Sie hatte Tränen in den Augen. »I hab mi die gaanze Fahrt über gefragt: Warum tu' i das? Waruum?«

»Sinotschka, bitte, es muß doch nicht sein. Wir können es lassen. Ich sage einfach, du bist nicht gekommen. Kein Mensch könnte dir daraus einen Vorwurf machen. Und mir, wirklich, mir wäre viel wohler, wenn es nicht …« Wolfgang strich Heidelinde über Hände und Gesicht. »Du, bitte, wir lassen das! Ich habe sowieso nicht verstanden, daß du diesem Wahnsinnsvorschlag zustimmen konntest.«

»Das kannst du vielleicht auch nicht verstehen. I versteh's ja selbst nicht.« Heidelinde lächelte gequält. »Ach, Myschkin! Myschkin! I hab einfach das Gefühl, daß ich das deiner Frau schuldig bin.« Und leise fügte sie an: »Und ich will mit eigenen Augen sehen, wenn i zu dir komm, was i da anricht …«

»Es ist angerichtet! Entschuldige, Sina, das war ein blödsinniger, dummer Scherz.« Wolfgang küßte ihr die Tränen weg. »Ich glaube, wir müssen … НЕ-ОБ-ХО-ДИ-МО!«

»Боже мой! НЕОБХОДИМО! Ach, mein Myschkin! Manchmal denke ich, ich bin viel, viel älter als du.«

II

Für Birgit war es der erwartet schwere Tag geworden, aber je mehr Zeit verging, desto sicherer wurde sie sich, daß es richtig gewesen war, mit Heidelinde dieses fast zweistündige Gespräch unter vier Augen geführt zu haben. Wie sehr hatte sie vor dem Augenblick gebangt, wenn Wolfgang mit ihr durch die Tür ins Zimmer tritt – sie zu zweit, ein Paar, und sie allein. Wieviel Mut hatte sie zusammennehmen müssen, es nicht erst zu einem Plausch zu dritt am Tisch kommen zu lassen, indem sie Wolfgang erklärte, daß sie es besser für alle fände, wenn sie mit Heidelinde sogleich in seine Dachkammer ginge. Er könne unten auf sie warten. Nein, zu trinken brauchten sie nichts ...

Birgit fühlte sich verletzt, so tief, wie sie von noch keinem Menschen verletzt worden war. Und es war der ihr liebste Mensch, der sie so verletzt hatte. Deshalb hatte sie in ihrer Verbitterung all ihren Groll über Wolfgang auf Heidelinde fixiert. Ihre Existenz war daran schuld, daß das alles über sie gekommen war. Aber als sie Heidelinde sah, geschah mit ihr wider Willen etwas Merkwürdiges. Sie mochte Heidelinde – spontan, sofort, mit dem ersten Augenschein. Sie war verwundert über dieses Gefühl der Sympathie, obwohl sie schon beim ersten Anblick schlagartig und in entwaffnender Resignation zu der Erkenntnis kam, daß sie gegen diese Frau nie eine Chance gehabt hatte – so jung, so schön und so liebenswert erschien ihr Heidelinde. Irgendwie war sie zwar darauf gefaßt gewesen, aber daß sich dieser Blick einstellte und diese Sicht auf die Frau, die ihr schließlich den Mann weggenommen hatte, das war erstaunlich. Statt der beabsichtigten Feinderkennung stellte sich Solidarität ein, und sie erahnte schon in diesem Moment, daß ihr Haßgefühl sich fortan von Heidelinde weg auf Wolfgang fixieren wird. Und in dieser Solidarität mit der sich auch in ihre Situation so ehrlich einfühlenden Frau erkannte sie plötzlich wieder eine Chance für sich selbst.

Birgit war weder mit einem Plan in dieses Gespräch gegangen, noch hatte sie eine Vorstellung, wie sie es beenden wollte. Sie wußte nur, daß sie sich im Recht befand, und dementsprechend wollte sie das Unrecht der anderen deutlich machen. Aber nachdem sie sich ausgesprochen, ihre Standpunkte dargelegt hatten, erkannte sie, daß auch Heidelinde ein Recht auf ihre Liebe hatte. Aber wenn sie beide – natürlich aus unterschiedlichen Voraussetzungen – ein

Recht auf ihre Liebe hatten, dann mußte etwas und jemand da sein, bei dem das Unrecht lag. Aus der Art, wie Heidelinde über ihre Liebe gesprochen hatte, erwuchs in Birgit die Gewißheit, daß sie Wolfgangs Liebe für immer an diese Frau verloren hatte. Das, was sie dagegen setzen konnte, war Loyalität, Integrität, Familie, Kinder, Moral, Politik ... Darauf hatte sie ihr ganzes Recht gesetzt, und es fiel ihr erst jetzt auf, daß sie das einzige, das Heidelinde als ihr Recht anführte, für sich nicht mehr glaubwürdig hinzufügen konnte. *Damit habe ich verloren,* machte sie sich klar, und all die mühsam aufgebaute Kraft, für ein Recht zu kämpfen, das sie nun nicht mehr allein besaß, wich aus ihrem Körper.

Heidelinde war es beim ersten Händedruck ähnlich wie Birgit ergangen: Sie mochte diese Frau. Heidelinde hatte in Birgit nie ein Feindbild aufgebaut. Nur wenn Wolfgang immer beschützend und sehr achtungsvoll von ihr gesprochen hatte, empfand Heidelinde das manchmal als beleidigend und ihrer Liebe unwürdig und sie mißachtend. Daran mußte sie jetzt denken: *Was tue ich hier eigentlich? Habe ich nicht schon genug angerichtet? Wolfgang hat seinen Beruf verloren, und diese Frau kämpft um ihre Familie, die ich zerstöre. Ach, wenn ich ihn doch nicht so sehr lieben würde! Warum ist alles nur so schrecklich schwer? Ich muß jetzt ehrlich mit mir sein. Werde ich je den Schritt wagen und meine Ängste überwinden, werde ich Österreich verlassen und in die DDR kommen? I hab's immer g'hofft, aber so, wie jetzt alles steht ... I weiß es nicht! Niemand weiß, was wird.*

Sie hatten lange geschwiegen, sogar Birgit hatte eine Zigarette mitgeraucht. Als sich beim Ausdrücken der Zigaretten ihre Blicke begegneten, konnten beide nicht mehr an sich halten, und sie ließen ihren Tränen freien Lauf. Heidelinde ging zu Birgit. Sie folgte in ihrer Hilflosigkeit dem inneren Drang, Birgit in die Arme zu schließen. So hielten sich beide Frauen aneinander fest, und jede vermutete in der anderen die Stärkere. Heidelinde flüsterte in ihrer Erregung: »Verzeihn'S mir. Sie sind a guter Mensch. Helfen Sie uns! I mach jetzt alles, was Sie sagen ...«

Birgit straffte sich. Sie hörte sich sprechen, und doch hatte sie den Eindruck, als spreche jemand anderes. Es war der Teil in ihr, der mit allem schon abgeschlossen hatte. Sie sprach davon, daß jedem eine

Chance für eine eigene Entscheidung zu geben sei. Etwa ein halbes Jahr müßte dafür ausreichen. Wolfgang sei absolut entscheidungsunfähig, sagte sie, solange er mit ihr, Heidelinde, diesen ständigen Kontakt habe. Wenn ihrer beider Liebe so groß sei, wie auch sie glaube, daß sie es ist, dann sollte sie ein halbes Jahr überstehen können, ohne daß sie sich sehen oder miteinander sprechen. Ihre, Birgits, Chance sei, daß sich Wolfgang in dieser Zeit vielleicht doch noch für die Familie entscheiden könne. Ihre, Heidelindes, Chance bestände darin, daß sie, Birgit, Wolfgang nach dieser Zeit, wenn er es so wolle, in allem freigeben werde. »Und es ist dann sein Problem, wenn Sie ihn dann nicht mehr wollen«, schloß Birgit, von sich selbst überrascht, zu welcher Entschiedenheit und Härte sie fähig sein konnte.

»O.k«, sagte Heidelinde, um Fassung ringend. »Ich kann nicht sagen, daß ich glücklich über diesen Vorschlag bin. Und ich empfinde ihn auch nicht als gerecht. Aber ich habe es versprochen, und ich werde mich daran halten.«

Beide hatten es nun eilig, sich voneinander zu verabschieden. Heidelinde hatte das Gefühl, einer anderen Frau gegenüberzustehen als noch vor fünf Minuten. Sie wollte jetzt so schnell wie möglich in den Zug steigen, der sie von hier fort brachte, nach Hause oder sonst wohin. *Nur fort.* Sie wußte, daß Wolfgang nie damit einverstanden sein würde, was da so alptraumhaft ausgehandelt worden war. Sie fühlte sich müde, so unsagbar müde …

36

EIN MERCEDES UND EINE STRASSENBAHN

I

Der Altweibersommer machte in diesem Jahr seinem Namen alle Ehre. Achtundzwanzig Grad mit Sonnenschein am wolkenlosen Himmel – und das im September! Wolfgang lief wie ein streunender Hund durch die Glut in der Innenstadt. Vor drei Stunden war er auf der Hauptpost gewesen, bei seinem Postschließfach, das er für Heidelindes Briefe eingerichtet hatte nach dieser unglückseligen Vereinbarung, der seine Sinaïda für ihn so völlig unverständlich zugestimmt hatte. Aber es war kein Brief da, wie auch gestern nicht und vorgestern und vorvorgestern. Er überlegte, ob er nach diesen drei Stunden nicht noch einmal … Immerhin könnte seit einer Stunde vielleicht ein Brief darin liegen. Er hatte schon in drei Kneipen gesessen und in jeder einen Brief angefangen, den er kleingeschnipselt in den Aschenbechern hinterlassen hatte. Es wurde so unbeschreiblich schwer zu schreiben, wenn keine Regelmäßigkeit mehr bestand. Er rannte noch einmal zur Post, drinnen darauf bedacht, ungesehen zu bleiben, denn es war ihm peinlich, so oft vor einem Postschließfach gesehen zu werden, das ja doch keine Briefe enthielt. *Morgen ist bestimmt auch kein Brief da,* verhöhnte er sich, als er aus der Post schlich. Er durchquerte die Innenstadt auf der Suche nach einer Kneipe, in der er mit Sicherheit keinen Bekannten treffen würde, denn er wollte sich betrinken und allein sein mit seinem Katzenjammer. Nachdenken und trinken, bis man sich sieht, wie man ist, eine lächerliche, miese, kleine Laus in einer Welt voller Wanzen und Läuse. In »Pfeifers Weinstuben« fand er eine dunkle Nische, wie geschaffen für die innere Einkehr, die er halten wollte. Er bestellte eine Flasche Pinot Noir.

»Na, na! Eine ganze Flasche! Am hellerlichten Tag! And so lonly?«

Wolfgang sah auf. Es war Riccarda, die von der Damentoilette an seinem Tisch vorbeikam. Riccarda galt als eine ausgesprochen attraktive Blondine. Sie hatte einen Hanni-Vanhaiden-Schnitt – und auch den Kopf dazu. Alles andere war ebenfalls sehr ansehbar, was sie ohne Geiz zwar nicht jedermann, ansonsten aber nicht ungern zeigte.

»Hey, du bist mir noch was schuldig. Weißt du das?«

»Natürlich weiß ich das noch. Jederzeit. Komm setz dich. Oder bist du, wie man vermuten muß, nicht allein.«

Riccarda war nicht nur reizend anzuschauen, sie sprach auch als Assistentin an der Sprachwissenschaftlichen Sektion ein recht gutes Englisch. Als Wolfgang, bevor er nach Moskau fuhr, anstelle der Russisch-Vorbereitung seine Englisch-Sprachkundigenprüfung unter Zeitdruck ablegen mußte, hatte sie ihm – nun man könnte sagen – mehr als geholfen, diese Hürde zu nehmen.

»Mann, ich hab das doch nicht so gemeint. Dort sitzt mein Lover.« Sie winkte zu einem Tisch hinüber, an dem ein nach Wolfgangs Eindruck lächerlich aufgeputzter Typ mit Goldkettchen an Hals und Armen saß. Wolfgang verzog das Gesicht.

»Der ist stinkreich«, sagte Riccarda und zwinkerte kupplerisch. »Autos – und was sonst noch.«

»Na, dann laß dich nicht aufhalten.«

»Du siehst aus, als wenn du dich besaufen willst. Hab ich recht? He, Mann, ich hab davon gehört, was sie mit dir gemacht haben, und ich hab Lust darauf, Genaueres von dir zu hören. Du läßt jetzt deinen billigen Fusel hier stehen. Den setzen wir mit auf seine Rechnung. Wir fahren auf seine Datsche: Swimming-pool und alle Saufereien, die du dir vorstellen kannst. Und mach dir seinetwegen keinen Kopf, der mag Leute, die mit dem kommunistischen Establishment in Konflikt geraten sind. Du wirst sehen, er ist ein ganz patenter Kerl – trotz Goldkettchen.«

»O.k.«, sagte Wolfgang, dankbar, daß sich in seiner Verkrochenheit seit langer Zeit mal jemand seiner annahm. »Ich muß mir nur noch Zigaretten holen.«

»Mann, dort liegen stangenweise West-Zigaretten herum.«

Es war wirklich alles so unkompliziert, wie Riccarda gesagt hatte, und der Kerl mit dem Goldkettchen stellte sich als ein für seine Freunde geradezu generöser Mensch heraus, auch wenn er, wie Wolfgang naserümpfend feststellte, einen dicken Mercedes fuhr. Auf der Fahrt zur Datsche, außerhalb der Stadt, mußte Wolfgang sehr ausführlich erzählen, aber er bekam bald mit, daß Alexander, so hieß das Goldkettchen, ausschließlich an den Pointen seiner Schilderung Spaß hatte, ansonsten schien er Wolfgang für ausgesprochen lebensuntüchtig und wenig clever zu halten, was aber seiner Sympathiebezeugung keinen Abbruch tat, denn als sie auf sein Grundstück einbogen, sagte er: »Ricci, dem Mann muß geholfen werden! Du solltest vielleicht mal deine Connection spielen lassen. Für meine Branche ist er leider untauglich. Nichts für ungut, Doktor!«

»Aye, aye, Captain! Schon gebont!« Riccarda sprang aus dem Mercedes. »Aber jetzt wird erst mal gebadet! Komm, Wolf!«

»Mich laßt aus«, sagte Alexander. Er holte aus dem Kofferraum einen Stapel Zeitungen. »Ich muß noch Hausaufgaben machen.«

Wolfgang hatte noch nie ein so komfortables Wochenendgrundstück gesehen. Der Swimming-pool in der bewaldeten Anlage maß sicherlich zwanzig mal zehn Meter, die sogenannte Datsche war eine Glas-Beton-Festung mit mindestens zweihundert Quadratmetern

Grundfläche. *Wahrscheinlich bin ich hier bei einem Mafiosi,* dachte Wolfgang. Er folgte Riccarda durch die Glastür in ein riesiges Kaminzimmer, in dessen Mitte ein rundes Bett stand. »Laß das Staunen. Alles unrechtmäßig erworben. Hier, zieh an!« Sie warf ihm eine Badehose zu und zog ihr kurzes Kleidchen aus, unter dem sie einen Bikini trug.

Während sie badeten, saß Alexander in einem Korbstuhl, neben sich ein Beistelltisch. Er blätterte in den Zeitungen, machte sich ab und zu Notizen. Er trank Whisky, und manchmal hob er das Glas, um den Badenden zuzuprosten.

An der Stirnseite, die Alexander von seinem Standort nicht einsehen konnte, floß Frischwasser in den Pool. Riccarda schwamm dorthin, betätigte einen Hebel, und aus dem Rinnsal wurde ein kräftiger Strahl. »Komm her«, rief sie Wolfgang zu. Sie hatte die Träger ihres Oberteils von den Schultern genommen und überließ dem Wasserstrahl ihre entblößten Brüste.

»Ist das schön?« Sie sah ihn an. Wolfgang schluckte und nickte mit dem Kopf. »Ja, das ist schön«, sagte sie. Und nachdem sie sich eine Weile selbstgefällig betrachtet hatte, striff sie die Träger wieder über ihre Schultern und fragte: »Spielst du Schach?«

»Einigermaßen«, antwortete Wolfgang.

»Los, wir spielen jetzt Schach. Komm!«

Er folgte ihr ins Kaminzimmer. Riccarda suchte nach einem Bademantel für Wolfgang.

»Zieh den an. Du brauchst deine Sachen jetzt nicht.« Riccarda legte das nasse Oberteil ab, schlüpfte in ihren Bademantel und entledigte sich des Unterteils.

»Willst du die nasse Hose nicht ausziehen?« Riccarda stand vor Wolfgang mit geöffnetem Bademantel. Wolfgang starrte wie ein Pennäler auf ihre Scham, die ihm wie eine himmlische Kreation vorkam. Bis auf ein kleines, wie ein Hitlerbärtchen anmutendes blondes Viereck war sie völlig ausrasiert, aber das Atemberaubende war diese sich fast wie ein männliches Glied vorwölbende und so bar aller Behaarung betrachtbare Klitoris über schwer herabhängenden, schwülstigen Schamlippen. »Ich sehe, das gefällt dir«, sagte sie, schloß aber den Mantel. »Komm, wir spielen Schach.« Sie ging nach draußen. »Und bringe bitte was zu trinken und zu rauchen mit.«

Durch die Glastür sah Wolfgang, wie sie von der Terrasse einen

Glastisch hinter einem nahen Strauch abstellte und genau überprüfte, ob sie von Alexander gesehen werden könnte. Wolfgang forderte sie auf, die Korbsessel heranzustellen. Sie wies ihm den Platz ihr gegenüber an. Wolfgang hatte eine Flasche Beaujolais mitgebracht. Sie stellten die Figuren auf das einschraffierte Schachbrett der Glasplatte und begannen zu spielen.

»Geht's dir gut?« rief sie zum nach wie vor intensiv Zeitung lesenden Alexander. Der grunzte nur ein Hm. Und indem sie sich noch einmal vergewisserte, daß das Gebüsch sie schützte, lehnte sie sich weit zurück und legte beide Beine über die Lehnen ihres Sessels. »Stell die Figuren so, daß du besser sehen kannst«, sagte sie leise. »So was, wie das«, und dabei umspielte ihr Zeigefinger die überdimensionierte Klitoris, »wirst du nie wieder bei einer anderen Frau zu sehen bekommen.« Wolfgang mußte sich in den Schritt fassen, weil ihm dort etwas anschwoll.

»Ä, ä«, sie schüttelte lächelnd den Kopf. »Nicht verstecken. Ich will es sehen!« Wolfgang folgte ihrer Forderung und ihrem Beispiel und schlug die Matelschöße auseinander. »Na, das ist doch auch was«, flüsterte sie anerkennend.

In diesem Moment klingelte im Kaminzimmer das Telefon. Riccarda schickte achselhebend einen Blick zum Himmel und schlug ihre Mantelschöße wieder zurück. Wolfgang tat es ihr nach.

»Alexander, bleib sitzen. Ich gehe schon!« rief sie und eilte zum Telefon. Nach einer Weile rief sie aus der Tür: »Es ist für dich. Kommst du mal?«

Wolfgang hatte die zur Seite gerückten Schachfiguren in eine vernünftige Spielanordnung gebracht. Riccarda, die sich wieder in ihren Sessel setzte, bemerkte es anerkennend. Alexander kam an den Tisch: »Ich muß euch leider verlassen. Da ist was schiefgelaufen. Ich bin in zwei, drei Stunden wieder zurück. Geht noch mal baden, ihr scheint erhitzt zu sein.« Er gab Riccarda einen Kuß auf die Stirn. »By!«

Riccarda und Wolfgang blieben schweigend sitzen, bis das Geräusch des wegfahrenden Mercedes nicht mehr zu hören war.

»Was sind wir doch für Glückskinder!« Riccarda schnippste mit den Fingern. »Na, los! Worauf warten wir noch!«

Riccarda war eine Frau, nach der ein Mann süchtig werden konnte. Wolfgang hatte mit ihr das erste Mal seit jener Oktobernacht in

Moskau wieder eine andere Frau berührt, und er hatte keine Gewissensbisse. Vor zwei, drei Monaten wäre das undenkbar gewesen. Als nach einer Stunde Riccarda meinte, daß es Zeit sei, sich wieder anzuziehen, bat er darum: »Laß es mich noch einmal betrachten.« Riccarda drehte sich zum Licht und spreizte ganz langsam ihre Beine. Dann nahm sie beide Hände und preßte sie gegen die Symphyse, so daß ihre Klitoris wie ein erektiertes Glied hervortrat. »Küsse sie!« sagte sie und Wolfgang tat es – mehrmals.

Dann wurden Rundbett und Zimmer in eine unverfängliche Ordnung gebracht. Wolfgang in geliehener Badehose und Riccarda wieder züchtig im Bikini setzten sich in die Nachmittagssonne auf die Terrasse. Riccarda wurde sofort geschäftlich. »Laß uns überlegen, was ich für dich tun kann. Auch wenn du mannhaft vögelst, so richtig clever für das Leben scheinst du nicht zu sein.« Sie dachte eine Weile nach, wobei sie, Kinn und Unterlippe auf merkwürdige Art nach vorn stellend, durch Wolfgang hindurchzusehen schien. »Was hältst du denn vom Jugendforschungsinstitut, Umfragen, Soziologie und sowas?«

»Keine Ahnung. Das einzige, was ich kann, ist ein bißchen Journalistikwissenschaft.«

»Herrgott, daß ich nicht gleich darauf gekommen bin. Du mußt doch den Roßberg kennen.«

»Natürlich kenne ich den. Ich war mal sein Student. Ich glaube sogar, der hat etwas von mir gehalten.«

»Mann, der ist dort Abteilungsleiter oder stellvertretender Chef. Laß mich mal machen. Der ist mir noch einen Gefallen schuldig.« Riccarda verfiel wieder in das Spiel: durchdringender Blick, Kinn nach vorn. »Das wäre Nummer eins. Und Nummer zwei ist was im Journalismus. In der besten Zeitung der DDR, du Glückspilz! Im FORUM kenne ich jemanden, den ich ein bißchen unter Druck setzen könnte. Mann, den kennst du doch auch! So einen komischen Namen hat der: Wieselowski … oder Kiesenowski … Hilf mir doch mal!«

»Dr. Milosersky.«

»Richtig!« Ihr Zeigefinger flog an Wolfgangs Brust. »So heißt der Typ. Ein Psychologe. Der hat doch an deiner Sektion promoviert.«

»An meiner ehemaligen! Natürlich kenne ich ihn, wir waren schließlich Kollegen.«

»Mein Gott, ihr Akademiker. Was seid ihr doch für Umstandskästen.

Da lob ich mir meinen Alexander, auch wenn man diesen Arsch nicht lieben kann. Ach, Shit! Vergiß es! Du«, wieder flog bedrohlich der Zeigefinger, »bereitest mal schon zwei Bewerbungsschreiben vor. Ich rufe dich morgen oder übermorgen an und sage dir, was aus meinen Gesprächen herausgekommen ist und was du dann zu tun hast. Wenn es klappt, habe ich eine Abschlußnacht mit dir frei.«

»Wäre das nicht meine Belohnung?«

»Sagen wir, wir machen uns zusammen ein Fest! Aber merk dir eins, nur ich bestimme, ob und wann, niemals du. Und ruf mich nicht an. Das ist ernst.«

II

Riccardas Vorstöße hatten Erfolg. Beim Jugendforschungsinstitut kam es zu einem längeren Gespräch mit dem Direktor dieser Einrichtung, der nicht abgeneigt schien, Wolfgang einzustellen. Man war bereit, die Parteistrafe zu tolerieren und auch die Ereignisse, die dazu geführt hatten. In einem Punkt jedoch lag Wolfgangs Vorstellung über der Toleranzschwelle: Wolfgangs Kontakt zu Heidelinde und auch ihre mögliche Übersiedlung in die DDR lagen außerhalb jeder Akzeptanz.

Weitaus besser lief es beim FORUM. Im Gespräch mit dem Chefredakteur stellte sich heraus, daß man gerade jetzt händeringend einen Redakteur für das Ressort Kultur suchte. Wolfgangs Spezialgebiet in seiner studentischen Ausbildung war Kulturpolitik, er hatte promoviert und war im richtigen Alter für diesen Job. Alles ging wunderbar zusammen. Der Chefredakteur, froh, endlich jemanden für diesen Schleuderposten gefunden zu haben, reichte sogar persönlich und mit seiner nachdrücklichen Empfehlung Wolfgangs Kaderunterlagen beim Herausgeber der Zeitung, dem Zentralrat der FDJ, ein. Schon nach reichlich einer Woche rief er Wolfgang an, um ihm zu bestätigen, daß FDJ-seitig seiner Einstellung nichts mehr im Wege stünde. Jetzt müsse nur noch die Einsatzkommission des ZK der SED zustimmen, aber das sei nach der Bestätigung durch die Sicherheitsabteilung beim Zentralrat der FDJ nur noch eine Formsache, meinte der Chefredakteur und nannte den voraussichtlichen Termin, wann Wolfgang spätestens anfangen müsse.

Für Wolfgang indes war das alles viel zu schnell gegangen. Ihn plagten Zweifel, ob er – zudem schon so lange ohne journalistische Kontakte und generell ohne praktische Erfahrung – den Anforderungen gewachsen war, die an einen Ressortleiter für Kulturpolitik zu stellen sind. Das FORUM war schließlich kein Blatt für Dünnbrettbohrer. Wer dort schrieb, der mußte was drauf haben. Mehr drauf haben, als er glaubte, bieten zu können. Er schlief wieder keine Nacht mehr durch. Alpträume mit Versagensängsten plagten ihn. Wenigstens lief er nicht mehr täglich auf die Post zu seinem immer leeren Schließfach. Aber er schrieb ja auch schon lange selbst nicht mehr …

Er mußte Riccarda sprechen. *Unbedingt.* Sie war die einzige, die ihn jetzt noch aufbauen konnte in ihrer so fantastisch direkten derben Art. Aber hatte sie nicht eindringlich abgeraten, sie jemals ungebeten anzurufen? Das hatte nicht wie ein Scherz geklungen. Aber, was soll's. Er brauchte sie jetzt. Er legte sich ein witziges Bewerbchen zurecht und rief zu Hause bei ihr an. Mehrmals. Jedoch ohne Erfolg.

Daraufhin wählte er die Nummer der Sektion Sprachwissenschaften. Dort bekam er nach langem Durchfragen von einer ihrer Kolleginnen die Auskunft, daß Riccarda versetzt worden sei. Da wäre so eine Sache mit ihrem Bekannten gewesen, den man wohl wegen eines Wirtschaftsvergehens verhaftet hätte.

III

Knapp zwei Wochen später erhielt Wolfgang Post. Es war ein offizielles Schreiben. Karl-Marx-Universität, Sektion Journalistik, DER DIREKTOR: »Sie werden gebeten sich unverzüglich zwecks Terminabsprache mit unserem Direktor, Prof. Dr. Donath, in Verbindung zu setzen. Mit sozialistischem Gruß …«

Wolfgang rief Donath an und fragte, worum es ging. Donath erklärte ausweichend, er habe den Auftrag, mit ihm zu sprechen. Wolfgang möge einen Vorschlag machen, wo sie sich treffen könnten.

»Warum nicht gleich bei mir zu Hause oder bei dir«, erwiderte Wolfgang. Ihm sei das egal. Das lehnte Donath (für Wolfgang merkwürdig entschieden) ab, statt dessen schlug er vor, er werde ihn mit dem Auto abholen, er müsse ohnehin mal an die frische Luft, sie würden nach Markkleeberg raus, zur agra, fahren.

Als sie am nächsten Tag auf einer Bank im herbstlichen agra-Gelände saßen, konnte sich Wolfgang nicht enthalten, diesen recht konspirativ anmutenden Treffpunkt mit einer ironischen Bemerkung zu bespötteln. Donath entgegnete, ohne auf Wolfgangs Tonfall einzugehen, er wolle nur sicher gehen, mit ihm ein Gespräch unter vier Ohren zu führen.

Du armes Schwein, dachte Wolfgang, *sind wir schon so weit, daß selbst du verwanzte Wohnungen fürchten mußt?* Aber ihm blieb kaum Zeit, diese kleine Schadenfreude auszukosten, denn sein Gesprächspartner wollte offensichtlich das Gespräch schnell hinter sich bringen.

»Ich bin beauftragt«, eröffnete Donath und sah dabei interessiert in die Landschaft, »dir mitzuteilen, daß das Zentralkomitee der SED deine Berufung als Kulturredakteur in der Zeitschrift FORUM nicht bestätigt hat.«

Woher der nur wieder weiß, daß ich mich dort beworben habe, schoß es Wolfgang durch den Kopf, sich selbst aber für diese dumme Frage sofort als unverbesserlich naiv belächelnd: *Na, woher schon!* Wenn er ehrlich war, hatte er damit gerechnet, vielleicht sogar darauf gehofft, und deshalb war er irgendwie froh, daß sich das so schnell und auf diese Weise erledigte.

»Darf man auch erfahren - warum?« fragte er für Donath erstaunlich gefaßt.

»Abgesehen davon«, Donath schien sich beim Reden immer noch für die Landschaft zu interessieren, »daß deine Bewerbung über den Zentralrat der FDJ sowohl Eigenmächtigkeiten von der Redaktion als auch von dir darstellen, sind die Genossen vom Zentralkomitee der Meinung - und jetzt übermittle ich dir das wörtlich: 'Noch so einen Typ, wie den Sander, können wir uns in dieser Redaktion nicht leisten'.« Erst jetzt sah Donath seinen Gesprächspartner an.

»Das ist deutlich. Und was nun? Zu fragen, ob ich weiter als Wissenschaftler arbeiten darf, ist wohl damit auch beantwortet?«

»Nicht ganz, Wolfgang.« Donath suchte jetzt Pupillenkontakt. »Denn wir haben uns bemüht, das heißt, ich persönlich habe mich dafür eingesetzt, daß du schon im nächsten Monat eine deinen Fähigkeiten entsprechende Arbeitsaufgabe übertragen bekommst, die dir bei entsprechendem Verhalten alle Chancen bietet, sogar für eine steile Karriere. Oder aber - sagen wir mal - nach zwei, drei Jahren könntest du auch wieder zurück an die Sektion Journalistik und, wenn du es vernünftig anstellst - vielleicht wird dir dann sogar eine Dozentur angeboten.«

Wolfgang lächelte. »Was sollte denn das sein?«

»Du wirst Mitarbeiter der SED-Bezirksleitung Leipzig und arbeitest dort als Lehrer für Marxismus-Leninismus an der Bezirksparteischule. Wir sind der Meinung, daß du dazu beste Voraussetzungen mitbringst. Es ist alles besprochen. Du brauchst nur noch dein Einverständnis zu geben.«

Wolfgang war sprachlos. Er wollte loslachen. *Der will mich doch verscheißern!* Aber als er Donath ins Gesicht sah, erkannte er, daß er das alles ernst meinte. Wolfgang konnte es nicht fassen. Er spürte, wie ein unbändiger Zorn in ihm hochstieg. Er fühlte sich beschmutzt durch eine Komplizenschaft, in die man ihn hier offensichtlich hineinziehen wollte. Er versuchte ruhig zu bleiben und mehr den lächerlichen als den ihn besudelnden Aspekt zu sehen, den Donath sowieso nicht verstanden hätte.

»Sag mal, Egon, das ist doch nicht dein Ernst!«

»Wieso nicht?« fragte er - genüßlich lächelnd - zurück.

»Warst du es nicht, der kürzlich noch - Lenin zitierend - meinen Ausschluß aus der Partei beantragt hat?«

»Richtig. Ich bin auch nach wie vor noch dieser Auffassung. Aber die Bezirksleitung war gegen den Ausschluß.«

»Und jetzt befürwortest gerade du, daß ich dort arbeite?«

»Ja, sogar sehr nachdrücklich und überzeugt!«

»Entschuldige, aber das finde ich bescheuert.«

»Wolfgang, du hast dich wieder einmal nicht in der Gewalt.« Donath war ganz väterlicher Freund. »Aber ich nehme es dir nicht übel, denn wenn du nachdenken würdest, könntest du dir selbst die Antwort geben.«

»Ich möchte sie aber von dir hören.«

»Nun gut. Dann werde ich dir jetzt meine Meinung sagen. Und versuche sie gut zu verstehen! Wo könnte ein Genosse, dem wir nicht mehr so ganz trauen, besser aufgehoben sein, als im Kreis erfahrener Funktionäre unserer Partei? Was glaubst du, wie lange das mit dir gutgegangen wäre, wenn wir dich in die Redaktion zum FO-

RUM gelassen hätten? Sieh' es als eine Chance, die wir dir geben. Wir meinen es wirklich gut.«

Wolfgang stand auf und zeigte über Donath hinweg in die Richtung, wo sich das Straßenbahndepot Dölitz befinden mußte: »Mir fällt ein, ich fahre für mein Leben gern Straßenbahn.« Donath schaute tatsächlich, jedoch leicht konsterniert, in die Richtung, die Wolfgang anzeigte.

Ich sehe es dir an, du verstehst mich nicht. Du wirst mich nie verstehen. Weißt du was, ich laß' dich hier einfach sitzen! Das war ein befreiender Einfall. Und dann ging er.

Nach einigen Schritten blieb er noch einmal stehen, sah über seine Schulter zurück auf die Bank, auf der Donath immer noch saß, und bevor er ihm endgültig den Rücken zukehrte, sagte er: »Und noch etwas, Egon! Über m i c h will ich in Zukunft selbst entscheiden dürfen.«

Aber alles im Leben
ist nur für eine Spanne Zeit.

THEODOR STORM
Pole Poppenspäler

Durch Mitleid wissend, der reine Tor …

RICHARD WAGNER
Parsifal

EPILOG

1976

PARSIFAL
AUF DEM WEG ZUM GRAL

37

DIE LACHENDEN MASKEN

I

Was für ein Abgang! Von dem hätte er noch Monate für sein Selbstbewußtsein zehren können. Er hatte sich gewehrt! Das erste Mal richtig gewehrt, ohne ein Hintertürchen für einen Rückzieher offen zu lassen. Was hatte er dem verdutzten Donath an jenem Spätherbsttag auf der agra entgegengeschleudert? Über mich - und das MICH hatte er geradezu gesperrt gesprochen - über mich will ich in Zukunft selbst entscheiden dürfen! Aber schon beim Weggehen überkam ihn ein nihilistischer Anflug von Selbstverspottung. *Du Großmaul, du! Du, und selbst entscheiden? Weißt du überhaupt, was eine Entscheidung ist? Und auch noch über dich willst du selbst entscheiden? Wann hättest du das je getan?* Und schon einige Minuten später, als er, in sich hineinkichernd, bei hereinbrechender Dunkelheit das Forstgelände des agra-Parks querte, gab er sich nicht mehr die Mühe des hohlkreuzigen Gangs, den er meinte, solange er von Donath noch gesehen werden konnte, demonstrieren zu müssen, erhobenem Hauptes dazu. So, wie er jetzt im herabgefallenen Laub Schlurfspuren hinterließ, erinnerte er auch äußerlich an die Fragezeichen, die er dachte.

Er war nicht nach Hause gefahren. Er wollte und mußte allein sein, aber nicht so allein, wie er es in seiner Kammer unter dem Dach in der August-Bebel-Straße gewesen wäre, die sein Zuhause markierte. Er wußte, wenn er jetzt dorthin führe, würde gerade sein Zuhause ihm schonungslos offenbaren, daß er kein Zuhause mehr hatte, und wie lange würde (er erinnerte sich, daß er noch einkaufen müsse, aber dazu hatte er erst recht keine Lust) die letzte halbe Flasche Wein reichen, wenn ihm in dieser Bude der große Katzenjammer übermannen und ihm buchstäblich Decke und Wände auf den Kopf fallen würden. Nein, dann schon lieber allein in einer Kneipe unter Menschen als Kulisse für die Inszenierung der Gedanken, die sich nicht abstellen ließen. Und trinken konnte man, solange das Geld reichte.

Nach den ersten Gläsern Bier schien sich sein Denken in kompromißbereiten Bahnen zu bewegen: *Vielleicht hat's Donath wirklich gut mit mir gemeint? Es ist schließlich ein Job wie jeder andere. Ob ich nun kleine rote Journalisten oder Parteibonzen ausbilde – so groß ist der Unterschied nicht.* Aber schon bald nahm der seinem Wesen eigene Sarkasmus überhand: *Ha! Doktor Wolfgang Sanders Karriere vom österreichischen Spion zum Lehrer für Marxismus-Leninismus an der Bezirksparteischule in Leipzig! Das macht mir so schnell keiner nach!* Und dann war nur noch Wut in ihm: *Ihr Säue, ihr! Ihr verdammten dreckigen Säue. Lieber freß' ich Gras ...*

II

DER GEMÜTSZUSTAND, IN DEM WIR UNS AM HÄUFIGSTEN BEFINDEN, IST EINE KRAFT, DIE EREIGNISSE FÜR ODER GEGEN UNS LENKT. Hatte er nicht erst kürzlich diesen Satz gelesen? Und wohl auch die Ratschläge dazu, wie ein Mensch aus diesem Dilemma, Spielball der Ereignisse zu sein, herauskommen könne. Aber was konnte ihm das in seiner Situation helfen? Das Letzte, was er jetzt brauchte, waren kluge Ratschläge aus Büchern.

Er saß schon den zweiten Tag an seinem Schreibtisch in der kleinen Dachkammer mit dem winzigen Fenster in Kniehöhe und schaute auf die immer kahler werdenden Wipfel der Linden unter sich, die den Mittelstreifen der einstmaligen Leipziger Prachtstraße säumten. Er hatte in diesen Tagen das Zimmer nicht verlassen. Die kleine Notdurft ließ sich komplikationslos in dem schüsselförmigen Waschbecken an der Stirnseite der Kammer verrichten, und größer braucht man selten zu gehen, wenn man dem Körper außer Alkoholischem kaum etwas Festeres zuführte.

Das Hochgefühl, es diesen Donaths gegeben zu haben, war längst einer depressiven Nachdenklichkeit gewichen, die immer selbstzerstörerischer in den Scherbenhaufen herumwühlte, aus dem sich nichts Sinnvolles mehr zu fügen schien. *Du mußt methodisch vorgehen,* sagte er sich. *Mehrfrontenkriege sind noch nie gewonnen worden.*

Seine privaten Verstrickungen waren gegenwärtig für ihn ohnehin unlösbar. Die Wohnung, in der – zwei Stockwerke tiefer – Birgit, Anna und Konrad lebten, suchte er nur noch auf, wenn er annahm, dort niemanden anzutreffen. Zu tief saß die Scham für seine Unfähigkeit, eine Lösung anzubieten, zudem aus der Position eines Menschen, der - für diese Gesellschaft undenkbar - arbeitslos war. Nein, erst mußte er sich wenigstens arbeitsmäßig wieder positioniert haben. Ohne Arbeit ist ein Mensch nichts wert. Das hatte er verinnerlicht. Aber war er denn in der Lage, jede Arbeit zu verrichten, nur um eine Arbeit zu haben? Er war schließlich ein promovierter Hochschullehrer. Wieviel Integration und Wohlverhalten wird verlangt für eine halbwegs angemessene Arbeit? Und was hieß angemessen, wenn man Gesellschaftswissenschaften studiert hatte?

MESMERISIERUNGEN. Dieses merkwürdige Wort geisterte in seinem Hirn - er mußte unbedingt dieses Buch finden! - und dann wieder solche Binsenweisheiten, daß man sich Ziele setzen müsse. Aber so simpel und allgemein, glaubte er sich zu entsinnen, habe es in diesem Buch wohl doch nicht gestanden, denn es waren ausdrücklich auch Luftschlösser als Zielsetzungen erlaubt. Man müsse nur fest genug daran glauben und mit aller GEISTESKRAFT - ja, dieses Wort hatte dort gestanden - sie verwirklicht sehen wollen.

Jetzt wollte er es genauer wissen. Er stieg an seinem nur aus Brettern und Ziegelsteinen an der Wand hochgebauten Regal auf einen Stuhl und griff zielsicher hinter die obere Buchreihe, denn er erinnerte sich, daß es jenes Buch war, das er - es mußte schon wieder Monate her sein - beschädigt in einem Container gefunden hatte. Obwohl Umschlag und erste Seiten fehlten, hatte er noch am Container in den ersten zerfledderten Seiten zu lesen begonnen. Und was er da las über die Kraft des Geistes, über Selbstbestimmung, über Beherrschen und Beherrschtwerden hatte ihn derart fasziniert, daß er dieses Rudiment von einem Buch eingesteckt und in seiner Kammer wie im Fieber weitergelesen hatte. Dann hatte er es - fast ausgelesen - hinter die obere Buchreihe verstaut und seine Existenz bis heute völlig vergessen.[41)]

GEISTESKRAFT - dieses Wort gefiel ihm. Weil es eine Kraft suggerierte, die nicht von außen kam, die unabhängig von äußeren Bedrängnissen aus dem eigenen Ich erwuchs und nur sich selbst verantwortlich schien. Waren mit seinem Berufsverbot und dem Parteiverfahren nicht beste Bedingungen für ihn entstanden, absolut eigenen Intentionen und Vorstellungen zu folgen? Ausgegrenzt war er doch schon: aus seinem Beruf, aus der Partei, aus seiner Familie und schließlich auch aus seiner Liebe – es sei denn ... Hier stockte er. Die Konsequenz, die hinter diesem Gedanken lag, hatte er immer zu verdrängen gesucht. Selbst Heidelinde gegenüber hatte er nicht einmal den Ansatz einer Diskussion darüber zugelassen. Es stand außer Frage, weil es dafür nach seiner Überzeugung keinen Weg gab, der nicht einem Verrat an seinen Idealen gleichkam. Aber nun mußte er sich dieser Frage stellen. Er war doch schließlich frei dafür, so unabhängig frei wie er noch nie in seinem Leben war.

KEINE TYRANNEI IST WEITER VERBREITET UND SUBTILER IN IHREN TIEFEN WIRKUNGEN ALS DIE HERRSCHAFT EINES BEWUßTSEINS ÜBER EIN ANDERES ODER ANDERE. MAN KANN GLEICHERWEISE DURCH EINE IDEOLOGIE MESMERISIERT WERDEN WIE DURCH EINEN EINZELNEN MENSCHEN. *Wie recht er hat. Besser kann man das nicht sagen! Aber was bedeutet dieses merkwürdige MESMERISIEREN? Beherrschung, Beherrschtwerden?* Er schaute im Fremdwörterbuch nach, aber sehr viel half ihm das nicht weiter, was dort unter dem Stichwort Mesmerismus definiert war. *Tierischer Magnetismus? Also offensichtlich eine Abhängigkeit, derer man sich nicht bewußt ist*, sinnierte er. *Natürlich, es gibt Menschen, die andere dominieren, und Menschen, die sich dominieren lassen. Jede Liebe ist doch nichts anderes als eine wechselseitige Form von Dominierungen. Und jede Freundschaft ist so. Das regelt das Zusammenleben und das macht die Liebe so schön, so herausgehoben wie sie ist. Die Kunst ist nur zu wissen, wann man Medium und wann man Hypnotiseur sein darf. Wer diese Abhängigkeiten für sich nicht zuläßt, dürfte nicht wert sein, daß er andere dominiert. Außerdem, welcher Mensch könnte von sich behaupten, daß er außerhalb dieser Zwänge lebe: ich nicht, Heidelinde nicht, Donath nicht, Honecker nicht, Breshnew nicht, der amerikanische Präsident nicht und auch der Papst nicht. Und nicht mal der LIEBE GOTT, wenn es denn einen gäbe!*

Es ist also nicht zu hinterfragen, schlußfolgerte er, *daß man in Abhängigkeiten lebt, sondern die entscheidende Frage ist, wovon und von wem man abhängig ist. Wodurch das eigene Denken beeinflußt wird, und welcher Handlungsspielraum einem bleibt bei dem auf diese Weise mesmerisierten Denken. Wovon also bin ich mesmerisiert? Natürlich: Von Heidelinde durch meine Liebe! Von Birgit und meiner Familie durch mein von schlechtem Gewissen geplagten Verantwortungsgefühl? Das alles ließe sich ja möglicherweise noch vereinbaren, wenn nicht mein weltanschauliches Denken mesmerisiert wäre durch meine Überzeugungen. Und die gründen nun mal im sozialistischen Weltbild. Jedes so beeinflußte Bewußtsein für sich allein ist gut. Was wäre gegen eine Liebe zu sagen? Gegen ein Verantwortungsgefühl? Und selbst gegen ein verinnerlichtes sozialistisches Menschenbild? Nur aufeinanderkommen dürfen diese drei Geisteskräfte nicht, sie vertragen sich nicht, und deshalb werden sie den, der sie in sich trägt und auch noch meint, sich von keinem trennen zu können, vernichten müssen. So einfach ist das.*

UNGLÜCK IST SCHULD ODER MANGEL AN EINSICHT!

Der hat gut reden! Kann ich meine Liebe abstellen? Oder kann man Überzeugungen so einfach zur Seite schieben? Wird meine Liebe schlecht oder zerstört sich durch meine Überzeugungen? Ich habe doch schließlich geliebt, obwohl ich diese Überzeugungen hatte, und sie haben unsere Liebe weder gestört noch behindert. Nein, nein, nicht meine politischen Überzeugungen sind schuld, sondern die, die im Namen dieser Überzeugungen – also sie mißbrauchend – eine solche Liebe für illegitim erklären und sich auch noch anmaßen, Liebende zu verfolgen.

Es ist immer das Gleiche. Ich bin ein Phantast! Ich möchte Überzeugungen leben, aber ohne die, die diese Überzeugungen praktizieren. Und das war so, seit ich in diesen Bahnen denken kann. Mich haben schon immer nur die Leute interessiert und fasziniert, die ihre kommunistische Weltsicht nicht als Pragmatismus begriffen. Und das waren immer Zweifler an dem, was und wie Realität ist. Und die, die nie einen Zweifel zugelassen haben, habe ich immer gehaßt. Was um Himmels willen ist denn nun richtig? Ist es denn nicht so, daß es die hehre, schöne Idee gar nicht geben kann, wenn sie sich in der Realität nicht zeigt? Was ist sie wert, wenn sie nicht gelebt werden kann? Andererseits, was wird aus einem selbst, wenn man für sich kein Bild mehr hat von dem, wie Menschen zusammenleben sollten?

WER VOM UNENDLICHEN BEWUSSTSEIN MESMERISIERT IST,

KANN AUCH NICHT FÜR LANGE UNTER MENSCHLICHE WILLENS-TYRANNEI KOMMEN - ER WÄCHST EINFACH ÜBER IHREN GANZEN WIRKUNGSKREIS HINAUS. VON DEM UNENDLICHEN BEWUSSTSEIN MESMERISIERT WERDEN, NIMMT DER INDIVIDUALITÄT NICHTS, STEIGERT SIE VIELMEHR. *Wieder so ein wunderbarer Satz, nur zu leben ist er wohl schwerer als ihn zu denken. Und trotzdem, hört ihr, ihr Donaths, Thillmanns, ihr Kuntzes, Bruhnsens, Noskes und Hofmanns, von euch lasse ich mir meine Vorstellung von der Welt nicht zerstören. Nicht von meiner Vorstellung, von meinen Überzeugungen muß ich mich - wie ihr meint - distanzieren, sondern von euch! Ihr seid es, die keine richtigen Kommunisten sind. Ihr habt die Idee verraten, und in eurer Verbohrtheit merkt ihr gar nicht, daß ihr den Ast absägt, auf dem ihr sitzt - nein, auf dem wir alle sitzen! Ihr seid die gefährlichen Zerstörer, die man nicht gewähren lassen dürfte ... Ach Scheiße! Ich will nicht mehr nachdenken ...* Er warf das rudimentäre Buch unbekannten Titels und Autors wieder zurück auf die obere Reihe seines provisorischen Regals. *Das einzige, worüber es sich lohnt nachzudenken, ist die Liebe, über die Möglichkeit oder die Unmöglichkeit lieben zu dürfen - und lieben zu können.*

Er goß sich in ein Abrißglas Rotwein nach. Dieses Glas war wahrscheinlich das wertvollste Utensil in seiner Kammer. Darauf hatte er bestanden, mit Nachdruck, alles andere war ihm gleichgültig gewesen, aber dieses Glas wollte er unbedingt mit nach oben nehmen. Wenigstens in solchen Winzigkeiten wollte er zwischen all der sonstigen Asozialität in seiner Dachkammer Kultur bewahren.

Er stellte das Glas auf den kleinen, dreibeinigen Tisch an der Längswand der Kammer ab. Es war jener Nierentisch mit dem unverkennbaren Charme der fünfziger Jahre, den ihm Frau Abendroth anläßlich ihres Umzugs überlassen hatte. Für diesen Tisch hatte er sich aus einem Container einen nicht mehr ganz intakten aber ausgesprochen bequemen Ledersessel organisiert, der an einigen Stellen zwar schon reichlich Roßhaar verlor, aber in seiner Verschlissenheit eine urgemütliche und nostalgische Anmutung bot. Er warf sich in den tiefen Sessel, wobei er, wie er es gern tat, beide Beine über die weich gepolsterten Lehnen des Sessels legte. Dann schaute er sich in seiner Kammer um, ließ den Blick über das in Doppelfunktion genutzte

Waschbecken schweifen, grauste sich über die wie Fledermäuse herabhängenden Handtücher an der Stirnwand, stellte resignierend fest, daß das Bettzeug auch wieder einmal frisch bezogen werden müßte. Und dann mußte er feixen, denn es hatte schon etwas sehr Provozierendes wie die jüngst abgestellten Hartfaserplatten nebst Kartons mit Ölfarben und Pinseln den Zugang zu seiner Kammer verstellten, so unglücklich, daß man kaum daran vorbeikam, ohne sich zu stoßen.

Es war schon merkwürdig. Immer wenn er glaubte, an seiner selbstgewählten Asozialität, mit der er zwanghaft auf Ausgrenzungen reagierte, ersticken zu müssen, spürte er in sich einen Drang zur kreativen Entladung. Wenn nicht etwas in eigener, ihn berührender Aktivität geschah, dann - das wußte er - gab es zu seiner Selbstaufgabe keine Alternative mehr. Zu interessant war dieses Beobachten des gleitenden Absinkens in den Zustand, in dem alles keine Verbindlichkeit mehr hatte, in dem alles so wunderbar egal wurde, daß er ihn schon fast herbeisehnte. Warum aber verspürte er diesen Drang immer nur dann, wenn er sich elend fühlte? Warum nicht auch dann, wenn es ihm gut ging? Doch darüber wollte er jetzt nicht nachdenken. Er mußte dieses ihn anspringende Gefühl nach gestaltender Entäußerung nutzen, solange es in ihm war. Vorbereitet darauf war er offensichtlich schon, denn was sonst sollte es bedeuten, daß er im Keller die alten Malutensilien zusammengepackt, sich Pappen besorgt und alles hier hoch in seine Dachkammer geschleppt hatte. Ja, es grenzte schon an Nötigung, so wie diese Kartons und Pappen in der Kammer herumstanden - so sperrig, daß man sich daran stieß und darübersteigen mußte.

Ebenso wenig zufällig lagen schon seit Tagen zwei Bände von Hamanns Geschichte der Kunst auf dem Nierentisch am zerschlissenen Lesersessel. Er wollte wieder malen. Er wollte für sich erneut den Zustand herbeiführen, wie er ihn auf dem Boden am Nordhäuser Ammerberg, vereint mit der Welt van Goghs, erlebt hatte, bevor er zur Armee einberufen worden war. Vielleicht gelang es ihm noch einmal, dieses Herausstehlen aus der Realität. Danach kam sowieso, was kommen mußte. Aber er fühlte sich reifer als damals. Er wollte nicht nur einfach malen. Er wollte sich malend seiner Situation stellen. Er war übervoll von dem, was er ausdrücken wollte. Doch es fehlte ihm an Gegenständlichem, an dem, wie seine Vorstellung bildhaft werden konnte. Wie war die Bedrängnis zu malen, die er ausdrücken wollte? Welche Farbabstimmung war angemessen – und welches Format? Eine kleine Fläche kam überhaupt nicht in Frage. Undenkbar! So großformatig wie möglich mußte es sein.

Er stand auf und stellte die größte Hartfaserplatte – immerhin einhundertzwanzig mal fünfundachtzig Zentimeter – auf das Waschbecken. An dieser Größe ging nichts vorbei. Das wollte er sich vor Augen halten.

Aber wie er so aus der Entfernung seines Sessels auf die leere Hartfaserplatte stierte, ohne daß sich die Gedanken ordnen wollten, nahm er wieder Zuflucht zur Selbstverspottung. *Na wunderbar, du Künstler, du. Das Format hast du immerhin schon. Wie groß es werden soll, weißt du also. Nur was es werden soll, das weißt du nicht, und vor allem: wie es werden soll … Laß es! Hörst du, laß es! Was quälst du dich überhaupt? Außerdem warum? Und für wen? Du hältst jetzt deine Klappe!* sagte er laut zu dem Spötter in ihm. *Ich weiß selbst, daß alles noch sehr wirr ist. Aber es wird kommen. Hörst du, es wird kommen. Ich weiß es. Ich werde dieses Bild malen. Warum? Weil ich es malen muß! Und für wen? Na, das ist doch die einfachste Frage: Für mich natürlich. Und vor allem für dich, du Kleingeist!*

Eines wußte er, und darauf konnte er sich verlassen: Wenn er etwas mit aller Kraft wollte, wenn er sich also selbst beauftragte, dann gab es kein Zurück, bis eine Lösung gefunden war. Und er kannte die Mechanismen, die diesen sogenannten Schaffensprozessen zugrunde lagen. Er hatte schließlich eine Dissertation über Komposition geschrieben. Damit hatte er aber auch einen theoretischen Anspruch verinnerlicht, der so hoch über seinen erinnerten handwerklichen Fertigkeiten lag, daß er sich nicht zu Unrecht für sein künstlerisches Vorhaben als größenwahnsinnig schimpfen mußte. Nur rein Kunstgewerbliches fertigzustellen, wozu seine malerischen und gestalterischen Fähigkeiten vielleicht ausgereicht hätten, das konnte ihn nicht befriedigen. Außerdem wollte er etwas ausdrücken, alles in ihm verlangte nach einer bildhaften Umsetzung des Zustands, in dem er sich befand. Und er wußte, dieses Abarbeiten würde nur dann den erhofften therapeutischen Zweck erfüllen, wenn er mit dem, was er schuf, wenigstens einigermaßen zufrieden sein konnte. Es mußte zu einer Akzeptanz kommen, erst dann ergab alles einen Sinn. Wenn ihn niemand mehr brauchte, und er sich in seiner selbstgewählten Eremitage noch nutzloser empfand als die, die ihn ausgegrenzt hatten, dann lag die einzige Möglichkeit einer Selbstbefreiung nur darin, sich wieder annehmen zu können. Also mußte er etwas schaffen, das er akzeptieren konnte.

Wenn es schon Malerei sein soll, dachte er, *dann muß ich von Haltungen ausgehen, die ich kenne, mit denen ich mich schon mal beschäftigt habe ... Also van Gogh! Den hab' ich schließlich studiert und wer weiß wie oft kopiert, damals auf dem Dachboden in Nordhausen. Wenn überhaupt jemand jemals in mir war wie eine zweite Haut, dann dieser van Gogh. Aber mach' dir nichts vor, das ist ewig lange her. Mein Gott, da war ich zwanzig, einundzwanzig! Aber was ist heute anders als damals? Ich bin reifer geworden, erfahrener, hoffe ich, aber trotzdem bereit, in den Rausch von damals wieder einzusteigen ... Nur darum geht es! Ich will doch nicht wie van Gogh malen, was ich vielleicht damals noch wollte. Ich will seine Art von Kreativität nachempfinden. Mein Gehetztsein soll in seinem Gehetztsein aufgehen ... Und malen will ich, einfach malen, weil ich malen muß! Seine Stärke war doch auch nicht die exzellente Malweise. Seine Stärke lag in der einmaligen Wirkung seiner Bilder, weil er von allen Malern der erste war, der Bildwirkungen vor allem über den Ausdruck erreichte, der in erster Linie aus seiner unverwechselbaren Sicht erwuchs, aus der Art, wie er Menschen oder Natur sah, und wie er sie im Bild für den Betrachter interpretierte ...*

Aber je länger Wolfgang über van Gogh nachdachte desto deutlicher begriff er, daß er heute bei dem, wie er seinen Vincent verinnerlicht hatte, nicht stehenbleiben konnte. In van Gogh lag der Ansatz für alles, was und wie er es wollte, aber zur Darstellung seiner eigenen Innerlichkeit mußte er diese aussöhnende Verbindlichkeit, diese noch zu zaghafte Verformung des Gegenständlichen hinter sich lassen. Entlarvung im Zerstören – dahin drängte es ihn. Deshalb blätterte er immer häufiger in den letzten Seiten des zweiten Bandes von Hamanns Geschichte der Kunst mit den Abbildungen der Expressionisten, zu denen er bisher kaum Zugang gefunden hatte. Für ihn hatte die Malerei, die ihn interessierte, mit den französischen Impressionisten aufgehört, deren krönender Abschluß van Gogh gewesen war. Die Malerei danach hatte ihn nicht mehr interessiert, und er hätte sehr verwundert, vielleicht sogar beleidigt reagiert, wenn man ihm gesagt hätte, daß seine bis heute gezeigte Interesselosigkeit an der modernen Kunst weit mehr Konformität mit der offiziellen Kunstbetrachtung in der DDR zeigte als ein Aufbegehren gegen sie.

So blätterte er – auf Anregungen hoffend – in den wenigen letzten Seiten des dicken Bandes mit den fast nur briefmarkengroßen Schwarzweiß-Darstellungen des Abschnitts »Expressionismus und neue Sachlichkeit«, womit dann auch die Hamannsche Kunstgeschichte schloß.

Zwei der Darstellungen in diesem letzten Abschnitt ließen ihn nicht mehr los und wucherten in seiner Phantasie. Die erste, eine Fotografie, bildete eine Bronzeplastik ab. DIE KUPPLERIN von Ernst Barlach, deren abgrundtief fieser Gesichtsausdruck auf ihn wie eine Offenbarung seiner erlebten Umwelt wirkte, die umfassender und treffender als in diesem Gesicht, in dieser Körperhaltung wohl kaum darzustellen war. Beim Betrachten dieser nur fotografierten Plastik erlebte er die Inkarnation der Abscheulichkeit. Darüber ging – so schien ihm – an ekelerregendem menschlichen Verhalten nichts mehr. Und dann – die zweite Abbildung – DAS LACHEN in den zu Grimassen gefrorenen Gesichtern von Emil Noldes Gemälde MASKEN. Darin lag es, was er ausdrücken wollte. Fast überfallartig nahm die Idee für sein Bild Gestalt an: Das Lachen wollte er malen, und indem er das Lachen malte, wollte er dokumentieren, daß es kein Lachen mehr gibt. Wie auf einem hinterlegten Teppich verteilen sich über die gesamte Fläche lachende Fratzen, maskenhaft in gefrorenem Lachen, das nur Hohn, Verachtung und Erstarrung ausdrückt. Diese Fratzen umzingeln einen zarten, unschuldigen, anmutigen, aber gesichtslosen Mädchenakt, der wie eine allegorische Statue der Schönheit, fast gläsern gemalt, das Zentrum des Bildes beherrscht. Und zu Füßen der Statue, ihre Schenkel umklammernd, sie aber gleichzeitig feilbietend, eine fast naturalistisch gemalte Frauengestalt mit dem Gesichtsausdruck und der Gestik der barlachschen Kupplerin ...

Er war fasziniert von seiner Idee, und plötzlich so übervoll von Energie und dem Drang, das soeben Gedachte auf der Hartfaserplatte erstehen zu lassen, daß er – ohne an das notwendige Grundieren der Fläche zu denken – sofort daran ging und mit schnellen Strichen die kompositorische Umsetzung seiner Idee auf der Pappe entwarf.

Nach vielleicht dreizehn Stunden ununterbrochener Arbeit, die er in einer Art Trance durchlebt hatte, ohne etwas zu essen - nur viel geraucht und getrunken hatte er, überkam ihn das Gefühl, mit dem Bild fertig zu sein. Dieses Gefühl, aufhören zu müssen, war genauso plötzlich und unmittelbar gekommen wie der Drang, es zu beginnen. Er legte Pinsel und Palette aus der Hand. Für einen kurzen Moment genoß er eine fast schwindelerregende, befreiende Leere, die ihn wie eine Welle vom Kopf über die Schultern in die Arme, Hände, durch den Körper in die Beine bis in die Füße und Zehenspitzen hinein durchrieselte. *Das ist schön,* murmelte er, und meinte damit nicht das Bild, sondern diesen merkwürdig schwebenden Zustand, in dem er sich befand. Er warf sich - Gesicht, Hände, Hemd, Hosen noch völlig farbverschmiert - in den Sessel und musterte mißtrauisch aus dieser Entfernung das Geschaffene. Aber er nahm schon nichts mehr auf, denn in der gleichen Sekunde, wie er in den Sessel sank, fiel er in einen traumlosen Tiefschlaf.

III

Als er erwachte, dunkelte es. Er knipste das Licht an, schaute auf die Uhr - es war kurz vor sechs - und stellte fest, daß er fast acht Stunden in dem Sessel geschlafen hatte. Er betrachtete seine farbverschmierten Hände und Arme. Dann trat er vor das Bild, das noch auf dem Waschbecken stand. Er war zufrieden mit dem, was er sah, meinte jedoch, an einigen Stellen nachbessern zu müssen. Aber die Pinsel waren hart, weil er es versäumt hatte, sie in die Terpentinschale zu legen. Das holte er jetzt nach. Einige der Pinsel, an denen die Farbe sehr dick gehaftet hatte, waren schnell wieder funktionsfähig zu machen. Er arbeitete eine Stunde an dem Bild, jetzt ganz anders als in der vergangenen Nacht, sehr ruhig, bedächtig, gelassen, mit sichtbarem Abstand zum Geschaffenen. Jetzt hatte es so etwas wie ein Bekleidungsstück reichen, ein Make-up aufbringen, also eine geradezu Gelöstheit im Unterschied zu der Spannung, die in ihm war, als das Bild geboren wurde. Die Frage, ob er gebären kann und die unmittelbare Erfahrung beim Gebären, das war das Spannende gewesen, das hatte er wissen wollen. Und jetzt, wo er es wußte, gestattete er sich den Abstand des gelassenen Betrachters und väterlichen Verbesserers. Sein Magen krampfte vor Hunger, aber er fühlte sich insgesamt nicht schlecht, sogar trotz des Sesselschlafes ausgeruht. Er rechnete nach, daß er schon den zweiten Tag nichts gegessen hatte. Zigaretten brauchte er auch, wie er mit einem Blick auf die leere Schachtel feststellte. Er trat noch einmal vom Bild zurück, betrachtete es aus der in seiner Kammer größtmöglichen Entfernung und beschloß für sich, daß das Bild nun fertig sei. Dann schraubte er alle Farbtuben zu, legte die Pinsel in die Terpentinschale und versuchte mit Verdünnung Hände, Arme und Gesicht von der eingetrockneten Farbe zu befreien, was jedoch nur einen mäßigen Erfolg zeitigte.

Gegen acht wechselte er Jeans, Hemd und Pullover, zog sich einen Mantel über und verließ seine Kammer. An der Art, wie er die Treppe hinunterging, hätte man einen anderen vermuten müssen als jenen Dr. Wolfgang Sander, der in den letzten Wochen, selten genug, die Treppe hinunter gegangen war.

38

TIMBURGS HOLZSCHEITE

I

Welcher Teufel hatte ihn nur geritten, diesen Timburg anzurufen. Aber er hatte es getan, und nun saß er im Zug nach Cottbus, um seinen ehemaligen Freund und Studienkollegen zu besuchen. *Was will ich eigentlich von ihm?* Wie er so mit sich uneins aus dem Abteilfenster sah, mußte er schmunzelnd feststellen, daß ihm noch immer fast jeder Baum, jeder Strauch und jedes Bauwerk bekannt vorkam, weil er vor Jahren diese Strecke mit dem sehnsuchtsvollen Endpunkt Birgit in Wilhelm-Pieck-Stadt Guben Woche für Woche gefahren war. Übrigens meistens mit Timburg, der damals in Doberlug-Kirchheim aus- oder montags auf der Rückfahrt nach Leipzig wieder zustieg. Mußte Timburg sein Kommen nicht mißverstehen, nach den vielen Jahren, in denen keiner von beiden signalisiert hatte, daß man sich füreinander noch interessierte? Und ausgerechnet jetzt suchte er ihn auf. Er, der Geächtete, mit Berufsverbot Belegte initiierte ein Treffen mit einem, der kraft seiner Position als Sekretär einer SED-Bezirksleitung die Macht hatte, regelnd einzugreifen, damit ein Schicksal nicht ein Schicksal bleiben mußte. Hatte er nicht eventuell doch mit dem Gedanken gespielt, daß Timburg ihm helfen könne? *Nein, so weit ist es mit mir noch nicht gekommen! Und ich werde das klarstellen, bevor es zum ersten Satz zwischen uns kommt,* nahm er sich vor. *Ich werde nicht zulassen, daß unser Gespräch überhaupt diese Richtung nimmt. Ich brauche und will diese Art Connection nicht.* Außerdem, welcherart Hilfe konnte er von Timburg erwarten, die sich unterschied von der, wie Donath meinte, mit seinem Angebot das Beste für Wolfgang getan zu haben? *Ich will ein Gespräch mit einem wie ihm, und ich will daraus meine eigenen Schlußfolgerungen ziehen.* Ihm fiel Jürgens Vater ein. Der war schließlich auch ein Sekretär der Bezirksleitung gewesen. Vielleicht war dieser Jochen Timburg etwas Ähnliches. Hatten sie nicht früher sehr vernünftig miteinander reden können? Wolfgang wußte nicht, inwieweit Timburg über die Ereignisse, die seine augenblickliche Situation bestimmten, informiert war. Er hatte ihm am Telefon nichts davon erzählt. Aber das mußte nicht bedeuten, daß Timburg ahnungslos war.

II

Als er in Cottbus aus dem Zug stieg, war es kurz vor Mittag. Die Tristesse des Bahnhofsvorplatzes bestrahlte eine wärmende Spätherbstsonne am wolkenlosen Himmel. Wolfgang zog sich den Trenchcoat, in dem er heute morgen noch gefroren hatte, wieder aus. Dann suchte er nach dem Zettel, auf dem er sich notiert hatte, mit welchem Bus er wieviele Stationen zu fahren hatte bis zur Wohnung, in der die Familie Timburg lebte. Eben! Da waren doch noch eine Frau und zwei Kinder. Wolfgang erinnerte sich, daß Timburgs Große sogar reichlich ein Jahr älter sein mußte als sein Sohn. *Verdammt, wie alt ist Konrad jetzt?* Er rechnete nach. *Bald wird er zehn. Auch noch ein runder Geburtstag! Sollte ich nicht vergessen. Da dürfte Timburgs Tochter elf oder zwölf sein und die jüngere vielleicht neun.* Ihm war unwohl bei dem Gedanken, problembeladen wie er hier ankam, in eine solche Familienidylle einzubrechen. Auch darin kam er sich minderwertig vor; gescheitert, wohin man sah. Ihm wäre es viel lieber gewesen, wenn sie sich in irgendeiner Gaststätte getroffen hätten, vielleicht in der – ach, wie hieß sie denn nur, die Kneipe, in der sie damals im Praktikum gesoffen und gestritten hatten. Wie lange war das her! Und was hatte sich geändert? *Timburg wird immer noch der Zampano sein mit Durchblick, mit Weitblick, mit Realitätsbewußtsein und ich immer noch der Phantast, der Querkopf, der hoffnungslose Idealist, der zwar weiß aber nicht wahrhaben will, daß ihn die Wirklichkeit längst eingeholt und überrollt hat. Wie sich die Bilder gleichen … Es hat nur andere Dimensionen angenommen.*

Er sollte nach fünf Stationen aus dem Bus steigen, und als er es tat, glaubte er zunächst, etwas Falsches aufgeschrieben zu haben; denn hier, in diesem Umfeld, davon war er überzeugt, lebte nicht jemand, der ein Sekretär der SED-Bezirksleitung war. Das mußte sich doch einer nicht antun, der die Macht hatte, jedem X-Beliebigen eine vernünftige Wohnung zu beschaffen. Darauf hatte ihn Timburg am Telefon nicht vorbereitet.

Wolfgang stand auf einer noch unbefestigten Straße einer riesigen Baustelle des sozialistischen Wohnungsbauprogramms. Er sah sich um, ließ die Augen über eine Kraterlandschaft aus Lehm und Sand streifen, aus der Klötze aus Beton und Platte in ihrem Grau in Grau wie kantige Monster wuchsen. Ab und zu erblickte er einen Baum, der wie ein einzelner Zahn aus der Einöde ragte – *mein Gott, auch noch eine Kiefer*, dachte er. Aber was war das? Diesen riesenhaften wunderbaren Baum, den er wie ein Mahnmal im Durchblick zweier Häuserblöcke am Horizont stehen sah, diese alte Eiche kannte er doch! Unverwechselbar diese Silhouette! Er erinnerte sich, daß er damals während seines halbjährigen Praktikums in Cottbus oft unter diesem Baum gesessen hatte. *Ob es die Bank noch gibt? Aber dann …* Er erschauderte. *Dann war das hier alles mal Wald gewesen, der Wald, den ich so geliebt hatte.* Und vielleicht war er hier, an dieser Stelle, wo er jetzt im Schlamm der unbefestigten Straße stand, vor Jahren spazierengegangen – im Schatten der Bäume, der damaligen Bäume. Vielleicht sogar gemeinsam mit Timburg, der jetzt hier wohnte? *Wieso sie ausgerechnet diese Kiefern stehengelassen haben?*

Komplexlösungen vor Augen

Das komplexe Wohnungsbauprogramm ist das Kernstück des sozialpolitischen Programms der SED. Mit seiner Verwirklichung sollen in der DDR bis 1980 Schritt für Schritt bessere Wohnbedingungen geschaffen und bis 1990 die Wohnungsfrage als soziales

Problem gelöst werden. Damit ist verbunden, die historisch entstandenen sozialen und territorialen Unterschiede in den Wohnverhältnissen abzubauen. So werden Bedingungen geschaffen, um die sozialistische Lebensweise zunehmend auszuprägen.
(Geschichte der SED, Berlin 1978, S. 603)

III

Er hatte es nicht geschafft, sauberen Fußes bis zur Wohnung der Timburgs vorzudringen, denn die Stichwege zu den Gebäudekomplexen ließen die Stabilität der festgefahrenen Straße vermissen. Auf sein Klingeln im ersten Stock wurde ihm nicht von Timburg die Tür geöffnet, so hatte er es erwartet, sondern er stand Frau Timburg gegenüber, was ihn plötzlich verlegen machte.

»Hallo! Grüß dich, Wolfgang! Da bist du ja endlich.«

Sie kam ihm mit spitzem Mund in Erwartung einer Begrüßung unter Freunden entgegen. Wolfgang wurde noch verlegener, weil ihm bewußt wurde, daß er diese Frau von früher her kennen mußte. Ihm war aber ihr Name völlig entfallen. *Verdammt, wie hieß sie denn nur!* Sogar darauf, daß sie sich offensichtlich schon seit langem duzten, war er nicht vorbereitet. *Wie peinlich! An Blumen habe ich auch nicht gedacht!*

Seine dreckverschmierten Schuhe waren ihm ein willkommener Anlaß, diese blödsinnige Verlegenheit zu überspielen, indem er neben einem »Ich grüße dich!« sofort auf seine Schuhe mit einem entschuldigenden Achselzucken verwies, um damit anzudeuten, daß er so schließlich ihrer in die Wohnung weisenden Geste nicht folgen könne.

»Ja, ja. Der Dreck hier ist gewöhnungsbedürftig. Aber auch das ist bald vorbei. Dann können wir die vielen Hausschuhe wieder entsorgen.« Sie entnahm einem Stapel nicht unbeträchtlichen Ausmaßes ein Paar Latschen. »Die müßten passen«, kommentierte sie mit einem Blick auf Wolfgangs Füße.

Während Wolfgang in die Hausschuhe schlüpfte (er haßte es, Hausschuhe zu tragen: *In meiner Wohnung wird es nie Hausschuhe geben!*), verwünschte er sich, daß er kein zweites Paar Schuhe eingesteckt hatte. Aber daß Timburg so wohnte, war schließlich nicht zu vermuten gewesen. Doch er registrierte beim Schuhwechsel, und das sehr angenehm berührt, daß Petra (endlich war ihm ihr Name wieder eingefallen) auch zu Hause ordentliches Schuhwerk mit Absatz trug – wie eine richtige Frau. Mit dieser Feststellung einer unausgesprochenen Übereinkunft verlor sich auch seine anfängliche Verlegenheit.

Petra bedeutete Wolfgang, im Wohnzimmer Platz zu nehmen. Auf dem Tischchen neben dem Sessel standen eine Flasche Bier und ein Glas. Er solle sich nur bedienen, Zigaretten lägen auf dem Tisch. »Jochen mußte noch einmal ins Amt«, rief sie aus der Küche. Daß sie Amt gesagt hatte, belustigte Wolfgang. »Er meinte, wir sollen mit dem Essen nicht auf ihn warten.«

Wolfgang schaute sich im Zimmer um, und er mußte wieder feststellen, daß nichts so war, wie er es sich vorgestellt hatte. *So kann man doch nicht leben*, schoß es ihm durch den Kopf. Das Zimmer maß etwa zwanzig Quadratmeter und wurde beherrscht von einer riesigen Schrankwand, nicht billig, wie er feststellte, aber für sein Verständnis von ausgesuchter Scheußlichkeit. Die obere Reihe wurde zimmerbreit von einer offensichtlich vollständigen Marx-Engels-Gesamtausgabe, mehreren Lenin-Bänden und Lehrbüchern für Philosophie und Ökonomie beherrscht. Auch in den anderen regalhaft offenen Flächen der Schrankwand fand er beim Durchsehen der Buchrücken nur Fachbücher, Fachbücher, Sammelbände und vor allem Broschüren von Parteitagen und anderen lehrhaften Inhalten. In der Nähe des Fensters war eine Schreibtischplatte ausgelassen, auf der sich Broschüren, Zeitungen – NEUES DEUTSCHLAND, LAUSITZER RUNDSCHAU aber auch eine FRANKFURTER ALLGEMEINE – und Zeitschriften stapelten. Die verglasten Flächen der Schrankwand bargen Wein- und Sektgläser, davon drei Weingläser ultramarinblau und drei rubinrot. *Na ja!* Wolfgang wandte sich wieder den Regalteilen in der Hoffnung zu, etwas Belletristisches zu finden. Er wollte nicht glauben, daß es davon nichts geben sollte. Rechts außen wurde er fündig. Er zählte sechs Bücher. Er überlegte, wenn er für sich selbst sechs Bücher auswählen müßte, mit denen er leben wollte … Schrecklich die Vorstellung dieser Selektion. Um so mehr interessierte ihn, welche sechs für Timburg die Ehre hatten, auserwählt zu sein. Er las der Reihenfolge nach, in der sie standen: Anna Seghers DAS SIEBTE KREUZ, Erwin Strittmatter OLE BIENKOPP, Dieter Noll DIE ABENTEUER DES WERNER HOLT, Erik Neutsch SPUR DER STEINE, Hermann Kant DIE AULA und Galina Nikolajewa SCHLACHT UNTERWEGS.

Wieso gerade diese sechs? Wolfgang versuchte einen Sinn in diese Auswahl zu interpretieren. Er konnte zunächst keinen entdecken. Doch plötzlich fiel es ihm wie Schuppen von den Augen: *Mein Gott, Timburg! Das war doch unser Studium!* Es waren die Bücher, die sie bei Frau Abendroth in den Seminaren besprochen hatten. Pflichtliteratur für sie damals, und heute einzige Literatur in der Schrankwand des Parteiarbeiters und Wirtschaftsfachmanns Jochen Timburg! *Arme Trude Abendroth, du hast dir so viel Mühe gegeben, in uns die Liebe zur Literatur zu pflanzen ...*

Wolfgang stellte die sechs Bücher, die er einzeln herausgenommen hatte, wieder zurück, denn das Fernsehgerät, das – zentral eingeordnet – die Schrankwand dominierte, hatte schon beim Eintritt ins Zimmer sein Interesse geweckt. Es hatte einen Bildschirm so riesigen Ausmaßes, wie Wolfgang hier in der DDR noch kein Gerät gesehen hatte. Er schaute nach dem Fabrikat. *Kein Wunder: Sony!* Neben dem Fernseher stand noch ein ihm unbekanntes Gerät, aber er hatte gehört, daß es so etwas geben soll: Es war ein Videorecorder. Die fensterferne Ecke des Zimmers nebst Rückwand wurde von einer voluminösen Sitzgarnitur ausgefüllt. Leder, alles Leder – und wie Wolfgang durch Berührung feststellte, ein Leder von ausgesuchter Qualität. Über dem Lederecksofa hing ein Bild. Der einzige Bildschmuck im Zimmer. Immerhin war es eine Reproduktion von van Goghs Sonnenblumen und kein blökender Hirsch aus deutschem Tannengrün oder ein Porträt von Ulbricht oder eventuell Lenin. Wolfgang spürte, daß sein Denken immer bösartiger wurde. Ansonsten waren die Wände leer, glücklicherweise (in seiner zunehmenden Befremdnis konnte er die Ironie nicht mehr unterdrücken), weil diese stark bedruckte Blumentapete nicht auch noch Bilder vertragen hätte.

Nein, einer wie Bergmann, Jürgens Vater, war Timburg nicht geworden. Mit diesem Resümee entzog sich Wolfgang einer weiteren Betrachtung des Zimmers, in dem er saß und auf den wartete, der hier lebte. Am liebsten wäre er aufgestanden, hätte seine verdreckten Schuhe wieder angezogen und wäre gegangen. War denn Timburg schon immer ein so amusischer Mensch gewesen, so bar aller Ästhetik, wie sich dieser Lebensraum für Wolfgang darstellte? *Wie wenig wir uns doch gekannt haben.* Wolfgang fiel es schwer, seine Erschütterung zu unterdrücken. Er fühlte sich betroffen, und irgendwie schämte er sich. Er ertrug das Zimmer nicht mehr und ging in die Küche, in der Petra das Essen vorbereitete.

IV

Timburg kam gegen drei nach Hause. Er schlang das warmgehaltene Essen hinunter, bedeutete Petra, daß Wolfgang und er ein Gespräch unter Männern führen müßten, sie würden deshalb auf die Datsche fahren, es könne sogar sein, daß sie dort übernachten werden, er sage das, damit sie nicht unnötig auf sie warte, morgen abend, morgen abend hätte er sich von allem freigehalten, dann würde er ihr einen gemeinsamen Abend schenken, Küßchen drauf!

Auf der kurzen Fahrt im schwarzen Dienstwagen Marke Wolga hatte nur Timburg gesprochen - vom Streß, dem er sich, seit er diese Funktion bekleide, täglich aussetzen müsse, und daß es trotzdem Spaß mache, weil man nicht nur reden, sondern etwas bewirken könne. Wolfgang hatte zu allem geschwiegen, denn er wollte verhindern, daß sie in Streit gerieten, bevor sie sich über sein Problem ausgetauscht hatten.

»Was - das ist es?« entfuhr es Wolfgang, nachdem Timburg vom Waldweg, den sie in Schrittgeschwindigkeit gefahren waren, abbog, vor dem Tor eines mannshohen Lattenzauns anhielt, Wolfgang ein Schlüsselbund aushändigte und ihn bat, das Eingangstor zu öffnen. Vom öffentlichen Feldweg aus war das Haus auf dem umzäumten Grundstück nicht einzusehen; es lag hinter zwei dichten Tannen in einem Waldareal von etwa tausend Quadratmetern.

Als sie auf das Wolfgang beeindruckende Haus zugingen, konnte er sich der Stichelei nicht enthalten: »Das hier als Datsche zu bezeichnen, scheint mir doch etwas sehr schamlos untertrieben zu sein, du Großgrundbesitzer, du!«

Timburg reagierte darauf nicht. Er entriegelte schweigend die Haustür, durch die sie ins Innere des Hauses traten. Dann öffnete er die Fensterläden und ließ frische Luft in das nun erhellte Zimmer, dessen Weiträumigkeit in Größe und Ausstattung um einen aus Feldsteinen gemauerten, den Raum dominierenden Kamin in Wolfgang noch nachdrücklicher den Eindruck eines Herrensitzes hervorrief. Ganz im Gegensatz zu der schrankwandigen Spießigkeit, der Wolfgang in der Timburgschen Neubauwohnung so unverständlich gegenüber gestanden hatte, erlebte er hier eine großzügige, nostalgische Harmonie von bäuerlicher Bodenständigkeit. Irgendwie spießig zwar auch, revidierte er sich, als er seinen Blick über die ausgelegten Felle vor dem Kamin und über den Holzsesseln schweifen ließ, aber sie war gerechtfertigt, fand er, weil sie sich hier stimmig in ein entsprechendes Umfeld einpaßte.

»Komm, hilf mir mal«, scheuchte Timburg Wolfgang aus seinen Betrachtungen auf. »Wir müssen noch Holz für den Kamin hereinholen. Es wird abends jetzt schon empfindlich kalt.«

Als Timburg draußen von einem Meiler in Wolfgangs geöffnete Arme Holzscheite stapelte, brach es aus Wolfgang heraus: »Ich muß dir das jetzt sagen! Wieso lebst du in Cottbus in dieser verkrochenen, engen Platte, wenn du - nur eine reichliche viertel Stunde entfernt - so was wie das hier hast.« Er wies mit seinem Holzstapel im Arm auf Haus und Grundstück um sie herum. »Ich begreif' das nicht. Haust der da - entschuldige - in seiner proletarischen Schrankwand, obwohl er hier wie ein Fürst leben könnte! Noch mal, ich begreif's nicht!«

»Ich erinnere mich«, grobste Timburg zurück, »daß du schon früher etwas begriffsstutzig warst. Aber ich werde es dir philosophisch erklären: Die Dinge erscheinen für die Menschen nicht so wie sie sind, sondern sie sind für die Menschen so wie sie erscheinen. Verstehst du, in der Platte bin ich einer von ihnen, hier wäre ich es nicht.«

»Jochen, das ist schizophren! Oder gehört dir das hier alles nicht?«

»Natürlich gehört's mir. Aber das tägliche Leben, das Leben mit meiner Familie findet für alle sichtbar in der Platte statt. Und die, die mich dort besuchen, sehen, daß ich lebe wie jeder andere auch.«

»DEUTSCHLAND, EIN WINTERMÄRCHEN, nicht wahr? 'Sie tranken heimlich Wein und predigten öffentlich Wasser' ... Aber Heinrich Heine ist möglicherweise schon suspekt für dich, denn du hast ja nur sechs Bücher - zum Vorzeigen.«

Wolfgang merkte, daß er jetzt zu weit gegangen war und fügte ein kleinlautes »Entschuldige, Jochen!« an.

Timburg aber lächelte: »Weißt du, was man in meiner Position zuerst lernt? Daß man ganz schwer zu beleidigen ist, Herr Dünnhaut Dr. Wolfgang Sander!«

V

Das Kaminfeuer spendete eine behagliche Wärme. Sie hatten es sich auf den Fellen bequem gemacht, ein Kasten Bier stand in Reichweite.

»Nun wollen wir mal zur Sache kommen«, begann Timburg ohne Überleitung. »Daß du nach dieser langen Funkpause zwischen uns so unvermittelt bei mir auftauchst, hat wohl kaum etwas mit freundschaftlichen Gefühlen zu tun. Ich gehe davon aus, daß du Hilfe brauchst und hoffst, daß ich regelnd eingreifen kann. Also, raus damit!«

Wolfgang schluckte. So frontal hatte er den Angriff auf die wunde Stelle nicht erwartet. Wie sollte er auf diese Ungeheuerlichkeit reagieren? Er fühlte sich unfähig, darauf zu antworten. *Woher nimmt dieser Timburg das Recht, mit mir so zu sprechen! Von diesen Positionen aus, in die er sich und mich stellen will, können wir uns jedes Gespräch sparen.* Wolfgang starrte in die züngelnden Flammen an den gestapelten Holzscheiten im Kamin.

Er wußte, von seiner jetzigen Reaktion wird der Verlauf des weiteren Gesprächs abhängen, das nur unter einer Voraussetzung für ihn Akzeptanz hatte und Sinn machte: Sie mußten es aus gleichwertigen Positionen führen. Wenn er hier von Timburg zum Bittsteller gestempelt wurde und er diese Rolle auch nur in Ansätzen annahm, dann war er wieder auf einen Zustand zurückgeworfen, den er mit seiner Reaktion gegenüber Donath und seinem Selbstbefreiungsversuch beim Malen der lachenden Masken schon überwunden zu haben glaubte.

Timburg mißverstand sein Schweigen. »Mensch, Junge, nun mal keine falsche Bescheidenheit! Du hast Mist gebaut, ziemlich großen Mist, und nun sitzt du bis über den Hals in der Scheiße. Auch wenn in solchen Fällen, wie in deinem, meine Mittel beschränkter sind als du vielleicht annimmst, so sind sie doch nicht ganz ohne Einfluß. Und für einen alten Kumpel riskiert man unter Umständen auch schon mal was.« Da Wolfgang noch immer keine Anstalten machte zu reden und stattdessen kopfschüttelnd ins Kaminfeuer schaute, fügte Timburg an: »Was meinst du, weshalb mich Leute privat aufsuchen? Alle wollen sie was! Alle wollen was …«

Wolfgang wandte seinen Blick vom Kaminfeuer: »Mein Gott, Jochen, was haben die nur aus dir gemacht.« Er sah jetzt seinem Gegenüber voll ins Gesicht: »Du tust mir leid, und – entschuldige, daß ich dir das jetzt sagen muß – in deinem Hirn sitzt ein größerer Scheißhaufen als der, in dem ich nach deinen Worten sitze.« Timburg lächelte nachsichtig. »Und wenn du meinst«, fuhr Wolfgang fort, »in dieser Weise gönnerhaft mit mir reden zu müssen, dann wäre es das beste, du schraubst deine Fensterläden hier wieder zu und fährst mich in deinem schwarzen Wolga zurück zum Bahnhof. Das ist mein Ernst! Verstehst du, ich will deine Hilfe nicht. Es gibt kein Angebot, das mir einer von euch machen könnte!«

»Von uns? Wie meinst du das?«

»Vielleicht bin ich, wie du schon früher festgestellt hast, unfähig, vollzogene Realitäten zu begreifen. Aber das hast du mir – ich meine von mir akzeptiert – zu einem Zeitpunkt vorwerfen dürfen, als du noch fähig warst, wie ein Mensch zu reden. Oder merkst du schon nicht mehr, daß du nur noch wie ein, ein Apparatschik reden kannst?«

»Na, na!« Timburg produzierte ein joviales Lächeln.

»Ja, Jochen, ich weiß jetzt, daß das wieder einmal von mir sehr naiv war. Ich habe wirklich geglaubt, hierher zu kommen und nahtlos an Gespräche anknüpfen zu können, wie wir sie mal geführt hatten. Damals als Studenten. Dir ist vielleicht nicht so bewußt, wie wichtig für mich diese Gespräche waren, und ich war sogar so unbedarft zu glauben, daß sie auch für dich wertvoll waren.«

»Das waren sie auch.« Aus Timburgs Gesicht war das joviale Lächeln gewichen.

»Wenn das so ist, kannst du mir dann erklären, wieso du außerstande bist oder wer oder was dich unfähig gemacht hat, menschlich zu reden?«

»Was soll das! Wir reden doch miteinander, oder?«

»Wir reden aneinander vorbei. Merkst du denn das nicht?«

Wolfgang versuchte mühsam seine Erregung zu unterdrücken. »Du hast mich gekränkt, wirklich tief gekränkt und beleidigt. Und was das schlimmste ist, du selbst hast dich dabei so erbärmlich klein gemacht, dich mit deiner ganzen Persönlichkeit, die ich mal bewundert habe, reduziert auf deine beschissene Funktion, die hier in diesem Raum und zwischen uns nichts gilt, oder besser, nichts gelten sollte. Wenn in dir noch ein winziges Fünkchen von dem ist, wie du mal für mich warst, was ich einmal als integer empfunden habe, wenn du das nicht mehr sein kannst, wenn sie dir das nicht mehr gelassen haben und du nicht erkennst, was dir damit verlorengegangen ist, dann ist jedes Gespräch zwischen uns zwecklos geworden. Wir werden uns nicht mehr verstehen können.«

Wie um das Gesagte abzuschwächen, öffnete Wolfgang eine neue Flasche Bier, bot, um das Schweigen zu überbrücken, Timburg eine Zigarette an. Sie stießen Rauchfahnen in die Kaminöffnung, in die sie schon eine Weile scheinbar gedankenlos stierten. Wolfgang unterbrach die knisternde Stille: »Laß mal, Jochen. Es ist alles meine Schuld, und entschuldige, daß ich dich so angegangen bin. Ich habe sicherlich dazu kein Recht. Ich bin nur wieder einmal der Naive, der weder begreifen will noch kann, daß die Dinge nicht so sind, wie ich sie mir vorstelle. Wie konnte ich annehmen, daß wir angesichts der Situationen und Positionen, in denen wir uns befinden, nahtlos an die Art der Gespräche anknüpfen könnten wie wir sie mal geführt haben. Ich gestehe meine Dummheit ein, und jetzt reden wir über etwas anderes. Ich hatte gehofft, deine Töchter kennenzulernen, aber Petra sagte, sie seien bei den Großeltern. Übrigens in Petra, scheint mir, hast du eine sehr verständnisvolle Frau! Es muß doch ein wahnsinniges Gefühl sein, im Leben alles so richtig gemacht zu haben.«

»Ohne Ironie geht wohl bei dir gar nichts.« Timburg warf die noch nicht abgerauchte Zigarette in die Kaminöffnung.

»Siehst du, wir mißverstehen uns schon wieder. Gerade das war keine Ironie. Höchstens ein Bedauern, weil ich es leider nicht geschafft habe, obwohl ich dafür ähnlich gute Voraussetzungen und Bedingungen hatte wie du.« Wolfgang prostete dem Kaminfeuer zu und nahm einen tiefen Schluck aus der Bierflasche. »Aber darüber wollte ich eigentlich mit dir nicht reden.«

»O.k., akzeptiert«, sagte Timburg zu Wolfgangs Erstaunen in einer Weise kooperativ, wie er es nicht erwartet hatte. »Aber wenn du das schon erkennst, dann sollte dir auch bewußt sein, daß du beruflich nicht minder schlechte Chancen hattest wie beispielsweise ich.«

»Das würde ich auch nie abstreiten. Und das ist nicht das Problem! Es geht mir – und deshalb wollte ich mich mit dir unterhalten – nicht darum, welche Karrieremöglichkeiten jemand hat, sondern darum, welchen Preis einer wie ich zahlen muß, damit man ihn das arbeiten läßt, wozu er glaubt, befähigt zu sein, eine gute Arbeit abliefern zu können.«

»Soviel ich weiß, bist du oder warst du ein Wissenschaftler und kein Parteisekretär oder wie ich ein Sekretär der Bezirksleitung. Diesen, diesen … imaginären Preis zu zahlen hat doch keiner von dir verlangt. Also was soll das Geschwätz von Preis bezahlen.« Timburgs Gesicht verdüsterte sich. »Was weißt du von Preis bezahlen. Welchen Preis hättest du denn bisher bezahlt? Du hast doch immer bedenkenlos dein Maul aufreißen können, wenn dir mal etwas nicht gepaßt hat. Wann hättest du denn ein einziges Mal die Interessen der Partei, in der du schließlich ebenso bist wie ich, wirklich offensiv gegen massiven Widerstand vertreten und durchsetzen müssen. Preis, Preis – wenn ich das höre! Alles reine Koketterie! Soll ich dir mal was sagen: Du hast zu lange Zeit in Luftschlössern gelebt; wirkliche Realität, gesellschaftliche Praxis ist doch noch nicht mal in die Nähe deines Dunstkreises gekommen!«

»Natürlich, Genosse Bezirkssekretär! Mein Berufsverbot existiert nur in meiner Einbildung. Ich wäre nämlich noch ganz gerne Wissenschaftler.«

»Und warum bist du es nicht mehr? Hast du vielleicht schon einmal außerhalb deines selbstsüchtigen Katzenjammers darüber nachgedacht?«

»Nein, selbstverständlich nicht. Aber du wirst es mir sicherlich gleich ganz genau erklären.«

Timburg lachte laut auf. Er puffte Wolfgang in die Rippen. Ein bißchen zu stark, wie Wolfgang fand. Aber Timburg lachte, lachte, bis er unter krampfartigen Stößen hervorbrachte: »Wie es wieder giftet! Wie damals! Nichts hat sich geändert. Erinnerst du dich an deine Aufnahmeprüfung? Wie dich der Penner Hofmann mit seinen kleinen miesen Tricks hereingelegt hat? Sei ehrlich. Hast du seit damals irgendetwas dazugelernt?« Timburg stand auf. Er stocherte in der Glut des Kamins. Dann entnahm er dem Stapel zwei große Scheite Holz, und bevor er sie in den Kamin nachlegte, stellte er sich vor Wolfgang wie ein Dozent auf. Er hob einen Scheit in die Höhe, hielt ihn Wolfgang vor das Gesicht: »Der Mensch – denkt! Sieh dir dieses Stück Holz genau an!« Dann hielt er ihm das zweite Stück Holz vor die Nase: »Und der Mensch spricht. Hier! Sieh es dir an! Zwei ziemlich gleiche Stücke. Aber sie sind nicht wirklich gleich, wie du siehst. Da, dieser Ast. Dort die völlig andere Maserung.« Timburg legte die Scheite in den Kamin. »Meinst du ich kann immer aussprechen, was ich denke oder gar, was ich fühle? Wer könnte das, und vor allem, wer sollte das wollen! Es ist zu jeder Zeit ein Zeichen höherer Intelligenz gewesen, daß man das sehr pragmatisch voneinander trennen kann.«

»Jetzt begreife ich, woraus eure Überzeugung wächst, euch für die geistige Elite der Nation zu halten. Weil ihr am besten schwindeln könnt! Nein, noch viel schlimmer, weil ihr die Macht habt, nicht nur eure Schwindeleien für Wahrheit auszugeben, für eine wissenschaftlich erkannte Wahrheit natürlich, sondern weil ihr uns Dumme auch noch zwingen könnt, unser Leben nach euren Wahrheiten leben zu müssen.«

»Du hast völlig recht, nur nicht in dem populistischen Sinn, wie du es hier ausdrückst. Ja, es gibt Lügen. Nur unsere kleinen alltäglichen Lügen sind historisch gesehen – und damit in Wirklichkeit – die Wahrheit über unsere Epoche, denn sie stimmen mit der historischen Mission der Klasse überein, durch die der Fortschritt und die Zukunft der Welt bestimmt werden. Das haben wir aber schon als Studenten gelernt. Wahrheit ist die Eigenschaft von Aussagen, die mit der gesellschaftlichen Praxis übereinstimmen und insofern ist sie objektiv, und in dieser Objektivität ist sie parteilich, denn in der menschlichen Gesellschaft wird sich nur soviel Wahrheit durchsetzen, wie eben diese fortschrittlichen Kräfte an Wahrheit durchzusetzen vermögen. Jetzt könnten wir uns natürlich darüber streiten, welche Kräfte die fortschrittlichen in der Welt sind. Ist es der die amerikanische Politik beherrschende Militär-Industrie-Komplex, der westdeutsche Imperialismus oder sind es die Kräfte in den marxistischen Parteien, die ein sozialistisches Menschenbild durchsetzen wollen?«

»Du mußt doch mit mir keine Grundsatzdiskussion anfangen. Was soll denn das! Mir geht es um mich, um Heidelinde, und wenn man so will, sogar um dich, aber doch nicht um Johnson, Schmidt, Breshnew oder Honecker!«

»Wie willst du denn das trennen? Du lebst hier und in dieser Welt. Du kommst nicht umhin, Position zu beziehen. Und ich begreife nicht, was daran schwer sein soll. Setz doch nur einmal deine kleinliche, ichbezogene Brille ab und sieh dich um, wie sich die Welt verändert hat. Wir sind anerkannt – weltweit. Und das nicht zuletzt von denen, die bisher alles getan haben, um das zu verhindern. Wir sind stark geworden, obwohl die alle Mittel eingesetzt haben, um uns schwach zu halten. Und wir werden stärker, weil wir das Gesunde in einer an sich kranken Welt sind …

Siegerposen der Siegermacht

IX. Parteitag der SED vom 18. bis 22. März 1976. Die imperialistische Blockade gegen die DDR war unwiderruflich zusammengebrochen, der sozialistische deutsche Staat genoß weltweite Anerkennung. Dieser Erfolg des Weltsozialismus bedeutete eine schwere historische Niederlage des Imperialismus, insbesondere des Imperialismus der BRD. Darin kam augenfällig zum Ausdruck, daß die Stärke des sozialistischen Weltsystems, seine Stabilität und Dynamik im engen Zusammenwirken mit den anderen revolutionären Hauptströmen immer mehr die Entwicklungsrichtung der Welt bestimmte. Der Imperialismus hat seine einstmals herrschende Stellung im Weltgeschehen für immer verloren …
(Geschichte der SED, Berlin 1978, S. 653)

… Und nun zu deinem Problem. Wir alle sind Teil eines großen Ganzen. Unsere Position in der Welt haben wir nur erreicht, weil wir uns immer vor Augen gehalten haben, daß wir – auch wenn der kalte Krieg vorbei zu sein scheint – immer noch die gleichen Feinde haben, die nichts unversucht lassen, um uns zu schaden. Nunmehr mit anderen, diffizileren Mitteln, was uns wiederum herausfordert, noch wachsamer, noch empfindlicher auf jede Störung zu reagieren. Ja, und du warst so eine Störung! Man mußte es so sehen, auch wenn du für dich subjektiv meinst, nichts dergleichen gewollt oder getan zu haben. Objektiv gesehen, hast du für die Partei gegen Normen und Regeln verstoßen, die genau dieses empfindliche Sicherheitsbedürfnis berühren. Deine Leitung hat getan, was sie tun mußte. Du hast dir deine augenblickliche Situation also selbst zuzuschreiben. Da gibt es nichts zu beschönigen. Und – jetzt höre mir bitte genau zu – man hat dir auch keine Möglichkeit gelassen, dich über dein Schicksal zu beschweren oder herumzulamentieren, denn so, wie du selbst da hineingeschlittert bist, kannst nur du selbst dich da wieder herausbringen. Nur du selbst, übrigens! Man hat dir die Verantwortung für dich selbst gelassen. Du weißt, daß man auch ganz anders hätte verfahren können.«

»Nein, weiß ich nicht! Aber das ist mir auch scheißegal!«

Timburg reagierte auf Wolfgangs Einwurf nicht. Er war ganz Funktionär, den nichts aus seinem Redekonzept bringen konnte: »Soviel ich weiß, gab es zwischen der Leipziger Bezirksleitung und deiner

Sektionsleitung unterschiedliche Positionen in der Bewertung deines Falls. Für die Bezirksleitung hat sich der anfängliche Verdacht nicht bestätigt, und ich habe den Eindruck gewonnen, daß man dir von dieser Seite keine Steine mehr in den Weg legen wird. Von der Sektion bist du beurlaubt, und man zahlt dir solange dein Gehalt weiter, bis du eine neue Arbeit gefunden hast. Man hat dir also alle Zeit der Welt gelassen, dich ohne existentiellen Druck wieder sortieren zu können. Falls du mich fragst: Ich finde das fair. Kläre deine Familienangelegenheiten so sauber wie möglich. Beweise deine Loyalität gegenüber Partei und Staat, und in ein paar Jahren ist über alles Gras gewachsen.«

»Und wenn ich das nicht kann?« Wolfgang gab dem Drang nach, die passive Sitzhaltung auf den ausgelegten Fellen vor dem Kamin zu verlassen. Er stand ebenfalls auf: »Wenn ich das alles nicht mache?«

»Dann bist du einer, dem man kein Vertrauen mehr entgegenbringen kann. Dann stehst du in einer Ecke gemeinsam mit Leuten, die auf der anderen Seite der Barrikade stehen. Und dann wirst du auch so behandelt werden. Was dachtest du?«

»Als Dissident – also.«

»Richtig! Du hast die Wahl. Diese Entscheidung kann dir niemand abnehmen.«

»Und deine Holzscheite? Wäre das nicht ein Weg?«

»Für dich wahrscheinlich der einzige. Endlich hast du mal etwas begriffen!«

39

RICCARDAS FREUNDE, STEPPENWOLF UND DIE BRÜDER KARAMASOW

I

Riccarda war ihm über den Weg gelaufen, einfach so. Es hatte nichts von einer Absicht. Er war durch das Barfußgäßchen geschlendert, und sie war ihm entgegen gekommen in einem schwarzen Gummi-Regenmantel, den Wolfgang an ihr so erregend fand, daß er immer wieder an das Darunter denken mußte und daran, wie er dieses Einmalige auf dem Rundbett hatte kosten dürfen. Als er ihr gegenüber stand, versuchte er auch gar nicht erst die eindeutigen Gedanken aus seinem Blick zu wischen.

»Ist denn wirklich noch niemand darauf gekommen, daß man für dich einen Waffenschein ausstellen müßte?« Er taxierte sie unverhohlen in deutlich provokanter Lust am Schauen.

»Du kannst wohl auch nur an das Eine denken.« Riccarda kicherte geschmeichelt und boxte Wolfgang gegen die Brust. »Außerdem, begrüßt man so eine Dame? Nach so langer Zeit?« Riccarda hakte sich bei ihm ein. »Komm!«

»Wohin?« Wolfgang ließ sich aber sehr willig führen.

»Hast du Zeit? Quatsch! Dumme Frage! Natürlich hast du Zeit!« Riccarda schlug eine schnellere Gangart an. »Ich bin ein bißchen spät dran. Ich treff' mich mit Freunden, und du kommst jetzt einfach mit. Sie werden dir gefallen.«

»Aber, ich wollte eigentlich ..." wagte Wolfgang zaghaft einzuwenden, indem er seinen Schritt verlangsamte, was Riccarda aber weder veranlaßte, weiter zu sprechen noch ihr eingeschlagenes Tempo zu verringern. Sie reagierte nicht einmal auf seinen Einwand, statt dessen schaute sie sich mehrfach um - so, als wollte sie sich vergewissern, ob ihr jemand folge. Sie gingen jetzt am Capitol vorbei in Richtung Leuschnerplatz.

»Komm, erzähle. Wir haben noch ein ganzes Stück zu stiefeln. Hast du wieder einen Job? Meine Vermittlungen sind - wie ich hörte - schiefgelaufen. Oder hat sich doch noch was ergeben?« Riccarda hielt unvermindert an ihrer schnellen Gangart fest.

»Sag mal, können wir nicht ein kleines bißchen langsamer gehen.« Wolfgang mußte sich mühen Schritt zu halten. Außerdem sah er nicht ein, warum er mit Riccarda auf diese Weise durch die Stadt eilen sollte.

»Nein, können wir nicht«, erwiderte sie, und sie schien auch nicht bereit zu sein, eine Erklärung dafür abzugeben. »Also, was ist nun. Hast du einen Job oder nicht?«

»Nein. Ich hab' noch keinen.«

»Und?«

»Was und?«

»Wirst du dich arrangieren?«

»Was heißt arrangieren. Ich werde mir eine Arbeit suchen müssen. Irgendwie muß man ja wohl auch Geld verdienen.«

»Das war nicht meine Frage.«

»Dann habe ich deine Frage nicht verstanden.«

Wolfgang wurde immer verstimmter, und er fragte sich, ob er sich diese Art des Auskundschaftens weiter zumuten müsse. *Außerdem, wieso renne ich hier neben ihr her wie ein läufiger Hund, und warum in aller Welt dreht sie sich ständig um?*

Er blieb mit einem Ruck stehen, und Riccarda, die sich bei ihm eingehakt hatte, bekam einen Schlenker, so daß sie sich Aug in Auge gegenüber standen – mitten auf dem fast menschenleeren Leuschnerplatz.

»Ich gehe jetzt keinen Schritt weiter«, versuchte Wolfgang einen sachlichen Tonfall anzuschlagen, »bevor du mir nicht erklärt hast, was mit dir los ist. Du stellst hier merkwürdige Fragen, du rennst, als sei der Teufel hinter dir her und dann benimmst du dich, als wenn du verfolgt würdest.« Bevor Riccarda antwortete, schaute sie intensiv über den Leuschnerplatz, verweilte musternd auf den wenigen Personen, die in der Abenddämmerung schemenhaft den Platz querten.

»Dort, wo wir jetzt hingehen«, sagte sie, »sind Leute versammelt, die nicht gefährdet werden dürfen. Sie tragen mit dem System einen ganz persönlichen Konflikt aus – wie du übrigens – und diskutieren, was man tun kann, damit sich für uns alle etwas ändert. Keine Angst«, sie lächelte, und ihr gestreckter Zeigefinger flog wie damals auf dem Grundstück vom Goldkettchen gegen seine Brust, »unter uns sind auch solche wie du: Noch Genossen, aber die Schnauze voll von den Parteibonzen, durch die sie sich gegängelt fühlen.« Riccarda beobachtete, welche Wirkung ihre Worte in Wolfgang hervorrufen mochten. Dabei erlosch das burschikose Lächeln in ihrem Gesicht. Dann sprach sie in einem Tonfall, der Wolfgang bedrohlich vorkam. »Wenn ich dich heute dorthin mitnehme, müssen wir sicher sein, daß du nicht quatschst. Hast du mich verstanden?« Sie sah ihm in die Augen. »Nein, du bist keiner, der quatscht«, schloß sie sehr ernst und offensichtlich beruhigt, um dann wiederum in einen fast plauderhaften Ton zu verfallen. »Aber, woher weiß ich oder weißt du, ob dir oder mir nicht eines von diesen Stasi-Schweinen folgt? Anlaß dafür haben wir für die doch beide schon genug gegeben. Also, Vorsicht ist die

Mutter der Porzellankiste. So, jetzt weißt du alles, was du wissen mußt.« Und da Wolfgang immer noch unschlüssig und durch diese Eröffnung noch versteinerter vor ihr stand, fragte sie schon im Weitergehen: »Na, was ist? Geh'n wir?«

II

Zu allem Überfluß hatte es zu regnen begonnen. Riccarda hatte die Kapuze an ihrem Gummimantel über den Kopf gezogen; Wolfgang, der mißmutig hinter ihr hertrabte, verfluchte sein unentschlossenes Mitgehen nun doppelt, weil sein hochgeschlagener Mantelkragen so gut wie keinen Schutz bot gegen die Nässe, die in seinen Nacken kroch. Obwohl Riccarda zielstrebig ausschritt, hatte er den Eindruck, daß sie sich im Kreis bewegten. *In der Nähe der Nürnberger Straße müßten wir sein,* mutmaßte er, aber sicher war er sich nicht. Alles hatte einen Grad von Unwirklichkeit, daß Wolfgang nicht mehr genau wußte, ob er das war, der da neben dieser schwarzen Kapuze ging, oder ob er das vielleicht nur träumte. Sie bogen mal rechts mal links ein in spärlich beleuchtete Gassen mit ruinenhaften Häusern, deren feuchte, bröckelige Fassaden im diesigen Dunkel in Wolfgang Bilder wachriefen vom STEPPENWOLF, über den er gestern nacht gelesen hatte: *Mit gespielter Munterkeit trabte ich über den feucht beschlagenen Asphalt der Gassen, tränend und umflort blickten die Laternenlichter durch die kühlfeuchte Trübe und sogen träge Spiegellichter aus dem nassen Boden.*[42)]

Mitten in einer fast unbeleuchteten Gasse gegenüber einer etwa mannshohen Steinmauer blieb Riccarda unschlüssig stehen. »Hier irgendwo muß es sein«, sagte sie, die Mauer absuchend. »Irgendwo muß hier ein Durchgang sein oder eine Pforte ...«

Wolfgang sah – etwa ein- oder zweihundert Meter entfernt – über der Steinmauer ein rötlich-violettes Flackern, so unregelmäßig, als säße dort jemand, der ihnen Morsezeichen geben wollte. Bei genauerem Hinsehen erkannte er es als Teil eines Schriftzuges einer offensichtlich defekten Neonreklame: *Ich hatte nasse Füße bekommen und fror, dennoch blieb ich noch eine ganze Weile wartend stehen. Nichts mehr. Während ich noch stand und dachte, wie hübsch die zarten bunten Buchstabenirrlichter über die feuchte Mauer und den schwarzglänzenden Asphalt gegeistert waren, fiel mir plötzlich wieder ein Bruchstück aus meinen vorigen Gedanken ein: das Gleichnis von der golden aufleuchtenden Spur, die so plötzlich wieder fern und unauffindbar ist …* [43)]

»Dort wird's vielleicht sein«, sagte Wolfgang dumpf, indem er auf das Neonflackern wies.

»Mensch! Du hast recht!« Riccarda boxte ihm in die Rippen. »Jetzt erinnere ich mich. Bei der kaputten Leuchtreklame. Das hat man mir doch gesagt.« Bevor sie jedoch weiterging, fragte sie: »Aber von wem weißt du das?«

Wolfgang grinste: »Von HERMANN HESSE.«

»W a a s ?«

»Vergiß es!« Und da Riccarda immer noch stehenblieb, ergänzte er: »Ich hab's natürlich nicht gewußt. Reine Intuition!«

Als sie durch jenen Mauerspalt gegenüber der Leuchtreklame ins Innere eines Hinterhofs gelangten und in der Finsternis über Gerümpel und Müll stolperten, schien die Neonröhre ihren Geist aufzugeben, das heißt, die Dunkelphase des Flackerns war so unerwartet lang, daß Wolfgang, der die ganze Zeit in das morsende Licht geschaut hatte, mit geblitzten Augen nur noch rote Punkte vor sich sah. Und die roten Punkte formten sich zu Worten: *Magisches Theater – Eintritt nicht für jedermann – Nur für Verrückte!* [44)] Als jedoch das Licht wieder aufblinkte, zerstoben die Worte vor Wolfgangs geistigem Auge. »Nur für Verrückte«, murmelte er.

»Hast du was gesagt?« Riccarda versuchte sich in den Hellphasen zu orientieren.

»Es ist verrückt! Alles!«

»Das ist wohl wahr. Und wir sind auch schon da.« Riccarda wies auf einen überdachten Treppenaufgang. Wolfgang sah, daß sie viel einfacher hätten hierher gelangen können, denn durch die jetzt sichtbare Toreinfahrt erkannte er die beleuchtete Nürnberger Straße.

»Wieso führst du uns durch diesen Müll, wenn wir …«, versuchte Wolfgang seinem Mißmut Ausdruck zu geben.

»Ja, ja. Ich weiß«, winkte Riccarda ab. »Aber man muß auch die Fluchtwege kennen.«

Die Tür zum Treppenaufgang war offen. Riccarda knipste das Licht an, eine kahle Leuchte, nur Strippe von der Decke mit Fassung und Birne. An der rechten Mauerwand pinnten mit Reißzwecken befestigte Plakate: ein BRECHT-Poster, Mutter Courage mit Helene Weigel und ein Plakat zur BE-Inszenierung des Galilei. Auf dem Treppenabsatz direkt im Zulauf in lebensgroßer Ausführung als Standporträt - LENIN mit Schiebermütze, lächelnd eine Hand in der Tasche, die andere winkt, ein Mann mit Schalk in den Augen, vertrauensvoll, liebenswürdig; daneben CHE GUEVARA, kühner Blick unter langen Haaren mit Baskenmütze: die Revolution an sich! Dazu, ein blaßrosa monochromer Siebdruck, das Poster von ROSA LUXEMBURG, so schön, wie sie in Wirklichkeit nie gewesen sein kann; daneben wiederum - in krassem Kontrast - MAJAKOWSKI als Glatzkopf mit zornigen großen Augen, inmitten von Satzfetzen in kyrillischen Buchstaben, explosiv angeordnet wie Maschinengewehrsalven.

An all diesen Plakaten nagte schon der Zahn der Zeit, sie waren vergilbt und verblichen, einige waren eingerissen oder hatten Eselsohren. Nur das letzte schien neu angebracht zu sein. Es war auch kein Plakat, wie Wolfgang davorstehend feststellte, sondern ein vergrößertes Foto. Die Raffinesse des Fotos lag darin, daß man zunächst die Abbildung einer Totenmaske zu erkennen glaubte und dann - sich des Irrtums schämend - erkannte, daß es sich um die Vergrößerung des Antlitzes eines alten bleichgesichtigen Mannes handelte, eines Gesichts mit tiefliegenden stechenden Augen, hervortretenden Stirn- und Wangenknochen, leidenschaftlich und unendlich leidensfähig zugleich, sensibel und durchgeistigt, eine so ungeheure Suggestivkraft ausstrahlend, daß Wolfgang auch jetzt im Vorbeigehen ergriffen war, obwohl er dieses Gesicht von vielen anderen Darstellungen her kannte: Es war ein Porträt von DOSTOJEWSKI.

III

Auf Riccardas Klopfen wurde die Tür geöffnet von einem jungen Mann, dem es sichtlich angenehm war, Riccarda einen dicken Begrüßungskuß auf die Lippen zu schmatzen. »Du bist wieder einmal sehr spät«, rügte er. Während er ihr - einen sehr zuvorkommenden Kavalier spielend - aus dem regennassen Mantel half, warf er einen fragenden Blick auf Wolfgang.

»Das geht in Ordnung«, versicherte Riccarda. »Dr. Sander«, stellte sie vor. »Der gehört zu uns.«

Der junge Mann gab Wolfgang die Hand und bedeutete ihm, seinen

Mantel abzulegen. Wolfgang schaute sich um. Er befand sich in einer sehr geräumigen Wohnküche, die ihn durch zwei Besonderheiten beeindruckte: zum einen dieses bis an die Decke reichende Regal mit garantiert nicht unter hundert kleinen Gewürzgläschen und zum anderen diese geländerlose Treppe inmitten des Raumes, die steil wie eine Leiter in eine Öffnung an der Decke mündete, über der sich ein weiterer Raum befinden mußte.

»Ist Müller-Rakovsky schon da?« fragte Riccarda den jungen Mann, der das durch ihr Eintreten unterbrochene Schmieren von Fettstullen wieder aufgenommen hatte. Der junge Mann nickte und wies auf die geländerlose Treppe im Raum. Riccarda nahm eine der vorbereiteten Fettbemmen vom Holzteller, biß herzhaft hinein, und mit vollem Mund erklärte sie Wolfgang, daß jener Müller-Rakovsky ein berühmter Literaturwissenschaftler aus Berlin sei und sich heute zu einem Vortrag über Liebe und Staatsgewalt angesagt habe. Mit der angebissenen Stulle machte sie Wolfgang ein Zeichen, ihr zu folgen. Sie stieg die Treppenleiter nach oben und Wolfgang, der ihr folgen mußte, genoß es, ihre schönen Beine bis zum vollendeten Ansatz bewundern zu können.

»Es ist eine Schande, daß du Strumpfhosen trägst«, flüsterte er ihr ins Ohr, als sie ihm hilfreich die Hand für die letzten Stufen reichen wollte.

»Ferkel!« Sie stieß ihm den gestreckten Zeigefinger in die Rippen, so daß er beinahe die Treppenleiter wieder hinuntergefallen wäre.

Der Raum, in dem sie jetzt standen, war ein ausgebauter Dachboden von mindestens, wie Wolfgang schätzte, sechzig bis achtzig Quadratmetern Fläche. Es mochten etwa zwanzig bis fünfundzwanzig Personen anwesend sein, was schwer zu schätzen war, denn bis auf zwei angestrahlte Bücherregale, die jeweils die Giebelwände der Stirnseiten ausfüllten, war der Raum in ein nur von Kerzen aufgehelltes Halbdunkel getaucht. Die meisten der Anwesenden lagen oder saßen auf Matratzen, die entlang der Dachschräge ausgelegt waren, und in dieser äußeren Begrenzung verliehen sie dem Dachboden etwas Arenahaftes, aber auch, wie Wolfgang für sich feststellte, die Anmutung von einem Feldlazarett. In der Mitte des Raumes standen zwei unbedeckte Holztische verschiedener Größe mit etwa zehn bis zwölf Stühlen, auf denen jedoch niemand saß. Die Stilmischung der den Holztischen beigestellten Stühle war beeindruckend: zu gediegenem Biedermeier in ockerbraun gesellten sich Stühle in schwarzbraunem Chippendale, auch einen Jugendstil-Stuhl glaubte Wolfgang zu erkennen neben einigen Thonetstühlen, die der Stuhl-Tisch-Melange einen Anflug von Wiener Kaffeehausathmosphäre gaben.

Auf einem der Tische stand eine dritte Lichtquelle, eine Schreibtischleuchte, in deren Lichtkegel aufgeschlagene Bücher und einige Blätter weißen Papiers lagen, so stark reflektierend, daß man nicht umhinkam, in diesem Lichtkegel von einem halben Meter Durchmesser den räumlichen und geistigen Mittelpunkt des gesamten Raumes zu erkennen. Und vor diesem Tisch der Redner, von dem Wolfgang zunächst nur den vom Lichtkegel erfaßten Körper sah, ehe sich seine Augen an das Halbdunkel gewöhnt hatten. Es war ein Mann um die vierzig, ziemlich korpulent, in für diese Jahreszeit etwas zu helles Leinen gekleidet. Er hatte seine Rede nur kurz unterbrochen, bis Riccarda und Wolfgang ihren Platz neben einer der Bücherwände eingenommen hatten.

»Das ist Müller-Rakovsky«, flüsterte Riccarda, dicht an Wolfgangs Ohr, dem das eine Spur zu ehrfürchtig klang.

»Sieht ein bißchen frühökologisch aus«, tuschelte Wolfgang zurück. Sie zeigte ihm dafür einen Vogel. Er bedeutete Riccarda, die sich auf eine der Matratzen setzte, daß er neben dem Bücherregal stehen bleiben wolle.

Müller-Rakovsky nahm den Faden seiner begonnenen Rede wieder auf: »Der eine oder andere von euch mag sich gewundert haben über das Foto im Treppenhaus. Sehr suggestiv, nicht? Ich gehe davon aus, daß es die meisten identifizieren konnten. Es stellt Dostojewski dar in jener Zeit, als er sein vielleicht wichtigstes Buch geschrieben hat: DIE BRÜDER KARAMASOW. Das ist ziemlich genau einhundert Jahre her. Wie ihr wißt, bin ich Literaturwissenschaftler, und meine Waffe im politischen Kampf ist die Literatur. Die Methode ist relativ einfach: aus der Legalität hier bei uns publizierter Literatur produzieren wir allein durch das Zitat illegitimes Gedankengut, das um so stärker wirkt, als die herrschenden Ideologen schwerlich die Wurzeln und Quellen der sich damit aufbauenden, in ihren Augen konterrevolutionären Gedanken bekämpfen können. Denn es ist Weltliteratur – und damit offiziell progressives Kulturgut! Was können wir, die wir nur zitieren, für die erzeugten Analogien in den Köpfen der Menschen und für die Schlußfolgerungen, die sich ihnen aufdrängen? Zitate dieser Art sind wie Röntgenbilder. Sie demontieren die sozialistische Fassade und zeigen die dahinter liegenden unmenschlichen Strukturen, den Kern, das Wesen. Und die Verursachung, daß solche Bilder überhaupt entstehen können, fällt auf jene zurück, die dieses System repräsentieren. So soll es auch sein!«

Müller-Rakovsky schickte ein Lächeln in die Runde, was jedoch allgemein schwer zu erkennen war, weil der Redner immer noch wie ein Torso – angestrahlter leinenbekleideter Rumpf – vor dem Tisch im Zentrum des Raumes stand. *Ein kleiner Regiefehler,* grinste Wolfgang in sich hinein, sich sofort wieder berichtigend, weil er erkannte, daß auf diese Weise der Redner seine Zuhörer ungeblendet besser im Blick hatte.

»Genug der Vorrede«, Müller-Rakovsky rieb sich wie in der Vorfreude auf ein angenehmes Ereignis die Hände. »Und zurück zu Dostojewski! Es gibt im Roman DIE BRÜDER KARAMASOW eine relativ eigenständige Geschichte, und in dieser Eigenständigkeit – vor allem angereichert mit unseren heutigen Erfahrungen – kann sie als ein Schlüssel zum Verständnis dienen, wie totalitäre Systeme funktionieren. Dostojewski offenbart uns hier Grundgeheimnisse der menschlichen Natur und zeigt uns die inneren Zusammenhänge und das merkwürdige Wechselspiel von Liebe und Macht.«

Müller-Rakovsky setzte sich an den Tisch. Wolfgang sah im Lichtkegel das erste Mal sein Gesicht, und er fand es ausgesprochen sympathisch, was ihn in die Lage versetzte, nunmehr ohne innere Vorbehalte, die ihn beherrschten, seit er in diesem Raum war, zuzuhören. Der Redner griff nach einem Buch auf dem Tisch. Er hielt den Umschlag des Buches ins Licht, so daß die Zuhörer den Titel erkennen konnten. "Iwan, der ältere der Karamasow-Brüder, erzählt seinem jüngeren Bruder Aljoscha die Legende von einem Großinquisitor in der spanischen Stadt Sevilla, in der irgendwann im 16. Jahrhundert der wiedererstandene Jesus Christus erscheint. Die Menge erkennt den Heiland an seinen Handlungen – er macht einen Blinden sehend und erweckt ein totes Kind zum Leben – und jubelt dem Erlöser zu. Das kann der allmächtige greise Großinquisitor nicht zulassen; er läßt ihn gefangennehmen und erscheint bei ihm nachts im Kerker. Und in einem großen Monolog erklärt er seinem Gefangenen, warum er, Jesus Christus, für immer das Recht verwirkt habe, wieder aufzuerstehen. Denn die Kirche sei heute, indem sie sein Fehlverhalten korrigiert habe, eine institutionelle Macht geworden und habe damit die unwiderrufliche Legitimation erworben, an seiner Stelle und in seinem Namen mit allen ihr gegebenen Mitteln im Glauben - und das ist das Ziel - über die Menschen in der ganzen Welt zu herrschen. Nur in der Herrschaft über den Menschen diene man Gott wirklich und letztendlich auch ihm, dem Sohn Gottes, nur möge er bleiben, wo er war, damit das aus der Korrektur seiner Fehler Entstandene erhalten bliebe. Sehen wir uns das Versagen von Jesus Christus aus der Sicht des Großinquisitors einmal genauer an: Jesus, der mit leeren Händen, aber mit einer Verheißung von Freiheit für die Menschen in die Welt zog, wird in der Wüste vom großen Geist in Versuchung geführt. Der bietet ihm an, daß er Steine in Brot verwandeln könne, um in der Verfügungsgewalt über Brot jene Macht über die Menschen zu bekommen, daß sie seiner Verheißung von Freiheit zwangsläufig folgen müßten. Doch Jesus widersteht im Namen der reinen Freiheit der Versuchung. Der Großinquisitor indes rügt dieses Verhalten als für den Glauben an Gott verhängnisvolles Versagen: *'Hättest Du das 'Brot' angenommen,'* urteilt der Großinquisitor, *'so hättest Du der allgemeinen und uralt-ewigen menschlichen Sehnsucht entsprochen, sowohl des einzelnen Wesens als auch der Menschheit im ganzen, Du hättest Antwort gegeben auf die Frage: 'Wen sollen wir anbeten?' Es gibt keine anhaltendere und quälendere Sorge für den Menschen als die, daß er, frei geworden, so rasch wie möglich den fände, den er anbeten würde.'* Und der Großinquisitor präzisiert: *'Herrschaft über die Freiheit der Menschen erlangt aber nur der, der ihr Gewissen beruhigt … Darin hattest du recht. Denn das Geheimnis des menschlichen Daseins liegt nicht darin, daß der Mensch einfach lebt, sondern darin, daß er fragt, wozu er lebt … So ist das; was aber ist herausgekommen?'* fragt der Großinquisitor und legt den Kern des Versagens von Jesus aus seiner despotischen Sicht bloß, indem er ihn rügt: *'Statt Dich zum Herrn über die Freiheit der Menschen zu machen, hast Du sie ihnen noch vergrößert! Hattest Du denn vergessen, daß Ruhe und sogar der Tod dem Men-*

schen lieber sind als die freie Wahl im Wissen um Gut und Böse? Nichts Verführerisches gibt es für den Menschen als die Freiheit seines Gewissens, aber es gibt auch nichts, was ihn mehr peinigte.' Und dann sagt der Großinquisitor den entscheidenden Satz: *'Wir haben Deine Tat korrigiert und sie auf WUNDER, GEHEIMNIS und AUTORITÄT gegründet. Und die Menschen freuten sich, daß man sie wieder zu führen begann wie eine Herde und daß die so furchtbare Gabe, die ihnen so viel Qual bereitet hatte, endlich von ihren Herzen genommen war.'* Kommt uns dieser Anspruch auf Allmacht nicht bekannt vor?«

Müller-Rakovsky stand wieder auf, um Sichtkontakt mit den gebannt Zuhörenden zu bekommen.

»Weil der Mensch an sich orientierungslos, zur Freiheit der Gewissensentscheidung ohne kollektives Wissen nicht fähig sei, nimmt die Partei der zur individuellen Freiheit unfähigen und deshalb gequälten Kreatur aus selbstherrlich übernommener Verantwortung die Last der Freiheit von der Schulter. Aber, so wie der Großinquisitor bei Dostojewski, lieben auch die Honeckers oder Breshnews nicht die Quellen ihrer eigenen Theorie. *'Ich will nicht Deine Liebe, weil ich selbst Dich nicht liebe,'* erklärt der Großinquisitor dem schweigenden Jesus. *'Wir sind nicht mit Dir, sondern mit IHM.'* Und er meint damit das Prinzip, die Autorität.

Das Schlimmste, das den Herrschern aller kommunistischen Systeme passieren kann, ist, wenn man ihren Taten Texte jener Männer entgegenhält, die sie heuchlerisch ihre Klassiker nennen. Sie haben sich längst von ihnen losgesagt, so wie sie sich auch von ihren 'Auserwählten' losgesagt haben, die sie aber andererseits wieder brauchen, nicht nur um selbst einmal ein 'Auserwählter' zu werden, sondern auch um an lebendigen Vorbildern die geheimnisvoll belebende Kraft des kommunistischen Ideals zu demonstrieren. Und trotzdem werden sie von den Herrschern gehaßt. Man sieht es beispielsweise daran, wie schwer man sich tut, eine wirklich vollständige Marx/Engels-Gesamtausgabe herauszugeben oder die schon so lange geplante Thälmann-Ausgabe, von einer geschlossenen Rosa-Luxemburg-Ausgabe ganz zu schweigen. Ja, sie werden gehaßt, aber vor allem werden sie genutzt, so wie das auch der Großinquisitor tut mit jenen, die nach der christlichen Prophezeihung für die Auferstehung 'auserwählt' sein sollen. In diesem Zusammenhang fragt er Jesus: *'Bist du denn wirklich und wahrhaftig nur zu den Auserwählten gekommen und um der Auserwählten willen? Wenn es so ist, liegt hier ein Geheimnis, und uns ist es nicht gegeben, es zu fassen. Ist es aber ein Geheimnis, so haben auch wir das Recht, das Geheimnis zu predigen und die Menschen zu lehren, daß es nicht auf die freie Entscheidung ihrer Herzen und nicht auf die Liebe ankommt, sondern auf das Geheimnis, dem sie sich blind zu unterwerfen haben, sogar gegen ihr Gewissen.'* Und sendungsbewußt stellt er Jesus die scheinbar rhetorische Frage: *'Liebten wir denn nicht die Menschheit, indem wir so demütig ihre Kraftlosigkeit erkannten, ihr liebevoll die Bürde erleichterten und ihrer schwachen Natur auch noch die Sünde gestatteten, doch nun eben die Sünde mit unserer Erlaubnis?'*

Für Dostojewski bedeutet die Inquisition das Prinzip der Unfreiheit aus Liebe. Und das ist auch für uns der entscheidende Hintergrund, den wir erkennen müssen, wenn wir unser stasi-überwachtes System durchschauen wollen. Die Obrigkeit gefällt sich in der Position des liebenden und strafenden Vaters, der uns alle als unmündige Kinder behandeln möchte. Und wie wir sehen, funktioniert das gar nicht mal so schlecht. Es wird von den meisten nicht als das durchschaut, was es ist: Unrecht … Deshalb sind wir noch so wenige, oder besser gesagt, deshalb schließen sich uns erst so wenige an. Natürlich spielt die verbreitete Angst eine nicht zu unterschätzende Rolle, aber wir haben es auch mit einer sehr wirksamen Verschleierung der Entmündigung und auch mit einer Verinnerlichung der Unterwerfung als - wie oft scherzhaft gesagt wird - freiwilligen Zwang zu tun.«

Müller-Rakovsky setzte den Rundgang durch seine Arena, entlang an den Fußenden der ausgelegten Matratzen, fort.

»Ich möchte noch einmal an unser heutiges Thema erinnern: Herrschaft und Liebe. Jede Liebe, auch die zwischen zwei Menschen, enthält Elemente von Anpassung und Unterordnung. Jeder Liebesakt hat etwas davon, sonst könnte er gar nicht funktionieren. Jede Umarmung ist so: es gibt den Umarmenden und den, der sich umarmen läßt. Und die Frage ist, wie man sich aus jenen Umarmungen lösen kann, die man für sich nicht zulassen will. ORWELL bezeichnet beispielsweise die Geheimpolizei seines visionären

Staates als Ministerium der Liebe ... Kommt denn nicht auch bei uns alles, was wir in diesem Staat erleben, unter dem Deckmantel der Liebe daher? Der liebende Vater Staat, der trotz Mangelwirtschaft Liebesgaben verteilt und uns beschützt?«

Müller-Rakovsky breitete seine Arme aus. Er schaute in die Gesichter der an seinen Lippen hängenden Zuhörer. Dann ließ er langsam – wie resignierend – die Arme sinken und fügte flüsternd an: »Fragt sich nur – wovor?

Protokoll der Volkskammertagung am 13. November 1989

Erich Mielke, Minister für Staatssicherheit: »Genossen!«

Zwischenruf: »In dieser Kammer sitzen nicht nur Genossen!«

Erich Mielke, Minister für Staatssicherheit: »Verzeihung, das ist doch nur eine natürliche menschliche Sache. Das ist doch eine formale Frage. Ich liebe euch doch alle, alle Menschen!« (Parlaments-Szenen einer deutschen Revolution, Bonn 1990, S. 193)

Ja, sie überschütten uns mit ihrer Liebe. Und natürlich wollen sie dafür von uns wiedergeliebt werden. Mit Hingabe, versteht sich. Auch wenn dabei der groteskeste triefendste Kitsch produziert wird: auf die Verklärung kommt es an. Dostojewskis Großinquisitor sprach von dem Geheimnis, dem sie sich alle zu unterwerfen haben. Und so werden Objekte der Anbetung und Verehrung geschaffen. Schon die Jungen Pioniere haben zu lieben! Sie lieben die DDR, ihr Vaterland, sie lieben die Sowjetunion, sie lieben die SED und ihren Generalsekretär, dem sie 'unverbrüchliche Treue' geschworen haben. Und sie lieben die Genossen von der Sicherheit. Diesen Liebestrank bekommt in unserem Staat jeder so lange eingeflößt, bis der psychologische Mechanismus der Selbstversklavung und Selbstzerstörung Wirkung zeigt, nämlich die, daß wir unsere Entfremdung und seelische Verformung selbst gar nicht mehr wahrnehmen. Seid bereit – Immer bereit! Ich diene der Deutschen Demokratischen Republik. Bereit zur Verteidigung und zum Schutz der Heimat! Für den Sieg des Sozialismus! Alles zum Wohle des Volkes! Für diese Liebe werden die Bürger in unserem Land von ihren Herrschern geliebt. Und ihre liebende Umarmung ist so allumfassend, daß sie die, die ihre Liebe nicht erwidern, so ganz nebenbei erdrücken und erwürgen.«

Müller-Rakovsky legte tatsächlich beide Hände um seinen Hals und produzierte mit heraushängender Zunge röchelnde Laute.

Wolfgang, der dem Vortrag bisher sehr willig gefolgt war, konnte plötzlich ein aufkommendes Gefühl der Distanz nicht mehr unterdrücken. *Warum macht er das? Es war doch bisher alles so gut und vernünftig, was er gesagt hat.*

»Aber«, fuhr Müller-Rakovsky fort und hob den rechten Zeigefinger, »es gibt mittlerweile schon viele, die – wie wir – in diesem spießigen, kitschigen Liebesdrama nicht mehr mitspielen wollen. Und ich sage euch, es sind die Besten, die Intelligentesten unter uns! Das weiß natürlich auch die allgegenwärtige Partei mit ihren Genossen von der Sicherheit. Und so, wie Eltern oft ihre widerspenstigen Kinder stärker lieben als jene, die brav sind, und nahezu krankhaft nach einem Liebesbeweis der Aufmüpfigen gieren, so bemüht sich unsere Obrigkeit auch ganz besonders um politisch Oppositionelle. Und wenn sie neben Intelligenz auch noch Prominenz haben, erweist man ihnen für Liebesbezeigungen, die man hier bereit ist auf Wohlverhalten zu reduzieren, eine schon recht ansehnliche Gunst: man räumt ihnen Vergünstigungen ein, Privilegien, von denen die Braven der angepaßten Masse nur träumen können.«

Müller-Rakovsky stellte sich wieder hinter seinen Tisch in den Lichtkegel der Schreibtischlampe, deren Kopf er verstellte, so daß er wie auf einer Bühne voll angestrahlt wurde.

Eitelkeit der Eitelkeiten, alles ist eitel, fiel Wolfgang ein. Er hatte diesen Spruch zusammen mit dem aus einem Bildband herausgerissenen Selbstporträt des alternden Rembrandt vor kurzem in seiner Dachkammer an die Wand gepinnt. Was er hier zu hören bekam, traf grundsätzlich sein Einverständnis, wenn auch nicht völlig und ohne Einschränkungen, aber der Vortragende wurde ihm durch seine eitle Selbstinszenierung immer unsympathischer, so daß sich sein Widerspruchsgeist zu regen begann. Er erinnerte sich, die Geschichte vom Großinquisitor gelesen zu haben, jedoch auch daran, daß er sie damals für sich etwas weitgreifender interpretiert hatte, als das soeben durch Müller-Rakovsky geschehen war. Aber ohne noch einmal nachzulesen, war keine Klarheit in die Gedanken zu bringen. Er suchte die Bücherwand ab, vor der er stand, in der Hoffnung, daß sie zufällig das Buch enthielte, über das hier gesprochen worden war. In der oberen Reihe wurde er fündig: Es war die zweibändige Ausgabe, die er selbst besaß. Er entnahm dem Regal den Band 1, suchte die entsprechende Stelle und begann nachzulesen, wobei er sich bemühte, Müller-Rakovskys weiteren Ausführungen zu folgen.

»Es gibt viele Gründe«, setzte der seine Rede fort, »jenen namhaften Schriftstellern nicht nur Pflichtvergessenheit vorzuwerfen, die, obwohl sie es besser wissen müßten, aus purem Opportunismus Wohlverhalten zeigen, vielleicht - und das möchte ich ihnen unterstellen - der kleinen erbärmlichen Privilegien wegen, die ihnen die Obrigkeit gewährt. Ich will nur einige nennen, die für mich dazugehören: Hermann Kant, Stefan Heym, Christa Wolf, Stefan Hermlin, Günter de Bruyn, Harry Thürk, Heiner Müller ... Aber es gibt auch Künstler und Wissenschaftler, die sich ihre Gewissensentscheidung nicht verbieten lassen, die standhaft um die ihnen verwehrte Öffentlichkeit für die Darstellung ihrer Positionen kämpfen, wie Robert Havemann, wie Wolf Biermann oder auch wie Monika Maron und Thomas Brasch, zwei aufstrebende Talente, die sich konsequent aus dem politprominenten Dunstkreis ihrer leiblichen Väter gelöst haben. Sie und andere bilden den herausragenden Kern der intellektuellen Opposition in der DDR, zu dem ich mich in aller Bescheidenheit dazuzählen darf.«

Müller-Rakovsky gestatte sich eine Kunstpause. Er stand sekundenlang regungslos im Lichtkegel der Schreibtischlampe. Dann schritt er nachdenklich an den Tisch, verkleinerte den Lichtkegel, indem er den Kopf der Lampe nach unten drückte, und nahm erneut seinen Rundgang entlang der Matratzen auf.

»Natürlich kann ich nachempfinden«, fuhr er fort, »daß es seit Anfang der siebziger Jahre für uns Oppositionelle in der DDR schwerer geworden ist, überzeugende Argumentationen aufzubauen, und ich gebe unumwunden zu, daß ich mich regelrecht verraten fühle von den Regierungen der USA, Frankreichs, Englands und der anderen Länder, die sich dazu hergaben, diesem Unrechtsregime die Genugtuung weltweiter Anerkennung zu verschaffen. Und UNO, und KSZE, und das unerträgliche Hoffieren der Honeckers durch BRD-Offizielle. Das kann uns nicht gefallen. All das sind für uns schwere Nackenschläge, und sie haben Wirkungen, die wir nicht unterschätzen dürfen.«

Wolfgang zwang sich, sich wieder mehr auf den Vortrag zu konzentrieren, weil er, zunehmend inneren Widerspruch spürend, ahnte, worauf das alles hier hinauslaufen sollte.

»Ich gebe auch unumwunden zu«, setzte Müller-Rakovsky seine Rede fort, »daß ich zum Beschluß jener vielbejubelten ZK-Tagung von 1972, wonach es in Kunst und Literatur der DDR keine Tabus mehr zu geben habe, mit sehr zwiespältigen Gefühlen lebe. Einerseits freut es mich schon, daß danach Bücher verlegt wurden, die vorher in Schubladen gelegen hatten, so drei Romane von Stefan Heym, unter ihnen 'Der König David Bericht'. Kants 'Impressum' durfte erscheinen und Plenzdorfs 'Neue Leiden des jungen W.'. In 'Sinn und Form' gibt es wieder echte Debatten und selbst der seit 68 mit einem Veröffentlichungsverbot bedachte Rainer Kunze darf wieder publizieren. Andererseits wird es dadurch für uns immer schwerer sowohl innerhalb als auch außerhalb der DDR zu erklären, daß das nur eine Scheinöffnung ist, so – wie der Dostojewski'sche Großinquisitor nur jene Sünden gestattet, die er erlaubt. Jedes verlegte Buch ist immer mit Artigkeit des Autoren erkauft. Das müssen wir aufdecken! Und wir haben die Mittel dazu und auch die Leute. Rudolf Bahro zum Beispiel, ein glänzender Analytiker, ist gerade dabei ein Buch abzuschließen, das eine fundamentale Kritik des ökonomischen und sozialen Systems der DDR-Gesellschaft darstellt, und wenn es – ein solches Buch kann natürlich nur im Westen erscheinen – veröffentlicht ist, wird es für unseren Kampf eine initialzündende theoretische Basis liefern. Wir können es diesem Regime nicht gestatten, daß es sich weltweit als anerkannt und dazu noch als liberal darstellt. Dieses Regime muß entlarvt werden, und es entlarvt sich, wenn es schwach ist. Deshalb muß es geschädigt werden – wo es nur geht, durch wen und von wem auch immer –, damit es sich für alle sichtbar als das ausweist, was es ist, und nicht so gesehen wird, wie es gegenwärtig erscheint.«

»Und wohin soll diese Reise gehen? Ich meine – in der Konsequenz?« Wolfgang war über sich selbst erschrocken, daß er diese Frage laut gestellt hatte.

»Natürlich nicht in einen wie auch immer gearteten Sozialismus, um Ihre möglicherweise zweite Frage vorwegzunehmen.« Müller-Rakovsky zauberte, indem er Wolfgang fixierte, ein gewinnendes Lächeln in sein Gesicht.

Wieso habe ich mich hier eingemischt, dachte Wolfgang. *Hätte ich doch nur die Schnauze gehalten! Aber nun kann ich nicht mehr zurück. Ich muß ihn provozieren. Sonst habe ich keine Chance.* »Das hatte ich mir schon gedacht«, erwiderte er, wobei er sich um einen ironischen Tonfall bemühte in der Hoffnung, daß man ihm seine Erregung nicht anmerkte, »denn daran haben Sie schließlich keinen Zweifel gelassen. Aber mich würde interessieren, welche Rolle Sie uns, den Kleinen, die wir nicht über die Prominenz und Wortgewalt eines Wolf Biermanns verfügen, dabei zugedacht haben? Logisch nach Ihren Ausführungen wären vielleicht ein paar kleine Sabotageakte oder dergleichen?«

Müller-Rakovsky lächelte nachsichtig. Er drohte schalkhaft mit dem Zeigefinger, wie um anzuzeigen, daß er über jede Provokation erhaben sei.

»Ich gehe davon aus«, sagte er – ganz Lehrer, »daß es eine ernsthaft gestellte Frage war. Und meine ebenso ernsthafte Antwort lautet: Nein. Nicht aus moralischen Gründen, sondern aus taktisch-strategischen. Sabotageakte haben schon in den frühen fünfziger Jahren unter weitaus günstigeren Bedingungen kaum Erfolg gehabt. Um wieviel weniger können sie heute fruchten. Sie würden viel mehr das Gegenteil bewirken: kleine Nadelstiche allenfalls, die nicht wirklich wehtun und viel eher dazu angetan sind, denen«, Müller-Rakovsky zeigte mit dem Finger nach oben, »eine propagandistische Offensive zu ermöglichen, die zudem noch Identifikationseffekte mit diesem und für dieses Regime auslösen würden. Und das wollen wir doch gerade vermeiden. Außerdem wollen wir niemanden gefährden … Nein, unsere Strategie sieht anders aus, und sie wird sich als effektiver erweisen. Wodurch wird ein Land wirklich geschwächt? Nein, nicht durch Katastrophen, nicht durch Sabotageakte, nicht mal so sehr durch schlechtes Wirtschaften … Es wird bis ins Mark getroffen sowohl wirtschaftlich als auch politisch-ideologisch, wenn den Regierenden die Menschen davonlaufen. Dafür haben wir doch hier die besten Bedingungen. Jeder DDR-Deutsche hat eine Alternative als BRD-Deutscher. Und daß das auch praktisch funktioniert, daran müssen wir arbeiten, dafür müssen wir Möglichkeiten auskundschaften und schaffen. Vor allem müssen die für das Regime wichtigen Leute gehen. Jeder Fachspezialist beispielsweise, der von einer Dienstreise wegbleibt, ist natürlich wirkungsvoller als ein Rentner, der nicht wiederkommt.«

»Der Zynismus ist kaum zu überbieten!« Wolfgang hatte diesen Satz zwischen geschlossenen Zähnen gemurmelt, so daß er höchstens in seiner näheren Umgebung zu verstehen war.

»Haben Sie etwas gesagt?« Müller-Rakovsky wandte sich freundlich lächelnd an Wolfgang.

»Ja, aber das würde etwas länger dauern und auf ein Zwiegespräch zwischen uns hinauslaufen. Ich möchte Ihren Vortrag nicht stören«, versuchte Wolfgang sehr untauglich sich aus dem Spiel zu bringen, in dem er schon längst stand. Er war wütend über sich, weil er es wieder einmal nicht fertiggebracht hatte, seinen Mund zu halten. *Was geht mich dieser ganze Spuk an? Ich sollte gehen,* dachte er, aber dafür war es schon zu spät.

»Sie stören keinesfalls.« Müller-Rakovsky kam auf Wolfgang zu. »Im Gegenteil, eine Diskussion kann meinen Vortrag nur beleben, zumal ich damit ohnehin nahe am Ende war und um Wortmeldungen gebeten hätte. Denn zum Aussprechen sind wir doch hier. Oder?« Er machte aus dem Halbdunkel, in dem er jetzt stand, eine das Wort übergebende Geste zu Wolfgang, dem plötzlich gewahr wurde, daß er nunmehr der einzige im Raum war, der im Licht der angestrahlten Bücherwand stand. Er mußte sogar über diesen unfreiwilligen Rollenwechsel feixen. *Hier mußt du jetzt durch,* dachte er. *Aber, wie anfangen?*

»Nun gut«, begann er. »Sie wollen es so. Ich will auch gleich auf den Punkt kommen, der mich an Ihren Ausführungen stört, jedoch nicht ohne Ihnen vorher zu sagen, daß mich Ihre Analyse besonders im Zusammenhang mit dem Text von Dostojewski sehr beeindruckt hat, und es ist mir wichtig, ausdrücklich zu betonen, daß ich dieser Analyse voll und ganz zustimme. Das alles trifft unbedingt auch meine Sicht.«

»Na Donnerwetter! Da fühlen wir uns aber sehr geehrt.« Müller-Rakovsky verband diesen Einwurf mit einer Verbeugung.

Nur nicht provozieren lassen, dachte Wolfgang. Aber er spürte, daß er sich auf etwas eingelassen hatte, das mehr war als nur ein Diskutieren unterschiedlicher Auffassungen. *Locker bleiben*, redete er sich zu. Er brachte es sogar fertig, Müller-Rakovskys Verbeugungsgeste nachzuahmen.

»Ja, noch einmal, wie Sie Dostojewski interpretiert haben, fand ich ausgesprochen anregend, stellenweise sogar genial. Völlig daneben jedoch finde ich die Schlußfolgerungen, die Sie für uns daraus gezogen haben.« Und wie um das zu bekräftigen, fügte Wolfgang mit Nachdruck an: »Nach meiner Auffassung sind sie nicht nur falsch, sondern grotesk und zynisch dazu!«

»Hört! Hört!« war Müller-Rakovsky aus den allgemeinen Unmutsbezeugungen der bisher schweigenden Zuhörer herauszuhören. »Da haben wir wohl einen von der anderen Firma unter uns?« Er baute sich mit verschränkten Armen vor Wolfgang auf.

»Vielleicht lassen wir ihn erst mal ausreden und darlegen, wie er das meint«, meldete sich Riccarda. »Und, Norbert«, sie wandte sich an Müller-Rakovsky, »das mit der 'anderen Firma' fand ich jetzt nicht so gut. Ich darf zu unser aller Beruhigung sagen, daß Dr. Sander ein Journalistikwissenschaftler ist, der zur Zeit mit einem Berufsverbot belegt ist.«

»Gut!« Müller-Rakovsky, wieder ganz ein Souverän, erteilte Wolfgang das Wort: »Würden Sie uns bitte erklären, worin in dem, was ich ausführte, Zynismus oder gar Groteskes liegen soll.«

»Ich will es versuchen«, erwiderte Wolfgang, »und dabei in dem Bild bleiben, das Sie selbst vorgegeben haben. Wir unterscheiden uns überhaupt nicht in dem Abscheu, den wir für die Großinquisitoren dieser Welt empfinden. Unser Dissens jedoch liegt zunächst im Ansatz, vor allem aber in der Absicht, in dem Ziel und im Zweck der Kritik. Für mich – wie übrigens für Dostojewski auch – verkörpern die Großinquisitoren nur eine mögliche Machtstruktur innerhalb eines viel umfassenderen Systems menschlichen Zusammenlebens, das in dem Ideal, das Jesus verkörpert, seine Wurzeln und sein Ziel hat. In meinem Ansatz der Kritik liegt die Position von Jesus, die Sie, so wie Sie sich geäußert haben, längst verlassen haben. Deshalb läuft meine Kritik nicht wie Ihre auf Schädigung mit dem Ziel Vernichtung des Gesamtsystems hinaus, sondern auf Stärkung des dem System innewohnenden Ideals, das nicht von den ihre Macht zementierenden Großinquisitoren gelebt wird, sondern von dem, was Jesus verkörpert. Und so komme ich aus unserer gemeinsamen Kritik an der Obrigkeit zu ganz anderen Schlußfolgerungen als Sie. Für mich bedeutet der gefangengehaltene, schweigende Jesus im Kerker des Großinquisitors übersetzt in unsere Gesellschaft die Verkörperung eines

Menschenbildes, das sozialistischen Idealen verpflichtet ist und Hoffnung auf ein Leben in einer gerechteren Gesellschaft bietet, die es jedoch nur innerhalb der Gesellschaftsformation geben kann, in der es eben auch Großinquisitoren gibt, die sich aber grundsätzlich in Jesus und Gott definiert, auf die sich wiederum die Großinquisitoren berufen müssen. Das heißt, genau darin, daß sie sich darauf berufen müssen, liegt die Chance für die Durchsetzung des Prinzips Jesus, die Sie schon nicht mehr sehen wollen. Und hier beginnt die Groteske: Sie selbst machen plötzlich gemeinsame Sache mit dem Großinquisitor. Er weist Jesus aus! Sie wissen es! Er entläßt Jesus aus dem Kerker mit der strikten Aufforderung, sich niemals wieder sehen zu lassen, damit er ungestört seine Macht über die Menschen ausbauen kann. Sie selbst haben es eingangs gesagt: Dostojewski offenbart uns Grundgeheimnisse der menschlichen Natur; so zeigt er uns in seiner Metapher vom System Jesus – Großinquisitor auch Ihre Alternative für das, was Sie, Herr Müller-Rakovsky, schwächen und vernichten wollen. Ich darf zitieren.« Wolfgang schlug das Buch auf, das er dem Regal entnommen hatte: *»'Aber der Mensch sucht das anzubeten, was schon unbestritten ist, so unbestritten, daß alle Menschen sogleich bereit sind, es gemeinsam anzubeten. Denn die Sorge dieser kläglichen Geschöpfe richtet sich nicht allein darauf, das zu entdecken, was ich oder ein anderer zu verehren hätte, nein, sie suchen das, woran alle würden glauben und was alle anbeten können – unbedingt alle gemeinsam. … Sie schaffen Götter und fordern einander auf:* ***'Verwerft eure Götter, und kommt her, die unseren zu verehren, sonst – Tod euch und euren Göttern!'*** *und so wird es sein bis zum Ende der Welt, selbst dann noch, wenn aus der Welt auch die Götter verschwinden –* ***so werden sie eben vor Götzen niederfallen.'*** Das also ist es: Geld, Kapital, Profit – diese Götzen allgemeiner Anbetung sind Ihre Alternative. Zugegeben, es ist verlockend und wahnsinnig frei, um das goldene Kalb tanzen zu dürfen. Ich meine aber, solange es dafür eine bessere Alternative gibt, solange wir noch die Wahl zwischen Göttern und Götzen haben, entscheide ich mich für ein erstrebenswertes Menschenbild, auch wenn es – zugegeben – sehr schwer erkämpft werden muß.«

»Na wunderbar!« Müller-Rakovsky war nicht mehr zu halten. »Plane mit, arbeite mit, regiere mit! Nicht wahr?« Er griff sich an den Kopf.

»Kann es wirklich in diesem Land noch jemanden bei klarem Verstand geben, der nicht spürt, welch blanker Hohn hinter dieser Parole steht? Haben Sie schon mal etwas von demokratischem Zentralismus gehört, dieser mehr als verharmlosenden Umschreibung eines gnadenlos autoritären Herrschaftsprinzips? Durchstellen von Maßnahmen und Entscheidungen nennt man das – als Einbahnstraße immer nur von oben nach unten und nie von unten nach oben. Sie können doch nicht ernsthaft an dieses Ammenmärchen glauben: Plane mit, arbeite mit, regiere mit!«

»So wenig wie Sie«, erwiderte Wolfgang. »Selbstverständlich nur eine Parole. Genau so sehr Parole, wie der Großinquisitor den Massen den Glauben an Jesus Christus verkündet. Hier sind wieder die Parallelen. Übrigens, verkünden muß! Trotz kirchlichem – oder hier – demokratischem Zentralismus. Es sind die zwei bestimmenden Bestandteile ihres Herrschaftssystems, und genau darin sind ihre Herrschaftsstrukturen verwundbar. Denn nicht der alles beherrschende Zentralismus macht den wesentlichen Inhalt des Christentums oder des Sozialismus aus, sondern das diese Formationen zielbestimmende Ideal. Der Zentralismus in all seinen Erscheinungsformen ist immer nur die Mißgeburt des Systems, das von Leuten beherrscht wird, die psychopatisch ihre Macht zementieren, weil sie sich in ihrer selbsterkannten Schwäche permanent angegriffen fühlen. Natürlich wissen die uns beherrschenden Greise mit ihren Gremien um die beispielsweise wirtschaftliche Unterlegenheit einer sozialistischen Produktionsweise gegenüber einer kapitalistischen. Für sich alleine – also wenn es theoretisch nur Sozialismus gäbe – würde sie ausreichen. Nicht aber in dem gnadenlosen Wettbewerb der Systeme. Dafür war und ist sie auch gar nicht angelegt. Die sozialistische Lebensform als Gesellschaft hat seit Beginn nie die Chance gehabt, sich unbekämpft zu entwickeln. Ihre wirkliche Stärke, nicht nach den Gesetzen des Profits zu wirtschaften und zu leben, die sich irgendwann einmal für die Menschheit als Überlebensfrage stellen wird, ist gleichzeitig ihre entscheidende Schwäche im weltweiten Wettbewerb der Beschleunigung. Solange die Menschheit sich selbst manipuliert, diesen Götzen anzubeten, hat ein sozialistisches Menschenbild wenig Chance, sich sowohl in einem sozialistischen System als auch in einem kapitalistischen System durchzusetzen.

Und genau in diesem Gespinst aus erkannter Schwäche und dem gewollt-erzwungenen Mitspielen bei diesem schneller, weiter, höher entsteht bei uns jener unsägliche Nährboden für diese sozialistischen Großinquisitoren, die wahrscheinlich alles verspielen werden, ob sie nun Honecker, Breshnew, Stalin oder Ceausescu heißen. Und jetzt komme ich zu Ihrem Zynismus, Herr Müller-Rakovsky. Sie rufen zur Schwächung dieses Landes auf, schädigen soll man es, am wirkungsvollsten damit, daß alle Gescheiten dieses Land verlassen sollen - nein, nicht die Alten, die Rentner, sondern die Jungen, die Begabten, die Fachspezialisten. Können alle gehen? Was ist mit denen, die hier bleiben, das heißt, mit denen, die Sie ja auch gar nicht wollen? Sie wissen, was die Herrschenden in angeschlagenen autoritären Systemen tun! Sie werden in ihrer Furcht zu Repressalien greifen und damit ihr Volk, nämlich uns, so knechten und knebeln, wie wir es uns in unseren schlimmsten Träumen nicht vorstellen können. Ich jedenfalls möchte das nicht erleben. Sie haben Probleme damit, daß in Kunst und Literatur seit einigen Jahren mehr möglich ist, Ihnen paßt die weltweite Anerkennung der DDR nicht, Ihnen paßt der erkennbare wirtschaftliche Aufschwung nicht und daß es deshalb den Leuten etwas besser geht. Mir gefällt das, weil ich Zusammenhänge sehe: Stärke bedeutet Öffnung, bedeutet mehr Möglichkeit, sich zu artikulieren, bedeutet das Durchsetzen von mehr Demokratie auch in dieser Gesellschaft. Schwäche und Schwächung hingegen verschlechtern die Bedingungen für die Durchsetzung demokratischerer Lebensformen. Sie haben vorhin Schriftsteller beschimpft, die wie ich viele Menschen hierzulande verehren: Stefan Heym, Christa Wolf, Hermlin, Kant, Müller, Thürk ... Nein, sie stehen nicht in der Ecke, in die Sie sie stellen wollen! Sie sind es, die - auch aufgrund ihrer Prominenz - vielleicht am wirkungsvollsten Opposition verbreiten, weil sie multipliziert mit ihren Werken uns sensibilisieren für Entwicklungen hin zu einem demokratischen Sozialismus. Ihre Stärke stärkt die gesunden Kräfte in unserem Lande, ja, und sie stärkt auch das Ansehen unseres Landes, was Sie, Herr Müller-Rakovsky, verhindern wollen, weil Sie nicht erkennen können, daß ein auf diese Weise errungenes Ansehen für die Herrschenden hier in Wirklichkeit nur Pyrrhussiege sind. Für das Machtverständnis des Großinquisitors ist Jesus ein Ketzer und damit sein schlimmster

Feind, weit gefährlicher für ihn als jeder Ungläubige. Doch seine Crux ist, daß er sich in seiner Machtausübung auf Jesus berufen muß; so wie sich unsere Herrschenden auf kommunistische Ideale und Normen des sozialistischen Menschenbildes berufen müssen, die sie längst schon nicht mehr leben. Vor diesem Hintergrund bekommt sogar das zur Parole verkommene 'Plane mit, arbeite mit, regiere mit!' eine politische Brisanz. Man muß dazu auffordern, obwohl man es in Wirklichkeit nicht will. Und es ist doch einfach ignorant, die offensichtlichen Zusammenhänge zwischen internationaler Anerkennung und Öffnung in Literatur und Kunst nicht sehen zu wollen. Sie, Herr Müller-Rakovsky, haben sogar zugestehen müssen, daß das genutzt wird und auch Früchte trägt. Aber Ihnen ist das nicht genug, weil Ihnen die ganze Richtung nicht paßt. Sie wollen von einer völlig anderen Position aus schwächen und schädigen. Aber Sie werden damit nur erreichen, daß die Honeckers aller Schattierungen erklärbare – und plausible! – Anlässe bekommen, um die kleinen Pflänzchen demokratischer Öffnung wieder eingehen zu lassen. Nein, Großinquisitoren sind nicht aus der Position der Ungläubigen zu entmachten, sondern nur aus der Position des Glaubens in Jesus. Natürlich unter der Voraussetzung, daß man Christentum nicht mit Großinquisitoren gleichsetzt, also mit den Großinquisitoren auch gleich das ganze Christentum abschaffen will. Und genau darin, Herr Müller-Rakovsky, erkenne ich Ihre Position. Deshalb müssen Sie auch die Schriftsteller beschimpfen, die uns Stärke und Kraft geben. Sie stehen längst auf der anderen Seite und deshalb haben Sie mit den Großinquisitoren etwas gemeinsam: Sie haben den gleichen Feind – DAS PRINZIP JESUS!«

Wolfgang fühlte eine Leere im Kopf. Im Raum regte sich niemand. Selbst Müller-Rakovsky schwieg. Wolfgang übermannte ein Gefühl der Fremdheit. *Ich muß hier raus,* dachte er. Deshalb beeilte er sich, bevor jemand das Wort an ihn richtete, anzufügen: »Ich denke, damit ist auch gesagt, daß ich hier eigentlich nichts zu suchen habe. Ich habe auch keine Lust auf eine weitere Diskussion. Sie, Herr Müller-Rakovsky, vertreten eine Position, die ich nicht teilen kann. Ich habe nur meine Meinung sagen müssen. Das war ich mir schuldig; das hat nichts mit Ihnen und all denen hier zu tun, die gekommen sind, um Ihnen zuzuhören.«

Wolfgang sah auf das Buch, das er noch in der Hand hielt. Er warf es Riccarda zu, die es auffing. »Stell' es bitte wieder ins Regal«, sagte er zu ihr. »Das ist eine gute Bibliothek.« Dann wandte er sich zum Gehen.

»Wir können Sie aber so nicht gehen lassen«, sagte Müller-Rakovsky. »Wer sagt uns, daß Sie uns nicht verraten werden?«

»Es wird Ihnen aber nichts anderes übrigbleiben, als mich gehen zu lassen«, antwortete Wolfgang. »Es sei denn, Sie ...«

»Moment!« Riccarda stand auf und stellte sich in den Lichtschein der angestrahlten Bücherwand. »Ich bürge für ihn«, sagte sie. »Das macht er nicht. Nicht wahr, Wolfgang?«

Wolfgang wandte sich an Müller-Rakovsky: »Wissen Sie, eigentlich würde es mir schon gefallen, Sie mit dieser Angst und Ungewißheit hier zurückzulassen, denn ich finde Typen wie Sie unausstehlich. Aber sehen Sie, Ihre Lieblingsschülerin ist entschieden lebensklüger als Sie. Und wissen Sie, warum? Weil sie Menschenkenntnis besitzt. Reicht Ihnen das?«

Wolfgang wartete die Antwort nicht ab und stieg an der Öffnung die Treppenleiter zur Küche hinunter. Er beeilte sich wegzukommen. Er wollte nicht, daß Riccarda ihm folgte.

VORLÄUFIGES ENDE

Übersetzungen und Anmerkungen

1) Nichts. Außer Steaks bei Senta gegessen. Ich sehne mich nach einem Mann!
2) Geschlafen und gegessen. Das Leben ...
3) Mein Gott. Myschkin!
4) Schau, der Idiot von Dostojewski!
5) Entschuldigen Sie bitte. Darf ich mal telefonieren?
6) Selbstverständlich! Aber bitte!
7) Nicht verstehen. Was, was? Nicht so schnell, bitte! Ich verstehe nichts!
8) Entschuldigen Sie bitte. Können Sie mir helfen?
9) Ich sehne mich nach einem Mann! Ich brauche es, brauche es, brauche es sehr!
10) Abkürzung im DDR-Deutsch für nichtsozialistisches Wirtschaftsgebiet
11) Woher kommst du?
12) Was soll das!?
13) Wirklich Jukono. Ich habe sehr wenig Zeit. Wir reden miteinander, morgen oder übermorgen. O.k.?
14) Es ist nicht meine Sache. Aber ich denke, daß du wahrscheinlich einen Weg gehst, der sehr gefährlich ist.
15) Wohin?
16) Nun, wir wollen tanzen!
17) Ohne Krawatte ist das verboten!
18) Einen Augenblick!
19) O.k.
20) Selbstverständlich!
21) Turgenjew: Drei Erzählungen
22) Die erste Liebe
23) unmöglich
24) Wohin?
25) Nach Moskau. Leninberge. Studentenwohnheim der Universität.
26) Fünfundzwanzig Rubel!
27) Nein! Zwölf!
28) Gut, fünfzehn!
29) o.k.
30) Zwölf Rubel ... Und ich vergesse. Alles!
31) Gut! Fünfzehn!
32) Zwölf!
33) Steigen Sie ein!
34) Los geht's! Fahren wir!
35) Fick deine Mutter!
36) Ich danke Ihnen!
37) Wofür?
38) Dafür, daß Sie geschwiegen haben, nachdem das ...
39) Ich danke Ihnen! Danke! Vielen, vielen Dank!
40) Den Reisepaß, bitte!
41) aus: Prentice Mulford, Unfug des Lebens und des Sterbens, Fischer, 1991, Tb: 1890
42) Hermann Hesse, Der Steppenwolf, Suhrkamp, Tb. 175, S. 38
43) ebenda, S. 43
44) ebenda, S. 42

Fjodor Dostojewski, Die Brüder Karamasow, Aufbau-Verlag Berlin und Weimar, 1. Band, Zitate aus Kapitel 5, Der Großinquisitor, S. 394 bis 424